TOUTES les matières

1re STI2D

Objectif BAC

FRANÇAIS
Catherine DUFFAU

INGENIERIE ET DEVELOPPEMENT DURABLE et INNOVATION TECHNOLOGIQUE
Fethi BENGUELLA
Bruno CIREFICE
Moez MASMOUDI
Luc NADALON
Erwan RIVOALLON
Sahed YAHI

MATHÉMATIQUES
Bernard BLANC
Denise BLANC
Fabrice FRATTINI

PHYSIQUE-CHIMIE
Sébastien DESSAINT

HISTOIRE - GÉOGRAPHIE - EMC
Alain PROST

ANGLAIS
Caroline GARNIER

ESPAGNOL
Oscar TORRES VERA

hachette
ÉDUCATION

30 TUTOS VIDÉOS

pour améliorer son orthographe avec Projet Voltaire

- **Vidéo 1 :** Accord du participe passé avec l'auxiliaire « être »
- **Vidéo 2 :** Accord du participe passé avec l'auxiliaire « avoir »
- **Vidéo 3 :** Dans quels cas le verbe se termine-t-il par « -er » ?
- **Vidéo 4 :** « Je veux », « je peux », « je vaux »
- **Vidéo 5 :** Dans quels cas écrit-on « ces » ?
- **Vidéo 6 :** « La plupart » est suivi du pluriel
- **Vidéo 7 :** Dans quels cas écrit-on « prêt » ?
- **Vidéo 8 :** Dans quels cas écrit-on « -cueil » ?
- **Vidéo 9 :** Accord de « ci-joint » ou « ci-annexé »
- **Vidéo 10 :** « Parmi », sans s
- **Vidéo 11 :** Où sont les doubles consonnes dans « appeler » ?
- **Vidéo 12 :** « -onnel » avec deux n et « -onal » avec un n
- **Vidéo 13 :** Quand faut-il mettre un s à « vingt » ?
- **Vidéo 14 :** Quand faut-il mettre un s à « cent » ?
- **Vidéo 15 :** Jamais de s à « mille »
- **Vidéo 16 :** « 1,5 kilomètre », sans s
- **Vidéo 17 :** Participe passé suivi d'un infinitif
- **Vidéo 18 :** « M. » ou « Mr » ?
- **Vidéo 19 :** « J'ai été » ou « je suis allé » ?
- **Vidéo 20 :** « Après qu'il a »
- **Vidéo 21 :** Les quatre~~s~~ missions
- **Vidéo 22 :** Il les apporte~~s~~
- **Vidéo 23 :** qui me permettron~~s~~
- **Vidéo 24 :** Malgré ~~que~~
- **Vidéo 25 :** Une demi~~e~~-journée
- **Vidéo 26 :** leur~~s~~ apporter
- **Vidéo 27 :** J'attend
- **Vidéo 28 :** Je les ai contacté
- **Vidéo 29 :** Cet~~te~~ emploi
- **Vidéo 30 :** Je conclu~~e~~rai

Retrouvez tous nos tutos vidéos sur notre chaîne YouTube « Objectif BAC Hachette ».

Crédits photographiques :

Ingénierie et développement durable : © Shutterstock : p. 73 topimages, trekandshoot, charnsitr ; p. 74 Kansitang P, Mariaprovector ; p. 75 Rashevskyi Viacheslav ; p. 79 urfin ; p. 81 Apostle, p. 86 ApoGapo ; p. 90 moreimages ; p. 94 Anirut Thailand ; p. 97 VectorManZone, p. 123 Eugene Onischenko ; p. 124 lowe99, Viktoriia Kotliarchuk ; p. 127 Arthorn Saklang ; p. 141 Vtls, Eduards Gedrovics, Maryia_K, PromKaz. *Toutes les images non créditées pour cette partie appartiennent aux auteurs ou sont issues d'annales de Bac.* **Innovation technologique :** p. 183 images auteur ; © Shutterstock : p. 186 Wachiwit ; p. 190 zhu difeng ; p. 196 trekandshoot, CapturePB, VikiVector, Panatphong, Rokas Tenys, DenPhotos, Oleksiy Mark, New Africa, seeshooteatrepeat ; p. 197 Eshma, Prostock-studio, Tartila, Stephen Marques ; p. 199 GaudiLab, Brian A Jackson, YP_Studio. ; p. 201 MyImages - Micha ; p. 202 Akmenra, phototiara, d3verro ; p. 203 solange garnier, seeshooteatrepeat, sitthiphong, Jonathan Weiss, jajaladdawan, AmaPhoto, zhu difeng, asharkyu ; p. 204 zhu difeng, Nikvart ; **Mathématiques et Physique-Chimie :** © Shutterstock : p. 252 Little_Monster_2070, Tatiana Stulbo ; p. 255 EmBaSy ; p. 270 Visual Generation, Javvani ; **Histoire-Géographie-EMC :** p. 328 © AKG Images ; p. 338 © akg-images/De Agostini Picture Lib./G. Dagli Orti ; p. 355 © Gilles Rolle/REA ; p. 371 © ministère de l'Intérieur.

Conception graphique :

Couverture : Stéphanie Benoit

Réalisation

Couverture : Stéphanie Benoit
Mise en pages : IDT (Français), Desk-53 (I2D, IT, Maths et Physique – Chimie), PCA
Schémas I2D, IT, Maths et Physique-Chimie : Desk-53 ; p. 292 : Vincent Landrin
Édition : Adeline Pécout
Cartographie en Histoire-Géo : Hachette éducation et Domino

ISBN : 978-2-01-718581-9

Sommaire

FRANÇAIS 5

Méthodes 6

Cours 28

INGÉNIERIE ET DÉVELOPPEMENT DURABLE 71

Cours et **exercices** 72

Corrigés des exercices 147

INNOVATION TECHNOLOGIQUE 171

Cours et **exercices** 172

Corrigés des exercices 205

MATHÉMATIQUES 211

Cours et **exercices** 212

Corrigés des exercices 296

PHYSIQUE-CHIMIE 252

Cours et **exercices** 252

Corrigés des exercices 315

HISTOIRE-GÉOGRAPHIE-EMC 327

Cours et **exercices** d'Histoire 328

Cours et **exercices** de Géographie 349

Cours et **exercices** d'EMC 370

Corrigés des exercices 374

ANGLAIS 377

ESPAGNOL 391

Français

BAC 2023

	COURS	SUJETS
LES MÉTHODES		
1 L'épreuve écrite	6	
2 Le commentaire littéraire	7	9
3 La contraction de texte	12	16
4 L'essai	14	16
5 L'épreuve orale	20	
6 Organiser ses révisions	22	
7 Étude de la langue	25	
LES OBJETS D'ÉTUDE		
1 La poésie du XIXe au XXIe siècle	28	
Victor Hugo, *Les Contemplations*	33	
Charles Baudelaire, *Les Fleurs du Mal*	35	
Guillaume Apollinaire, *Alcools*	37	
2 La littérature d'idées du XVIe au XVIIIe siècle	39	
François Rabelais, *Gargantua*	43	
La Bruyère, *Les Caractères*, « De l'Homme »	45	
Olympe de Gouges, *Déclaration des droits de la femme et de la citoyenne*	47	
3 Le roman et le récit du Moyen Âge au XXIe siècle	49	
Abbé Prévost, *Manon Lescaut*	55	
Honoré de Balzac, *Mémoires de deux jeunes mariées*	57	
Colette, *Sido* suivi de *Les Vrilles de la vigne*	59	
4 Le théâtre du XVIIe au XXIe siècle	61	
Molière, *Le Malade imaginaire*	65	
Marivaux, *L'Île des esclaves*	67	
Jean-Luc Lagarce, *Juste la fin du monde*	69	

LES MÉTHODES

L'épreuve écrite

Le sujet offre le choix entre deux types de travaux d'écriture, liés aux objets d'étude du programme.

Épreuve écrite
Durée : 4 heures.
Coefficient : 5.

1 Le commentaire littéraire

• **Le commentaire** porte sur un texte littéraire, en lien avec un des **objets d'étude** du programme de la classe de première :
– La poésie du XIXe siècle au XXIe siècle
– Le roman et le récit du Moyen Âge au XXIe siècle
– Le théâtre du XVIIe siècle au XXIe siècle
à l'exclusion de l'objet d'étude « La littérature d'idées du XVIe au XVIIIe siècle ».

• **Le sujet est formulé** de manière à guider le candidat dans son travail. Le texte proposé pour le commentaire n'est pas extrait d'une des œuvres au programme.

• **Cette production écrite est notée sur 20.**

2 La contraction de texte et l'essai

• **La contraction de texte suivie d'un essai** prend appui sur un texte relevant d'une forme moderne et contemporaine de la littérature d'idées. D'une longueur de mille mots environ, il fait l'objet d'un **exercice de contraction au quart**, avec une marge autorisée de plus ou moins 10 %. Le candidat indique à la fin l'exercice le nombre de mots utilisés.

• **Le sujet de l'essai** porte sur le thème ou la question que le texte partage avec l'œuvre et le parcours étudiés durant l'année dans le cadre de l'objet d'étude « La littérature d'idées du XVIe au XVIIIe siècle ».

• **Pour développer son argumentation,** le candidat s'appuie sur sa **connaissance** de l'œuvre et des textes étudiés pendant l'année ; il peut en outre faire appel à ses **lectures** et à sa **culture personnelle**.

• **Cette production écrite est notée sur 20 :** la contraction de texte sur 10 et l'essai sur 10.

Conseils

Gardez du temps pour relire la copie. Vérifiez que les phrases sont claires et cohérentes, que les accords grammaticaux sont corrects. Cette épreuve teste également votre niveau d'expression écrite et il serait dommage de gâcher l'effet d'un travail d'analyse intéressant par une expression négligée ou défectueuse.

Le commentaire littéraire

1 Objectif de l'exercice

Un texte littéraire a pour particularité un travail de la forme qui modifie et enrichit le sens du propos. Réduire le texte littéraire à ce qu'il raconte l'appauvrit et le mutile.

Exemple : lorsque César concentre l'histoire de la conquête victorieuse des gaules en *Veni, vidi, vici* (je suis venu, j'ai vu j'ai vaincu), il donne par ce raccourci et cette **homophonie** une force exceptionnelle à l'entreprise.

• **Edmond Rostand,** au théâtre, prête au poète Cyrano de Bergerac une brillante démonstration de style quand il tourne en dérision la misérable insulte concernant la longueur de son nez.

• **Chaque genre utilise des procédés** destinés à renforcer la portée du message :
– la **poésie** s'est longtemps appuyée sur la musicalité, les variations de rythmes et les retours de sons ;
– le **théâtre** montre un rapport de force entre des personnages et joue sur les retournements de situations ;
– le **récit** tient en haleine et émeut ;
– les **textes argumentatifs** s'appuient sur la rhétorique pour emporter l'adhésion.

> **À retenir**
> **Objectif du commentaire littéraire :** approfondir la compréhension du sens d'un texte en analysant les effets produits par sa formulation et en recherchant quels procédés stylistiques et rhétoriques les génèrent.

2 Démarche de l'analyse

A. Mettre le texte en perspective

Pour être traité de façon pertinente, le texte proposé doit pouvoir être situé :
– cela consiste à préciser le **siècle** et le **courant littéraire** auxquels appartient l'œuvre dont il provient, son auteur, son genre littéraire ;
– s'il s'agit d'un extrait, il est très utile de le **situer dans l'œuvre** et de cerner le rôle qu'il y joue.

B. Dominer le propos

La lecture du passage doit soulever les questions suivantes :

1. De quoi est-il question ?
2. Quel(s) effet(s) l'auteur vise-t-il ? (émouvoir, scandaliser, amuser le lecteur...)
3. Quel but poursuit-il avec cette intention ?
4. Et surtout, quels procédés met-il en œuvre pour y parvenir ?

C. Analyser les procédés

L'analyse des procédés utilisés quand on écrit un texte est très ancienne. Elle a été particulièrement développée **dès l'Antiquité grecque** puis au Moyen Âge dans le contexte de civilisations où la parole et sa force de conviction étaient essentielles dans la pratique de la politique, de la justice et de la pédagogie.

• **L'analyse peut donc s'appuyer :**
– sur un **catalogue** bien connu de figures de style ;
– sur la **structure** des phrases ;
– leurs **modalités** ;
– les **connotations** du vocabulaire utilisé ;
– les **récurrences** sonores.

> **À retenir**
> Toutes ces observations n'ont d'intérêt que si elles sont guidées par le souci d'enrichir la compréhension du sens du texte.

• **Sachant qu'un extrait** est toujours découpé en fonction de sa cohérence interne, on tiendra aussi compte de :
1 la structure du passage ; 2 sa tonalité ; 3 son niveau de langue.

D. Étapes à suivre

Étape 1 **Cette première analyse** peut procéder de façon d'abord intuitive puis, lorsqu'on est en panne, on peut rechercher plus systématiquement par type de procédés, quels ont été les **choix de l'auteur**. Il est essentiel de toujours associer un effet et son procédé ou un procédé et son effet. **Ce travail fournit la matière du commentaire** et il faut lui consacrer un temps suffisant.

> **Conseil**
> Travaillez au brouillon sur deux colonnes pour constamment mettre en vis-à-vis l'effet produit par le procédé que l'on observe et le moyen par lequel est créé l'effet que l'on perçoit.

Étape 2 **Lorsqu'on a la « sensation d'avoir fait le tour »** de l'analyse des procédés d'expression, il faut **trouver comment tous ces éléments s'organisent** pour produire un sens. C'est la colonne « effets » qui doit être alors reprise et structurée pour voir comment l'agencement de ces différents éléments construit le sens du texte.

Étape 3 **Une fois le sens cerné,** il reste à **imaginer l'organisation de la présentation** que vous en ferez pour qu'elle soit la plus claire et la plus logique possible pour le lecteur. Il est souhaitable de **bâtir un plan progressif** qui peut partir des effets de sens les plus superficiels pour progresser vers la signification la plus fondamentale. Il faut veiller à **justifier chaque point de l'analyse** en s'appuyant sur les procédés qui ont été identifiés.

3 Réalisation pratique

• **Pour éviter l'angoisse de la page blanche,** parer à un éventuel manque de temps et **synthétiser clairement son analyse,** il est judicieux de rédiger la conclusion au brouillon. Elle est essentielle puisqu'elle est l'aboutissement de l'exercice. Vous y synthétiserez ce que vous avez compris du texte et de son fonctionnement.

> **En cas de manque de temps,** il vaut mieux laissez la dernière partie inachevée et **recopier la conclusion** préparée qui correspond à l'attente du lecteur.

• **Il est utile aussi de rédiger au brouillon l'introduction,** autre partie essentielle, pour ne rien oublier et éviter de la diluer. Cet exemple montre les types d'information qu'elle doit contenir et l'ordre souhaitable de présentation.

• **La plume est alors entraînée.** On peut se lancer, recopier l'introduction, rédiger le développement directement et recopier la conclusion.

Exemple d'introduction

Le réalisme est un mouvement littéraire du XIXe siècle qui tente de représenter la réalité de cette époque telle qu'elle est réellement. Balzac, Stendhal et Flaubert s'y sont attelés en travaillant sur leur style d'écriture, usant de descriptions minutieuses et d'un lexique très précis pour donner au lecteur une impression forte de réalisme. Guy de Maupassant était le disciple de Gustave Faubert et s'est largement illustré en tant qu'écrivain réaliste, notamment dans sa préface de *Pierre et Jean*, considéré comme un texte manifeste. *Bel-Ami* est l'un de ses romans réalistes d'apprentissage paru en 1885. L'extrait proposé à l'étude se situe au chapitre II de la deuxième partie. Georges Duroy, le personnage principal du roman s'apprête à épouser Madeleine Forestier, veuve de son ami Charles, afin de gravir les marches de la société. En quoi cet extrait met-il en avant la progression dans le monde de Duroy grâce à sa première épouse ? Pour ce faire, nous verrons dans un premier temps qu'il y a une double confidence dans cet extrait, puis, dans un deuxième temps, nous verrons que les deux personnages nouent un pacte secret, puis, enfin, nous verrons que Madeleine est une femme stratège.

Article « le commentaire littéraire » http://lettres-modernes.over-blog.com

Sujet d'entraînement

OBJET D'ÉTUDE : LA POÉSIE DU XIXᴱ AU XXIᴱ SIÈCLE

Désespérément égorgez l'espoir, mes frères

Dépecez l'espérance jusqu'à l'os !

La vengeance fut votre trappe
La haine votre guet-apens

Mais qui mena le jeu ?
Et qui vous a armés ?

Sans rêve sans avenir
sans visage singulier
Répandus tant que vous êtes
dans le bâti des morts

Disparus tant que vous êtes
dans la matrice funèbre

Comment se détourner de votre image, mes frères ?

Votre histoire est l'histoire
reflet de nos sueurs haineuses
de nos monstres assoupis
de nos faces déchaînées

Puérils sont les mots
Vaine l'écriture
Effréné pourtant, le désarroi du cœur

On ne sait pas on ne voit pas
ce qui pousse dans ces cloaques
quelle cause innocente ces massacres

quel chancre nous ravage
et nous entraîne si loin ?

Vos actions nous minent
Et vous déciment, mes frères !

Cessez d'alimenter la mort !

Andrée Chedid (1920-2011), *Cérémonial de la violence* (1976) © Flammarion

Question

Dans quelle mesure ce poème moderne peut-il être considéré comme une expression personnelle et une alchimie. ?

CORRIGÉS

PLAN DU COMMENTAIRE CORRIGÉ

Introduction

Ce poème « Désespérément égorgez l'espoir, mes frères… » a sa source dans l'existence de l'autrice. Française d'origine orientale, Andrée Chédid a vécu à Paris à partir de 1946.

Durant son enfance et sa jeunesse au Liban, elle a connu la guerre dont elle se souvient dans ses derniers recueils poétiques. Elle en **transfigure l'inhumanité** dans une forme qui présente de nombreuses irrégularités par rapport aux règles classiques et porte un appel vibrant et pathétique.

A. Modernité poétique

• Irrégularité rythmique

– Moitié du poème : **hexasyllabes, octosyllabes** ou **alexandrins** (vers 15 à 20 et 25, 26, 27).
– Autre moitié : **pentasyllabes, heptasyllabes** ou **vers de 13 pieds** (vers 7-8 et 11, 12, 13).

• Irrégularité des strophes

– 3 vers isolés, 5 distiques, 2 quatrains et 2 tercets disposés de façon irrégulière.
Interprétation ➔ Effet de rupture, de halètement.

Vers blanc : vers syllabique sans rime.

• Irrégularité sonore

– **Vers blancs** mais reprise finale de « mes frères » (vers 1, 13, 27).
– **Assonances** : « trappe » / « guet-apens », « cloaque » / « massacre », « minent » / « déciment ».
– **Allitérations** en [é] puis [a] puis[i] puis [a] puis [i].
Interprétation ➔ Effet incantatoire (emploi de formules magiques visant à produire un charme).

• Irrégularité du rythme syntaxique

– **Irrégularité de la ponctuation :** absence de virgules, ponctuations ? ! aléatoires.
– Phrases correspondant à un vers ou un distique mais **enjambements** (vers 7 à 13, 14 à 17, 18 à 20, 21 à 25).
Interprétation ➔ Création d'une tension, dramatisation.

• Procédés rhétoriques

– Le lecteur est spectateur de deux **apostrophes : une directe** aux combattants et **une indirecte** à leurs concitoyens.
– Le poème est constitué de façon **cyclique** : isolement de l'injonction finale et retour aux sonorités du départ.
– **Anaphore (répétition)** : « mes frères ».
– **Constructions parallèles** quasi constantes dans la première partie.
– Répétition **ternaire** : vers 15 à 20.
– Retour au **binaire** : vers 21 à 27.
Interprétation ➔ Alternance des émotions, progression ou symétrie correspondant au désir de **toucher les protagonistes et le lecteur**.

B. Lyrisme

• Sentiment de solidarité

• Répétition de l'apostrophe « mes frères » à la fin des vers 1, 13 et 26 : sensibilité à l'acharnement désespéré des combattants.

- **Horreur devant la mort :**
  - anéantissement, anonymat ;
  - effroi devant le nombre de victimes ;
  - charnier, cimetière (« bâti des morts »).

- **Horreur suscitée par les effets de la violence physique :** « égorgez », « dépecez jusqu'à l'os », « cloaque », « chancre », « massacre ».

- **Omniprésence des sentiments négatifs :** « vengeance », « haine », « sueurs haineuses », « monstres assoupis », « faces déchainées ».

C. Transformation de l'horreur

- **Retour sur l'histoire**

– **Le motif de la guerre reste vague**, son organisation confuse.
  – Désarroi.
  – Incompréhension.

– **Constat du non sens** et du paradoxe de cette violence.
  – « désespérément égorgez l'espoir »
  – Oxymores : « matrice funèbre », « alimenter la mort ».
  – Révolte : **injonction paradoxale** des impératifs : égorger l'espoir, dépecer.
  – Conscience de l'entraînement aveugle de la **vengeance** : image du piège.

Oxymore : figure de style qui consiste à allier 2 mots de sens contradictoiress.

- **Au présent,** prise de conscience de la responsabilité collective :

– **Confrontation** de « Vous » les combattants et les morts et de « nous », « les peuples haineux ». **Focalisation** sur « vous » qui bascule au vers 14 sur « nous », puis **intrication** des deux (vers 26 27). « on » définit l'humanité globalement. **Culpabilité partagée.**

Focalisation : point de vue.

– **Sentiment d'impuissance et cri pathétique :** l'injonction désespérée du début a pour écho au vers 28 un appel vibrant à la cessation du conflit.

Conclusion

Andrée Chedid, dans un poème dont la forme originale interpelle le lecteur, s'adresse à l'humanité comme **Victor Hugo** le fait dans *les Contemplations*. Cependant, l'émotion qu'elle veut faire partager a pour origine non un deuil ou une souffrance personnelle comme dans le cas de **Baudelaire** mais un **drame collectif**. Le **style incantatoire et haletant** élève au-delà de la vengeance. Il cherche à rendre la raison, maîtresse de l'horreur.

LES MÉTHODES

La contraction de texte

1 Objectif de l'exercice

A. Restituer la pensée de l'auteur

• **La contraction de texte entraîne à une situation de communication courante** dans la vie professionnelle et personnelle. Vous êtes un **intermédiaire** entre un émetteur d'information (un auteur) et un destinataire (votre lecteur) qui ne peut avoir accès directement à l'ensemble du message. Ce destinataire attend de vous un document de travail plus aisément utilisable (plus court, plus clair) parfaitement fiable, donc **totalement équivalent au texte d'origine**.

• **Vous devez donc comprendre la pensée de l'auteur** et la restituer fidèlement sans ajout, oubli ou interprétation susceptibles de tromper votre lecteur sur la nature du texte source.

• **Cette tâche est réalisable** du fait des caractéristiques de la communication écrite :

– **Il s'agit d'une communication différée.** Le destinataire n'est pas en présence de l'auteur et ce dernier ne peut adapter son propos, comme il le fait à l'oral, quand il perçoit des mimiques d'incompréhension.

– **De plus, le déchiffrement de la communication écrite** demande un effort de **concentration** au récepteur du message qui ne doit pas être trop important si l'on veut éviter l'abandon ou l'incompréhension.

Pour être intelligible, la pensée va donc se redire, **reformuler** différemment la même idée, prendre des **exemples concrets**.

À retenir

La contraction de texte consiste à repérer ces redites et à trouver une **formulation nouvelle qui rende compte de l'idée** qui les sous-tend.

B. Présenter la contraction du texte

• **La compréhension est encore facilitée par la mise en page,** la **structuration** en paragraphes et l'utilisation d'**outils logiques grammaticaux**. Les paragraphes correspondent à des unités de sens et aident à la compréhension de la démarche de l'auteur.

• **Le texte qui vous est donné** est donc un fragment cohérent prélevé dans un ensemble plus vaste. Sa cohérence peut tenir au développement d'un **thème** repérable par les champs lexicaux qu'il utilise et qui peut être abordé sous différents angles.

• **Il peut être aussi la démonstration d'une thèse** énoncée généralement au début, parfois à la fin du fragment. Le reste du texte est constitué par la **démonstration** de cette thèse. Donc tous les éléments du texte ne sont pas sur le même plan et s'articulent entre eux.

Le texte doit être considéré comme un tout structuré, un édifice dont on ne peut supprimer un mur sans risquer l'effondrement. Il a une unité et n'est pas un enchaînement aléatoire de remarques indépendantes les unes des autres.

2 Démarche

• **L'essentiel est de comprendre l'unité et la cohérence du texte.** Pour cela, n'hésitez pas à relire le texte plusieurs fois en privilégiant d'abord la recherche du sens global puis en affinant la compréhension des détails. Cela est tout le contraire d'une perte de temps.

Étape 1 **Première lecture :** repérez le **thème** (*de quoi le texte parle-t-il ?*).

Étape 2 **Deuxième lecture :** repérez **l'objectif** de l'auteur : (*que veut-il faire à propos de ce thème ?*).
– Le **décrire** (*le situer dans le temps, le localiser, énumérer ses aspects ?*).
– L'**analyser** (*chercher ses causes, ses conséquences, ses conditions d'existence, ses aspects contradictoires ?*).
Cette lecture s'appuie sur :
– les **champs lexicaux** à surligner avec des couleurs différentes ;
– les **termes grammaticaux** reliant les phrases qu'il est utile d'encadrer ;
– les **verbes**.

Étape 3 **Troisième lecture :** repérez précisément la **démarche logique** de l'auteur en étant sensible aux redites qui devront être synthétisées. Aucune des phrases d'un paragraphe ne peut rendre compte, telle qu'elle est écrite, de l'idée exprimée par l'ensemble du texte de l'ensemble.

Étape 4 **Écrire au brouillon le plan** schématique de l'ensemble du texte. **Prévoir les paragraphes** qui correspondront dans votre résumé à la structure logique du texte. Quand on a l'impression de le dominer parfaitement, on peut se lancer directement dans la **rédaction** au propre, sans garder le texte sous les yeux pour éviter d'être parasité par les tournures de l'auteur.

3 Réalisation pratique

La longueur d'un résumé, comme celle d'un article de journal (ou d'un tweet...), est imposée. Dans le cadre d'un examen, **les dépassements sont pénalisés.**

• **Cet exercice évalue votre capacité à rédiger de façon concise.** Évitez les répétitions de mots, cherchez les tournures de phrases les plus économiques mais en restant clair.

• **Une fois le résumé terminé, relisez le texte source** pour repérer des oublis ou des approximations. Puis, relisez impérativement le résumé pour en contrôler la longueur et vérifier la correction linguistique et l'orthographe.

Conseil

Pour gagner du temps, on peut définir le nombre de lignes maximum en fonction de la taille de son écriture dans lequel le résumé devra tenir. Cela freinera la tentation de diluer le début au risque d'escamoter la restitution de la fin du siècle où se situe le plus souvent la synthèse de la démarche du texte et qu'il serait absurde de couper car on manque de place.

À éviter à tout prix !

– Commencer à rédiger avant d'avoir parfaitement compris le texte : perte de temps et risques considérables d'erreurs. L'essentiel est d'avoir compris l'idée principale du texte.
– Rendre un texte trop long et/ou incompréhensible et/ou rempli de fautes.
– Mettre bout à bout des morceaux du texte recopiés : l'incapacité à reformuler révèle l'incompréhension.
– Rédiger sans alinéa ou passer à la ligne à chaque phrase : l'absence de structure révèle l'incompréhension de la démarche.

L'essai

1 Objectif de l'exercice

• **L'exercice entraîne à de nombreuses situations** de la vie courante où nous devons **convaincre** autrui du bien-fondé de notre point de vue ou obtenir de lui une autorisation, la réalisation d'une action qui nous est profitable. Qu'elle soit au service d'un débat intellectuel ou d'une action pratique, **l'argumentation est un des modes les plus fréquents des relations humaines**. Depuis longtemps, elle est l'objet d'une étude approfondie et d'un enseignement visant à lui donner la plus grande efficacité possible.

• **Dans le cadre des épreuves anticipées de français,** il vous est proposé de **prendre position** sur une question étudiée en cours d'année et de **faire valoir vos connaissances** et vos capacités à les mettre au service d'un point de vue cohérent et convaincant.

2 Démarche

L'essentiel est de situer la question dans l'objet d'étude « La littérature d'idées du XVIe au XVIIe siècle ».

A. Étude de la question

Étape 1 **La question peut être posée directement** ou introduite par une citation dont **tous** les termes devront être pesés.

Étape 2 **Commencez dans tous les cas** par réfléchir au point de vue qui vous est soumis ; mettez la question à la **forme affirmative**, tenez compte de ses éventuels **présupposés** et réfléchissez aux **arguments** qui peuvent justifier ce point de vue.

Étape 3 **Cherchez ensuite quelles autres affirmations** pourraient être formulées, **contredisant** ou **nuançant** le sujet. Comment pourraient-elles être argumentés ?

Étape 4 **Cette confrontation** doit vous permettre de déterminer dans cet ensemble d'hypothèses **la réponse à la question posée** par le sujet qui vous semble la plus juste.

B. Recherche

• **Faites le bilan** des connaissances dont vous disposez afin d'y trouver les **arguments** propres à justifier votre réponse. En effet, cet exercice permet d'évaluer les **acquis** de votre formation littéraire et votre **compréhension** des principaux enjeux de la littérature d'idées.

Conseil
L'essai, comme les deux exercices précédents, doit être préparé par vos révisions.

C. Construction de votre argumentation

• **Vous savez ce dont vous voulez convaincre** votre lecteur et vous avez trouvé des **exemples** et des **arguments** dans les connaissances acquises sur le sujet. Il reste à trouver la façon la plus efficace de le faire.

• **Si vous êtes partiellement d'accord** avec l'affirmation de l'énoncé, cherchez les **preuves** de son exactitude sans oublier de traiter les **objections** qui peuvent lui être faites et proposez **votre propre vision** qui peut mettre en évidence un aspect complémentaire.

• **Si vous êtes d'un avis différent** ou opposé, ne manquez pas de reconnaître que certains arguments peuvent justifier le point de vue opposé puis **démontrez** pourquoi ils sont insuffisants.

3 Réalisation pratique

A. Organisation des idées

• **Quand vous pensez avoir organisé une argumentation** efficace :

1. ne la rédigez pas au brouillon ;
2. pour ne pas perdre le fil de votre démonstration au cours de la rédaction, **notez l'enchaînement logique et progressif** de vos arguments ;
3. **classez les arguments** du plus faible au plus fort (on se souvient du dernier mieux que du premier) et d'un mot notez l'**exemple** qui les illustrera.

• **Pour vérifier** que votre développement ne s'est pas égaré, reprenez la question posée par le sujet et donnez-lui pour réponse l'opinion que votre démarche veut démontrer. Les deux doivent coïncider logiquement

B. Rédaction au brouillon de l'introduction et de la conclusion

• **L'introduction**

– Elle situe la question du sujet dans le champ de l'objet d'étude.
– Elle explique le point de vue exprimé dans l'énoncé.
– Elle annonce comment vous allez mener l'examen de cette question sans donner la réponse, ce qui rendrait inutile la lecture de votre développement.
– La rédaction, recopiez l'introduction rédigez directement votre développement à l'aide de votre plan puis recopiez la conclusion.

> **Conseil**
> Comme pour le commentaire ne rédigez au brouillon que la conclusion et l'introduction.

• **La conclusion n'est pas la reprise** résumée du développement mais la réponse synthétique donnée à la question du sujet. Elle est essentielle. En cas de manque de temps, sacrifiez la fin du développement que le lecteur pourra reconstituer si vous lui fournissez la réponse globale à la question.

> **Conseil**
> Gardez suffisamment de temps pour relire la copie et en éliminer les fautes, oublis, erreurs… de formulation qui détourneront l'attention du lecteur et dégraderont les qualités de votre argumentation.

Sujet d'entraînement

OBJET D'ÉTUDE : LA LITTÉRATURE D'IDÉES DU XVIᴱ AU XVIIIᴱ SIÈCLE

Contraction de texte

Vous résumerez ce texte en 250 mots. Une tolérance de +/- 10 % est admise : votre travail comptera au moins 225 et au plus 275 mots.

Texte : Edgar Morin, *Enseigner à vivre ; manifeste pour changer l'éducation*, Actes Sud, 2014.

Une révolution sauvage des conditions d'acquisition des savoirs est en cours dans Internet et se déchaîne. Cette révolution affecte l'économie, les relations humaines, et l'éducation elle-même. Le développement d'une gratuité d'acquisition de connaissances, d'acquisition de littérature, de musique, la possibilité de diffuser gratuitement le savoir et l'art sur toute la planète, en cours de réalisation, d'une part nous ouvre une possibilité très ample de démocratisation culturelle, d'autre part nous contraint à repenser tout le système d'enseignement. En dépit de toutes les communications par vidéos, Skype et autres, il manque à Internet la présence physique, charnelle, psychique, active, réactive et rétroactive de l'éducateur, non comme auxiliaire, mais comme chef d'orchestre qui permet de considérer, critiquer, organiser les connaissances d'Internet. Il dépend de nous de civiliser cette révolution en y introduisant l'Éros[1] du chef d'orchestre, maître ou professeur, qui peut et doit guider la révolution pédagogique de la connaissance et de la pensée. Qui d'autre que ce chef d'orchestre pourrait enseigner concrètement les pièges de l'erreur, de l'illusion, de la connaissance réductrice ou mutilée dans un dialogue permanent avec l'élève ? Qui d'autre pourrait, si ce n'est dans l'échange compréhensif, enseigner la compréhension humaine ? Qui d'autre pourrait inciter concrètement, dans l'encouragement et la stimulation, à affronter les incertitudes ? Qui d'autre, dans son humanisme actif, pourrait inciter à être humain ? Qui d'autre, dans son amour de la France une et diverse, pourrait faire comprendre la nature multiculturelle de notre nation et continuer ainsi, à son échelle, la francisation ?

Cette notion de chef d'orchestre inverse le cours même de la classe. L'enseignant ne distribue plus en priorité le savoir aux élèves. Une fois le thème d'un devoir ou d'une interrogation orale fixé, c'est à l'élève de puiser dans Internet, les livres, les revues et tous documents utiles la matière du devoir ou de l'interrogation et de présenter son savoir à l'enseignant. Et c'est alors à celui-ci, véritable chef d'orchestre, de corriger, commenter, apprécier l'apport de l'élève, pour arriver, dans le dialogue avec ses élèves, à une véritable synthèse réflexive du thème traité.

Au-delà de l'école et de l'université actuelle, il faut poursuivre cette symbiose dans l'éducation permanente pour adultes. Ne pourrait-on, comme on le faisait dans le passé pour le service militaire, imaginer que chaque citoyen et citoyenne puisse effectuer vingt-huit jours par an d'un service d'éducation, incluant la révision et la remise à jour des connaissances, l'exercice de gymnastique psychique de l'autoexamen…

Le lecteur le perçoit maintenant. Le but de la réforme de l'éducation, qui est finalement le « bien vivre » de chacun et de tous, notamment pour les enseignants et pour les enseignés, nécessite de part et d'autre une régénération de l'Éros. Cela est possible puisque cela est déjà potentiel chez les uns et les autres. Chez ceux qui ont ressenti la vocation d'enseigner, l'Éros était présent, dans l'amour pour le savoir qu'ils dispenseraient, l'amour pour une jeunesse à éduquer. Chez les enfants et les jeunes, quelle merveilleuse curiosité pour toutes choses, souvent déçue par un enseignement qui coupe la réalité du monde en tranches séparées, où même la littérature devint rébarbative à l'ère sémiotique. Cette curiosité peut être réanimée en désir de savoir, non seulement avec et par un maître possédé par l'Éros, mais aussi par une formation enrichie de matières passionnantes comme celles des sept savoirs[2] et celles de l'éducation à la civilisation.

Bien entendu, cela ne pourrait se réaliser que si l'on incite et éduque à la compréhension mutuelle des deux classes de la classe, et plus largement pour les nouvelles générations à une compréhension généralisée d'autrui, reconnu à la fois semblable et différent de soi.

Connaissance de la connaissance et compréhension sont deux maîtres mots. La connaissance de la connaissance permettra de dépister bien des erreurs chez les uns et les autres, éducateurs, éduqués qui seraient les futurs adultes de la première génération formée à la lucidité. La compréhension permettra de dépister, reconnaître et surmonter bien des erreurs chez les uns et les autres et elle sera un précieux viatique pour les futurs adultes, première génération formée à la compréhension de soi et d'autrui. La compréhension est mère de la bienveillance.

La compréhension est mère de ce qui doit constituer la vertu maîtresse de toute vie en société : la reconnaissance de la pleine humanité et de la pleine dignité d'autrui.

La compréhension, la bienveillance, la reconnaissance vont permettre non seulement un mieux vivre dans la relation enseignant-enseigné, dans toute relation d'autorité, dans toute relation humaine, mais aussi combattre le mal moral le plus cruel, le plus atroce qu'un être humain puisse faire à un autre être humain : l'humiliation.

La conflictualité ne saurait être totalement abolie, mais elle pourrait être minorée ou surmontée par la compréhension. L'harmonie qui abolit tout antagonisme est impossible et même non souhaitable.

Mais quel progrès éthique si nous nous égarons moins, si nous comprenons mieux ! Ce serait cela poursuivre l'hominisation.

Répétons à nouveau l'interdépendance de toutes les réformes. La réforme de la connaissance et de la pensée dépend de la réforme de l'éducation qui dépend de la réforme de la connaissance et de la pensée.

La régénération de l'éducation dépend de la régénération de la compréhension, qui dépend de la régénération de l'Éros, qui dépend de la régénération des relations humaines, lesquelles dépendent de la réforme de l'éducation. Toutes les réformes sont interdépendantes. Cela peut sembler un cercle vicieux décourageant. Cela doit constituer un cercle vertueux encourageant la conjugaison des deux savoir-vivre :

– celui qui aide à moins se tromper, comprendre, affronter l'incertitude, connaître la condition humaine, connaître notre monde globalisé, puiser aux sources de toute morale qui sont solidarité et responsabilité ;

– celui qui aide à se repérer dans notre civilisation, à en connaître la part immergée qui, comme celle de l'iceberg, est plus importante que la part émergée, à se défendre et se protéger, protéger les siens.

Tout cela encourageant le grand cercle vertueux, dans une volonté d'accomplir la mission historique du savoir-vivre-penser-agir au XXIe siècle.

Ce serait plus qu'une réforme, plus riche qu'une révolution, UNE MÉTAMORPHOSE.

(1 003 mots)

1. Éros : nom du dieu grec de l'amour, repris par le fondateur de la psychanalyse S. Freud, pour désigner le Désir soit la pulsion de vie. **2. Les sept savoirs fondamentaux :** 1. Les cécités de la connaissance : l'erreur et l'illusion, 2. Les principes d'une connaissance pertinente, 3. Enseigner la condition humaine, 4. Enseigner l'identité terrienne, 5. Affronter les incertitudes, 6. Enseigner la compréhension, 7. L'éthique du genre humain.

Essai

Les différents modèles d'éducation idéale que vous connaissez ont-ils des points communs ?

Vous développerez de manière organisée votre réponse à cette question, en prenant appui sur *Gargantua* de François Rabelais, sur le texte de l'exercice de la contraction et sur ceux que vous avez étudiés dans l'année dans le cadre de l'objet d'étude « La littérature d'idées du XVIe au XVIIIe siècle ». Vous pourrez aussi faire appel à vos lectures et à votre culture personnelle.

CORRIGÉS

LA CONTRACTION DE TEXTE

Notre monde est bouleversé par Internet : les connaissances deviennent accessibles à tous, gratuitement et partout. Cependant, un médiateur humain et passionné est indispensable pour analyser et orchestrer ces données au cours d'un échange ouvert et encourageant propre à développer, entre autres, l'humanité et la compréhension de la diversité culturelle nationale. Il faut donc inverser le fonctionnement du système éducatif. Comme dans la direction d'orchestre, le pédagogue exploite et synthétise les recherches et les apports des élèves sur le thème proposé, à tous les niveaux de formation (scolaire, universitaire et à l'âge adulte), lors de séquences périodiques de suivi des savoirs et d'autoévaluation.
Cette réforme vise à résoudre la crise de l'enseignement. Pour cela, elle redynamise les désirs, présents mais étouffés ou frustrés, d'apprendre et d'enseigner, à l'aide de sujets stimulants comme les sept savoirs fondamentaux de l'humanisme moderne et la compréhension de la civilisation. Elle nécessite l'apprentissage, pour les enseignants et les enseignés, de la nature de la connaissance et de la reconnaissance d'autrui. Les nouvelles générations devenues lucides et bienveillantes auront acquis les bases du respect de l'humain, indispensables à une bonne vie à tous les niveaux de la société d'où, à défaut des tensions inévitables, l'abominable humiliation sera bannie, ouvrant une nouvelle ère.
Les différents éléments de cette réforme sont interdépendants et doivent donc être mis en œuvre simultanément : l'esprit critique conditionne la compréhension qui stimule le plaisir de connaître le monde et les autres. Cette connaissance nourrit à son tour la solidarité et le sens de la responsabilité. La connaissance de la complexité de notre civilisation, elle, nous renforce et nous sécurise. Une nouvelle humanité peut apparaître.
272 mots

L'ESSAI

Introduction

Les grandes transformations sociales ont souvent induit des projets de réforme pédagogique qui conduisent à la définition d'une éducation idéale. L'humanisme a inspiré Rabelais et Montaigne, les Lumières Rousseau et Condorcet. Au XXIe siècle, nous avons conscience d'être entrés dans une ère nouvelle du fait de l'expansion prodigieuse d'Internet. Le sociologue Edgar Morin considère indispensable de réformer la formation face à cette révolution technique. Il rédige un essai intitulé *Enseigner l'humain* qui contient ses propositions. On pourrait imaginer qu'elles n'ont rien à voir avec des projets conçus trois ou cinq siècles plus tôt. Qu'en est-il ?

I. Des conditions d'accès au savoir différentes pour chaque modèle d'éducation

- Les sources de connaissance :

– Rares et coûteuses à la Renaissance, elles restent encore au XVIIIe siècle réservées aux seuls privilégiés comme Émile, élève modèle de Rousseau.
– Aujourd'hui, le développement d'Internet permet de démocratiser l'accès au savoir officiel et universitaire, mais contrairement au temps de Rabelais et Montaigne, celui-ci est noyé dans un océan d'informations non vérifiées erronées ou mensongères.

- Les modalités de l'enseignement ont beaucoup évolué depuis la Renaissance :

– À la Renaissance, l'enseignement est individualisé. Ponocrates consacre tout son temps à Gargantua, comme le précepteur idéal de Montaigne ou de Rousseau.
– La Révolution fait naître le désir d'une éducation universelle qui donne lieu à divers projets (dont celui de Condorcet). Cette démocratisation est réalisée à la fin du XIXe siècle.

- Les changements sont considérables au cours du XXe siècle :
– essor de la technique, mondialisation ;
– brassage des cultures, évolution de la famille et du statut de l'enfant ;
– idéal démocratique.

II Des projets pédagogiques différents pour chaque modèle d'éducation

Chaque époque a suscité des projets de réforme pédagogiques liés à des conditions spécifiques.

- Le mouvement humaniste
– L'idéal de Rabelais est l'acquisition d'un savoir encyclopédique autant littéraire que scientifique, technique et artistique. Montaigne, un peu plus tard, préfère une tête bien faite à une tête bien pleine.
– Le souci d'hygiène, de diététique, de santé et d'éducation physique, essentiel pour Rabelais (à l'inverse des maîtres de la Sorbonne, premiers précepteurs de Gargantua) n'est guère repris par Montaigne ou Rousseau ; cette préoccupation, réapparue au XXe siècle, est totalement négligée dans le projet d'Edgar Morin.

- Les Lumières
– Rousseau milite pour l'apprentissage d'un métier manuel, même pour un aristocrate, et pour une éducation au plus près de la nature.
– La Révolution française souhaite surtout donner à l'ensemble de la population les compétences fondamentales (lire, écrire, compter) et une langue commune propre à unifier la nation.

III. Les convergences entre ces idéaux

Il existe pourtant des points communs entre ces idéaux.

- La révolution pédagogique
– Face à la sclérose de l'école du Moyen Âge telle qu'elle est décrite à travers le premier enseignement infligé à Gargantua, et à la crise de l'école d'aujourd'hui, Rabelais, Montaigne ou Edgar Morin préconisent l'éveil de l'intérêt de l'élève et sa participation active.
– Le pédagogue ne doit pas asséner des affirmations mais sa bienveillance ouverte aide l'élève à faire son miel de ce qu'il rencontre ou a trouvé, pour Montaigne comme pour Edgar Morin.

- La convergence des contenus
– L'étude la nature : Rabelais et Rousseau la considèrent comme le meilleur livre d'étude ; pour Edgard Morin, sa connaissance est indispensable dans notre temps d'urgence écologique.
– L'esprit critique : déjà encouragé à l'époque des Lumières il est devenu essentiel aujourd'hui. Edgard Morin fait même de l'étude de la constitution du savoir un pilier de sa réforme.
– La philosophie : la compréhension de l'humain que Montaigne cherche dans la philosophie antique est, pour Edgard Morin, obtenue par l'étude de la diversité des cultures.
– La formation morale : présente chez Rabelais à travers une pratique réfléchie de la religion, inspirée de la nature pour Rousseau, elle est le socle du projet de Morin, qui vise la tolérance, le respect et le bien vivre ensemble.

Conclusion

À cinq siècles de distance se maintient le désir d'un monde idéal qui pourrait être atteint grâce à un développement de toutes les potentialités humaines. Il en découle des projets éducatifs destinés à développer au maximum les meilleures capacités de l'enfant mais aussi de l'adulte comme l'avaient déjà souhaité les théoriciens de la Révolution. L'époque actuelle est confrontée aux problèmes écologiques ainsi qu'aux conflits nés de la mondialisation et intensifiés par Internet. Edgar Morin, comme ses prédécesseurs, compte sur une nouvelle éducation pour résoudre les problèmes les plus criants : au-delà de l'épanouissement individuel, elle doit viser à une transformation des êtres humains, indispensable à l'harmonie sociale.

L'épreuve orale

1 Objectifs

> **Épreuve orale**
> **Durée :** 20 minutes.
> **Préparation :** 30 minutes.
> **Coefficient :** 5.

• **L'épreuve orale** permet d'apprécier la **qualité de l'expression orale** du candidat ainsi que sa capacité à développer un propos et à dialoguer avec l'examinateur. Il évalue ses **connaissances** et son **aptitude à les mobiliser** dans les deux temps successifs de l'épreuve, à la fois pour faire la preuve de ses **compétences de lecture, d'analyse et d'interprétation** des textes et des œuvres, et pour exprimer une sensibilité et une culture personnelles.

• **L'épreuve laisse une large place aux propositions** de l'élève et évalue son aptitude à les présenter, à les justifier et à en expliquer la pertinence : elle vise ainsi à **valoriser son investissement personnel** dans sa formation et à mesurer sa capacité à **mettre en relation la littérature avec les autres champs du savoir** et les autres arts.

2 Structure

A. Descriptif

• **L'épreuve se fonde** sur le « descriptif des activités » remis par l'enseignant, qui rend compte du travail qu'il a mené avec la classe durant l'année de première. Il prend la forme d'un **récapitulatif des œuvres et des textes étudiés**, en distinguant ceux qui ont fait l'objet d'une étude détaillée, sur lesquels les candidats peuvent être interrogés dans la première partie de l'épreuve. Chaque objet d'étude doit comporter au moins quatre textes susceptibles de donner lieu à une interrogation (2 extraits au minimum pour chaque œuvre, 2 extraits pour le parcours associé).

• **Ce descriptif comporte également une partie individuelle** indiquant l'œuvre choisie par le candidat parmi celles proposées par l'enseignant au titre des lectures cursives obligatoires ou parmi celles qui ont été étudiées en classe : cette œuvre fait l'objet de la seconde partie de l'épreuve.

• **Le descriptif est signé par l'enseignant** et porte le cachet de l'établissement. Il est **communiqué à l'examinateur** en amont des épreuves. Le candidat en présente une copie à l'examinateur au début de l'épreuve. Il dispose des mêmes documents pour l'épreuve et pour sa préparation.

B. Première partie de l'épreuve orale : exposé sur un des textes du descriptif

Cette partie se déroule de la manière suivante :

> **Épreuve orale (première partie)**
> **Durée :** 12 minutes.
> **Note :** 12 points
> (lecture : 2 points ;
> explication linéaire : 8 points ;
> question de grammaire : 2 points).

Étape 1 **Après avoir accueilli le candidat,** l'examinateur lui indique :
– **le texte et le passage du texte** retenu, avec une éventuelle sélection du passage à expliquer si le texte excède le format d'une vingtaine de lignes de prose continue ;
– **la question de grammaire posée**, qui ne peut concerner qu'un passage de l'extrait faisant l'objet de l'explication de texte.

Ces éléments sont indiqués par écrit au candidat, au moyen d'une fiche qui lui est remise et qu'il signe avant de commencer sa préparation. Le modèle de fiche est porté en annexe de la présente note de service.

À l'issue de son temps de préparation :

Étape 2 **Le candidat propose d'abord une lecture à voix haute** juste, pertinente et expressive du texte choisi par l'examinateur, après l'avoir situé brièvement dans l'œuvre ou le parcours associé. **Cette partie est notée sur 2 points.**

Étape 3 **Le candidat propose une explication linéaire** d'un passage d'une vingtaine de lignes, sélectionné par l'examinateur dans le texte, quand celui-ci excède cette longueur. **Cette partie est notée sur 8 points.**

Étape 4 **Le candidat répond à la question de grammaire** posée par l'examinateur au moment du tirage. **Cette partie est notée sur 2 points.** La question porte uniquement sur le texte : elle vise l'analyse syntaxique d'une courte phrase ou d'une partie de phrase.

C. Seconde partie de l'épreuve : présentation de l'œuvre choisie par le candidat

• **Cette partie de l'épreuve** évalue l'expression orale, en réclamant du candidat une implication personnelle dans sa manière de rendre compte et de faire partager une réflexion sur ses expériences de lecture. **Elle se déroule en deux temps** successifs :

Étape 1 **Le candidat présente brièvement l'œuvre** qu'il a retenue et expose les raisons de son choix.

Étape 2 **Le candidat réagit aux relances** de l'examinateur qui, prenant appui sur la présentation du candidat et sur les éléments qu'il a exposés, évalue les capacités à dialoguer, à nuancer et à étoffer sa réflexion, à défendre son point de vue sur la base de la connaissance de l'œuvre.

• **L'examinateur ne revient pas sur la première partie de l'épreuve.**

> **Épreuve orale (seconde partie)**
> **Durée :** 8 minutes.
> **Note :** 8 points (échange sur l'œuvre choisie par l'élève).

3 Conseils pour le temps de préparation

• **Vous disposerez d'une trentaine de minutes** de préparation, suffisantes pour mobiliser les **acquis** de vos révisions mais insuffisantes pour y suppléer.

• **Vous n'aurez pas non plus le temps de rédiger** intégralement votre réflexion sur les feuilles de brouillon qui vous seront remises. Utilisez plutôt ce temps à **réfléchir** et n'écrivez que quelques **mots-clés** pour soutenir votre mémoire durant votre exposé.

> **Astuce**
> Notez le plan de votre présentation et les références aux passages du texte qui justifient votre démonstration ; notez les points principaux de votre réponse à la question posée.

• En vue de l'entretien, **récapitulez les grandes lignes** de ce que vos révisions vous ont permis de conclure sur l'objet d'étude et le parcours historique associé.

• **Préparez votre introduction :** la **présentation** rapide de l'auteur et de l'œuvre dont est extrait le passage et la **situation** du passage dans le cas d'une œuvre intégrale.

• **Reformulez la question** posée et annoncez le plan de votre réponse.

LES MÉTHODES

Organiser ses révisions

Les épreuves de français portent sur le **programme**, directement (oral) ou indirectement (écrit). Sa connaissance est ce qui fournira le contenu de tous ces travaux et les outils de compréhension précise du texte à commenter ou de celui à contracter.
Il est donc indispensable de **réviser autant l'écrit que l'oral** (d'autant plus que son coefficient est supérieur !) et de mettre en place une **méthode globale** qui permette de préparer simultanément les deux épreuves.

1 Objectifs

A. Mesurer les connaissances

Il s'agit de mesurer votre connaissance des œuvres et les parcours étudiés et plus largement :
– votre culture littéraire et artistique ;
– votre niveau de connaissances : des outils de l'expression, de l'analyse littéraire, de l'histoire littéraire.

Conseil

Vous devrez, à l'aide du cours, de vos manuels et de vos travaux personnels repérer comment l'œuvre au programme et les études complémentaires se situent dans le parcours historique associé et y répondent d'une façon spécifique.

B. Mesurer les compétences

• **Il s'agit de mesurer :**
– vos capacités d'expression et de compréhension ;
– votre sensibilité et créativité ;
– votre sens esthétique : goût éclairé fondé sur l'analyse ;
– votre jugement et l'esprit critique : capacité de réflexion personnelle et de production d'une argumentation convaincante ;
– votre aptitude à une recherche autonome et responsable.

• **Il en découle** que le contrat ne sera pas rempli par l'apprentissage par cœur d'explications de textes.

2 Évaluation des compétences

• **Votre maîtrise de la langue** se manifestera à travers votre **rédaction écrite** et votre **prestation orale.** C'est :
– en surveillant au **quotidien** votre **expression orale** ;
– en soignant la forme de vos devoirs (quelle que soit la matière !) ;
– en **relisant** systématiquement vos copies ;
– en **corrigeant** les erreurs signalées ;
que vous progresserez et ne serez pas handicapé dans vos activités d'adulte.
Au cours de vos révisions, récapitulez vos points faibles et **relisez** votre copie d'examen avant de la rendre.

• **Votre aptitude à la recherche** se manifestera à travers la tenue de votre **carnet personnel**.

• **Votre capacité de compréhension** se verra à la **précision** et l'**exactitude** de votre résumé, à votre analyse du sujet d'essai, à la rigueur de vos analyses littéraires.

• **Votre sensibilité** se révélera par la finesse de vos analyses et à vos réactions personnelles au cours de l'entretien

• **Votre esprit critique** et vos capacités argumentatives s'exprimeront à travers la **démarche** de l'essai et au cours de l'**entretien oral**.

• **Votre créativité** s'évaluera à partir des travaux personnels consignés dans votre **carnet**.

C'est donc un travail au long cours qui portera ses fruits.

3 Révision des connaissances

• Le programme vise à vous faire dominer :
– **les caractéristiques stylistiques et formelles** propres à chaque genre littéraire (récit, poésie, théâtre, littérature d'idées) à travers l'étude complète d'une œuvre imposée par le programme et la lecture cursive d'une seconde librement choisie en rapport avec le parcours historique de la précédente ;
– **l'évolution chronologique de ces genres** tant sur le plan de la forme que sur celui des contenus, plus particulièrement sur une période variable selon les genres, définie par le programme de première et à travers un thème (parcours historique) lui-même imposé. Les **documents annexes** donneront des exemples variés de traitement du même thème dont la confrontation avec les deux œuvres permettra de les situer et de les caractériser tout en ouvrant des perspectives.

• **Il s'agit donc de récapituler** méthodiquement les connaissances littéraires **accumulées depuis la classe de seconde** (car il ne vous aura pas échappé que les programmes de seconde et de première couvrent des périodes historiques qui se complètent) sur les différents genres littéraires dont vous devrez avoir saisi les **problématiques** à travers l'étude d'un certain nombre d'œuvres et d'extraits.

4 Démarche préparatoire

Étape 1 Regroupez et classez les notes de cours par objet d'étude sur :
– les **explications générales** concernant l'objet d'étude ;
– les **analyses de l'œuvre complète** qu'il sera utile de reparcourir pour se la remettre en mémoire ;
– les informations permettant de la situer dans l'**évolution chronologique du genre** ;
– les **documents complémentaires**.

Étape 2 Complétez-les à l'aide :
– des **commentaires** de votre manuel, de ceux ajoutés aux œuvres par les éditeurs et des notes critiques ajoutées aux textes et documents étudiés ;
– de tous vos **travaux** comme vos notes sur la lecture cursive, vos exposés, les recherches, les différents exercices… consignés dans votre **carnet personnel** dont le contenu servira de support à l'entretien au cours de l'épreuve orale ;
– de la partie « cours » de cet ouvrage.

5 Travail de synthèse

• **Procédez par objet d'étude.**

Étape 1 Avant toute chose, assurez- vous que vous avez bien compris la **problématique** du parcours historique proposé pour l'étude de l'œuvre et qui définit un angle d'étude du genre auquel appartient l'œuvre.

Étape 2 **Récapitulez** les questions qu'il soulève avant de retravailler l'œuvre étudiée et les documents complémentaires qui illustrent ce parcours historique.

Étape 3 Puis pour chaque œuvre ou document étudié, vous devez **clarifier** les éléments qui illustrent le parcours historique proposé en vous appuyant sur des éléments **précis de son expression** (construction, vocabulaire, figures de style).

Étape 4 Enfin, consignez ces observations dans un **tableau récapitulatif**, facile à mémoriser pour confronter les différents documents et voir comment ils illustrent particulièrement le parcours.

• **Vous serez ainsi prêts** à traiter les documents hors programme de l'écrit, à répondre aux questions de l'examinateur et à construire l'argumentation de l'essai.

> **À retenir**
>
> Ce travail est essentiel pour dominer le sujet et être en mesure de répondre aux demandes des épreuves écrites et de l'oral. Elles ne demandent pas de réciter un fragment de cours appris par cœur mais de **réfléchir à une question posée**, d'une façon peut-être nouvelle pour vous mais à laquelle vous pourrez répondre si vous avez **une vue d'ensemble des éléments constituants l'objet d'étude** et de leur rapport avec les problèmes généraux étudiés.

6 Le jour J

> **Conseil**
>
> Une **montre** est indispensable pour organiser son temps de travail car les téléphones portables sont interdits !

• **Soignez l'écriture,** évitez les ratures.

• **La mise en page** doit être aérée et souligner la structure de vos propos par des paragraphes logiques.

• **La relecture finale ne porte plus sur le contenu :**
– la **cohérence de la démarche** aura dû être vérifiée au moment de l'élaboration du plan du commentaire ou de l'essai ;
– l'équivalence de l'ossature du résumé avec le texte source aura été vérifiée avant la rédaction.

• **La relecture porte sur la forme** car l'épreuve de l'EAF évalue autant les **capacités d'expression** et la **maîtrise de la langue** que les **connaissances littéraires**.

• **Contrôlez :**
– la **cohérence de la syntaxe** (mots oubliés, phrases incomplètes, ponctuation absente ou aberrante, cohérence des pronoms avec les termes qu'ils rappellent) ;
– l'**adéquation du vocabulaire** (lapsus, barbarismes, anglicismes, mots familiers ou argotiques) ;
– les **accords** au sein d'un groupe de mots, entre les sujets et les verbes ; la graphie des termes grammaticaux ; la pertinence des accents à valeur grammaticale (*à*, *où*, *dû*…).

LES MÉTHODES

Étude de la langue

D'après Henri Bonnard, *Le code du français courant*.

1 Les subordonnées circonstancielles

«L'indicatif y est employé pour ce qui est de l'ordre du réel, le subjonctif pour ce qui est irréel, douteux, redouté. »

A. Exprimer la cause

- **Cause d'intensité variable :** d'autant moins qu'on
- **Cause réelle donnée pour connue :** parce que, c'est (parce) que
- **Cause censée connue :** puisque (du moment que, dès lors que, vu que, attendu que)
- **Cause présentée comme fausse ou incertaine :** sans que, soit que... soit que

B. Exprimer la conséquence

- **Conséquence donnée pour réelle :** si... que ,tel(le)... que, tellement... que, d'une telle manière... que
- **Conjonctions figées :** de (telle) sorte, manière, façon que / si bien que / au point que
- **Conséquence normale qui ne se produit pas :** sans que, sans que... ne

C. Exprimer le but

- **Conjonctions exprimant le but**

Français écrit tenu : *L'orateur doit parler fort, afin qu' on l'entende.*
Français courant : *L'orateur doit parler (assez) fort pour qu'on l'entende.*
Français familier dans un contexte impératif : *Parle fort, qu'on t'entende.*

- **Conjonction exprimant la crainte :** de peur que... (ne)
- **Conjonction exprimant le but négatif**

Français tenu : *Elle rentre ses nappes* ***pour qu'****elles* ***ne*** *soient pas mouillées.*
Français courant : *Elle rentre ses nappes* ***pour ne pas qu'****elles soient mouillées.*
Français populaire : *Elle rentre ses nappes* ***pour qu'****elles soient pas mouillées.*

D. Exprimer la concession, l'opposition

- **Conjonctions de subordination concessives :** quoique, encore que, malgré que. Elles sont suivies du subjonctif.
- **Concession indéterminée :** que... que, que... ou non
- **Concession tenant à l'absence d'une cause ou d'une conséquence :** même si, quand même

Français littéraire : quand, (lors) même que

- **Opposition ou contraste :** si, tandis que

E. Exprimer la comparaison

- **Comparaison entre deux éléments parallèles ou égaux :** tel(le), même... que, autant, aussi... que

• **Comparaison entre deux éléments différents ou inégaux :** mieux, meilleur(e)… que, plus, moins… que… ne

• **Comparaison simple :** comme, ainsi que, de même que

F. Exprimer l'hypothèse

Un **système hypothétique**, nommé aussi **conditionnel**, se compose de deux propositions liées logiquement, *a* (protase) et *b* (apodose), à l'aide de la conjonction de subordination si ou de locutions conjonctives : comme si, même si, excepté si, sauf si.

• **Protase de l'ordre du réel**
Le mode est l'indicatif.
– *Si a est égal à b, b est égal à a* (le présent marque une vérité permanente).
– *Si mon oncle voyait un mendiant, il faisait un détour* (l'imparfait marque la répétition dans le passé).
– *Si je rencontre Paul, je l'inviterai* (le présent indique l'antériorité de l'hypothèse sur l'acte de même pour le passé composé quand l'hypothèse se situe dans le passé).
– *Si demain tu ne l'as pas rencontré, je lui écrirai.*

• **Protase rejetée du réel**
Modes indicatif et conditionnel.
Dans le **présent** :
– *Si j'étais sa mère, je l'habillerais autrement* (imparfait irréel / conditionnel présent).
Dans le **passé**
– *Si Paul était venu, il aurait mangé du canard* (plus que parfait / conditionnel passé).
Le **français populaire** emploie le conditionnel :
– *Si j'aurais su, je s'rais pas v'nu.*
Dans l'**avenir** :
– *Si Paul venait dimanche, je lui ferais un canard* (hypothèse).
– *Si vous étiez venu dimanche prochain, vous auriez mangé du canard* (irréel).
La **langue littéraire** peut employer le subjonctif plus que parfait :
– *… vous eussiez mangé du canard.*

• **Protase et apodose ne se situent pas forcément à la même époque**
– *Si Paul avait été invité* (passé), *il serait parmi nous* (présent).
– *Si tu étais plus malin* (présent), *tu n'aurais pas joué ce cheval* (passé).

• **Autres conjonctions marquant l'hypothèse :**
À (la) condition que / pourvu que, pour peu que / à moins que (ne) / supposé que, à supposer que, en admettant que, si tant est que / mettons que, qui sont suivies du subjonctif.
Au cas où suivi du conditionnel.

2 L'interrogation

A. Phrases interrogatives

• **Interrogation totale : réponse par oui ou par non**
Trois formes sont possibles :
– *Tu viendras ?* (avec une intonation ascendante)
– *Est-ce que tu viendras ?*
– *Viendras-tu ?*

• **Interrogation partielle sur le sujet, l'objet, les circonstances de l'action**
Français tenu : qui (est-ce qui), quel, où (est ce que) ?

Français parlé familier :
– *Quel tableau Paul a acheté en Italie? Paul a acheté quel tableau en Italie?*
– *Où Paul a acheté ce tableau ? Paul a acheté ce tableau où ?*
Français populaire :
– *Où c'est que Paul a acheté ce tableau ?*
– *Où que Paul a acheté ce tableau ?*
Généralement, on utilise le mode indicatif. On peut également utiliser le mode conditionnel pour évoquer le **doute** ou une **condition irréelle**. Le mode infinitif est aussi possible.

B. Phrases subordonnées interrogatives

Elles dépendent d'un **verbe d'interrogation** ou impliquant une question : *dire, savoir.*
Elles diffèrent des précédentes par la **suppression des marques syntaxiques** de l'interrogation directe.

- **Dans l'interrogation totale**

La locution est-ce que est remplacée par si : *Je te demande si tu as froid*.

- **Dans l'interrogation partielle**

La locution est-ce que est maintenue dans le langage familier mais supprimée dans le français tenu.
L'**inversion** est supprimée, sauf si le mot interrogatif est **attribut du sujet** : *Je me demande qui est cet homme.*
Français populaire : *Je me demande qui c'est cet homme.*

3 La négation

La **locution adverbiale** ne... pas ne porte que sur le verbe. Devant un adjectif ou un autre adverbe, le sens négatif est marqué par non (familièrement pas) / par des **préfixes** / une **tournure** employant un **antonyme** (mot de sens contraire) : *non (pas) submersible, insubmersible.*

A. Portée de la négation

- **La négation est ambiguë** car elle peut porter sur n'importe quel élément de la phrase :
Paul n'a pas acheté ce tableau en Italie = ce n'est pas Paul/ Paul n'a pas acheté (mais reçu en cadeau)/c'est un autre tableau/ ce n'est pas en Italie.

- **Elle enchâsse d'ordinaire l'élément nié :** *Je* ***n'****espère* ***pas*** *partir / J'espère* ***ne pas*** *partir.*

- **Dans le cas d'un verbe subordonné** à *falloir, sembler, vouloir, devoir* la négation enchâsse le verbe principal : *Je* ***ne*** *veux* ***pas*** *partir (= je veux ne pas partir).*

B. Emploi de ne seul

- **Sens négatif :** *je ne sais.*

- **Sens explétif**

Ne peut se rencontrer à l'écrit pour reprendre dans une proposition subordonnée le **sens négatif** du verbe principal : *Je crains qu'il* ***ne*** *vienne.*
Il n'apparaît pas en **français familier** : *J'ai peur qu'il vienne.*
Ou **derrière** les locutions de peur que, à moins que, avant que : *Allez le voir* ***avant qu*** *'il ne soit parti.*
En **français écrit**, ne est complété par des **adverbes** : pas, guère, jamais nulle part, plus ; un **adjectif** : aucun ; un **pronom** : personne, rien ; une **conjonction** : ni. Ils n'ont pas de sens négatif propre et peuvent être combinés : *Je n'ai jamais vu cela nulle part. Aucun bruit.*

- **L'adverbe** non est employé pour faire porter la négation sur un **autre élément** que le verbe.

Le français parlé familier remplace non par pas : *Il habite* ***pas*** *loin.*
Devant un nom, non devient un préfixe lié par un trait d'union : *La* ***non****-violence.*

1 La poésie du XIXe au XXIe siècle

La poésie est le plus ancien genre littéraire. Son **mode d'expression particulier** était, à l'origine, destiné à faciliter la mémorisation de longs récits oraux racontant des hauts faits guerriers. Elle a été considérée ensuite comme une forme recherchée d'expression, appropriée aux genres nobles. À l'époque romantique, elle a été utilisée essentiellement pour exprimer les émotions. La poésie s'est progressivement affranchie des contraintes de la forme pour s'incarner dans la densité des contenus.

Marceline Desbordes-Valmore (1786-1859)

Arthur Rimbaud (1854-1891)

André Breton (1856-1966)

Paul Claudel (1868-1955)

Blaise Cendras (1887-1961)

1 La forme poétique

La poésie correspond à une **mise en forme très particulière du langage**, couplée avec un **rythme** créé par la voix, le corps, ou un instrument, destinée à favoriser la mémorisation. Pour cette raison, le texte poétique remplit des fonctions spécifiques.

A L'origine de la poésie

La poésie apparaît comme une des **premières formes de la littérature**. Elle sert à honorer les puissants et valoriser leurs hauts faits, mais aussi à exprimer les sentiments (genre de la poésie lyrique) ; elle est la forme du récit jusqu'au Moyen Âge, et constitue la forme principale du dialogue théâtral jusqu'au XIXe siècle. La **prose** sera adoptée progressivement dans ces différents genres sous la poussée d'une exigence de réalisme ; elle gagnera même, à la fin du XIXe siècle, le genre poétique lui-même.

B La versification

La poésie est caractérisée par le **vers**, interruption de la ligne de la phrase avant son terme grammatical, et par le **retour cyclique de la rime** qui compense la discontinuité. Elle marque la fin du vers, mais elle l'associe à un autre vers selon un système d'alternance : syllabes accentuées et non accentuées, rimes féminines et masculines, différents mètres au sein de la strophe, refrain. La complexité de ce mode d'expression lui confère un certain prestige.

Les types de vers

Nombre de syllabes pairs : hexasyllabe, octosyllabe, décasyllabe, alexandrin.
Vers libres : vers de longueurs irrégulières.
Vers blancs : vers réguliers qui ne riment pas.

C La forme et le sens

La poésie tend à établir une équivalence entre la forme et le sens. Une ressemblance de sons débouche sur une mise en relation du sens des mots qui riment. Ces effets de sens sont de l'ordre de la **connotation**. La poésie peut donc s'interpréter de plusieurs façons ; c'est un langage ambigu. Les figures de style qu'elle utilise correspondent à une vision du monde. L'énonciateur du poème est une voix qui n'est pas seulement celle du poète car il parle au nom des autres, de tout le monde.

> **Définition**
> **Connotation :** association d'idées, variable selon chaque lecteur, faite à partir d'un mot.

2 Sujets de la poésie

A L'analyse des sentiments

La poésie explore :
– **les différentes émotions** engendrées par l'amour qu'il soit heureux ou malheureux, l'attachement pour les enfants, les parents, les amis ;
– **l'inquiétude** face au temps qui passe ;
– **l'angoisse** engendrée par la certitude de devoir mourir ;
– **les états de plaisir**, de bonheur, d'exaltation ou de mélancolie, de désespoir, d'ennui, de dégoût, la tristesse de l'exil ;
– **la conscience** de la petitesse de l'humain face à la nature, au divin.

B Un outil de connaissance

Décrire le monde et l'histoire est une façon de les comprendre. Les **poètes romantiques** s'interrogent sur la place de l'humain dans l'univers. **Hugo** pense que le poète est un mage inspiré qui peut guider l'humanité.

C Reflet des enjeux collectifs

La poésie peut aussi exprimer le mal d'un siècle : l'insatisfaction du présent et la quête d'autre chose, le renoncement à la poursuite du bonheur, valorisé depuis le XVIIIe siècle. Elle s'interroge sur le sens de la violence d'une époque ; elle peut s'engager pour défendre certains camps (d'Aubigné, Aragon, Éluard), certains idéaux, certaines catégories sociales. Victor Hugo en fait une arme contre la tyrannie de Napoléon III.

D Recherche esthétique

La poésie peut **revendiquer de n'avoir d'autre fonction que d'être un art** et afficher son indépendance par rapport aux soubresauts du monde et de soi-même. Elle se consacre alors à **fournir une vision esthétique de la réalité** ou à réaliser un pur jeu sur le langage. Celui-ci peut d'ailleurs renoncer aux règles classiques de la versification. Le vers libre fait ressortir l'alternance du blanc et de l'imprimé, comparable à celle du silence et de la parole. La notion de poétique tend à se détacher de la versification.

Astuces

Vérifiez que vous êtes capable :
– de **distinguer rime et assonance**, rime masculine et féminine ou vocalique et consonantique ;
– de **compter** – sans erreur due à l'absence de liaison ou à l'oubli du « e » muet – le nombre de syllabes contenues dans un vers ;
– de **repérer la nécessité de faire une diérèse** afin d'obtenir le nombre de syllabes nécessaire ;
– de **nommer les vers** de 6, 8, 10, 12 syllabes ;
– d'**identifier une rim**e pauvre, suffisante ou riche ;
– de **définir vers** libres et vers blancs ;
– de **nommer une strophe** de 3, 4, 5, 6 vers ;
– de **définir un hémistiche**, un rejet, un contre-rejet, un enjambement.

Si cela n'est pas acquis :
Faites-vous une fiche à partir de vos manuels. Apprenez-la par cœur.
En effet, ces connaissances sont indispensables pour étudier les particularités de la poésie traditionnelle sur le plan de son expression et comprendre les modifications réalisées par l'expression poétique moderne.

3 Évolution historique

A Le romantisme

• **Le romantisme.** Au départ expression propre à une culture de transmission orale, la forme poétique devient quand l'écrit s'impose la forme d'expression des sujets nobles et la marque d'un art supérieur mais qui va finir par se dévitaliser du fait de son formalisme. Ceci explique la réaction romantique. Pour cette génération, l'écriture doit être **guidée par l'inspiration** et ne pas être un exercice de virtuosité. Les romantiques revendiquent une certaine liberté de forme pour exprimer leurs préoccupations.

• **Le mal-être romantique.** Le romantisme est d'abord **l'expression d'un mal-être** caractérisé par l'esprit de révolte, la nostalgie et l'angoisse, l'ennui, le désir de brûler sa vie, le refuge dans la solitude, l'attirance pour le noir, le bas, le lugubre et même la démence. Puis il s'oriente vers la **valorisation du passé national** et de la culture populaire, l'engagement politique et social. Lamartine, Vigny, Musset et Hugo sont les principales figures de ce courant.

▲ *Deux hommes contemplant la Lune* de C. D. Friedrich (1825-1830)

B La « modernité » poétique

• **Les excès des épanchements lyriques** entraînent la réaction de poètes dont le pessimisme reste impassible. **Le Parnasse** se consacre au travail de la forme dont la perfection esthétique assurera la pérennité de l'œuvre selon son chef de file Théophile **Gautier**. **Lecomte de Lisle** et José Maria de **Heredia** traitent de la nature ou de l'histoire dans des formes brèves et une langue riche.

• **Baudelaire** exprime son sentiment d'être maudit et les ambiguïtés de la nature humaine dans une forme proche de celle adoptée par les Parnassiens et il s'intéresse par ailleurs à la modernité dans l'art. Il transpose certains de ses textes en prose, déplaçant la notion de « poétique » de la forme vers le sens. Le génie précoce et rebelle de **Rimbaud** explore l'imagination poétique et en libère les formes d'expression.

• **Verlaine** exprime un repli sur soi triste dans une langue musicale qui recherche les effets de flou et d'imprécision. Comme lui, les **Symbolistes** cherchent à suggérer au lecteur un état qui le met en communion avec l'auteur à l'aide de symboles. Leur pessimisme se nuance d'amertume et d'ironie comme dans le cas de Jules **Laforgue**.

• **Mallarmé** poursuit l'aventure intérieure de Baudelaire et Rimbaud. Il rassemble autour de lui des poètes fascinés par son écriture très dense hantée par la **recherche de l'idéal et l'angoisse de la stérilité.** La fin du siècle est marquée par un sentiment de décadence qui s'étire jusqu'à la guerre de 1914 (Henri de Régnier, Anna de Noailles). Quelques « **fantaisistes** », comme **Toulet**, prolongent l'esprit grinçant de **Laforgue**. **Carco** réclame le retour à une langue plus claire. Francis **Jammes** et Paul **Fort** proposent une adhésion à la nature qui veut retrouver l'innocence enfantine. Les fermentations de l'esprit nouveau attirent vers des horizons lointains Valéry **Larbaud**, Victor **Segalen** ou Blaise **Cendrars**. La foi chrétienne anime **Claudel** et **Péguy** qui, comme **Valéry**, prolongent une poésie intellectuelle et lyrique.

• **Apollinaire** synthétise la diversité des tendances, expérimente des voies nouvelles. **L'Esprit Nouveau** se traduit par la recherche d'effets de surprise et l'affranchissement des structures classiques de la poésie comme la suppression de la ponctuation ou le recours au vers libre.

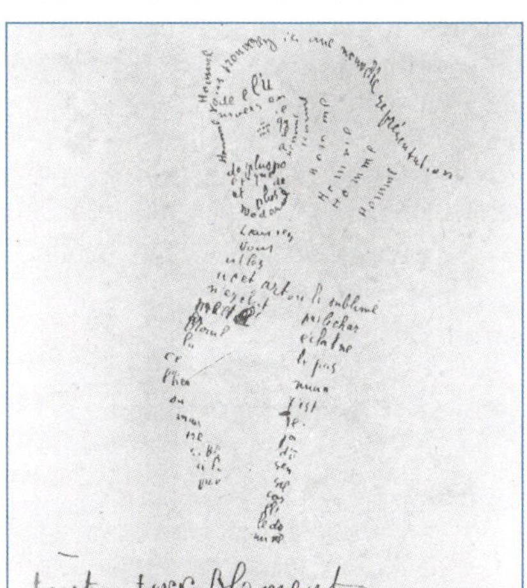

▶ Calligramme d'Apollinaire

C Au xxe siècle

• **Le drame de la Grande guerre** conduit la nouvelle génération au **rejet des valeurs** qui l'ont engendrée. **Le courant anarchiste et nihiliste Dada**, né à Zurich, gagne la France en 1920 ; il produit par ses provocations essentiellement le sentiment qu'il est impossible de revenir en arrière. Autour d'André **Breton** émerge l'idée d'une révolution **surréaliste** qui fera de la poésie le premier outil de changement de la vie. Elle doit être frénétiquement inventive et se recommande de **Rimbaud**, **Jarry**, **Lautréamont** et **Apollinaire**. Passionnés par la psychanalyse de **Freud**, explorant les ressources du hasard, de l'écriture automatique et du rêve, les surréalistes espèrent libérer la poésie de la rationalité. **Desnos** apparaît comme l'un des plus doués à ces jeux dont la pratique s'étend de 1920 à 1935. **Aragon** et **Éluard**, sympathisants communistes, se détachent du groupe pour suivre leur propre voie et chantent la Résistance à l'occupation allemande. **Jouve** se consacre à sa foi chrétienne.

Pierre **Reverdy**, ami des cubistes, et **Supervielle** ou **Saint John Perse**, restent à distance de cette mouvance.

• **Après la guerre,** **Char**, **Prévert**, **Bonnefoy**, **Cadou** se dispersent. **Follain** brosse des tableaux familiers, Char mène une recherche exigeante de densité du langage. Cette période incertaine ouvre la voie aux **recherches formelles des lettristes** et de **l'Oulipo** présidé par **Queneau** ou aux développements particuliers de **Michaux**, **Ponge**, **Guillevic**, **Bonnefoy**, **Tardieu**, **Frénaud** et **Jacottet**. L'écriture poétique est toujours largement pratiquée comme en témoigne de nombreux concours mais sa diffusion reste assez confidentielle.

Des poètes contemporains

- Michaux, *Plume* (1938 et 1963)
- Ponge, *Le Parti pris des choses* (1942)
- Char, *Fureur et mystère* (1948)
- Bonnefoy, *Pierre écrite* (1953)
- Jacottet, *L'Ignorant* (1953)

• **Si La poésie écrite peine à trouver son public,** on retrouve cette forme d'expression dans la **chanson** dont la diffusion devient extraordinaire grâce à de nouveaux moyens techniques accessibles à tous : radio, disques, télévision, Internet aujourd'hui. Des auteurs-compositeurs-interprètes de talent comme **Brassens**, **Brel**, **Ferrat**, **Barbara**, Françoise **Hardy**, Véronique **Samson**, Catherine **Ringer**, Mylène **Farmer** ont une grande audience.

D Au xxie siècle

• **Une nouvelle génération.** Après une assez longue éclipse due à la concurrence de la variété de langue anglaise, est apparue une **nouvelle génération d'auteurs** dont de très nombreuses femmes ; On peut recenser une centaine d'« autrices-compositrices-interprètes françaises » parmi lesquelles Jeanne **Cheral** ou Émilie **Loizeau**.

• **Le rap.** Importé de la culture hip-hop américaine, le **rap** a permis une expression poétique française nouvelle, plus subversive dont les auteurs se disent inspirés par Baudelaire, Rimbaud et Lautréamont (MC Solaar : *Prose Combat en* 1994, Ali et Booba : *Mauvais œil* en 2000).

ŒUVRE

Victor Hugo, *Les Contemplations*, Livre I à IV (1856)

Les mémoires d'une âme

1 Étude de l'œuvre

A Le contexte

• Contexte historique

1851 : coup d'État de Louis Napoléon Bonaparte ; instauration du Second Empire (1852-1870).
1854-55 : guerre de Crimée : Français et Anglais aident les Ottomans à résister à la Russie ; Mac Mahon prend le fort Malakoff à Sébastopol ce qui entraîne le retrait du Tsar Alexandre II. Le traité de Paris, signé le 30 mars 1856, accroît le prestige de Napoléon III.

• Situation de l'œuvre dans la vie de l'auteur

Victor Hugo a cessé de publier des recueils poétiques lyriques depuis *Les Rayons et les ombres* (1840). Républicain, il s'est consacré à la lutte politique contre Napoléon III qui l'a exilé juste après son coup d'état. Réfugié dans les îles anglo-normandes, il publie la monumentale satire des *Châtiments* en 1853. L'exil aggrave la détresse morale qu'il éprouve depuis la mort accidentelle de sa fille Léopoldine et de son époux Charles Vacquerie. Ils se sont noyés dans la Seine, à Villequier, le 4 septembre 1843. *Les Contemplations* est inspiré par cette double souffrance.

• Situation dans un courant littéraire

Ce recueil est dans la ligne de la poésie romantique lyrique qui s'interroge sur la destinée humaine, le temps, le souvenir et se libère partiellement des formes de la poésie classique.

B La forme : type de poésie

Comme les autres romantiques dont il était le chef de file, Hugo conserve l'ample enchaînement de vers pairs (octosyllabes, décasyllabes, alexandrins). Il recourt parfois à des **formes fixes** comme **le sonnet**.
Fidèle à son désir de « disloquer ce grand niais d'alexandrin », il recourt à la division en trois du vers, au **rejet** et au **contre-rejet** pour briser sa monotonie binaire.

C Les thèmes

• **Le recueil** est structuré en deux parties de trois livres chacune dont l'axe est la **mort de Léopoldine**.
– « Autrefois » comprend 77 textes censément écrits avant 1843. Ils évoquent le bonheur familial passé et la nature ainsi que les engagements politiques de l'auteur depuis 1840.
– « Aujourd'hui » comporte 59 textes. Le premier livre est consacré à Léopoldine. L'expression du deuil personnel s'élargit sur une réflexion philosophique puis visionnaire.
Par le récit de sa vie, Hugo renvoie le lecteur à sa propre destinée.

• **Livre I :** Aurore - 29 poèmes
Hugo les consacre aux souvenirs de sa jeunesse : émois amoureux et devant la nature, souvenirs de collège et débats du poète en herbe.

• **Livre II :** l'âme en fleur - 28 poèmes
Ils évoquent sa relation amoureuse avec Juliette Drouet, leur rencontre et les moments de bonheur et de tension de leur longue relation.

• **Livre III :** Les luttes et les rêves - 30 poèmes
Livre de l'engagement militant Hugo y décrit la misère sociale et morale et celles de la société moderne dont il dénonce les cruautés : guerre, tyrannie, peine de mort.

• **Livre IV :** Pauca Meæ (quelques vers pour ma fille) - 17poèmes
Ils sont consacrés à sa fille et au deuil impossible à faire de cette mort accidentelle dans la fleur de l'âge.

2 Parcours « Les Mémoires d'une âme »

« **Les Mémoires d'une âme** », cette expression est celle qu'Hugo emploie dans la préface des *Contemplations* pour présenter son œuvre.
– **Âme** : « Ce sont en effet toutes les impressions, tous les souvenirs, toutes les réalités, tous les fantômes vagues, riants ou funèbres, que peut contenir une conscience, revenus et rappelés, rayon à rayon, soupir à soupir et mêlés dans la nuée sombre ».
– **Mémoires** : 25 années sont dans ces deux volumes. L'auteur a laissé pour ainsi dire ce livre se faire en lui. « La vie, en filtrant goutte à goutte à travers les événements et les souffrances, l'a déposé dans son cœur. »

Les documents complémentaires

– Œuvre poétique d'un autre siècle : Apollinaire, *Alcools*, (1913).
– Un autre aspect de la poésie d'Hugo : *Les Châtiments* « Souvenir de la nuit du 4 » (1852).
– Un autre objectif de la poésie : un texte parnassien, Théophile Gautier, *Emaux et Camées* « l'Art » (1852).
– Une autre forme de confidence : Paul Verlaine, *Romances sans paroles* « Colloque sentimental » (1874).
– Un tableau romantique : Caspar David Friedrich, *Femme dans le soleil du matin* (1818), Musée Folwgang, Essen.

▲ *Femme dans le soleil du matin* de C.D. Friedrich (1818)

ŒUVRE

Charles Baudelaire, *Les Fleurs du Mal* (1857)

Alchimie poétique : la boue et l'or

1 Étude de l'œuvre

A Le contexte

• **Contexte historique**

1851 : coup d'État de Louis Napoléon Bonaparte renversant la deuxième République.
1852-1870 : Second Empire de Napoléon III.
1854-55 : guerre de Crimée.

• **Situation de l'œuvre dans la vie de l'auteur**

Baudelaire publia à 36 ans un recueil regroupant des poèmes publiés dans diverses revues depuis 15 ans et des inédits récents sous les titre *Les Fleurs du mal*, parallèlement à son métier de journaliste, critique d'art et littéraire. Il devait effectivement exercer une activité car sa famille, inquiète de sa vie dissolue, l'avait privé de la jouissance immédiate de l'héritage paternel après avoir tenté de le ramener à la raison par un voyage et un séjour à la Réunion. Son livre fut condamné en justice pour immoralité. Cet échec s'additionnant à ses autres difficultés l'abattit complètement. Il mourut misérablement en 1867, dix ans après la publication et un an après un malaise qui le laissa aphasique et paralysé.

• **Situation dans un courant littéraire**

Cette œuvre a été publiée la même année que *La Vigne et la maison,* recueil du poète romantique Lamartine et *Odes funambulesques* le recueil du poète parnassien Théodore de Banville. Baudelaire, conscient de la décadence du romantisme en épanchements sentimentaux complaisants, n'adhère pas à la réaction parnassienne qui se tourne vers la recherche de la seule beauté matérielle car « Congédier la passion et la raison, c'est tuer la littérature » et laisser l'âme inassouvie. (*L'Art romantique* 1852). Il cherche un nouveau mode d'expression des émotions.

B La forme : type de poésie

Baudelaire revient aux **formes poétiques classiques** comme le **quatrain** à **rimes plates** ou le **sonnet**, propres à brider les épanchements inconsidérés.
Dans *Les Fleurs du mal,* il utilise les vers classiques.
Son innovation réside davantage dans la recherche d'images propres à rendre compte des caractéristiques de l'existence.

C Les thèmes

Le recueil comporte six parties :
– « Spleen et idéal » 85 poèmes,
– « Tableaux parisiens » 18 poèmes,
– « Le vin » 4 poèmes,
– « Fleurs du Mal » 8 poèmes,
– « Révolte » 2 poèmes,
– « La mort » 5 poèmes.

Il traite du déchirement de l'âme, générateur de mélancolie et d'angoisse (Spleen) entre deux pôles opposés : la nature et l'homme sont corruptibles physiquement et moralement. L'attraction

pour les plaisirs de la chair est dégradante et coupable. Le mal prend des aspects horribles et répugnants.
Cependant, l'être humain sent en lui l'aspiration à une pureté spirituelle assimilée aux images d'extase dans des ciels limpides ou des paysages exotiques et sublimes.
Pour atteindre cet idéal qui se dérobe et sortir du spleen, s'offrent divers moyens d'évasion : les drogues (haschich, alcool, tabac) mais aussi les parfums, la musique, l'extase sexuelle.
Tous échouent à apaiser l'âme ce qui suscite la révolte blasphématoire contre Dieu et Jésus.
La paix finalement ne pourra être trouvée que dans la mort où l'extase sera innocente.

2 Parcours « Alchimie poétique : la boue et l'or »

La formulation laisse entendre que la poésie disposerait du pouvoir magique de créer de la beauté à partir de la laideur.
Dans un texte destiné à servir d'épilogue au recueil, Baudelaire écrit :

« Ô vous ! soyez témoin que j'ai fait mon devoir
Comme un parfait chimiste et comme une âme sainte.
Car j'ai de chaque chose extrait la quintessence,
Tu m'as donné ta boue et j'en ai fait de l'or ».

A La boue

Baudelaire est sensible à la corruption et à la dégénérescence de la nature à l'inverse de l'idéalisation qu'en font les Romantiques. Il est de même attentif aux laideurs sociales et humaines que sont la décrépitude physique et le vice. Son univers est brouillé, noir et ruisselant. Son être même lui paraît souillé, coupable et impuissant ; son état d'esprit est morbide et déprimé. Il est hanté par la figure de Satan.

B L'or

Il aspire cependant à la pureté, à un état de sérénité créé par l'harmonie du corps et de l'esprit qu'il imagine existant ailleurs ou avant.

C L'alchimie

Les opérations de transmutation (terme qui renvoie aux pratiques des alchimistes du Moyen Âge) ont pour agents des auxiliaires artificiels (alcool, drogue, tabac) ou se font à l'aide de sensations sonores, olfactives, tactiles, particulièrement suscitées par la musique et la sensualité amoureuse.

D L'échec de l'alchimie

La femme à la fois corrompue et sublime suscite un amour ambigu qui à la fois exalte et dégrade. Elle aggrave l'écartèlement entre le Spleen et l'idéal. La religion est impuissante. La mort apparaît alors comme la voie d'accès à un état réconcilié et bienheureux.

Les documents complémentaires

– Œuvre poétique d'un autre siècle : Apollinaire, *Alcools* (1913).
– Un autre aspect de l'œuvre de Baudelaire : *Le peintre de la vie moderne* (1863).
– Un autre exemple d'alchimie : Arthur Rimbaud, *Poésies* « Les Effarés » (1870).
– Un autre type de poésie : Victor Hugo, *Les Contemplations* et Théophile Gautier, *Emaux et Camées* « l'Art » (1852).
– Un tableau : Jusepe de Ribera, *Le Pied bot* (1642), musée du Louvre.

ŒUVRE

Guillaume Apollinaire, *Alcools* (1913)

Modernité poétique ?

1 Étude de l'œuvre

A Le contexte

• Contexte historique

1905 : loi de séparation de l'Église et de l'État.
1906 : réhabilitation du capitaine Dreyfus.
1908 : Georges Braque peint le tableau cubiste *Le Viaduc à l'Estaque.*
1913 : Poincaré président de la République ; Roland Garros traverse la Méditerranée en avion.

• Situation de l'œuvre dans la vie de l'auteur

Apollinaire mène une vie précaire et itinérante jusqu'à ce qu'il se lie en 1907 à l'avant-garde artistique parisienne. À partir de 1910, il publie divers articles dans différentes revues. En 1913, il publie *Alcools* en même temps que *Les peintres cubistes, méditations esthétiques*, ce qui consacre sa notoriété.

• Situation dans un courant littéraire

« L'Esprit nouveau »

Autour des peintres cubistes se retrouvent Apollinaire avec d'autres poètes et prosateurs modernes (Cendrars, Larbaud, Reverdy, Morand, Cocteau...). Tous partagent l'idée que la révolution technique à laquelle ils assistent impose une révolution des modes de représentation du monde. Pour Apollinaire, la poésie n'est pas un simple travail littéraire mais une façon de vivre.

B La forme

• Type de poésie

Le désir de modernité dicte à Apollinaire un rejet de la prosodie, des contraintes formelles et de la construction d'ensemble. La ponctuation disparaît au profit du rythme. Les vers et les strophes sont irréguliers. L'assonance remplace souvent la rime et ne respecte plus l'alternance masculine/ féminine.

Le poème est un objet issu d'associations libres, riche en images visuelles et motrices pour se calquer sur l'accélération technique de l'époque. Il mêle les temps et les lieux, abonde en images disloquées.

C Les thèmes

Apollinaire rassemble des poèmes écrits de 1898 à 1913, correspondant aux périodes de son voyage en Allemagne, de sa fréquentation de l'avant-garde parisienne et de sa liaison avec la peintre Marie Laurencin mais sans respecter les ordres chronologiques ou thématiques. Il organise et brouille les pistes, fait alterner des textes longs et courts, mais il ouvre et ferme le recueil avec des textes forts (« Zone » et « Vendémiaire »).

Le recueil est mis sous le **signe de l'eau de vie** au sens propre comme au sens figuré, symbole d'inspiration poétique et de dynamisme vital.

Il traite en désordre divers sujets :

– beauté et énergie de la modernité qui se révèle particulièrement en ville ;
– redécouverte du quotidien ;
– mélancolie, sentiment de solitude, souffrance amoureuse ;
– les marginaux auxquels le poète s'identifie.

2 Parcours « Modernité poétique ? »

Le point d'interrogation invite à se demander si la modernité poétique est réelle dans ce recueil.

A Aspects traditionnels dans *Alcools*

- Reprise de lieux communs sentimentaux comme l'aspect éphémère de l'amour : « Le pont Mirabeau ».
- Reprise de formes anciennes et populaires comme la chanson (« Chanson du Mal aimé ») ou la fable médiévale (« La Lorelei »).
- Reprise du lieu commun romantique associant les sentiments suscités par l'amour malheureux à ceux ressentis en automne (« Les colchiques »).
- Reprise au courant symboliste du procédé associant deux réalités dont une devient l'emblème, l'allégorie, le symbole de l'autre (« Le Brasier »).

B Innovation dans *Alcools*

- Dérision face aux clichés symbolistes (« Palais », « Clair de lune »).
- Recherche de l'effet de surprise par des associations inattendues d'images imitant les procédés des peintres cubistes (collages, superpositions de points de vues différents), ou futuristes (déformation ou démultiplication d'images).
- Textes décousus et énigmatiques (« Liens »).
- Émerveillement devant la modernité (« Zone »).

Les documents complémentaires
– Œuvres poétiques d'un autre siècle : Victor Hugo, *Les Contemplations* (1856), Charles Baudelaire, *Les Fleurs du Mal* (1857). – Un autre texte de Baudelaire sur la modernité : *Le peintre de la vie moderne* (1863). – Un autre aspect de la poésie d'Apollinaire : un calligramme. – Un poème à forme traditionnelle de la même époque : Paul Valéry, *Charmes* « Cantique des colonnes » (1922). – Un tableau : Umberto Boccioni, *Les pavés de rue* (1914).

▲ *Les pavés de rue* d'Umberto Boccioni (1914)

2 La littérature d'idées du XVIe au XVIIIe siècle

La littérature est une forme d'art qui ne se limite pas à la fiction ou à la recherche esthétique. Le **travail de l'expression** a aussi été mis au service de la pensée et de la réflexion philosophique. Les grands problèmes concernant les êtres humains ont pu être abordés à travers le théâtre, la poésie et le roman, mais des genres spécifiques se sont constitués pour permettre un déploiement plus libre et plus précis de la pensée.

RABELAIS (1494-1553) MONTAIGNE (1533-1592) DESCARTES (1596-1650) LA FONTAINE (1621-1695) VOLTAIRE (1694-1778)

1 Évolution historique

A L'humanisme de la Renaissance

• **Au Moyen Âge, la question de Dieu est au centre de la réflexion.** Le courant de **l'humanisme** correspond à la réhabilitation de la culture littéraire gréco-latine où la réflexion philosophique se déploie en marge de la religion. Elle apparaît comme la plus apte à former l'humain, au sens le plus noble du terme. **L'exercice de la raison et la réflexion** sur ces modèles doivent conduire à l'épanouissement intellectuel et à la sagesse.

• **Cet idéal est soutenu par la diffusion du livre imprimé** et la création de **librairies** dans les villes. Le français devient la langue officielle en 1539. On le met en forme, on l'enrichit, on élabore des dictionnaires de tous types.

• **Une meilleure pédagogie.** On critique la sclérose des universités médiévales ; **Rabelais** et **Montaigne** entre autres réfléchissent à une meilleure pédagogie.

• **On compare les divers systèmes politiques** pour trouver celui qui pourrait permettre l'établissement d'une société idéale. Morale et politique sont au cœur des préoccupations des intellectuels européens.

• **Le recentrage de la pensée sur l'humain** débouche sur un autre regard sur le monde. Il n'est plus considéré du point de vue de Dieu mais il doit être découvert et compris par celui qui l'habite. Les peintres se penchent sur la question de sa représentation réaliste propre à le rendre compréhensible. On collectionne les curiosités naturelles rencontrées dans les voyages lointains.

▲ *Pantagruel* de Rabelais

Personnage-clé

Le **Pantagruel** du roman de Rabelais est un géant légendaire doté de toutes les qualités de l'humaniste.

• **Une grande confiance dans les possibilités intellectuelles de l'humain** nourrit un **appétit de savoir universel** et le désir de tout examiner par soi-même. On apprend le grec et l'hébreu en plus du latin pour pouvoir lire les auteurs antiques et la Bible, malgré la résistance de l'Église qui faisait autorité sur son interprétation mais s'était discréditée par ses abus. La chasse qu'elle fait aux hérétiques envoie sur le bûcher de nombreux ouvrages et même leurs auteurs comme **Dolet** en 1547.

• **À cette vision optimiste de l'humain** capable d'atteindre le bien par ses propres forces, va succéder un profond **pessimisme**. Les **guerres de religion** entre catholiques et protestants déchirent la fin du XVIe siècle et ébranlent sévèrement la confiance dans l'être humain. La découverte d'un nouveau continent et la **reconnaissance du système de Copernic**, qui met le Soleil et non plus la Terre au centre de la galaxie, perturbent toutes les références. Jean de Sponde dans ses poèmes et Montaigne dans *Les Essais* (1580) expriment toutes ces incertitudes.

▲ Copernic (1473-1543)

B L'époque classique

• **L'Église oppose à la Réforme une contre-offensive catholique** mais l'angoisse du salut reste vive. Les **Jansénistes** pensent que le destin de l'individu dépend du choix de Dieu et non du mérite individuel. Leur position sera brillamment défendue par **Pascal**. Ce dernier entreprend par ailleurs un ouvrage où il expose toutes les raisons qui doivent conduire l'humain à la Foi. Il reste inachevé et est publié sous le titre *Pensées* en 1670.

• **La mesure succède à la frénésie du siècle précédent ;** « l'honnête homme » est celui qui est capable de s'intéresser à tout sans pédanterie. Le philosophe **Descartes** trouve un recours essentiel dans la raison. **Tout doit être mis en doute** jusqu'à ce qu'une certitude puisse servir de base à la construction méthodique d'un système fiable (*Le Discours de la méthode,* 1637). La certitude atteinte est celle de sa pensée qui est la preuve de l'existence de l'humain. L'existence de Dieu lui semble prouvée par le fait que l'esprit en conçoit l'idée. Les règles que Descartes instaure sont **fondées sur la logique** et s'inspirent de la démarche en physique et permettront le développement des sciences.

• **Les libertins.** Parallèlement, les **Libertins** se référant au matérialisme antique contestent la religion : l'humain est un être terrestre qui doit s'épanouir sur terre en suivant les lois de la nature. La pensée matérialiste ne cessera de se renforcer au cours des siècles suivants.

• **Les moralistes classiques.** À l'inverse des auteurs **baroques**, fascinés par le mouvement et la complexité du monde, les auteurs du XVIIe siècle sont à la recherche de stabilité. Ils s'intéressent à ce qui est éternel dans l'humain et se penchent particulièrement sur les valeurs morales. (La Fontaine, La Rochefoucauld). **Leur pessimisme se révèle dans le goût pour la tragédie** qui met en scène le conflit de la raison et des passions et pose le problème du fréquent échec de la volonté. Il faut attendre le début du XXe siècle avec la théorie de l'inconscient mise en forme par Freud pour que soit profondément modifiée cette analyse psychologique.

• **La progression de l'absolutisme** génère une nouvelle forme d'autorité intellectuelle qui mobilise toutes les énergies et toutes les formes d'expression au service de la grandeur de la figure royale. Cependant, à la fin du siècle, la querelle des Anciens et des Modernes annonce des temps différents.

C L'homme des Lumières

• **Les voyages. Les voyages en Océanie** et les contacts avec d'autres civilisations conduisent à la notion de la **relativité des valeurs**. Il s'agit de dépasser les bornes des cultures nationales et de penser un humain cosmopolite. L'autorité et le fanatisme doivent laisser place à la pensée libre et au droit naturel. L'étude des sociétés et la comparaison des systèmes politiques passés et présents visent à imaginer le gouvernement idéal. ***L'Encyclopédie*** rassemble et organise ces conceptions

• **L'engouement pour la démarche scientifique** qui se développe dans le domaine de l'étude de la nature, l'intérêt pour l'agronomie et l'économie nourrissent l'espoir d'une possible maîtrise du monde et la foi dans un nouveau concept, celui de progrès qui mène l'humanité de l'état de nature à la civilisation. Cette idée accentue l'impatience face à toutes les formes d'autorité qui verrouillent l'ancien monde et servira de ferment à la Révolution.

• **Malgré la critique de Rousseau,** la foi dans le progrès se maintient au XIXe siècle. **Soutenue par les résultats de la révolution industrielle**, elle sera mise en forme par le **positivisme** d'Auguste **Comte** qui décrira la marche progressive de la connaissance humaine et le scientisme manifestera une confiance aveugle dans la science. Mais le désastre des guerres mondiales du XXe siècle mettra à mal cette idéologie.

• **La révolte contre l'intolérance religieuse** accélère les progrès de la **libre-pensée** qui sera dynamisée par le **matérialisme historique de Marx** au XIXe siècle jusqu'à ce que, au milieu du XXe siècle, la philosophie cherche à penser la situation de l'humain sans Dieu. **Sartre** et **Camus** s'interrogent sur le sens de l'existence humaine dans cette hypothèse. Elle apparaît absurde, sa seule justification étant dans l'engagement au côté des autres humains pour lutter contre les maux qui l'accablent.

2 Les genres qui abordent la question de l'argumentation

• **Toute question philosophique** peut s'exprimer dans les genres traditionnels de la littérature : poésie (La Fontaine, Hugo), théâtre (la tragédie, le théâtre de l'absurde), roman (Sartre et Camus).

• **Mais elle peut aussi s'exprimer dans des genres spécifiques,** originaux comme les essais, forme inventée par Montaigne ou le détournement de légende pratiqué par Rabelais.

• **Au XVIIe siècle,** elle utilise des **formes plus codifiées** comme le discours, la fable, les maximes, les portraits.

• **Au XVIIIe siècle,** **critiques et utopies** prennent des formes imagées et se glissent dans des récits ou des contes apparemment innocents. On fait s'affronter les points de vue dans des dialogues, des échanges de lettres. Les dictionnaires, les discours et la forme encyclopédique révèlent la volonté didactique des auteurs.

Remarque

La tonalité de ces types de texte peut être :
– sérieuse et grave ;
– légère et divertissante ;
– mais aussi polémique, allant de l'épigramme ou du mot d'esprit ironique au pamphlet qui s'exprime avec violence.

3 Les démarches argumentatives

• **Défendre une thèse.** Quelles que soient les formes littéraires adoptées, **les textes argumentatifs sont construits pour défendre une thèse.** Le plus souvent les auteurs abordent, outre le leur, divers points de vue possibles sur le sujet traité, qui ont été défendus par des penseurs antérieurs ou contemporains. Ils peuvent aussi se situer par rapport au sens commun. Mais dans tous les cas, leur position s'établit :
– soit en en **réfutant** d'autres ;
– soit en les **nuançant** ;
– soit en les **appelant** en renfort.

• **La rhétorique.** Les auteurs utilisent des **types d'arguments répertoriés par la rhétorique** comme la règle de justice, l'argument *ad hominem*, le paradoxe ou le syllogisme.

• **Pour persuader, ils exploitent les ressources des figures de style :** analogies, antithèses, euphémismes, hyperboles…
Ils adoptent une disposition de leur argumentation propre à entraîner l'adhésion du lecteur.

ŒUVRE

François Rabelais, *Gargantua* chapitres XI à XXIV (1535)

La bonne éducation

1 Étude de l'œuvre

A Le contexte

• Contexte historique

1515-1547 : règne de François Ier.
1520 : rupture de Luther avec Rome.
1534 : affaire des Placards. Début de la répression contre la Réforme.
1539 : ordonnance de Villers-Cotterêts, le français devient langue officielle.
1543 : système de Copernic (la Terre tourne autour du Soleil).
1545-1563 : concile de Trente, réaffirmation du dogme catholique.

• Situation de l'œuvre dans la vie de l'auteur

Né en 1483, en Touraine, François Rabelais, fils d'un avocat, entre jeune dans les ordres où il étudie le grec. Mais en 1530, il abandonne la vie monastique pour étudier la médecine à Montpellier, métier qu'il exerce à Lyon puis au service du cardinal Jean Du Bellay qu'il accompagne à Rome. Au retour, il publie *Gargantua*, qui fait suite à *Pantagruel* édité à Lyon en 1532. Il voyage beaucoup et publie le *Tiers livre* en 1546 et une version incomplète du *Quart livre* en 1548, dont la diffusion sera combattue par l'Église catholique qui a déjà condamné la réédition, pourtant édulcorée, des deux premiers ouvrages en 1543 et 1544. Le cardinal Jean du Bellay lui conserve sa protection. La mort de Rabelais en 1553 lui épargne les poursuites que lui aurait values la publication en 1552 du *Quart livre* complet, également condamné.

• Situation dans un courant littéraire

L'humanisme, courant né en Italie au XIVe siècle, gagne l'Europe entière aux XVe et XVIe siècles. Il est dynamisé par la redécouverte des textes antiques, à l'issue de la prise de Constantinople en 1453 par les Ottomans. Il exprime l'ardent désir d'un renouveau inspiré par l'Antiquité gréco-latine. Il s'appuie sur une formation intellectuelle rénovée et facilitée par l'invention et le développement de l'imprimerie. Le roi François Ier soutient ce courant novateur. Le libre examen des textes sacrés, rendu possible par l'apprentissage du grec et de l'hébreu, débouche sur une contestation de l'autorité de l'Église catholique par divers courants de la Réforme. Malgré la tenue d'un concile, de sanglantes guerres de religion éclatent dans toute l'Europe.

B La forme

• Une parodie : *Gargantua* est une parodie des chroniques de dynasties princières, auxquelles l'œuvre emprunte la structure narrative (formation et exploits du héros), et de l'épopée, dont elle imite la démesure.

• Des éléments repris de la tradition folklorique : Rabelais reprend une tradition folklorique mettant en scène des géants légendaires, propre à la culture carnavalesque qui tourne en dérision et inverse les valeurs sociales comme le fait le carnaval le temps d'une fête.

• Diverses formes de comique : l'effet de disproportion dû au gigantisme, le registre de la farce (mauvaises plaisanteries, paillardise, scatologie), la caricature et la satire ; le comique verbal de l'oralité (poème, discours, conversation, propos de nourrice, proverbes) ; l'accumulation cocasse d'expressions populaires pittoresques ; le détournement de la langue savante, avec des néologismes et des étymologies fantaisistes, mais aussi la caricature du latin dégradé qui était jusque-là la langue officielle.

C Les thèmes

• ***Gargantua* est une satire** des membres de l'élite nobiliaire et de l'université qui se signalent par un cérémonial et des accoutrements ridicules. Cette élite envoie en ambassade son dignitaire le plus remarquable qui s'avère être stupide, goinfre, ivrogne, cupide et surtout ignorant. Elle est le socle d'une religion purement mécanique et formaliste et d'une vie intellectuelle totalement sclérosée.

• **Une apologie d'une nouvelle idée de l'homme et de la pratique religieuse**, qui s'exprime à travers la confrontation de deux systèmes éducatifs, est également véhiculée dans l'œuvre de Rabelais.

• **Le jeu** qui consiste à passer constamment et sans transition d'un univers crédible, par sa localisation et les détails précis du quotidien, au merveilleux, a une visée sérieuse comme l'annonce le prologue de l'œuvre.

2 Parcours « La bonne éducation »

Le qualificatif « bonne » implique que l'éducation puisse être mauvaise. Rabelais oppose le système médiéval et le système humaniste tant sur le plan de la personnalité des enseignants et la durée de la formation que sur ses effets.

• **Ponocrates**, le nouveau précepteur de Gargantua, reprend les disciplines traditionnelles médiévales (arithmétique, géométrie, astronomie, musique, rhétorique) mais en mettant en évidence leurs applications concrètes. Elles sont complétées par une formation scientifique (botanique, médecine) et technique (beaux-arts et artisanat).

• **La pratique religieuse** mécanique et quantitative est remplacée par l'observation de la vie qui nourrit la foi ; grâce est rendue à Dieu à propos et en y réfléchissant personnellement.

• **L'éducation physique** était absente de la première éducation reçue par Gargantua car la religion méprise, ignore et maltraite le corps. L'équitation et l'usage des armes propres à la chevalerie sont introduits et complétés par l'apprentissage des autres techniques de guerre. Le futur roi doit être endurant, adroit, agile, fort, ce qui s'acquiert à l'aide de disciplines d'athlétisme qui sont aussi des entraînements du caractère et de la volonté.

• **Après avoir passivement écouté,** recopié et appris par cœur stupidement des textes théologiques, Gargantua étudie en jouant, en observant, en imitant de grands modèles. Les journées sont très remplies mais les activités physiques et intellectuelles sont parfaitement équilibrées et menées avec le souci de l'hygiène, de la diététique et de la salubrité.

Les documents complémentaires
– Rabelais, *Pantagruel*, « Lettre de Gargantua à Pantagruel » (chap. 8) (1532). – Montaigne, *Les Essais*, livre I, « De l'institution des enfants » (chap. 26) (1580). – Jean-Jacques Rousseau, *Émile ou de l'Éducation* (1762). – Jacques Prévert, *Paroles*, « Le cancre » (1946). – Les illustrations de Gustave Doré pour les éditions de 1851 et 1873 de *Gargantua*. – Une photographie de Robert Doisneau : *La pendule* (1956).

ŒUVRE

La Bruyère, *Les Caractères*, livre XI « De l'Homme » (1688)

Peindre les Hommes, examiner la nature humaine

1 Étude de l'œuvre

A Le contexte

• Contexte historique

1643-1715 : règne de Louis XIV.
1683 : mariage de Louis XIV avec Madame de Maintenon, très dévote ; le roi devient austère et intolérant.
1685 : révocation de l'Édit de Nantes, persécutions des protestants.
1688-1697 : guerre de la Ligue d'Augsbourg, très coûteuse.

• Situation de l'œuvre dans la vie de l'auteur

Né en 1645 dans une famille bourgeoise, Jean de La Bruyère fait des études de droit puis achète une charge de trésorier. Il mène une vie de rentier modeste à Paris jusqu'à ce que Bossuet le place comme précepteur du petit-fils du Grand Condé et de sa jeune épouse, fille naturelle de Louis XIV, en 1684. Il fréquente la cour à partir de 1687 et publie *Les Caractères* en 1688. L'ouvrage obtient un grand succès et est réédité deux fois cette même année. Cette unique œuvre fut sans cesse remaniée et augmentée par son auteur et connut huit éditions. La Bruyère meurt subitement à Versailles en 1696.

• Situation dans un courant littéraire

La querelle des Anciens et des Modernes (1687-1700) est initiée par un poème de Perrault, *Le Siècle de Louis le Grand*, qui fait l'apologie du présent. L'influence croissante du rationalisme issu de Descartes débouche sur une critique et un rejet des modèles antiques par les philosophes Bayle, Fontenelle et Saint-Évremond. Les Anciens, grands aristocrates et membres de la haute bourgeoisie, défendent des positions conservatrices sur le plan esthétique comme politique. On compte parmi eux La Bruyère, Racine et Bossuet (précepteur du Dauphin de 1670 à 1680, évêque de Meaux, célèbre pour ses sermons et ses oraisons funèbres). Boileau, poète satirique et titulaire de charges à la cour, soutint Colbert dans la clarification de l'esthétique classique dont son *Art poétique* (1674) est le manifeste.

B La forme

Les Caractères sont publiés sans nom d'auteur à la suite d'une traduction faite par La Bruyère des *Caractères* de Théophraste (371-288 av. J.-C.). Ils se présentent sous forme de fragments, illustrant des genres très variés : portraits, jugements moraux, historiettes, nouvelles, maximes, pensées, essais, tableaux, petites plaidoiries. La brièveté et la diversité relancent constamment l'intérêt du lecteur.
Les tonalités vont du sérieux le plus solennel au franc comique en passant par l'humour ou l'ironie. Réaliste par la précision et la justesse de ses observations, l'auteur n'hésite pourtant pas à céder parfois à la fantaisie d'une exagération extravagante. Une structure solide évite toutefois la dispersion ou l'effet d'incohérence. Chaque livre possède son organisation propre et l'œuvre demande à être lue comme un tout organisé.
La Bruyère suit les principes de l'écriture classique qui préconise la recherche de la perfection formelle. Il pense, de plus, que le travail de la forme lui permet d'affiner sa réflexion.

C Les thèmes

• **Les mœurs de ce siècle :** c'est une analyse de la société aristocratique de la deuxième partie du XVIIe siècle, sous le règne de Louis XIV vieillissant.

• **La recherche de ce qui est permanent et universel dans l'Homme :** La Bruyère, comme les autres classiques, étudie l'Homme naturel (livres I à IV), l'Homme social (l. V à X), l'Homme moral (l. XI à XIV), l'Homme religieux (l. XV et XVI).

2 Parcours « Peindre les Hommes, examiner la nature humaine »

> La juxtaposition des deux verbes, « peindre » et « examiner », peut se charger de plusieurs valeurs : mise en parallèle ou relation de cause à effet. Pour peindre, il faut observer, ce qui permet de comprendre. Le passage du pluriel au singulier montre que la diversité des individus se résout par la mise en évidence de traits communs.

• **Dans le livre XI « De l'Homme »,** La Bruyère décrit une société très inégalitaire et très hiérarchisée qu'il ne conteste pas malgré la fatuité, la sottise et l'imposture qui y règnent. Les relations sociales y sont guidées par le sentiment de frustration, l'envie, la jalousie et marquées par l'incivilité, l'impolitesse, la raillerie voire la médisance et la calomnie, l'ingratitude.

• **S'attachant aux caractères masculins et aux traits féminins,** à ceux des enfants, des hommes mûrs et des vieillards, La Bruyère embrasse tous les aspects de la vie, ce qui lui permet de poser la question d'une nature humaine. Mais existe-t-il vraiment une constance de la personnalité puisque l'on constate qu'un bon naturel peut s'aigrir et se transformer au gré des événements ou des expériences malheureuses ? La Bruyère relève de nombreuses manifestations de la prétention, la futilité, l'incohérence et l'égocentrisme mais, surtout, il note la récurrence d'un rapport absurde à la vie et à la mort.

• **Ce constat fataliste de la nature humaine** doit nous permettre, selon l'auteur, de mieux supporter les travers de nos proches et d'adopter une attitude propre à faciliter les relations sociales donc de gagner personnellement en lucidité et en sagesse.

Les documents complémentaires
– Nicolas Boileau, *Satire III* (1666), *Satire IV* (1666), *Satire VIII* (1668). – François de La Rochefoucauld, *Maximes* (1665). – Jean de La Fontaine, *Fables*, « Les animaux malades de la peste » (1678-1679). – Molière, *Dom Juan* (1665), acte V scène 2 ; *Le Misanthrope* (1666), acte I scène 1. – André Comte-Sponville, *Petit Traité des grandes vertus* (la générosité, la gratitude, l'humilité, la tolérance) (1995).

ŒUVRE

Olympe de Gouges, *Déclaration des droits de la femme et de la citoyenne* (1791)

Écrire et combattre pour l'égalité

1 Étude de l'œuvre

A Le contexte

• Contexte historique

1774-1793 : règne de Louis XVI, déposé par l'Assemblée législative le 10 août 1792.
1789 : *Déclaration des droits de l'homme et du citoyen* (26 août).
1791 : entrée en vigueur de la Constitution (septembre).
1792 : ouverture du procès de Louis XVI (11 décembre).
1793 : durcissement de la coalition européenne décidée à anéantir la Révolution ; 10 mars : création du tribunal révolutionnaire ; guerre contre-révolutionnaire en Vendée ; 16 octobre : exécution de la reine Marie-Antoinette ; 24-31 octobre : exécution des principaux leaders girondins.

• Situation de l'œuvre dans la vie de l'autrice

Marie Gouze, qui se disait fille illégitime d'un homme de lettres, le marquis Lefranc de Pompignan, est née à Montauban en 1748 dans un milieu de langue occitane. Mariée à 17 ans, en 1765, et très rapidement veuve, elle quitte définitivement Montauban pour Paris. Sous le pseudonyme d'Olympe de Gouges, elle fréquente les salons intellectuels. En 1784, elle publie un roman épistolaire autobiographique. En 1785, elle présente au comité de lecture de la Comédie-Française *Zamore et Mirza ou l'heureux naufrage*, une pièce anti-esclavagiste qui suscite de nombreuses résistances et ne sera jouée que trois fois. Outre de multiples pièces dramatiques, Olympe de Gouges a publié dans la presse et a produit des affiches et des brochures. Elle est surtout connue pour la *Déclaration des droits de la femme et de la citoyenne* (1791) mais elle a aussi rédigé des projets de réformes sociales en faveur des opprimés, des femmes et des enfants. Son œuvre, très abondante, reste méconnue. Engagée dans l'action politique aux côtés des Girondins en 1792, s'opposant publiquement à Marat et Robespierre, elle fut condamnée à mort par le tribunal révolutionnaire et guillotinée le 3 novembre 1793.

• Situation dans un courant littéraire

Les femmes des Lumières animent des salons où s'élaborent les idées nouvelles. Elles sont aussi artistes, philosophes, physiciennes, astronomes, anatomistes, mathématiciennes… Jeanne Barret est exploratrice et botaniste. Le plus souvent autodidactes, ces femmes sont reconnues par leurs pairs.

Très impliquées tout au long de la Révolution, les femmes accèdent à la conscience de leurs droits et rejoignent des clubs militants à partir de 1790. En 1793, la Terreur interdit leur regroupement dans des associations. Beaucoup payèrent leur engagement de leur vie. Elles furent exécutées, tuées ou bien en moururent folles.

B La forme

• Un pastiche : la *Déclaration des droits de la femme et de la citoyenne* d'Olympe de Gouges reprend le style et la structure de la *Déclaration des droits de l'homme et du citoyen* de 1789, placée en exergue de la Constitution par l'Assemblée.

• **Un pamphlet :** la transposition au féminin oblige à des modifications qui mettent en évidence que la déclaration de 1789 n'est pas universelle et donnent à celle d'Olympe de Gouges un aspect polémique.

• **Un manifeste :** un postambule en deux parties très contrastées vise des destinataires différents. À une harangue véhémente adressée aux femmes succède une analyse destinée à l'ensemble de la société.

C Les thèmes

• **Les valeurs des Lumières :** la raison impose de remplacer la morale religieuse par la sagesse de la morale naturelle.

• **Les valeurs républicaines :** Olympe de Gouges milite pour l'égalité des esclaves, des femmes et des enfants naturels.

• **Le féminisme :** l'autrice rejette le préjugé d'une inégalité entre les deux sexes. Elle appelle, pour le progrès général, à balayer cette apparente vénération qui n'est que le masque de l'aliénation des femmes et de l'irrespect des hommes.

2 Parcours « Écrire et combattre pour l'égalité »

La coordination entre les deux verbes « écrire » et « combattre » suggère que l'écriture peut seconder l'action politique. Dans le cas d'Olympe de Gouges, malgré la *Déclaration des droits de l'homme* de 1789 et l'abolition des privilèges, un nombre considérable de personnes sont exclues de la citoyenneté pour laquelle elles se sont battues.

• **Combattre :** la rédaction et la publication de cinq exemplaires pour adoption par l'Assemblée législative de la *Déclaration des droits de la femme et de la citoyenne* est un acte militant. Le soutien demandé à la Reine à cette occasion par Olympe de Gouges lui portera tort.

• **Écrire :** pour convaincre les députés de réparer l'injustice faite aux femmes, le texte doit les rendre visibles en les particularisant et montrer aux révolutionnaires que leurs actes sont en contradiction avec leurs principes philosophiques, politiques et moraux. L'autrice dénonce les préjugés des hommes comme ceux des femmes. Elle veut convaincre ces dernières de la légitimité de leur participation aux affaires publiques. Elle met en scène la femme citoyenne et brosse le tableau futur d'une nation juste et harmonieuse, dont la ratification de ce texte permettrait d'amorcer la venue.

Les documents complémentaires

– Olympe de Gouges, *L'Esclavage des Noirs ou l'heureux naufrage*, drame en trois actes et en prose (1784).
– Jean-Jacques Rousseau, *Émile ou de l'Éducation*, livre V, « Sophie » (1762).
– Pierre Choderlos de Laclos, *Les Liaisons dangereuses*, lettre LXXXI, « De Madame de Merteuil au vicomte de Valmont » (1782).
– Article « femme » de l'*Encyclopédie* de Diderot et d'Alembert.
– Simone de Beauvoir, *Le Deuxième Sexe*, tome 2 (1949).

3 Roman et récit du Moyen Âge au XXIe siècle

Genre foisonnant et sous-estimé jusqu'au XIXe siècle, le **genre romanesque** connaît un succès tardif et se développe à une époque où la société connaît de grandes mutations politiques, économiques et sociales. Il reflète l'intérêt naissant pour l'individu d'une classe bourgeoise en pleine ascension sociale. L'idée de **destin personnel** s'impose ainsi que celle des déterminismes divers qui le conditionnent. Mais au XXe siècle, l'être humain semble se perdre dans la masse. Le personnage de roman est donc un révélateur des enjeux sociaux Le **personnage de roman** diffère du héros mythique, en ce que son destin n'est pas tracé. Ce dernier dépendra de la manière dont le personnage fera face aux événements auxquels il sera confronté.

Madeleine de Scudéry (1607-1701) — Diderot (1713-1784) — Stendhal (1783-1842) — Flaubert (1821-1880) — Maupassant (1850-1893) — Albert Camus (1913-1960)

Évolution historique

A Au Moyen Âge

• **Les premiers récits en langue populaire** (ancien français) étaient écrits en vers et chantés par des jongleurs itinérants. Ils reflétaient les valeurs d'une société aristocratique et guerrière. Les **exploits surhumains** de leurs héros étaient destinés à dynamiser les auditeurs. Il nous est parvenu des versions écrites de certaines de ces chansons de gestes (hauts faits) bien postérieures à l'époque de leur version chantée.

Exemple
La Chanson de Roland dont le manuscrit trouvé à Oxford et publié en 1837 est daté du XIe siècle mais évoque Charlemagne, couronné en 800.

• **Les récits épiques.** À la même époque et au cours des deux siècles suivants on observe un foisonnement de récits épiques organisés en cycles autour d'un personnage central. D'abord inspirés par le contexte historique des Croisades, leur morale vise ensuite à dépasser l'héroïsme pour promouvoir la sainteté.

• **À partir du XIIe siècle, de grands seigneurs provinciaux concurrencent le roi.** Leurs cours animées par les femmes quand les hommes partaient en croisades développent des valeurs nouvelles. L'idéal des chevaliers devient l'élégance, la prouesse, la générosité, la mesure et la pudeur, le culte de l'amour, et la vénération de la femme.

• Le roman courtois. Dans ce contexte se développe un nouveau genre de récit, il est écrit par des poètes musiciens, nommés **trouvères** ou **troubadours** parce qu'ils en inventent les intrigues et chanté par les jongleurs qui animent les cours. Le roman courtois, écrit en langue romane, puise ses sujets dans l'Antiquité gréco-latine, les légendes orientales et bretonnes.

> **Définition**
> **Roman courtois :** texte versifié écrit en langue romane et dont les valeurs sont celles de la société de cour.

> **Exemples**
> Les œuvres les plus célèbres sont l'histoire de Tristan et Iseult dont il nous reste les versions de Thomas et de Béroul et le cycle des **chevaliers de la Table ronde**, compagnons du roi Arthur, écrit par Chrétien de Troyes entre 1160 et 1190. *Le Chevalier* à la *Charrette* raconte l'histoire de Lancelot, *Le Conte du Graal* celle de Perceval.

• Le monde des clercs produit aussi des récits ironiques, exercices de style d'auteurs divers cumulés entre 1174 et 1250 sous le nom de *Roman de Renart*. Ils mettent en scène un goupil nommé Renart, si populaire que l'animal sera désormais désigné par ce nom propre. Le loup Ysengrin, le chat Tibert et l'ours Brun nous sont encore familiers.

▲ *Roman de Renart*

• Les fabliaux. Hors des cours dans les milieux populaires se développent aux XIIIe et XIVe siècles les **fabliaux** dont le nom désigne des récits inventés. Ils racontent de brèves anecdotes destinées à faire rire par leur truculence ou leur gaillardise et qui répondent ironiquement aux contes moraux ou édifiants. La plupart des auteurs sont anonymes, poètes amateurs, jongleurs ou clercs marginaux comme Rutebeuf auteur du *Testament de l'âne* (vers 1253).

B À la Renaissance

• Les guerres d'Italie menées par les Valois ont fait découvrir aux rois français la **Renaissance italienne** et ses formes d'expression imitées de l'Antiquité. La sœur de François Ier, Marguerite de Navarre, anime à Nérac une cour cultivée et écrit elle-même un recueil de nouvelles inspirées du *Décameron* de l'italien Boccace, l'*Heptaméron* (vers 1545). Bloqués durant sept jours par le mauvais temps dans une abbaye, dix voyageurs racontent pour se distraire des récits aux tonalités très diverses.

▲ Marguerite de Navarre, entourée de ses dames de compagnie

• Les interrogations humanistes s'expriment à travers de multiples écrits et prennent une forme réjouissante sous la plume de Rabelais (1483-1553). S'inspirant de légendes populaires, il déroule sur cinq livres les aventures de géants philosophes qui donnent leur nom aux deux premiers livres : *Pantagruel* (1532) et *Gargantua* (1534).

> **Définition**
> **Humanisme :** mouvement intellectuel se développant en Europe à la Renaissance et qui, renouant avec la civilisation gréco-latine, manifeste un vif appétit critique de savoir, visant l'épanouissement de l'homme rendu ainsi plus humain par la culture.

C Au XVIIe siècle

• **Le roman précieux.** Au début du siècle, de grandes dames désertent le palais royal du Louvre trop vulgaire à leur goût. Autour d'elles se constitue un **courant précieux** dont les adeptes s'adonnent dans des salons privés à des jeux poétiques et littéraires subtils ou à l'écriture de récits en prose.

• **Le roman précieux est une œuvre d'imagination** mettant en scène des **personnages idéalisés** qui évoluent dans un univers artificiel et conventionnel reflétant les manières de vivre de l'aristocratie de l'époque. Les **intrigues amoureuses** sont compliquées, sans souci de vraisemblance. Charles Sorel, dans *L'Histoire comique de Francion,* le parodie. Il tourne en dérision les élans poétiques et épiques en racontant les tribulations amoureuses d'un gentilhomme dans la tradition gauloise de Rabelais ou de Montaigne.

> **Exemples**
> *Le Roman bourgeois* d'Antoine Furetière (1666) et *Le Roman comique* de Paul Scarron (1651-1657) appartiennent au genre burlesque, parodie d'un genre sérieux.

• **Des œuvres fondatrices.** Madame de Lafayette inaugure en 1662 avec *La Princesse de Montpensier* (dont Bertrand Tavernier a réalisé une adaptation cinématographique en 2010) ou en 1678 avec *La Princesse de Clèves* une forme nouvelle à l'origine du roman moderne. Les personnages sont toujours idéalisés, mais évoluent dans le contexte historique de la cour des Valois au XVIe siècle et côtoient des personnages réels. Les héroïnes vivent un conflit psychologique intense entre l'amour et la vertu, sujet principal du récit.

• **Le roman philosophique.** Le goût de l'époque classique pour l'Antiquité tend à s'affaiblir, cependant le précepteur du Dauphin, l'évêque Fénelon, reprendra à l'*Odyssée* le personnage du fils d'Ulysse, Télémaque, pour lui faire entreprendre un voyage propre à éduquer un futur prince dans un roman pédagogique intitulé *Télémaque* publié à l'insu de l'auteur en 1699.

D Au XVIIIe siècle

• **Un genre proche de la réalité.** Le roman est progressivement reconnu comme un **genre littéraire sérieux censé refléter la réalité**. Ses formes se diversifient. Beaucoup de récits se présentent par exemple comme de simples compilations de lettres ou de récits de gens qui ont réellement existé. Les trois plus célèbres sont les *Lettres persanes* de Montesquieu (1721), la *Nouvelle Héloïse* de Rousseau (1762) et *Les Liaisons dangereuses* de Choderlos de Laclos (1782). La bourgeoisie, classe pragmatique en pleine ascension sociale, apprécie d'autant mieux le roman qu'il met en scène des personnages de ce milieu et qui évoluent dans le monde réel. **Jacques le Fataliste** est ainsi le héros d'un roman où **Diderot** bouscule par ailleurs les conventions narratives.

• **Le roman moralisateur.** Le personnage ambigu de ***Manon Lescaut*** (1731) imaginé par l'abbé Prévost entre dans l'histoire littéraire comme la première femme fatale. Un jeune étudiant, Des Grieux, tombe sous son charme et aveuglé, ira à sa perte, faute d'avoir reconnu la vraie nature de la jeune femme. Cette héroïne inspirera aussi un opéra à Puccini en 1893. À l'inverse, **Marivaux** dans *La Vie de Marianne* (1731-1741) raconte la vie d'une jeune femme qui, quand elle était enfant, fut la seule survivante de l'attaque d'un carrosse et qui dut sa reconnaissance sociale à sa vertu.

▲ Rencontre de Manon Lescaut et du chevalier Des Grieux

• **Le roman libertin.** Le goût du libertinage répandu dans l'aristocratie à partir de la Régence inspira de nombreux récits où les personnages vivent des aventures grivoises *Les Égarements du cœur et de l'esprit* de **Crébillon** (1736-1738) en sont un exemple. La sexualité peut prendre parfois des aspects sombres et pervers, avec le couple Valmont/Merteuil *des Liaisons dangereuses* ou dans les romans de **Sade**.

• **Le roman philosophique.** À la suite de **Montesquieu**, les philosophes s'emparent du genre romanesque pour favoriser la diffusion de leurs idées. **Voltaire** écrit de nombreux contes comme *Candide* (1759) et **Diderot** des récits atypiques ou des dialogues comme le *Neveu de Rameau* (1760).

E Au XIXe siècle

• **Le roman, auparavant sous-estimé,** est **reconnu au même titre que la poésie et le théâtre** et devient progressivement le genre dominant en littérature.

• **Le roman populaire.** L'instruction augmente et la presse se développe, le roman populaire souvent **publié en feuilleton** conserve les traits dominants de la littérature diffusée dans les campagnes par les colporteurs au XVIIIe siècle : le **crime** et le **fantastique**. On y trouve aussi l'influence du **roman noir** (ou gothique) anglais. Ces histoires de démons ou d'enfants perdus sont des intrigues mélodramatiques où des personnages stéréotypés et contrastés suscitent la peur de l'agression sadique, dans un contexte médiéval marqué par le mystère et la mort (*Le Moine* de Lewis, 1796). Le **roman fantastique** illustré par Gautier ou Mérimée s'inscrira dans cette lignée.

• **Les personnages féminins** du roman populaire sont soit des femmes légères qui seront atrocement punies, soit des vertueuses qui résistent à l'acharnement du sort qui les accable de malheurs et finissent par triompher.

> **À noter**
>
> Le **roman populaire** écrit connaîtra son apogée en 1914, puis le cinéma, la bande dessinée et les séries télévisées prendront le relais.

• **Le roman historique.** Le dépaysement le plus recherché est celui que fournit, en réaction contre la modernité, le roman historique. **Les intrigues se situent essentiellement de la Renaissance à la Régence** et les personnages inventés y côtoient des personnages historiques.

> *Le Bossu* (Paul Féval), *Le Chevalier de Pardaillan* (Zevaco), *Les Trois Mousquetaires* (Dumas), personnages centraux de romans dits « de cape et d'épée » resteront très populaires et animeront de leurs aventures les écrans au XXe siècle.

• **Le roman romantique et social.** Dans les milieux cultivés le roman exprime le goût des romantiques pour le Moyen Âge et la spiritualité avec Chateaubriand et Madame de Staël. **Les débuts de la Révolution industrielle** entraînent des perturbations sociales auxquelles est sensible **George Sand**. **Victor Hugo** est celui qui écrira les plus connus, *Notre Dame de Paris* (1831), *Les Misérables* (1862).

• **Le réalisme et le naturalisme.** Progressivement, **le genre romanesque devient la forme littéraire la plus importante**. Les personnages sont d'une vraisemblance croissante et sont le moyen pour les auteurs de décrire les mœurs et la société de leurs temps.
– **Balzac** conçoit le projet de *la Comédie Humaine* (1829-1850), titre global d'une œuvre où les mêmes personnages peuvent se retrouver d'un récit à l'autre au gré de leur parcours social comme **Vautrin** ou **Rastignac** (*Le Père Goriot, Les Illusions Perdues, Splendeur et misère des courtisanes*).
– **Stendhal** retrace le destin de héros inspirés de personnages réels comme **Julien Sorel** dans *Le Rouge et le Noir*.

▲ Rencontre de Mme de Rênal et Julien Sorel (*Le Rouge et le Noir*)

• **Flaubert** dans *Madame Bovary* ou *l'Éducation sentimentale* et **Maupassant** dans de nombreux récits courts décrivent minutieusement une humanité médiocre.

• **Zola** intègre les découvertes sur l'hérédité et les mutations économiques sociales et politiques de période du Second Empire pour expliquer les destinées sociales des différents membres d'une famille, pauvres comme la blanchisseuse de *l'Assommoir* (1876) ou le mineur de *Germinal* (1885) ou puissants comme *Son Excellence Eugène Rougon* dans sa grande fresque *les Rougon-Macquart* (1871-1893).

▲ Gervaise qui lave le sol dans *L'Assommoir*

• **Le décadentisme.** La défaite contre les Prussiens en 1870 assombrit la fin du siècle. Les écrivains ont un sentiment de décadence qui s'exprime par exemple dans le roman de **Huysmans** À *rebours* ; l'amertume ou la mélancolie inspirent au début du siècle des œuvres qui préconisent le repli sur soi parfois coloré de lyrisme comme chez **Alain-Fournier** dans *Le Grand Meaulnes* (1913).

• **D'autres s'engagent dans la défense d'idéologies opposées,** conservatrices ou nationalistes comme **Maurice Barrès** (*La Colline inspirée*, 1913) ou révolutionnaire comme **Romain Rolland** dont l'épopée de *Jean-Christophe* (1904-1912) pressent la catastrophe imminente de la Première Guerre mondiale.

F Au XXe siècle

• **Le roman populaire.** L'accès de tous à l'école a permis une **généralisation des capacités de lecture** dont bénéficient la presse mais aussi les fictions. La littérature populaire se développe abondamment sous divers aspects :

– **Le roman policier** tire sa source du XIXe siècle. Inventé par l'américain **Edgar Allan Poe,** il se développe d'abord essentiellement dans les pays anglo-saxons.
En France, on se passionne aussi bien pour :

- **l'enquêteur** (Exemples : Lecoq inventé par Émile Gaboriau au XIXe siècle qui inspirera le Sherlock Holmes de Conan Doyle) ;
- le **criminel** (Exemples : Arsène Lupin de Leblanc, calqué sur l'anarchiste Jacob, Chéri-Bibi de Leroux ou Fantômas de Marcel Allain et Pierre Souvestre).

Le récit est centré soit sur l'aventure soit sur l'intrigue. Au XXe siècle apparaît le **roman d'espionnage**.

– **Le roman fantastique et la science-fiction** sont renouvelés et nourris par les spectaculaires progrès techniques du XXe siècle. Le **cinéma** y puisera d'innombrables scénarios et les progrès des effets spéciaux augmenteront encore le goût du public pour ces sujets. Les angoisses sociales, que les prodigieuses avancées techniques suscitent, inspirent aussi des romans d'anticipation le plus souvent pessimistes voire apocalyptiques largement repris par le cinéma et les séries télévisées.

Exemples
Certaines séries télévisées s'inspirent également de ces thèmes, parmi lesquelles :
– *Black Mirror* ;
– *La Servante écarlate* ;
– *Rick et Morty* ;
– *Game of Thrones.*

– **Le roman sentimental.** Le public féminin est visé par des collections de romans « à l'eau de rose » (romans « sentimentaux ») qui prendront sous l'influence du cinéma la forme de romans-photos dans la presse. Ils sont relayés aujourd'hui par des feuilletons ou des séries télévisées « romance ».

• **Le roman entre les deux guerres.** Entre les deux guerres s'élaborent de grandes fresques familiales qui rappellent les projets de Balzac et de Zola repris par **Duhamel** avec la *Chronique des Pasquier (*1933-1941) et **Roger Martin du Gard** avec *Les Thibault* (1920-1940). **Proust** dans l'ensemble monumental de *La Recherche du Temps perdu* (1913-1927) traite de l'art et innove en matière de style, de structure et de genre.

• **La montée du fascisme.** Après les remises en questions personnelles de **Gide** dans *Les Faux Monnayeurs* (1926) ou de **Mauriac** dans *Thérèse Desqueyroux* (1927), **la crise de 1929 confronte les écrivains à la montée des fascismes et des menaces de guerre**. La question de la condition humaine est posée par **Malraux** qui en fait le titre d'une œuvre (1933). Elle concerne les écrivains jusque dans les années 1950 avec **Sartre** (*Les Chemins de la Liberté*, 1945-1949) et **Camus** (*L'Étranger*, 1942).

• **Le Nouveau roman.** À L'interrogation sur les valeurs succède une interrogation sur les formes littéraires qui les véhiculent. Le personnage du roman réaliste apparaît comme une fiction artificielle ignorant les questions « qui voit et qui parle ? ». Pour les auteurs du Nouveau roman, il n'existe plus qu'à travers **le flux de ses pensées**. Il n'est plus qu'un être dont on ne peut saisir que l'apparence ou sur lequel l'observateur projette ses propres obsessions. Ou encore on ne le cerne qu'à travers les affirmations contradictoires qu'on tient à son propos (Nathalie Sarraute, *Le Planétarium*, 1959).

> **Remarque**
> On trouve regroupés sous le vocable de Nouveau roman Marguerite Duras, Alain Robbe-Grillet, Claude Simon, Michel Butor…

• **L'autofiction.** À partir des années 1970, les personnages sont le plus souvent des masques derrière lesquels l'auteur parle de lui. **L'autobiographie évolue en autofiction** (Annie Ernaux, *La Place*, 1983)

G Au XXIe siècle

• **Un récit vivant.** On aurait pu penser que la narration audiovisuelle allait tuer le récit écrit mais le nombre des auteurs, le foisonnement de prix littéraires consacrés à ce genre montrent que le récit écrit est encore très vivant.

• **De nombreux romans biographiques** se penchent sur les vies de sportifs (Echenoz, *Courir* 2008) ou de scientifiques (Deville, *Peste et choléra* 2012).

• **Les auteurs** s'intéressent à la façon dont sont conservées les traces ou les cicatrices des **conflits du siècle dernier** (guerres mondiales, de décolonisation, ethniques) ou anticipent la **société de demain** (Houellebecq, *Soumission* 2015).

• **Une littérature très érudite** cohabite avec de nouvelles formes permises par les médias électroniques (blogs, écriture collective) dont on ne mesure pas encore l'impact futur sur la littérature.

ŒUVRE

Abbé Prévost, *Manon Lescaut* (1731)

Personnages en marge, plaisirs du romanesque

1 Étude de l'œuvre

A le contexte

• Contexte historique

1701-1714 : guerre de Succession d'Espagne.
1715 : régence de Philippe d'Orléans.
1717 : début de la déportation des condamnés en Louisiane.
1720 : débâcle financière consécutive aux réformes de John Law, émeute à Paris.
1723 : début du règne de Louis XV.

• Situation de l'œuvre dans la vie de l'auteur

Antoine François Prévost est né dans une famille bourgeoise aisée. Insoumis et provocateur, il mène dès sa jeunesse une existence agitée que n'apaise pas son appartenance au monde ecclésiastique. Ses frasques l'obligent plusieurs fois à s'exiler. En 1728, il s'enfuit de l'abbaye de Saint-Germain-des-Prés. Il se réfugie en Angleterre mais se compromet dans une relation avec une élève et doit fuir pour la Hollande en 1729. Deux ans plus tard est publiée l'*Histoire du chevalier des Grieux et de Manon Lescaut*, tome VII des *Mémoires et aventures d'un homme de qualité, qui s'est retiré du monde*, dont la rédaction a été commencée en 1728. Une aventurière le ruine et l'édition française de *Manon Lescaut* est saisie et condamnée au feu, ce qui vaut à son auteur un succès de scandale. Sa production littéraire est abondante jusqu'en 1759. La fin de sa vie est assagie, il est ami de Madame de Pompadour et de Rousseau.

• Situation dans un courant littéraire

Au début du XVIIIe siècle, le genre romanesque est méprisé. Ses invraisemblables péripéties amoureuses ont déjà été ridiculisées et il est considéré comme immoral et frivole. Mais le succès en Espagne du roman picaresque, dans lequel un héros apprend la vie en compagnie de marginaux et de bandits, relance le genre, d'autant plus que la période, financièrement instable, favorise des revers de fortune mais aussi des ascensions sociales dont le récit passionne.
Le Régent secoue la chape de plomb qui écrasait la cour à la fin du règne de Louis XIV. La recherche du plaisir devient la règle, soutenue par l'essor de l'idée que le bonheur peut exister en ce monde. Cet état d'esprit menace la pratique religieuse qui prêche le renoncement à tout plaisir charnel pour assurer son salut dans l'au-delà. On voit naître aussi un goût pour l'expression de la sensibilité qui met les larmes à la mode et annonce le préromantisme.

B La forme

L'*Histoire du chevalier des Grieux et de Manon Lescaut* est enclavée dans un ensemble plus vaste, les *Mémoires et aventures d'un homme de qualité, qui s'est retiré du monde*. Cette forme narrative reprend un modèle ancien utilisé pour des recueils de nouvelles. Celles-ci sont présentées comme des récits faits au sein d'une assemblée de personnes, retenues ensemble dans un lieu isolé par quelque événement, et dont les participants racontent des histoires pour occuper le temps.
Le narrateur des *Mémoires* déclare avoir rencontré le chevalier Des Grieux de retour d'Amérique. Ému par le récit de ses aventures, il dit l'avoir transcrit juste après l'avoir entendu. La tonalité touchante de cette passion malheureuse est allégée par un enchaînement d'aventures, parfois comiques, racontées avec vivacité.

C Les thèmes

• Manon est un personnage ambigu. Est-elle une perfide manipulatrice jouant de ses charmes ou une jeune femme sincèrement amoureuse, simplement influencée par les mœurs relâchées du moment et l'aspiration collective au luxe et aux plaisirs ? Sa condition basse ne lui permet pas d'y parvenir sans compromissions.

• Tiberge, ami de Des Grieux, lui rappelle la condamnation que la religion fait de la passion sexuelle, considérée comme un vice qui éloigne de Dieu et conduit au malheur. Des Grieux observe que le plaisir est naturel donc accepté par Dieu et que la recherche de la vertu s'accompagne de souffrances également. Mais l'issue tragique de l'histoire dément cette conception optimiste.

• En fait, le drame n'aurait pas existé si les deux jeunes gens avaient appartenu à la même classe sociale. L'union est refusée par le père noble de Des Grieux et les amants se trouvent privés de ressources. Les délits auxquels ils recourent pour vivre malgré tout leur passion sont beaucoup plus sévèrement punis dans le cas de Manon. Ce n'est pas tant d'être entretenue qui lui est reproché que d'avoir escroqué un riche protecteur dont l'amoralité est pourtant notoire. Des Grieux est relâché à la suite de l'intervention de son père.

2 Parcours « Personnages en marge, plaisirs du romanesque »

Le pluriel de « plaisirs » montre la diversité des atouts du genre romanesque dont les caractéristiques et les héros ont varié selon les époques.

• **Au XVIIIe siècle,** les héros appartiennent au monde ordinaire, voire aux bas-fonds de la société. Celle-ci est en pleine évolution, les normes et les codes qui défendent le statut de l'aristocratie sont ébranlés. Sur les marges de cette classe, on trouve des privilégiés comme les financiers, bourgeois enrichis mais rejetés par la noblesse, et des nobles déclassés comme Des Grieux. Les personnages issus de classes moyennes ou populaires tentent dans le roman de s'enrichir et d'obtenir leur part de luxe et de plaisirs par des voies détournées ou délictueuses. D'autres s'exilent dans les nouvelles colonies. Ils constituent l'univers social du roman de l'abbé Prévost.

• **Cette irruption de nouvelles catégories sociales renouvelle le plaisir de la lecture.** On y trouve toujours l'intérêt pour les intrigues sentimentales et les péripéties qu'elles entraînent (enlèvements, duels) mais s'y ajoute la découverte d'un monde étranger au commun des lecteurs, quoique pourtant proche, où se trament en secret évasions, guets-apens et mauvais coups. On s'encanaille sans risque, avec bonne conscience, puisque le roman offre l'alibi d'une réflexion morale : les héros vivent-ils un amour sincère et émouvant ou sont-ils immoraux et dépravés ? Les mésaventures qu'ils subissent (incendie, vol des ressources de Des Grieux) sont-elles le fait de la malchance ou une juste punition ? Le lecteur jouit aussi de la dénonciation des turpitudes des hautes classes, de l'ébranlement momentané des convenances, grâce à la description d'un univers assez proche du sien pour qu'il puisse aisément s'identifier aux héros.

Les documents complémentaires
– Une autre forme de marginalité au XVIIIe siècle : Denis Diderot, *Le Neveu de Rameau* (1762). – D'autres représentations de la prostitution : Guy de Maupassant, *Boule de Suif* (1880) ; Victor Hugo, *Les Misérables*, livre 1 « Fantine » (1862). – Une autre image de la femme fatale : *L'Ange Bleu*, film de Josef von Sternberg (1930). – Un tableau de Georges de La Tour : *Le Tricheur à l'as de carreau* (1635).

Honoré de Balzac, *Mémoires de deux jeunes mariées* (1841)

ŒUVRE

Raison et sentiments

1 Étude de l'œuvre

A Le contexte

• Contexte historique

1804 : le Sénat accorde au premier consul Napoléon Bonaparte le titre d'empereur.
21 mars 1804 : le nouveau Code civil, dit « Code Napoléon », est promulgué.
1814 : première Restauration ; Louis XVIII, frère de Louis XVI, monte sur le trône.
1824 : Charles X lui succède ; loi de 1825 dite « du milliard aux émigrés » pour le dédommagement des spoliations de la Révolution.
1830 : révolution des « Trois Glorieuses » ; monarchie de Juillet de Louis-Philippe.

• Situation de l'œuvre dans la vie de l'auteur

Balzac est l'auteur d'une œuvre considérable dont il conçoit le projet d'ensemble en 1834. *Mémoires de deux jeunes mariées* paraît d'abord en feuilleton dans la presse en 1841. Il figure dans la première édition de *La Comédie humaine* de 1842.
L'écriture de ce roman est contemporaine des déboires financiers de l'auteur, dus à l'échec du lancement d'une revue. Sa candidature à l'Académie française a été rejetée. Mais la comtesse Hanska, avec qui il correspond depuis neuf ans, devient veuve en 1841 et Balzac voit son espoir d'épouser son admiratrice polonaise devenir réalisable. Il en fait désormais la grande affaire de sa vie.

• Situation dans un courant littéraire

Les années 1840 marquent la fin du Romantisme. Les épanchements lyriques laissent la place à un intérêt pour la description précise des bouleversements sociaux de cette période où la royauté est restaurée après les turbulences de la Révolution et de l'Empire. Dans cette veine, Stendhal publie *Le Rouge et le Noir* en 1830 ; George Sand, à qui Balzac dédie les *Mémoires de deux jeunes mariées*, publie en 1832 *Indiana* où le romantisme se colore de revendications féministes.

B La forme

L'intitulé « mémoires » cache un **roman épistolaire**. Cette correspondance entre deux femmes amies d'enfance, Louise et Renée, s'étend de septembre 1823 à août 1835, soit de la sortie du couvent quasi simultanée des deux amies jusqu'à la mort de l'une d'elles. Cinq lettres seulement sur 57 émanent d'autres rédacteurs. Le nombre de lettres écrites par chacune est à peu près équivalent mais leur longueur et leur cadence sont variables. La personnalité des deux femmes colore leur style. Celui de Louise, plus exubérante, est marqué par un vocabulaire passionnel ; Renée, plus posée, s'exprime plus brièvement, use d'un vocabulaire plus philosophique et moral, voire religieux.

C Les thèmes

• Scènes de la vie privée

Balzac observe l'impact de la restauration de la royauté, événement historique vécu par les premiers lecteurs, après la Révolution puis l'Empire qui ont particulièrement malmené les statuts et les conditions matérielles de la noblesse française. Il compare les relations au sein de deux familles : l'une de la haute noblesse parisienne, l'autre d'une noblesse provinciale plus obscure.

Toutes les deux cherchent à reconstituer leur fortune et restaurer leur statut en concentrant entre les mains du fils premier né, quel que soit son rang dans la fratrie, la totalité du patrimoine disponible au détriment de ses sœurs.

• L'univers féminin

Le monde restreint de la famille et de la mondanité pour les plus fortunées, est l'univers auquel les femmes de cette époque sont vouées. L'échange épistolaire échelonné sur 12 ans permet d'aborder la psychologie des jeunes filles, le mariage, la vie conjugale, la maternité, le veuvage, soit toutes les étapes de la vie féminine. Une correspondance entre deux amies implique la sincérité, ces témoignages sont donc présentés comme authentiques. L'introspection et l'auto-analyse, qui sont la matière de leurs échanges, révèlent la psychologie féminine à laquelle on porte d'ordinaire peu d'intérêt à l'époque.

• Physiologie du mariage

Balzac défend le point de vue légitimiste et traditionaliste : le mariage est un contrat réalisé dans l'intérêt de la famille, dont la femme est l'objet et non le sujet. Elle est privée par le Code Napoléon de capacité juridique, du droit de disposer de ses biens et, par l'usage, de son identité comme le montrent les adresses successives des lettres qu'échangent Louise de Chaulieu et Renée de Maucombe.

2 Parcours « Raison et sentiments »

La conjonction de coordination « et » montre qu'il s'agit moins d'une antithèse que de tensions entre deux pôles également ressenties par les deux héroïnes des *Mémoires de deux jeunes mariées* au cours de leur existence.

• La tragédie cornélienne oppose raison et passion dans la mesure où cette dernière échappe au contrôle de la volonté. Mais ici, le terme « raison » renvoie plutôt à l'acceptation des normes sociales imposées aux femmes. Renée se marie immédiatement sans amour, œuvre à la valorisation de son mari et intrigue pour élever le statut de la famille. Louise se rebelle contre ces normes raisonnables : elle évince les prétendants qui conviendraient à son rang, rejette le jeu hypocrite du monde. Elle joue un rôle actif dans son mariage en manipulant son père puis domine son mari. Alors que son veuvage lui aurait conféré une certaine indépendance, elle transgresse encore l'usage en contractant un mariage d'amour avec un poète pauvre et roturier.

• Renée intrigue pour préserver sa liberté et une certaine autonomie à l'intérieur du cadre qu'elle feint de respecter, compte sur la compensation sentimentale de l'amour maternel et les satisfactions de l'ambition assouvie. Son sacrifice se révèlera fécond à terme pour sa famille.

• La volonté de Louise est de mener sa vie selon ses désirs et ses sentiments, et elle néglige le calcul rationnel des risques. Elle est narcissique, orgueilleuse, guidée par le désir de séduire et de dominer ; son attachement amoureux est exalté et miné par la jalousie. Il lui fait perdre un époux, son titre et la vie.

Les documents complémentaires
– Une revendication féminine révolutionnaire : Olympe de Gouges, *Déclaration des droits de la femme et de la citoyenne* (1791). – Un autre regard de Balzac sur la condition féminine : *La Cousine Bette* (1846). – Un regard naturaliste sur le mariage : Maupassant, *Une vie* (1883). – D'autres défaites de la révolte passionnelle : Prosper Mérimée, *Carmen* (1847) ; Raymond Radiguet, *Le Diable au corps* (1923).

ŒUVRE

Colette, *Sido* (1929) suivi de *Les Vrilles de la vigne* (1908)

La célébration du monde

1 Étude de l'œuvre

A Le contexte

• Contexte historique

1870-1940 : IIIe République.
1880-1882 : lois scolaires de Jules Ferry.
1884 : droit au divorce en France.
1900 : Exposition universelle de Paris ; « Belle Époque ».
1914-1918 : Première Guerre mondiale.
1920-1930 : les « Années folles ».
1939-1945 : Seconde Guerre mondiale.

• Situation de l'œuvre dans la vie de l'autrice

Après une enfance heureuse en Bourgogne, Sidonie Gabrielle Colette, dite Colette, épouse jeune un journaliste et auteur de théâtre de boulevard beaucoup plus âgé qu'elle, surnommé Willy. Il la pousse à écrire ses souvenirs d'enfance. *Claudine à l'école*, publié en 1900, emporte un tel succès que Willy l'invite à prolonger l'aventure. La série des *Claudine* signée Willy et Colette est publiée jusqu'en 1903. Colette divorce en 1906, obtient de signer ses œuvres de son propre nom et devient artiste de music-hall. Au cours d'un second mariage également malheureux, elle écrit *Les Vrilles de la vigne*. Entre les deux guerres, elle publie d'importants textes illustrant les rapports difficiles entre les femmes et les hommes et un bref ouvrage sur sa mère, son père et ses frères, *Sido*. Elle se marie une troisième fois. Son talent est alors largement reconnu. Elle préside l'académie Goncourt en 1947 et consacre ses dernières années à l'écriture de ses souvenirs.

• Situation dans un courant littéraire

Au début du XXe siècle, peu de femmes écrivent. Traditionnellement, on leur tolérait la littérature enfantine et la poésie. Malgré la création de prix littéraires par des revues féminines, l'augmentation du nombre des lectrices et le dynamisme éditorial, les autrices sont généralement désapprouvées au nom des lois naturelles. Elles cachent souvent leur identité. Colette joue sur l'ambiguïté de son patronyme qui est aussi un prénom féminin.
À partir de la fin du XIXe siècle, la rapidité du développement de la modernité et de l'urbanisation suscite une recherche de compensation dans l'intérêt pour la nature et sa force de vie qui s'exprime dans le Naturisme poétique. Par ailleurs, après la Première Guerre mondiale, les écrivains anglais inspirent l'utilisation de formes atypiques, l'élargissement des sujets et le souci du style.

B La forme

Sido est un court texte divisé en trois chapitres d'une vingtaine de pages consacrés à la mère, au père puis aux frères de l'autrice. Le recueil *Les Vrilles de la vigne* se compose de 20 brèves unités cumulant 150 pages environ. Elles ressemblent, pour les plus courtes, à des poèmes en prose (« Chanson de la danseuse ») ou à des saynètes théâtrales. Elles sont souvent constituées de dialogues, parfois en grande partie intérieurs, adressés à un « tu » ambigu qui peut être l'amante, l'amie, les animaux, la nature. Deux textes font aussi dialoguer un chien et un chat de Colette.
Depuis l'enfance, Colette lit Balzac ; son admiration pour Proust est réciproque. Elle est reconnue pour ses qualités de styliste exceptionnelles qui lui permettent la restitution d'observations,

de sensations, d'analyses au premier abord déconcertantes et dont l'exactitude et la subtilité s'imposent ensuite. Elle manie également l'humour et une caricature qui reste bienveillante dans les deux œuvres étudiées.

C Les thèmes

Au-delà de l'aspect disparate des deux œuvres, on retrouve des thèmes récurrents.

• **Un autoportrait indirect :** encore jeune (35 ans) mais seule, retirée en banlieue, en compagnie de ses animaux domestiques, elle réfléchit sur le vieillissement, le temps qui passe et la mort en explorant les souvenirs de son enfance à la campagne. Elle se révèle indirectement par sa perception de la nature et à travers ses relations féminines, qu'elles soient familiales, amicales, amoureuses, professionnelles ou animales. Elle manifeste le désir de rompre avec le personnage de Claudine à qui on l'assimile.

• **La famille :** chacun de ses membres est observé comme un univers clos dont elle décrypte les moindres indices mais elle cerne aussi les relations de la mère avec les villageois, ses enfants et son époux. Le cloisonnement des sexes induit l'impression d'avoir raté la relation avec un père pourtant aimé, la distance avec les frères, l'incapacité du plus jeune à communiquer verbalement avec elle.

2 Parcours « La célébration du monde »

Le terme « célébration » désigne l'action de célébrer une cérémonie, une fête et celle de louer, d'honorer quelqu'un ou quelque chose. « Monde » est un terme largement polysémique. Dans sa valeur spatiale, il désigne l'univers, la nature. Il a aussi une signification sociale et comporte une idée de totalité, de vie (venir au monde).

• **Colette célèbre-t-elle le monde humain ?** Elle oppose la simplicité de la vie familiale à la campagne et la mondanité qu'elle a découverte à Paris et dans les villégiatures à la mode dont elle critique l'artificialité à travers les portraits ironiques qu'elle fait de ses amies. Cependant, elle comprend la nostalgie de son père qui a renoncé à Paris par amour pour son épouse. L'accélération de l'urbanisation et de la modernité arrache à la campagne de nombreux ruraux comme Colette qui en gardent le souvenir vivant, parfois nostalgique, différent toutefois de l'exaltation idéologique du terroir qu'on trouve chez certains écrivains conservateurs comme Charles Maurras (1868-1952).

• **Colette célèbre-t-elle la nature ?** Elle ne s'associe pas à la vénération de la nature, à la mode quand elle écrit *Les Vrilles de la vigne*. Elle l'observe avec une attention extrême, guidée par le bonheur de capter par tous ses sens les innombrables expressions de la vie, et elle s'y sent pleinement intégrée. Elle fait preuve d'une empathie qui n'exclut pas les impressions négatives données par les vrilles de la vigne, la tempête marine ou l'attitude de la bergère flamande. Les points cardinaux, les intempéries, les saisons, les végétaux ont tous une personnalité. Les animaux particulièrement sont considérés comme des humains : l'attention portée aux détails de leurs actions, de leurs attitudes, de leurs expressions permet de percevoir en eux tout un monde de sensations ou d'émotions qui s'expriment dans leurs relations entre eux ou avec elle.

Les documents complémentaires

– Des romanciers attentifs à la nature : Jules Renard, *Histoires naturelles* (1894) ; Albert Camus, *Noces*, « Noces à Tipasa » (1938).
– Des poètes attentifs à la nature : René Guy Cadou ; Francis Ponge, *Le Parti pris des choses* (1942).
– Une peinture animalière : Rosa Bonheur, *Brizo, un chien de berger* (1864).

4 Le théâtre du XVIIe siècle au XXIe siècle

Aristote distingue 2 modes de restitution des événements : le **récit** et l'**imitation**. Le théâtre est la mise en œuvre de ce deuxième mode dont l'invention est très ancienne. Né pour figurer l'histoire des divinités, il s'est ensuite attaché à faire vivre celle des humains pour en montrer soit les dimensions terribles soit les aspects dérisoires. Les auteurs ont élaboré des textes de plus en plus complexes et précis mais qui ne prennent tout leur sens qu'au cours de la **représentation** pour laquelle ils ont été conçus.

CORNEILLE (1606-1684) | MOLIÈRE (1622-1673) | MARIVAUX (1688-1763) | HUGO (1802-1885) | SARTRE (1905-1980)

Évolution historique

A L'époque classique

Le XVIIe siècle

• **Thèmes.** Les XVIIe et XVIIIe siècles connaissent une influence déterminante de **l'humanisme** et du **retour aux modèles de l'Antiquité**. En cette période de concentration du pouvoir royal, il se crée un modèle esthétique destiné à **glorifier le roi**. Il consiste en une épuration et une simplification des spectacles sur le modèle de ce qu'on croit être ceux de l'Antiquité.

• **Le baroque.** Au début du XVIIe siècle, le **goût baroque triomphe** ; le théâtre dans le théâtre (*L'Illusion comique* de Corneille, 1636), les jeux de la réalité et de l'apparence, les erreurs sur l'identité ou le sexe, le songe, la folie (un personnage se croit mort, se prend pour un autre) sont les ingrédients de ce théâtre. Au plaisir suscité par ces jeux va bientôt succéder le goût pour la rigueur des Classiques.

• **Dimensions matérielles.** On construit de plus en plus de théâtres fixes de forme rectangulaire, inspirée de celle des salles de jeu de paume, en ville ou dans les palais. À partir de 1630, le prix des places augmente et le théâtre devient un divertissement de classe puis un rituel social à la cour où il égaie les mariages et les fêtes royales.
Les acteurs appartiennent à des troupes professionnelles, itinérantes, protégées par les nobles. Ils sont encore mal considérés comme le raconte un roman du XIXe siècle, *Le Capitaine Fracasse* de T. Gautier. À Paris, à l'Hôtel de Bourgogne, la **troupe des Comédiens** français est spécialisée dans la représentation de tragédies comme celles de Corneille (*Horace*, 1640) ou de Racine (*Andromaque*, 1667). La **troupe de Molière** subventionnée par Louis XIV lui succède partageant la scène avec les troupes italiennes de la commedia dell'arte. On apprécie « les pièces à machines » où le talent des techniciens italiens transforme les décors de façon merveilleuse.

• **Règles d'écriture.** Mais, vers 1630, on part en guerre contre les excès du baroque au nom d'Aristote et de la raison. **Le modèle antique s'impose progressivement** : le théâtre s'intellectualise, le texte tend à l'emporter sur les jeux de scène. La comédie et la tragédie surtout suscitent des querelles de forme comme la dispute autour de *Le Cid* de Corneille (1637).

• **Pour être en accord avec les impératifs matériels de la représentation** (un espace unique et une durée limitée) l'écriture théâtrale est contrainte aux **unités de temps, de lieu et d'action**, à l'impératif de la **bienséance** et de la **vraisemblance**. L'influence du goût du roi s'y ajoute. Le théâtre est utilisé par Marie de Médicis, Richelieu et Louis XIV comme un instrument de diversion pour empêcher la noblesse de comploter et comme support de propagande. L'Académie impose des normes strictes d'écriture et de composition à cet effet.

▲ *Tartuffe* de Molière

• **Genres.** Corneille écrit des **comédies** et des **tragédies**, Molière des farces, des **comédies-ballets** et des **comédies de mœurs** ou de caractère, Racine des **tragédies**.

Le XVIIIe siècle

• **Évolution des formes classiques.** Le XVIIIe siècle conserve les mêmes genres, mais **les œuvres sont plus fades et plus loin de la réalité sociale**. **Voltaire** est célèbre de son vivant essentiellement pour des tragédies qui essaient d'intégrer le modèle shakespearien aux normes classiques. Sous l'influence de **Diderot**, des essais de comédie larmoyante et de drame bourgeois cherchent à répondre aux attentes de la classe montante, la bourgeoisie. **Marivaux** s'inspire de Molière et de la *commedia dell'arte* ; ses pièces sont jouées par les comédiens italiens. À la fin du siècle, le théâtre se politise fortement.

• **Nouvelles formes et nouveaux lieux.** Cependant, parallèlement au théâtre officiel, et malgré de nombreuses tentatives d'interdiction, de 1697 à 1789, se maintient la popularité des spectacles donnés dans des petites salles illégales à l'occasion des grandes foires commerciales où s'inventent de nouveaux genres comme le mime et le **vaudeville** pour contourner les interdictions.

Définition
Vaudeville : comédie sans prétentions psychologiques ni morales, fondée sur un comique de situations, d'intrigues et de quiproquos.

• **L'opéra importé d'Italie connaît un succès croissant.** On construit pour l'accueillir des salles dites « à l'italienne » comme l'Odéon à Paris en 1792 dont le plan va se généraliser et s'imposer durablement. La salle est un amphithéâtre ; elle comporte un parterre et des balcons ; plus on monte moins les places sont chères : le clivage social est net (loges privées, escaliers séparés, salons). Le public populaire se retrouve au « paradis » ou « poulailler ». Les spectateurs sont ainsi situés dans un espace différent de celui où jouent les acteurs : une scène cubique avec machinerie et rideaux, éclairage artificiel, jeux d'éclairage.

B Le théâtre au XIXe siècle

• **La fin du monopole octroyé en 1402. La Révolution autorise la construction libre de salles de théâtre.** Quinze salles, éclairées au gaz dès 1831, seront construites à Paris sur le boulevard du Temple à l'emplacement des fortifications. Elles seront détruites lors de la modernisation de la capitale par **Haussmann**.

• **On y joue des mélodrames sanglants** annoncés par des parades de saltimbanques qui vaudront à l'endroit le surnom de « Boulevard du crime ». Les spectacles tournent très vite, les acteurs ont du mal à retenir leur texte et sont aidés par un souffleur.

• **On pratique des changements de décor spectaculaires.** Cependant les représentations se déplacent en soirée, ce qui élimine le public des travailleurs. Depuis la création de la Société des auteurs à la fin du XVIIIe siècle, écrire peut procurer des revenus. Les auteurs deviennent professionnels.

• **Le drame romantique.** Au début du siècle Les romantiques revendiquent la liberté de **s'affranchir des règles classiques** qui gouvernent la comédie et la tragédie. Ils assouplissent la versification et font alterner dans une même œuvre scènes comiques et tragiques. Ils substituent aux héros antiques des personnages historiques mais ne remettent pas en question au-delà les formes classiques.

Exemples
Hugo : *Hernani* (1830), *Ruy Blas* (1835)
Vigny : *Chatterton* (1835)
Musset : *Lorenzaccio* (1834)

• **Le théâtre de boulevard.** La révolution industrielle marque le triomphe **de la bourgeoisie d'affaires qui veut s'amuser. Le** théâtre devient un divertissement de classe. La comédie jouée dans les théâtres privés des Grands Boulevards se veut théâtre de mœurs familiales autour de l'adultère et du mariage, mais elle a pour principal objectif de faire rire en multipliant les mots d'auteurs, servis par des acteurs vedettes. *(Le Gendre de M. Poirier* d'**Augier**, *La Dame aux Camélias* de **Dumas fils**, *Madame Sans-gêne* de **Victorien Sardou**). De 1837 à 1888, **Labiche** écrit 176 comédies.

▲ Le personnage d'Ubu dans *Ubu Roi*

• **Naissance de la mise en scène.** Cependant en 1887, le Théâtre libre d'Antoine souligne la nécessité d'une **organisation des différents éléments de la représentation pour servir au mieux le texte**. Le rôle du **metteur en scène** va prendre dès lors une importance croissante.

À noter
En 1896, Alfred Jarry écrit *Ubu Roi* qui sera considéré comme la première pièce d'avant-garde du point de vue de son contenu.

• **En 1897, un jeune auteur en difficulté, Edmond Rostand,** propose un drame poétique qui fait sensation et sera une des pièces les plus jouées, *Cyrano de Bergerac*, tandis que Paul **Claudel** exalte les valeurs chrétiennes achevant une époque et un style théâtral.

C Le XXe siècle

▲ Cyrano de Bergerac joué par Coquelin (1897)

• **Face à la concurrence du café-théâtre et de l'opérette,** Georges **Feydeau** renouvelle le **vaudeville** (*La Puce à l'oreille*, 1907). Courteline pratique l'humour noir et la caricature dont les petites-bourgeoises font souvent les frais.

• **La tradition du théâtre de boulevard** se poursuit avec des auteurs féconds comme Sacha **Guitry**, André **Roussin**, Françoise **Sagan**, Françoise **Dorin**, Marcel **Achard** servis par des metteurs en scène imaginatifs et des acteurs remarquables. Marcel **Pagnol** poursuit la tradition du mélodrame avec sa trilogie marseillaise (*Marius* 1929, *Fanny* 1932, César 1936).

• **Les metteurs en scène.** Dans le premier tiers du XXe siècle, les metteurs en scène comme **Antoine**, **Stanislavski**, **Reinhardt**, **Craig**, **Copeau**, **Meyerhold** deviennent aussi célèbres que les auteurs. La mode de la précision historique, après s'être imposée pour son effet de vérité, commence à être jugée creuse.

• Entre les deux guerres. La mise en scène s'émancipe du respect du texte, la scénographie devient plus symbolique que réaliste. **Giraudoux** (*La Guerre de Troie n'aura pas lieu*, 1935) et **Anouilh** (*Antigone*, 1942) revisitent les tragédies antiques en leur donnant un sens contemporain. **Montherlant** reste fidèle à la forme de la tragédie classique avec *Port Royal* (1954).

Le théâtre sert aux philosophes **Sartre** (*Les Mains Sales*, 1948) et **Camus** (*Les Justes*, 1950) à exprimer leurs thèses avec des héros qui se trouvent confrontés aux problèmes de l'action.

• Une mise en scène gestuelle. En 1938, Antonin **Artaud** publie *Le Théâtre et son double*, où il explique que **le théâtre doit renouer avec sa dimension sacrée** et s'inspirer pour cela d'une mise en scène essentiellement gestuelle portant à la transe, et rompre avec le théâtre psychologique.

• Un outil d'éducation politique. Bertold **Brecht** (auteur allemand) considère le théâtre comme un outil d'éducation politique. Pour qu'il remplisse sa fonction, la mise en scène doit empêcher le spectateur de s'identifier aux personnages, de tomber dans l'illusion de réalité. Il doit toujours rester à distance pour être disponible au **message porté par la pièce** (notion de distanciation).

• Les années 1950. Une grave **crise morale** est engendrée par les horreurs de la Seconde Guerre mondiale et de ses suites.
– **Ionesco** (*La Leçon*, 1953) et **Beckett** (*En attendant Godot*, 1952) explorent les possibilités d'une **nouvelle forme de théâtre vidée de tout contenu didactique** pour mieux coller au malaise contemporain né du sentiment de l'absurdité de la condition humaine.
– **Genet** dans *les Bonnes* (1947) ou *le Balcon* (1960) adopte une attitude subversive et provocatrice.

D La fin du XXe siècle et le début du XXIe siècle

• Les représentations d'œuvres du répertoire classique ne doivent pas faire oublier qu'il existe des auteurs contemporains. Certains sont déjà considérés comme des classiques.

Exemples
Jean-Luc **Lagarce**, Bernard-Marie **Koltès**, Valère **Novarina**, Michel **Vinaver**, Jean-Claude **Grumberg**, Yasmina **Reza**, Jean-Claude **Brisville**, Jean-Michel **Ribes** et Éric-Emmanuel **Schmitt** sont des auteurs importants et qui remplissent les salles.

• Les auteurs appartiennent souvent au milieu théâtral. Ils sont aussi acteurs ou metteurs en scène comme Macha **Mekaieff**, Jérôme **Deschamps** ou Olivier **Py**. Ils peuvent être liés à une troupe comme Hélène **Cixous**, autrice pour le Théâtre du Soleil d'Ariane **Mnouchkine**.

• Il existe une forte interaction entre le théâtre et le cinéma comme le montrent les réalisations de Jean Pierre **Bacri** et Agnès **Jaoui** (*Cuisine et dépendances*, 1993).

• Un phénomène nouveau à la frontière du théâtre est apparu avec la multiplication de spectacles humoristiques dans la lignée des fantaisistes ou des chansonniers du siècle précédent où un personnage seul en scène joue ses propres textes. La satire sociale et politique voisine avec l'exhibition personnelle.

• Internet et les réseaux sociaux jouent un rôle important dans l'émergence de nouveau mode d'expression et de mise en scène de soi. Les limites entre les domaines s'effacent. Le théâtre investit la danse et le cirque. Des textes romanesques ou poétiques sont lus ou dits en scène par des acteurs.

ŒUVRE

Molière, *Le Malade imaginaire* (1673)

Spectacle et comédie

1 Étude de l'œuvre

A Le contexte

• Contexte historique

1673 : Douze ans après le début de son règne personnel, Louis XIV a accentué l'absolutisme du pouvoir royal. La noblesse est tenue sous tutelle à l'aide d'un cérémonial de cour complexe. Le roi contrôle aussi bien la politique que les arts et la culture avec l'aide de Colbert.

• Situation de l'œuvre dans la vie de l'auteur

En 1659, *Les Précieuses ridicules*, pièce qui plaît au Roi, remporte un grand succès et celui-ci autorise la troupe de Molière à jouer au théâtre du Palais-Royal.

Le 10 février 1673, au Palais-Royal, la comédie-ballet du *Malade imaginaire* est créée. Saisi d'un malaise au cours de la quatrième représentation, Molière est transporté chez lui où il meurt d'une hémorragie.

• Situation dans un courant littéraire

Molière avait renouvelé avec talent la farce médiévale mais, au moment où il revient à Paris, ce genre était devenu un objet de dérision de la part d'un public mondain qui le trouvait démodé et vulgaire. Les « doctes », encouragés par les travaux de l'Académie royale et certains auteurs comme Boileau qui consacre le troisième chant de son *Art poétique* au théâtre, militent pour imposer une hiérarchie des genres et promouvoir la comédie « soutenue » encadrée par des règles précises qui jettent les bases du **classicisme** français. Molière met en œuvre ces règles dans ses grandes comédies.

B La forme

• La comédie-ballet

Le Malade imaginaire est la dernière comédie-ballet de Molière. Il inventa et perfectionna ce genre pour plaire à Louis XIV qui aimait et pratiquait la danse. Entre 1661 et 1670, il en composa huit avec Lully dont *Le Bourgeois gentilhomme* en 1670. Pour les deux dernières, il obtint du roi, qui avait donné le monopole de la musique à Lully, l'autorisation de recourir à Marc-Antoine Charpentier. Contrairement à l'opéra-ballet, la comédie-ballet intègre davantage les intermèdes musicaux, les chants et les danses à l'intrigue principale.

C Les thèmes

• La critique de la médecine

Molière est gravement malade mais partage avec nombre de ses contemporains l'idée que la médecine conduit plus sûrement à la mort que la maladie elle-même. Il met en scène l'ignorance et l'impuissance à résoudre les problèmes de santé que cherche à masquer le discours pédant et obscur des médecins. De plus, il les montre avides de pouvoir et d'argent, et manipulant leurs patients les plus crédules et les plus angoissés à travers les personnages de Diafoirus et Purgon.

• La satire de l'hypocondrie

Dans cette nouvelle comédie de caractère, Molière s'attaque à une obsession qui aveugle celui qui s'y abandonne, la crainte panique de la maladie, ridicule chez un homme dont l'entourage constate la bonne santé. Cette angoisse obsessionnelle transforme un père, plutôt brave homme, en tyran et le rend vulnérable aux manœuvres intéressées de sa seconde épouse.

• L'amour et le mariage

Ce thème est central dans la plupart des comédies. Ici, les gens raisonnables comme Toinette et Béralde défendent le mariage d'amour contre le mariage imposé à des fins égoïstes par Argan. Au bonheur promis par une union fondée sur une attirance réciproque s'oppose le malheur prévisible d'Angélique si elle épouse Thomas Diafoirus.

2 Parcours « Spectacle et comédie »

• La part du spectacle correspond au prologue qui précède la pièce et aux trois intermèdes musicaux, chantés et dansés, qui la ponctuent et la terminent. Molière utilise des styles divers : la pastorale, la fantaisie exotique et la parodie. Ces séquences se composent d'un entrelacement de morceaux musicaux, de chants en solo, duo ou chœurs et de ballets. Les acteurs utilisent aussi les masques, les costumes et les pantomimes propres à la *commedia dell'arte*.

• La part de la comédie consiste en :
– une intrigue dans la pure tradition de la comédie antique où un serviteur aide un jeune couple à s'unir malgré l'opposition du père ;
– la caricature d'un personnage aveuglé qui perd son bon sens et son humanité ;
– la dimension burlesque des relations entre Toinette et Argan. Celui-ci ne peut maîtriser ses provocations et venir à bout de sa finesse et de ses astuces ;
– la satire des médecins et de l'épouse cupide et infidèle.

• Le spectacle et la comédie sont entremêlés. Le prologue met en scène une idylle antique qui annonce l'union retardée mais réalisée de Cléante et Angélique. Symétriquement, le petit opéra chanté par les jeunes gens devant Diafoirus et Argan est un spectacle dans la comédie qui fait écho à ce prologue.

Le deuxième intermède incite à profiter de l'amour quand on a l'âge propice à ce sentiment et a pour but d'attendrir Argan en faveur d'Angélique et Cléante. Toinette est la maîtresse de Polichinelle, un comédien de la troupe qui se produit non loin et que Béralde sollicite à deux reprises. Le premier intermède montre ce même Polichinelle en amoureux ridicule et rossé. Cet amour est le pendant inversé des amours juvéniles et renvoie à l'attachement ridicule d'Argan pour Béline.

Les scènes de combat mimées dans le prologue et l'acharnement burlesque contre Polichinelle, clou du premier intermède, ont leur reflet inversé dans la comédie où Toinette malmène Argan et réussit à se soustraire à ses coups et à sa rage.

Le dernier intermède reprend et généralise le déguisement de Toinette pour mieux tourner en dérision la médecine. Le spectacle de l'intronisation d'Argan, outre l'inversion carnavalesque des rôles du malade devenu médecin, donne corps à toutes les critiques de Béralde et est l'écho amplifié de façon burlesque des prestations des Diafoirus père et fils, Purgon et Fleurant auprès d'Argan.

Les documents complémentaires
– Une œuvre d'un autre siècle sur le même thème : Jules Romains, *Knock ou le Triomphe de la médecine* (1923).
– Un autre aspect de la comédie chez Molière : *Le Misanthrope* (1666), *Tartuffe* (1669).
– Une peinture : Rembrandt, *La Leçon d'anatomie du docteur Tulp* (1832).

ŒUVRE

Marivaux, *L'Île des esclaves* (1725)

Maîtres et valets

1 Étude de l'œuvre

A Le contexte

• Contexte historique

1715-1723 : régence de Philippe d'Orléans. Cette période est marquée par :
– la dation de la Nouvelle-Orléans (Louisiane) aux États-Unis d'Amérique en 1718 ;
– le développement des ports atlantiques autour du commerce triangulaire ;
– la réforme financière et la banqueroute de Law ;
– l'amorce d'un développement économique ;
– le déclin de la cour versaillaise et du mécénat royal.

• Situation de l'œuvre dans la vie de l'auteur

Marivaux (1688-1763) est considéré à ses débuts comme un moraliste et un essayiste. Il écrit dans des journaux et publie un roman en 1712. Ruiné par la banqueroute de Law, il commence une carrière théâtrale, par goût et par nécessité. C'est son œuvre dramatique qui est aujourd'hui la plus célébrée. *L'Île des esclaves* est sa neuvième comédie.

• Situation dans un courant littéraire

La cour du Régent revient à Paris. Une certaine effervescence contestataire, née de l'affaiblissement de l'absolutisme, y règne dans les cafés et les salons. On assiste aux débuts de ce qui va constituer l'esprit des Lumières.
Dans la querelle des Anciens et des Modernes qui agite la fin du XVIIe siècle, Marivaux se range du côté des Modernes, comme Montesquieu qui publie les *Lettres Persanes* en 1721 ou comme l'académicien Fontenelle. Ce dernier s'attache à la vulgarisation des avancées scientifiques et fréquente les grands salons. Fontenelle publie en 1687 *L'Histoire des Oracles* qui suggère une possible fonction mystificatrice des religions à partir de l'exemple de l'antiquité grecque.

B La forme

L'Île des esclaves est une comédie en un acte qui comprend 11 scènes. La rapidité de son développement lui donne une concision proche de celle de la moralité médiévale ou de la fable, genre poétique illustré par La Fontaine ou Florian, et où une leçon morale se déduit d'une courte aventure exemplaire. Proche des comédiens italiens, Marivaux leur emprunte souvent des personnages de valet (comme Arlequin) ou de servante mais il renouvelle leur jeu et leur fonction dramatique.

C Les thèmes

• Une utopie

L'intrigue se déroule sur une île imaginaire abritant une société idéale comme celle inventée par l'humaniste Thomas More en 1516.

• Une réflexion

La pièce se présente également comme une réflexion sur les fondements de la valeur :
– des individus : est-elle fondée sur la naissance, l'argent ou la vertu ?
– des sentiments : repose-t-elle sur les formes galantes ou la sincérité des sentiments ?

• Une situation expérimentale
On observe les effets de l'inversion des noms, des habits et des statuts des personnages sur leurs sentiments et leurs idées.

• Une philosophie optimiste
Le dénouement révèle la croyance en la possibilité d'une amélioration morale et sociale grâce à l'éducation. Mis à l'épreuve en étant forcés de se mettre à la place de l'autre, les personnages, grâce à leur raison et à leur bon naturel, sont en mesure de reconsidérer leurs préjugés sociaux.

2 Parcours « Maître et valet »

• Au XVIIe siècle, la comédie classique reprend avec Molière le schéma de la comédie latine, de Plaute par exemple, où un esclave défend les intérêts d'un jeune couple face à l'avarice et l'autorité du vieillard qui est son maître.

• La *commedia dell'arte* dont s'inspire Molière pour certaines intrigues et des personnages de valets comme Scapin *(Les Fourberies de Scapin)*, Sganarelle *(Dom Juan)* et Covielle *(Le Bourgeois gentilhomme)*, ou de servantes comme Dorine *(Tartuffe)* et Toinette *(Le Malade Imaginaire)*, joue sur les démêlés entre des maîtres brutaux et des valets aux profils divers. Ces derniers peuvent être ridicules, balourds et ignares ; cupides et avides, toujours affamés ; rusés et vifs ; dotés de lucidité morale et de bon sens (chez les femmes surtout) ; des personnages carnavalesques, fantaisistes et inconvenants à l'irrespect subversif.
Mais, comme il partage la vie de la famille des maîtres, le serviteur est impliqué dans les problèmes qu'elle rencontre. Il peut en résulter une complicité avec le maître ou un soutien des intérêts des jeunes face à la tyrannie des pères.

• Au XVIIIe siècle, au fil de l'évolution de la société, les valets peuvent être impliqués personnellement dans les intrigues amoureuses concernant les maîtres. Chez Marivaux ou Beaumarchais, le serviteur est placé sur un pied d'égalité, ou presque, avec le maître. L'évolution des rapports sociaux transparaît dans l'évolution de leur statut : ils expriment des protestations contre les injustices, se font porte-parole des opprimés.

• Au cours du XIXe siècle et au XXe siècle, on assiste à une inversion des rôles : le valet domine le maître.

Les documents complémentaires
– Une œuvre d'un autre siècle sur le même thème : Jean Genet, *Les Bonnes* (1947). – Un autre type de relation entre maître et valet chez Marivaux : *Le Jeu de l'amour et du hasard* (1730). – Un autre type de relation entre maître et valet au XVIIIe siècle : Beaumarchais, *Le Mariage de Figaro* (1784). – Un tableau : Watteau, *Les Comédiens italiens* (1720). – Des films : Claude Chabrol, *La Cérémonie* (1995) ; Joseph Losey, *The Servant* (1963) ; Robert Altman, *Gosford Park* (2001).

ŒUVRE

Jean-Luc Lagarce, *Juste la fin du monde* (1990)

Crise personnelle et crise familiale

1 Étude de l'œuvre

A Le contexte

• Contexte historique

1979 : second choc pétrolier.
1981 : premiers cas de SIDA découverts aux États-Unis.
1982 : la loi française supprime toute pénalisation de l'homosexualité impliquant des personnes de plus de quinze ans.
1987 : le film *Wall Street* d'Oliver Stone sur le krach boursier de Wall Street met en cause le rôle de la haute finance et des « Golden Boys ».
Période de repli sur le foyer face aux désordres du monde extérieur.

• Situation de l'œuvre dans la vie de l'auteur

Jean-Luc Lagarce (1957-1995) est fils d'ouvriers. Élève doué, il fait des études de philosophie à Besançon. Dès l'enfance, il écrit des textes de théâtre ce qui l'incite à suivre les cours du conservatoire de théâtre de Besançon. À l'âge de 19 ans, l'un de ses textes est publié. Il continue parallèlement la mise en scène et l'écriture. Il fonde ensuite une maison d'édition de textes de théâtre : Les Solitaires intempestifs. Il est l'auteur d'une œuvre maintenant reconnue et traduite en 30 langues, très inspirée par sa propre vie.
Contaminé par le SIDA, il en meurt cinq ans après la création de *Juste la fin* du monde, reprise d'une pièce ancienne et dont il écrira en 1994 une nouvelle version. Xavier Dolan a réalisé un film à partir de cette œuvre en 2016.

• Situation dans un courant littéraire

Jean-Luc Lagarce connaît Samuel Beckett (1906-1989), Marguerite Duras (1914-1996) et Nathalie Sarraute (1900-1999) qui ont mené une exploration théâtrale des relations entre le langage et le corps dans la communication ainsi que des rapports de force qui se jouent dans l'échange verbal.
Il adhère à une nouvelle conception du théâtre basée sur des textes d'auteurs contemporains de types très divers mis en voix et incarnés. On assiste à une disparition quasi-totale de l'intrigue ainsi qu'à un abandon des formes dramatiques traditionnelles au profit du montage d'éléments divers et disparates. Le théâtre met en scène à l'aide de procédés variés des textes de tous types, poétiques, narratifs ou des témoignages.

B La forme

Juste la fin du monde est une pièce atypique que l'auteur a construite en deux « parties » séparées par un « intermède » comme un ballet, et complétées par un épilogue, comme un roman, mais le tout en forme dialoguée.
La langue utilisée est inhabituelle au théâtre. La figure rhétorique la plus fréquente est l'épanorthose c'est-à-dire la reprise fréquente des bribes de phrases. Il en résulte une sorte de bégaiement, de ressassement du texte, très proche de l'énonciation courante. Ce procédé relève d'un désir de maîtrise et de contrôle des réactions de l'autre mais aussi d'un contournement, d'un évitement, d'une tentative d'effacer les traces, de ne pas laisser entrer l'autre dans la communication. Cette langue particulière qui parasite les personnages a pour effet un mélange de mélancolie, de drôlerie et d'ironie.

C Les thèmes

• La mort imminente

L'auteur, qui se sait condamné, explore le décalage qui existe au moment du bilan que l'on fait de sa vie entre l'idée qu'on se fait de soi et celle qu'en ont les autres.

• La famille

La pièce met en évidence la fonction ambivalente de la famille. Le groupe familial retient ses membres par la sécurité qu'il leur assure mais ils se trouvent englués dans son immobilisme et ses contraintes. Ils souffrent d'être figés par les autres dans une image d'eux-mêmes qui n'évolue pas. Ceux qui quittent ce groupe ne peuvent s'y réinsérer.

• L'incommunicabilité

Il est impossible d'aborder avec des proches la question de sa propre mort. Les actes sont irrémédiables et le discours ne peut dissiper leurs effets. Le langage est incapable de transcrire avec précision les sentiments et les émotions ressentis.

2 Parcours « Crise personnelle et crise familiale »

• Une crise personnelle

L'imminence de la mort annoncée entraîne une crise psychologique morale et philosophique pour la personne condamnée. Elle modifie sa perception du monde, du temps et des relations humaines :
– elle met en évidence la difficulté de dire « Je vais mourir » et de maîtriser les conséquences sur autrui de cette annonce ;
– elle mène à un bilan de soi et de son vécu déstabilisant car il ne coïncide pas avec l'idée qu'en ont les autres ;
– elle fait prendre conscience de l'irrémédiable, de l'impossibilité de renouer autant que de faire évoluer ses relations avec ses proches. Rien n'a changé : la mère est toujours confinée dans les mêmes sentiments.

• Une crise familiale

Le retour dans la famille de l'enfant prodigue, qui a quitté le foyer depuis longtemps sans donner de nouvelles, entraîne une crise générale qui prend plusieurs aspects.

Un retour sur le passé plein de ressentiments :
– la réapparition du fils aîné réactive les vieux conflits de l'enfance ;
– le souvenir du départ ranime le sentiment d'avoir été abandonné et l'humiliation qui l'accompagne ;
– le silence et l'absence de nouvelles est perçu comme du mépris ou de l'indifférence (le personnage ne connaît même pas ses neveux).

Un sentiment de révolte devant le gâchis que les membres de la famille imputent à ce départ :
– la solidarité familiale a été rompue ;
– les destins de ceux qui sont restés comparé à celui qu'ils imaginent pour le frère parti semblent médiocres, ce qui nourrit un sentiment d'injustice ;
– le retour révèle la vraie nature des relations quotidiennes des membres de la famille.

Les documents complémentaires
– Une œuvre sur le même thème : Eugène Ionesco, *Le Roi se meurt* (1962). – Un autre aspect de la question dans l'œuvre de Jean-Luc Lagarce : *Retour à la Citadelle* (1984), *J'étais dans la maison et j'attendais que la pluie vienne* (1994). – Un film sur un sujet proche : Arnauld Desplechin, *La Vie des morts* (1991).

Ingénierie et Développement Durable (I2D)

	COURS	EXERCICES
Matière		
1 Comportement des matériaux	72	77
2 Comportement des systèmes mécaniques	80	86
3 Comportement mécanique des structures	88	94
Énergie		
4 Performances énergétiques des systèmes	97	100
5 Conversions énergétiques	106	109
6 Solutions techniques de transport, de stockage et de gestion de l'énergie	116	119
Information		
7 L'information analogique – Captage et traitement	123	127
8 Traitement et transmission numérique de l'information	132	137
9 Réseaux	140	145

Les corrigés des exercices 147

1 Comportement des matériaux

Le choix d'un matériau a de nombreuses répercussions sur la forme d'une pièce, sa réalisation, le coût de production du produit. Pour bien choisir son matériau, il faut connaître les caractéristiques techniques.

1 Caractéristiques des matériaux

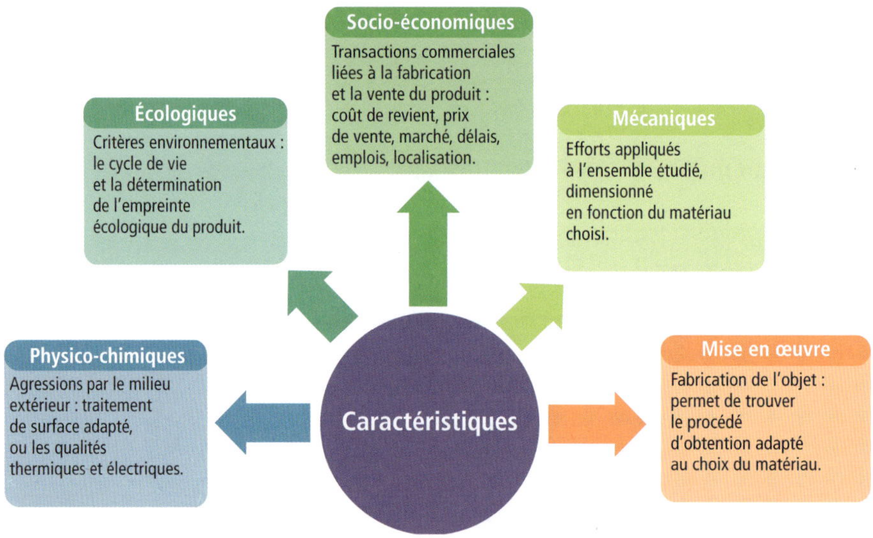

2 Propriétés mécaniques des matériaux

Pour prévoir si une pièce résistera aux efforts qui lui seront appliqués, il faut connaître les grandeurs mécaniques caractéristiques des matériaux en relation avec les propriétés de ces efforts.

A La pression

La pression *P* représente la force appliquée sur chaque mm² d'une surface.

$$P = \frac{F}{S}$$

Unités

P : pression en mégapascal (MPa ou N.mm^{-2})
F : effort en newton (N)
S : aire de la section droite en millimètre carré (mm²)

Exemple Un randonneur a une masse de 80 kg.

Le poids exercé sur chaque pied est (pour $g = 10$ m·s^{-2}) : $F = \frac{m \times g}{2} = \frac{80 \times 10}{2} = 400$ N.

Avec quelle paire de chaussures, se déplacera-t-il plus facilement dans la neige ?

Surface semelle de la botte : 17 000 mm²

$$P = \frac{400}{17\,000} = 0{,}023 \text{ N}\cdot\text{mm}^{-2}$$

Surface cadre de la raquette : 62 000 mm²

$$P = \frac{400}{62\,000} = 0{,}006 \text{ N}\cdot\text{mm}^{-2}$$

La surface du cadre de la raquette est plus grande que celle de la semelle de la botte.
La pression exercée par la raquette sur la neige est moins importante que celle exercée par la botte : le randonneur a moins de risque de s'enfoncer dans la neige et se déplacera plus vite.

B La notion de contrainte

- **Une contrainte mécanique** est l'effet des forces exercées sur un matériau. Ce sont les particules élémentaires qui résistent aux efforts extérieurs appliqués sur une surface.
- **La contrainte normale σ** représente la force appliquée sur chaque mm² d'une section d'un matériau. Elle se définit comme étant la force divisée par l'aire de la section.

$$\sigma = \frac{F}{S}$$

Unités

σ : contrainte normale en mégapascal (MPa ou N/mm²)
F : effort en newton (N)
S : aire de la section droite en millimètre carré (mm²)

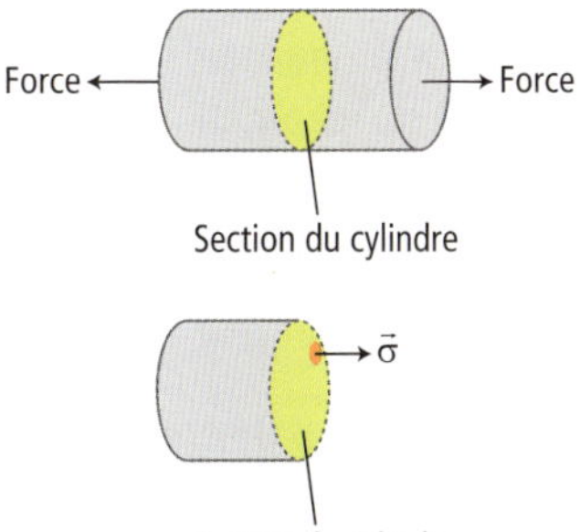

▲ Contrainte dite de traction exercée sur un cyclindre

La contrainte est homogène à une pression et s'exprime en pascal (1 Pa = 1 N/m²). Mais les valeurs étant très élevées, on utilise les mégapascals **1 MPa = 10⁶ Pa = 1 N·mm⁻²**.

C Le comportement élastique

- **Un matériau** a un comportement élastique s'il reprend sa forme et ses dimensions initiales quand on relâche l'effort de chargement.
- **La limite élastique R_e** (en N·mm⁻²) définit la valeur de la contrainte maximale du matériau afin qu'il reste dans le domaine élastique.

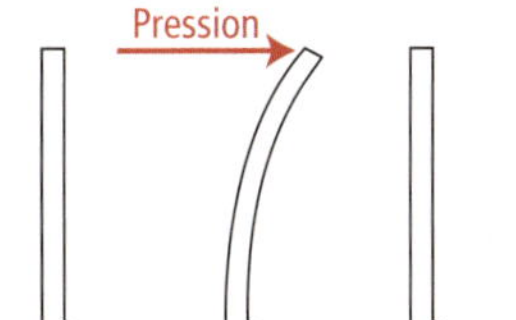

▲ Le matériau reprend sa forme

Exemple L'acier utilisé dans les ressorts de suspension a un comportement élastique.

D La résistance mécanique

La résistance mécanique R_m (en N·mm⁻²) définit la valeur de la contrainte maximale du matériau avant sa rupture.

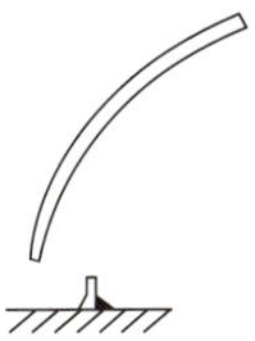

Le matériau rompt ▶

E La rigidité

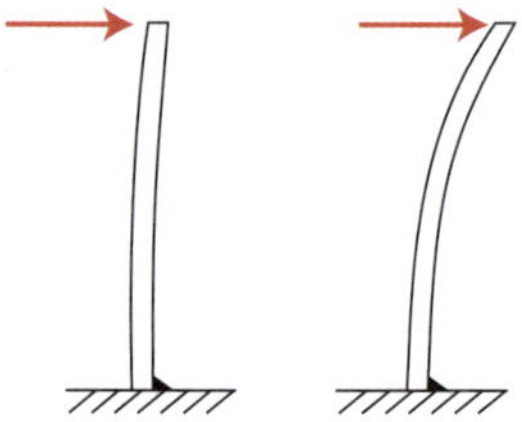

▲ Le matériau résiste

• **La rigidité** définit la résistance à la déformation d'un matériau sous un effort donné.

• **Le module de Young *E*** (en MPa) est le module d'élasticité longitudinal d'un matériau. Le module de Young caractérise la rigidité du matériau :
- *E* élevé : matériau rigide.
- *E* faible : matériau souple.

Il est homogène à la contrainte. On l'exprime en mégapascal, ou, comme ses valeurs sont très élevées, en gigapascal : **1 GPa = 1 000 MPa =** $\mathbf{10^9}$ **Pa**.

F La déformation plastique

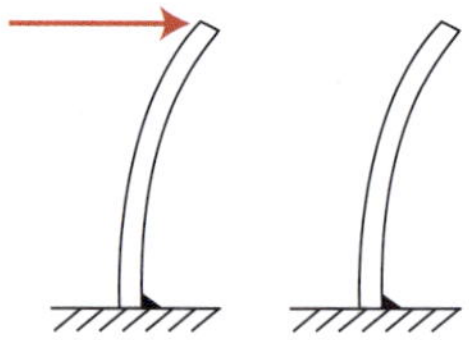
▲ Le matériau ne revient pas à son état initial

• **La déformation plastique** est une déformation irréversible. Une pièce ne reprend pas sa forme et ses dimensions initiales lorsque l'on relâche l'effort de chargement.

• Cela se produit dès lors que l'on dépasse la limite élastique R_e (en N/mm²) du matériau.

Exemple La pâte à modeler, le zinc, le cuivre ont un comportement plastique.

G La ductilité

La ductilité est l'aptitude d'un matériau à se déformer plastiquement sans se rompre. On la caractérise par **l'allongement à la rupture** noté A, ou A %.

H La fragilité

La fragilité s'oppose à la ductilité. C'est l'allongement du matériau avant la rupture qui est faible.

I La résilience

• **La résilience** est la capacité d'un matériau à résister aux chocs.

• Le matériau est d'autant plus fragile que l'énergie nécessaire à la rupture est faible.

• Le matériau est d'autant plus résilient que l'énergie nécessaire à la rupture est importante.

• **L'énergie de rupture** est exprimée en joule (J).

Exemple Certains matériaux comme le béton, la fonte, le titane ou la céramique, sont fragiles. Ils sont donc fortement sensibles aux chocs.

▲ La lame des couteaux en céramique a une faible résistance aux chocs

J La dureté

• **La dureté** d'un matériau définit la résistance relative qu'oppose sa surface à la pénétration d'un corps plus dur.

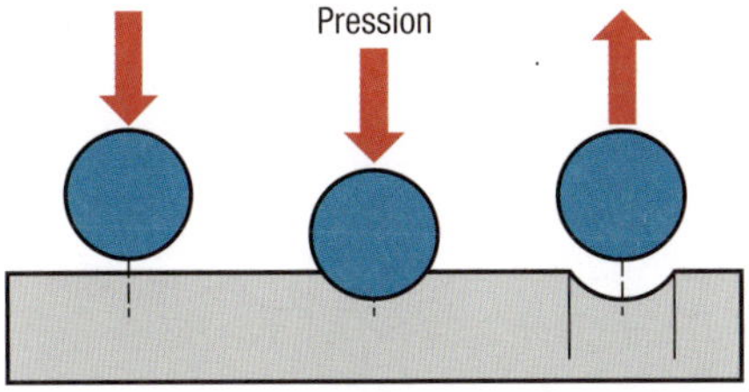

▲ Empreinte laissée sur la surface par l'objet

• La dureté est évaluée en mesurant une empreinte laissée en surface par un poinçon pénétrateur (bille, pyramide) en matériau dur (acier poli ou diamant), sous l'action d'une force connue. Elle peut être quantifiée par les caractéristiques de dureté Rockell (HRB ou HRC), Vickers (HV) ou Brinell (HB). Plus la valeur est importante, plus le matériau est dur.

K Le frottement – l'adhérence

Le frottement peut être défini comme l'ensemble des phénomènes physico-chimiques qui ont tendance à empêcher deux solides en contact à se déplacer l'un par rapport à l'autre à l'endroit du contact.

Exemple

• Soit deux luges, l'une avec des patins en bois, l'autre avec des patins en métal. Pour le même angle d'inclinaison d'une pente enneigée, la même charge, les mêmes dimensions de luge, la luge aux patins en métal se déplace alors que celle aux patins en bois reste immobile.

• De même, dans une pente suffisamment enneigée pour que les deux luges se mettent en mouvement, la luge aux patins en bois s'arrêtera en premier.

Ces deux phénomènes s'expliquent par le frottement.

Pas de déplacement

Déplacement

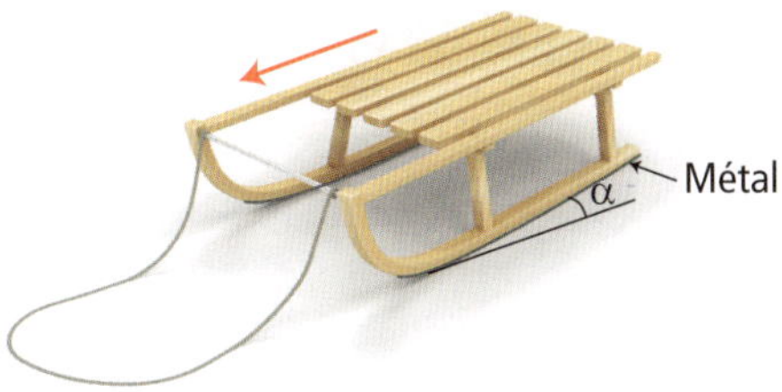

On cherche à limiter les effets du frottement lorsque l'on veut limiter l'usure des pièces, les pertes d'énergie, l'échauffement, le niveau sonore de fonctionnement d'un mécanisme.

On cherche à utiliser les effets du frottement lorsque l'on veut transformer une énergie mécanique en énergie thermique (les freins automobiles).

3 Propriétés environnementales des matériaux

A Les matériaux durables

La durée de vie d'un matériau est la durée pendant laquelle le matériau conserve ses caractéristiques initiales.

B Les matériaux recyclables

Le recyclage des matériaux permet de les réintroduire dans le processus de production comme matières premières secondaires. Tous les matériaux ne sont pas encore recyclables.

Matériaux recyclables

- Le bois : peut être broyé et réemployé dans les panneaux de particules.
- 15 bouteilles en plastique permettent de réaliser des fils textiles pour fabriquer un pull en laine polaire.
- Le papier se recycle 5 à 7 fois.
- L'aluminium se recycle à 100 % sans perdre ses caractéristiques initiales et à faible coût en énergie.

Matériaux non recyclables

- Les thermodurcissables : fibres de verre, de carbone, de kevlar.
- Le néoprène des combinaisons de plongée.
- Les résines : polyester, époxy.

C Les matériaux biodégradables

- **La biodégradabilité** est la capacité du matériau à être décomposé par des micro-organismes (bactéries, champignons ou algues) dans certaines conditions d'éclairage, de chaleur et d'humidité, en un temps donné.
- Augmenter l'épaisseur d'un matériau décroît la vitesse de biodégradation.
- **Un matériau est dit biodégradable** s'il se décompose en éléments divers sans effet dommageables sur le milieu naturel comme le papier, le carton, le bois, le liège, PLA (Polylactone)…

D Les matériaux renouvelables

- **Ce sont les matériaux élaborés à partir de ressources renouvelables,** c'est-à-dire des ressources naturelles qualifiées d'inépuisables, sans limite de temps et qui se régénèrent naturellement à un rythme supérieur à leur consommation. Des ressources utilisables de manière continue sans nuire aux générations futures.
- Les ressources renouvelables englobent ce qui est communément désigné sous le terme de « biomasse ».

Matériaux recyclables

- Produits et sous produits des céréales (amidon, gluten).
- Plantes fibreuses (cellulose).

Ressources non renouvelables

- Les minerais (argent, cuivre, fer...)
- Les minéraux (argiles, calcaire, silice...).
- Les combustibles fossiles (charbon, gaz, pétrole, tourbe).

Exemple

On peut aujourd'hui réaliser des casques de vélo en Arboform. Ce biopolymère est fabriqué à partir de la lignine (sous-produit jusque-là non utilisé de la fabrication de la pâte à papier) et d'autres fibres comme le chanvre ou le lin, auxquels sont ajoutés des additifs naturels comme la cire pour en faire des granules. Surnommé « bois liquide », l'Arboform peut être injecté, moulé et usiné. Il est biodégradable, imperméable et recyclable à 100 % sans perte de qualité. Il possède l'aspect et la chaleur du bois au toucher.

Exercices d'entraînement

Exercice 1

Corrigé p. 147

Une pièce en acier subit une contrainte de 435 MPa. Les caractéristiques du matériau sont les suivantes : limite d'élasticité :
$R_e = 300$ MPa ; résistance mécanique $R_m = 500$ MPa.

1. La pièce va-t-elle rester déformée ?
2. La pièce va-t-elle casser ?

Exercice 2

Corrigé p. 147

Une barre cylindrique en alliage d'aluminium de diamètre 8 mm supporte une charge F de 200 kg. La limite élastique du matériau est de $R_e = 50$ MPa. On considère que $g = 10$ m·s^{-2}.

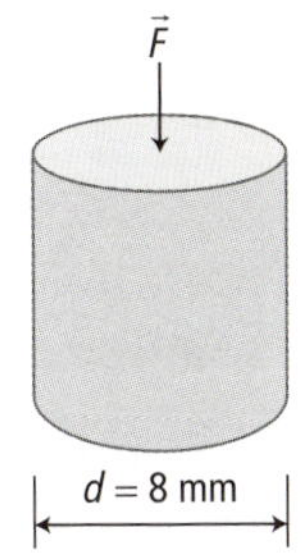

▲ Schéma d'une portion de la barre cylindrique

1. Calculer la section de la barre.
2. Calculer l'effort de compression exercé sur la barre.
3. Calculer la contrainte.
4. La barre va-t-elle rester déformée ?

Exercice 3

Corrigé p. 147

L'acier de construction a un module de Young de 210 GPa et la fonte de 130 GPa.

Quel est le matériau le plus rigide ?

Exercice 4

Corrigé p. 147

1. Quelle caractéristique du matériau utilisé pour les canettes de soda est importante pour l'étape de fabrication par emboutissage (déformation plastique) ?
   - La dureté
   - La masse volumique
   - La ductilité
2. Le verre est un matériau :
   - ductile
   - résilient
   - fragile
3. Le polycarbonate est un matériau utilisé pour les verres de lunettes de sport car il offre une grande résistance aux chocs. Quelle est la caractéristique recherchée pour cet usage ?
   - La ductilité
   - La résilience
   - La fragilité

Exercice 5

Corrigé p. 147

Le graphique ci-dessous classe plusieurs matériaux en fonction de leur limite élastique et de leur masse volumique.

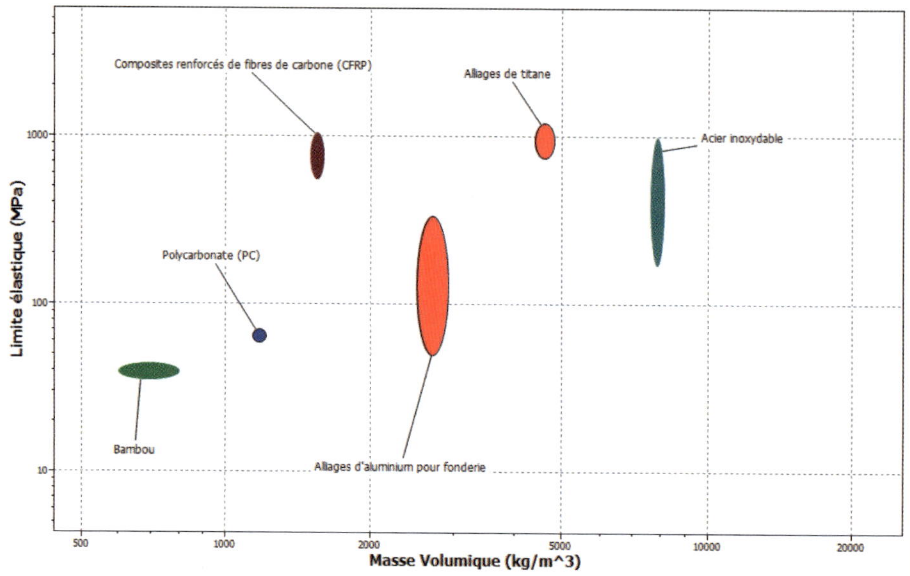

▲ Les matériaux selon leur limite élastique et leur masse volumique

1. Quel matériau est le plus léger ?

2. Quel matériau est le plus lourd ?

3. Quel matériau a la plus grande limite élastique R_e ? Indiquer sa valeur moyenne.

4. Quel matériau a la plus petite limite élastique R_e ? Indiquer sa valeur moyenne.

5. On souhaite choisir un matériau qui offre le meilleur indice de performance limite élastique/masse volumique, c'est-à-dire celui qui a la plus grande limite élastique tout en étant le plus léger. La limite élastique minimum est fixée à 600 MPa.
Indiquer le matériau qui répond le mieux à ces critères.

Exercice 6

Corrigé p. 147

Les coussinets sont interposés entre un arbre et son logement (schéma ci-contre) pour diminuer le frottement et faciliter ainsi le mouvement de rotation et/ou translation. Ils sont construits à partir de matériaux présentant de bonnes qualités frottantes (bronze, étain, plomb, graphite, Téflon, PTFE, polyamide).
Pour un arbre en acier, rechercher à l'aide du tableau ci-dessous le matériau pour un coussinet offrant le frottement minimal.

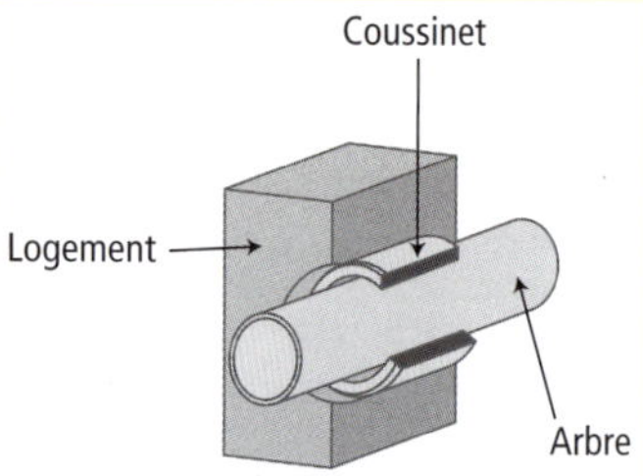

▲ Schéma de l'ensemble étudié

Matériau arbre	Matériau coussinet	Coefficient de frottement
Acier	Polyéthylène	0,5
Acier	PTFE	0,03
Acier	Nylon	0,15
Acier	Polyamide 6.6	0,12

Exercice 7

Corrigé p. 147

Une boutique française de prêt-à-porter souhaite faire poser un parquet massif comme revêtement de sol.
Le parquet sera soumis à un passage intensif. Afin de s'inscrire dans une démarche de développement durable, le cahier des charges stipule que le bois utilisé devra provenir de forêts européennes gérées de manière durable et responsable.

Le tableau suivant spécifie les duretés de différentes essences de bois :

▲ Parquet en bois

	Dureté (en Brinell HB)
Pin	2
Châtaignier	2,3
Chêne	3,4
Iroko (bois exotique)	3,5
Wengé (bois exotique)	4,2

Indiquer l'essence à préconiser et celles à éviter en regard du contexte d'utilisation et des préconisations du cahier des charges donné dans l'énoncé.

Exercice 8

Corrigé p. 147

Une planche de surf classique est réalisée avec les 3 matériaux suivant :

- noyau en mousse polyuréthane
- tissu en fibre de verre
- résine polyester

Une société française fabrique des planches en utilisant les matériaux suivants :

- noyau en mousse de polyester contenant jusqu'à 50 % de matière recyclée
- tissu fibre de lin, cultivée et récoltée en France et certifiée OEKO-TEX®
- résine époxy biosourcée à 56 % d'origine végétale et 100 % française.

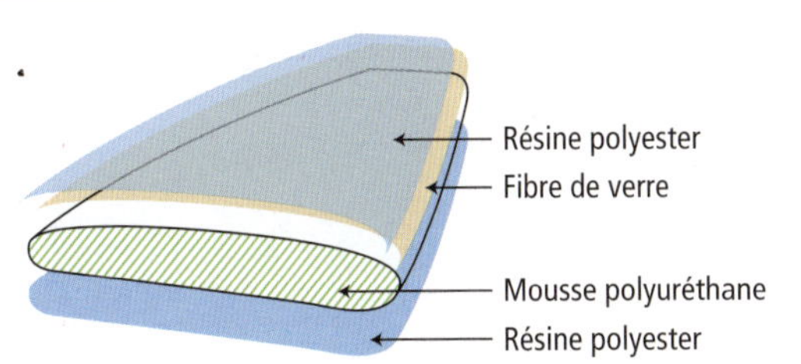

▲ Schéma des couches de matériaux dans une planche de surf

1. Faire une critique écologique de la construction d'une planche de surf classique.
2. Déterminer les avantages écologiques de la solution proposée par la société française.

2 Comportement des systèmes mécaniques

1 Caractériser le mouvement

A Définitions

• **Les mouvements** rendus possibles par le contact entre deux solides peuvent être représentés dans un repère orthonormé (repère de référence) en un point judicieux de la liaison.

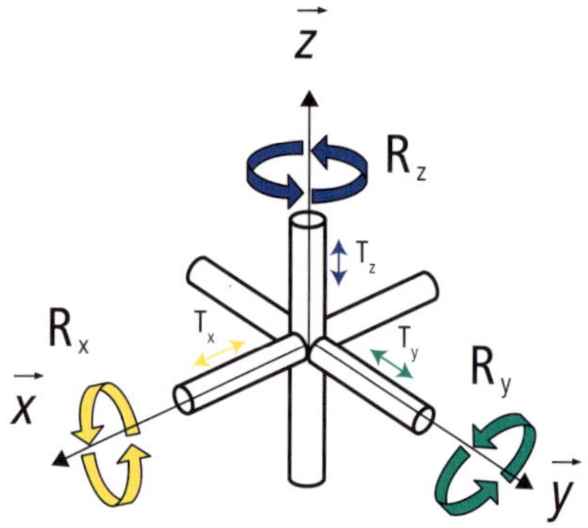

▲ Représentation du repère orthonormé sur un solide.

Sur le schéma, on voit :

3 mouvements de **translation** T_x, T_y, T_z ;
3 mouvements de **rotation** R_x, R_y, R_z.

• **Le degrés de liberté** est le nombre de translations et de rotations rendues possibles par la liaison.

• **Le degrés de liaison** est le nombre de translation et de rotations rendues impossibles par la liaison.

B Le tableau des mouvements – torseur cinématique

Translations	Rotations
T_x	R_x
T_y	R_y
T_z	R_z

Torseur cinématique
$\vartheta_{solide/repère} \ {}_C\begin{Bmatrix} \omega_x & V_{CS/ox} \\ \omega_y & V_{CS/oy} \\ \omega_z & V_{CS/oz} \end{Bmatrix}_{Bas}$

À chaque mouvement rendu possible par une liaison est associé une vitesse.
Un mouvement de rotation (R) est associé à une vitesse angulaire (ω) de translation.

C La trajectoire et la vitesse

Le mouvement d'un solide est décrit par deux caractéristiques :

• **sa trajectoire** : ensemble des positions successives prises par le solide lors de son déplacement au cours du temps ;

• **sa vitesse** moyenne ou instantanée.

Exemples

• **Trajectoires courantes :** Le funiculaire de Montmartre se déplace sur un rail rectiligne. Sa trajectoire est une **droite**.
La Lune tourne autour de la Terre, qui tourne elle-même autour du Soleil selon des trajectoires (orbites) elliptiques presque **circulaires**.

• **Vitesse moyenne :** Un randonneur parcourt une distance $d = 5$ km en 50 min.
Sa vitesse moyenne est :

$$v = \frac{d}{t} = \frac{5}{50} = 0{,}1 \text{ km}\cdot\text{min}^{-1} = 6 \text{ km}\cdot\text{h}^{-1} = \frac{6\times 1\,000}{3\,600}\text{m}\cdot\text{s}^{-1} = 1{,}66 \text{ m}\cdot\text{s}^{-1}.$$

D Le repérage d'un point ou d'un solide dans l'espace

La position d'un solide est déterminée par :
– **la position d'un de ses points** dans un repère de référence ;
– **l'orientation** du solide.

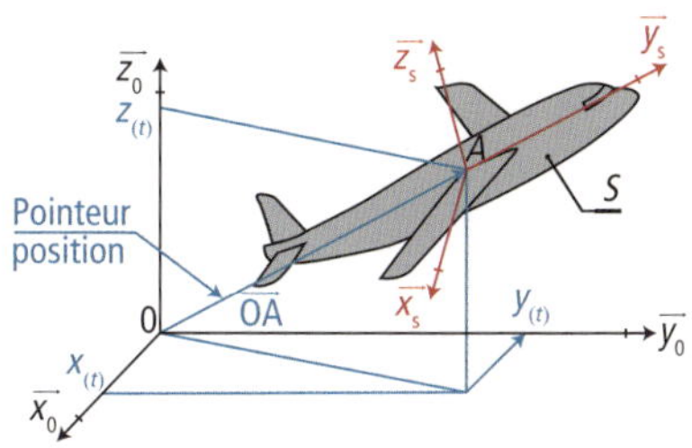

L'avion est positionné par les coordonnées du pointeur position $\overrightarrow{OA}$, en fonction du temps t :

$$\overrightarrow{OA} = x_{(t)}\cdot\overrightarrow{x_0} + y_{(t)}\cdot\overrightarrow{y_0} + z_{(t)}\cdot\overrightarrow{z_0}$$

et par l'orientation (rotation relative) du repère qui lui est associé $\left(A, \overrightarrow{x_S}, \overrightarrow{y_s}, \overrightarrow{z_s}\right)$.

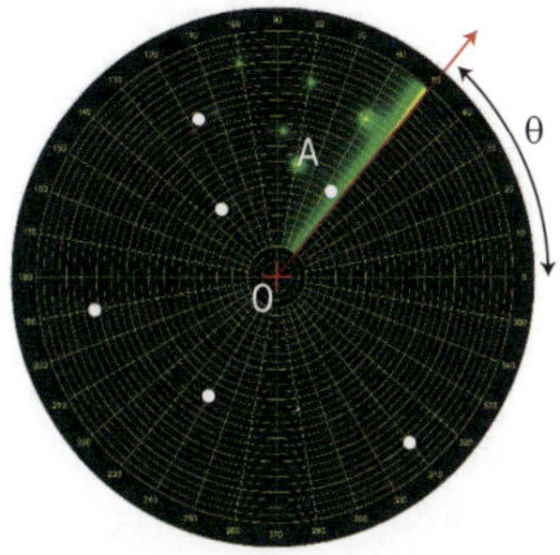

Un bateau peut être repéré par un radar. On le repère par l'angle (θ) et le rayon du cercle (longueur OA) qui représente la distance à laquelle il se situe par rapport au repère de référence.

2 Relation entre nature des contacts et liaisons

A Les contacts élémentaires et les liaisons associées

• **Contact ponctuel.** Les solides en contact sont de forme sphérique et plane. La nature du contact est un plan. Si un des solides est fixe (ici le plan), l'autre solide peut, en conservant le contact ponctuel effectuer 5 déplacements.

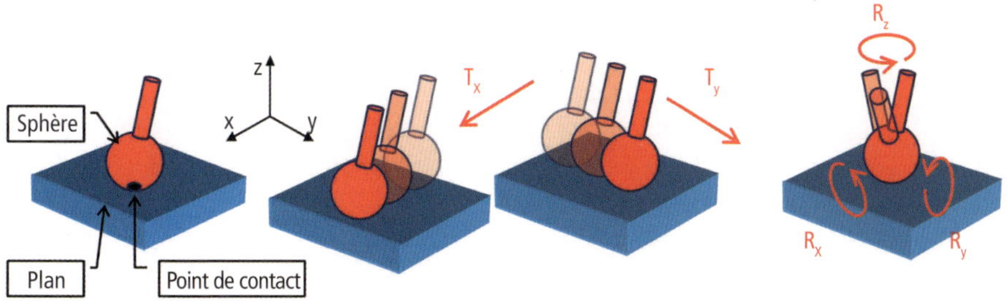

▲ Schéma du solide sur le plan

La normale (perpendiculaire) au plan au point de contact est ici portée par le vecteur $\vec{z}$. Le seul mouvement impossible à faire sans décoller le contact est le mouvement de translation selon le vecteur $\vec{z}$.
On obtient alors le **tableau des mouvements** suivant :

$$Mvt_{Sphère/Plan} : \begin{bmatrix} T_x & R_x \\ T_y & R_y \\ 0 & R_z \end{bmatrix}.$$

• **Contact linéique rectiligne.** Les solides en contact sont de forme prismatique et plane. La nature du contact est une ligne droite. Si un des solides est fixe (ici le plan), l'autre solide peut, en conservant le contact rectiligne, effectuer 4 déplacements.

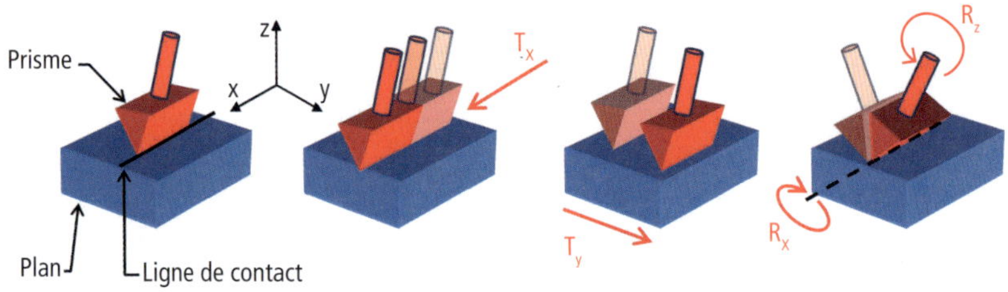

▲ Schéma du solide sur le plan

La normale (perpendiculaire) au plan au point de contact est ici portée par le vecteur $\vec{z}$ la direction de la ligne droite est portée par le vecteur $\vec{x}$. Les mouvements impossibles à faire sans décoller le contact sont le mouvement de translation selon le vecteur $\vec{z}$ et la rotation autour $\vec{y}$.

On obtient alors le **tableau des mouvements** suivant :

$$Mvt_{Prisme/Plan} : \begin{bmatrix} T_x & R_x \\ T_y & 0 \\ 0 & R_z \end{bmatrix}.$$

• **Contact cylindrique.** Les solides en contact sont tous les deux de forme cylindrique et de même diamètre. La nature du contact est un cylindre. Si un des solides est fixe (ici le cylindre creux), l'autre solide peut, en conservant le contact cylindrique, effectuer 2 déplacements.
L'axe du cylindre de contact est ici porté par le vecteur $\vec{x}$.
On obtient alors le **tableau des mouvements** suivant :

$$Mvt_{Cylindre/Cylindre} : \begin{bmatrix} T_x & R_x \\ 0 & 0 \\ 0 & 0 \end{bmatrix}.$$

• **Contact plan.** Les solides en contact sont tous les deux de forme plane. La nature du contact est un plan. Si un des solides est fixe (ici le plan inférieur), l'autre solide peut, en conservant le contact plan, effectuer 3 déplacements.

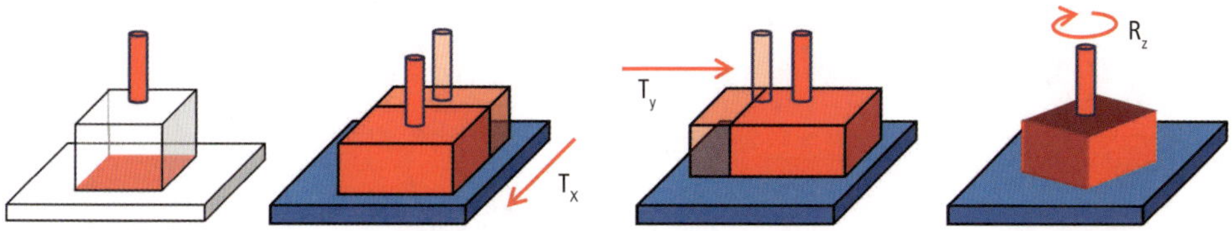

▲ Schéma du solide sur le plan

La normale (perpendiculaire) au plan au point de contact est ici portée par le vecteur $\vec{z}$.

On obtient alors le tableau des mouvements suivant :

$$Mvt_{Plan/Plan} : \begin{bmatrix} T_x & 0 \\ T_y & 0 \\ 0 & R_z \end{bmatrix}.$$

Remarque

Il est possible d'associer des liaisons élémentaires entre elles pour obtenir de nouvelles liaisons. La liaison surfacique plane peut aussi être obtenue par association de trois liaisons ponctuelles de même normale située sur un même plan de contact.

3 Mesurer le déplacement

- On mesure :

– **la position linéaire** en mètre (m) avec un **potentiomètre rectiligne.**

– **la position angulaire** en degrés (deg) avec un **potentiomètre circulaire** ou un **codeur rotatif absolu (résolveur)**.

– **un déplacement linéaire** en mètre (m) avec une **règle à balayage photoélectrique.**

– **un déplacement angulaire** en degrés (deg) avec un **codeur rotatif incrémental** ou **gyroscope**.

– **la vitesse linéaire** en mètre par seconde ($m \cdot s^{-1}$).

– **la vitesse angulaire** en radian par seconde ($rad \cdot s^{-1}$) avec un **gyromètre** ou **génératrice tachymétrique.**

– **la fréquence de rotation** en tour par minute ($tr \cdot min^{-1}$) avec un **tachymètre**.

– **l'accélération angulaire** en radian par seconde au carré ($rad \cdot s^{-2}$) avec un **accéléromètre**.

4 Conversion d'unités

Pour utiliser les formules de cinématique, il faut convertir les unités dans le Système International. Pour convertir une fréquence de rotation N exprimée en $tr \cdot min^{-1}$ en une vitesse ω en $rad \cdot s^{-1}$, on convertit 1 tour en 2π radian puis 1 min en 60 s. On utilise donc la relation : $\omega = \frac{2\pi}{60} \times N$.

5 Aspect généraux de la réalisation des liaisons

A Les surfaces de contact adaptées

Libellé de la fonction	Critère d'appréciation
Supprimer les degrés de liberté non souhaités	Défauts de déplacements position et d'orientation admissibles.

Libellé de la fonction	Critère d'appréciation
Résistant aux efforts extérieurs	Action mécanique à transmettre. Variation des efforts dans le temps.
Limiter les pertes d'énergie par frottement	Rendement de la liaison. Durée de vie (en heures de fonctionnement ou en nombres de cycles).
Assurer la fiabilité : protéger les surfaces de contact entre les solides des agressions extérieures (particules abrasives, humidité, corrosion)	Ambiance extérieure (température, corrosion physique, chimique, électrique ...). Lubrification interne (huile, graisse). Espacement des révisions d'entretien. Facilité d'entretien (accessibilité des organes).

B Caractériser une solution technologique de liaison

• **Liaison complète** (ou liaison d'encastrement), c'est lorsqu'il n'y a aucun mouvement relatif possible entre les solides. Les autres liaisons sont définies comme **partielles**.

• **Liaison rigide et liaison élastique** c'est lorsque les degrés de liberté supprimés le sont par des éléments massifs très peu déformables ou lorsqu'elles sont très déformables (ressorts).

• **Liaison démontable** c'est lorsqu'il est possible de défaire la liaison réalisée sans la détériorer. Dans le cas contraire, on parle de **liaison permanente** (cas des assemblages collés, rivetés ou soudés).

• **Liaison directe** c'est lorsque les deux pièces sont seules en liaison. Dans le cas contraire, **où on interpose un composant supplémentaire entre les deux pièces à lier**, on parle de **liaison indirecte**.

Exemple **Caractériser les solutions de liaison d'un VTT**

Le guidon et le tube de selle d'un vélo sont en liaisons complètes, rigides, démontables avec le cadre. La selle peut être en liaison complète directe avec le tube de selle ou indirecte lorsqu'elle est suspendue par un amortisseur.

La fourche est en liaison partielle rigide, démontable et indirecte avec le cadre.

Les éléments tubulaires constituant le cadre du vélo sont en liaisons complètes permanentes directes et elles doivent être les plus rigides possible (pour une meilleure transmission des efforts du cycliste lorsqu'il pédale).

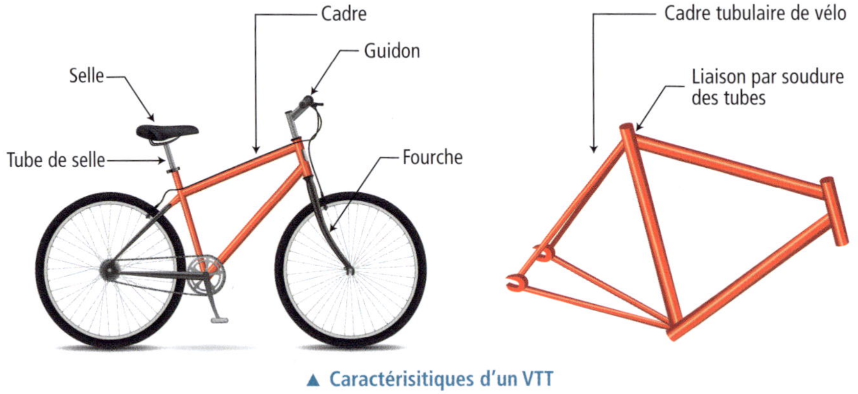

▲ Caractérisitiques d'un VTT

6 La liaison pivot

La solution constructive qui réalise une liaison pivot est appelée **guidage en rotation**, elle est utilisée dans de nombreux cas (véhicules motorisés, hélices d'avion, moteur et organes électriques…).
On appelle **arbre** la pièce cylindrique contenue dans l'**alésage** nom donné au contenant.

Représentation normalisée en projection orthogonale	Représentation spatiale	Mouvements possibles (degrés de liberté)
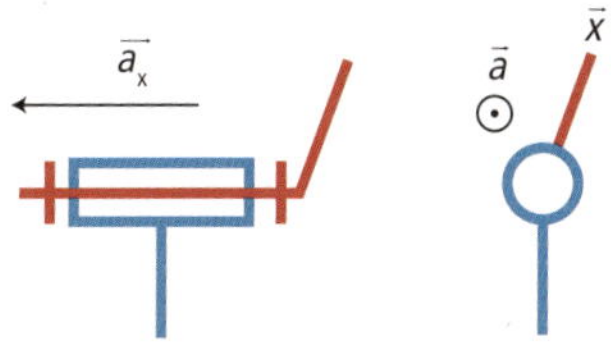	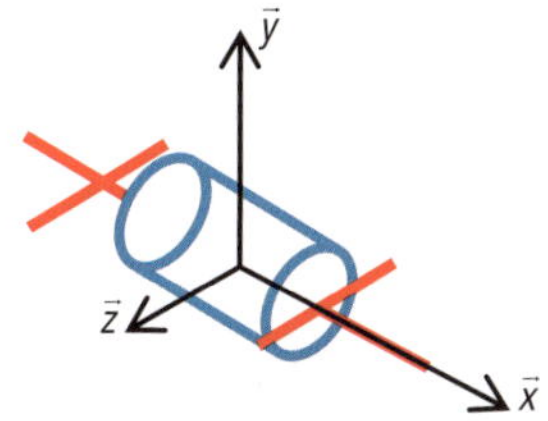	$T_x = 0$ $R_x = 1$ $T_y = 0$ $R_y = 0$ $T_z = 0$ $R_z = 0$

7 La liaison glissière

On appelle **glissière** la pièce fixe par rapport à laquelle le **coulisseau** se déplace.

Représentation normalisée en projection orthogonale	Représentation spatiale	Mouvements possibles (degrés de liberté)
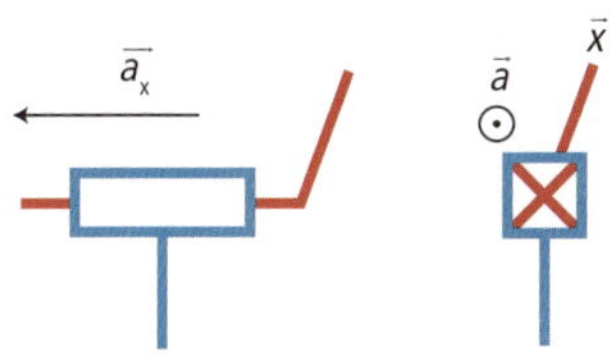	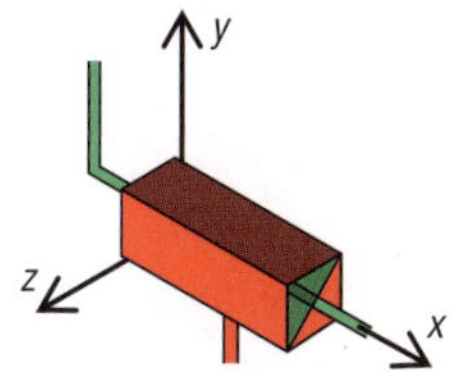	$T_x = 1$ $R_x = 0$ $T_y = 0$ $R_y = 0$ $T_z = 0$ $R_z = 0$

Exercices d'entraînement

Exercice 1

Corrigé p. 148

Truck de skateboard

Situé sous la planche, un truck de skateboard assure la liaison avec le sol par l'intermédiaire de la partie roulante (roues-roulements).

Le hanger (axe sur lequel sont fixées les roues) est en contact avec :

- l'embase par une surface sphérique ;
- le kingpin (petit axe encastré dans l'embase) par l'intermédiaire d'une gomme (matière plastique élastique).

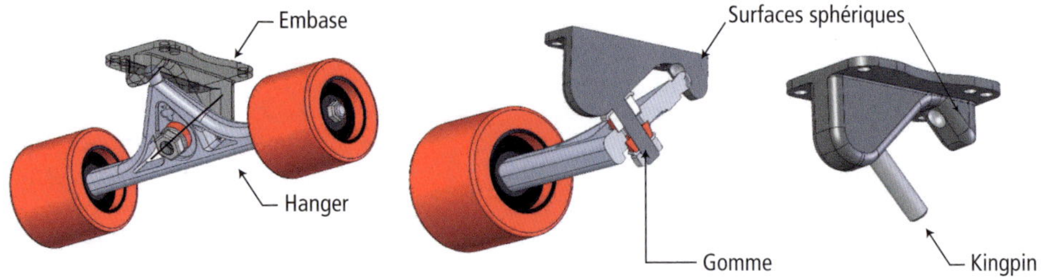

▲ Schéma des roues d'un skateboard

1. Identifier la liaison normalisée entre le hanger et l'embase.
2. Identifier la nature du contact entre le kingpin (solidaire de l'embase) et la gomme.
3. Caractériser la liaison obtenue par association entre le hanger et l'embase.

Exercice 2

Corrigé p. 148

Vélo elliptique

Le vélo elliptique permet un travail simultané des jambes et des bras en associant les mouvements circulaires du vélo, les mouvements horizontaux de la marche à pied et les mouvements verticaux du stepper.

La liaison entre le bâti 0 et la roue 1 est un pivot d'axe $(O, \vec{y})$.

La liaison entre le bâti 0 et le bras mobile 3 est un pivot d'axe $(D, \vec{y})$.

La liaison entre la roue 1 et la pédale 2 est un pivot d'axe $(A, \vec{y})$.

La liaison entre la pédale 2 et le bras mobile 3 est un pivot d'axe $(C, \vec{y})$.

▲ Vélo elliptique

1. Proposer un schéma cinématique du mécanisme.
2. Établir la trajectoire du point A appartenant à la roue 1 par rapport au bâti 0.
3. Établir la trajectoire du point C appartenant au bras mobile 3 par rapport au bâti 0.
4. En déduire la nature du mouvement de la pédale 2 par rapport au sol.
5. Ce mouvement correspond-il aux fonctionnalités annoncées du vélo ?

Exercice 3

Corrigé p. 148

Drone à 4 hélices

Le drone est entraîné par 4 hélices, grâce à 4 moteurs électriques qui transmettent leurs mouvements par des réducteurs à engrenages.

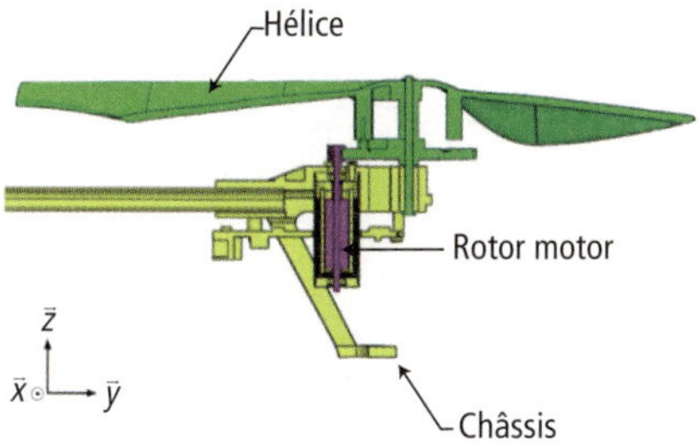

▲ Système de l'hélice

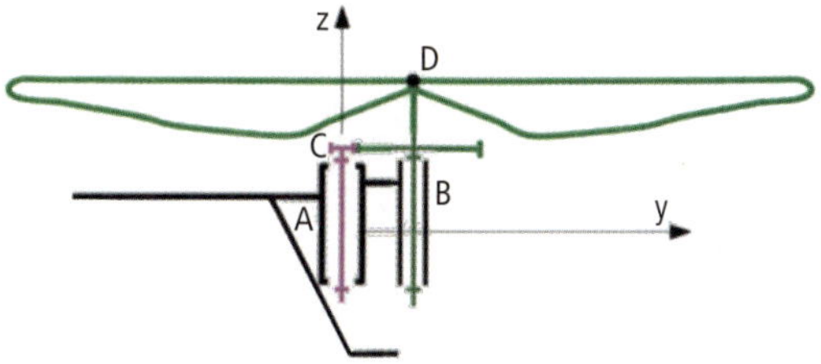

▲ Schéma du système

1. Établir la liaison entre l'hélice et le châssis du drone.
2. Établir le graphe des liaisons du mécanisme.
3. Établir le tableau des mouvements associé.

3 Comportement mécanique des structures

1 Action mécanique sur un corps

• **Une action mécanique** est un concept permettant d'expliquer et de décrire :
– le mouvement d'un corps ;
– le maintien d'un corps au repos ;
– la déformation d'un corps.

Les mouvements et les déformations exercés par un corps sur un autre corps peuvent être créés par des **forces** ou des **moments**.

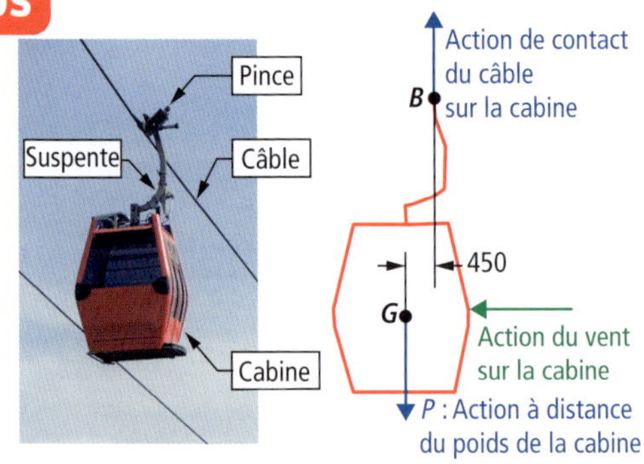

▲ Cabine de téléphérique

• **Une force *F*** tend à pousser/tirer un corps ou à étirer/comprimer un corps selon une **direction** et selon un **sens**. Appliquée à un corps en mouvement de translation, une force est capable de modifier sa vitesse pour le faire aller plus vite (accélérer), moins vite (freiner) ou le faire dévier de sa trajectoire.

> **Exemples** L'action du poids *P* de la cabine et de ses occupants tend à tirer l'ensemble verticalement (direction), vers le bas (sens). L'action en *B* du câble sur l'ensemble {suspente/cabine} permet d'éviter sa chute. L'action du vent sur la face avant de la cabine tend à la ralentir. L'action du vent sur la face latérale de la cabine tend à la faire dévier de sa trajectoire et se balancer.

• **On mesure l'intensité d'une force en newton**, noté N, avec un **dynamomètre**. Cet appareil de mesure est constitué d'un ressort qui sous l'action d'une force, se déforme (s'allonge ou se comprime) à l'intérieur d'un tube gradué en newton : pour une force donnée, le ressort s'allonge d'un nombre de centimètres donné auquel correspond une mesure en newton.

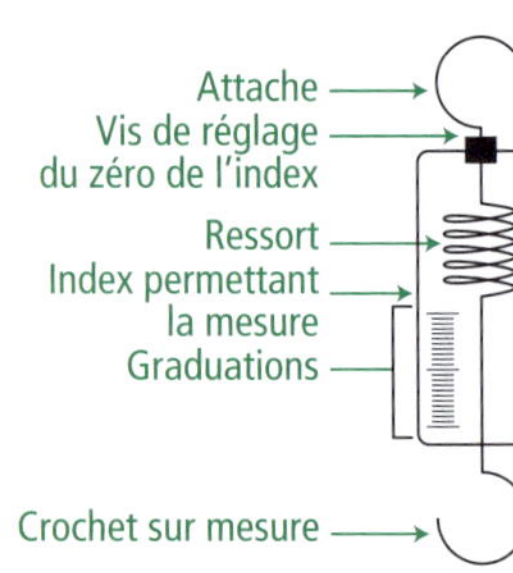

▲ Dynamomètre

• **Un moment *M*,** d'une force *F* ou un **couple de forces**, tend à faire tourner le corps ou à le tordre autour d'un axe avec un sens de rotation. Appliqué à un corps en mouvement de rotation, un couple est capable de modifier sa vitesse de rotation pour le faire aller plus vite (accélérer), moins vite (freiner) ou le faire dévier de sa trajectoire.

> **Exemple** Lors du démontage d'une roue de voiture, on applique un couple avec une clé pour pouvoir desserrer les vis de maintien de la jante.

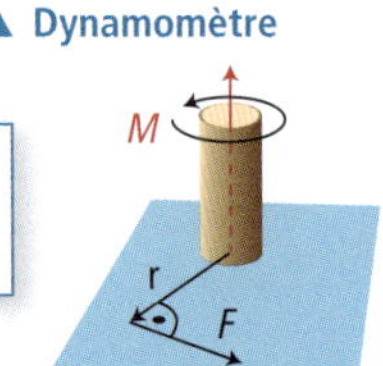

▲ Moment d'une force

• **On mesure l'intensité du moment d'une force en newton⊕mètre,** noté N⊕m, avec une **clé dynamométrique**. Cet appareil de mesure est constitué d'un mécanisme de déclenchement et d'un ressort situés à l'intérieur d'un tube. On règle la valeur souhaitée en tournant la poignée ce qui précomprime le ressort. Lorsque le couple exercé est assez important, le mécanisme de déclenchement tourne et écrase un peu plus le ressort gradué en newton ce qui provoque un click signe que la valeur souhaitée est atteinte.

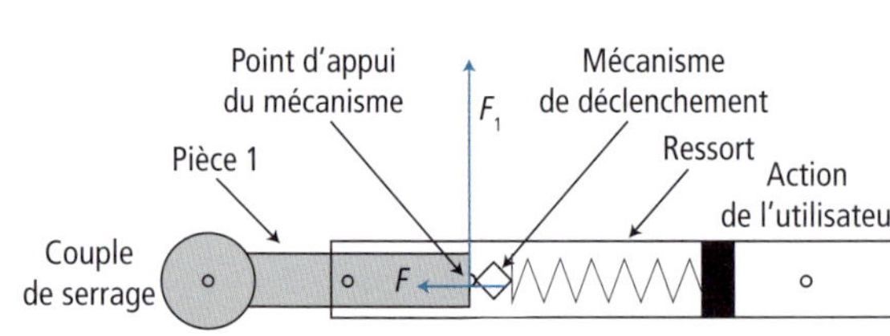

▲ Schéma de la clé dynamométrique

• **Une pression** traduit les interactions entre un solide et un fluide (liquide ou gaz). Elle est définie comme l'**intensité de la force** qu'exerce un fluide sur une surface.

• **On mesure la pression en pascal,** noté Pa, qui est le rapport d'une force d'un newton qui s'exerce sur un mètre carré avec un **manomètre** en utilisant la pression de l'air externe comme point de référence. On utilise parfois le bar : 1 bar = 10^5 Pa. Cet appareil de mesure est constitué d'un tube qui sous l'effet d'une surpression gonfle et se tend, ce qui tire sur une biellette et fait tourner l'aiguille du cadran.

• Dans un fluide compressible, la pression est inversement proportionnelle au volume. Si la pression augmente, le volume diminue et vice versa.

Exemples

Pression exercée par un gaz dans une canalisation ; pression exercée par le vent sur un voilier ; pression exercée par l'eau sur les aubes d'un moulin.

2 Actions mécaniques courantes

A L'action mécanique de pesanteur

• **Le poids** est une force qui tire vers le bas, provoque la chute des objets. **La masse** est la quantité de matière en kg. Le poids est la force qui résulte de l'attraction de la masse par le centre de la planète (poids d'un être humain de 80 kg : 785 N).

• **La résultante de l'action de pesanteur** s'exprime au centre de gravité et a pour norme :

$$P = m \times g$$

Unités

P : poids en newton (N)
m : masse du corps en kilogramme (kg)
g : accélération de la pesanteur en mètre par seconde carrée ($g = 9{,}81\ \text{m}\cdot\text{s}^{-2}$)

B L'action mécanique d'un fluide

• On ne peut pas changer le volume d'un **fluide incompressible**. Les liquides (eau, huile, mercure, etc.) sont incompressibles.

• On peut faire varier le volume d'un **fluide compressible**, c'est-à-dire le comprimer, en exerçant une pression. Les gaz (air, oxygène, hydrogène, azote, etc.) sont compressibles.

• **La résultante de l'action d'un fluide sur une surface circulaire** s'exprime au centre de la surface :

$$F = p \times S$$

Unités

p : pression en mégapascal (MPa)
F : force de poussée en newton (N)
S : surface du disque en millimètre carré (mm^2)

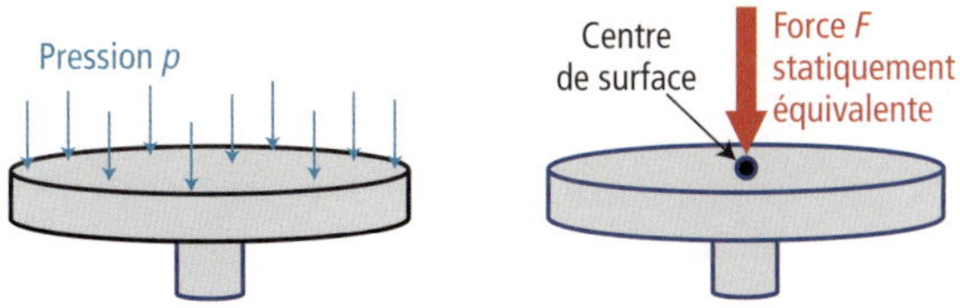

▲ Action d'un fluide sur une surface circulaire

C L'action mécanique sur un corps plongé dans un fluide

Un corps plongé dans l'eau subit une force, appelée poussée d'Archimède. Cette force a pour intensité le poids du volume d'eau que le corps déplace. Elle **s'applique au centre de poussée** (centre de gravité du volume de liquide déplacé), est **dirigée vers le haut** (elle s'oppose au poids et permet la flottaison).

> **Exemple** Un plongeur immergé est soumis à son poids (avec son équipement) et à la poussée d'Archimède. Si la force résultante est dirigée vers le bas, le plongeur coule vers le fond, si elle est nulle, le plongeur reste entre deux eaux, sinon il remonte à la surface.

D L'action mécanique d'un ressort

- Pour écraser d'une valeur f, avec $(f = L_0 - L)$, un ressort de compression, il est nécessaire de lui appliquer une action mécanique F_R : $F_R = k \times f = k(L_0 - L)$, k est appelé la **raideur du ressort**.

- La raideur du ressort dépend des caractéristiques :
  - diamètre d'enroulement moyen : D
  - longueur à vide : L_0
  - diamètre de spire : d
  - nombre de spires : n

E L'action électromagnétique

- Un aimant exerce une **force d'attraction à distance** sur un objet en fer. Une portion de circuit électrique parcourue par un courant et placée dans **un champ d'induction magnétique** est soumise à une force appelée force électromagnétique ou force de Laplace.

- Un corps conducteur de longueur L (en m) traversé par un courant électrique I (en A) et placé dans un champ magnétique B (en Tesla) est soumis à une force appelée force de Laplace F (en N).
Cette force est perpendiculaire au plan formé par le champ magnétique et la direction du corps conducteur : $\mathbf{F = L \times I \times B [m \times A \times T]}$.

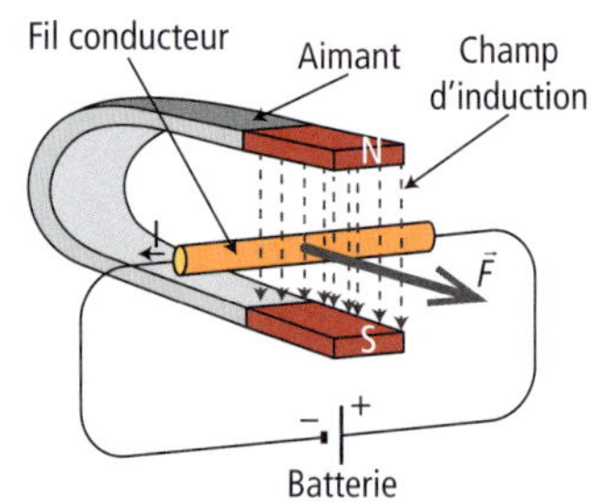

▲ Circuit électrique soumis au champ d'induction magnétique d'un aimant

3 Modéliser une action mécanique

- On classe les actions en :
  - **actions de contact** d'un solide sur un autre par l'intermédiaire d'une surface de contact ;
  - **actions à distance** : le poids, les actions électromagnétiques…

- La modélisation (représentation simplifiée) des actions mécaniques peut se faire grâce à des vecteurs car elles s'exercent en un point d'application, selon ou autour d'une direction (axe), selon un sens et avec une certaine intensité représentée par la longueur du vecteur.

▲ Action sur un pédalier électrique de vélo

- **Les composantes des actions mécaniques** peuvent être exprimées dans des **torseurs** :
1re colonne : résultante des forces (en N), 2de colonne : moment résultant ou couples (en N.m).

$$\left\{T_{\overline{F_{cycliste \to pédale}}}\right\} = {}_B\left\{\begin{matrix} 0 & \square \\ 0 & \square \\ F_{c \to p} & \square \end{matrix}\right\}_{Bs(\vec{x},\, \vec{y},\, \vec{z})}$$

Colonne des moments — Base d'expression — Point d'expression — Colonne de résultante

$$\left\{T_{\overline{C_{moteur/pédalier}}}\right\} = {}_B\left\{\begin{matrix} 0 & 0 \\ 0 & C_m \\ 0 & 0 \end{matrix}\right\}_{Bs(\vec{x},\, \vec{y},\, \vec{z})}$$

▲ **Représentation des torseurs**

- Pour changer le point d'expression du moment, on utilise la **formule de Varignon** :

$$\forall A, B \in E, \qquad \overrightarrow{M_A} = \overrightarrow{M_B} + \overrightarrow{AB} \wedge \vec{R}$$

Point où on cherche le moment ($\overrightarrow{M_A}$) — Point où le moment est connu ($\overrightarrow{M_B}$) — Vecteur distance ($\overrightarrow{AB}$) — Résultante du torseur ($\vec{R}$)

- **Les actions mécaniques sans et avec frottement :**

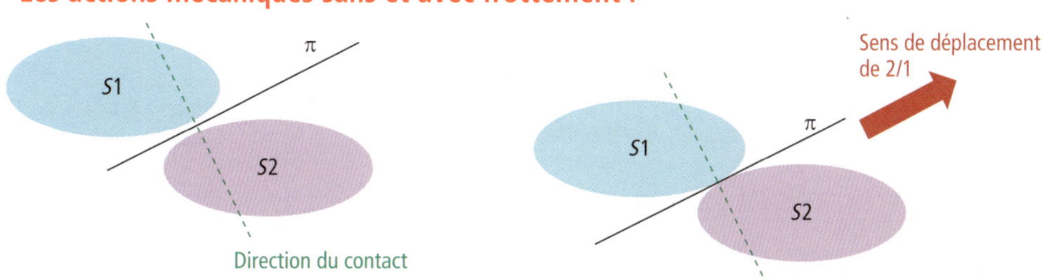

Sans frottement	Avec frottement
L'action mécanique de contact parfait, c'est-à-dire sans frottement, entre deux solides $S1$ et $S2$, est modélisable par une force perpendiculaire au plan tangent commun du contact π : la force est portée par la normale au contact $\vec{n}$.	Lorsque l'on considère le frottement entre les deux solides le modèle utilisé est une force inclinée par rapport à la normale, de manière à s'opposer au déplacement du solide étudié.
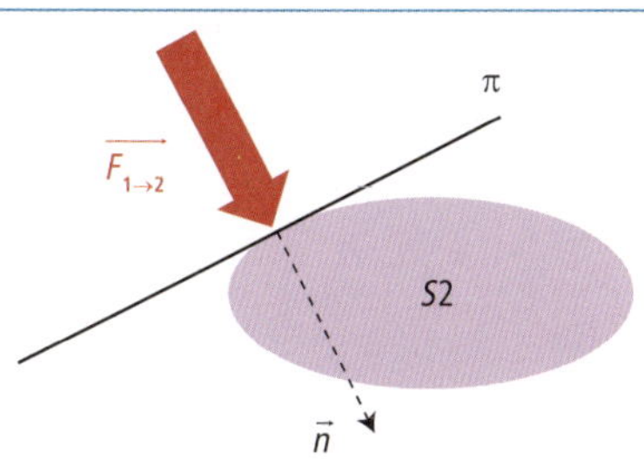	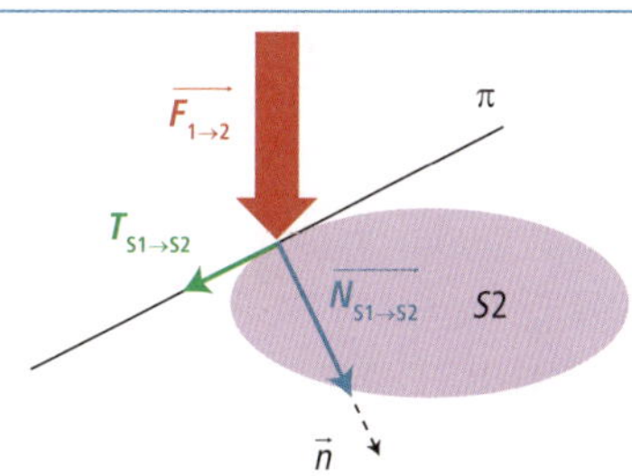

Le modèle d'action mécanique avec frottement peut se décomposer en une composante normale $N_{S1\to S2}$, appelée **effort presseur**, et une composante tangentielle $T_{S1\to S2}$ appelée **force de frottement** (s'il y a glissement entre les solides) ou **d'adhérence** (si les solides sont immobiles) et dont le sens s'oppose au déplacement de $S2$ par rapport à $S1$.

4 Bilan et graphe des liaisons

Lorsque l'on étudie un système, on commence par regrouper les pièces en classe d'équivalence (*cf.* Chapitre 7).

• **Le graphe de liaisons** est une représentation plane décrivant les liaisons entre les **classes d'équivalence cinématique** (groupement de pièces sans mouvement relatif, *cf.* Chapitre 7). Les cercles symbolisent les **classes d'équivalence** et les arcs de courbe, joignent certains des cercles, symbolisent les **liaisons mécaniques** entre les classes.

Exemple Graphe de liaisons d'une barrière levante.

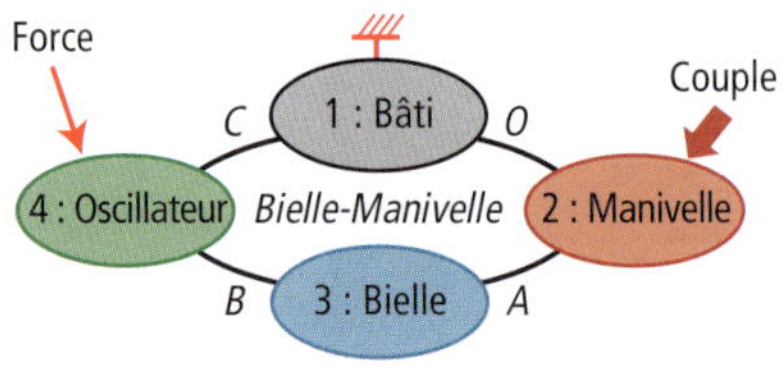

▲ Modèle 3D du mécanisme

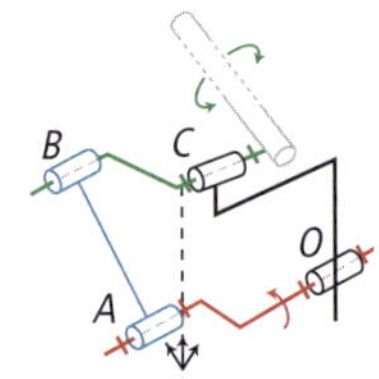

▲ Schéma cinématique associé

On cherche à recenser tous les efforts extérieurs appliqués sur un corps ou un ensemble de corps (système). Si la frontière d'isolement coupe une liaison mécanique, l'action mécanique transmissible par la liaison est une action mécanique extérieure exercée sur le système.

5 Résistance des matériaux

A Les contraintes et les déformations

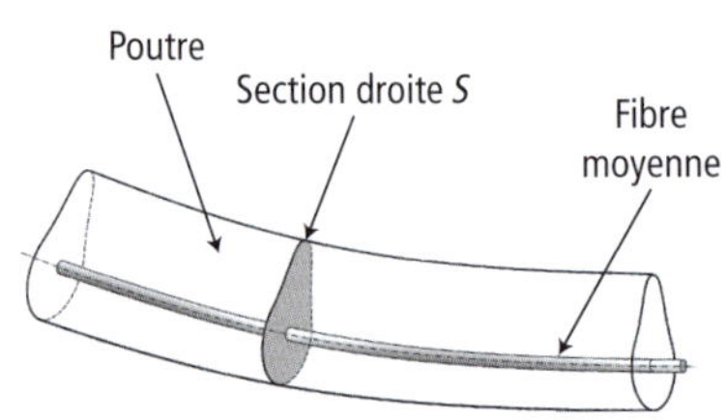

▲ Torsion d'une poutre

• **La contrainte** (en Pa), correspond à la pression qui va écarter ou rapprocher les atomes du matériau (traction, compression, cisaillement, torsion).
Pour une sollicitation de traction simple, la contrainte a pour expression : $\sigma = \frac{F}{S}$ avec *F* la force qui agit sur la pièce et *S* la surface de la section de la pièce.

• **La déformation,** sans dimension, indique dans quelles proportions les atomes constituant le solide se déplacent les uns par rapport aux autres et ainsi comment l'élément étudié change de forme et de dimensions.
Pour une sollicitation de traction simple, la déformation est le rapport de l'allongement $L - Lo$ à la longueur initiale Lo : $\varepsilon = \frac{L - Lo}{Lo}$.

B La simulation par éléments finis

• **Pour simuler le comportement des structures de forme complexe,** on utilise des logiciels de calcul par éléments finis.

• **Pour définir le modèle de simulation,** il faut faire le choix : du matériau, du maillage (découpage de la pièce en une multitude de petites poutres élémentaires), des liaisons et du chargement extérieur de telle manière à ce que la pièce ne possède plus aucun degré de liberté.

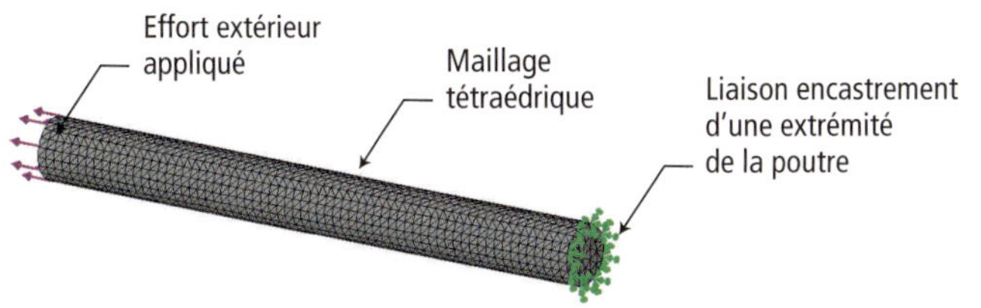

▲ Répartition des contraintes dans la pièce

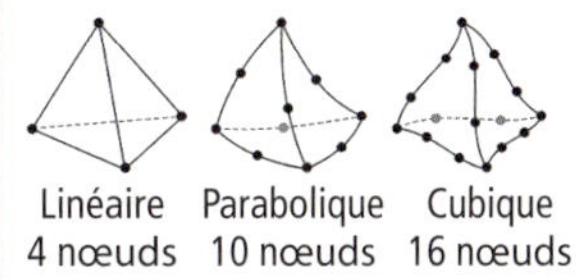

▲ Déformation de la pièce (visualisation des déplacements aux nœuds)

- **Condition de résistance :**

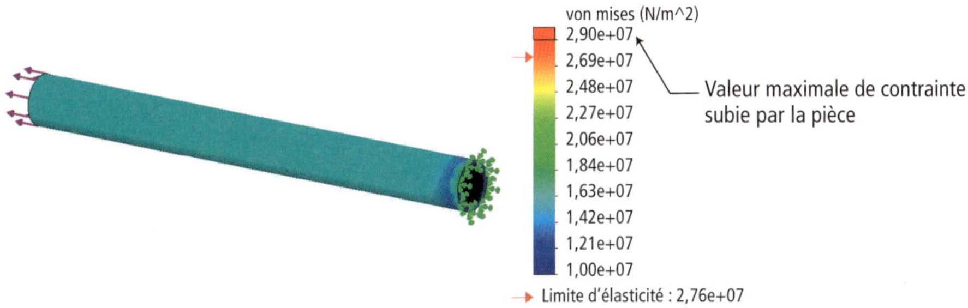

▲ Échelle des valeurs de contrainte correspondant aux couleurs de la simulation

La contrainte maximale dans la poutre σ_{max} doit rester inférieure à la **limite élastique du matériau R_e** divisée par un coefficient de sécurité c_s : $\sigma_{max} < \dfrac{R_e}{c_s}$.

Le coefficient de sécurité c_s permet de tenir compte d'un certain nombre d'approximations faites sur le respect des hypothèses et au vieillissement de la pièce. En construction mécanique, on prend généralement $1{,}5 < c_s < 5$ et en génie civil : $c_s \geqslant 10$.
Si la condition de résistance n'est pas vérifiée, l'élément peut se déformer de façon permanente (entrée dans la zone plastique), voire se rompre si la limite de rupture R_r est atteinte.

- **Condition de déformation admissible :**

L'élément étudié peut résister mais avoir une déformation trop importante (manque de rigidité). Afin de limiter la déformation, on impose alors un critère de déformation admissible.
En traction, l'allongement (variation de longueur) de la poutre doit rester inférieur à un allongement admissible, $\Delta L < \Delta L_{max}$.
En flexion, on s'intéresse à l'amplitude de la déformation de la poutre suivant une direction transversale : la flèche. Sa valeur (en mm) et sa position dépendent des charges appliquées et des liaisons de la poutre avec la structure fixe. Afin de limiter la déformation de flexion, on impose alors un critère de déformation admissible : $\gamma_{max} < \gamma_{admissible}$.

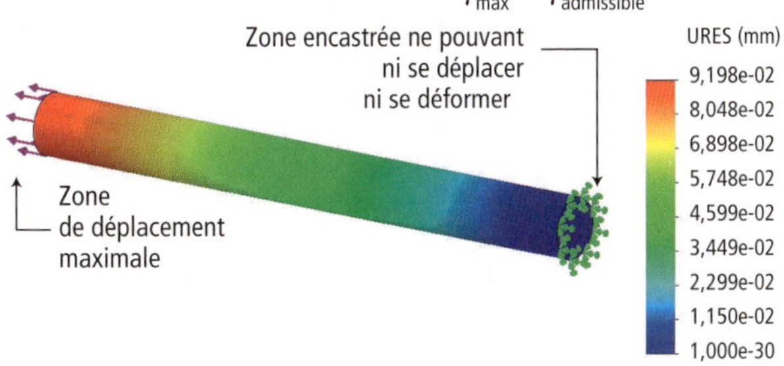

▲ Échelle des valeurs de déplacement correspondant aux couleurs de la simulation

Dans le cas où les conditions de résistance ou de déformation ne sont pas validées, il faut modifier les formes, les dimensions ou le matériau de la pièce, puis relancer des simulations jusqu'à validation des conditions de résistance et de déformation.

Exercices d'entraînement

Exercice 1

Corrigé p. 148

Trolley de caravane

Le système étudié, appelé trolley, permet de faciliter le déplacement d'une caravane une fois qu'elle est désattelée du véhicule qui la tracte.

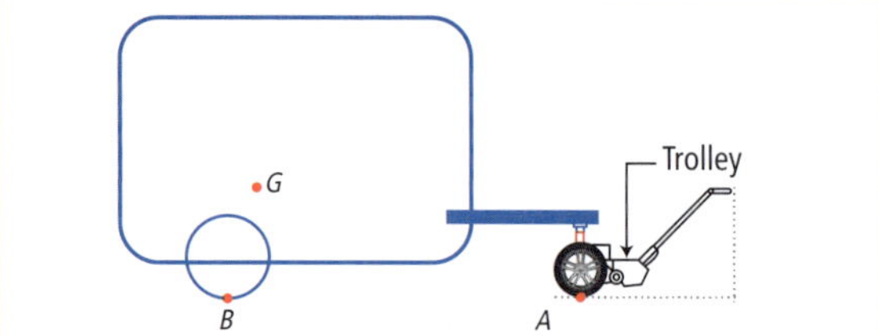

▲ **Schéma en vue de côté de la caravane équipée du trolley**

Hypothèses : On néglige le poids des roues devant celui de la caravane.
Le contact roues/sol est supposé ponctuel en A et en B.
L'essieu arrière de la caravane tourne librement. L'essieu avant du trolley est entraîné par le moteur électrique du trolley qui est considéré comme extérieur aux ensembles isolés.
Le contact en A est avec frottement.

1. Isoler l'ensemble {caravane + roue} du trolley et faire le bilan des actions mécaniques extérieures.
2. Isoler la roue avant du trolley de caravane et faire le bilan des actions mécaniques extérieures.

Exercice 2

Corrigé p. 149

Robot de nettoyage de la pyramide du Louvre

L'entretien des parois vitrées de la pyramide du Louvre est assuré par un robot utilisant une brosse tournante et un dispositif de raclage.

Huit ventouses sont disposées sous le robot afin d'améliorer l'adhérence du porteur sur les faces de la pyramide glissantes et à forte déclivité.

Un vérin électrique permet de plaquer le robot sur la surface vitrée avec un effort de 130 N.

Le schéma ci-dessous présente la partie avant du robot. Le porteur **5** est considéré comme fixe par rapport à la surface vitrée **0**.

▲ **Robot de nettoyage sur le Louvre**

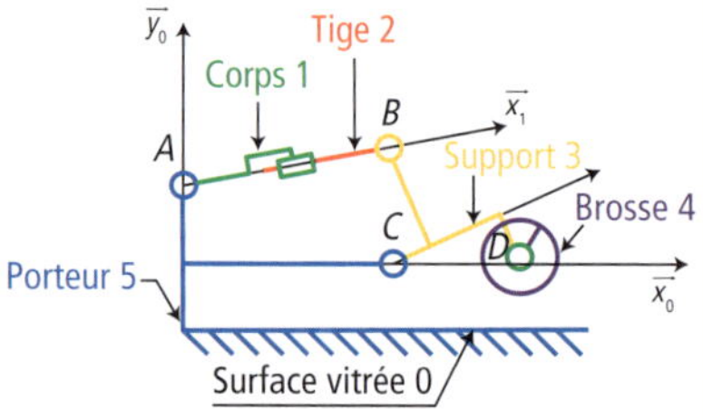

▲ **Schéma de la partie avant du robot**

1. Réaliser le graphe des liaisons du mécanisme.
2. À partir du graphe, entourer l'ensemble du vérin {1,2} et en déduire le bilan des actions extérieures qui s'exercent sur lui. Exprimer ces actions sous forme de torseurs aux centres des liaisons dans la base $B_1(\vec{x_1}, \vec{y_1}, \vec{z_1})$.

On se place maintenant dans le cas où la brosse est en contact avec frottement sur la vitre en I.

3. Modifier le graphe en conséquence et entourer l'ensemble {3,4}. En déduire le bilan des actions extérieures qui s'exercent sur lui. Exprimer ces actions sous forme de torseurs aux centres des liaisons dans la base $B_0(\vec{x_0}, \vec{y_0}, \vec{z_0})$.

Exercice 3

Corrigé p. 149

Manivelle de pédalier

L'équipe de conception en charge du développement d'une nouvelle manivelle de pédalier réalise une simulation mécanique afin de valider les performances du produit. Le cahier des charges impose une charge de 136 kg par manivelle. Le matériau retenu est un alliage d'aluminium 6063-T6. La limite élastique de ce matériau est : $R_e = 275$ MPa.

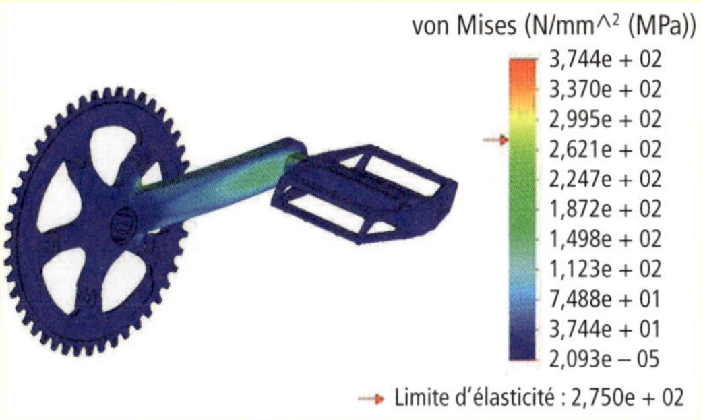

1. Quel effort (en newton) le concepteur doit-il saisir dans le logiciel de simulation ?

2. À quels types de sollicitations est soumise la manivelle du pédalier ?

3. Quelle est la valeur de la contrainte maximale dans la manivelle ?

4. Quelle est la déformation maximale de la manivelle ?

5. Peut-on valider la conception de cette manivelle ? Pourquoi ?

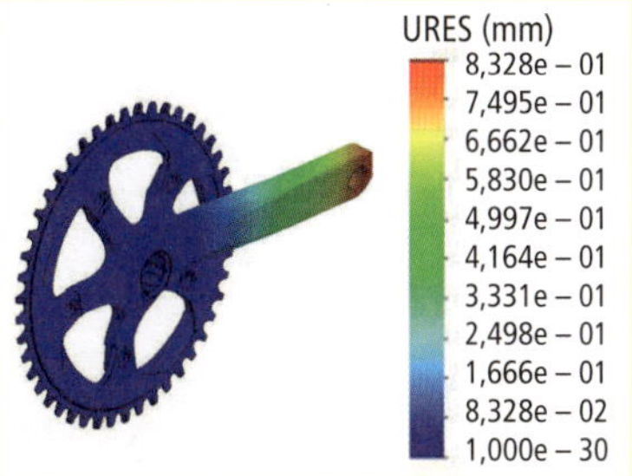

Exercice 4

Corrigé p. 149

Une personne se tient debout sur un skateboard. Sa masse est de 75 kg. On considère $g = 10$ m/s².

Une simulation mécanique a été réalisée afin de valider la conception d'un nouveau modèle de plateau. Deux géométries sont comparées : un plateau plat et un autre concave. Le cahier des charges spécifie une déformation maximale inférieure à 9 mm pour un pratiquant de 75 kg.

Géométrie 1 : plateau plat	Géométrie 2 : plateau concave
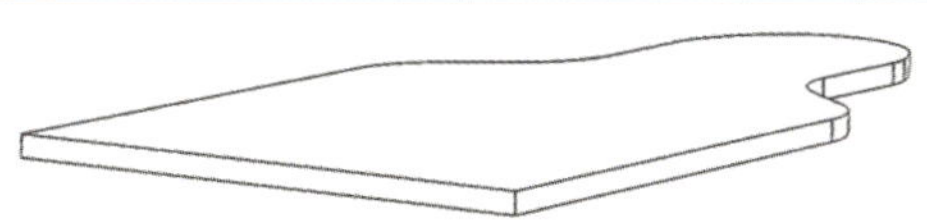	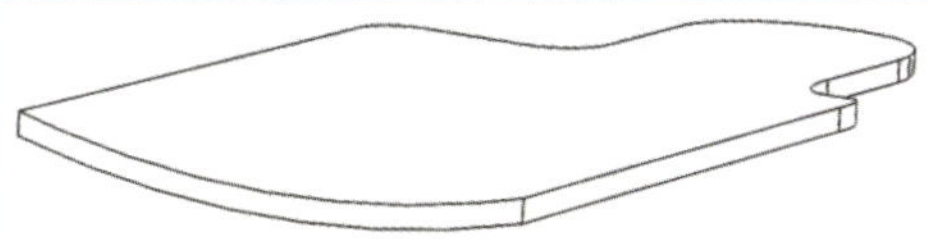

Résultats Géométrie 1 :

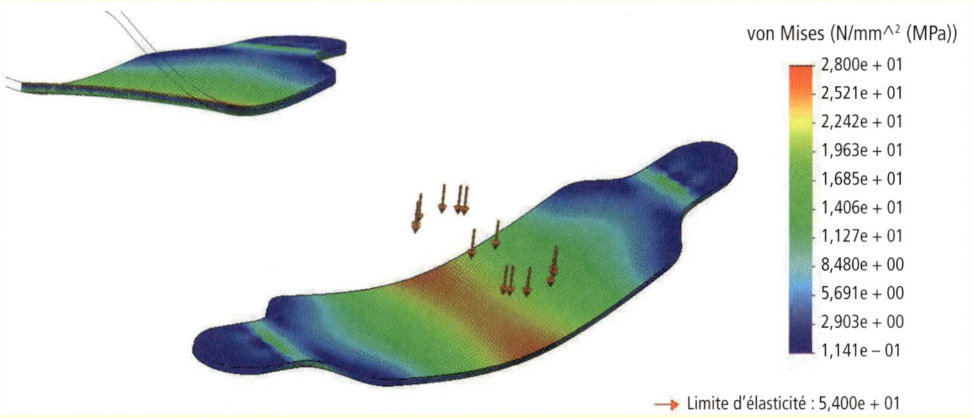

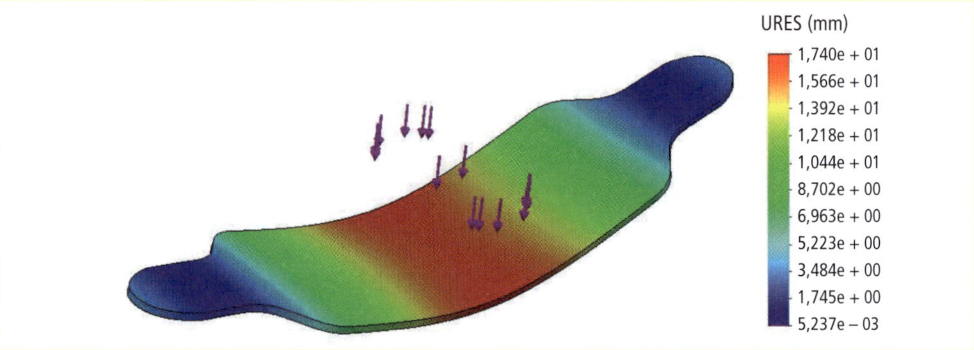

Résultats Géométrie 2 :

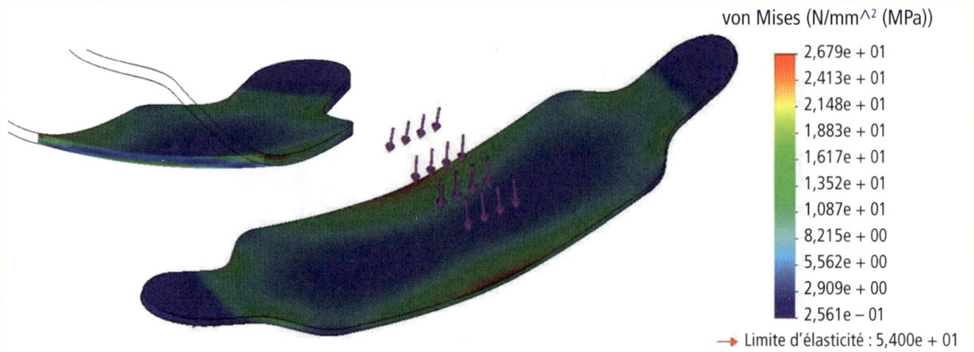

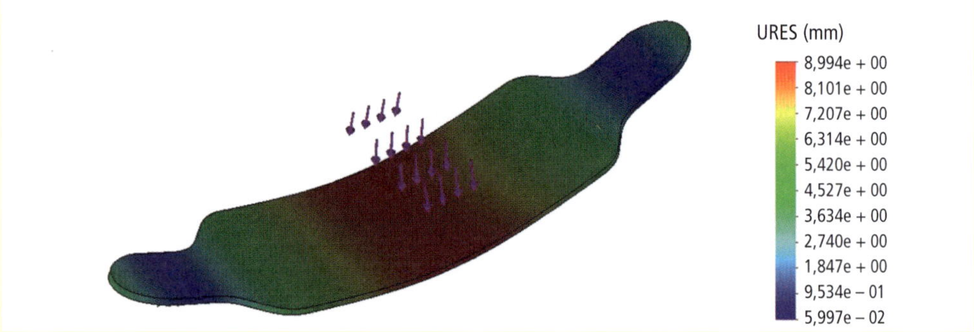

1. Calculer la force exercée par la personne sur le plateau du skateboard.
2. À quel type de sollicitation est soumis le plateau du skateboard ?
3. Entourer la zone de contrainte maximale pour chacun des plateaux.
4. Quelle géométrie de plateau génère la contrainte maximale la plus faible ?
5. Quelle géométrie de plateau génère la déformation la plus faible ?
6. Quelle géométrie de plateau faut-il retenir pour satisfaire le cahier des charges ?

4 Performances énergétiques des systèmes

Réduire les consommations d'énergie est un enjeu sociétal, les ressources de la planète étant limitées, le meilleur moyen d'y parvenir est d'améliorer l'efficacité énergétique des systèmes.

1 Analyse énergétique des systèmes

A Les énergies et les puissances

• **L'énergie *E*** est une grandeur physique qui caractérise un système et qui exprime sa capacité à modifier l'état d'autres systèmes avec lesquels il entre en interaction.

Exemple
On a besoin d'énergie thermique pour porter à ébullition 1 litre d'eau, l'eau se transforme ainsi de l'état liquide à l'état vapeur.

• **La puissance *P*** reflète la rapidité avec laquelle l'énergie est échangée. L'énergie E associée à l'usage d'une puissance P pendant une durée Δt se calcule par la relation suivante :

$$E = P \times \Delta t$$

Unités
E en joule (J)
P en watt (W)
Δt en seconde (s)

Autres unités : E en watt-heure (W·h), P en watt (W) et Δt en heure (h) ;
1 Wh = 3 600 J.

Remarque
Si on fait chauffer la même quantité d'eau sur deux plaques de cuisson différentes, la plaque qui a la plus forte puissance thermique est celle qui porte à ébullition l'eau le plus vite.

B La chaîne de puissance

• **Une chaîne de puissance** n'est réversible que si tous les composants qui la constituent sont réversibles.

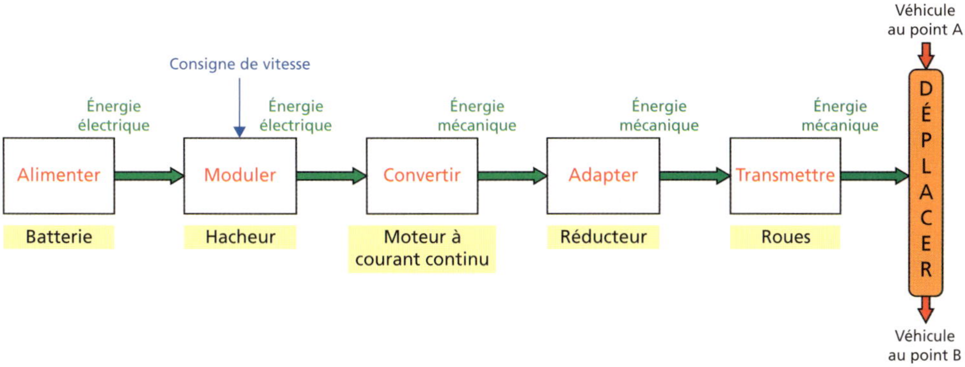

▲ Chaîne de puissance d'un véhicule électrique

- **Le rendement énergétique η d'un système s'écrit :** $\eta = \dfrac{P_u}{P_{abs}} = \dfrac{E_u}{E_{abs}}$

avec η : rendement du système ;

P_u et E_u : la puissance, en watt (W), et l'énergie, en joule (J), utiles du système ;

P_{abs} et E_{abs} : la puissance et l'énergie absorbées par le système.

- **Le rendement énergétique d'une chaîne de puissance** est le produit des rendements énergétiques de chaque composant de la chaîne.

$$\eta_{global} = \eta_{alim} \times \eta_{modulateur} \times \eta_{convertisseur} \times \eta_{adaptateur}.$$

Le rendement est une grandeur sans unité, il est toujours inférieur à 1.

- **L'efficacité énergétique** est une notion complémentaire à la notion de rendement. C'est un moyen de comparaison global entre différents systèmes. À service rendu égal, le plus efficace est celui qui absorbe le minimum d'énergie.

2 Conception énergétique des systèmes

A Le besoin énergétique d'une enveloppe isolante

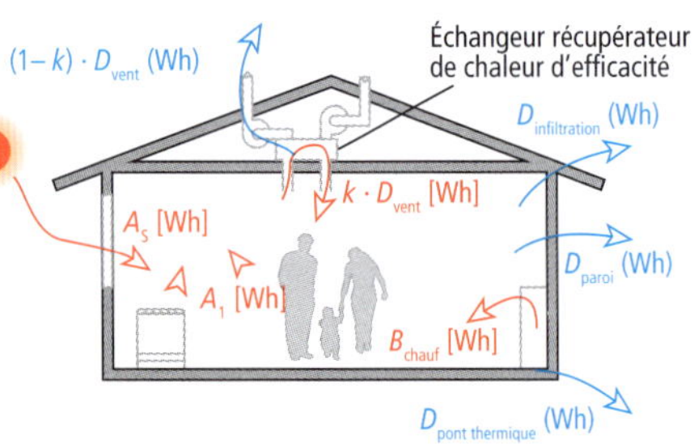

▲ Bilan énergétique d'un bâtiment

$\Sigma A + \Sigma B - \Sigma D = 0$

A : apports (solaire interne…) en Wh
B : besoin en chauffage en Wh
D : déperdition (infiltration, paroi, pont thermique…) en Wh

Pertes transmises au travers d'une paroi plane		
Résistance thermique de la paroi	$R_{paroi} = R_{si} + \sum_{j=1}^{n} \dfrac{e_j}{\lambda_j} + R_{se}$	$m^2 \cdot K \cdot W^{-1}$
Conductance thermique de la paroi	$U_{paroi} = \dfrac{1}{R_{paroi}} = \dfrac{1}{R_{si} + \sum_{j=1}^{n} \dfrac{e_j}{\lambda_j} + R_{se}}$	$W \cdot m^{-2} \cdot K^{-1}$
Coefficient de déperdition de la paroi	$H_{paroi} = U_{paroi} \times S_{paroi}$	$W \cdot K^{-1}$
Puissance transmise par la paroi	$P = H_{paroi} \times (T_{int} - T_{ext})$	W

Pertes de puissance par les ponts thermiques linéiques		
Coefficient de déperdition du pont thermique	$H_{pont} = \Psi_{pont} \times L_{pont}$	$W \cdot K^{-1}$
Puissance transmise par le pont	$P = H_{pont} \times (T_{int} - T_{ext})$	W
Pertes liées à une circulation d'air		
Coefficient de déperdition liée à la circulation d'air	$H_{ventil+inf} = \rho_{air} \times C_{air} \times (Q_{v_{ventil}} - Q_{v_{inf}})$	$W \cdot K^{-1}$
Puissance mobilisée par les circulations d'air	$P = H_{ventil+inf} \times (T_{int} - T_{ext})$	W
Grandeurs et notations		
e_j : épaisseur du matériau (m) λ_j : conductivité thermique du matériau ($W \cdot m^{-1} \cdot K^{-1}$) S_{paroi} : surface de la paroi mesurée de l'intérieur (m^2) ρ_{air} : masse volumique de l'air ($kg \cdot m^{-3}$) C_{pair} : capacité calorifique massique de l'air ($J \cdot kg^{-1} \cdot K^{-1}$) Q_v : débit volumique de l'air ($m^3 \cdot s^{-1}$) Ψ_{pont} : coefficient du pont thermique linéique ($W \cdot m^{-1} \cdot K^{-1}$) L_{pont} : longueur du pont thermique linéique (m)		

▲ Tableau de formules

B Le besoin énergétique d'un véhicule

Pertes par frottement solide des roues sur le sol		
Force de frottement de roulement	$F_{roulement} = C_r \times m \times g$	N
Puissance dissipée par frottement de roulement	$P_{roulement} = F_{roulement} \times V = C_r \times m \times g \times V$	W
Pertes par frottement fluide de l'air sur le véhicule		
Force de frottement aérodynamique	$F_{aérodynamique} = \frac{1}{2} \times \rho \times V^2 \times C_x \times S_f$	N
Puissance dissipée par frottement aérodynamique	$P_{aérodynamique} = F_{aérodynamique} \times V = \frac{1}{2} \times \rho \times V^3 \times C_x \times S_f$	W
Charge liée à une pente		
Résistance liée à la pente	$F_{pente} = \sin(\alpha) \times m \times g$	N
Puissance dissipée par la pente	$P_{pente} = F_{pente} \times V = \sin(\alpha) \times m \times g \times V$	W
Charge liée à une accélération		
Force liée à une accélération	$F_{accélération} = m \times \gamma$	N
Puissance liée à une accélération	$P_{accélération} = F_{accélération} \times V = m \times \gamma \times V$	W
Notations		
m : masse du véhicule (kg) C_r : coefficient de frottement de roulement (sans unité) γ : accélération ($m \cdot s^{-2}$) g : accélération de la pesanteur ($m \cdot s^{-2}$) ρ : masse volumique du fluide ($kg \cdot m^{-3}$) α : angle de la pente C_x : coefficient aérodynamique de traînée (sans unité) S_f : surface correspondant à la projection du véhicule sur un plan perpendiculaire au mouvement par rapport au fluide (m^2).		

▲ Tableau de formules

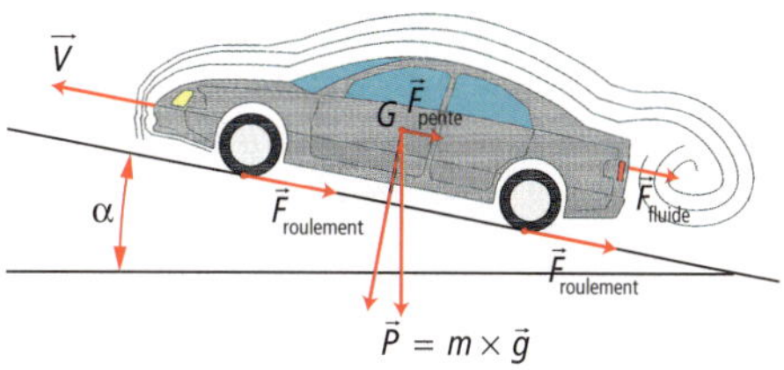

▲ Bilan des forces s'exerçant sur un véhicule en mouvement à vitesse constante

Exercices d'entraînement

Exercice 1

Corrigé p. 150

Énergie consommée par une plaque de cuisson

Une plaque de cuisson électrique de puissance $P = 2\,500$ W fonctionne, à puissance maximale, pendant une durée de $\Delta t = 50$ min.

Calculer l'énergie E consommée par cet appareil, exprimer le résultat en joules (J) et en watt-heure (Wh).

Exercice 2

Corrigé p. 150

Coût de l'énergie consommée par un ordinateur

Un ordinateur de bureau est composé d'une unité centrale et d'un écran. Il est utilisé quotidiennement pendant une durée $\Delta t = 7$ h 45 min. En moyenne les puissances consommées par l'unité centrale et l'écran sont respectivement $P_{uc} = 155$ W et $P_{ec} = 60$ W.

1. Calculer l'énergie journalière E_j consommée par l'ordinateur, exprimer le résultat en Wh.

2. 1 kWh coûte 18 centimes d'euros, calculer le coût annuel de l'utilisation de cet ordinateur.

Exercice 3

Corrigé p. 150

Puissance et énergie pour un mouvement de translation

Un verin exerce un effort de poussée $F = 1\,100$ N à la vitesse $V = 15\ \text{mm}\cdot\text{s}^{-1}$.

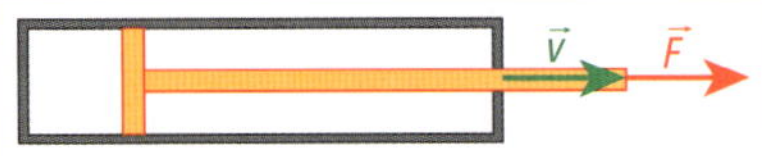

▲ Schéma du vérin

1. Calculer la puissance mécanique P_v du vérin.

2. Sachant que le vérin parcourt une distance d de 200 mm, calculer l'énergie E_v fournie.

Exercice 4

Corrigé p. 150

Puissance et énergie pour un mouvement de rotation

Le moteur d'un ascenseur fournit un couple $C = 24$ Nm à la vitesse $N = 1\,450\ \text{tr}\cdot\text{min}^{-1}$.

1. Calculer la puissance mécanique $P_{méca}$ fournie par ce moteur.

2. Sachant que le rendement est $\eta = 85$ %, calculer la puissance électrique $P_{élec}$ absorbée par ce moteur.

Exercice 5

Corrigé p. 150

Chaîne des puissances d'un treuil et calcul des différentes puissances

Un garage automobile est équipé d'un treuil qui lui permet de soulever une charge $M = 1\,000$ kg à la vitesse $V = 10\ \text{m}\cdot\text{min}^{-1}$.

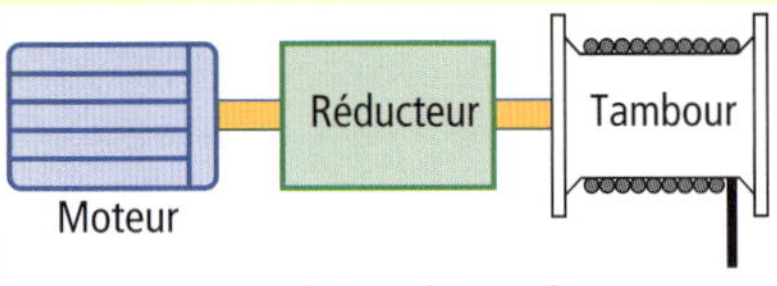

▲ Schéma du treuil

1. Calculer P_{ch} la puissance mécanique de la charge sachant que $g = 9{,}81\ \text{N}\cdot\text{kg}^{-1}$.

2. Le treuil est constitué d'un ensemble moteur-réducteur qui entraîne un tambour autour duquel s'enroule et se déroule le câble métallique auquel est attachée la charge à soulever.
Sachant que le diamètre D du tambour est de 180 mm, calculer la vitesse de rotation Ω_{tamb} du tambour ainsi que le couple C_{tamb} exercé par la charge sur le tambour.

3. Le rapport de transmission du réducteur est $K = \dfrac{N_{tamb}}{N_{mot}} = \dfrac{1}{70}$, calculer la vitesse de rotation Ω_{mot} du moteur.

4. Le rendement du tambour est $\eta_{tamb} = 0,95$; celui du réducteur est $\eta_{réd} = 0,9$.
Compléter la chaîne de puissance ci-dessous en indiquant la nature des énergies mises en jeu ainsi que les valeurs des puissances.

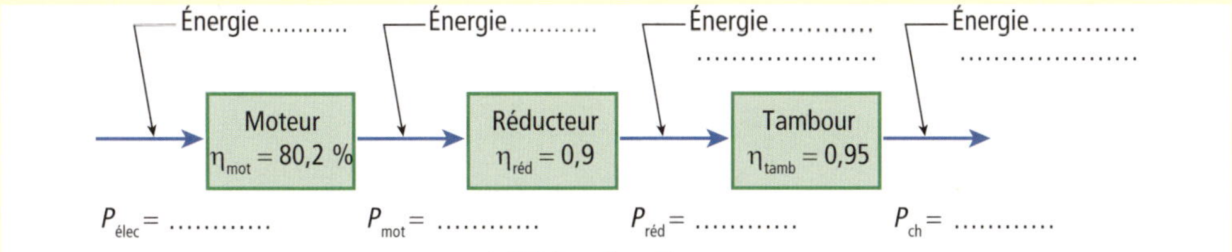

▲ Schéma de puissances

Exercice 6

Corrigé p. 151

Puissance fluidique d'une hydrolienne

Une hydrolienne est immergée à une profondeur où les courants marins peuvent atteindre une vitesse $V = 3,5\ m \cdot s^{-1}$. Elle est munie d'une hélice de diamètre $D = 10$ m.

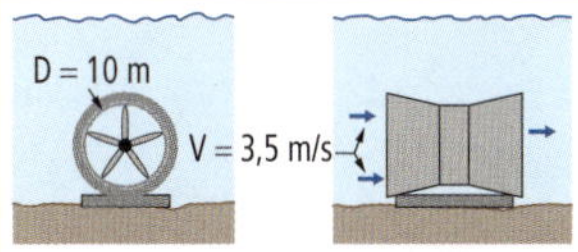

▲ Schéma de face et profil de l'hélice

Sachant que la masse volumique de l'eau de mer est $\rho = 1\,029\ kg \cdot m^{-3}$, calculer la puissance fluidique P_{fluide} des courants marins à l'entrée de l'hélice.

Exercice 7

Corrigé p. 151

Éolienne de bateau

Un voilier est équipé d'une éolienne, elle permet de recharger en courant continu la batterie alimentant le circuit électrique à bord. L'éolienne est équipée d'une hélice à 3 pales dont le diamètre $D_{hélice} = 1\,150$ mm,

1. Calculer l'aire A balayée par l'hélice.

2. On se place dans les conditions de fonctionnement nominales. Vitesse du vent : $V = 45\ km \cdot h^{-1}$; masse volumique de l'air $\rho = 1,2\ kg \cdot m^{-3}$.
Calculer la puissance aéraulique du vent $P_{aérau}$.

3. On donne la relation de la puissance mécanique récupérée sur l'arbre de rotation de l'hélice $P_{méca} = C_p \times P_{aérau}$ avec $C_p = 0,37$. Calculer la puissance mécanique $P_{méca}$.

4. L'hélice entraîne une machine synchrone qui fournit une énergie électrique alternative avec un rendement $\eta_{géné} = 93$ %, calculer la puissance électrique alternative P_{alter}.

5. Un convertisseur, dont le rendement est $\eta_{conv} = 95$ %, transforme l'énergie électrique alternative en énergie électrique continue pour recharger la batterie. Calculer la puissance électrique continue P_{conv}.

6. Compléter la chaîne de puissance ci-dessous en indiquant la nature des énergies mises en jeu ainsi que les valeurs des puissances manquantes.

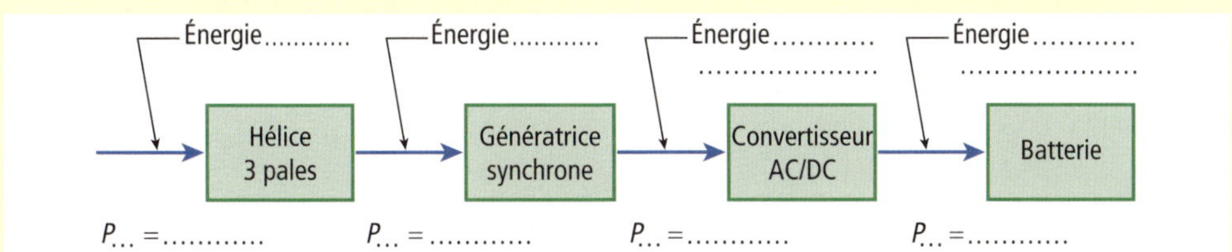

▲ Chaîne de puissance

Exercice 8

Corrigé p. 151

Puissance thermique d'une chaudière

Une chaudière alimente en eau chaude un circuit de chauffage domestique. Le débit d'eau est $q_v = 24\ l \cdot min^{-1}$; la température de l'eau au départ est $T_1 = 70$ °C et au retour elle est de $T_2 = 43$ °C.
Calculer la puissance thermique P_{therm} fournie par la chaudière.
On donne $\rho_{eau} = 10^3\ kg \cdot m^{-3}$, $C_{p\_eau} = 4,18\ kJ \cdot kg^{-1} \cdot K^{-1}$.

Exercice 9

Corrigé p. 152

Radiateur à bain d'huile

Le radiateur à bain d'huile est un moyen de chauffage domestique qui consiste à chauffer une quantité d'huile contenue dans le circuit hydraulique du radiateur à l'aide d'une résistance électrique ($F_p = 1$) appelée thermoplongeur. L'huile chaude circule à l'intérieur du radiateur et diffuse sa chaleur dans la pièce. Le radiateur utilisé absorbe un courant $I = 8{,}7$ A sous une tension $U = 230$ V.

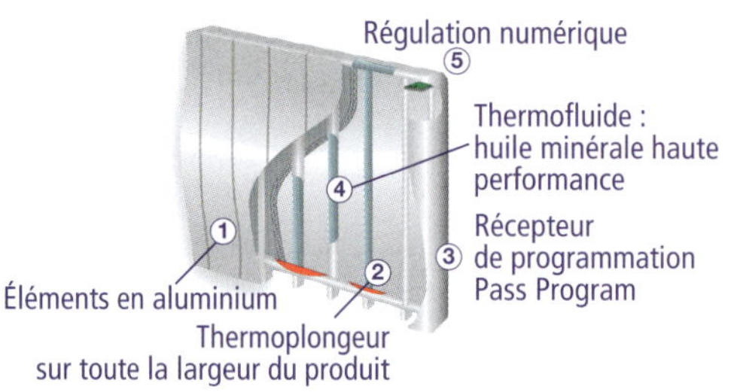

▲ Schéma du radiateur

1. Calculer la puissance électrique P_{elec} du radiateur.

Le radiateur contient 25 litres d'huile, de masse volumique ρ_huile = 880 kg · m^{-3} et de capacité calorifique massique de l'huile $C_{\rho\_huile} = 2$ kJ · kg^{-1} · K^{-1}.

On utilise le radiateur pour chauffer une pièce. La température initiale de l'huile est $\theta_i = 13$ °C, la température finale est $\theta_f = 55$ °C.

2. Calculer l'énergie thermique E_{th} nécessaire pour chauffer l'huile.

3. En supposant que toute l'énergie électrique est transformée en énergie thermique, déduire le temps de chauffe T_{chauf}.

Exercice 10

Corrigé p. 152

Puissance et énergie électriques en courant continu

Une lampe torche est alimentée par une batterie, elle absorbe un courant $I = 0{,}4$ A quand elle est alimentée sous une tension $U = 12$ V.

1. Calculer la puissance électrique $P_{élec}$ de cette lampe.

2. Elle doit assurer une autonomie minimale de 12 h, calculer l'énergie électrique minimale E_{batt} que doit avoir la batterie pour assurer cette autonomie.

Exercice 11

Corrigé p. 152

Rendement d'un chargeur

Un capteur solaire photovoltaïque de dimensions 56 × 35 cm est soumis à une irradiation $Irr = 750$ W · m^{-2}.

1. Calculer la surface S_{PV} du panneau et déduire la puissance solaire $P_{solaire}$ captée.

2. Il recharge une batterie de tension $U = 12$ V avec un courant $I = 1{,}5$ A, calculer la puissance électrique $P_{élec}$ fournie et déduire le rendement du panneau η_{PV}.

3. Compléter la chaîne des puissances ci-dessous.

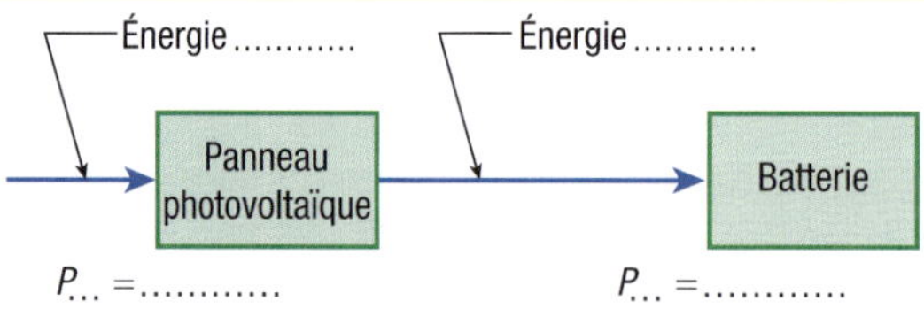

▲ Chaîne de puissance

Exercice 12

Corrigé p. 152

Lecture et exploitation d'un graphique, revenus annuels d'une installation solaire

Un particulier de la région de Tours a installé des panneaux photovoltaïques sur le toit de sa maison. L'installation comprend 16 panneaux monocristallins, sur chaque panneau les cellules ont une dimension de 1 625 × 1 115 mm et un rendement $\eta_{PV} = 18\ \%$.

1. Calculer la surface totale S_{totale} de l'installation.

On a relevé ci-dessous l'irradiation solaire mensuelle I_{rad} sur le site de l'installation.

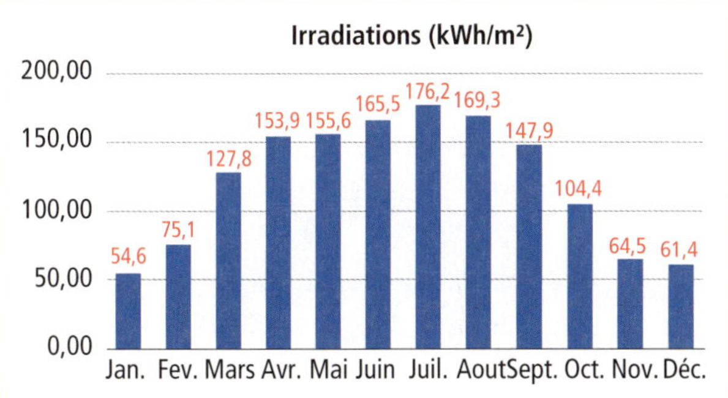

▲ Graphique de l'irradiation solaire mensuelle

2. Compléter le tableau suivant, puis calculer l'énergie $E_{annuelle}$ produite sur une année.

	Jan.	Fév.	Mar.	Avr.	Mai	Juin	Juil.	Août	Sep.	Oct.	Nov.	Déc.
Irr ($kW \cdot h \cdot m^{-2}$)												
Énergie électrique ($kW \cdot h$)												

3. L'énergie électrique est revendue aux fournisseurs d'énergie au tarif de 0,10 €/kWh, calculer le revenu annuel de l'installation.

Exercice 13

Corrigé p. 152

Centrale hydroélectrique

La centrale hydroélectrique du Portillon est située à côté de Luchon dans les Pyrénées à une altitude de 1 150 m, elle est alimentée à partir du lac de Portillon avec une hauteur de chute de $\Delta h = 1\,420$ m et un débit de $q_v = 18\,000\ m^3 \cdot h^{-1}$.

1. Les vannes au pied des turbines étant fermées, calculer la pression statique de l'eau Δp à l'entrée de la centrale.

2. À l'ouverture des vannes, cette pression devient dynamique, calculer la vitesse de l'eau V à l'entrée de la centrale. On donne $\rho_{eau} = 10^3\ kg \cdot m^{-3}$.

3. Calculer la puissance hydraulique P_{hydrau} de la chute à l'entrée de la centrale.

4. Sachant que le rendement de l'ensemble turbine-alternateur est $\eta_{turb\text{-}alter} = 79\ \%$, calculer la puissance électrique $P_{élec}$ de la centrale.

Exercice 14

Corrigé p. 153

Influence de la vitesse sur la consommation et les rejets d'un véhicule

Une voiture circulant à vitesse constante sur une route horizontale doit fournir une puissance mécanique qui compense les pertes de frottements aérodynamiques et de roulement.

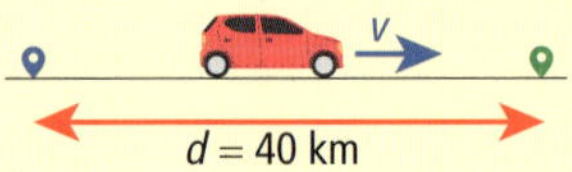

Les caractéristiques du véhicule sont les suivantes : $m = 1\,200$ kg ; $C_r = 0{,}015$; $C_x = 0{,}3$; $S_f = 2{,}6$ m² ; $\rho_{air} = 1{,}2$ kg·m^{-3}. La distance à parcourir est $d = 40$ km.

1. Le véhicule roule à la vitesse $V = 80$ km·h^{-1}. Calculer la durée du trajet Δt puis, les forces de roulement $F_{roulement}$ et aérodynamique $F_{aérodynamique}$ qui s'appliquent sur le véhicule. En déduire les pertes de roulement $P_{roulement}$ et aérodynamiques $P_{aérodynamique}$.

2. Le véhicule roule à la vitesse $V = 110$ km·h^{-1}. Calculer la durée du trajet Δt puis la force aérodynamique $F_{aérodynamique}$ qui s'appliquent sur le véhicule. En déduire les pertes de roulement $P_{roulement}$ et aérodynamiques $P_{aérodynamique}$.

3. Le véhicule roule à la vitesse de $V = 130$ km·h^{-1}. Calculer la durée du trajet Δt puis la force aérodynamique $F_{aérodynamique}$ qui s'appliquent sur le véhicule. En déduire les pertes de roulement $P_{roulement}$ et aérodynamiques $P_{aérodynamique}$.

4. Compléter le tableau suivant :

$d = 40$ km	**Durée du trajet**	**Pertes de frottement totales**	**Énergie de frottement**
$V = 80$ km·h^{-1}			
$V = 110$ km·h^{-1}			
$V = 130$ km·h^{-1}			

5. On considère la chaîne des puissances simplifiée :

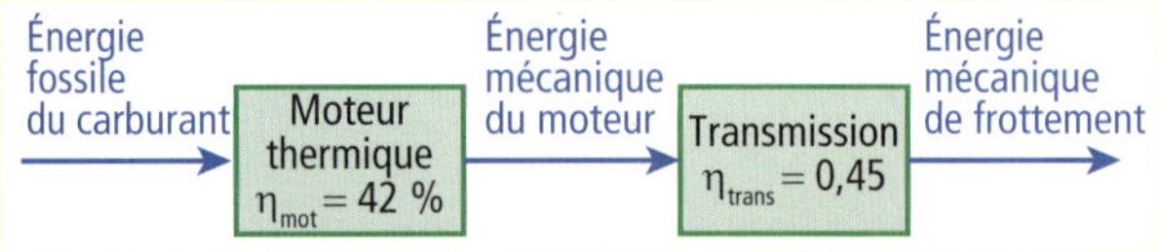

Compléter le tableau suivant :

$d = 40$ km	**Énergie mécanique de frottement (en MJ)**	**Énergie mécanique du moteur (en MJ)**	**Énergie fossile du carburant (en MJ)**
$V = 80$ km·h^{-1}			
$V = 110$ km·h^{-1}			
$V = 130$ km·h^{-1}			

6. On donne : le pouvoir calorifique du gazole $PC_{gazole} = 36{,}2$ MJ/l ; rejets gaz à effet de serre du gasole 2,6 kg eq·CO_2/l. Sachant que le véhicule consomme du gazole, compléter le tableau suivant :

$d = 40$ km	**Énergie fossile du gazole**	**Volume de gazole**	**Rejets de gaz à effet de serre**	**Durée du trajet**
$V = 80$ km·h^{-1}				
$V = 110$ km·h^{-1}				
$V = 130$ km·h^{-1}				

7. Conclure sur l'impact de la vitesse sur les rejets d'un véhicule.

Exercice 15

Corrigé p. 154

Isolation d'un mur

Un garage qui sert de lieu de stockage, dispose d'un mur extérieur en parpaing de longueur 12 m et de hauteur 3,5 m.

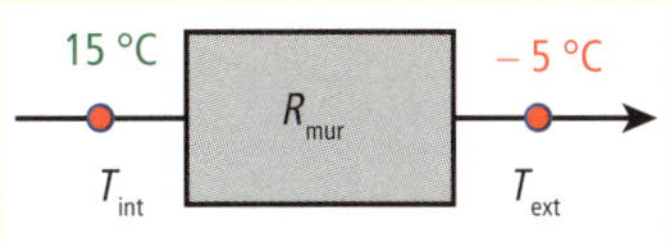

1. Calculer la surface du mur A_{mur}.

2. La résistance thermique du mur est $R_{mur} = 0{,}25\ m^2 \cdot K/W$, calculer la conductance thermique du mur U_{mur}, en déduire le coefficient de déperdition H_{mur}.

3. La température extérieure étant de $\theta_{ext} = 5$ °C et la température intérieure maintenue à $\theta_{int} = +15$ °C, calculer la puissance de déperdition P_{mur} transmise par le mur.

On isole le mur avec une couche de 40 mm de polystyrène extrudé dont la conductivité thermique est $\lambda = 0{,}034\ W \cdot m^{-1} \cdot K^{-1}$. On donne la relation de la résistance thermique d'un matériau $R_{matériau} = \dfrac{\text{épaisseur}}{\lambda_{matériau}}$.

4. Calculer la résistance thermique de l'isolant $R_{isolant}$ et en déduire la résistance thermique de la paroi R_{paroi}.

5. En se plaçant dans les mêmes conditions de température, calculer la nouvelle valeur de la puissance de déperdition P_{paroi} transmise par la paroi.

6. Conclure sur l'intérêt de l'isolation.

Exercice 16

Corrigé p. 154

Isolation thermique d'un mur végétalisé

La façade extérieure d'une gare est équipée d'un mur végétalisé. C'est une structure en acier mécano-soudée contenant un substrat permettant le développement optimal de la végétation.
Le mur de la façade est composé de 4 couches (voir tableau).

Matériau	Épaisseur (cm)	Conductivité thermique λ ($W \cdot m^{-1} \cdot K^{-1}$)
Béton armé B-A	30	2,3
Polyuréthane PU	14	0,029
Lame d'air	3	0,045
Substrat	20	0,09

Il peut être modélisé par le circuit équivalent suivant :

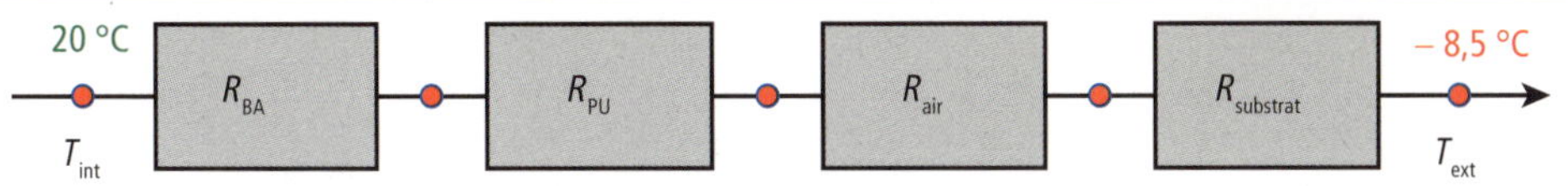

▲ Modélisation du mur

1. Calculer la résistance thermique R_{th} de chaque couche du mur et déduire la résistance thermique de la paroi R_{paroi} et sa conductance thermique U_{paroi}.

2. La façade extérieure est assimilée à un rectangle de longueur 12,6 m et de hauteur 7 m. Calculer le coefficient de déperdition de la paroi H_{paroi}.

3. On se place dans des conditions hivernales extrêmes pour la ville. On désire maintenir une température intérieure à 20 °C quand la température extérieure est de – 8,5 °C. Calculer les pertes thermiques transmises P_{therm} à travers la paroi.

5 Conversions énergétiques

Les énergies primaires disponibles sont rarement utilisables de façon directe, elles nécessitent d'être converties une ou plusieurs fois afin d'être adaptées aux besoins.

1 Conversion d'énergie électrique ⇌ énergie mécanique

• **Les machines électriques transforment l'énergie électrique** en énergie mécanique en fonctionnement **moteur** et inversement, elles transforment l'énergie mécanique en énergie électrique en fonctionnement **générateur**. Ce sont des machines réversibles qui peuvent fonctionner dans les 4 quadrants de fonctionnement.

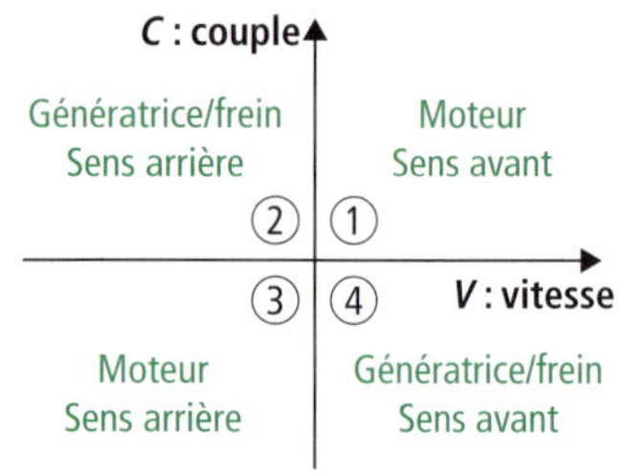

▲ Quadrants de fonctionnement

	Mouvement de rotation	Mouvement de translation
Puissance mécanique	$P_{méca} = C_{moteur} \times \Omega$	$P_{méca} = F_{moteur} \times V \times \cos\left(\overrightarrow{F_{moteur}}, \vec{V}\right)$
En régime permanent	$C_{moteur} = \Sigma C_{résistant}$	$F_{moteur} = \Sigma F_{résistante}$
Grandeurs	$P_{méca}$: puissance mécanique (W) ; C_{moteur} : couple moteur (Nm) ; Ω : vitesse de rotation angulaire (rad · s^{-1}) ; $\Sigma C_{résistant}$: somme des couples résistants (Nm) ; F_{moteur} : force motrice (N) ; $\Sigma F_{résistante}$: somme des forces résistantes (N) ; V : vitesse linéaire (m · s^{-1}) ;	

• **La conversion de l'énergie électrique en énergie mécanique** se fait généralement par une machine tournante et selon l'action requise par le système, un mécanisme transformera le mouvement de rotation en un mouvement de translation.

Exemple : un vérin électrique est actionné par un moteur électrique, un ensemble « vis à billes – écrou » permet de transformer le mouvement de rotation en un mouvement de translation pour sortir la tige.

	Relations	Grandeurs	Commande
Machine à courant continu	$u(t) = R \times i(t) + L\dfrac{di(t)}{dt} + e$ 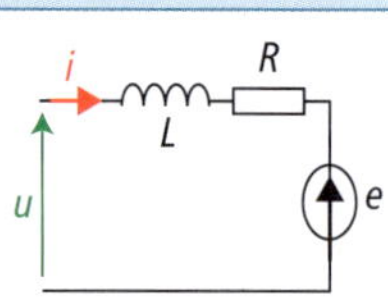 en régime permanent : $U = R \times I + E$ $P_{élec} = U \times I$ *Nota : pour les MCC à flux constants (aimants permanents) :* $C_{em} = K_t \times I$ et $E = K_e \times \Omega$	L : inductance (H) e : force électromotrice (V) K_t : constante de couple (N · m/A) K_e : constante de vitesse (V/rad/s)	Variation de vitesse par variation de la tension d'induit (redresseur commandé ou hacheur).

• **Les machines synchrones** sont utilisées en fonctionnement :
– moteur : en commande autopilotée (caractéristiques identiques à celles d'une MCC) ;
– générateur : pour produire de l'électricité (alternateur de centrale nucléaire par exemple).

2 Conversion d'énergie fluidique ⇌ énergie mécanique

• Les éoliennes et les hydroliennes

Relations	Grandeurs	
$\lambda = \dfrac{\Omega \times R}{v}$	λ : vitesse spécifique (sans unité) Ω : vitesse angulaire de la pale ($\text{rad} \cdot \text{s}^{-1}$)	R : rayon de la pale (m) v : vitesse du vent ($\text{m} \cdot \text{s}^{-1}$)
$P_{\text{fluidique}} = \dfrac{1}{2} A \times \rho \times V^3$ $P_{\text{méca}} = C_p \times P_{\text{fluidique}}$	$P_{\text{fluidique}}$: puissance fluidique potentielle (W) A : surface balayée par les pales (m^2) $P_{\text{méca}}$: puissance mécanique récupérable (W)	ρ : masse volumique ($\text{kg} \cdot \text{m}^{-3}$) C_p : coefficient de puissance

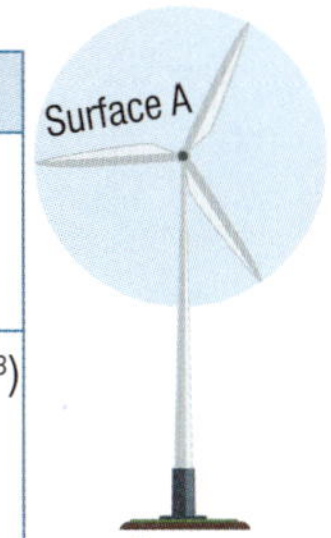

▲ Éolienne

• Les vérins hydrauliques et les pneumatiques

Relations	Grandeurs	
$P_{\text{méca}} = F \times V$ $F = \Delta p \times S$ $Q_{\text{fluide}} = S \times V$ $P_{\text{fluidique}} = \Delta p \times Q_{\text{fluide}}$	$P_{\text{méca}}$: puissance mécanique de la tige (W) $\Delta p = p_2 - p_1$: différence de pression entre l'entrée et la sortie du vérin (Pa) Q_{fluide} : débit de fluide à travers la surface S ($\text{m}^3 \cdot \text{s}^{-1}$) $P_{\text{fluidique}}$: puissance du fluide (W)	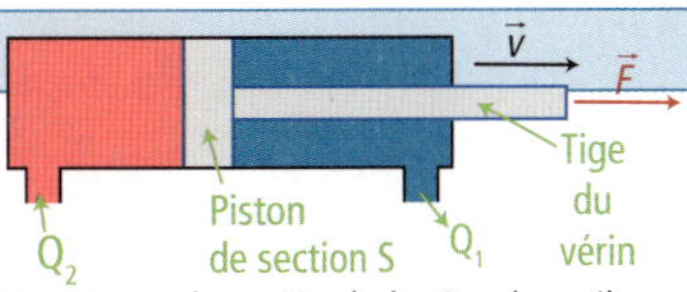 V : vitesse de sortie de la tige ($\text{m} \cdot \text{s}^{-1}$) S : section du piston (m^2) F : force de poussée de la tige (N)

• Les pompes : pour le pompage de l'eau, on utilise la hauteur manométrique de l'eau comme unité de pression (1 mCE $\approx 10^4$ Pa $= 0{,}1$ bar).

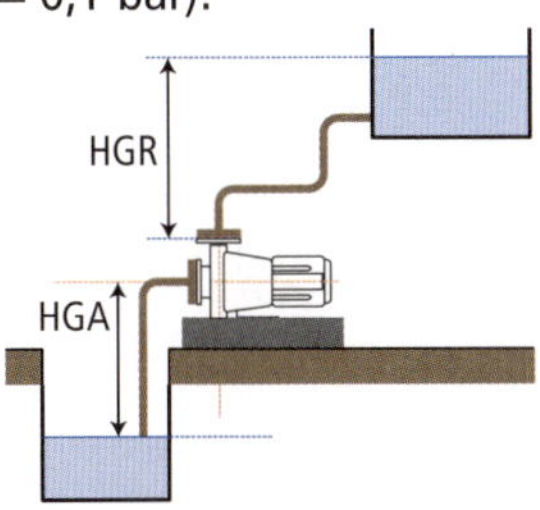

▲ Schéma de l'installation de pompage

Relations	Grandeurs	
$P_{\text{hyd}} = \rho \times g \times \text{HMT} \times Q$ $\text{HMT} = \text{HMA} + \text{HMR}$ $\text{HMA} = \text{HGA} + \text{JA}$ $\text{HMR} = \text{HGR} + \text{JR} + \text{Pr}$	P_{hyd} : puissance hydraulique de la pompe (W) Q : débit volumique de pompage (m^3/s) HMT : hauteur manométrique totale HMA : hauteur manométrique à l'aspiration HGA : hauteur géométrique à l'aspiration JA : pertes de charge à l'aspiration	HMR : hauteur manométrique au refoulement HGR : hauteur géométrique au refoulement JR : pertes de charge au refoulement Pr : pression de refoulement (mCE)

3 Conversion d'énergie électrique ⇌ énergie lumineuse

Relations	Grandeurs	
$E = \dfrac{\phi}{S}$ Efficacité lumineuse $= \dfrac{\phi}{P}$	E : éclairement (Lux) ϕ : flux lumineux (lm) S : surface (m^2) P : puissance électrique (W) d : distance (m) 2α : angle de diffusion	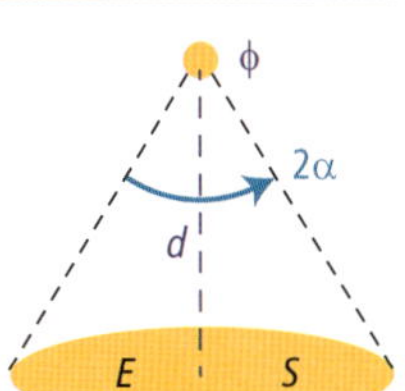

4 Conversion d'énergie lumineuse ⇌ énergie électrique

Les panneaux photovoltaïques

Relations	$E_{élec} = Ir \times S \times \eta$ $P_{élec} = E \times S \times \eta$
Grandeurs	$E_{élec}$: énergie électrique (W.h) S : surface de la cellule (m²) Ir : irradiation solaire (W·h/m²) E : irradiance (W/m²) η : rendement de la cellule
Définitions	I_{sc} : courant de court-circuit V_{oc} : tension à vide (circuit ouvert) P_{mp} : puissance maximale I_{mp} : courant à puissance maximale V_{mp} : tension à puissance maximale

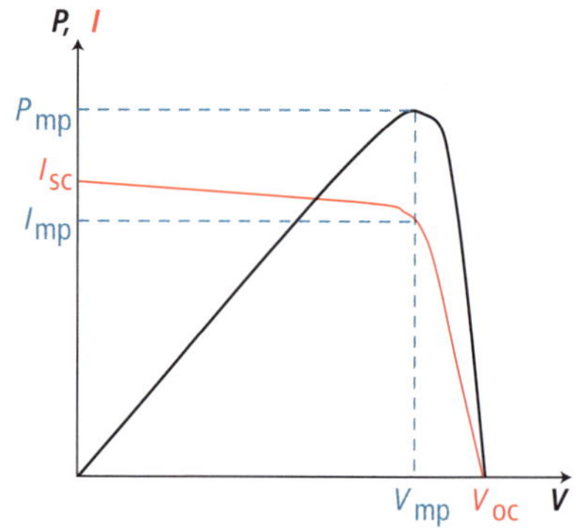

▲ Caractéristiques $I = f(V)$ et $P = f(V)$

Le courant de court-circuit I_{sc} est proportionnel à l'irradiance du panneau (W/m²), la température du panneau influe sur la tension à vide.

5 Conversions thermiques

• **La machine thermodynamique** permet un transfert de chaleur dans le sens contraire au sens naturel (source chaude vers source froide).

Exemples Le réfrigérateur ; le climatiseur ; la pompe à chaleur…

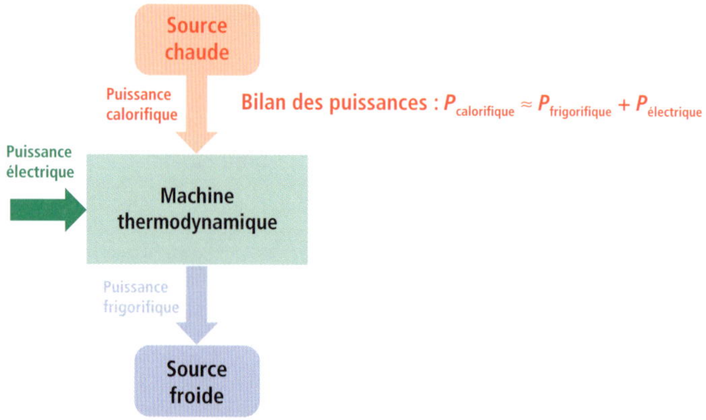

▲ Schéma du bilan de puissance

Pour ce type de machine, on définit le coefficient de performance (COP) :

$$\text{COP} = \frac{\text{Puissance utile}}{\text{Puissance consommée}} = \frac{P_u}{P_{électrique}}$$

$$\text{COP}_{froid} = \frac{P_{frigorifique}}{P_{électrique}} \text{ et } \text{COP}_{chaud} = \frac{P_{calorifique}}{P_{électrique}}$$

Exercices d'entraînement

Exercice 1

Corrigé p. 155

Puissance et couple d'un moteur à courant continu

Un moteur à courant continu absorbe un courant $I = 5$ A sous une tension $U = 24$ V, il tourne à la vitesse $N = 2\,000$ tr·min^{-1} et son rendement est $\eta = 92$ %.

Calculer sa puissance électrique $P_{élec}$. En déduire sa puissance utile $P_{méca}$ et son couple C.

Exercice 2

Corrigé p. 155

Constantes de couple et de vitesse d'un moteur à courant continu

Un motoventilateur de voiture est composé d'un ventilateur et d'un moteur à courant continu. Lors d'un essai du moteur, on relève les valeurs suivantes : $N_m = 1\,300$ tr·min^{-1} ; $C_m = 0{,}52$ N·m ; $U_m = 12$ V ; $I_m = 10$ A ; la résistance d'induit $R = 0{,}45$ Ω.

1. Calculer la constante de couple K_T, la force électromotrice E et en déduire la constante de vitesse K_e.
2. Calculer les puissances électriques $P_{élec}$ et mécanique $P_{méca}$ du moteur, en déduire son rendement η_{moteur}.

Exercice 3

Corrigé p. 155

Rendement d'une MCC

Un convoyeur, permettant le transfert vertical de colis entre deux étages, est équipé d'un moteur à courant continu MCC dont les caractéristiques sont les suivantes :

$R = 0{,}5$ Ω ;
$K_e = 0{,}145$ V/rad·s^{-1} ;
$K_t = 0{,}15$ N·m/A.

On rappelle les relations caractéristiques d'une MCC :

$U_m = E + R \times I_m$; $C_m = K_t \times I_m$; $E = K_e \times \Omega_m$.

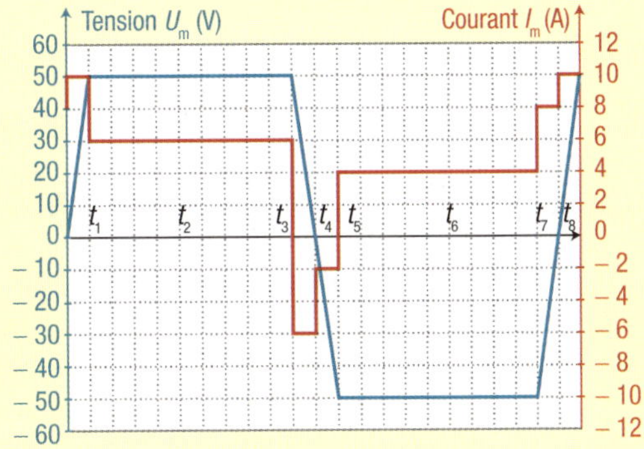

On donne le relevé de la tension U_m et du courant I_m du moteur lors d'un cycle montée-descente.

1. Identifier sur le graphe les phases de montée et de descente. À l'instant « t_2 » durant une phase de régime permanent, indiquer les valeurs de la tension U_m et du courant I_m, en déduire la puissance électrique $P_{élec}$ du moteur.
2. Calculer la force électromotrice du moteur E, en déduire la vitesse de rotation Ω_m.
3. Calculer le couple C_m du moteur puis la puissance mécanique $P_{méca}$.
4. Refaire les mêmes calculs à l'instant « t_6 ».
5. Compléter le diagramme des puissances puis calculer le rendement aux instants « t_2 » et « t_6 ».

▲ Diagramme des puissances

Exercice 4

Corrigé p. 156

Éolienne vs hydrolienne

Un projet expérimental pour l'exploitation d'une hydrolienne est mené sur la côte bretonne. On sait déjà que les courants marins, contrairement au vent, sont prévisibles et assez stables, on désire donc approfondir la comparaison entre le potentiel de production d'une hydrolienne et d'une éolienne.

Les données utilisées sont les suivantes :

Technologie	Vitesse moyenne *V* du fluide (km/h)	Masse volumique ρ (kg/m³)	C_p
Hydrolienne	9	1 025	0,33
Éolienne	25	1,204	

L'hydrolienne utilisée dispose de 6 pales qui balayent un disque de diamètre $D_{hydro} = 16$ m.

1. Calculer l'aire A_{hydro} du disque de captage, en déduire la puissance P_{hydro} des courants marins.

2. Calculer la puissance mécanique $P_{méca}$ récupérée par les pales et en déduire la puissance électrique $P_{élec}$ produite si le rendement de l'alternateur est $\eta = 95$ %.

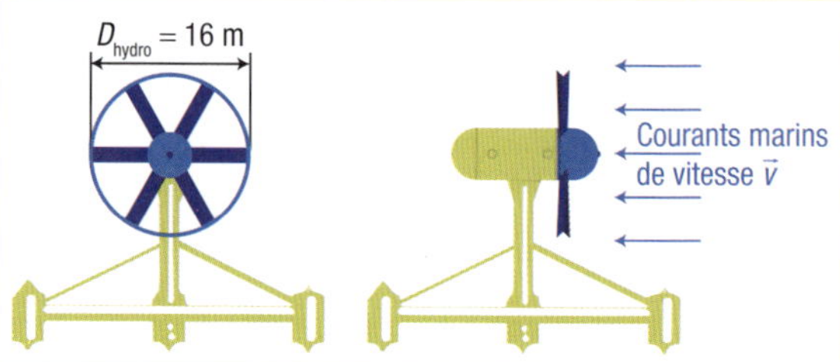

▲ **Schéma de l'hydrolisme**

3. Compléter alors le tableau ci-dessous :

Hydrolienne				
V (m.s⁻¹)	A_{hydro} (m²)	P_{hydro} (kW)	$P_{méca}$ (kW)	$P_{élec}$ (kW)

4. On considère maintenant une éolienne de même puissance que l'hydrolienne. Déterminer la surface $A_{éol}$ qui produirait la même puissance mécanique $P_{méca}$ quand la vitesse est $V_{vent} = 25$ km·h⁻¹, en déduire $D_{éol}$ le diamètre des pales de l'éolienne.

5. En fonction des éléments de l'exercice, comparer l'utilisation d'une hydrolienne par rapport à celle d'une éolienne pour la production de l'énergie électrique.

Exercice 5

Corrigé p. 156

Diagramme de Sankey, quadrant de fonctionnement

Un palan soulève une masse maximale $M = 500$ kg à la vitesse nominale $V_{montée} = 0{,}2$ m·s⁻¹.

1. Calculer l'effort de traction F_t exercé par le câble. En déduire la puissance mécanique P_{ch} nécessaire pour soulever la charge maximale.

2. Le palan est composé d'un motoréducteur qui entraîne un treuil (tambour autour duquel s'enroule et se déroule le câble de levage).
Sachant que le rendement du treuil est $\eta_{treuil} = 0{,}7$ et que le rendement du motoréducteur est $\eta_{mot} = 0{,}8$, calculer la puissance mécanique $P_{méca}$ fournie par le moteur et la puissance électrique $P_{élec}$ qu'il consomme.

3. Calculer le temps de déplacement Δt si la hauteur est $\Delta h = 4{,}8$ m. En déduire l'énergie $W_{élec}$ consommée.

4. Faire le bilan énergétique complet, puis compléter le diagramme suivant :

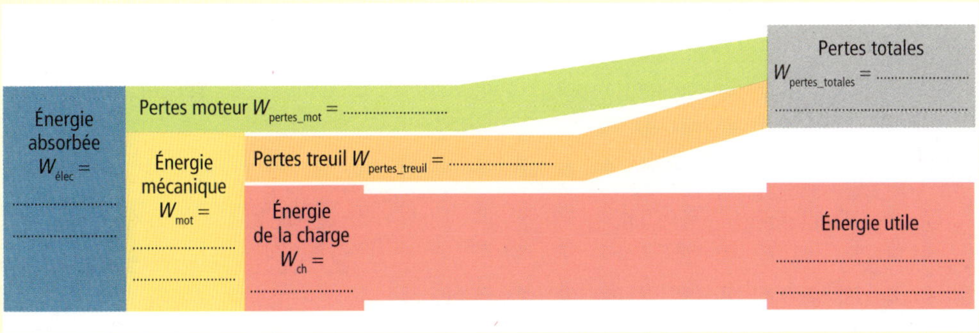

▲ Diagramme des énergies

5. Le constructeur indique que lors de la descente la vitesse $V_{descente} = -0,22\ m{\cdot}s^{-1}$. Calculer dans ces conditions la puissance P_{ch} fournie par la descente de la charge maximale. En déduire les puissances $P_{méca}$ et $P_{élec}$.

6. Placer les points de fonctionnements $M(V_{montée}, F_t)$ et $D(V_{descente}, F_t)$ sur le plan ci-contre et déduire pour chaque cas, si le fonctionnement du palan est moteur ou générateur.

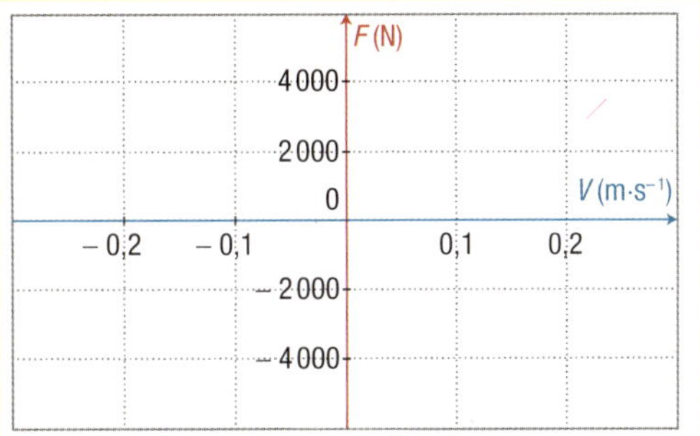

▲ Plan des points de fonctionnement

Exercice 6

Corrigé p. 157

Vérin hydraulique

Un vérin est alimenté par un circuit hydraulique d'huile sous pression. La tige ayant une course de $L = 12$ cm, met un temps $\Delta t = 7$ s pour sortir complètement.

1. Calculer V_{sortie} la vitesse de sortie du vérin.

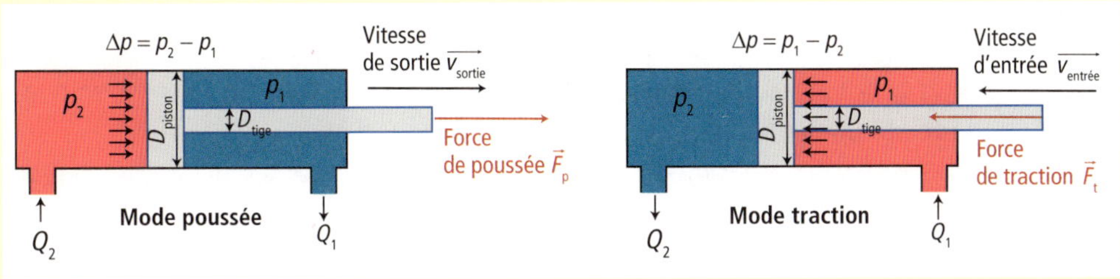

2. Sachant que le diamètre du piston est $D_{piston} = 40$ mm, calculer le débit Q_2 d'huile entrant dans le vérin.

3. Le constructeur indique une force de poussée $F_p = 2$ kN, déterminer la pression relative dans la chambre active du piston $\Delta p = p_2 - p_1$. En déduire la puissance hydraulique à l'entrée du vérin.

4. Le diamètre de la tige $D_{tige} = 22$ mm, sachant qu'en mode traction la pression relative Δp garde la même valeur, calculer la force F_t de traction du vérin. Comparer les forces de traction et de poussée.

Exercice 7

Corrigé p. 158

Éclairage d'un couloir borgne

Un organisme de contrôle doit vérifier la conformité de l'installation d'éclairage d'un couloir borgne de 5 m × 1 m équipé de 4 luminaires à spot LED émettant un flux unitaire de 1 250 lm.

La réglementation en vigueur fixe les valeurs suivantes :

– éclairage moyen $E_{moy} = 100$ lux ;

– un facteur d'uniformité $\frac{E_{mini}}{E_{moy}} = 0{,}4$.

Longueur (m)	Nombre de points minimum
0,4	3
1	5
2	6
5	8
10	10

Pour cela, le technicien doit effectuer des relevés d'éclairement avec un maillage, conforme à la réglementation, et qui respecte un nombre de points de mesure selon le tableau ci-contre.

On donne le relevé des points de mesure de l'éclairement en Lux.

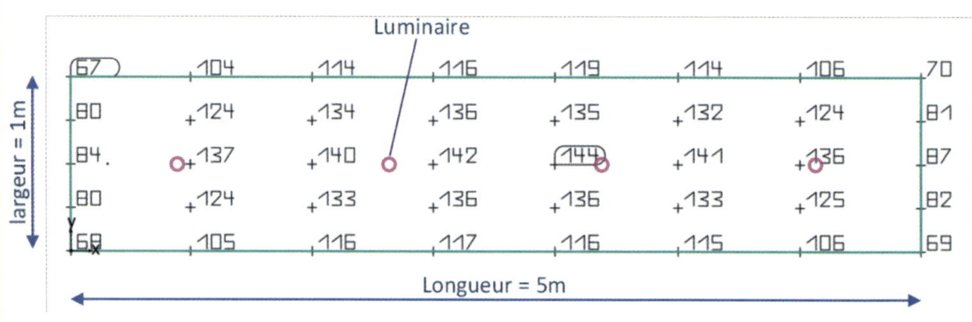

▲ Relevé de l'éclairement

1. Vérifier sur le relevé de l'éclairement local ci-dessus que le nombre de points de mesures est bien conforme à la réglementation.

2. Calculer E_{moy} et $\frac{E_{mini}}{E_{moy}}$ puis conclure sur la conformité de l'éclairage.

Exercice 8

Corrigé p. 158

Énergie produite par une éolienne

La production d'énergie d'une éolienne dépend des caractéristiques de celle-ci mais aussi du profil du vent auquel elle est soumise.

Pour une journée type, on définit un profil de distribution de vent indiquant l'occurrence pour chaque vitesse de vent (si l'occurrence = 10 %, le temps équivalent sur une journée vaut :
10 % × 24 × 3 600 = 8 640 s).

Le coefficient de puissance *CP* de l'éolienne dépend également de la vitesse du vent.

Pour déterminer l'énergie produite par l'éolienne sur une journée, on doit calculer pour chaque vitesse l'énergie produite selon son temps équivalent et en faire la somme.

On considère une éolienne dont le diamètre des pales (rotor) est $D = 84$ m, le rendement de l'ensemble {Multiplicateur + Alternateur} est estimé à $\eta = 65$ %.

On prendra la masse volumique de l'air $\rho = 1{,}23$ kg/m³.

1. Compléter le tableau ci-dessous :

V (m.s⁻¹)	*Occurrence* (%)	*Temps équivalent* (s)	$P_{aéro}$ (W)	*CP*	$P_{méca}$ (W)	$P_{élec}$ (W)	*W* (J)	*W* (Wh)
3	5,1	4 406,4	92 021,1	0,3	27 606	17 944	79 068 930	21 963,6
4	7,77			0,4				
5	10	8 640	426 023,5	0,425	181 060	117 689	1 016 832 951	282 453,6
6	11,7			0,45				
7	11,6	10 022,4	1 169 008,6	0,47	549 434	357 132	3 579 320 894	994 255,8
8	10,8			0,49				
9	8,85	7 646,4	2 484 569,2	0,495	1 229 862	799 410	6 112 609 701	1 697 947,1
10	7,1			0,48				
11	6	5 184	4 536 298,5	0,435	1 973 290	1 282 638	6 649 197 474	1 846 999,3
12	4,7			0,39				
13	3,5	3 024	7 487 789,5	0,325	2 433 532	1 581 796	4 783 349 681	1 328 708,2
14	3,1			0,262				
15	2	1 728	11 502 635,2	0,213	2 450 061	1 592 540	2 751 908 848	764 419,1
16	1,7			0,1755				
17	1,4	1 209,6	16 744 428,7	0,1463	2 449 710	1 592 311	1 926 059 922	535 016,6
18	0,9			0,1232				
19	0,7	604,8	23 376 762,9	0,1048	2 449 885	1 592 425	963 098 694	267 527,4
20	0,4			0,0898				
21	0,2	172,8	31 563 231,0	0,0776	2 449 307	1 592 049	275 106 131	76 418,4
22	0,1			0,0675				

2. Calculer l'énergie totale E_{totale} produite par l'éolienne sur une journée type.

Exercice 9

Corrigé p. 158

Dimensionnement d'une pompe immergée

Une pompe immergée (HMA = 0) est utilisée pour remplir une cuve d'irrigation selon le schéma ci-dessous.

Pression de refoulement *Pr* = 1 bar ; pertes de charge à l'aspiration (dues à la crépine) *JA* = 1 mCE ; pertes de charge au refoulement (dues aux tuyaux et aux coudes) *JR* = 5 mCE.

1. Relever sur le graphe la hauteur géométrique de refoulement HGR, en déduire la hauteur manométrique totale HMT.

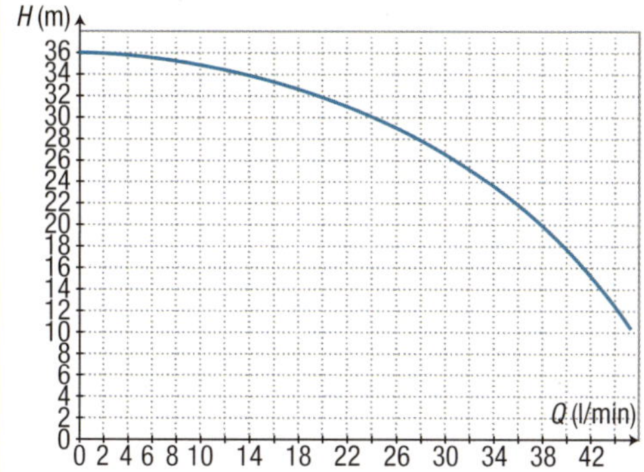

▲ Caractéristique de la pompe

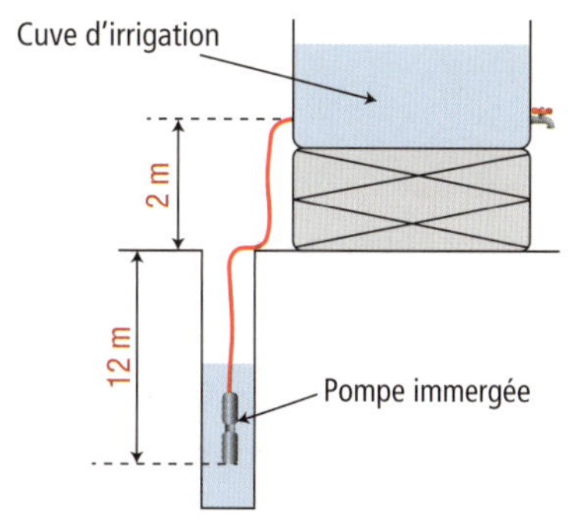

▲ Schéma de la pompe immergée

2. À l'aide de la caractéristique de la pompe ci-dessus, tracer le point de fonctionnement et déterminer le débit de la pompe *Q* en l/min et en m^3/s.

3. Au point de fonctionnement, le rendement de la pompe $\eta_{pompe} = 48,6$ % et celui du moteur est $\eta_{mot} = 56,6$ %, compléter la chaîne des puissances en indiquant la forme des puissances mises en jeu et en calculant leurs valeurs.

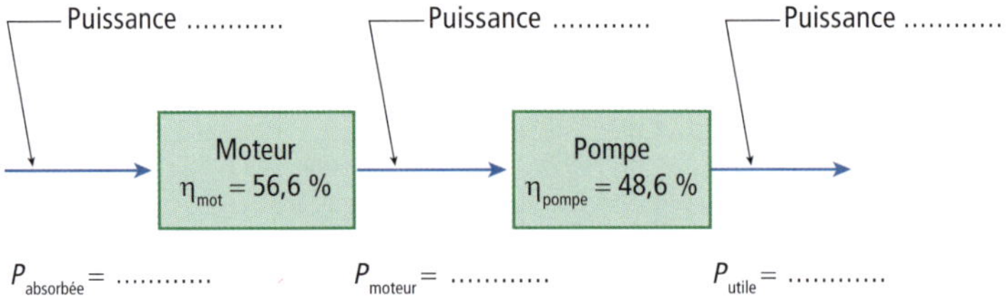

▲ Chaîne des puissances

Exercice 10

Corrigé p. 159

Panneau Photovoltaïque

On considère les courbes $I(V)$ et $P(V)$ d'un panneau photovoltaïque pour une radiation de 1 000 W/m².

1. Relever sur le graphique les grandeurs caractéristiques de ce panneau I_{sc}, V_{oc}, P_{mp}, I_{mp} et V_{mp}.

2. Ce panneau sert à alimenter un récepteur qu'on peut assimiler à une résistance $R = 3,4\ \Omega$.
Tracer sur le plan (I,V) la droite caractéristique de ce récepteur (on choisira les points (0 ; 0) et (25,5 ; 7,5)) et déduire le point de fonctionnement.

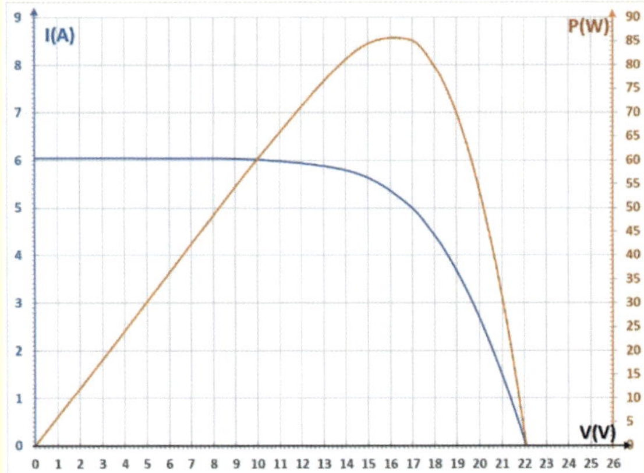

▲ Caractéristiques du panneau photovoltaïque

3. Donner les valeurs du courant, de la tension et de la puissace au point de fonctionnement.

4. Ce panneau sert à recharger une batterie dont la tension est 11 V.
Déterminer le point de fonctionnement et en déduire le courant et la puissance de charge, comparer cette puissance à la puissance maximale du panneau. Existe-t-il une solution pour charger la batterie à la puissance maximale disponible ?

Exercice 11

Corrigé p. 159

Installation photovoltaïque domestique

Un particulier habitant la ville de Reims projette de s'équiper d'une installation phovoltaïque connectée au réseau électrique. La surperficie de sa toiture permet la pose de 10 panneaux photovoltaïques monocristallins d'une puissance crête unitaire $P_{crête} = 300$ Wc soit un total de 3 kWc. Chaque panneau est composé de 60 cellules de dimensions unitaires 156,75 mm × 156,75 mm.

1. Calculer la surface S_{PV} d'un panneau, en déduire S_{PVT} la superficie totale des panneaux.

2. La puissance crête du panneau donnée par le constructeur est mesurée dans les conditions de tests standards, soit pour une radiation de $E = 1\,000$ W/m².
Déterminer alors le rendement du panneau η_{PV}.

Pour estimer la rentabilité de son projet, l'habitant a consulté les valeurs des irradiances journalières moyennes de la ville de Reims.

▲ Irradiation journalière moyenne (Wh/m²)

3. Pour chaque mois de l'année, calculer :
- E_{Sol_J} : l'énergie solaire journalière reçue par les panneaux ;
- E_{Elec_J} : l'énergie électrique journalière reçue par les panneaux ;
- E_{Elec_m} : l'énergie électrique mensuelle produite.

En déduire l'énergie électrique produite sur une année $E_{Elec\_année}$.

4. Sachant que le distributeur d'électricité rachète l'énergie électrique d'origine photovoltaïque à raison de 0,1756 € le kWh.
Calculer R_{annuel} le revenu annuel estimé de l'installation.

5. Le coût total de l'installation est de 8 500 €, dans l'hypothèse d'un fonctionnement conforme aux estimations et sans pannes matérielles, calculer le temps d'amortissement du projet.

6 Solutions techniques de transport, de stockage et de gestion de l'énergie

Les ressources énergétiques sont rarement disponibles aux lieux et aux instants d'utilisation, il faut donc stocker l'énergie, l'acheminer et la gérer de façon optimale en fonction du besoin.

1 Réseaux de transport et de distribution

A L'énergie électrique alternative

- **Réseau alternatif sinusoïdal :**

	Puissance active P (W)	Puissance réactive Q (VAR)	Puissance apparente S (VA)
Monophasé	$P = V \times I \times \cos\varphi = V \times I \times F_p$	$Q = V \times I \times \sin\varphi$	$S = \sqrt{P^2 + Q^2} = V \times I$

avec V : tension simple entre Phase et Neutre (V), I : intensité du courant (A), φ : angle de déphasage entre V et I, F_p : facteur de puissance = $\cos\varphi$, si la charge est linéaire.

- **Pour véhiculer l'énergie électrique,** on utilise des câbles qui peuvent contenir un ou plusieurs conducteurs et dont l'âme conductrice est soit en cuivre soit en aluminium, ils sont à l'origine des pertes Joules P_j et des chutes de tension ΔV.
- **Un conducteur,** de résistance R_c et transportant un courant I, génère des pertes par effet joule. On écrit : $P_j = R_c \times I^2$.
- Pour réduire ces pertes, on augmente la tension lors du transport de l'énergie électrique.
- **Pour élever ou abaisser la tension,** on utilise des **transformateurs**. Pour un transformateur monophasé parfait, le rapport de transformation est :

$$m = \frac{N_2}{N_1} = \frac{U_2}{U_1} = \frac{I_1}{I_2}.$$

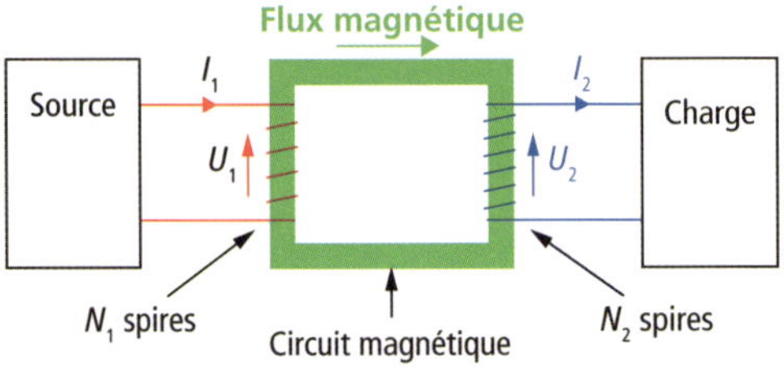

▲ Schéma de principe d'un transformateur

B L'énergie fluidique

- Pour transvaser les fluides, on utilise des tuyaux, des raccords, des vannes, etc. Ils sont à l'origine d'une chute de la pression qu'on appelle perte de charge.
- **Les pertes de charge** dépendent du diamètre intérieur des canalisations, plus le diamètre est faible et plus les pertes de charges sont importantes. Elles sont proportionnelles à la pression dynamique $\left(\rho \times \frac{V^2}{2}\right)$ plus la vitesse d'écoulement est importante et plus les pertes sont importantes.

Les pertes de charges sont de deux natures : **régulières** (proportionnelles à la longueur des tuyaux, conduits…) et **singulières** (dûes aux différentes irrégularités du circuit : coudes, Té, accessoires…).

- Pour le transport et la distribution de l'eau, une autre unité de pression est utilisée : le **mètre colonne d'eau (mCE)**, **$1\ \text{mCE} \approx 10^4\ \text{Pa} = 0{,}1\ \text{bar}$**.

Pertes de charges régulières	Pertes de charges singulières
$J_r = j \times L = \lambda \times \frac{L}{D} \times \rho \times \frac{V^2}{2}$ (Pa) $J_r = j \times L = \lambda \times \frac{L}{D} \times \frac{V^2}{2g}$ (mCE)	$J_s = \zeta \times \rho \times \frac{V^2}{2}$ (Pa) $J_s = \zeta \times \frac{V^2}{2g}$ (mCE)
J_r : pertes de charges régulières (Pa ou mCE) j : pertes de charges linéiques (Pa/m ou mCE/m) L : longueur de la conduite considérée (m) λ : coefficient de pertes de charge régulière (sans unité) D : diamètre intérieur de la conduite (m)	J_s : pertes de charges singulières (Pa ou mCE) ζ : coefficient de pertes de charges singulières (sans unité)
$\rho \times \frac{V^2}{2}$: pression dynamique du fluide considéré (Pa) $\frac{V^2}{2g}$: pression dynamique du fluide considéré (mCE)	

2 Stockage de l'énergie

	Expressions	Grandeurs et notations
Énergie thermique (chaleur sensible)	$Q_s = m \times C_p \times \Delta T$	Q_s : chaleur sensible (J) ; m : masse (kg) C_p : capacité calorifique massique ($J \cdot kg^{-1} \cdot K^{-1}$) ΔT : écart de température (K ou °C) (exemple : ballon d'eau chaude sanitaire)
Énergie mécanique (ressort de traction)	$E = \frac{1}{2} \times k \times x^2$	E : énergie stockée dans le ressort (J) k : raideur du ressort ($N \cdot m^{-1}$) x : allongement du ressort (m)
Énergie mécanique (ressort de torsion)	$E = \frac{1}{2} \times k' \times \theta^2$	E : énergie stockée dans le ressort (J) k' : raideur du ressort ($N \cdot m \cdot rad^{-1}$) θ : angle de torsion du ressort (rad)
Énergie électrochimique (batterie)	$E = Q \times U = I \times \Delta t \times U$ $Q = \text{pdd} \times C_n$	E : énergie électrique (Wh) Q : charge de la batterie (Ah) C_n : charge nominale de la batterrie (Ah) pdd : profondeur de décharge (pdd < 1), plus elle est faible, plus la durée de vie est importante.
Énergie potentielle (stations de transfert d'énergie par pompage)	$E = \rho \times g \times \Delta h \times V_{stk}$	E : énergie hydraulique stockée par pompage Δh : hauteur de stockage (m) V_{stk} : volume stocké (m^3) (stockage de l'énergie électrique sous forme d'énergie hydraulique dans le barrage d'une centrale hydroélectrique à l'aide d'une électropompe) ρ : masse volumique de l'eau ($kg \cdot m^{-3}$)

	Expressions	Grandeurs et notations
Énergie cinétique (volant d'inertie)	$E = \frac{1}{2} \times J \times \Omega^2$	J : moment d'inertie du volant ($kg \cdot m^2$) Ω : vitesse de rotation du volant ($rad \cdot s^{-1}$)
Énergie électrostatique (condensateur et supercondensateur)	$E = \frac{1}{2} \times C \times U^2$	C : capacité du condensateur en Farad (F) U : tension en volt (V)

3 Adaptation et modulation de l'énergie électrique

Type de conversion	Schémas	Formes d'ondes	Remarques
Alternatif/continu (redresseur) 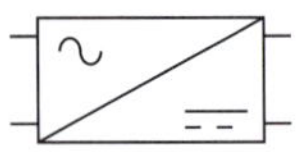	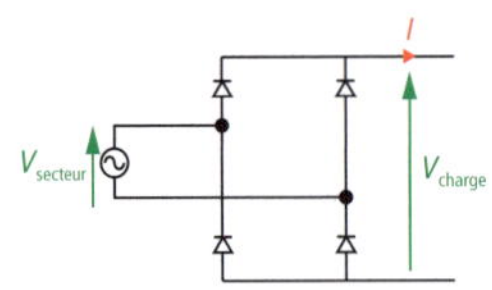	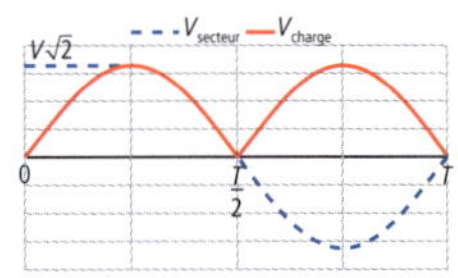	Les redresseurs sont utilisés dans l'étage d'entrée des alimentations de circuits électroniques (ordinateurs, variateurs de vitesse…).
Continu/alternatif (onduleur) 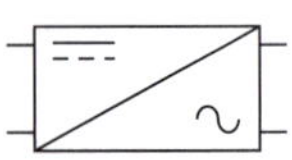	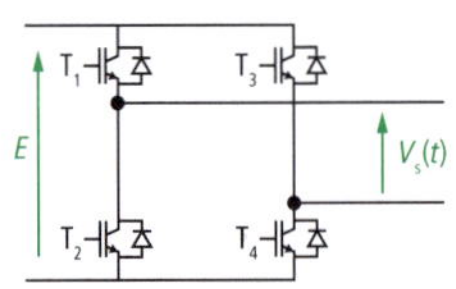	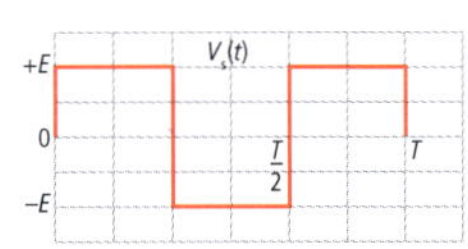	L'onduleur permet de mettre sur le réseau alternatif la production électrique en courant continu des panneaux photovoltaïques.
Alternatif/ alternatif (gradateur) 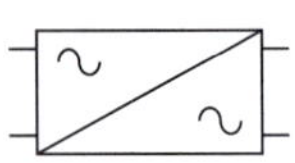	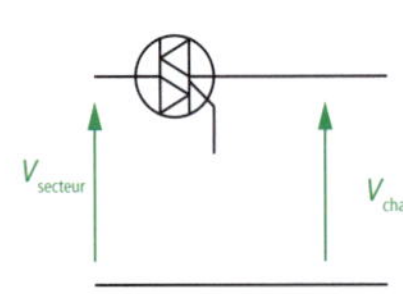	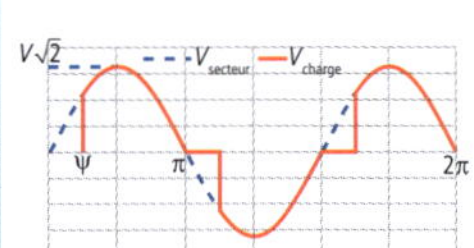 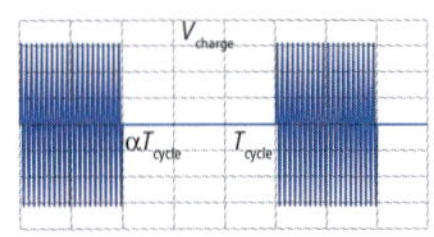	**Gradateur à angle de phase** La modulation de l'énergie se fait par variation de l'angle ψ. Ce gradateur est utilisé pour la variation de l'éclairage (ampoule à incandescence). **Gradateur à train d'ondes** Sur une période T_{cycle}, la charge est alimentée uniquement pendant une durée $\alpha \times T_{cycle}$. Ce gradateur peut être utilisé pour des applications de chauffage.
Continu/continu (hacheur) 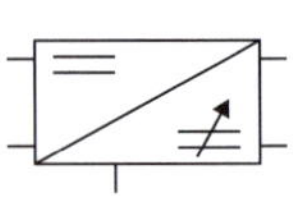	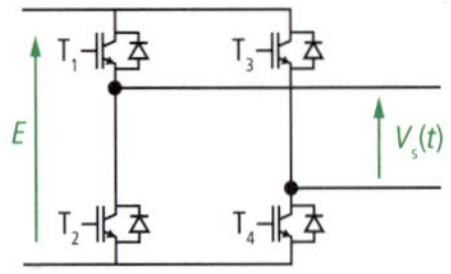	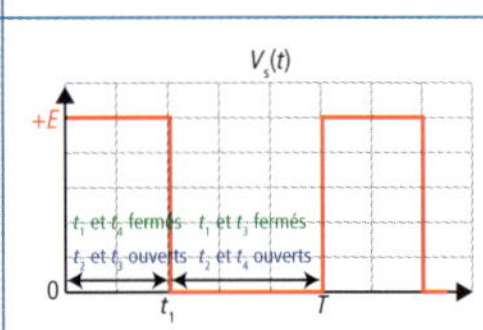 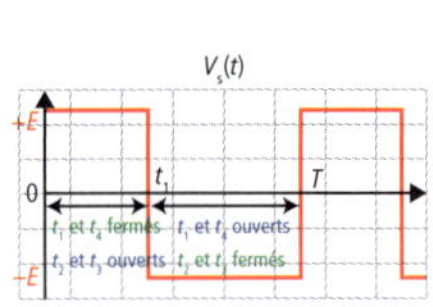	**Commande unipolaire** $\alpha = \frac{t_1}{T}$ $V_{S_{moy}} = \alpha E$ **Commande bipolaire** $\alpha = \frac{t_1}{T}$ $V_{S_{moy}} = (2\alpha - 1)E$ $t_1 > \frac{T}{2} \Rightarrow V_{S_{moy}} > 0$ $t_1 < \frac{T}{2} \Rightarrow V_{S_{moy}} < 0$

Exercices d'entraînement

Exercice 1

Corrigé p. 160

Chute de tension dans un câble monophasé

Une habitation assimilée à un récepteur monophasé purement résistif ($F_p = 1$) de puissance $P = 6$ kW est alimentée sous une tension sinusoïdale de valeur efficace $V = 230$ V.

1. Calculer la valeur efficace I du courant consommé par l'habitation.

2. L'habitation est alimentée à partir d'un poste de distribution par l'intermédiaire d'un câble qui comporte deux conducteurs de résistance unitaire $R_c = 135$ mΩ. Calculer les pertes totales par effet joule dans le câble P_{jt}.

3. Calculer la tension V_0 à la sortie du poste de distribution. On rappelle que la chute de tension aux bornes d'un conducteur est $\Delta V = R_c \times I$.

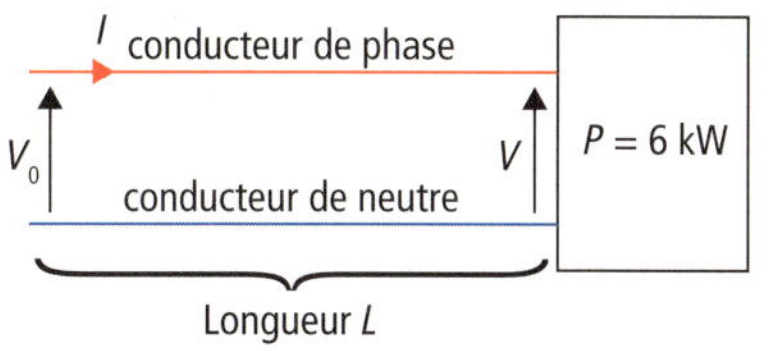

▲ Schéma de l'alimentation en électricité de l'habitation

Exercice 2

Corrigé p. 160

Pertes de charges dans un réseau hydraulique

Une pompe de relevage alimente un circuit hydraulique par l'intermédiaire d'un tuyau de longueur $L = 200$ m, de diamètre extérieur $D_{ext} = 100$ mm et d'épaisseur $e = 3$ mm.
À la sortie de la pompe, le débit est $Q_v = 40\ m^3 \cdot h^{-1}$ et la pression est $P_r = 20$ bars ; $r_{eau} = 10^3\ kg \cdot m^{-3}$.

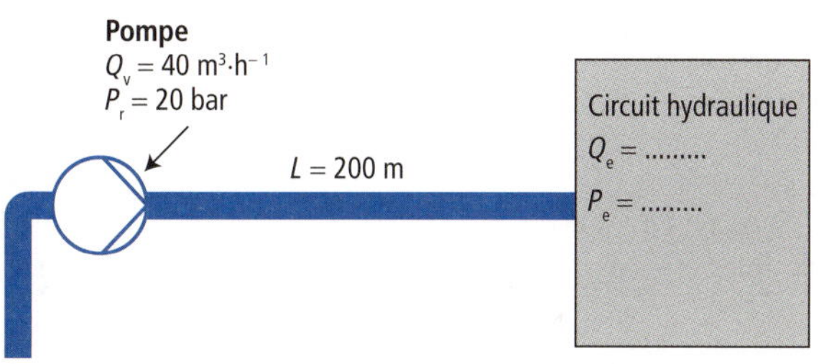

▲ Schéma de la pompe

1. Calculer S_{int} la section intérieure du tuyau, et en déduire la vitesse d'écoulement de l'eau V_{eau} et la pression dynamique.

2. On donne le coefficient de pertes de charge régulière $\lambda = 0{,}018$, calculer J les pertes dans les tuyaux.

3. Donner les valeurs des grandeurs Q_e et P_e à l'entrée du circuit hydraulique.

Exercice 3

Corrigé p. 160

Stockage de l'énergie cinétique

Un système de stockage de l'énergie cinétique est muni d'un volant d'inertie $J = 376\ kg \cdot m^2$.

1. Le volant est entraîné à la vitesse $N_1 = 3\,450\ trs \cdot mn^{-1}$, calculer l'énergie cinétique E_{c1} emmagasinée dans le volant.

2. Le système sert à entraîner un générateur électrique de rendement $h_G = 90$ %, la vitesse en fin de phase de restitution est $N_2 = 1\,800\ trs \cdot mn^{-1}$.
Calculer pour l'énergie cinétique E_{c2} emmagasinée dans le volant à la vitesse N_2.
En déduire l'énergie cinétique restituée ΔE_c puis l'énergie électrique E_{elec} produite par le générateur.

Exercice 4

Corrigé p. 160

Variation de vitesse d'une MCC

Un robot suiveur de ligne est équipé de 2 moteurs à courant continu pour assurer son déplacement.

1. Donner le principe de variation de vitesse pour un moteur à courant continu (MCC).

2. Le robot est alimenté par une batterie, quel convertisseur statique permet de faire varier la vitesse de rotation du moteur à courant continu ?

3. Le schéma de principe de l'alimentation de la MCC est donné ci-contre.

a) Indiquer l'état des interrupteurs K_1, K_2, K_3 et K_4 pour que la tension d'alimentation de la MCC soit positive.

b) Compléter sur le graphe ci-dessous les chronogrammes des interrupteurs K_1, K_2, K_3 et K_4.

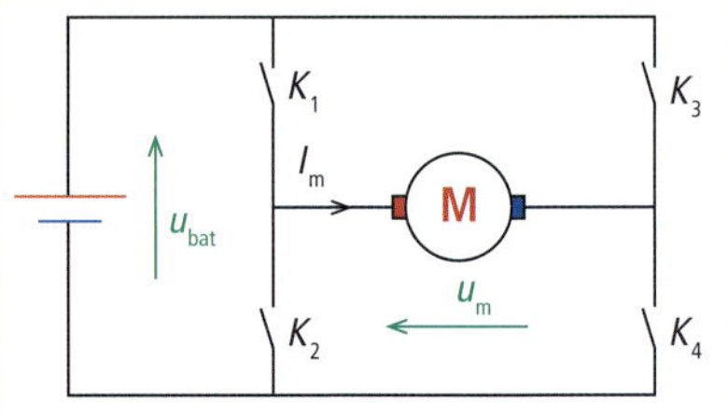

▲ Schéma de principe de la MCC

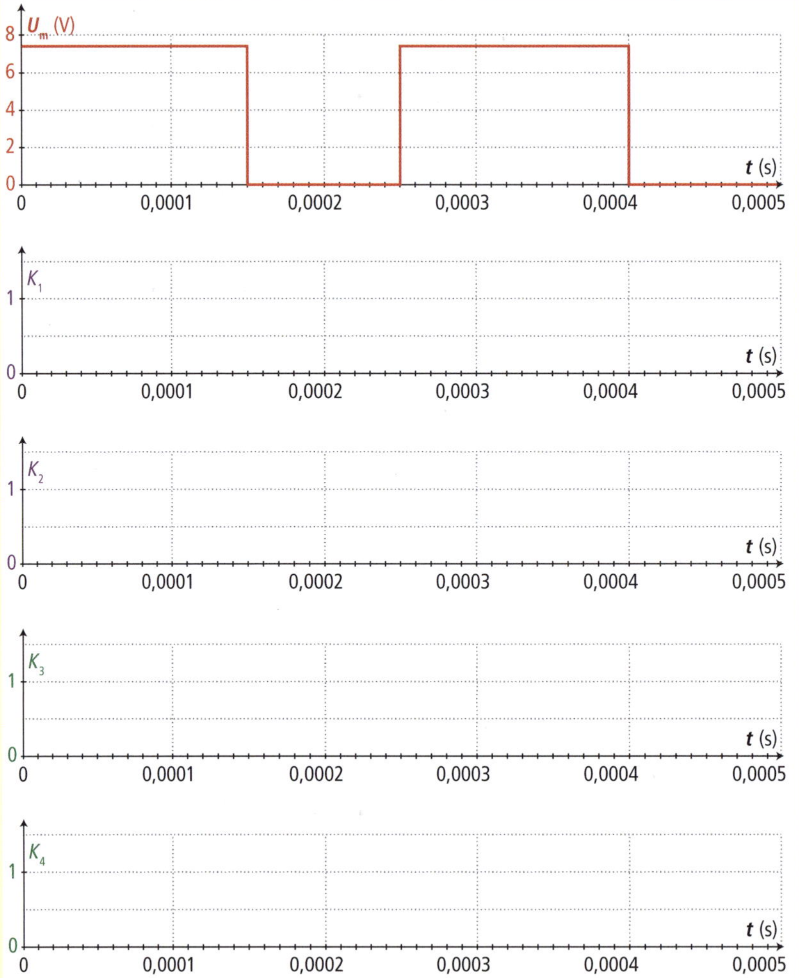

▲ Chronogrammes

c) D'après le chronogramme de la tension $u_m(t)$ indiquer la valeur de la tension u_{bat}, la période $T_{découpage}$ de découpage du hacheur. Calculer le rapport cyclique α, la tension moyenne U_{m_moy} de la tension $u_m(t)$ ainsi que la fréquence de découpage $F_{découpage}$.

Exercice 5

Corrigé p. 161

Modulation de l'éclairage, exploitation de courbes

On dispose de lampes halogènes pour éclairer un laboratoire. Ces lampes sont alimentées par une tension sinusoïdale de valeur efficace $V = 230$ V. On désire moduler l'éclairement du laboratoire selon le type d'activités réalisées.

1. Quel convertisseur statique permettrait de moduler la valeur efficace de cette tension ? Donner le type de commande (à angle de phase ou à train d'ondes) adapté à notre besoin.

2. Ci-dessous les graphes de l'évolution de l'éclairement E (lux) du laboratoire en fonction de la tension efficace V_{eff} (V) des lampes (graphe n° 1) ainsi que celui de la tension efficace V_{eff} (V) en fonction de l'angle ψ (degré) (graphe n° 2).

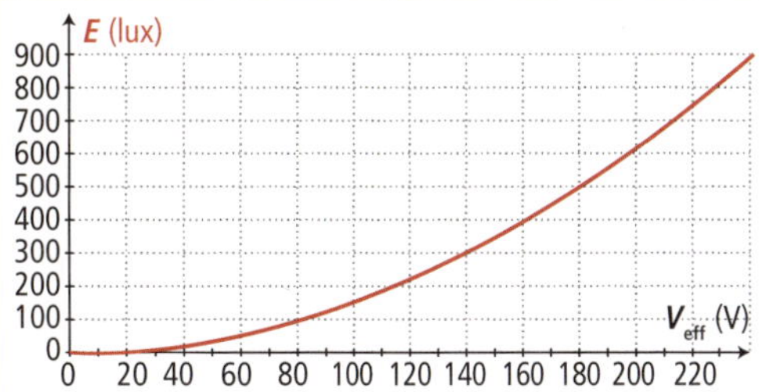

▲ Graphe n° 1

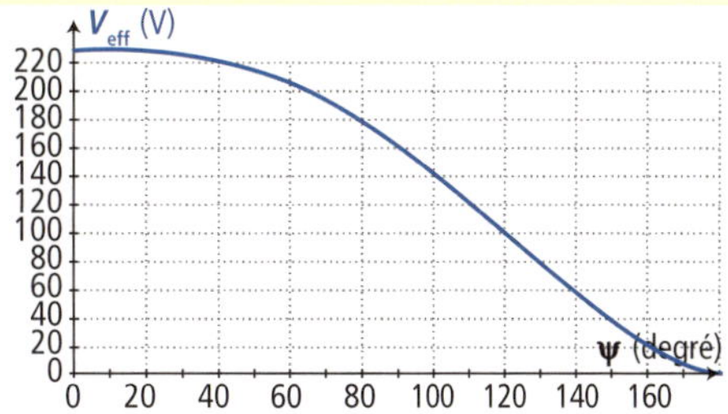

▲ Graphe n° 2

a) Pour un éclairement $E_1 = 300$ lux, relever sur le graphe n° 1, la valeur de la tension efficace V_1. Reporter cette valeur sur le graphe n° 2 et indiquer la valeur de l'angle ψ_1.

b) L'éclairement précédent n'étant pas satisfaisant, on règle l'angle à $\psi_2 = 80°$. Déterminer graphiquement l'éclairement E_2 obtenu. En déduire dans quel sens évolue l'éclairement E quand l'angle ψ diminue.

Exercice 6

Corrigé p. 162

Choix d'un onduleur

Un chalet, isolé du réseau électrique, est alimenté à partir d'une installation solaire photovoltaïque. L'installation comprend des panneaux photovoltaïques, deux batteries de tension unitaire $U = 12$ V, montées en série, un régulateur solaire et un onduleur selon le schéma ci-dessous.

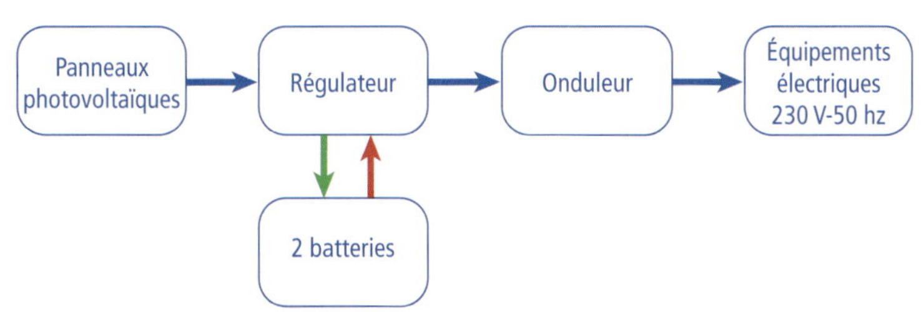

▲ Schéma de l'installation électrique du chalet

1. Expliquer en quoi il est nécessaire d'utiliser un onduleur.

2. On donne les caractéristiques des équipements électriques du chalet :

Équipements	Machine à café	Éclairage	Réfrigérateur	Pompe de relevage	Total
Puissance active *P* (W)	750	4 × 40	300		
Puissance réactive *Q* (VAR)				200	
Facteur de puissance F_p	1	1	0,8	0,6	

a) Compléter le tableau ci-dessus et calculer la puissance apparente totale S_t que doit fournir l'onduleur.

b) À partir du tableau ci-dessous, donner la référence de l'onduleur répondant au besoin.

Tension d'entrée	Références			
12 volts	C 12/1 200	C 12/1 600	C 12/2 000	12/3 000
24 volts	C 24/1 200	C 24/1 600	C 24/2 000	24/3 000
48 volts				48/5 000
Puissance apparente (VA)	1 200	1 600	2 000	5 000

Exercice 7

Corrigé p. 162

Association Hacheur-MCC, exploitation d'un graphique

Un moteur à courant continu est alimenté par un hacheur à commande unipolaire qui fournit une tension modulable U_m permettant ainsi de varier la vitesse de rotation du moteur.

1. On donne l'allure de la tension d'alimentation du moteur $U_m(t)$:

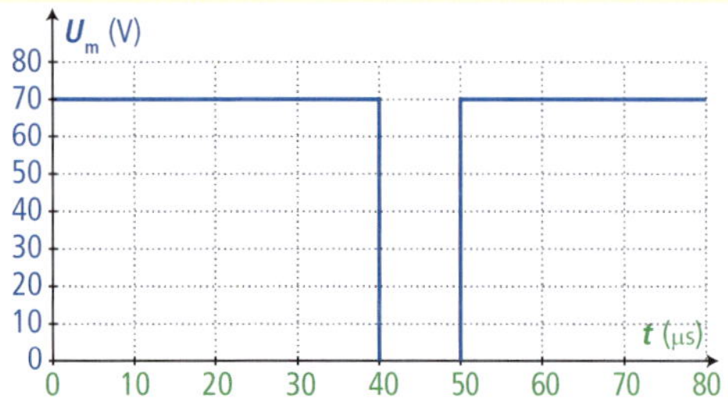

▲ Graphe de la tension du moteur

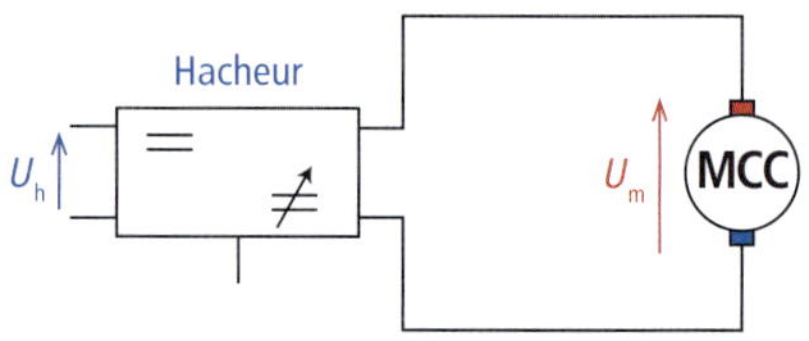

▲ Schéma du circuit

a) Relever la période du signal T et en déduire la fréquence F_d de découpage du hacheur.

b) Relever le temps de conduction t_1 et en déduire le rapport cyclique α.

c) Relever la tension d'alimentation du hacheur U_h et en déduire la valeur moyenne de U_m du moteur.

2. Lors de l'essai, le courant absorbé par le moteur est $I = 1$ A, on donne les caractéristiques du moteur : $K_e = 0{,}145$ V/rad·s^{-1} ; $R = 0{,}56\ \Omega$. On rappelle que pour une MCC, en régime permanent, on a : $U_m = E + R \times I$ avec $E = K_e \times \Omega_m$.
Calculer la vitesse angulaire Ω_m (rad·s^{-1}) du moteur, et en déduire la vitesse de rotation N_m (tr/min).

3. On désire que le moteur tourne à la vitesse $N_{m2} = 1\,800$ tr/min.

a) Calculer la vitesse angulaire Ω_{m2} du moteur et en déduire la tension U_{m2} du moteur.

b) Calculer le rapport cyclique α_2 et en déduire le temps de conduction t_2.

c) Tracer sur le graphe ci-dessous l'allure de la tension $U_{m2}(t)$.

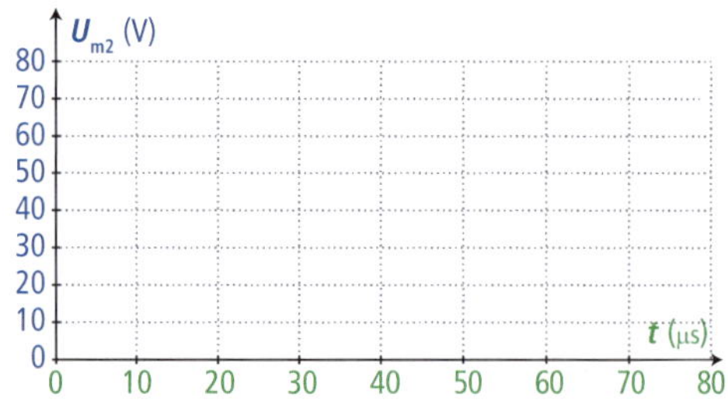

7 L'information analogique Captage et traitement

Dans la chaîne d'information, le captage de l'information (issue d'un phénomène physique) est le plus souvent obtenu par un capteur. Associé à une électronique de conditionnement, il est dit *smart* ou intelligent car il peut délivrer à la sortie de son module une information numérique.

1 Captage et caractérisation d'une information physique

• **Le capteur** délivre à sa sortie un signal (tension ou courant) analogique ou TOR (Tout Ou Rien), c'est-à-dire disposant d'un niveau haut et bas de tension. Il peut capter la température, la pression, la luminosité…

Exemple En cyclisme, dans une course contre la montre, de nombreux captages peuvent faire la différence comme la mesure et la gestion des paramètres provenant du vélo (vitesse, fréquence de pédalage, puissance développée, ...) ou du corps (fréquence cardiaque, ...).

• **Lorsque le signal est analogique** (comme la tension), il est porteur d'informations dans ses paramètres :

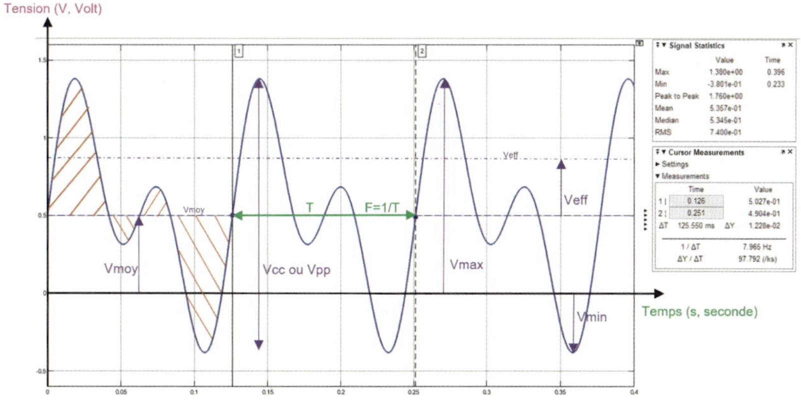

▲ Paramètres d'un signal électrique

• **Les paramètres d'un signal** sont :

Paramètres		Unités	Expressions	Exemples d'information portée
T	Période	Seconde (s)	$T = \frac{1}{F}$	Durée d'un cycle
F	Fréquence	Hertz (Hz)	$F = \frac{1}{T}$	Nombre de cycle par seconde (vitesse cyclique)
α	Rapport cyclique	Pourcentage (%)	$\alpha = \frac{T_H}{T}$	Durée d'impulsion (de l'état haut TH)
V_{moy}	Tension moyenne	Volt (V)	$V = \frac{A_1 - A_2}{T}$ avec A_1 : aire positive en $v \cdot s^{-1}$ (au-dessus de l'axe 0 V et A_2 aire négative en $v \cdot s^{-1}$ (au-dessous de l'axe 0 V)	Grandeur proportionnelle du paramètre physique (s'effectue en faisant des calculs d'aires positive et négative sur une période)
V_{max}	Tension maximum	Volt (V)		Grandeur proportionnelle du paramètre physique
V_{eff}	Tension efficace	Volt (V)		Correspond à la tension continue qui dégagerait la même quantité de chaleur dans une résistance

Exemple Sur un vélo, l'information issue d'un capteur inductif (capteur qui détermine sans contact un intervalle par rapport à un objet de mesure) délivre un signal de type analogique dont la forme est sinusoïdale :

Capteur

Nature de l'information : Analogique

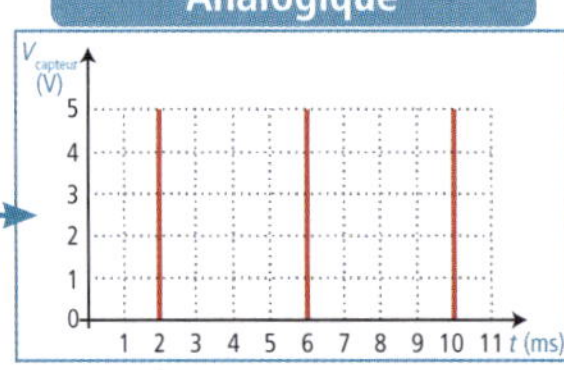

Traitement et Affichage

Nature de l'information : Numérique

Le passage de l'aimant fixé sur le rayon passe devant le capteur inductif et crée des oscillations.

Si on compte le nombre de cycle d'oscillation par unité de temps, on peut alors en déduire en fonction du diamètre de la roue : la vitesse de déplacement.

Le signal est porteur d'une information importante dans ce cas : la période T qui permet de déduire la vitesse du vélo.

2 Mesures des paramètres d'un signal

Les signaux sont observés et mesurés. Ils donnent la valeur du paramètre contenu dans le signal.

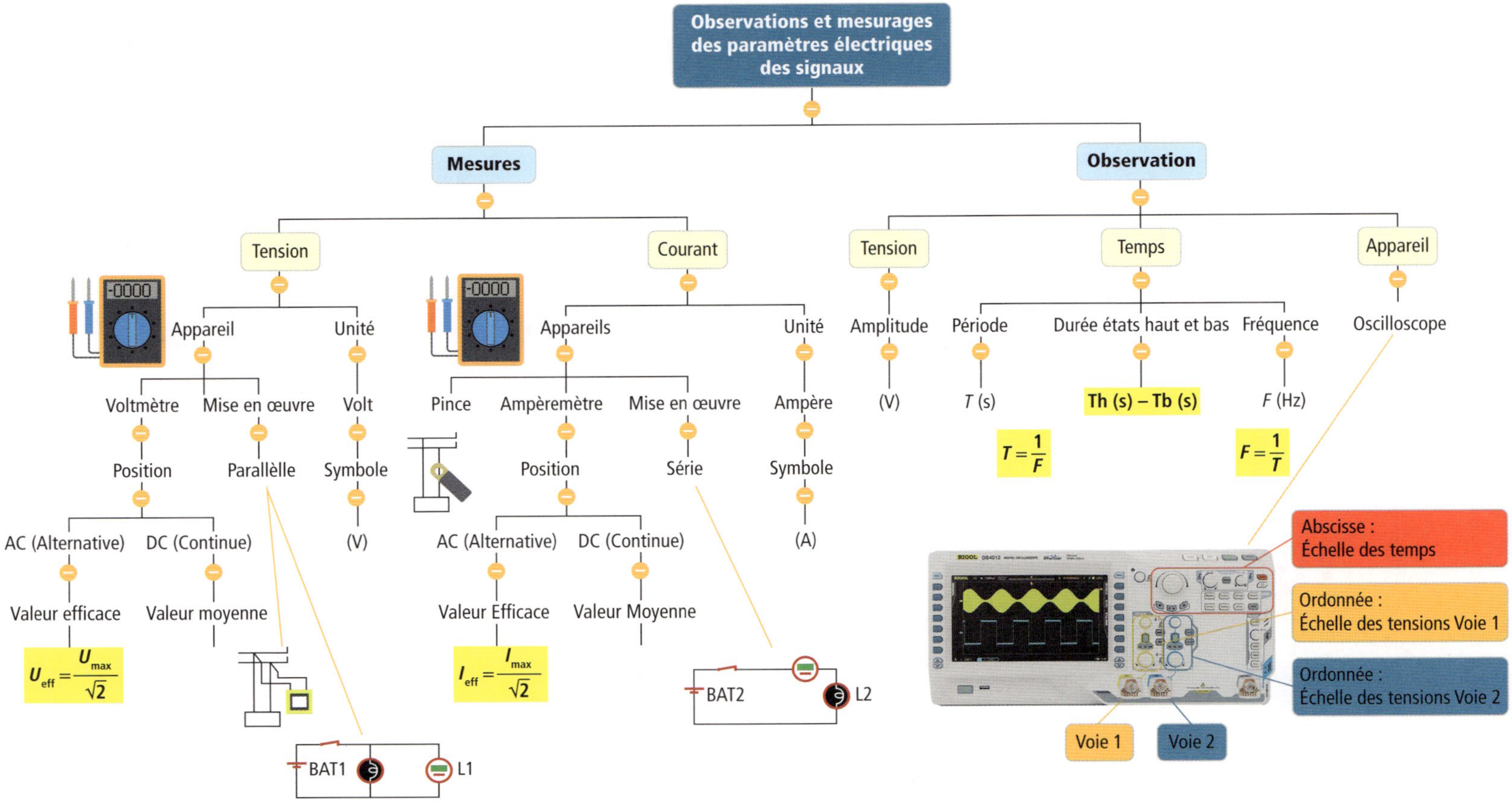
Observations et mesurages des paramètres électriques des signaux
Mesures
Tension
Appareil
Voltmètre
Position
AC (Alternative)
Valeur efficace
$U_{eff} = \frac{U_{max}}{\sqrt{2}}$
DC (Continue)
Valeur moyenne
Mise en œuvre
Parallèle
Unité
Volt
Symbole
(V)
BAT1
L1
Courant
Appareils
Pince
Ampèremètre
Position
AC (Alternative)
Valeur Efficace
$I_{eff} = \frac{I_{max}}{\sqrt{2}}$
DC (Continue)
Valeur Moyenne
Mise en œuvre
Série
BAT2
L2
Unité
Ampère
Symbole
(A)
Observation
Tension
Amplitude
(V)
Temps
Période
T (s)
$T = \frac{1}{F}$
Durée états haut et bas
Th (s) – Tb (s)
Fréquence
F (Hz)
$F = \frac{1}{T}$
Appareil
Oscilloscope
Abscisse : Échelle des temps
Ordonnée : Échelle des tensions Voie 1
Ordonnée : Échelle des tensions Voie 2
Voie 1
Voie 2

3 Représentation des signaux

• **Le chronogramme** est une représentation d'axe orthonormé d'un paramètre (tension ou courant) en fonction du temps des signaux.

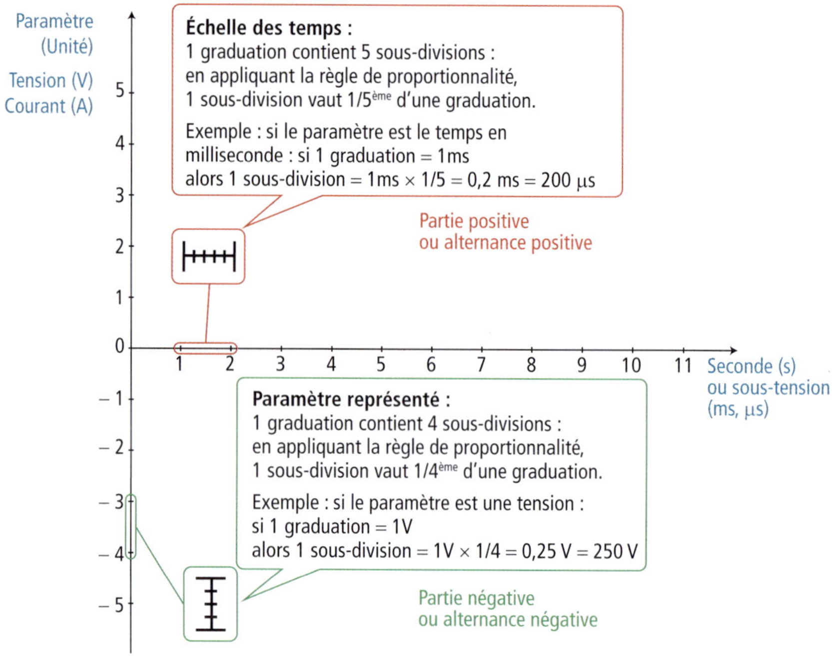

▲ Représentation du chronogramme

• **L'oscillogramme** est une capture d'une tension provenant d'un oscilloscope :

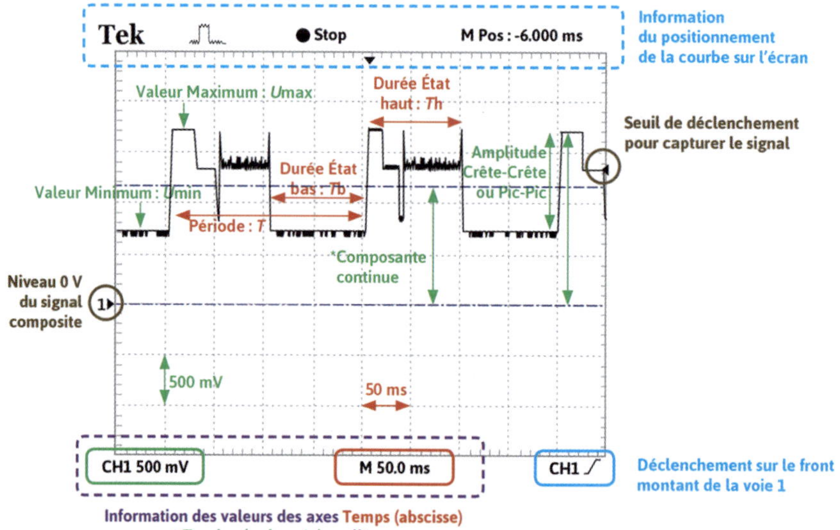

▲ Observation des signaux sur un oscillogramme

Exercices d'entraînement

Exercice 1

Corrigé p. 163

On souhaite relever les paramètres caractéristiques de la tension provenant du capteur de vitesse du vent d'un anémomètre d'une station météo.

▲ **Un anémomètre est composé d'une noria, elle-même équipée de 3 godets**

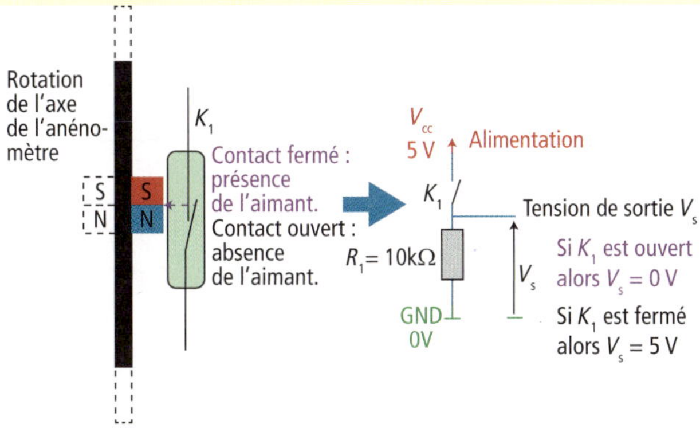

▲ **Schéma du fonctionnement de l'anénomètre**

En tournant, un aimant crée un contact dans l'ILS (Interrupteur à Lame Souple). L'ouverture et la fermeture du contact (dit « sec ») génère une tension lorsqu'il est associé au circuit électrique (voir schéma ci-dessus).

1. À partir de ces éléments, compléter le chronogramme suivant :

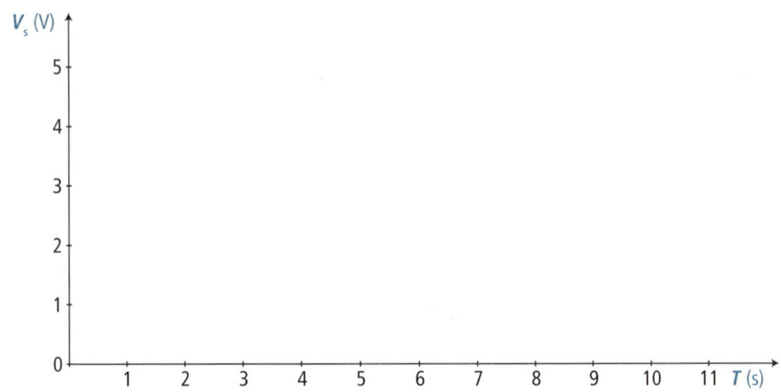

K1	O	F	O	F	O	F	O	F	O	F	O

O : K1 est ouvert, F : K1 est fermé

2. Indiquer sur le graphique la période T.

3. Donner la valeur de la période T en seconde, en déduire le calcul de la fréquence.

4. Donner la valeur du niveau haut (NH) et du niveau bas (NL).

5. Le calcul de la vitesse du vent est défini par la relation : $V = 2\pi \times F(n) \times R \times N$ avec V la vitesse du vent en $m{\cdot}s^{-1}$, R le rayon moyen des bras (du centre de la noria au centre de la coupelle $R = 6$ cm, $F(n)$ la fonction d'étalonnage du constructeur égal à 2,65, N le nombre de tours par seconde.
Calculer la vitesse du vent en $m{\cdot}s^{-1}$ puis en $km{\cdot}h^{-1}$.

6. On relève une valeur de période douze fois plus faible. En déduire la fréquence.

7. En déduire alors la vitesse du vent en $m{\cdot}s^{-1}$et $km{\cdot}h^{-1}$.

Exercice 2

Corrigé p. 164

Opération avec les signaux

On procède à une comparaison de deux tensions d'entrée constituée d'une référence de tension continue V_{ref} et d'une tension variable V_e.

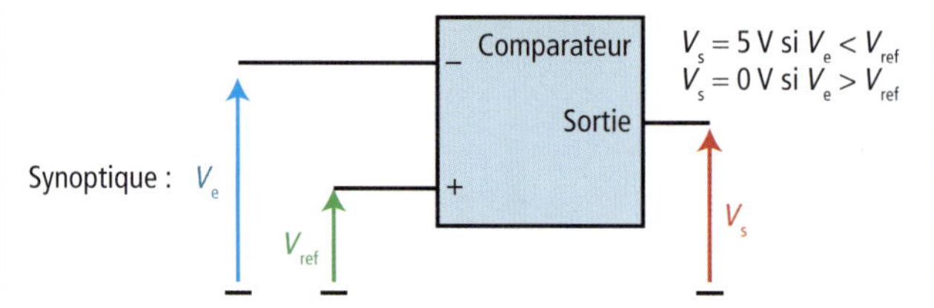

▲ **Schéma des tensions**

1. À partir des relevés des tensions d'entrées, tracer le résultat de la tension de sortie V_s sur le graphique ci-dessous.

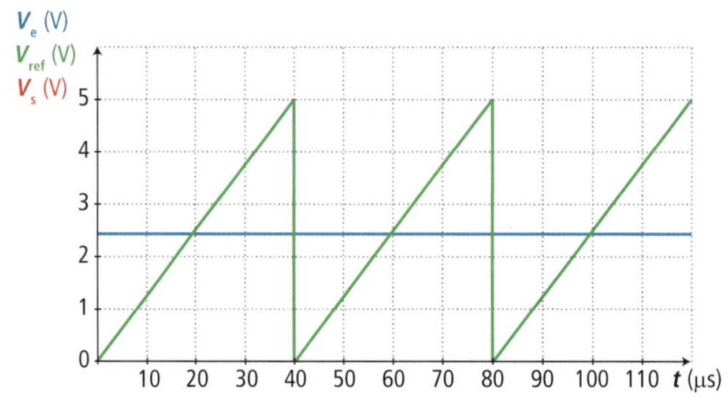

▲ **Tension de sortie**

2. Réaliser la même opération avec les signaux à comparer suivants.

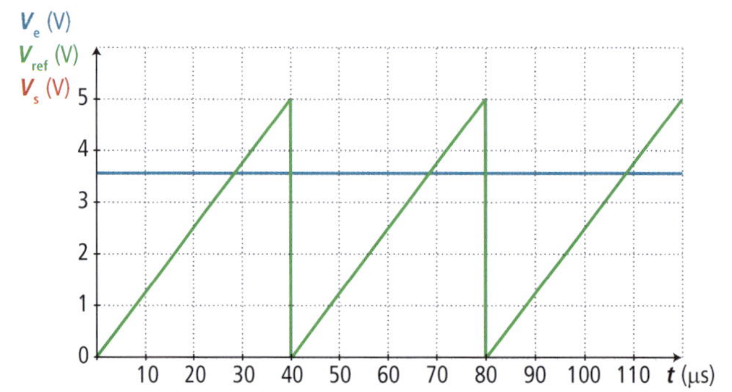

▲ **Comparaison des signaux**

3. À partir des questions 1 et 2, les signaux de sortie V_s ont-ils la même période ?

4. En déduire la valeur de leur période et leur fréquence.

5. Déterminer la valeur des rapports cycliques du premier et du deuxième cas.

6. Expliquer en trois lignes la relation qu'il y a entre le signal de sortie V_s et le ou les signaux d'entrée (V_{ref}, V_e).

7. Le signal de sortie V_s est utilisé pour piloter un moteur à courant continu via une commande MLI (Modulation à Largeur d'Impulsion) ou en anglais PWM (*Pulse Wide Modulation*). La relation de la vitesse du moteur DC est proportionnelle à la tension à ses bornes. Dans quel cas le moteur à courant continu tournera plus vite. Pourquoi ?

Exercice 3

Corrigé p. 164

À partir des relevés d'oscillogramme et des valeurs de paramètrage de l'oscilloscope données, relever les informations importantes du signal et compléter le tableau.

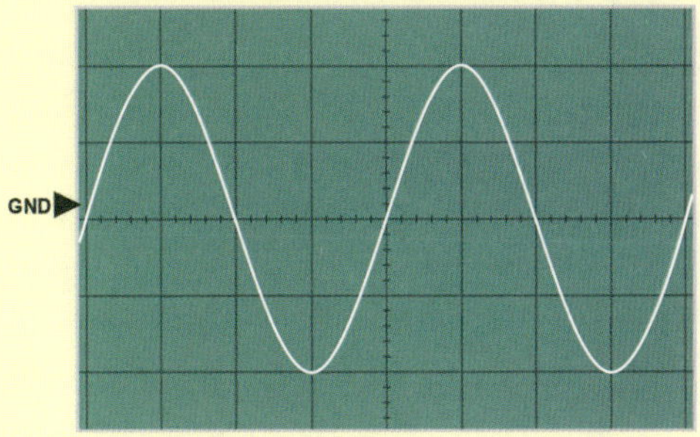

Paramètres	Valeurs
Amplitude verticale	2 V/div
Balayage horizontal	1 ms/div
Offset (décalage vertical)	0 V

Paramètres	Valeurs
Période	....
Fréquence	....
Amplitude	....
Amplitude crête à crête	....
V_{moy}	....

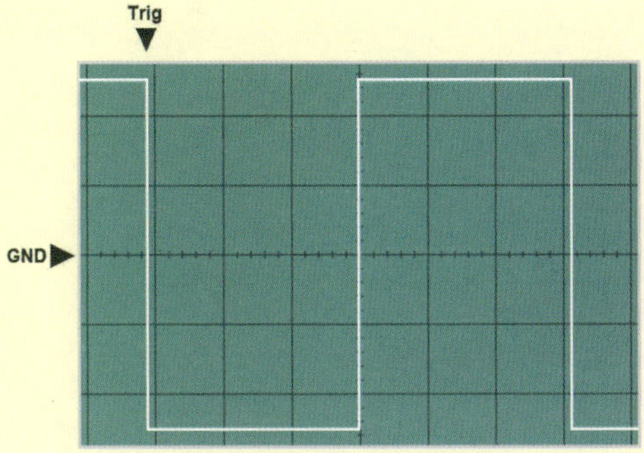

Paramètres	Valeurs
Amplitude verticale	1 V/div
Balayage horizontal	200 µs/div
Offset (décalage vertical)	0 V

Paramètres	Valeurs
Période	....
Fréquence	....
Amplitude	....
Amplitude crête à crête	....
V_{moy}	....

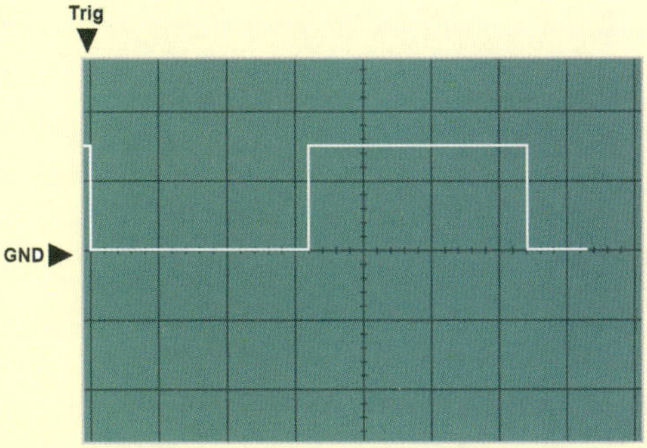

Paramètres	Valeurs
Amplitude verticale	2 V/div
Balayage horizontal	200 µs/div
Offset (décalage vertical)	0 V

Paramètres	Valeurs
Période	....
Fréquence	....
Amplitude	....
Amplitude crête à crête	....
V_{moy}	....

Exercice 4

Corrigé p. 165

Connaître sa position à tout moment

Un codeur incrémental (ou encodeur angulaire) est un dispositif le plus souvent associé à un actionneur rotatif pour connaître à tout moment la position angulaire, ici une roue de robot autonome de diamètre 5 cm. Le dispositif délivre un nombre d'impulsion par tour (ici 256 impulsion/tour soit pour 360°). La délivrance de deux signaux (canal A et B) décalé dans le temps permet de connaître le sens de rotation des moteurs si A est avant B ou si B est avant A.

(*L'impulsion est la durée de l'état haut de la période*).

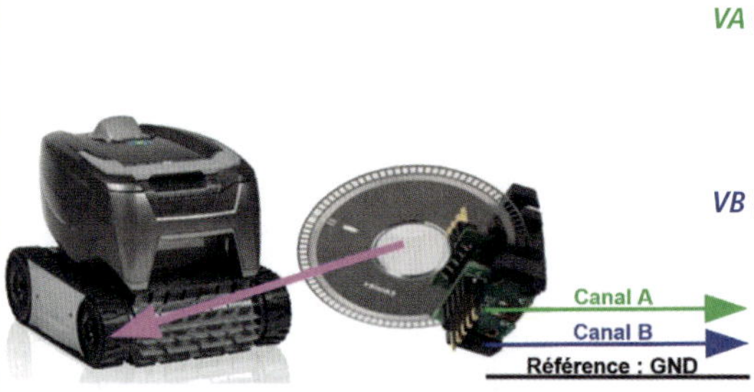

▲ Robot

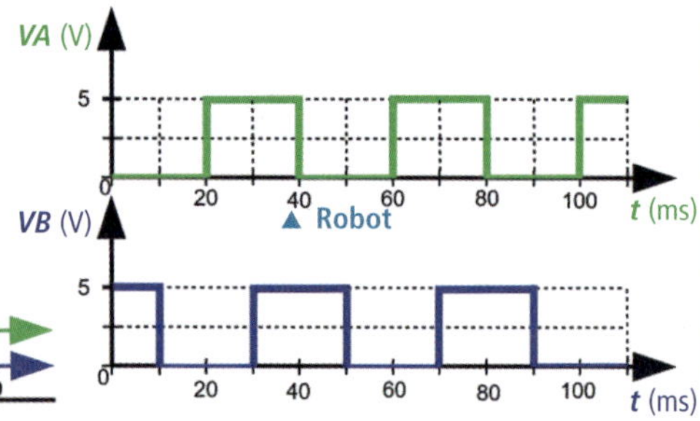

▲ Relevés des impulsions

1. Donner la période T_A du signal provenant du canal A.
2. La période T_B est-elle identique ?
3. En déduire, sur les relevés la fréquence des deux signaux de sortie du codeur incrémental.
4. En appliquant la formule du périmètre d'un cercle, déterminer la circonférence de la roue du robot.
5. On relève durant un déplacement 120 impulsions, calculer la distance parcourue.
6. À partir des valeurs relevées précédemment, calculer la vitesse de déplacement du robot.

On définit le déphasage angulaire de deux signaux par la formule : $\varphi = \frac{2\pi}{T} \Delta T$.

7. Mesurer l'écart temporel ΔT entre les deux signaux.
8. En déduire le déphasage φ en degrés et en radians.

Exercice 5

Corrigé p. 166

Exploitation de données d'un constructeur

Les domaines d'utilisation des capteurs d'humidité sont très variés, de l'agriculture à l'agro-alimentaire sans oublier les locaux et le confort des personnes, ils sont devenus indispensables dans le contrôle des paramètres atmosphériques.

On souhaite dans un premier temps exploiter les paramètres du capteur HCZ-J3, puis dans un deuxième temps l'émuler afin de régler un système de pilotage numérique pour le contrôle des paramètres climatiques d'une serre horticole.

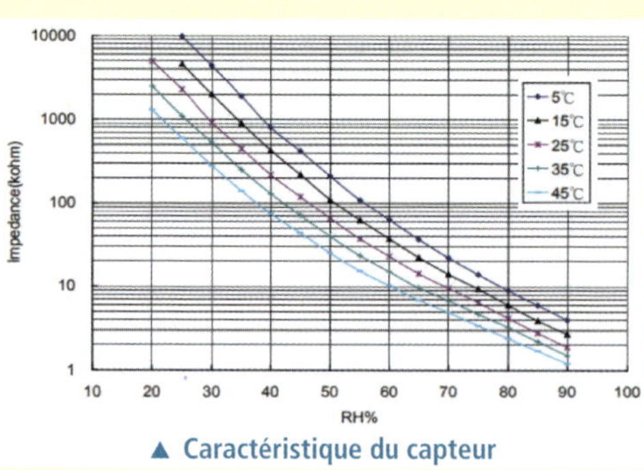

▲ Caractéristique du capteur

En France, plus de 15 000 hectares sont consacrés à la culture sous serre, générant un chiffre d'affaires de plus de 2 milliards d'euros et emploie l'équivalent de 17 000 personnes. Le développement de ce secteur est en constante augmentation.

1. En observant la caractéristique du capteur d'humidité, déterminer le type de capteur utilisé (inductif, capacitif, résistif).

2. La température intérieure de la serre horticole est de $T_i = 25$ °C. Relever sur la caractéristique du capteur la résistance pour une humidité de 70 %.

3. À humidité constante, comment évolue l'impédance (ici la résistance) en fonction de la température ?

4. On se place à une température de 25 °C. Indiquer la valeur minimum et maximum de la résistance R_{cap} du capteur en fonction des valeurs extrêmes d'humidité. Présenter les résultats sous la forme d'un encadrement mathématique.

5. Validation expérimentale : on décide d'émuler, c'est-à-dire de remplacer, le capteur par un élément résistif dont la résistance peut être ajustée manuellement pour un prototypage.

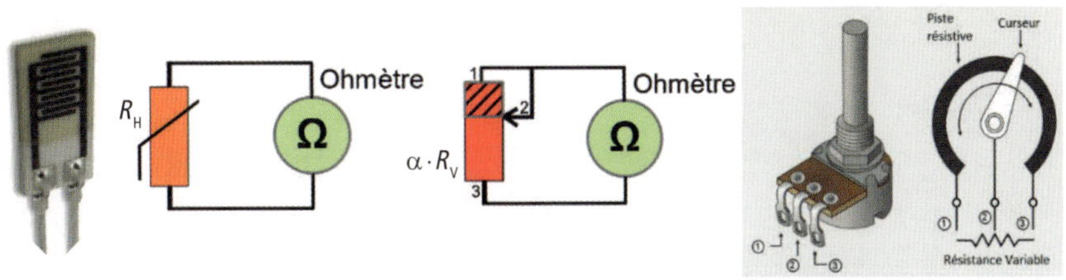

α : coefficient multiplicateur de la résistance totale R_V (α : un réel compris entre 0 et 1).

▲ **Schéma des branchements**

a) Relever sur la caractéristique, la résistance du capteur pour une humidité de 70 % à 25 °C.

b) En considérant une loi de variation linéaire de l'élément résistif, déterminer la valeur de α si le choix s'est porté pour $R_v = 1\ \text{M}\Omega = 1 \times 10^6\ \Omega$.

Le capteur d'humidité est maintenant mis en œuvre pour délivrer une tension afin de capter l'information de l'humidité dans la serre.

Circuit implanté dans la serre horticole

$$V_{cap1} = V_{cc}\frac{R_F}{R_F + R_H}$$

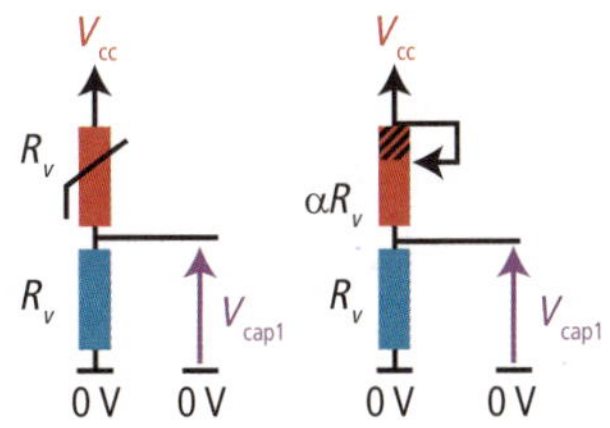

Circuit simulé pour des essais

$$V_{cap2} = V_{cc}\frac{R_F}{R_F + \alpha R_V}$$

c) Déterminer la valeur de V_{cap1} à 75 % d'humidité et pour $T = 25$ °C si $V_{cc} = 5$ V et $R_F = 100\ \text{k}\Omega$ à ± 1 %.

d) En déduire la valeur de αR_V pour ces mêmes conditions. Que peut-on dire de cette valeur ?

e) Pour cette plage d'humidité, le montage à résistance variable peut-il correctement émuler le capteur dans la plage allant de 30 % à 90 % d'humidité ? Justifier.

8 Traitement et transmission numérique de l'information

1 Traitement numérique de l'information

- **Les systèmes modernes de traitement et de transmission de l'information** traitent une information numérisée (c'est-à-dire composée de symboles simples « 0 » et « 1 » ou plus complexes).
- **Les symboles** « 0 » (0 V) et « 1 » (5 V, ou 3,3 V ou 2,5 V ou 1,25 V) sont des niveaux de tensions, on peut aussi les appeler « L » pour *Low* ou « H » pour *High*.
- **La succession de ces valeurs appelées *Binary Digit*** (ou bit) forme des messages ou mots binaires qui ont leur représentation dans des bases définies (base décimale : 10 symboles ; base hexadécimal : 16 symboles ; base binaire : 2 symboles, …).

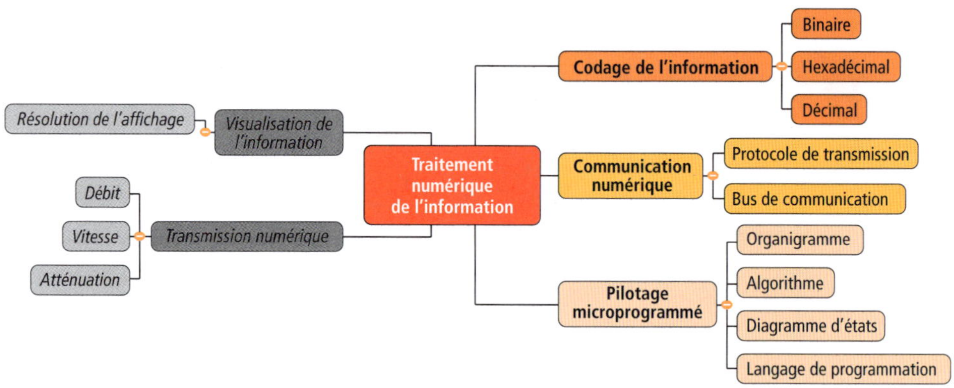

▲ Les différents traitements numériques de l'information

- Il est plus facile de traiter une information numérisée car sa nature discrète facilite son stockage, les opérations numériques et sa transmission.
- L'élément assurant la transition du domaine analogique au domaine numérique est le **Convertisseur Analogique Numérique (CAN)** :

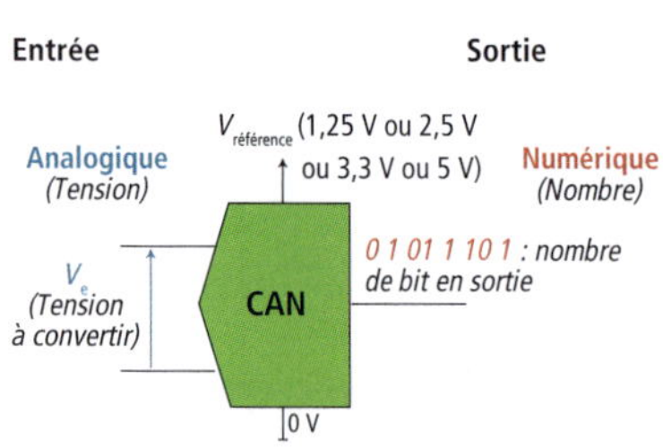

▲ Schéma du convertisseur

Exemple On veut numériser la tension provenant d'un capteur à l'aide d'un CAN. On a $n = 8$ bits et $V_{\text{référence}} = 5$ V.

1. On applique la règle du quantum : $q = \dfrac{V_{\text{référence}}}{2^n}$.
2. $q = 19{,}5$ mV.
3. Si à l'entrée V_e dépasse 19,5 mV alors la valeur de la sortie passe de 0000 0000 à 0000 0001.
Si $V_e = 1{,}34$ V alors $N = 0100\,0100$.

La sortie numérique traduit la valeur de la tension analogique provenant du capteur.

2 Décodage de l'information

A Changement de base de numération

• Le travail s'effectue sur les trois bases de numération : le décimal, le binaire et l'hexadécimal. Il s'agit de passer d'une base à l'autre par une technique de décomposition en utilisant éventuellement une table de correspondance.

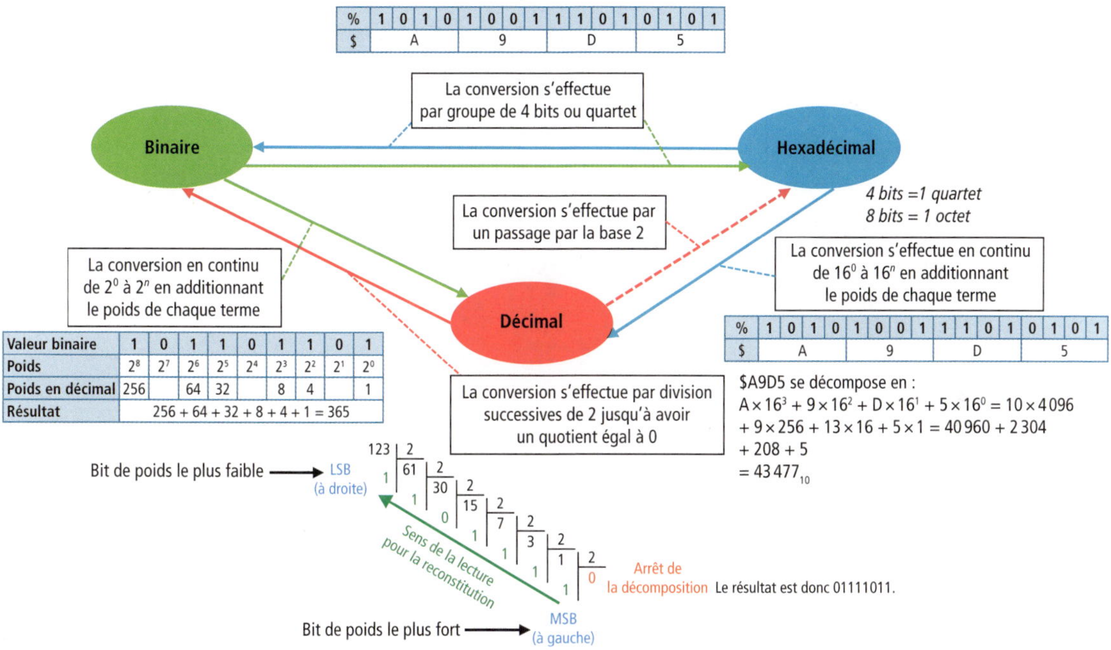

▲ Schéma des changements de base

• Le codage de l'information est une opération essentielle car elle permet de traduire le message binaire dans son domaine de traitement (par exemple convertir un mot binaire en valeur hexadécimale ou en valeur décimale).

• On note :

Valeur hexadécimale A9D5 en **base 16** :
$A9D5_{(16)}$ ou $A9D5_{(h)}$ ou $A9D5
ou 0x(A9D5) ;

Valeur binaire 1010100111010101 en **base 2** :
$1010100111010101_{(b)}$
ou $1010100111010101_{(2)}$
ou %1010100111010101 ;

Valeur décimal 123 en **base 10** :
123 ou $123_{(10)}$.

Base 16	Base 2	Base 10
0	0000	0
1	0001	1
2	0010	2
3	0011	3
4	0100	4
5	0101	5
6	0110	6
7	0111	7
8	1000	8
9	1001	9
A	1010	10
B	1011	11
C	1100	12
D	1101	13
E	1110	14
F	1111	15

▲ Table de correspondance

• **Les nombres signés** sont les nombres positifs ou négatifs. Le bit de poids fort représente le signe du nombre : « 0 », le nombre est positif, « 1 », il est négatif.

Définition

Bit de poids fort (MSB) : bit, dans une représentation binaire donnée, ayant la plus grande valeur (celui de gauche dans la représentation positionnelle habituelle, à droite pour le bit de poids faible).

Exemples

$(01001101)_{(2)}$ représente le nombre $77_{(10)}$.
$(11001101)_{(2)}$ représente le nombre $-51_{(10)}$ $(128 - 64 - 8 - 4 - 1 = 51)$.

B Correspondance des caractères – La table ASCII

MSB / LSB		0 000	1 001	2 010	3 011	4 100	5 101	6 110	7 111
0	0000	NUL	DLE	SP	0	@	P	`	p
1	0001	SOH	DC1	!	1	A	Q	a	q
2	0010	STX	DC2	"	2	B	R	b	r
3	0011	ETX	DC3	#	3	C	S	c	s
4	0100	EOT	DC4	$	4	D	T	d	t
5	0101	ENQ	NAK	%	5	E	U	e	u
6	0110	ACK	SYN	&	6	F	V	f	v
7	0111	BEL	ETB	'	7	G	W	g	w
8	1000	BS	CAN	(	8	H	X	h	x
9	1001	HT	EM	)	9	I	Y	i	y
A	1010	LF	SUB	*	:	J	Z	j	z
B	1011	VT	ESC	+	;	K	[	k	}
C	1100	FF	FS	,	<	L	\	l	|
D	1101	CR	GS	-	=	M	]	m	{
E	1110	SO	RS	.	>	N	^	n	~
F	1111	SI	US	/	?	O	_	o	DEL

Remarque

ASCII = *American Standard Code for Information Interchange*.

• **Le code ASCII permet de coder chaque caractère alphanumérique** y compris les caractères de contrôle comme le retour à la ligne (LF). Ce code est composé de 7 bits.

Exemple

Le caractère « D » s'écrit : 100 0100. Le caractère « 5 » s'écrit 011 0101.
Le caractère de contrôle « entrer » (CR) s'écrit : 000 1101.

C Décodage des trames numériques

• **Une trame** contient des **données** véhiculées sur un bus de communication. Elle est :
– précédée de l'**en-tête** (bits ou octets) ;
– suivie de bits ou d'octets de **contrôle** servant d'encapsulation pour assurer l'intégrité du message (donnée).

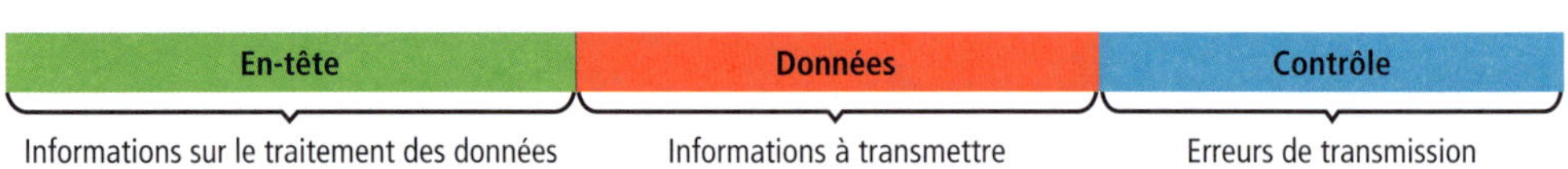

▲ Trame

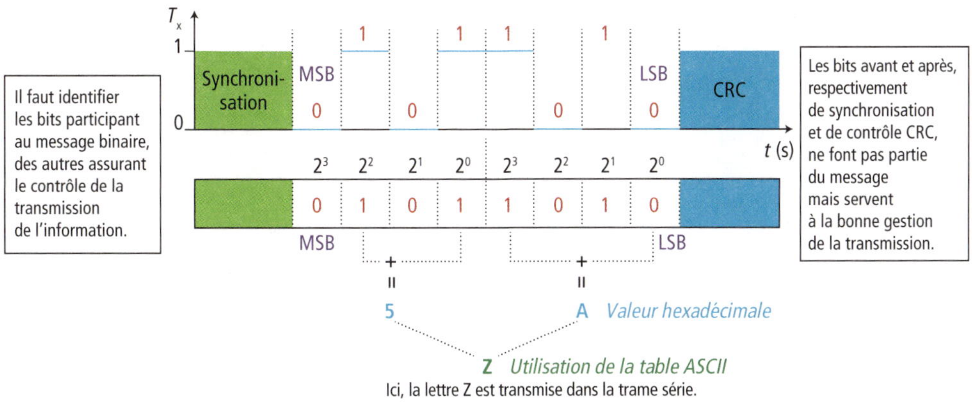

▲ Décodage d'une trame

• **Le décodage d'une trame** consiste à identifier le champ de données et appliquer le décodage de l'information pour en extraire de la valeur en binaire la valeur hexadécimale ou décimale. Dans ce cas, la communication véhicule les bits les uns derrière les autres, pour former un message. On parle alors de **communication série**.

Exemple La technologie ENOcean

EnOcean est une technologie domotique sans fil (utilisation du solaire, piézoélectrique, thermique) et sans pile qui se déploie chez les particuliers comme dans les buildings professionnels, elle permet une approche écologique, économique et durable.

Elle repose sur des normes internationales en particulier l'ISO/IEC 14543-3-10 (pour les applications basses consommations). Elle est interopérable c'est-à-dire capable de s'adapter à d'autres constructeurs fonctionnant avec le même protocole.

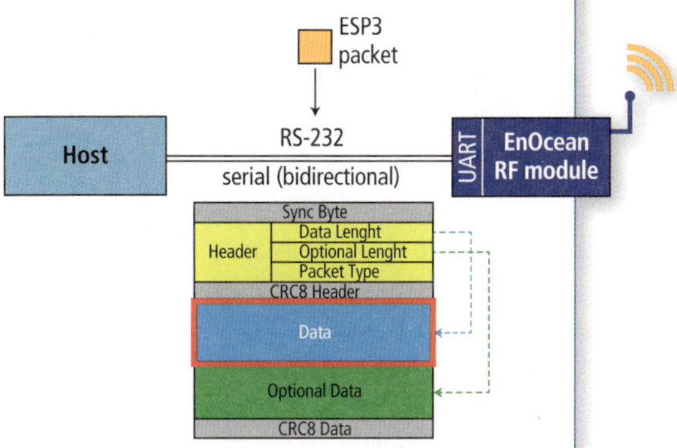

▲ Représentation des données de la trame

On s'intéresse ici à la donnée transmise (*Data*) encapsulée dans la trame.

La constitution de la trame de transmission repose en partie sur le formatage du protocole RS232.

Trame RS232 et protocole de transmission : dans le protocole RS232, la transmission du LSB (bit de poids le plus faible) s'effectue en premier, il faut inverser l'ordre des deux quartets pour pouvoir décoder la trame.

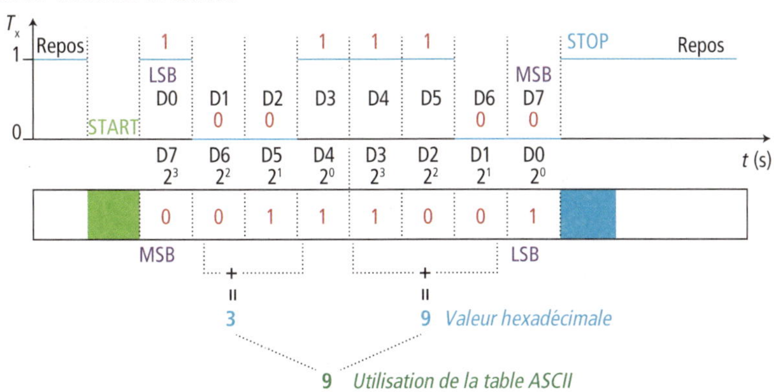

▲ Trame décodée

D Débit d'un canal de transmission

• **Le débit binaire *D*** est la quantité d'information émise par unité de temps par une source (en bit par seconde ou bps) :

$$D = \frac{1}{T_{\text{bit}}}.$$

On peut évaluer le débit en connaissant la quantité de bits à transmettre et la durée d'émission de la source :

$$D = \frac{N_{\text{octet}} \times 8}{T_{\text{transmission}}}.$$

avec N_{octet} : le nombre d'octet à transmettre et $T_{\text{transmission}}$: la durée de transmission en seconde (s).

Exemple La transmission de l'information en RFID

La technologie RFID (*Radio-Frequency Identification*) est basée sur différentes normes supportant des applications, des fréquences et des usages différents : de la traçabilité industrielle aux applications domestiques. Ses utilisations sont en très fortes progressions avec un marché estimé à plus de 23 milliards d'euros.

Parmi celles-ci, l'ISO14443, dite standard HF (Haute Fréquence), est utilisée pour des applications de faible distance de communication entre un lecteur RFID et des transpondeurs (Tag RFID). Dans ce cas, le Tag RFID produit sa propre alimentation à partir du champ magnétique de l'antenne l'émetteur. Durant le temps d'activation, le Tag RFID communique ses données.

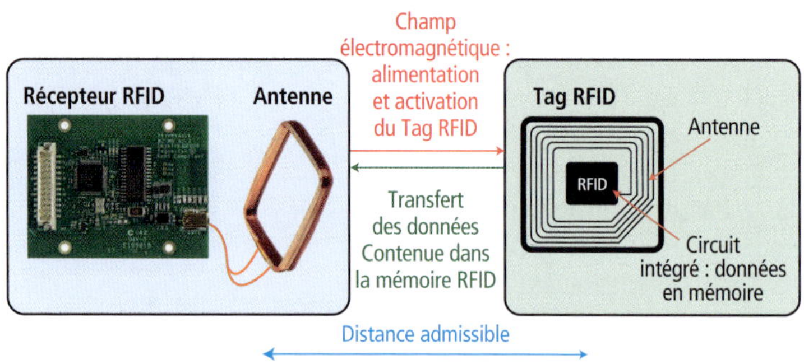

▲ Schéma des échanges

Pour la transmission RFID, une des modulations utilisées pour la transmission des données en espace libre est la modulation FSK (*Frequency Shift Keiying*) avec des mode F/8 = '0', F/10 ='1'. Le codage Manchester est utilisé pour coder les bits. L'ensemble de ces méthodes procure une grande immunité aux perturbations.

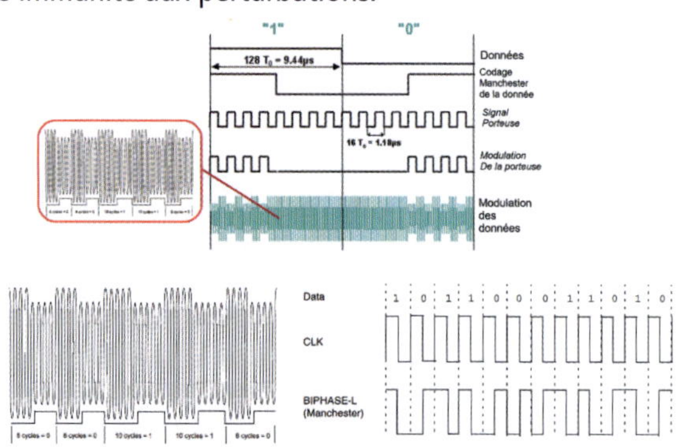

▲ Modulations des transmissions des données

Exercices d'entraînement

Exercice 1

Corrigé p. 167

Conversion et changement de base

1. Convertir les valeurs décimales suivantes en binaire.
a) 65 b) 200 c) 254 d) 350 e) 2000 f) 10000

2. Convertir les valeurs binaires non signées suivantes en décimal.
a) 1001100 b) 011010101 c) 110111101111
d) 1010101010101110 e) 10101010101010000011110

3. Convertir les valeurs décimales suivantes en hexadécimal.
a) 65 b) 200 c) 254 d) 350 e) 2000 f) 10000

4. Convertir les valeurs hexadécimales non signées suivantes en décimal.
a) 100 b) 5F3 c) ABCD d) FE80 e) 1CD45F f) FF0712AC

Exercice 2

Corrigé p. 167

Conversion binaire – hexadécimal

Séparer les mots binaires suivants en quartets et donner leur écriture hexadécimale.
a) 1001100 b) 011010101 c) 110111101111
d) 1010101010101110 e) 10101010101010000011110

Exercice 3

Corrigé p. 167

Conversion binaire – hexadécimal vers décimal

Calculer en décimal les valeurs signées 8 et 16 bits suivantes.
a) %10001101 b) $9C c) %01101111
d) $D31F e) %1100100110110101

Exercice 4

Corrigé p. 167

Conversion analogique / numérique

Le traitement d'un signal du capteur après son adaptation en tension doit être numérisé.
Le CAN (Convertisseur Analogique Numérique) est alimenté sous $V_{réf} = 3{,}3$ V et dispose de 8 bits de conversion.

1. Exprimer le quantum q en fonction de $V_{réf}$ et du nombre de bits de conversion n.

2. Compléter le tableau suivant :

Signal avant numérisation	Signal après numérisation		
V_{cond} (Volt)	V_{num} (Décimal)	V_{num} (Binaire)	V_{num} (Hexadécimal)
3,3	....	....	....
....	....	....	3F
....	....	1000 0000	....
1	77	....	....
....	....	0000 0001	....
0	....	0000 0000	....

3. On décide de changer de convertisseur pour obtenir plus de précision dans la conversion du signal capté. La tension de référence passe à $V_{ref} = 5$ V.
Effectuer les calculs et compléter le tableau suivant :

Plage de conversion (V)	0 – 5	0 – 5	0 – 5	0 – 5
Nombre de bit	8	10	12	16
Nombre de points	256	…………………	…………………	…………………
Quatum (mV)	19,5	…………………	…………………	…………………

4. Qu'apporte, en termes de précision, l'augmentation d'un bit de résolution pour le CAN ?

Exercice 5

Corrigé p. 168

Décodage de trames et vitesse de transmission

On considère la trame ci-dessous issue d'une transmission série ENOcean d'un anémomètre utilisant le protocole RS232. On représente ici uniquement la donnée transmise.

1. Décoder la trame et déterminer la valeur transmise en $m \cdot s^{-1}$.

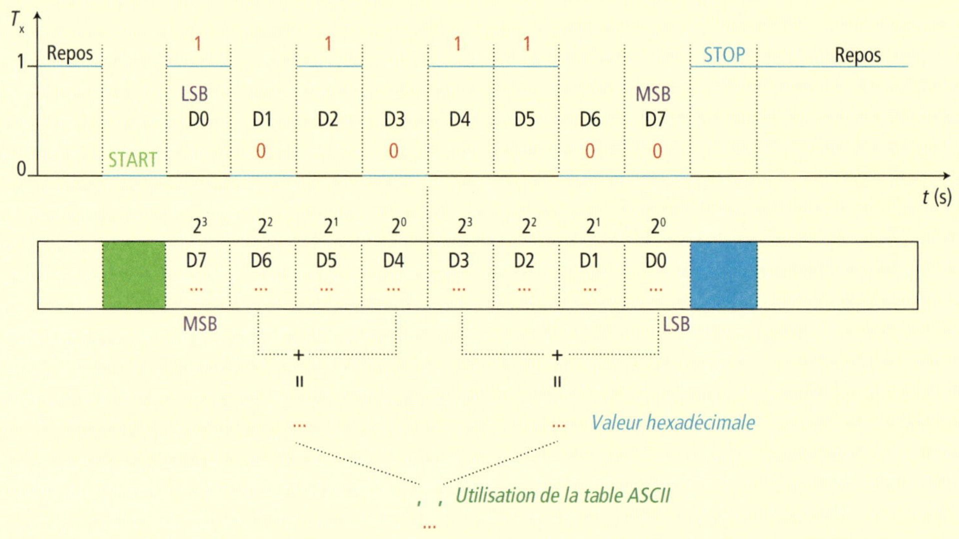

▲ Trame d'un anénomètre

2. Effectuer le même travail de décodage de la trame et déterminer la valeur transmise.

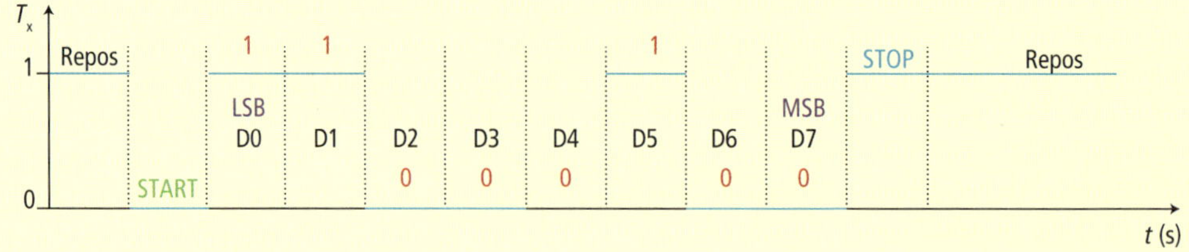

▲ Trame

Valeur hexadécimale	Valeur ASCII
Ox…	'.'

3. En considérant la durée d'un bit égale à 8 µs, déterminer le débit binaire.

4. En déduire la durée de transmission complète d'un message de 1 octet.

Exercice 6

Corrigé p. 168

Mise en œuvre d'un système RFID : gestion d'un parc de véhicules en libre utilisation

La gestion d'un parc de véhicules en libre utilisation met en œuvre la technologie RFID. Les puces passives fonctionnent en lecture seule. Les données transcrites ne sont plus modifiables après programmation, elles ne peuvent qu'être lues.

• Détection du badge, données relevées :

Monitor

Nr	Address	Length	Command	Parameters	Operation code	CRC
1	01	0B	03	01 08 E2 3E 06	FF	A1 F3
2	01	0B	03	01 08 E2 3C EF	FF	65 B9
3	01	0B	03	01 08 E2 3D 96	FF	E0 48
4	01	0B	03	01 07 EF 5D E6	FF	2F 05
5	01	0B	03	01 07 EF 6C 49	FF	D0 D0
6	01	0B	03	01 07 EF 4B BC	FF	3F B2

• Contenu des octets :

octet 1 : villes : Maubeuge (01), Aulnoye-Aymeries (02), …
octet 2 : véhicule non prioritaire (07), véhicule prioritaire (08).
octets 3, 4 et 5 : identification de l'utilisateur.

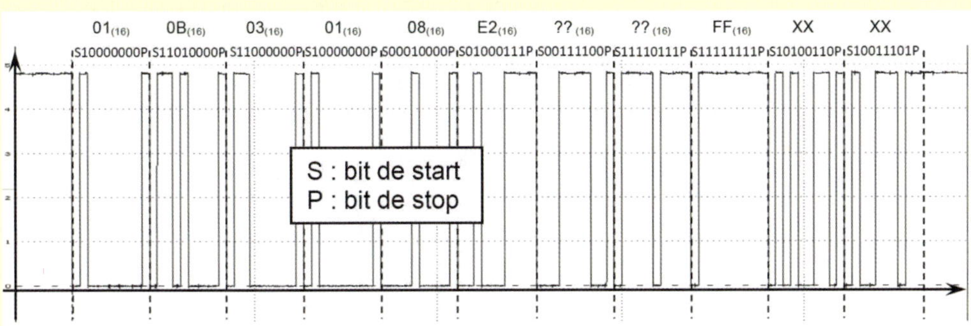

1. Déterminer le nombre d'octets transmis lors de la détection du badge.

2. Déterminer le nombre d'octets de données contenu dans le champ « *Parameters* ».

3. En analysant les données de la trame, identifier sur le tableau le numéro de la trame émise parmi les six.

4. En analysant les trames n° 3 et n° 4 du tableau, indiquer la signification du contenu des messages.

5. La communauté d'agglomération comprend 48 communes. Vérifier que l'encodage de cette donnée sur un octet est suffisant pour l'identification de ces communes.

9 Réseaux

Même si tous les éléments constituant les réseaux sont importants, il est primordial de comprendre comment les données sont organisées et transmises. Une fois l'architecture des éléments établie, leurs rôles matériel et logiciel sera associé à la donnée transmise.

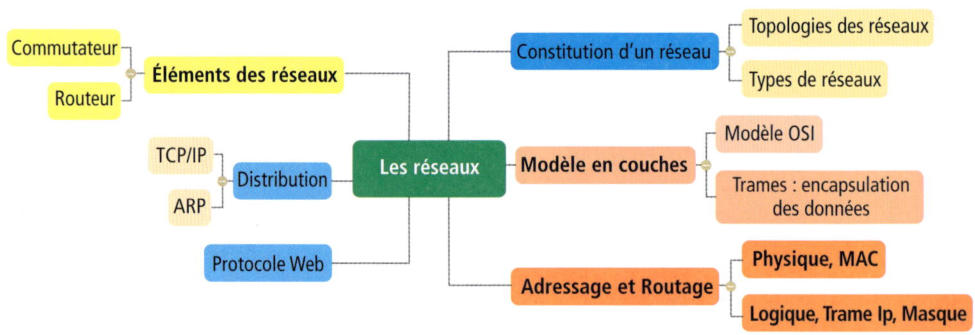

1 Constitution des réseaux

- **La topologie d'un réseau** est la connexion des différents éléments (émetteurs ou receveurs) d'information comme un ordinateur, une tablette, une imprimante ou tout autre objet communicant.
- On retrouve le plus couramment les topologies suivantes :

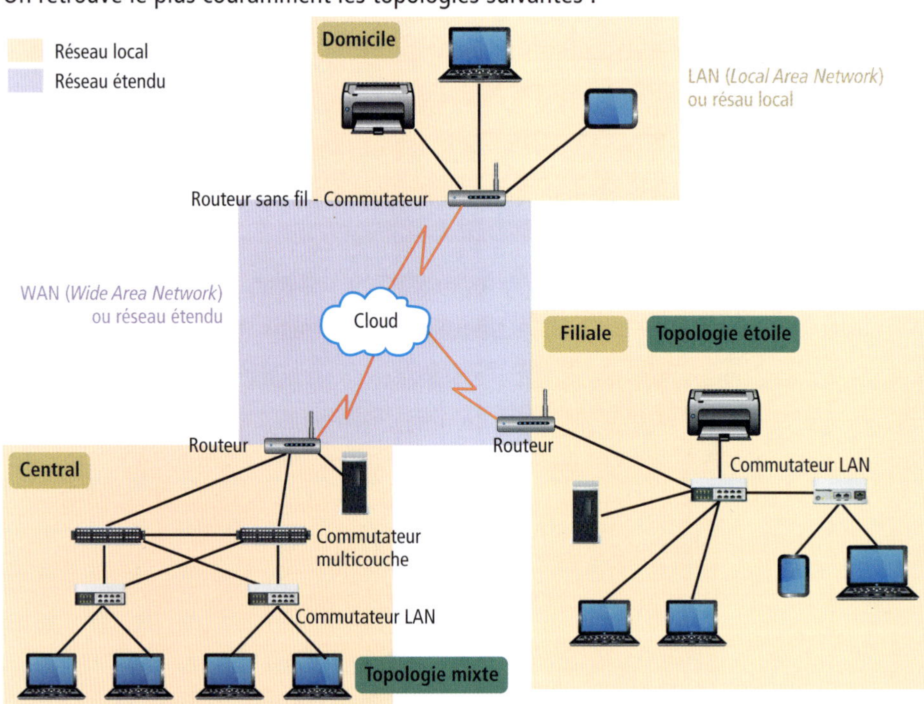

▲ Topologies des réseaux

Topologie en BUS	Topologie en ANNEAU	Topologie en ÉTOILE
Dans un bus, toutes les machines, ordinateurs et serveurs sont reliées au même dispositif de transmission constitué d'un câble. Le mot « Bus » désigne le tronc physique qui relie les nœuds.	Dans la topologie en anneau (*ring*), les éléments communiquent alternativement sur le réseau constitué d'un équipement appelé MAU (*Multisation Acces Unit*).	Dans une topologie en étoile (*star*), tous les nœuds sont reliés à un équipement appelé commutateur (*switch*). Il assure la communication entre tous les éléments interconnectés.
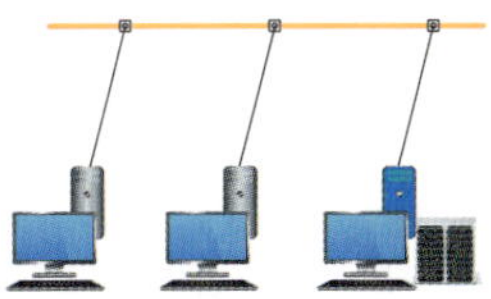		

2 Rôles et fonctionnements des éléments

A Le switch ou commutateur

Un switch ou commutateur réseau permet de connecter plusieurs équipements dans le même réseau. En analysant les trames numériques arrivant sur ses ports, il redirige l'information de l'émetteur vers le bon destinataire.

B Le routeur

Le routeur, en fonctionnant comme un répartiteur, sélectionne le meilleur chemin pour envoyer les informations sur le réseau. Son rôle est d'interconnecter les réseaux locaux entre eux, mais aussi avec l'extérieur (comme Internet), les réseaux pouvant être de technologies différentes (Ethernet, *Token Ring*...).

C Les câbles

La connectivité peut être filaire ou sans fil par Wifi.
Les câbles réseaux possèdent un connecteur dit RJ45.
La structure des connecteurs comme de l'organisation des conducteurs du câble peut être constituée d'un blindage métallique (aluminium) afin de réduire les perturbations électromagnétiques et augmenter ainsi le débit de données. On les classe en catégorie : CAT5e, CAT6, CAT6a, CAT7. Plus l'indice est élevé, plus le débit et/ou la distance de transmission des données sont élevés.

D La carte réseau

La carte réseau est un élément constitutif de l'ordinateur ou de l'élément communicant, permettant d'être relié physiquement aux équipements (avec un câble réseau possédant une terminaison RJ45) et d'interfacer logiciellement le transfert des données. Elle possède un numéro de série, ou adresse physique, appelé « adresse MAC » incluse dans les trames transmises. Elle est constituée de 48 bits ou 6 octets, du type (00:37:6C:E2:EB:63).

E Adresse MAC et adresse IP

• **L'adresse MAC** est l'adresse physique d'un équipement communicant, elle est unique et ne change jamais. Elle permet d'identifier le fabricant de l'appareil. Elle s'écrit avec 12 caractères alphanumériques.

Exemple

Identification du constructeur	Numéro de la carte réseau
B5-7D-94 -	DD-CD-48

• **L'adresse IP** permet d'identifier un appareil connecté à internet. Elle peut changer selon l'endroit d'où l'on se connecte. Elle est exprimée en décimal.
Une adresse IP peut être privée (cas d'un réseau local) ou publique c'est alors l'IP du routeur qui est en liaison avec le réseau public.
En mode DHCP, c'est le routeur (ou le serveur dédié) qui attribue l'adresse IP locale aux éléments de son réseau local.

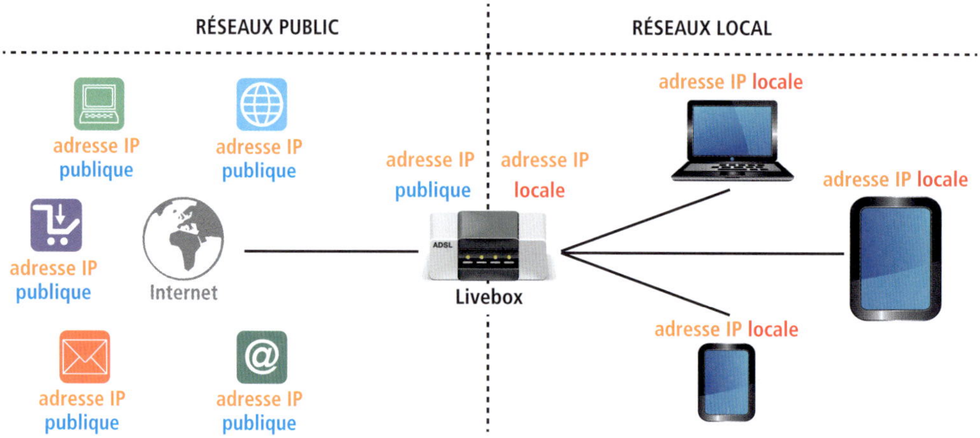

▲ Schéma des liaisons entre les adresses

• Le champ de l'adresse MAC (de la carte réseau) est transmis après encapsulation dans la trame Ethernet.

• **Les adresses privées** ne sont visibles que dans le réseau local. Elles ne sont pas visibles ou accessibles via une adresse internet.

• **Les plages d'adresses** sont les étendues d'adresses auxquelles on peut attribuer des équipements connectés. C'est une méthode d'attribution des mêmes adresses dans des réseaux locaux différents qui ne communiquent pas, pour économiser le nombre d'adresses.
Une plage à un début (première plage d'adresse) et une fin (dernière plage d'adresse). Dans cette étendue, on peut numéroter distinctement tous les équipements connectés.

Exemple

Deux adresses IP identiques appartenant à la même classe peuvent se trouver dans un très grand nombre de réseaux locaux distincts sans pour autant créer de conflit.
Cela permet de faire une économie dans la gestion des adresses.

• **Les classes d'adresse IP** sont des regroupements d'adresse qui permettent l'optimisation du cheminement des paquets dans les réseaux.

Exemple

Plage d'adresses et classes des IP privées.

Plage de début	Plage de fin	Classe	Masque sous-réseau par défaut
10.0.0.0	10.255.255.255 /8	A	255.0.0.0
172.16.0.0	172.31.255.255 /16	B	255.255.0.0
192.168.0.0	192.168.255.255 /24	C	255.255.255.0
224.0.0.0	239.255.255.255	D	(utilisée en multicast : visio conférence)
240.0.0.0	255.255.255.255	E	(utilisée pour expérimentations)

F Configuration des adresses dans un réseau local

Méthode de détermination du masque de sous-réseau

• La lecture d'une adresse IP seule ne permet pas d'avoir les informations sur le réseau et son hôte. **Le masque de sous-réseau** permet de séparer ces deux identificateurs à l'aide d'une opération logique binaire. Les adresses IP ou de masque sont le plus souvent exprimées en décimal.

Exemple

Soit une machine d'adresse IP 192.168.2.5, on lui associe le masque de sous-réseau 255.255.255.0.

Les trois premiers octets du masque sont à 1, donc la partie réseau de l'adresse est :

192.168.2 . 5

5 est ce qui permet d'identifier la machine au sein d'un réseau et ce qui donne le nombre de machine pouvant appartenir à ce réseau.

• **L'opération, avec un ET logique bit à bit réalisé avec des 1,** fait apparaître l'adresse IP et masque le numéro de l'hôte (machine dans le réseau) :

&	192.168.2.5	11000000	10101000	00000010	00000101	IP
	255.255.255.0	11111111	11111111	11111111	00000000	Masque
	=	11000000	10101000	00000010	00000000	
	Identificateur	Réseau			Hôte	

L'identificateur est la partie commune à toutes les machines d'un même réseau local.

Rappel

L'opération logique & bit à bit :

0 & 0 = 0
0 & 1 = 0
1 & 0 = 0
1 & 1 = 1

• **L'opération avec un ET logique bit à bit réalisé avec des 0** masque l'adresse IP et fait apparaître le numéro de l'hôte :

&	192.168.2.5	11000000	10101000	00000010	00000101	IP
	0.0.0.255	00000000	00000000	00000000	11111111	Masque
	=	00000000	00000000	00000000	00000101	
	Identificateur	Réseau			Hôte	

Constitution en sous-réseau et nombre d'hôtes

Un administrateur gère un réseau 192.44.78.0/24 et souhaite le décomposer en quatre sous-réseaux.

Méthode :

Il réserve les **deux premiers bits de l'identifiant machine-hôte** pour identifier ses nouveaux sous-réseaux.
Toute adresse IP d'un même sous-réseau aura donc **24 bits en commun** ainsi que les **deux premiers bits** identifiant le sous-réseau.

Remarque

/24 est une forme plus courte pour représenter le masque.
192.44.78.0/24 revient à écrire 192.44.78.0/255.255.255.0

Le masque de sous-réseau aura en valeur binaire :

11111111.11111111.11111111.11000000

Ce qui donne en décimal : **255.255.255.192**

Puisque les bits à 1 du masque suivant **11111111.11111111.11111111.11000000** n'altèrent pas les bits de l'adresse IP, alors les bits du masque de sous-réseaux seront identiques donc :

192.44.78.00XXXXXX ou 192.44.78.01XXXXXX ou 192.44.78.10XXXXXX ou 192.44.78.11XXXXXX

Seule la partie variable **XXXXXXXX** permettra de définir les sous-réseaux. Elle est constituée de 6 bits. Soit 2^6 adresses disponibles pour les machines de ce réseau.

Adresse du réseau	8 bits de poids faible du masque de sous-réseau	Adresse de début de sous-réseau	Adresse de fin de sous-réseau	Format d'écriture
192.44.78.__	0 0 0 0 0 0 0 0	192.44.78.**0**		**192.44.78.0/26**
	0 0 1 1 1 1 1 1		192.44.78.**63**	
	0 1 0 0 0 0 0 0	192.44.78.**64**		**192.44.78.64/26**
	0 1 1 1 1 1 1 1		192.44.78.**127**	
	1 0 0 0 0 0 0 0	192.44.78.**128**		**192.44.78.128/26**
	1 0 1 1 1 1 1 1		192.44.78.**191**	
	1 1 0 0 0 0 0 0	192.44.78.**192**		**192.44.78.192/26**
	1 1 1 1 1 1 1 1		192.44.78.**255**	

CIDR	Bits disponibles	Masque de sous-réseau	Nombre d'hôtes par sous-réseau
/8	24	**255.0.0.0**	$2^{24} - 2$ = 16 777 214
/16	16	**255.255.0.0**	$2^{16} - 2$ = 65534
/24	8	**255.255.255.0**	$2^{8} - 2$ = 254
/26	6	**255.255.255.192**	$2^{6} - 2$ = 62

/8 signifie 8 bits à 1, les (32 – 8) 24 suivants à 0 ; /24 signifie 24 bits à 1, les 8 suivants à 0.

G Trame Ethernet

Une trame Ethernet véhicule en en-tête les adresse matérielles MAC (source et destination) et les adresses IP (source et destination) puis les données utilisateur à transmettre.
On peut considérer les champs essentiels de l'extrait d'une trame Ethernet ci-dessous :

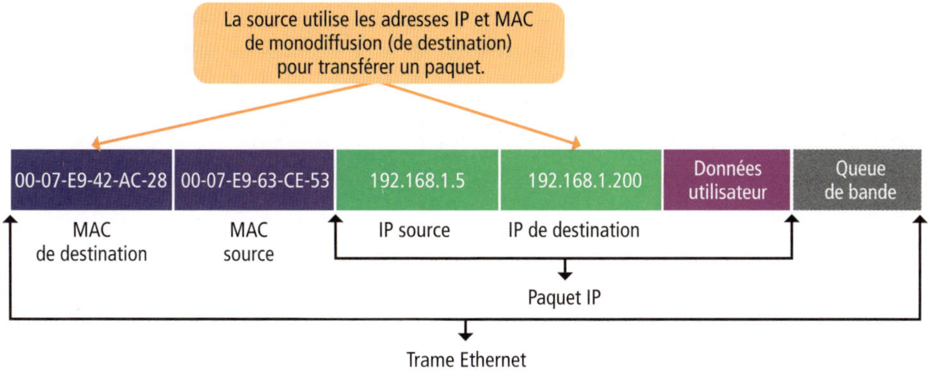

▲ Échange en monodiffusion

Exercices d'entraînement

Exercice 1

Corrigé p. 169

Rôles des éléments d'un réseau
Expliquer la différence entre le rôle d'un routeur et celui d'un commutateur de réseau.

Exercice 2

Corrigé p. 169

Identification des adresses
Identifier parmi ces adresses celles qui correspondent à une adresse MAC ou à une adresse IP, en complétant le tableau par une croix dans les cases.

Adresses	MAC	IP
B0:6E:BF:04:1A:2C		
192.168.1.2		
00:25:00:a2:55:06		
3A-34-53-C4-69-B9		
123.45.7.6		

Exercice 3

Corrigé p. 169

Identification des classes
Déterminer la classe des adresses suivantes et le masque de sous-réseau par défaut :

a) 10.12.125.1 b) 192.168.25.13 c) 172.25.0.2

Exercice 4

Corrigé p. 169

Identification de réseau

1. Déterminer à quel réseau parmi les suivants l'adresse 192.45.78.8/16 appartient-elle ?

a) 192.0.0.0 b) 192.45.0.0 c) 192.45.78.0 d) 192.45.45.0

2. De la même façon, déterminer à quel réseau parmi les suivants l'adresse 192.45.78.8/24 appartient-elle ?

a) 192.0.0.0 b) 192.45.0.0 c) 192.45.78.0 d) 192.45.45.0

Exercice 5

Corrigé p. 169

Nombre d'équipements dans un réseau

On identifie dans un réseau son masque, qui a pour valeur : 255.255.255.192.
Déterminer parmi les propositions suivantes le nombre d'équipements qui peuvent être implantés dans le réseau. Justifier la réponse.

a) 255 b) 192 c) 128 d) 62

Exercice 6

Corrigé p. 169

Décodage d'une trame Ethernet

On considère l'identification des champs dans la trame Ethernet suivante :

```
0000 00 d0 c9 17 09 61 00 0f b0 71 c4 c1 08 00 45 00    .....a.. .q....E.
0010 00 3b 18 9e 40 00 40 11 a0 b1 c0 a8 00 10 c0 a8    .;..@.@. ........
0020 00 02 80 0b 00 35 00 27 81 9b 9a 7a 01 00 00 01    .....5.' ...z....
0030 00 00 00 00 00 00 03 77 77 77 06 67 6f 6f 67 6c    .......w ww.googl
0040 65 02 66 72 00 00 01 00 01                         e.fr.... .
```

On donne :

Exemple de trame Éthernet :

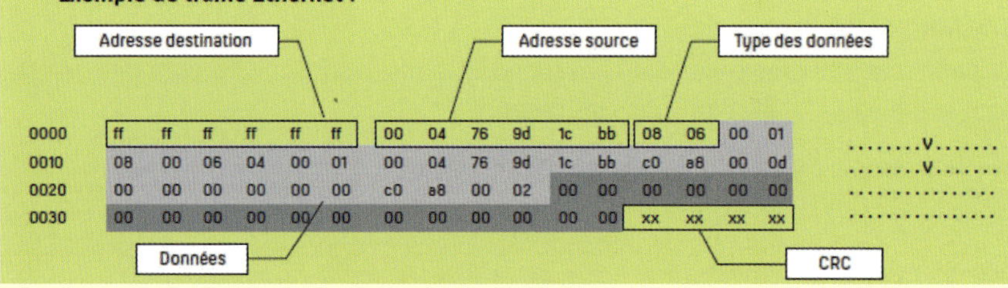

À partir de ces éléments, déterminer les champs « Source », « Destination », « Protocole transporté » du relevé suivant (*le champ CRC n'est pas présent*) :

Préambule :	7 octets égaux à 10101010 + 1 octet égal à 10101011
Adresse destination :	codée sur 48 bits (FF:FF:FF:FF:FF:FF pour diffusion)
Adresse source :	codée sur 48 bits
Type des données :	identification du protocole couche supérieure (0x0800 pour IP, 0x0806 pour ARP…)
Données :	données de la couche supérieure
Bourrage :	la longueur minimale d'une trame Éthernet est de 64 octets (hors préambule). Si les données ont une longueur inférieure à 46 octets, le champ bourrage est utilisé

CORRIGÉS

CHAPITRE 1 (Énoncés p. 77)

1 1. Oui, la pièce va rester déformée car la contrainte qu'elle subit est supérieure à la limite élastique du matériau → 435 MPa > 300 MPa.

2. Non, la pièce ne va pas casser, car la contrainte qu'elle subit est inférieure à la valeur de la contrainte mécanique R_m du matériau → 435 Mpa < 500 MPa.

2 1. Surface de la section de la barre cylindrique : $S = \pi \times 4^2 = 50{,}24$ mm².

2. $F = \text{masse} \times g = 200 \times 10 = 2\,000$ N.

3. $\sigma = \frac{F}{S} = \frac{2\,000}{50{,}24} = 39{,}8$ MPa.

4. Non, la barre ne va pas rester déformée car la contrainte maximale dans la barre est inférieure à la limite élastique du matériau → 39,8 MPa < 50 MPa.

3 L'acier de construction est plus rigide car la valeur de son module de Young est supérieure à celui de la fonte → 210 GPa > 130 GPa.

4 1. La caractéristique importante pour l'étape de fabrication par emboutissage des canettes est la ductilité.

2. Le verre est un matériau fragile. Il se rompt brutalement lorsque sa déformation maximale, c'est-à-dire sa limite élastique, est dépassée.

3. La caractéristique recherchée à travers l'utilisation du polycarbonate pour les lunettes de sport est sa résilience, c'est-à-dire sa capacité à résister aux chocs.

5 1. Le matériau le plus léger est le bambou.

2. Le matériau le plus lourd est l'acier inoxydable.

3. Le matériau avec la plus grande limite élastique est l'alliage de titane. Sa valeur moyenne est de 1 000 MPa.

4. Le matériau avec la plus petite limite élastique est le bambou. Sa valeur moyenne est de 40 MPa.

5. Il s'agit des composites renforcés de fibre de carbone car ce sont les plus léger des matériaux proposés, avec une limite élastique supérieure à 600 MPa.

6 Le PTFE est le matériau dont la valeur du coefficient de frottement est la plus faible. Il offrira donc un frottement minimal avec l'arbre en acier.

7 Le pin et le châtaignier sont trop tendres pour un usage intensif dans une boutique de prêt-à-porter. Des marques apparaîtraient rapidement sur la surface des lames. L'iroko et le wengé offrent une dureté supérieure mais ces essences exotiques ne sont pas cultivées en Europe. Le chêne est donc à préconiser. Cultivé de manière durable et responsable en Europe, sa dureté lui permettra de résister à des passages intensifs.

8 1. La résine polyester est une résine plastique thermodurcissable, issue de la chimie et des produits pétroliers. Associée à la fibre de verre, elle forme un matériau composite très résistant, mais non recyclable. Ces matériaux sont, de plus, hautement toxiques.

2. La fibre de lin est un matériau 100 % naturel issu d'une plante.
La résine est d'origine végétale et biosourcée, c'est-à-dire qu'elle contient plus de 56 % de carbone qui est sourcé à partir de matières renouvelables végétales, le niveau le plus haut sur le marché. C'est une formule époxy offrant un impact limité sur l'environnement et adapté aux méthodes de production plus vertes.

CHAPITRE 2

(Énoncés p. 86)

1 **1.** La liaison normalisée entre le hanger et l'embase est la liaison rotule.

2. Le contact entre le kingpin et la gomme est de nature cylindrique.

3. La liaison obtenue par association entre le hanger et l'embase est la liaison partielle, élastique, démontable, indirecte en raison de la présence de la gomme élastique.

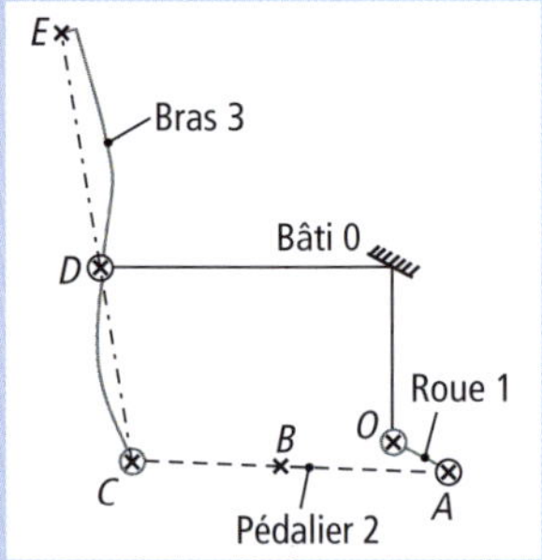

2 **1.** Voir ci-contre.

2. La trajectoire est le cercle de centre O et de rayon $[OA]$.

3. La trajectoire est le cercle de centre D et de rayon $[DC]$.

4. Le mouvement est un mouvement plan (car il y a modification de l'orientation de CA).

5. Le point B appartenant à la pédale a un mouvement vers l'avant du vélo ainsi qu'un mouvement vers le haut ce qui correspond aux fonctionnalités annoncées.

3 **1.** Liaison entre l'hélice et le châssis du drone : liaison pivot d'axe $(A, \vec{z})$.

2. Graphe des liaisons du mécanisme :

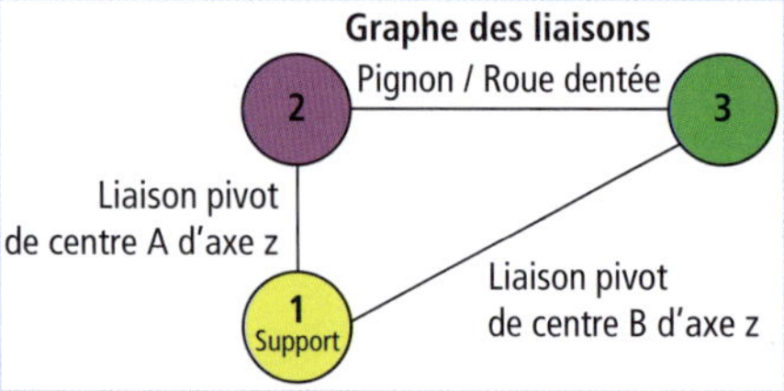

3. Tableau des mouvements associé : $Mvt_{\text{hélice/châssis}} : \begin{bmatrix} 0 & 0 \\ 0 & 0 \\ 0 & R_z \end{bmatrix}$.

CHAPITRE 3

(Énoncés p. 94)

1 **1.** On identifie quatre actions mécaniques :

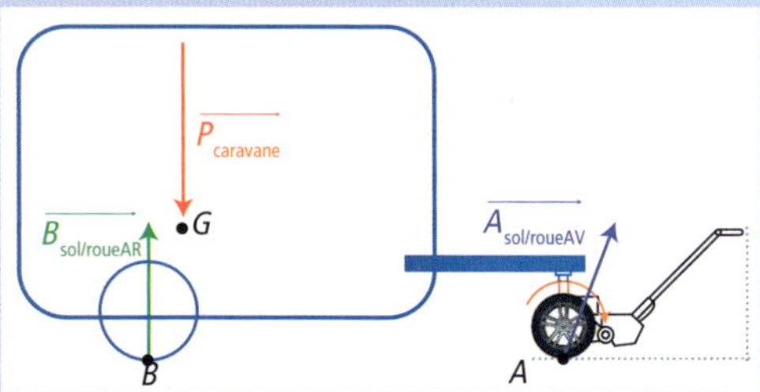

- une action à distance, le poids : $\overrightarrow{P_{caravane}}$
- deux actions mécaniques de contact : $\overrightarrow{A_{sol/roueAV}}$ avec frottement et $\overrightarrow{B_{sol/roueAR}}$
- l'action du trolley : couple moteur sur l'essieu de la roue avant. $\overrightarrow{C_{mot/roueAV}}$

Les composantes verticales des actions en A et B s'opposent au poids. Dans cette configuration l'ensemble n'est pas en équilibre statique, il se déplace vers l'avant.

2. On identifie trois actions mécaniques :

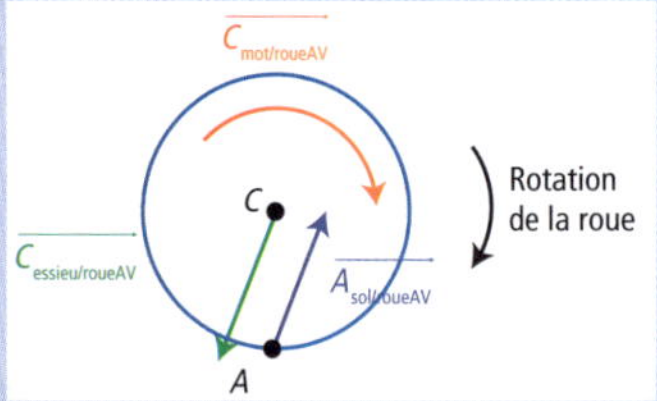

- deux actions mécaniques de contact : $\overrightarrow{A_{sol/roueAV}}$ et $\overrightarrow{C_{essieu/roueAV}}$
- le couple moteur du mécanisme $\overrightarrow{C_{mot/roueAV}}$ (qui est un moment autour de C)

L'action $\overrightarrow{A_{sol/roueAV}}$ est due au couple moteur, elle est inclinée par rapport au plan horizontal et orientée de manière à s'opposer au glissement de la roue par rapport au sol.

2 1. Graphe des liaisons du mécanisme ci-contre. Chaque classe d'équivalence est représentée par une bulle.
Chaque liaison par un trait (noir).
Les intersections de l'ellipse avec le graphe permettent d'identifier les actions agissant sur l'ensemble isolé.

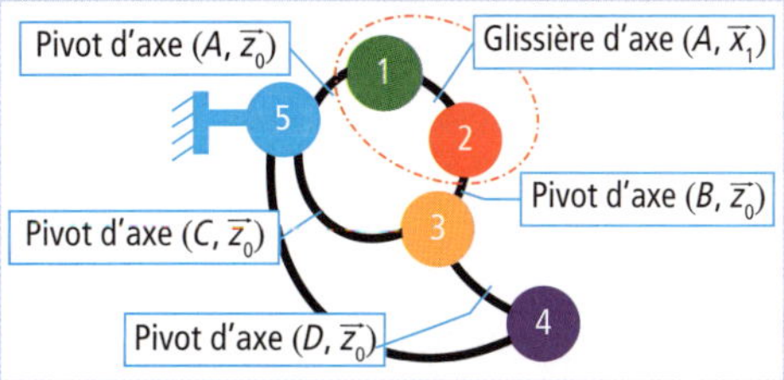

Liaison pivot en A : $\{T_{5\to1}\} = {}_A\begin{Bmatrix} X_A & L_A \\ Y_A & M_A \\ Z_A & 0 \end{Bmatrix}_{B1}$ et liaison pivot en B : $\{T_{3\to2}\} = {}_B\begin{Bmatrix} X_B & L_B \\ Y_B & M_B \\ Z_B & 0 \end{Bmatrix}_{B1}$.

L'action due à la liaison glissière entre 1 et 2 est intérieure au système isolé.

Le système est soumis à 2 forces, en appliquant le PFS, on a $\overrightarrow{F_{5\to1}} = -\overrightarrow{F_{3\to2}}$;

La direction des forces est la droite passant par les points d'application c'est à dire (AB).

3. Nouveau graphe en considérant le frottement sur la vitre en *I* ci-contre :
Bilan des actions mécaniques sur {3,4} :

Liaison pivot en B : $\{T_{2\to3}\} = {}_B\begin{Bmatrix} -X_B & -L_B \\ -Y_B & -M_B \\ -Z_B & 0 \end{Bmatrix}_{B0}$

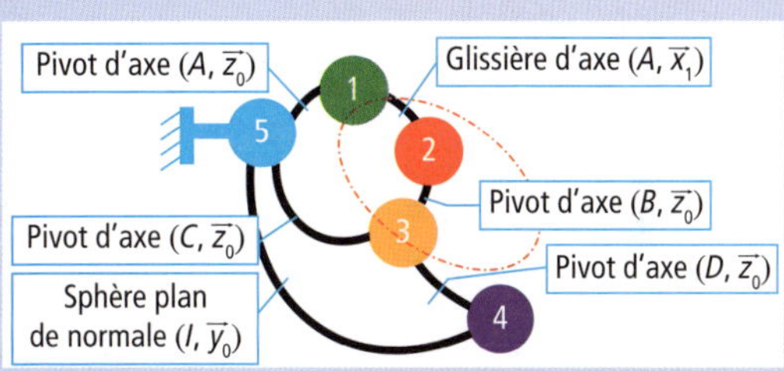

Liaison pivot en C : $\{T_{5\to3}\} = {}_C\begin{Bmatrix} X_C & L_C \\ Y_C & M_C \\ Z_C & 0 \end{Bmatrix}_{B0}$

Liaison ponctuelle en I : $\{T_{0\to4}\} = {}_I\begin{Bmatrix} X_I & L_I \\ Y_I & M_I \\ Z_I & 0 \end{Bmatrix}_{B0}$

La composante X_I est dans la plan tangent au contact. Elle est due au frottement.

Le système est soumis à 3 forces.

3 1. $F = 136 \times 9{,}81 = 1\ 334$ N.

2. La manivelle est soumise à de la flexion et de la torsion.

3. La contrainte maximale est de 374,4 MPa.

4. La déformation maximale est de 0,83 mm.

5. La conception de la manivelle ne peut pas être validée car la valeur de la contrainte maximale (374,4 MPa) est supérieure à la limite élastique du matériau ($R_e = 275$ MP).

4 1. $F = mg = 75 \times 10 = 750$ N.

2. Le plateau est soumis à de la flexion.

3. Zone de contrainte maximale pour chacun des plateaux :

Résultats Géométrie 1

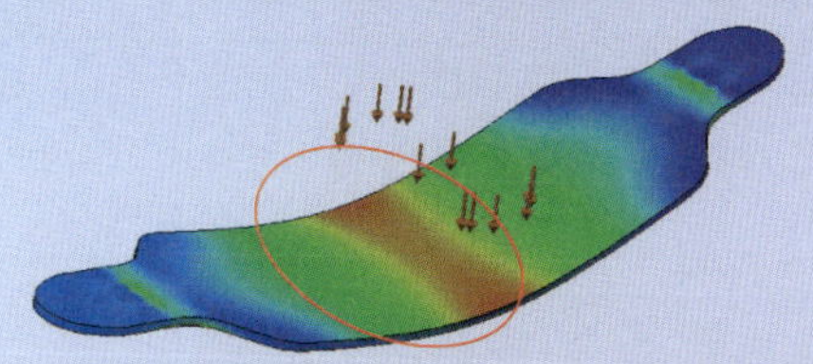

Résultats Géométrie 2

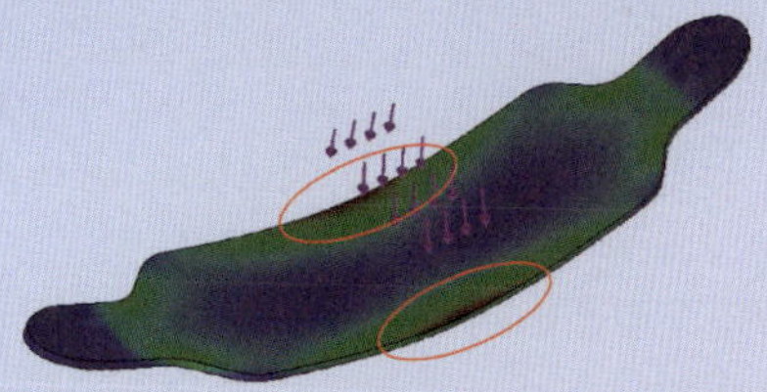

4. La géométrie 2 avec une contrainte maximale de 267,9 MPa.

5. La géométrie 2 avec une déformation maximale de 8,9 mm.

6. La géométrie 2 car la déformation maximale (8,9 mm) est inférieure à la valeur maximale imposée par le cahier des charges (9 mm).

CHAPITRE 4

(Énoncés p. 100)

1 L'énergie consommée $E = P \times \Delta t$ avec $P = 2\,500$ W et $\Delta t = 50$ min donc :

$$\Delta t = 50 \times 60 = 3\,000 \text{ s} \,;\, E = P \times \Delta t = 2\,500 \times 3\,000 = 7{,}5 \text{ MJ} = 2{,}08 \text{ kWh}.$$

2 1. L'énergie journalière E_j consommée par l'ordinateur vaut :

$E_j = (P_{uc} + P_{ec}) \times \Delta t$ avec $P_{uc} = 155$ W ; $P_{ec} = 60$ W ; $\Delta t = 7$ h 45 min donc :

$$\Delta t = 7 + \frac{45}{60} = 7{,}75 \text{ h} \,;\, E_j = (155 + 60) \times 7{,}75 = 1{,}666 \text{ Wh}.$$

2. Coût annuel $= 0{,}18 \times 1{,}666 \times 365 = 109{,}45$ €.

3 1. La puissance mécanique pour un mouvement de translation vaut :

$P_v = F \times V \times \cos \alpha$ avec $\alpha = \left(\widehat{\vec{F}, \vec{V}}\right) = 0$ donc $P_v = 1\ 100 \times 0{,}015 \times 1 = 16{,}5$ W.

2. L'énergie fournie vaut : $E_v = P_v \times \Delta t$ avec :

$$\Delta t = \frac{d}{V} = \frac{200}{15} = 13{,}3 \text{ s} \text{ donc } E_v = 16{,}5 \times 13{,}3 = 220 \text{ J}.$$

4 1. La puissance mécanique pour un mouvement de rotation est :

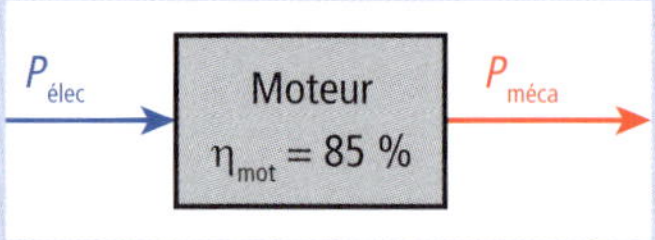

$P_{méca} = C \times \Omega$ avec $C = 24$ Nm et $= \dfrac{2\pi N}{60} = \dfrac{2\pi \times 1450}{60} = 151{,}8$ rad.s^{-1}

$P_{méca} = C \times \Omega = 24 \times 151{,}8 = 3\,644$ W.

2. Le rendement $= \dfrac{P_{utile}}{P_{absorbée}} = \dfrac{P_{méca}}{P_{élec}} \Rightarrow P_{absorbée} = P_{élec} = \dfrac{P_{méca}}{\eta} = \dfrac{3\,644}{0{,}85} = 4\,287$ W $= 4{,}29$ kW.

5 1. Pour soulever la charge, le treuil fournit un effort vertical vers le haut qui s'oppose au poids $F = M \times g = 1\,000 \times 9{,}81 = 9\,810$. $N = 9{,}81$ kN, la vitesse $V = \dfrac{11{,}4}{60} = 0{,}19 \text{ m} \cdot \text{s}^{-1}$ est verticale vers le haut donc $\alpha = \left(\widehat{\vec{F}, \vec{V}}\right) = 0$.

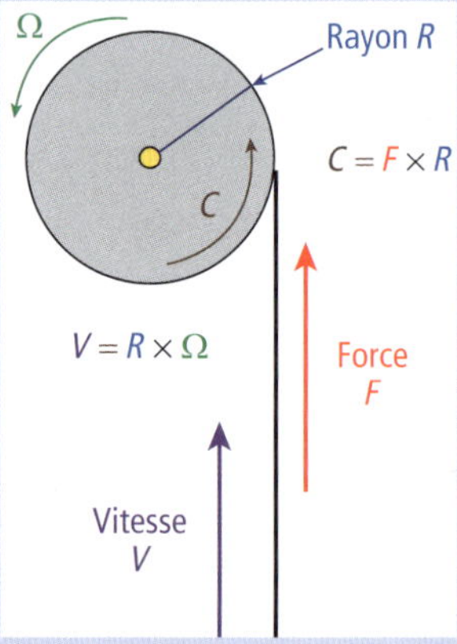

$P_{ch} = M \times g \times V \times \cos\alpha = 1\,000 \times 9{,}81 \times 0{,}19 \times 1 = 1\,864$ W.

2. Le rayon du tambour $R = \dfrac{D}{2} = 0{,}09$ m donc la vitesse de rotation vaut : $\Omega_{tamb} = \dfrac{V}{R} = \dfrac{0{,}19}{0{,}09} = 2{,}11 \text{ rad} \cdot \text{s}^{-1}$.

Le couple vaut : $C_{tamb} = F \times R = 9810 \times 0{,}09 = 882{,}9$ Nm.

3. $K = \dfrac{N_{tamb}}{N_{mot}} = \dfrac{\Omega_{tamb}}{\Omega_{mot}} = \dfrac{1}{70}$ soit $\Omega_{mot} = \Omega_{tamb} \times 70 = 2{,}11 \times 70 = 147{,}7 \text{ rad} \cdot \text{s}^{-1}$.

4. Le rendement du tambour $\eta_{tamb} = \dfrac{P_{ch}}{P_{réd}} \Rightarrow P_{réd} = \dfrac{P_{ch}}{\eta_{tamb}} = \dfrac{1864}{0{,}95} = 1\,962$ W.

Le rendement du réducteur $\eta_{réd} = \frac{P_{réd}}{P_{mot}} \Rightarrow P_{mot} = \frac{P_{réd}}{\eta_{réd}} = \frac{1962}{0{,}9} = 2\,180$ W.

Le rendement du moteur $\eta_{mot} = \frac{P_{mot}}{P_{élec}} \Rightarrow P_{élec} = \frac{P_{mot}}{\eta_{mot}} = \frac{2\,180}{0{,}802} = 2\,718$ W.

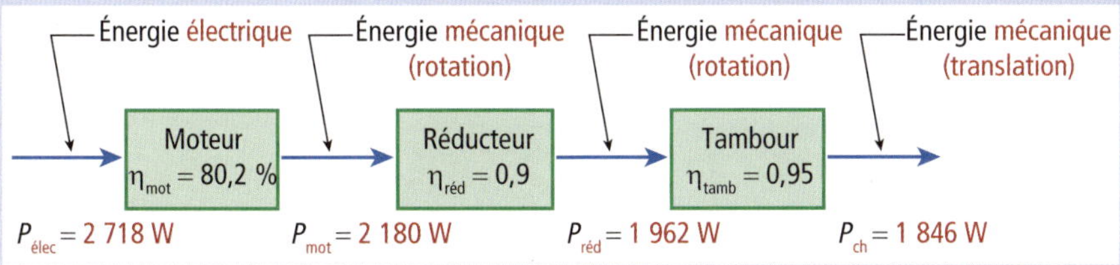

6 **1.** La puissance fluidique des courants marins à l'entrée de l'hélice vaut :

$$P_{fluide} = \frac{1}{2} A \rho V^3 \quad \text{avec } A : \text{l'aire balayée par l'hélice.}$$

$A = \pi \times \left(\frac{D}{2}\right)^2 = \pi \times \frac{D^2}{4} = \pi \times \frac{10^2}{4} = 78{,}5\ \text{m}^2$; $\rho = 1\,029\ \text{kg}\cdot\text{m}^{-3}$ masse volumique de l'eau de mer et $V = 3{,}5\ \text{m}\cdot\text{s}^{-1}$ la vitesse des courants.

$$P_{fluide} = \frac{1}{2} A V^3 = \frac{1}{2} \times 78{,}5 \times 1029 \times 3{,}5^3 = 1{,}73\ \text{MW}.$$

7 **1.** L'aire $A = \pi \times R^2_{hélice}$; $R_{hélice} = \frac{D_{hélice}}{2} = \frac{1{,}150}{2} = 0{,}575$ m

soit $A = \pi \times 0{,}575^2 = 1{,}039\ \text{m}^2$.

2. $V = 45\ \text{km}\cdot\text{h}^{-1} = \frac{45\,000}{3\,600} = 12{,}5\ \ \text{m}\cdot\text{s}^{-1}$;

$P_{aérau} = \frac{1}{2} A \rho V^3 = \frac{1}{2} \times 1{,}039 \times 1{,}2 \times 12{,}5^3 = 1\,218$ W ;

3. $P_{méca} = C_p \times P_{aérau} = 0{,}37 \times 1\,218 = 451$ W.

4. $\eta_{géné} = \frac{P_{alter}}{P_{méca}} \Leftrightarrow P_{alter} = \eta_{géné} \times P_{méca} = 0{,}93 \times 451 = 419$ W.

5. $\eta_{conv} = \frac{P_{conv}}{P_{alter}} \Leftrightarrow P_{conv} = \eta_{conv} \times P_{alter} = 0{,}95 \times 419 = 398$ W.

6.

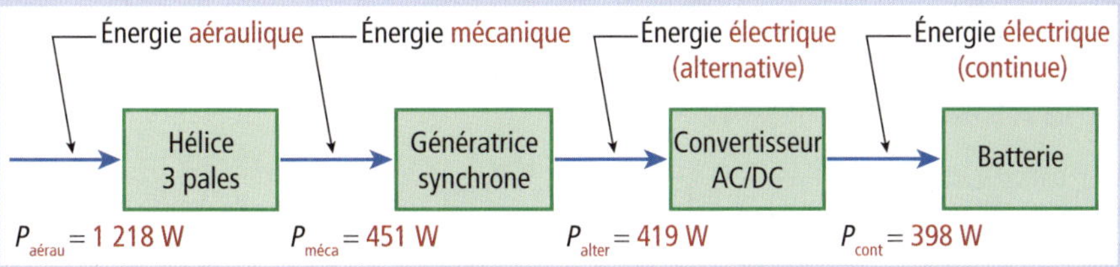

8 La puissance thermique fournie par la chaudière : $P_{therm} = C_{\rho\_eau} \times \Delta T \times q_m$

avec $q_m = q_v \times \rho_{eau} = 0{,}024 \times 10^3 = \frac{24}{60} = 0{,}4\ \text{kg}\cdot\text{s}^{-1}$; $\Delta T = T_1 - T_2 = 70 - 43 = 27$ K.

$$P_{therm} = C_{\rho\_eau} \times \Delta T \times q_m = 4{,}18 \times 27 \times 0{,}4 = 45{,}1\ \text{kW}.$$

9 **1.** La puissance électrique en courant alternatif monophasé est $P_{élec} = U \times I \times F_p$. Le circuit étant résistif $F_p = 1$ soit $P_{élec} = 230 \times 8,7 \times 1 = 2$ kW.

2. La chaleur mise en jeu est une chaleur sensible (l'huile reste liquide) soit :
$E_{th} = m_{huile} \times C_{p\_huile} \times (\theta_f - \theta_i)$ avec
$m_{huile} = \rho_{huile} \times V_{huile} = 880 \times 0,025 = 22$ kg
$E_{th} = 22 \times 2\,000 \times (55 - 13) = 1\,848$ kJ.

Remarque

La variation de température peut s'exprimer soit en kelvin (K) soit en degrès Celsius (°C) car
$T_f = \theta_f + 273,15$ et $T_i = \theta_i + 273,15$
donc $T_f - T_i = \theta_f - \theta_i$.

3. Toute l'énergie électrique s'est transformée en énergie thermique donc

$$E_{th} = P_{élec} \times T_{chauf} \Rightarrow T_{chauf} = \frac{E_{th}}{P_{élec}} = \frac{1\,848\,000}{2\,000} = 924 \text{ s.}$$

Le temps de chauffe est de 15 min 24 s.

10 **1.** La puissance électrique en courant continu est $P_{élec} = U \times I = 12 \times 0,4 = 4,8$ W.

2. L'énergie électrique nécessaire est de : $E_{batt} = P_{élec} \times \Delta t = 4,8 \times 12 = 57,6$ Wh $= 207,36$ kJ.

11 **1.** La surface $S_{PV} = 0,56 \times 0,35 = 0,196$ m^2 ;
$P_{solaire} = Irr \times S_{PV} = 750 \times 0,196 = 147$ W.

2. $P_{élec} = U \times I = 12 \times 1,5 = 18$ W

$$\eta_{PV} = \frac{P_{élec}}{P_{PV}} = \frac{18}{147} = 12,2\ \%.$$

3. Schéma ci-contre.

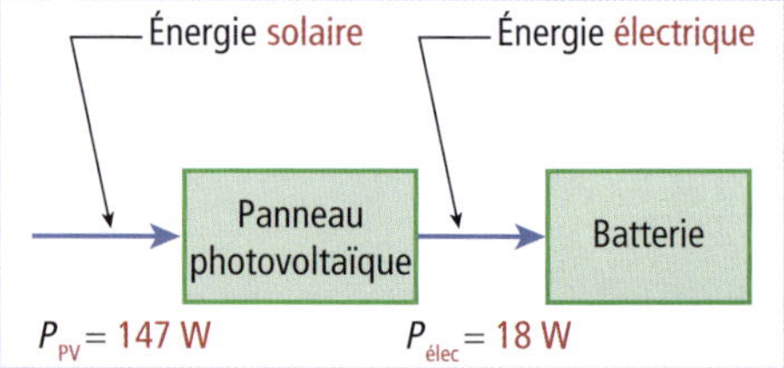

12 **1.** Pour 1 panneau : $S_p = 1,625 \times 1,115 = 1,81$m^2 donc $S_{totale} = 16 \times 1,81 = 29$ m^2.

2. Énergie électrique : $E_{élec} = \eta_{PV} \times Irr \times S_{totale}$

	Jan.	Fev.	Mar.	Avr.	Mai	Juin	Juil.	Août	Sept.	Oct.	Nov.	Déc.
Irr (kW·h/m^2)	54,6	75,1	127,8	153,9	155,6	165,5	176,2	169,3	147,9	104,4	64,5	61,4
Énergie électrique (kW·h)	285,1	391,9	667,1	803,1	812,1	863,9	919,5	884,0	772,0	545,0	336,7	320,7

$E_{annuelle} = 285,1 + 391,9 + 667,1 + 803,1 + 812,1 + 863,9 + 919,5 + 884,0 + 772,0 + 545,0 + 336,7 + 320,7$
$E_{annuelle} = 7\,601$ kW·h.

3. Revenu annuel $= 7\,601 \times 0,10 = 760,10$ €.

13 **1.** La pression statique est dûe à la hauteur de la chute :

$$\Delta p = \rho \times g \times \Delta h = 10^3 \times 9,81 \times 1\,420 = 13,93 \text{ MPa} = 139 \text{ bars.}$$

2. La pression dynamique $\Delta p = \frac{1}{2}\rho \times V^2$ donc $V^2 = \frac{2 \times \Delta p}{\rho}$

soit la vitesse $V = \sqrt{\frac{2 \times \Delta p}{\rho}} = \sqrt{\frac{2 \times 13,93 \times 10^6}{10^3}} = 167$ m·s^{-1}.

3. La puissance hydraulique $P_{hydrau} = \Delta p \times q_v$ avec $q_v = \frac{18\,000}{3\,600} = 5$ m^3·s^{-1}

soit $P_{hydrau} = 13,93 \times 10^6 \times 5 = 69,65$ MW.

4. $\eta_{turb\text{-}alter} = \frac{P_{élec}}{P_{hydrau}}$ soit $P_{élec} = \eta_{turb\text{-}alter} \times P_{hydrau} = 0,79 \times 69,65 \times 10^6 = 55$ MW.

14 **1.** La vitesse $V = 80\ \text{km}\cdot\text{h}^{-1}$ donc $V = \dfrac{80}{3{,}6} = 22{,}22\ \text{m}\cdot\text{s}^{-1}$;

$V = \dfrac{d}{\Delta t}$ soit $\Delta t = \dfrac{d}{V} = \dfrac{40\,000}{22{,}22} = 1800$ s.

$F_{\text{roulement}} = C_r \times m \times g = 0{,}015 \times 1200 \times 9{,}81 = 176{,}6$ N.

$F_{\text{aérodynamique}} = \dfrac{1}{2}\rho V^2 C_x S_f = \dfrac{1}{2} \times 1{,}2 \times 22{,}22^2 \times 0{,}3 \times 2{,}6 = 231$ N.

$P_{\text{roulement}} = F_{\text{roulement}} \times V = 176{,}6 \times 22{,}22 = 3\,924$ W.

$P_{\text{aérodynamique}} = F_{\text{aérodynamique}} \times V = 231 \times 22{,}22 = 5\,136$ W.

2. La vitesse $V = 110\ \text{km}\cdot\text{h}^{-1}$; $V = \dfrac{110}{3{,}6} = 30{,}55\ \text{m}\cdot\text{s}^{-1}$; $\Delta t = \dfrac{d}{V} = \dfrac{40\,000}{30{,}55} = 1309$ s.

$F_{\text{aérodynamique}} = \dfrac{1}{2}\rho V^2 C_x S_f = \dfrac{1}{2} \times 1{,}2 \times 30{,}55^2 \times 0{,}3 \times 2{,}6 = 437$ N.

$P_{\text{roulement}} = F_{\text{roulement}} \times V = 176{,}6 \times 30{,}55 = 5\,396$ W.

$P_{\text{aérodynamique}} = F_{\text{aérodynamique}} \times V = 437 \times 30{,}55 = 13{,}34$ kW.

3. La vitesse $V = 130\ \text{km}\cdot\text{h}^{-1} \rightarrow V = \dfrac{130}{3{,}6} = 36{,}11\ \text{m}\cdot\text{s}^{-1}$; $\Delta t = \dfrac{d}{V} = \dfrac{40\,000}{36{,}11} = 1107$ s.

$F_{\text{aérodynamique}} = \dfrac{1}{2}\rho V^2 C_x S_f = \dfrac{1}{2} \times 1{,}2 \times 36{,}11^2 \times 0{,}3 \times 2{,}6 = 610$ N.

$P_{\text{roulement}} = F_{\text{roulement}} \times V = 176{,}6 \times 36{,}11 = 6\,377$ W.

$P_{\text{aérodynamique}} = F_{\text{aérodynamique}} \times V = 610 \times 36{,}11 = 22{,}03$ kW.

4.

$d = 40$ km	Durée du trajet	Pertes de frottement totales (en kW)	Énergie de frottement (en MJ)
$V = 80\ \text{km}\cdot\text{h}^{-1}$	1 800 s = 30 min	3,924 + 5,136 = 9,06	9,06 × 1 800 = 16,31
$V = 110\ \text{km}\cdot\text{h}^{-1}$	1 309 s = 21 min 49 s	5,396 + 13,34 = 18,73	18,73 × 1 309 = 24,52
$V = 130\ \text{km}\cdot\text{h}^{-1}$	1 107 s = 18 min 27 s	6,377 + 22,03 = 28,41	28,41 × 1 107 = 31,45

5. $\eta_{\text{tran}} = \dfrac{E_{\text{frottement}}}{E_{\text{moteur}}}$ soit $E_{\text{moteur}} = \dfrac{E_{\text{frottement}}}{\eta_{\text{tran}}}$ et $\eta_{\text{mot}} = \dfrac{E_{\text{moteur}}}{E_{\text{fossile}}}$ soit $E_{\text{fossile}} = \dfrac{E_{\text{moteur}}}{\eta_{\text{mot}}}$.

$d = 40$ km	Énergie mécanique de frottement	Énergie mécanique du moteur (en kW)	Énergie fossile du carburant (en MJ)
$V = 80\ \text{km}\cdot\text{h}^{-1}$	79,14	$E_{\text{moteur}} = \dfrac{16{,}31}{0{,}45} = 36{,}24$	$E_{\text{fossile}} = \dfrac{36{,}24}{0{,}42} = 86{,}3$
$V = 110\ \text{km}\cdot\text{h}^{-1}$	88,1	$E_{\text{moteur}} = \dfrac{24{,}52}{0{,}45} = 54{,}49$	$E_{\text{fossile}} = \dfrac{54{,}49}{0{,}42} = 129{,}7$
$V = 130\ \text{km}\cdot\text{h}^{-1}$	94,97	$E_{\text{moteur}} = \dfrac{31{,}45}{0{,}45} = 69{,}89$	$E_{\text{fossile}} = \dfrac{69{,}89}{0{,}42} = 166{,}4$

6. $PC_{gazole} = \dfrac{E_{gazole}}{Volume_{gazole}}$ soit $Volume_{gazole} = \dfrac{E_{gazole}}{PC_{gazole}}$.

$d = 40$ km	**Énergie fossile du gazole (MJ)**	**Volume de gazole (l)**	**Rejets de gaz à effet de serre (kg eq $\cdot CO_2$)**	**Durée du trajet**
$V = 80$ km $\cdot$ h^{-1}	413,4	$Volume_{gazole} = \dfrac{86{,}3}{36{,}2} = 2{,}38$	$2{,}6 \times 2{,}38 = 6{,}2$	30 min
$V = 110$ km $\cdot$ h^{-1}	466,1	$Volume_{gazole} = \dfrac{129{,}7}{36{,}2} = 3{,}58$	$2{,}6 \times 3{,}58 = 9{,}3$	21 min 49 s
$V = 130$ km $\cdot$ h^{-1}	502,5	$Volume_{gazole} = \dfrac{166{,}4}{36{,}2} = 4{,}6$	$2{,}6 \times 4{,}6 = 11{,}96$	18 min 27 s

7. On remarque que lorsque la vitesse augmente les rejets augmentent encore plus. En passant de 80 km $\cdot$ h^{-1} à 130 km $\cdot$ h^{-1} (+ 62,5 %), la durée du trajet est réduite de 11 min 3 s mais la consommation et les rejets ont quasiment doublé (+ 93 %).

15 1. La surface du mur est de : $A_{mur} = L \times h = 12 \times 3{,}5 = 42$ m^2.

2. La conductance thermique $U_{mur} = \dfrac{1}{R_{mur}} = \dfrac{1}{0{,}25} = 4$ W $\cdot$ m$^{-2} \cdot$ K^{-1}.

Le coefficient de déperdition $H_{mur} = A_{mur} \times U_{mur} = 42 \times 4 = 168$ W $\cdot$ K^{-1}.

3. La puissance de déperdition transmise par le mur est :
$P_{mur} = H_{mur} \times (T_{int} - T_{ext}) = H_{mur} \times (\theta_{int} - \theta_{ext}) = 168 \times (-5 - 15) = -3\,360$ W.

4. La résistance thermique de l'isolant $R_{isolant} = \dfrac{e}{\lambda} = \dfrac{0{,}04}{0{,}034} = 1{,}18$ m$^2 \cdot$ K/W.

La paroi est l'association en série des 2 résistances thermiques :

$$R_{paroi} = R_{isolant} + R_{mur} = 1{,}18 + 0{,}25 = 1{,}43 \text{ m}^2 \cdot \text{K/W}.$$

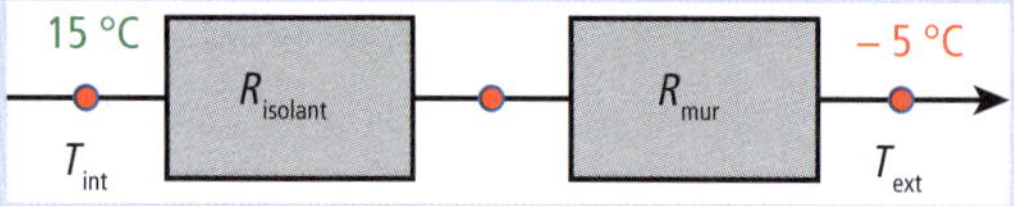

équivalent à :
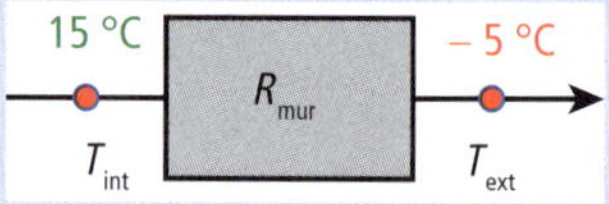

5. La conductance thermique $U_{paroi} = \dfrac{1}{R_{paroi}} = \dfrac{1}{1{,}43} = 0{,}7$ W $\cdot$ m$^{-2} \cdot$ K^{-1}.

Le coefficient de déperdition $H_{paroi} = A_{mur} \times U_{paroi} = 42 \times 0{,}7 = 29{,}4$ W $\cdot$ K^{-1}.
La puissance de déperdition transmise par la paroi :

$$P_{paroi} = H_{paroi} \times (T_{int} - T_{ext}) = H_{paroi} \times (\theta_{int} - \theta_{ext}) = 29{,}4 \times (-5 - 15) = -588 \text{ W}.$$

6. Grâce à l'isolation, la déperdition thermique a été divisée par 5,7 en passant de –3 360 W à –588 W.

16 1. La résistance thermique $R_{th} = \dfrac{e}{\lambda}$

$R_{BA} = \dfrac{e_{BA}}{\lambda_{BA}} = \dfrac{0{,}3}{2{,}3} = 0{,}13$ m$^2 \cdot$ K/W ; $R_{PU} = \dfrac{e_{PU}}{\lambda_{PU}} = \dfrac{0{,}14}{0{,}029} = 4{,}83$ m$^2 \cdot$ K/W.

$R_{Air} = \dfrac{e_{Air}}{\lambda_{Air}} = \dfrac{0{,}03}{0{,}045} = 0{,}67$ m$^2 \cdot$ K/W ; $R_{Substrat} = \dfrac{e_{Substrat}}{\lambda_{Substrat}} = \dfrac{0{,}2}{0{,}09} = 2{,}22$ m$^2 \cdot$ K/W.

$R_{paroi} = R_{BA} + R_{PU} + R_{Air} + R_{Substrat} = 0{,}13 + 4{,}83 + 0{,}67 + 2{,}22 = 7{,}85$ m$^2 \cdot$ K/W.

La conductance thermique de la paroi $U_{paroi} = \dfrac{1}{R_{paroi}} = \dfrac{1}{7{,}85} = 0{,}127$ W $\cdot$ m$^{-2} \cdot$ K^{-1}.

2. Aire de la paroi $A_{paroi} = L \times H = 12{,}6 \times 7 = 88{,}2\ m^2$.
Coefficient de déperdition de la paroi :

$$H_{paroi} = U_{paroi} \times A_{paroi} = 0{,}127 \times 88{,}2 = 11{,}2\ W \cdot K^{-1}.$$

3. Les pertes thermiques à travers la paroi :

$$P_{paroi} = H_{paroi} \times (T_{int} - T_{ext}) = 11{,}2 \times (-8{,}5 - 20) = -319\ W.$$

CHAPITRE 5

(Énoncés p. 109)

1 La puissance électrique $P_{élec} = U \times I = 24 \times 5 = 120\ W$.

$$\eta = \frac{P_{utile}}{P_{absorbé}} = \frac{P_{méca}}{P_{élec}} \Rightarrow P_{méca} = \eta \times P_{élec} = 0{,}92 \times 120 \text{ soit } P_{méca} = 110{,}4\ W.$$

$$P_{méca} = C \times \Omega \text{ avec } \Omega = \frac{2\pi N}{60} = \frac{2\pi N}{60} = \frac{2\pi \times 2\,000}{60} \Rightarrow \Omega = 209{,}4\ rad \cdot s^{-1}\ ;\ C = \frac{P_{méca}}{\Omega} = \frac{110{,}4}{209{,}4},$$

soit $C = 0{,}527$ Nm.

2 **1.** $C = K_T \times I_m \Rightarrow K_T = \frac{C}{I_m} = \frac{0{,}52}{10} \Rightarrow K_T = 0{,}052\ N \cdot m/A$.

$U_m = E + R \times I_m \Rightarrow E = U_m - R \times I_m = 12 - 0{,}45 \times 10$ soit $E = 7{,}5$ V.

$$E = K_e \times \Omega \text{ avec } \Omega = \frac{2\pi N}{60} = \frac{2\pi \times 1300}{60} \Rightarrow \Omega = 136{,}1\ rad \cdot s^{-1}\ ;\ K_e = \frac{E}{\Omega} = \frac{7{,}5}{136{,}1} \text{ soit } K_e = 0{,}055\ V/rad \cdot s^{-1}.$$

2. $P_{élec} = U_m \times I_m = 12 \times 10 = 120$ W.
$P_{méca} = C \times \Omega = 0{,}52 \times 36{,}1 \Rightarrow P_{méca} = 70{,}8$ W.

$$\eta_{moteur} = \frac{P_{méca}}{P_{élec}} = \frac{70{,}8}{120} = 59\ \%.$$

3 **1.** Lors de la phase de montée, la vitesse est positive. Elle est négative lors de la phase de descente.
À l'instant « t_2 » $U_m = 50$ V et $I_m = 6$ A ;
$P_{élec} = U_m \times I_m = 50 \times 6 = 300$ W.

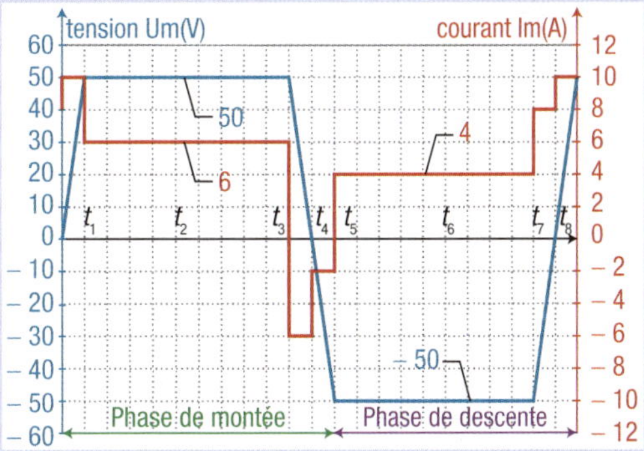

2. $U_m = E \times R \times I_m \Rightarrow$ soit $E = U_m - R \times I_m = 50 - 0{,}5 \times 6$ soit $E = 47$ V.

$$E = K_e \times \Omega_m \text{ soit } \Omega_m = \frac{E}{K_e} = \frac{47}{0{,}145}$$

soit $\Omega_m = 324$ rad/s.

3. $C_m = K_T \times I_m = 0{,}15 \times 6$ soit $C_m = 0{,}9$ Nm.
$P_{méca} = C_m \times \Omega_m = 0{,}9 \times 324$ soit $P_{méca} = 291$ W.

4. À l'instant « t_6 » $U_m = -50$ V et $I_m = 4$ A ; $P_{élec} = U_m \times I_m = -50 \times 4 = -200$ W.
$U_m = E + R \times I_m \Rightarrow E = U_m - R \times I_m = -50 - 0{,}5 \times 4$ soit $E = -52$ V.

$$E = K_e \times \Omega_m \text{ soit } \Omega_m = \frac{E}{K_e} = \frac{-52}{0{,}145} \text{ soit } \Omega_m = -358{,}6 \text{ rad/s}.$$

$C_m = K_T \times I_m = 0{,}15 \times 4$ soit $C_m = 0{,}6$ Nm.
$P_{méca} = C_m \times \Omega_m = 0{,}6 \times (-358{,}6)$ soit $P_{méca} = -215{,}2$ W.

5. À l'instant « t_2 », on a un fonctionnement moteur (les puissances sont positives).

$$\eta = \frac{P_{\text{utile}}}{P_{\text{absorbé}}} = \frac{P_{\text{méca}}}{P_{\text{élec}}} = \frac{291}{300} \text{ soit } \eta = 97\ \%.$$

À l'instant « t_6 », on a un fonctionnement générateur (les puissances sont négatives).

$$\eta = \frac{P_{\text{utile}}}{P_{\text{absorbé}}} = \frac{P_{\text{élec}}}{P_{\text{méca}}} = \frac{-200}{-215{,}2} \text{ soit } \eta = 92{,}9\ \%.$$

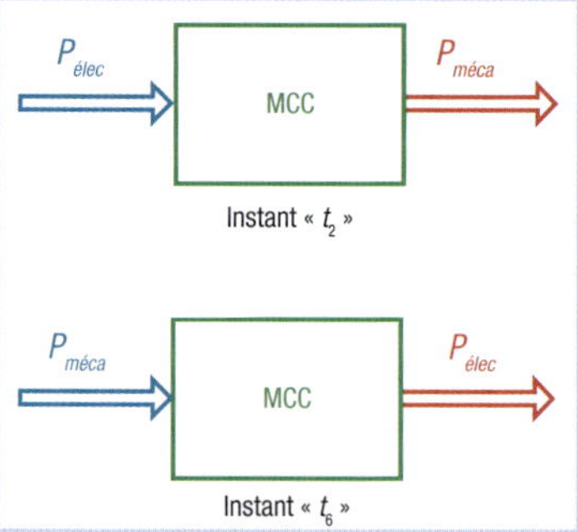

4 **1.** Le disque de captage a un diamètre $D_{\text{hydro}} = 16$ m $\Rightarrow$

$$A_{\text{hydro}} = \frac{\pi \times D^2_{\text{hydro}}}{4} = \frac{\pi \times 16^2}{4} \text{ soit } A_{\text{hydro}} = 201 \text{ m}^2.$$

La vitesse $V = \frac{9}{3{,}6} = 2{,}5$ m/s ; $P_{\text{hydro}} = \frac{1}{2} A_{\text{hydro}} \times \rho \times V^3 = \frac{1}{2} \times 201 \times 1025 \times 2{,}5^3$ soit $P_{\text{hydro}} = 1{,}61$ kW.

2. $P_{\text{méca}} = C_p \times P_{\text{hydro}} = 0{,}33 \times 1{,}61 \times 10^6 = 531$ kW ; soit $P_{\text{élec}} = \eta \times P_{\text{méca}} = 0{,}95 \times 531$ soit $P_{\text{élec}} = 504{,}6$ kW.

3.

hydrolienne				
V(m·s^{-1})	A_{hydro}(m²)	P_{hydro} (kW)	$P_{\text{méca}}$ (kW)	$P_{\text{élec}}$ (kW)
2,5	201	1,61	1 610	504,6

4. L'éolienne considérée a la même puissance que l'hydrolienne, on considère que le coefficient de puissance C_p est le même, on a donc la même puissance fluidique : $P_{\text{éol}} = \frac{1}{2} A_{\text{éol}} \times \rho \times V^3_{\text{vent}} = P_{\text{hydro}} = 1{,}61$ MW.

La vitesse $V_{\text{vent}} = \frac{25}{3{,}6} = 6{,}94$ m/s ; ; $A_{\text{éol}} = \frac{2P_{\text{éol}}}{\rho \times V^3_{\text{vent}}} = \frac{2 \times 1{,}61 \times 10^6}{1{,}204 \times 6{,}94^3}$ soit $A_{\text{éol}} = 8\,000$ m².

$$A_{\text{éol}} = \frac{\pi \times D^2_{\text{éol}}}{4} \Rightarrow D_{\text{éol}} = \sqrt{\frac{4A_{\text{éol}}}{\pi}} = \sqrt{\frac{4 \times 8\,000}{\pi}} \text{ soit } D_{\text{éol}} = 100 \text{ m} \Rightarrow D_{\text{hydro}} = 16 \text{ m}.$$

5. À puissance électrique égale, la taille des pales des éoliennes est bien plus importante que celle des hydroliennes, de plus, elles nécessitent des infrastructures imposantes (mât, fondation en béton). Les courants marins, contrairement au vent, sont prévisibles et assez stables, ce qui permet de mieux anticiper la production d'énergie électrique. Cependant, c'est plus compliqué de relier une hydrolienne au réseau électrique qu'une éolienne.

5 **1.** Le poids est la force qui résiste au mouvement donc la force de traction $F_t = P = M \times g = 500 \times 9{,}81$ soit $F_t = 4\,905$ N.

$$P_{ch} = F_t \times V \times \cos(\vec{F_t}, \overrightarrow{V_{\text{montée}}}) = 4\,905 \times 0{,}2 \times \cos(0) = 981 \text{ W}.$$

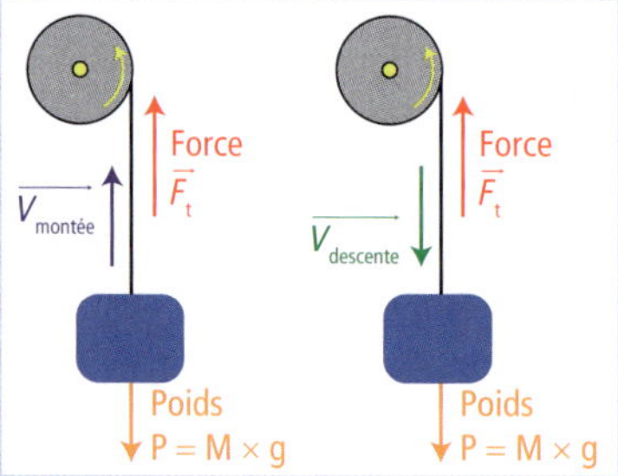

2. $\eta_{\text{treuil}} = \frac{P_{ch}}{P_{\text{méca}}} \Rightarrow P_{\text{méca}} = \frac{P_{ch}}{\eta_{\text{treuil}}} = \frac{981}{0{,}7}$ soit $P_{\text{méca}} = 1\,401$ W.

$\eta_{\text{mot}} = \frac{P_{\text{mot}}}{P_{\text{élec}}} \Rightarrow P_{\text{élec}} = \frac{P_{\text{mot}}}{\eta_{\text{mot}}} = \frac{1401}{0{,}8}$ soit $P_{\text{élec}} = 1\,751$ W.

3. La vitesse $V_{\text{montée}} = \frac{\Delta h}{\Delta t} \Rightarrow \Delta t = \frac{\Delta h}{V} = \frac{4{,}8}{0{,}2}$ soit $\Delta t = 24$ s ;

$W_{\text{élec}} = P_{\text{élec}} \times \Delta t = 1\,751 \times 24$ soit $W_{\text{élec}} = 42\,024$ J ≈ 42 kJ ;
$W_{\text{mot}} = \eta_{\text{mot}} \times W_{\text{élec}} = 0{,}8 \times 42\,024$ soit $W_{\text{mot}} = 3\ 319$ J $\approx 33{,}62$ kJ ;
Les pertes dans le motoréducteur $W_{\text{pertes\_mot}} = W_{\text{élec}} - W_{\text{mot}} = 42\,024 - 33\,619$ soit $W_{\text{pertes\_mot}} = 8{,}4$ kJ ;
$W_{ch} = \eta_{\text{treuil}} \times W_{\text{mot}} = 0{,}7 \times 33\,619$ soit $W_{ch} = 23\,533$ J $\approx 23{,}5$ kJ.

4. Les pertes dans le treuil $W_{\text{pertes\_treuil}} = W_{\text{mot}} - W_{ch} = 3\,319 - 23\,533$ soit $W_{\text{pertes\_treuil}} = 10{,}1$ kJ ;
Les pertes totales $W_{\text{pertes\_totales}} = W_{\text{pertes\_mot}} + W_{\text{pertes\_treuil}} = 8{,}4 + 10{,}1 = 18{,}5$ kJ.

5. $P_{ch} = F_t \cdot V \cdot \cos(\vec{F_t}, \overrightarrow{V_{descente}}) = 4{,}905 \times 0{,}22 \times \cos(180) = -1079$ W.

$\eta_{treuil} = \dfrac{P_{utile}}{P_{absorbé}} = \dfrac{P_{méca}}{P_{ch}}$ soit $P_{méca} = \eta_{treuil} \times P_{ch} = 0{,}7 \times (-1\,079)$ soit $P_{méca} = -755{,}3$ W ;

$\eta_{mot} = \dfrac{P_{utile}}{P_{absorbé}} = \dfrac{P_{élec}}{P_{méca}}$ soit $P_{élec} = \eta_{mot} \times P_{mot} = 0{,}8 \times (-755{,}3)$ soit $P_{élec} = -604$ W.

6. Le point $M(0{,}2 ; 4\,905)$ est en fonctionnement moteur (les puissances sont positives).
Le point $M(-0{,}22 ; 4\,905)$ est en fonctionnement générateur (les puissances sont négatives).

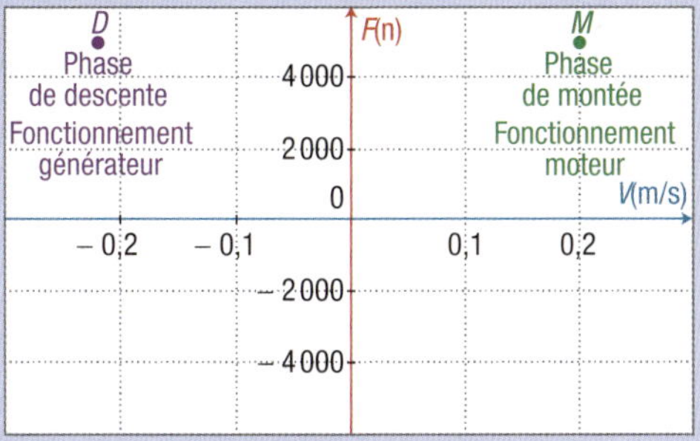

6 **1.** La vitesse de sortie $V_{sortie} = \dfrac{L}{\Delta t} = \dfrac{0{,}12}{7} = 17{,}1 \times \dfrac{10^{-3}\ \text{m}}{s}$.

2. Le débit $Q2 = V_{sortie} \times S_{piston}$; $S_{piston} = \dfrac{\pi \times D^2_{piston}}{4} = \dfrac{\pi \times 0{,}04^2}{4} = 1256 \times 10^{-6}\ \text{m}^2$;

$Q2 = 17{,}1 \times 10^{-3} \times 1\,256 \times 10^{-6} = 21{,}5 \times 10^{-6}\ \text{m}^3/\text{s} = 77{,}3$ l/h.

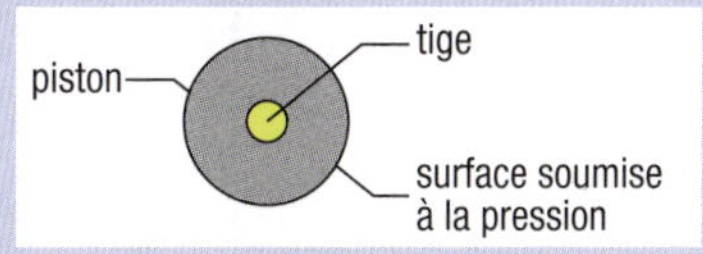

3. $\Delta p = \dfrac{F_p}{S_{piston}} = \dfrac{2\,000}{1256 \times 10^{-6}}$ soit $\Delta p = 1{,}59$ MPa $= 15{,}9$ bars.

$P_{hyd} = \Delta p \times Q2 = 1{,}59 \times 10^6 \times 21{,}5 \times 10^{-6}$ soit $P_{hyd} = 34{,}2$ W.

En mode traction, la pression s'exerce sur la surface du piston moins la surface de la tige.

$$\Delta p = \frac{F_t}{S_{piston} + S_{tige}} \Rightarrow F_t = \Delta p \times (S_{piston} - S_{piston}) = \Delta p \times \left(\frac{\pi \times D^2_{piston}}{4} = \frac{\pi \times D^2_{tige}}{4} \right).$$

4. $F_t = 1{,}58 \times 10^6 \times \left(\dfrac{\pi - 0{,}04^2}{4} - \dfrac{\pi - 0{,}022^2}{4} \right)$ soit $F_t = 1{,}4$ kN.

$F_p > F_t$ car en mode poussée, la pression s'exerce sur une plus grande surface.

7 **1.** Le couloir a une longueur $L = 5$ m, le maillage doit avoir au moins 8 points sur la longueur. La largeur est $l = 1$ m, il faut donc au moins 5 points sur la largeur. On obtient ainsi un maillage de 8 × 5 soit 40 points de mesure.

67	+104	+114	+116	+119	+114	+106	70	
80	+124	+134	+136	+135	+132	+124	81	
84	+137	+140	+142	+144	+141	+136	87	
80	+124	+133	+136	+136	+133	+125	82	
66	+105	+116	+117	+116	+115	+106	69	
↓	↓	↓	↓	↓	↓	↓	↓	
75,8	118,8	127,4	129,4	130	127	119,4	77,8	→ 113,2

Le relevé de l'éclairement est bien conforme à la réglementation.

2. On calcule la valeur moyenne de l'éclairement selon la méthode ci-joint.
On a $E_{moy} = 113{,}2$ lux ; $E_{mini} = 67$ lux.

Facteur d'uniformité $\dfrac{E_{mini}}{E_{moy}} = \dfrac{67}{113{,}2} = 0{,}59.$

$E_{moy} = 113{,}2$ lux > 100 lux et $\dfrac{E_{mini}}{E_{moy}} = 0{,}59 > 0{,}4 \Rightarrow$ l'éclairage est conforme à la réglementation.

8 **1.** La surface balayée par les pales : $A = \dfrac{\pi \times D_{éol}^2}{4} = \dfrac{\pi \times 84^2}{4} = 5\,541{,}8\ \text{m}^2.$

Temps d'équivalence = Occurrence × 24 × 3 600 ; $P_{aéro} = \dfrac{1}{2} A\rho V^3$; $P_{méca} = CP \times P_{aéro}$; $P_{élec} = \eta \times P_{méca}$.

V (m.s⁻¹)	*Occurrence* (%)	*Temps équivalent* (s)	$P_{aéro}$ (W)	CP	$P_{méca}$ (W)	$P_{élec}$ (W)	*W* (J)	*W* (Wh)
3	5,1	4 406,4	92 021,1	0,3	27 606	17 944	79 068 930	21 963,6
4	7,77	6713,28	218 124,0	0,4	87 250	56 712	380 725 225	105 757,0
5	10	8 640	426 023,5	0,425	181 060	117 689	1 016 832 951	282 453,6
6	11,7	10 108,8	736 168,7	0,45	331 276	215 329	2 176 721 140	604 644,8
7	11,6	10 022,4	1 169 008,6	0,47	549 434	357 132	3 579 320 894	994 255,8
8	10,8	9 331,2	1 744 992,4	0,49	855 046	555 780	5 186 094 963	1 440 581,9
9	8,85	7 646,4	2 484 569,2	0,495	1 229 862	799 410	6 112 609 701	1 697 947,1
10	7,1	6 134,4	3 408 188,2	0,48	1 635 930	1 063 355	6 523 043 196	1 811 956,4
11	6	5 184	4 536 298,5	0,435	1 973 290	1 282 638	6 649 197 474	1 846 999,3
12	4,7	4 060,8	5 883 249,2	0,39	2 296 846	1 492 950	6 062 571 471	1 684 047,6
13	3,5	3 024	7 487 789,5	0,325	2 433 532	1 581 796	4 783 349 681	1 328 708,2
14	3,1	2 678,4	9 352 068,4	0,262	2 450 242	1 592 657	4 265 773 192	1 194 937,0
15	2	1 728	11 502 635,2	0,213	2 450 061	1 592 540	2 751 908 848	764 419,1
16	1,7	1 468,8	13 959 938,9	0,1755	2 449 969	1 592 480	2 339 034 667	649 731,9
17	1,4	1 209,6	16 744 428,7	0,1463	2 449 710	1 592 311	1 926 059 922	535 016,6
18	0,9	777,6	19 876 553,6	0,1232	2 448 791	1 591 714	1 237 717 128	343 810,3
19	0,7	604,8	23 376 762,9	0,1048	2 449 885	1 592 425	963 098 694	267 527,4
20	0,4	345,6	27 265 505,6	0,0898	2 448 442	1 591 488	550 018 102	152 782,8
21	0,2	172,8	31 563 231,0	0,0776	2 449 307	1 592 049	275 106 131	76 418,4
22	0,1	86,4	36 290 388,0	0,0675	2 449 601	1 592 241	137 569 603	38 213,8

2. Énergie produite sur une journée E_{totale} = 21 963,6 + 105 757,0 + 282 453,6 + 604 644,8 + 994 255,8 + 1 440 581,9 + 1 697 947,1 + 1 811 956,4 + 1 846 999,3 + 1 684 047,6 + 1 328 708,2 + 1 184 937,0 + 764 419,1 + 649 731,9 + 535 016,6 + 343 810,3 + 267 527,4 + 152 782,8 + 76 418,4 + 38 213,8 = 15 832 172,6 Wh = 15,83 MWh.

9 **1.** HGR = 12 + 2 = 14 m ; Pr = 1 bar = 10 mCE soit HMR = HGR + JA + Pr = 14 + 5 + 10 = 29 mCE.
La pompe est immergée ⇒ HGA = 0 soit HMA = JA = 1 mCE ; HMT = HMA + HMR = 1 + 29 = 30 mCE.

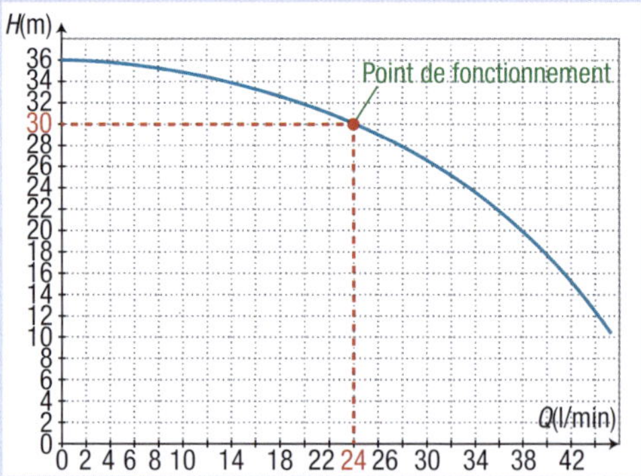

2. Voir graphique ci-contre.
Au point de fonctionnement HMT = 30 mCE et Q = 24 l/min = 4×10^{-4} m³/s.

3. $P_{hyd} = \rho \times g \times \text{HMT} \times Q = 10^3 \times 9{,}81 \times 30 \times 4 \times 10^{-4}$

soit $P_{hyd} = 117{,}7$ W.

$\eta_{pompe} = \dfrac{P_{utile}}{P_{absorbée}} = \dfrac{P_{hyd}}{P_{moteur}}$ soit $P_{moteur} = \dfrac{P_{hyd}}{\eta_{pompe}} = \dfrac{117{,}7}{0{,}486} = 242{,}2$ W.

$$\eta_{moteur} = \frac{P_{utile}}{P_{absorbée}} = \frac{P_{moteur}}{P_{élec}} \text{ soit } P_{élec} = \frac{P_{moteur}}{\eta_{moteur}} = \frac{242{,}2}{0{,}566} = 428 \text{ W.}$$

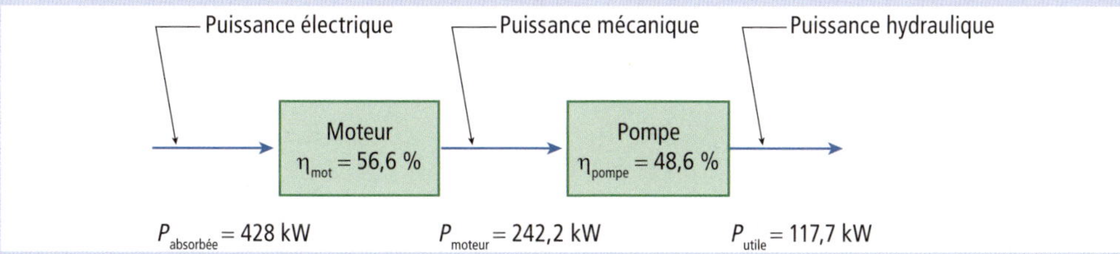

10 **1.** On relève les grandeurs caractéristiques : $I_{sc} = 6$ A, $V_{oc} = 22$ V, $P_{mp} = 86$ W, $I_{mp} = 5{,}1$ A et $V_{mp} = 16{,}8$ V.

2.

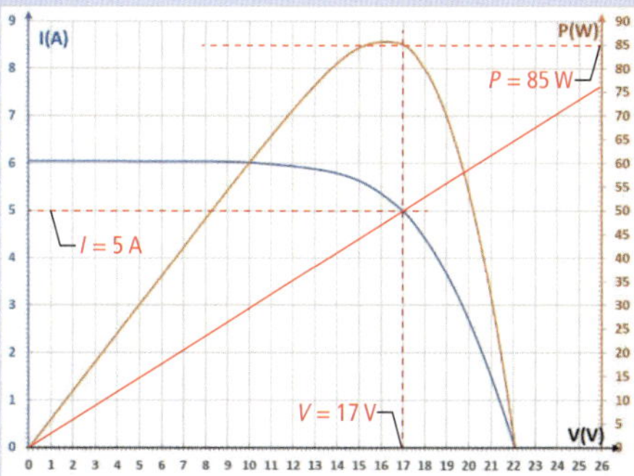

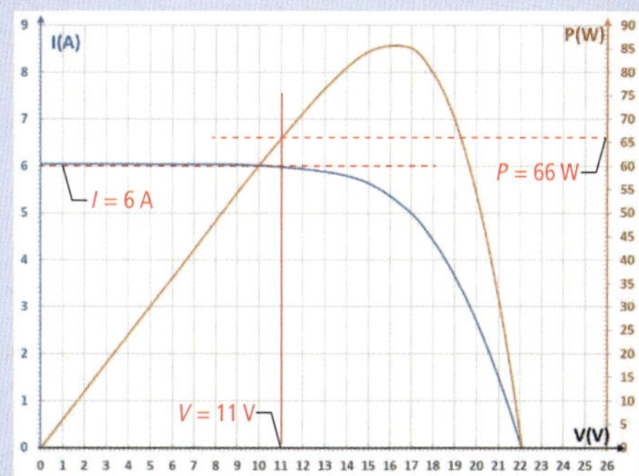

3. Le récepteur fonctionne à la tension 17 V, il absorbe un courant de 5 A et sa puissance est de 85 W.

4. Voir graphique ci-dessus. La batterie se recharge à la tension 11 V, elle absorbe un courant de 5 A et la puissance de la recharge est 66 W. Cette puissance de recharge est inférieure à $P_{mp} = 86$ W. L'utilisation d'un régulateur MPPT permettrait l'utilisation de la puissance maximale du panneau et de recharger la batterie plus rapidement.

11 **1.** La surface d'un panneau $S_{PV} = 60 \times 156{,}75 \times 156{,}75 = 1\,474\,233 \text{ mm}^2 = 1{,}474 \text{ m}^2$;
La surface totale $S_{PVT} = 10 \times S_{PVT} = 14{,}74 \text{ m}^2$.

2. $P_{PV} = E \times S_{PV} \times \eta_{PV}$ soit $\eta_{PV} = \dfrac{P_{PV}}{E \times S_{PV}} = \dfrac{300}{1\,000 \times 1{,}474}$ soit $\eta_{PV} = 0{,}2\,035$.

3. Pour chaque mois : $E_{Sol\_J} = Ir \times S_{PV}$; $E_{Élec\_J} = E_{Sol\_J} \times \eta_{PV}$; $E_{Élec\_m} = E_{Élec\_J} \times Nb_{jours}$.

	Janv	Févr	Mars	Avr	Mai	Juin	Juil	Août	Sept	Oct	Nov	Déc
Ir (Wh/m²)	1432	2809	4158	5508	4985	6206	5534	5502	4474	2788	1968	2070
E_{Sol_J} (Wh)	21107,7	41404,7	61288,9	81187,9	73478,9	91476,4	81571,2	81099,5	65946,8	41095,1	29008,3	30511,8
$E_{Élec\_J}$ (Wh)	4295,4	8425,8	12472,3	16521,7	14953,0	18615,5	16599,7	16503,7	13420,2	8362,9	5903,2	6209,2
$E_{Élec\_m}$ (Wh)	133158	235924	386641	495652	463542	558464	514592	511616	402605	259249	177096	192484

4. $E_{Élec\_année} = 133\,158 + 235\,924 + 386\,641 + 495\,652 + 463\,542 + 558\,464 + 514\,592 + 511\,616 + 402\,605 + 259\,249 + 177\,096 + 192\,484$ soit $E_{Élec\_année} = 4\,331$ kWh.
Le revenu annuel $R_{annuel} = 0{,}1\,756 \times 4\,331$ soit $R_{annuel} = 760{,}52$ €.

5. Le temps d'amortissement $= \dfrac{8\,500}{760{,}52}$ soit 11 ans et 3 mois.

1 1. La puissance électrique en monophasé $P = V \times I \times F_p$

$\Rightarrow I = \frac{P}{V \times F_P} = \frac{6\,000}{230 \times 1}$ soit $I = 26{,}1$ A.

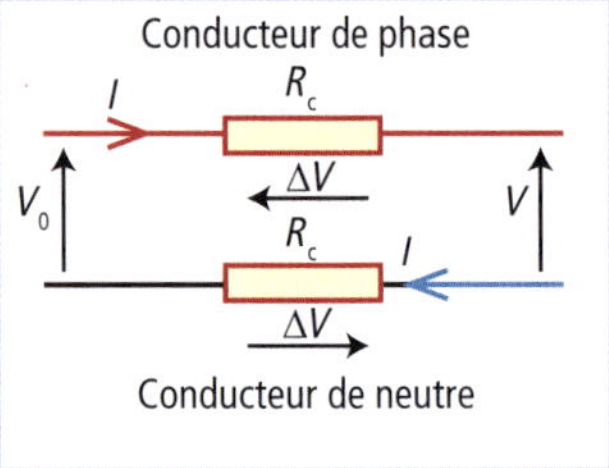

2. Les pertes dans un conducteur est $P_j = R_c \times I^2$; le câble contient deux conducteurs (Phase et Neutre) soit
les pertes totales $P_{jt} = 2 \times R_c \times I^2 = 2 \times 0{,}135 \times 26{,}1^2 = 184$ W.

3. Le schéma équivalent du circuit est le suivant :
On a alors $V_0 = V + 2 \times \Delta V = V + 2 \times R_c \times I = 230 + 2 \times 0{,}135 \times 26{,}1$.
Soit $V_0 = 237$ V.

2 1. On a un tuyau de diamètre intérieur D_{int}, $D_{int} = D_{ext} - 2 \times e = 100 - 2 \times 3$
soit $D_{int} = 94$ mm et $R_{int} = = 47$ mm.

$S_{int} = R_{int}^2 = \pi \times 47^2$ soit $S_{int} = 6\,940$ mm² $= 0{,}006\,940$ m²

$Q_v = 40$ m³·h⁻¹ $= \frac{40}{3\,600}$ m³·s⁻¹ $= 0{,}0111$ m³·s⁻¹.

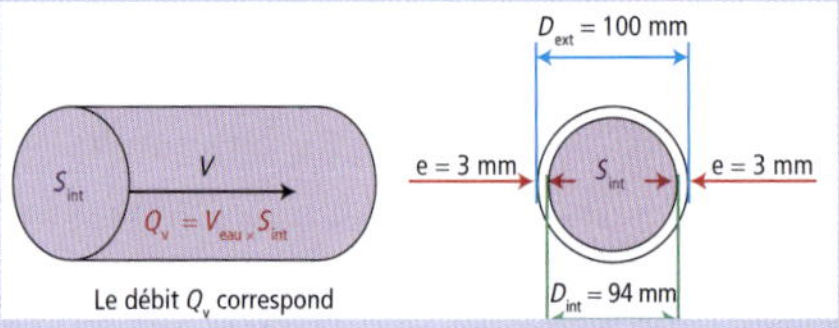

$Q_v = V_{eau} \times S_{int} \Rightarrow V_{eau} = \frac{Q_V}{S_{int}} = \frac{0{,}0111}{0{,}006\,940}$

soit $V_{eau} = 1{,}6$ m·s⁻¹.

Pression dynamique $= \rho = \frac{V^2}{2} = 1000 \times \frac{1{,}6^2}{2} = 1\,280$ Pa.

2. Les pertes de charges dans le tuyau $J = \lambda \times \frac{L}{D_{int}} \times \rho \times \frac{V^2}{2} = 0{,}018 \times \frac{200}{0{,}094} \times 1000 \times \frac{1{,}6^2}{2}$

soit $J = 49$ kPa $= 0{,}49$ bar.

3. Le circuit hydraulique ne possède pas de dérivation, le débit d'eau est conservé lors du transport, $Q_e = Q_v = 40$ m³·h⁻¹. La pression à l'entrée du circuit hydraulique :
$P_e = P_r - J = 20 - 0{,}49$ soit $P_e = 19{,}51$ bar.

3 1. L'énergie cinétique dans le volant est $E_c = \frac{1}{2} J \times \Omega^2 = \frac{1}{2} J \times \left(\frac{2\pi N}{60}\right)^2$.

À la vitesse $N_1 = 3\,450$ tr/min, $E_{c1} = \frac{1}{2} J \times \left(\frac{2\pi N_1}{60}\right)^2 = \frac{1}{2} \times 376 \times \left(\frac{2\pi \times 3450}{60}\right)^2$;

$E_{c1} = 24\,538\,797$ J $= 6{,}82$ kWh.

2. À la vitesse $N_2 = 1\,800$ tr/min, $E_{c2} = \frac{1}{2} J \times \left(\frac{2\pi N_2}{60}\right)^2 = \frac{1}{2} \times 376 \times \left(\frac{2\pi \times 1\,800}{60}\right)^2$;

$E_{c2} = 6\,679\,748$ J $= 1{,}86$ kWh.
L'énergie restituée au générateur est $\Delta E_c = E_{c1} - E_{c2} = 6{,}82 - 1{,}86$ soit $\Delta E_c = 4{,}96$ kWh.
L'énergie électrique produite par le générateur $E_{élec} = \eta_G \times \Delta E_c = 0{,}9 \times 4{,}96 = 4{,}46$ kWh.

4 1. La tension aux bornes d'une MCC est $U_m = E + R \times I$ avec $E = K_e \times \Omega_m$. En faisant varier la tension du moteur U_m, on fait varier la f.e.m E, et par conséquent la vitesse Ω_m. Donc pour augmenter la vitesse du moteur, on augmente sa tension d'alimentation et vice versa.

2. Le variateur de vitesse est placé entre la batterie et la MCC, il est donc alimenté par une tension continue constante et doit fournir une tension continue variable, le convertisseur statique qui permet cette modulation est le hacheur.

3. a) Sur l'intervalle $[0, t_1]$ K1et K4 fermés ; K2 et K3 ouverts. Sur l'intervalle $[t_1, T_{\text{découpage}}]$ K1 et K3 fermés ; K2 et K4 ouverts.

b)

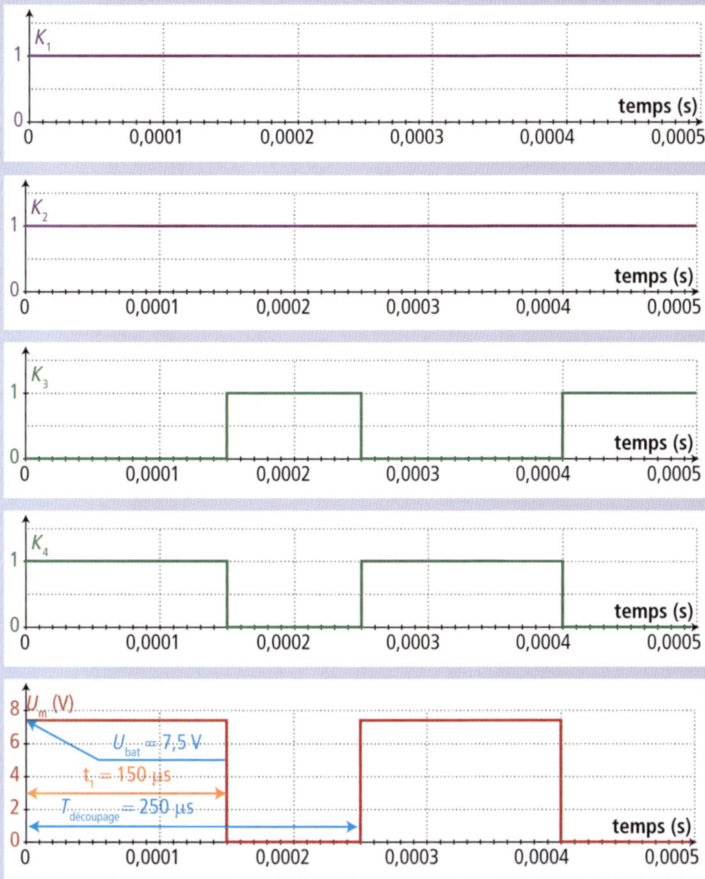

c) u_{bat} = 7,4 V ; $T_{\text{découpage}}$ = 0,00025 s = 250 µs ; t_1 = 0,00015 s = 150 µs ; le rapport cyclique $\alpha = \frac{t_1}{T_{\text{découpage}}} = \frac{150}{250}$ soit α =0,6 ; $U_{m\_moy} = \alpha \times u_{bat}$ = 0,6 × 7,4 soit U_{m_moy} = 4,44 V ; la fréquence de découpage soit $F_{\text{découpage}}$ = 4 kHz.

5 **1.** Le convertisseur statique qui permet de moduler la tension efficace est un gradateur car les tensions d'entrée et de sortie de ce modulateur sont alternatives. Pour la variation de la lumière, on utilise le gradateur à angle de phase (temps de réponse court).

2. a) On fait le tracé E_1 = 300 lux → V_1 = 140 V → ψ_1 = 102°.

b) On fait le tracé ψ_2 = 80° → V_2 = 180 V → E_2 = 500 lux. Quand l'angle ψ diminue, l'éclairement E augmente, il sera à son maximum quand ψ = 0°, soit quand V = 230 V.

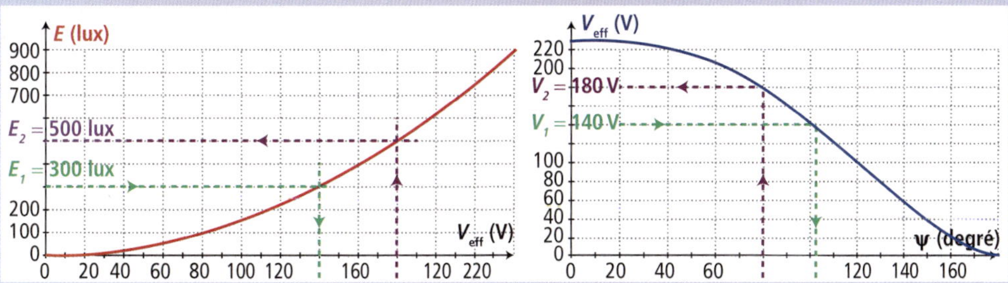

6 **1.** Les équipements électriques doivent être alimentés sous une tension alternative alors que le panneau photovoltaïque et les batteries fournissent une tension continue.

2. a) Machine à café et éclairage : $F_p = 1$ alors $Q = 0$ VAR.

Réfrigérateur : $S = \dfrac{P}{F_p} = \dfrac{300}{0,8} = 375$ VA ; $Q = \sqrt{S^2 - P^2} = \sqrt{375^2 - 300^2} = 225$ VAR.

Pompe : $S^2 = P^2 + Q^2$ soit $S^2 = (F_p \times S)^2 + Q^2 \Rightarrow S^2 - F_p^2 \times S^2 = Q^2$ soit $S^2(1 - F_p^2) = Q^2 \Rightarrow S^2 = \dfrac{Q^2}{1 - F_P^2}$ soit

$S = \sqrt{\dfrac{Q^2}{1-F_p^2}} = \sqrt{\dfrac{200^2}{1-0,6^2}} = 250$ VA ; $P = F_p \times S = 0,6 \times 250 = 150$ W.

Équipements	Machine à café	Éclairage	Réfrigérateur	Pompe de relevage	Total
Puissance active *P* (W)	750	4 × 40	300	150	1 360
Puissance réactive *Q* (VAR)	0	0	225	200	425
Facteur de puissance F_p	1	1	0,8	0,6	

$S_t = \sqrt{P_{totale}^2 + Q_{totale}^2} = \sqrt{1360^2 + 425^2} \approx 1425$ VA.

b) Les batteries de 12 V sont associées en série, la tension d'entrée de l'onduleur est donc de 24 V. La puissance apparente doit être au moins égale à 1 425 VA, on choisit l'onduleur C24/1600 avec une tension d'entrée de 24 V et une puissance apparente de 1 600 VA.

7 **1. a)** $T = 50$ µs ; $F_d = \dfrac{1}{T} = \dfrac{1}{50 \times 10^{-6}}$ soit $F_d = 20$ kHz.

b) $t_1 = 40$ µs ; $\alpha = \dfrac{t1}{T} = \dfrac{40 \times 10^{-6}}{50 \times 10^{-6}}$ soit $\alpha = 0,8$.

c) $U_h = 70$ V ; $U_m = \alpha \times U_h = 0,8 \times 70$ soit $U_m = 56$ V.

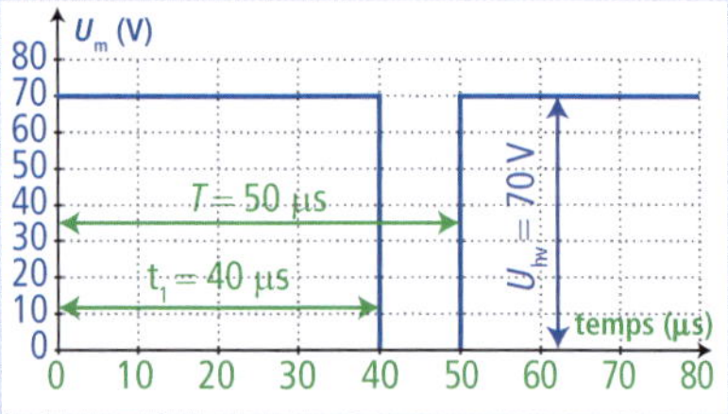

2. $U_m = E + R \times I \Rightarrow E = U_m - R \times I = 56 - 0,56 \times 1$
soit $E = 55,44$ V.

$E = K_e \times \Omega_m \Rightarrow \Omega_m = \dfrac{E}{Ke} = \dfrac{55,44}{0,145}$ soit $\Omega_m = 382,3$ rad·s^{-1}.

$N_m = \dfrac{60 \times \Omega_m}{2\pi} = \dfrac{60 \times 382,3}{2\pi}$ soit $N_m = 3\ 651$ tr/min.

3. a) $\Omega_{m2} = \dfrac{2\pi \times N_{m2}}{60} = \dfrac{2\pi \times 1800}{60}$ soit $\Omega_{m2} = 188,5$ rad·s^{-1} ; $E_2 = K_e \times \Omega_{m2} = 0,145 \times 188,5$ soit $E_2 = 27,33$ V.

b) $U_{m2} = E_2 + R \times I = 27,33 + 0,56 \times 1$ soit $U_{m2} = 27,9$ V ;

$U_{m2} = \alpha_2 \times U_h \Rightarrow \alpha_2 = \dfrac{Um2}{Uh} = \dfrac{27,9}{70}$ soit $\alpha_2 = 0,4$.

$t_2 = \alpha_2 \times T = 0,4 \times 50$ soit $t_2 = 20$ µs.

c) Voir graphe ci-contre.

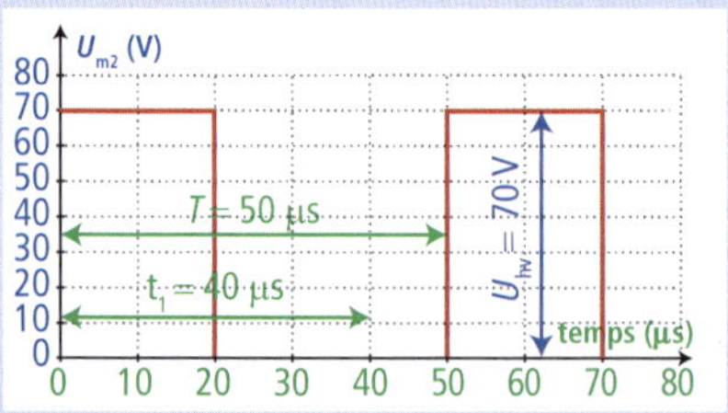

CHAPITRE 7 (Énoncés p. 127)

1 **1.** La tension V_s est prise aux bornes de l'élément résistif R_1. Lorsque K_1 est ouvert il n'y a pas d'intensité traversant R_1 donc l'application de la loi d'Ohm donne : $V_s = R_1 \times I = 0$ V.
Le chronogramme est :

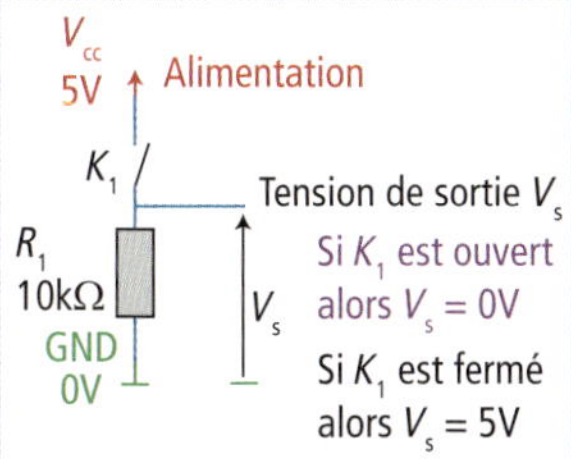

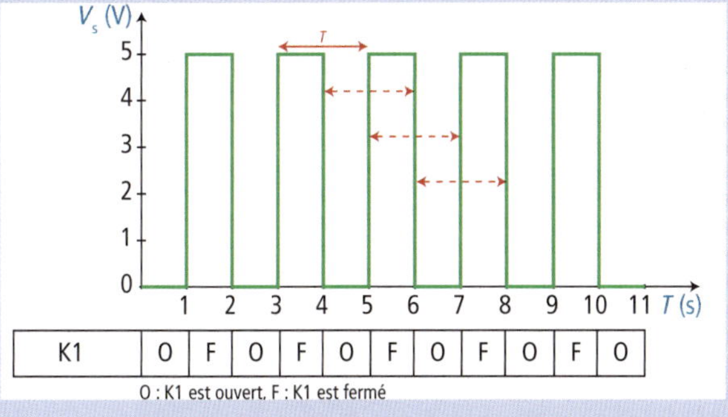

2. Voir graphique ci-dessus.

3. Sur le graphique, on relève une valeur de période de $T = 2$ s. En appliquant la relation liant la période à la fréquence, on obtient : $F = \frac{1}{T}$ avec F en Hertz et T en seconde donc $F = \frac{1}{2} = 0{,}5$ Hz.

4. Niveau haut (NH) : NH = V_{cc} = 5 V et du niveau bas (NL) : NL = 0 V.

5. Vitesse du vent : $V = 2\times\pi\times F(n)\times R\times N$ donc :

$$V = 2\times\pi\times 2{,}65\times 6\times 10^{-2}\times 0{,}5$$
$$= 0{,}4995$$
$$= 0{,}5 \text{ m}\cdot\text{s}^{-1}.$$

Méthode : Pour passer de m·s⁻¹ au km·h⁻¹, on procède en trois étapes :
– convertir des m en km ;
– puis convertir des secondes en heures ;
– enfin on réalise la conversion afin d'obtenir la vitesse en km·h⁻¹, en utilisant la règle de proportionnalité.
La méthode consiste à réaliser les conversions de m en km et des secondes en heures :

$$V = 0{,}5\times\frac{\text{m}}{\text{s}} \Rightarrow 0{,}5\times\frac{10^{-3}\text{ km}}{\frac{1}{3\,600}\text{ h}} = 1{,}8 \text{ km}\cdot\text{h}^{-1}.$$

6. Si on relève une période douze fois plus faible, alors :

$$T' = \frac{T}{12} = \frac{2}{12} = \frac{1}{6} = 166{,}6\times 10^{-3} = 167 \text{ ms}.$$

$$F' = \frac{1}{T'} ;$$

$$F' = \frac{1}{166{,}6\times 10^{-3}} = 6 \text{ Hz}.$$

7. Vitesse du vent : $V = 2\times\pi\times F(n)\times R\times N$; $V = 2\times\pi\times 2{,}65\times 6\times 10^{-} = 6$ m·s⁻¹.

De la même manière, en réalisant les conversions métriques et horaires on obtient :

$$6\times\frac{\text{m}}{\text{s}} \Rightarrow 6\times\frac{10^{-3}\text{km}}{\frac{1}{3\,600}\text{h}} = 21{,}6 \text{ km}\cdot\text{h}^{-1}.$$

2 **1.** À partir des relevés des tensions d'entrées, on trace le résultat de la tension de sortie V_s. On applique la règle de fonctionnement du comparateur de signaux :

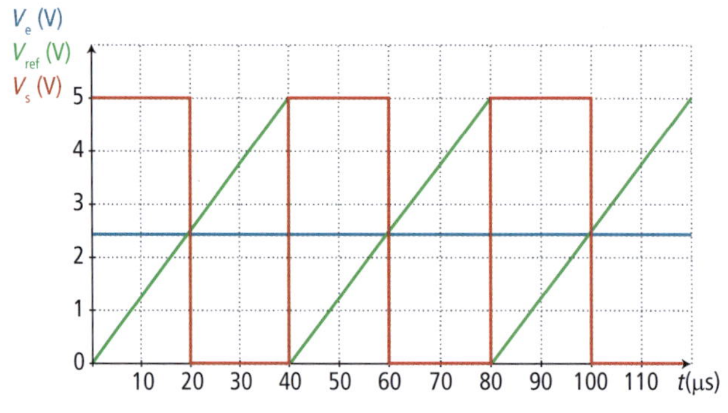

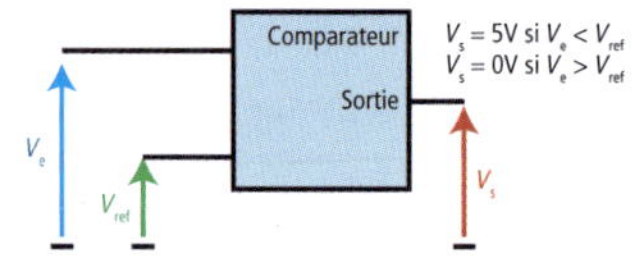

2. On réalise la même opération avec les signaux à comparer suivants :

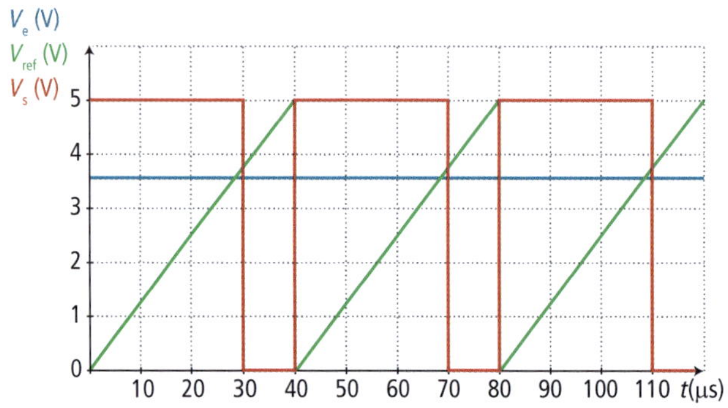

3. On constate que le signal de sortie V_s conserve dans les deux cas la même période.

4. La période est de $T_s = 40$ µs et donc une fréquence $F_s = 25$ kHz.

5. $\alpha = \frac{T_H}{T}$; $\alpha 1 = \frac{20 \times 10^{-6}}{40 \times 10^{-6}} = 0{,}5$; $\alpha 2 = \frac{30 \times 10^{-6}}{40 \times 10^{-6}} = 0{,}75$.

6. On constate une relation de proportionnalité entre l'entrée et la sortie. En entrée, le signal V_{ref} est identique, le signal V_e permet de générer une variation du signal de sortie V_s. La tension V_s possède un rapport cyclique proportionnel à la tension d'entrée V_e.

7. La MLI est un moyen de faire varier la vitesse du moteur à courant continu. Plus la valeur moyenne de la tension est importante et plus la vitesse du moteur sera importante. Dans le cas 2, le moteur à courant continu tournera plus vite (1,5 fois plus vite (0,75/0,5)).

3 Signal 1 :

Paramètres	Valeurs	Paramètres	Valeurs
Amplitude verticale	2 V/div	Période	4 × 1 ms = 4 ms
Balayage horizontal	1 ms/div	Fréquence	250 Hz
Offset (décalage vertical)	0 V	Amplitude	2 × 2 V = 4 V
		Amplitude crête à crête	4 × 2 V = 8 V
		V_{moy}	0 V

Signal 2 :

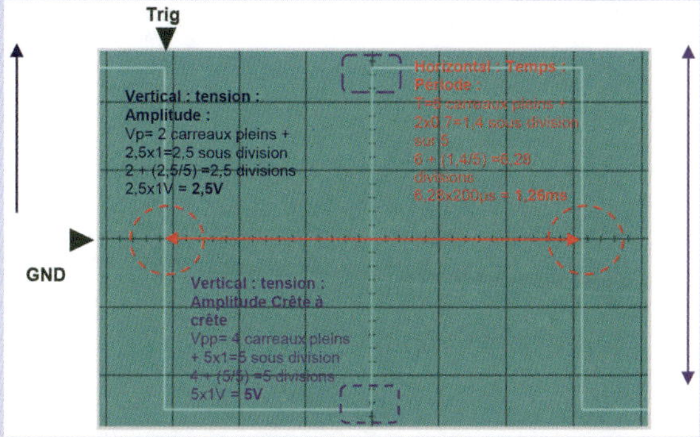

Paramètres	Valeurs
Amplitude verticale	1 V/div
Balayage horizontal	200 µs/div
Offset (décalage vertical)	0 V

Paramètres	Valeurs
Période	1,26 ms
Fréquence	794 Hz
Amplitude	2,5 V
Amplitude crête à crête	5 V
V_{moy}	0 V

Signal 3 :

Paramètres	Valeurs	Paramètres	Valeurs
Amplitude verticale	2 V/div	Période	6,4 × 200 µs = 1,28 ms
Balayage horizontal	200 µs/div	Fréquence	781 Hz
Offset (décalage vertical)	0 V	Amplitude	2,5 × 2 V = 5 V
		Amplitude crête à crête	2,5 × 2 V = 5 V
		V_{moy}	(A1-A2) /*T*= {[(2 + 1,2) × 200 µs] – 0}/1,28 ms = 0,5 V = 500 mV

4 **1.** Le signal provenant du canal A possède une période de $T_A = 40$ ms.

2. Oui le signal du canal B possède aussi une période de $T_B = 40$ ms.

3. $F = \frac{1}{T}$ donc $F = \frac{1}{40 \times 10^{-3}} = 25$ Hz.

4. $P = 2\pi r$; $d = 5 \text{ cm} \Rightarrow r = 2{,}5 \text{ cm} = 2{,}5 \times 10^{-2}$ m ; $P = 2\pi \times 2{,}5 \times 10^{-2} = 157 \times 10^{-3} \text{ m} = 157$ mm.

5. On applique la règle de proportionnalité : le paramètre recherché est la distance parcourue, elle s'exprime en mètre.

Impulsions	Tour de roue	Distance
256	*1*	157 mm
120	*x? tours*	D? mm
Résultat Distance parcourue : $256 \times D = 157 \times 120 \Rightarrow D = \frac{(157 \times 120)}{256} = 73{,}6$ mm		

6. On connaît le temps mis lors du déplacement du robot alors puisqu'il génère 1 impulsion en 40 ms (voir le chronogramme). La vitesse est le rapport de la distance sur le temps. Il faut donc savoir quelle distance est parcourue lorsque le robot génère 1 impulsion.

Impulsions		Distance
256		157mm
1		D1? mm
Résultat Distance parcourue : $256 \times D_1 = 157 \times 1 \Rightarrow D_1 = \frac{(157 \times 1)}{256} = 613$ µm		

$$V_{robot} = \frac{D_1}{Temps1 \times impulsion} = \frac{613 \times 10^{-6}}{40 \times 10^{-3}} = 15{,}3 \times 10^{-3} \text{ m/s} = 15{,}3 \text{ mm/s}.$$

On définit le déphasage angulaire de deux signaux par la formule : $\varphi = \frac{360}{T} \times \Delta T$.

7. Sur les chronogrammes du codeur incrémental, nous pouvons relever un écart temporel de 10 ms, soit : $\Delta T = 10 \text{ ms}$.

8. Première méthode : on applique la relation : $\varphi = \dfrac{360}{T} \times \Delta T$.

Il vient : $\varphi = \dfrac{360}{40 \times 10^{-3}} \times 10 \times 10^{-3} = 90°$ soit $(\dfrac{\pi}{2})$.

Exprimer un angle en radian c'est l'exprimer en fonction de π.
Autre méthode :
– Sur les chronogrammes du codeur incrémental, nous pouvons relever un écart temporel de 10 ms.
– Or la période des signaux est de T = 40 ms.
– Une période correspond à 2π ou 360°.
– Il ne reste plus qu'à appliquer la règle de proportionnalité soit :

Temps		Angle (Déphasage)
40 ms		2π ou 360°
10 ms		φ?
Déphasage : $40 \times \varphi = 360 \times 10 \Rightarrow \varphi = \dfrac{(360 \times 10)}{40} = 90°$		

Le déphasage obtenu est de 90° (ou $\dfrac{\pi}{2}$).

Si on avait obtenu φ = 180° on aurait dit que les signaux sont en opposition de phase, (en phase si φ = 360°).
Pour φ = 90°, on dira que les signaux sont en quadrature de phase.

5 **1.** Le capteur d'humidité utilisé est un capteur résistif, car sa courbe de réponse (caractéristique) donne son impédance résistive en kΩ en fonction de l'humidité relative H %.

2. Pour RH % = 70 % d'humidité en relève $R_{capteur} = 10 \text{ k}\Omega$.

3. Il suffit de tracer une droite verticale à H % = 70 et on constate que plus la température interne de la serre est faible et plus la valeur de $R_{capteur}$ augmente et plus la température augmente et plus $R_{capteur}$ diminue.

4. Sur la caractéristique du capteur à T = 25 °C, on relève les points R_{max} = 5 000 kΩ (5 MΩ) (échelle logarithmique) et R_{min} = 1,9 kΩ. On peut écrire : $1{,}9 \text{ k}\Omega \leqslant R_{capteur} \leqslant 5 \text{ M}\Omega$.

5. a) On relève sur la caractéristique $R_{capteur} = 10 \text{ k}\Omega$.

b) La valeur mesurée par l'Ohmmètre est $\alpha \times R_v$. Si $R_v = 1 \times 10^6\ \Omega$ et que $R_{capteur} = 10 \text{ k}\Omega$ alors on a :

$\alpha \times R_V = R_{capteur}$; $\alpha = \dfrac{R_{capteur}}{R_V}$; $\alpha = \dfrac{10 \times 10^3}{1 \times 10^6} = 10 \times 10^{-3} (0{,}01)$.

c) Pour une humidité de 75 % à 25 °C, la valeur du capteur $R_{capteur} = 6{,}5 \text{ k}\Omega$.

On applique alors la relation $V_{cap1} = V_{cc} \times \dfrac{R_F}{R_F + R_H} = 5 \times \dfrac{100 \times 10^3}{100 \times 10^3 + 6{,}5 \times 10^3} = 4{,}695 \text{ V}$.

d) Les deux circuits électriques sont équivalents et délivrent une tension similaire. Donc $V_{cap1} = V_{cap2}$. Or :

$$V_{cap2} = V_{cc} \times \frac{R_F}{R_F + \alpha \times R_V} = (R_F + \alpha \times R_V) \times V_{cap2} = V_{cc} \times R_F.$$

$$V_{cap2} \times R_F + V_{cap2} \times \alpha \times R_V = V_{cc} \times R_F$$

$$\alpha \times R_V = \frac{V_{cc} \times R_F - V_{cap2} \times R_F}{V_{cap2}} = \frac{R_F \times (V_{cc} - V_{cap2})}{V_{cap2}}$$

$$\alpha \times R_V = \frac{100 \times 10^3 (5 - 4{,}695)}{4{,}69} = 6{,}496 \text{ k}\Omega.$$

Cette valeur est égale à la valeur du capteur soit à 30 % d'humidité on a $R_{capteur}$ = 950 kΩ.
À 90 % d'humidité, on a $R_{capteur}$ = 190 kΩ.
e) Le réglage peut se faire car : $0 \leqslant \alpha \times R_V \leqslant 1$ mΩ. Donc, la valeur de l'élément R_V peut parfaitement convenir car il couvre les valeurs du capteur d'humidité sur la plage allant de 30 % à 90 %.

CHAPITRE 8

(Énoncés p. 137)

1 1. a) % 0100 0001 b) % 1100 1000 c) % 1111 1110 d) % 0001 0101 1110 e) % 0111 1101 0000 f) % 0010 0111 0001 0000

2. a) 76 b) 213 c) 3 567 d) 43694 e) 11 184 190

3. a) $ 41 b) $ C8 c) $ FE d) $ 015E e) $ 07D0 f) $ 2710

4. a) 256 b) 1 523 c) 43 981 d) 65 152 e) 1 889 375 f) 4 278 653 612

2 a) $ 4C b) $ D5 c) $ 0DEF d) $ AAAE e) $ 00AAA83E

3 a) −115 b) −100 c) +111 d) −11 489 e) −13 899

4 1. $q = \frac{3{,}3}{2^n} = \frac{3{,}3}{2^8} = 12{,}9$ mV.

2.

Signal avant numérisation	Signal après numérisation		
V_{cond} (V)	V_{num} (décimal)	V_{num} (binaire)	V_{num} (hexadécimal)
3,3	255	1111 1111	FF
0,81	63	0011 1111	3F
1,65	128	1000 0000	80
1	77	0100 1101	8D
0,013	1	0000 0001	01
0	0	0000 0000	00

3.

Plage de conversion (V)	0 – 5	0 – 5	0 – 5	0 – 5
Nombre de bits	8	10	12	16
Nombre de points	256	1 024	4 096	65 536
Quantum (mV)	19,5	4,9	1,22	0,076

4. À chaque fois qu'on ajoute un bit de plus de résolution, on multiplie par deux la précision du convertisseur.

5 **1.**

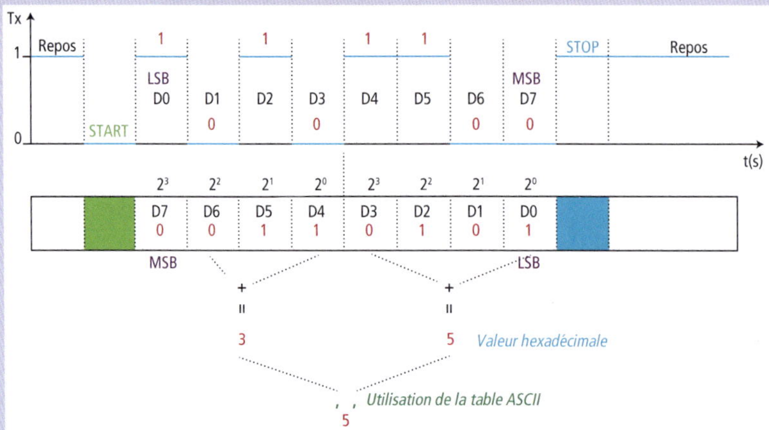

La valeur transmise de la vitesse du vent est 5 m/s.

2.

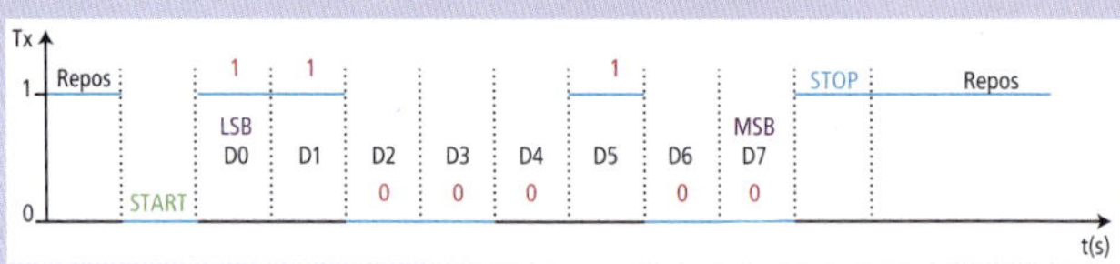

Valeur hexadécimale	Valeur ASCII
0x23	'#'

3. Le débit binaire est donné pas la relation : $D = \dfrac{1}{T_{\text{bit}}}$.

On considère uniquement 8 bits de données sans les bits de contrôle (Bits de Start et Stop).

$$D = \frac{1}{8 \times 10^{-6}} = 125 \text{ kbit/s}.$$

4. On en déduit la durée de transmission d'un message complet de 1 octet avec ses bits de contrôle :

$$T_{\text{transmission}} = \frac{10}{125 \times 10^{3}} = 80 \times 10^{-6} = 80\ \mu\text{s}.$$

6 **1.** Le relevé des données lors de la détection du badge est présenté dans le tableau contenant les champs « *Adresse* », « *Length* », « *Command* » « *Parameters* » « *Operation code* » et « *CRC* ».

Monitor

Nr	Address	Length	Command	Parameters	Operation code	CRC
1	01	0B	03	01 08 E2 3E 06	FF	A1 F3
2	01	0B	03	01 08 E2 3C EF	FF	65 B9

Cela fait en tout 11 octets.

2. Le champ « Parameters » contient 5 Octets.

3. On relève sur la trame les octets suivants : 01 0B 03 01 08 E2 ?? ?? FF XX XX.
Il faut alors trouver les valeurs des deux octets ?? ?? (Attention la trame fait apparaître la transmission du LSB First. Il faut donc, comme pour la transmission RS232, inverser l'ordre des bits avant la conversion en valeur hexadécimale).
Pour le premier octet ?? : S0011 1100P nous donne la valeur hexadécimale 0x3C.
Pour le deuxième octet ?? : S1111 0111P nous donne la valeur hexadécimale 0xEF.
En dehors des deux derniers octets CRC seuls les octets 4 à 8 ne sont pas communs.
Octet 4 = 0x01 – Octet 5 = 0x08 – Octet 6= 0xE2 – Octet 7 = 0x3C – Octet 8 = 0xEF.

4. Dans le champ « Parameters », les deux premiers octets nous informe sur la ville et la priorité :

Trame n° 3 :

3	01	08	03	01 08 E2 3D 96	FF	E0 48

La trame n° 3 nous indique 0x01 et 0x08, qu'il s'agit de la ville de Maubeuge, véhicule prioritaire.
Trame n° 4 :

4	01	08	03	01 07 EF 5D E6	FF	2F 05

La trame n° 4 nous indique 0x01 et 0x07, qu'il s'agit de la ville de Maubeuge, véhicule non prioritaire.

5. L'encodage de cette donnée sur un octet est suffisant pour l'identification de ces communes.
Le nom de la commune est codé sur 1 octet. Or un octet représente $2^8 = 256$ possibilités de communes supérieur à 48 communes de l'agglomération de communes. C'est donc suffisant.

CHAPITRE 9

(Énoncés p. 145)

1 Même s'ils participent souvent à un même réseau et participent à la transmission des données numériques, un switch (ou commutateur de réseau) participe à rediriger la bonne information (trame) vers le bon destinataire en utilisant les adresses MAC de départ et de destination enregistrées précédemment dans sa table d'adressage.
Le routeur permet de réaliser la connexion du réseau local vers l'extérieur (et Internet), en utilisant les adresses IP tout en assurant partiellement la sécurité des intrusions extérieures.

2

Adresses	MAC	IP
B0:6E:BF:04:1A:2C	X	
192.168.1.2		X
00:25:00:a2:55:06	X	
3A-34-53-C4-69-B9	X	
123.45.7.6		X

3 Ceci peut être effectué en se référent au tableau des classes d'adresse IP.

a) 10.12.125.1 Classe A 255.0.0.0

b) 192.168.25.13 Classe C 255.255.255.0

c) 172.25.0.2 Classe B 255.255.0.0

4 1. Réseau auquel appartient 192.45.78.8/16 : b) 192.45.0.0

2. Réseau auquel appartient 192.45.78.8/24 : g) 192.45.78.0

5 On identifie dans un réseau son masque, qui a pour valeur : 255.255.255.192
Nombre d'équipements : d) 62.
Justification : 255.255.255 forment la valeur constituée uniquement de '1'.
192 se traduit par 1100 0000. Il reste donc 6 bits à '0' variables qui peuvent constituer les machines « hôtes », soit $2^6 - 2 = 62$.

6 On considère l'identification des champs dans la trame Ethernet.
Identification des champs :

```
0000 00 d0 c9 17 09 61 00 0f b0 71 c4 c1 08 00 45 00    .....a.. .q....E.
0010 00 3b 18 9e 40 00 40 11 a0 b1 c0 a8 00 10 c0 a8    .;..@.@. ........
0020 00 02 80 0b 00 35 00 27 81 9b 9a 7a 01 00 00 01    .....5.' ...z....
0030 00 00 00 00 00 00 03 77 77 77 06 67 6f 6f 67 6c    .......w ww.googl
0040 65 02 66 72 00 00 01 00 01                         e.fr..... .
```

Par identification, on a :
Adresse source : 00 0F B0 71 C4 C1.
Adresse destination : 00 D0 C9 17 09 61.
Protocole transporté : 08 00 : c'est un protocole IP.

Innovation technologique (IT)

	COURS	EXERCICES
1 Conduite de projet et SYSML	173	180
2 Écoconception	184	190
3 Innovation et créativité	195	202

Les corrigés des exercices 205

1 Conduite de projet et SysML

Le projet en STI2D a pour objectif la conception de solutions réelles. Il doit s'appuyer sur des démarches structurées d'analyses, de propositions, de choix, de réalisations, de tests et de communications. Les problématiques à résoudre sont liées aux grands enjeux du développement durable.

1 Le besoin

• Le développement d'une entreprise dépend de sa capacité à fournir des produits, dans des conditions économiques saines pour elle. Ces produits doivent répondre à des besoins exprimés ou implicites.

• **Le besoin** est identifié à partir d'études de marché menées par des équipes pluridisciplinaires (ingénieurs, designers, producteurs, vendeurs…).

• **Un produit** possède un ensemble de caractéristiques rendant des services différents aux utilisateurs en répondant à leurs besoins. Il comporte une dimension émotionnelle voire affective.

> **Définition**
> **Besoin** : manque, désir entre une situation actuelle considérée comme difficile, insatisfaisante, comparée à une autre considérée comme idéale.

• **Le design** répond à des désirs : combler des manques, entrer en résonance avec une histoire intime, indiquer une position sociale, un niveau culturel, assouvir l'envie de beauté, témoigner d'un intérêt pour les nouvelles technologies…

• Il existe deux typologies de besoins :
- **les besoins objectifs :** caractéristiques, performances, ergonomie, encombrement, durabilité, recyclable…
- **les besoins subjectifs :** style de vie, image de marque, rareté, distinction, confort, ambiance…

2 Cahier des charges

Dès qu'un besoin est exprimé, l'objectif est de rechercher et de définir toutes les fonctions offertes par ce futur produit pour satisfaire les besoins de son utilisateur et ainsi rédiger le **cahier des charges fonctionnel (CdCf)**.

A Les fonctions d'usage du produit

• Un objet, quel qu'il soit, est utile à quelque chose et ne peut être produit sans prendre en compte la notion de service que l'acheteur attend de son usage. C'est la **fonction d'usage**.

• **La désignation d'une fonction d'usage** doit être précise afin d'éviter toute erreur d'interprétation : il est conseillé d'utiliser un **verbe** et un **complément**.

Exemple

Fonctions d'usage d'un smartphone	Naviguer sur Internet
	Écouter de la musique
	Regarder des vidéos
	Prendre des photos
	Se repérer sur un plan, calculer un itinéraire

INNOVATION TECHNOLOGIQUE

B Les fonctions d'estime du produit

- Un produit doit apporter du plaisir, du bien-être. Une relation affective peut s'établir entre l'utilisateur et le produit. On parle alors de **fonction d'estime**.

- **La fonction d'estime** comprend toutes les motivations du client-utilisateur, même les plus subjectives. L'objet peut être choisi pour des raisons personnelles (un souvenir, un désir d'identification, le statut social, une texture, la sonorité...), culturelles, voire émotionnelles.

- La fonction d'estime peut même être prioritaire par rapport à la fonction d'usage.

- Les produits de luxe illustrent bien la valeur d'estime : le statut social qu'ils représentent prédomine sur les usages qu'ils offrent.

Exemple

Fonction d'estime d'une montre de luxe	Satisfaire l'utilisateur
	Être intemporelle (ne pas se démoder)
	Renvoyer une image luxueuse et de qualité

C Les contraintes

- **Les contraintes** traduisent une adaptation du produit à son milieu extérieur. Ces conditions peuvent être liées au marché, à la stratégie de l'entreprise, aux environnements à considérer, à la technologie ou, bien sûr, à la réglementation.

- Ces « contraintes » représentent une limitation de liberté de conception d'un produit.

Exemple

Fonctions de contraintes pour un smartphone	Respecter les normes
	Résister aux chocs
	Être étanche

3 Outils de représentation

- **Le SysML *Systems Modeling Language*** est un ensemble d'outils graphiques utilisés dans le domaine de l'ingénierie qui permet la description, l'analyse, la conception et la validation de systèmes.

A Le diagramme des cas d'utilisation

- **Le diagramme des cas d'utilisation** représente la relation entre l'utilisateur, le système et l'environnement. Il permet d'analyser et d'organiser les besoins et de recenser les grandes fonctionnalités du système.

- Le besoin de l'utilisateur est rédigé avec une phrase qui décrit le cas d'utilisation global du système.

- Le diagramme de cas d'utilisation est un schéma qui montre : les **cas d'utilisation** (ellipses) reliés par des **associations** (lignes) à leurs **acteurs** (principaux et secondaires).
– Le système est délimité par le rectangle qui constitue sa **frontière**.
– Les cas d'utilisation décrivent les services rendus par le système.
– Les **acteurs principaux** sont représentés à gauche, et les **acteurs secondaires** à droite de la frontière du système. Un **acteur non humain** est représenté par un rectangle.
– La relation d'inclusion **« include »** indique que la fonction pointée est indispensable à la réalisation de la fonction principale.
– La relation d'extension **« extend »** indique que la fonction à l'origine n'est pas indispensable à la réalisation de la fonction principale.

Exemple **Ventilateur Purificateur Dyson**

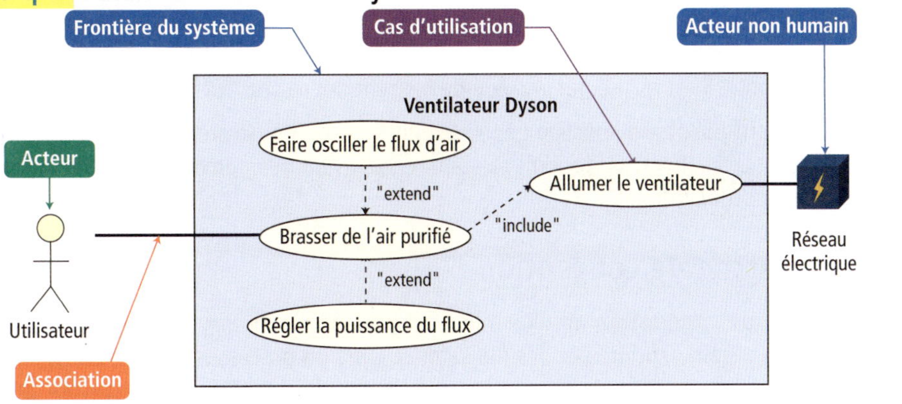

▲ Diagramme des cas d'utilisation du ventilateur Dyson

B Le diagramme des exigences

- **Le diagramme des exigences** décrit le **cahier des charges fonctionnel** du système.

Une exigence peut être :
– une **fonction** ;
– une **contrainte** : conditions de performances, de fiabilité, d'ergonomie, environnementales, économiques ou encore esthétiques.

- **L'exigence** est un contrat entre le fournisseur et son client portant sur des caractéristiques vérifiables auxquelles doit répondre la solution ou le produit. Elle décrit ce qu'un produit doit faire et comment il doit se comporter.
- Les exigences sont reliées entre elles par des **liens de dépendance**.

Exemple

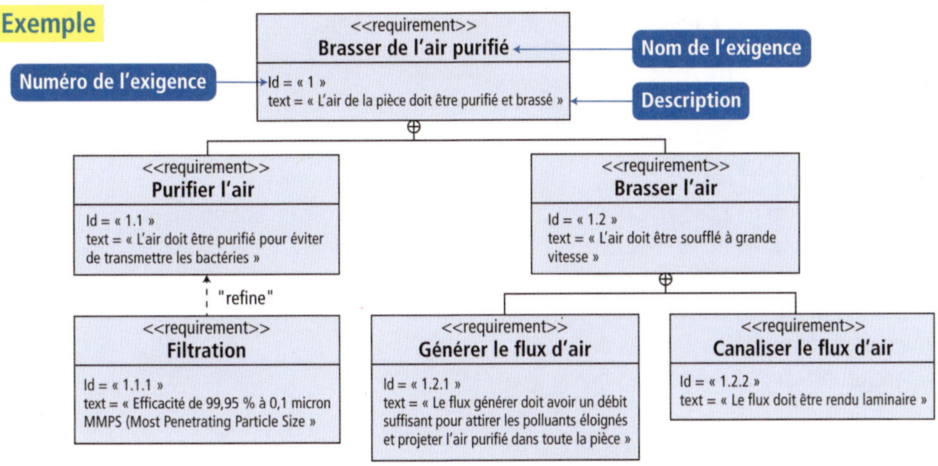

▲ Diagramme des exigences du ventilateur Dyson

Lien	Signification
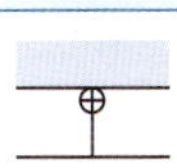	Contenance ou « parent-enfant » L'exigence « enfant » est une partie de l'exigence « parent »
« refine »	Relation entre une exigence et une autre qui permet d'affiner l'exigence de départ, ou de mettre l'accent sur un point particulier

INNOVATION TECHNOLOGIQUE

4 Démarche de projet

• **Un projet** est un ensemble d'activités destinées à atteindre un objectif dans le cadre d'un budget et d'un délai donnés. Il est réalisé par une équipe utilisant des ressources matérielles et financières.

• **Un projet technologique** consiste généralement à résoudre un problème technique, concevoir un produit ou améliorer un produit existant, en utilisant des démarches d'ingénierie collaboratives et d'écoconceptions.

A La démarche de conception

• **La démarche de conception** mise en œuvre tout au long du projet vise à réaliser un produit qui répond à un besoin exprimé par des utilisateurs. C'est un processus de synthèse qui permet d'intégrer toutes les contraintes (stratégiques, économiques, technologiques, ergonomiques, esthétiques et environnementales) au bénéfice de la marque et de la satisfaction de l'utilisateur.

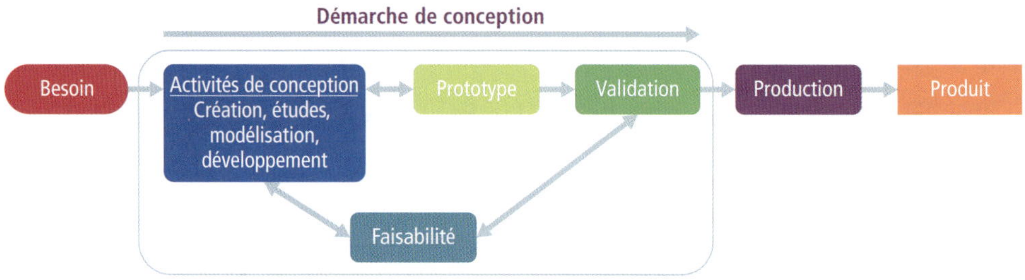

▲ Démarches générales de conception d'un produit

• Le processus de conception, créatif et évolutif, amène à manipuler des connaissances issues de domaines techniques très variés. Cela implique une recherche sur les relations structurelles, fonctionnelles et formelles d'un objet. La réussite d'une conception réside dans le juste équilibre entre les éléments techniques du produit, l'ergonomie et les aspects sociétaux qui induisent plaisir et émotion.

• Cette démarche, qui permet d'aboutir à des solutions nouvelles, s'intègre dans un concept d'ingénierie qui oblige à mener le projet avec une équipe pluridisciplinaire (marketing, design, ergonomie, ingénieur…).

• La conception d'un produit nouveau est rare alors que la reconception de produits existants est un travail permanent en vue de :
– l'élimination ou la diminution des insatisfactions ;
– l'amélioration de la valeur ;
– la prise en compte des progrès de la concurrence ;
– l'adaptation aux nouveaux besoins.

B Les étapes de la conception

Étape 1 Conception préliminaire

• Sur la base du cahier des charges et du concept retenu, l'équipe de conception recherche différentes réponses aux fonctions du produit.

• Chaque concept est illustré, schématisé et annoté. Cela met en évidence la structure et le principe de fonctionnement du système. Des maquettes de principes peuvent enrichir les recherches.

• À l'issue de cette étape, des solutions doivent être dégagées et validées.

Étape 2 Conception détaillée

• Cette étape consiste à développer la piste retenue, à préciser le projet définitif du futur produit. Il s'agit de finaliser et de définir complétement tous les composants du système et leur agencement. Un système est constitué de plusieurs solutions techniques (sous-systèmes, pièces...).

• Par une ingénierie collaborative, les choix sont arrêtés pour :
- **la structure matérielle.** Les formes sont définies, les dimensionnements sont faits, les matériaux choisis ;
- **la chaîne d'énergie.** Les convertisseurs sont choisis, les composants dimensionnés ;
- **la chaîne d'information.** Les éléments sont choisis, les programmes de traitement sont établis.

• Les grandes capacités de calculs et de représentation qu'offrent les outils numériques, dit de CAO (Conception Assistée par Ordinateur) sont d'une grande aide. Ces outils permettent de répondre aux besoins exprimés, d'obtenir des gains substantiels de productivité et d'éviter des erreurs de production ou de montage car leur nature dynamique permet de reporter à l'ensemble du projet tout changement d'un composant.

Étape 3 Prototypage

• Le prototypage est une étape essentielle dans tout processus de conception. Elle marque le passage du virtuel au réel. Le prototypage permet de concrétiser les idées afin de valider des hypothèses et d'optimiser les différents paramètres du processus : encombrement, fonctionnement, coût...

• Le prototypage rapide désigne les techniques permettant de fabriquer rapidement des maquettes de pièces ou d'assemblages grâce à des données 3D CAO. Cela permet de faire évoluer les conceptions pour obtenir des prototypes reproduisant très fidèlement l'aspect et le fonctionnement des produits finis mais aussi leurs performances.

• Le prototypage rapide s'appuie sur des outils comme l'impression 3D, la découpe laser ou l'usinage à commande numérique. L'impression 3D permet de créer plus rapidement des prototypes réalistes et d'apporter instantanément des modifications, ce qui améliore le processus d'essais et d'erreurs.

Étape 4 Test et validation

• Les essais menés sur le prototype ou les simulations doivent permettre de valider les performances vis-à-vis des indicateurs du cahier des charges fonctionnel.

• Les prototypes d'ingénierie nécessitent des tests de fonctionnement et d'utilisation approfondis pour voir comment une pièce ou un assemblage fonctionnera lorsqu'il sera soumis aux contraintes et aux conditions d'utilisation sur le terrain. L'impression 3D utilise des plastiques techniques pour créer des prototypes de haute performance pouvant résister aux contraintes thermiques, chimiques et mécaniques.

• La conception est validée si les écarts entre les besoins exprimés dans le cahier des charges et les performances du prototype sont tolérables.

C Les cycles de développement

• **Les cycles de développement** sont des méthodes ou des modèles de démarche de conception utilisés pour concevoir un produit.

• **Le cycle en V** est un modèle de gestion de projet qui implique toutes les étapes d'un projet. Elle débute par l'analyse du besoin et l'établissement d'un cahier des charges entre le client et le fabricant. Les spécifications sont alors précisées.

Les concepteurs doivent répondre de manière fonctionnelle et structurelle à cette demande dans la conception globale et détaillée.
Le cycle se caractérise par un flux d'activité descendant qui détaille le produit jusqu'à sa réalisation, et un flux ascendant, qui assemble le produit en vérifiant sa qualité.

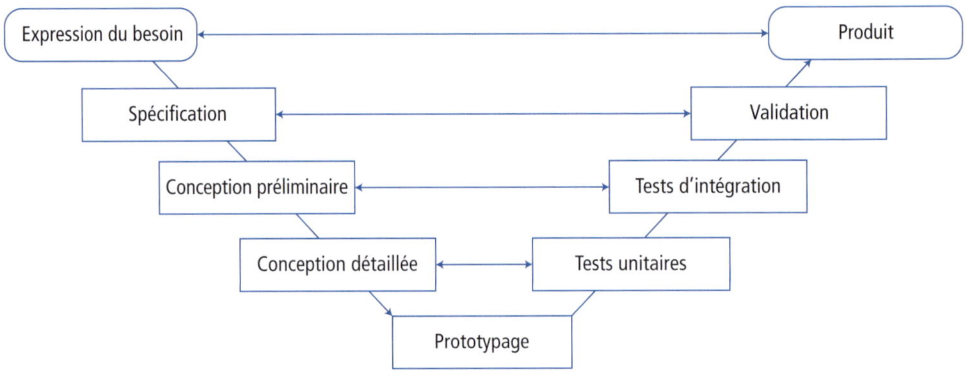

▲ Schéma du cycle en V

5 Synthèse

Démarche	Détail des activités	Production réalisée en projet STI2D
Spécification	Énoncé du besoin	SysML Diagramme des cas d'utilisation Diagramme de séquences Diagramme des exigences et / ou Cahier des charges fonctionnel (norme NF X 50 151)
	Validation du besoin	
	Description fonctionnelle	
	Rédaction du CdCF	
	Validation	Revue critique de spécification : rapport et présentation
Conception préliminaire	Analyse de l'existant	Rapport d'analyse après recherche dans des bases de données techniques
	Recherche de brevets	Rapport d'analyse après recherche dans des bases de brevets
	Recherche de solutions évidentes	*Brainstorming*, cartes mentales Base de données techniques Schémas, croquis à main levée
	Recherche de solutions non évidentes	Mise en œuvre d'une démarche TRIZ
		Cartes mentales
		Schémas
	Présentation des solutions	Schémas SysML diagramme de définitions de blocs, diagramme de blocs interne, diagramme d'états
	Évaluation des solutions / CdCF	Mise en œuvre d'expérimentation et de simulation
	Choix de la solution	Rapport d'étude
	Validation de la (ou des) solution(s)	Revue critique de conception préliminaire : rapport et présentation

Démarche	Détail des activités	Production réalisée en projet STI2D
Conception détaillée	Dimensionner	Rapport d'étude après un logiciel de dimensionnement
	Choisir les composants	Rapport d'étude après une consultation d'une base de données constructeur
	Représenter	Modeleur volumique 3D, CAO, électronique
Prototypage	Créer les pièces	Prototypage rapide numérique Prototypage électronique Prototypage informatique
	Créer les circuits imprimés	
	Créer les sous-programmes	
	Acheter les composants	
	Tester les composants	
	Assembler les pièces et les composants	
	Assembler les sous-programmes	
Validation	Tester les sous-systèmes	Test mécanique et électronique
	Tester les sous-programmes	Test informatique
	Tester le système	Test général
		Revue critique de validation : rapport et présentation

Exercices d'entraînement

Exercice 1

Corrigé p. 205

1. Indiquer les besoins auxquels répondent les produits ci-dessous.

	Besoins objectifs	Besoins subjectifs
Trottinette électrique		
Nike Air Max		
Webcam		
Panneau photovoltaïque		

2. Trouver des produits répondant aux besoins énoncés ci-dessous.

Besoins	Produits
Laver le sol d'une habitation de manière autonome	
Produire de l'énergie électrique grâce au vent	
Communiquer oralement à distance avec une autre personne	
Restreindre l'accès à une pièce par identification d'empreintes digitales	

Exercice 2

Corrigé p. 205

Compléter le diagramme des cas d'utilisation du vélo à assistance électrique avec les cas d'utilisations suivants :
Se déplacer / Se déplacer avec une assistance / Activer l'éclairage / Sélectionner un niveau d'assistance / Recharger la batterie / Sélectionner un rapport de vitesse.

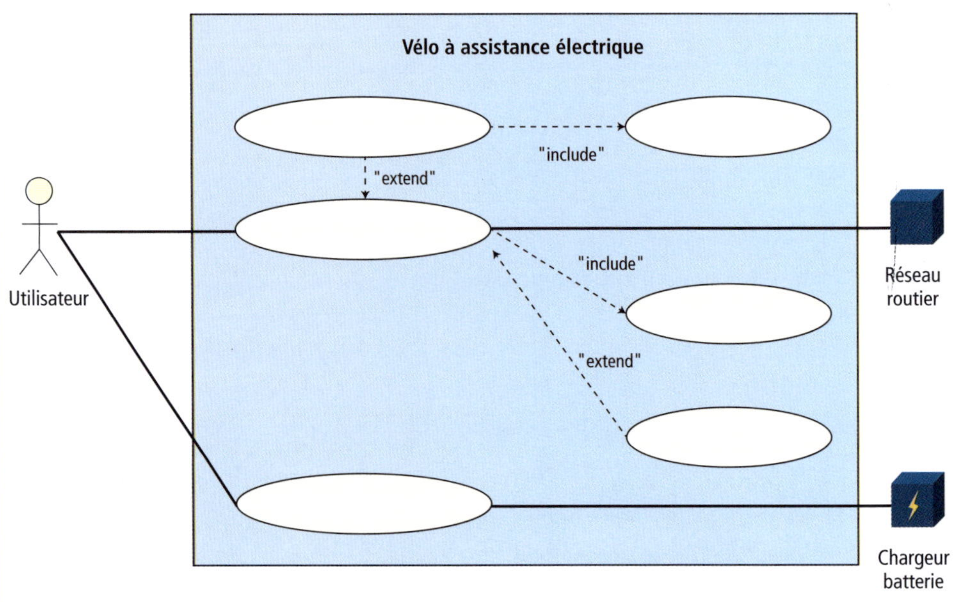

▲ Diagramme des cas d'utilisation du vélo à assistance électrique

Exercice 3

Corrigé p. 206

Compléter le diagramme des cas d'utilisation du lave-linge avec les cas d'utilisations suivants : Essorer le linge / Remplir la cuve / Chauffer l'eau / Brasser le linge / Programmer / Vider la cuve.

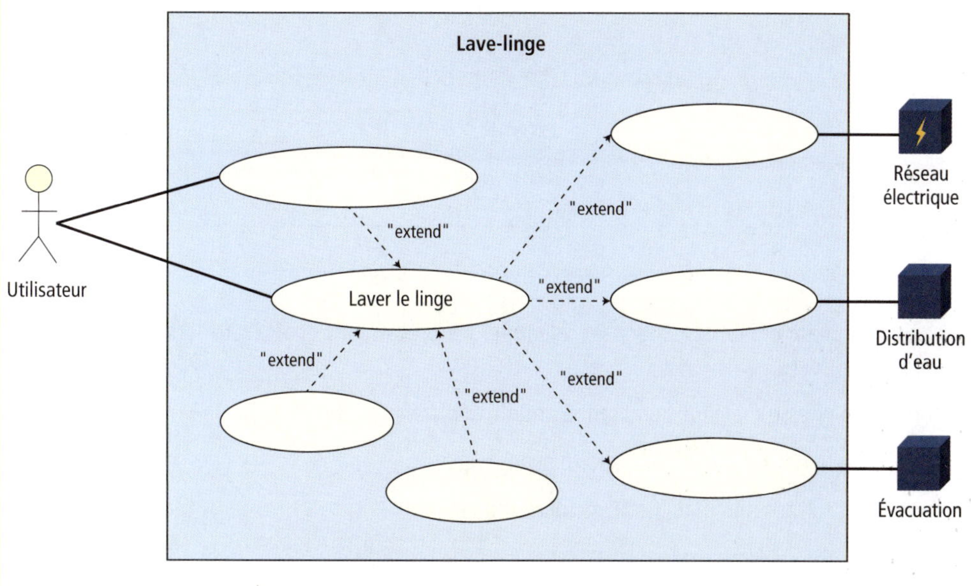

▲ **Diagramme des cas d'utilisation du lave-linge**

Exercice 4

Corrigé p. 206

Le cahier des charges d'un robot aspirateur décrit un certain nombre d'exigences permettant le bon fonctionnement de celui-ci.
Un extrait est présenté ci-dessous :

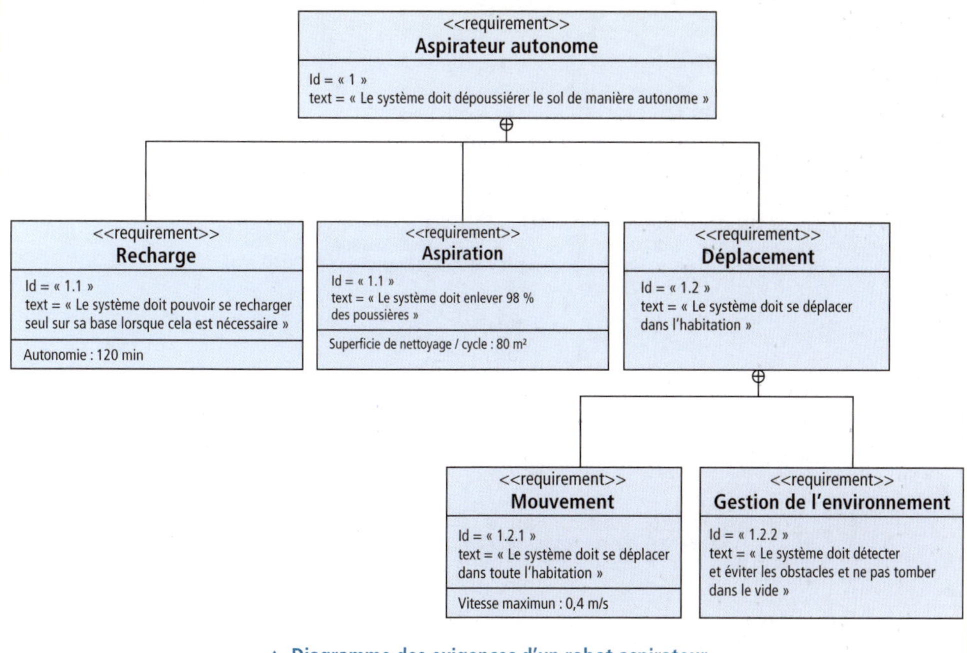

▲ **Diagramme des exigences d'un robot aspirateur**

1. À partir du diagramme des exigences ci-dessous, compléter le diagramme des cas d'utilisation du robot aspirateur.

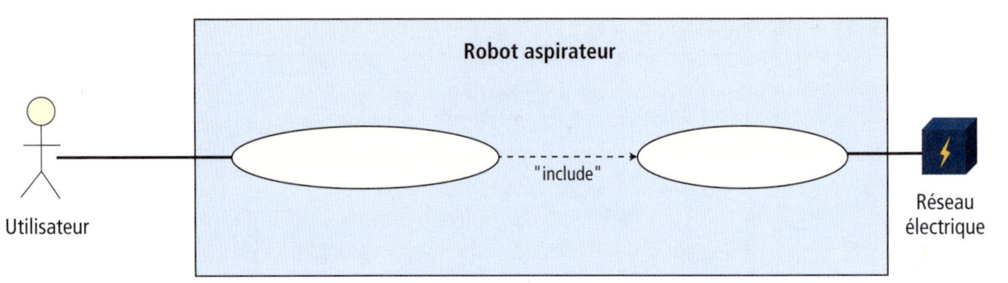

▲ Diagramme des cas d'utilisation d'un robot aspirateur

3. À partir du diagramme des exigences, identifier les précautions envisagées lors du déplacement du robot aspirateur.

4. Identifier la vitesse maximale souhaitée pour le déplacement de celui-ci.

5. Identifier le temps d'utilisation souhaité avant recharge.

6. Identifier la surface minimale nettoyée durant un cycle.

Exercice 5

Corrigé p. 206

Associer les numéros d'étapes du développement du capteur de pollution environnementale aux vignettes ci-après :

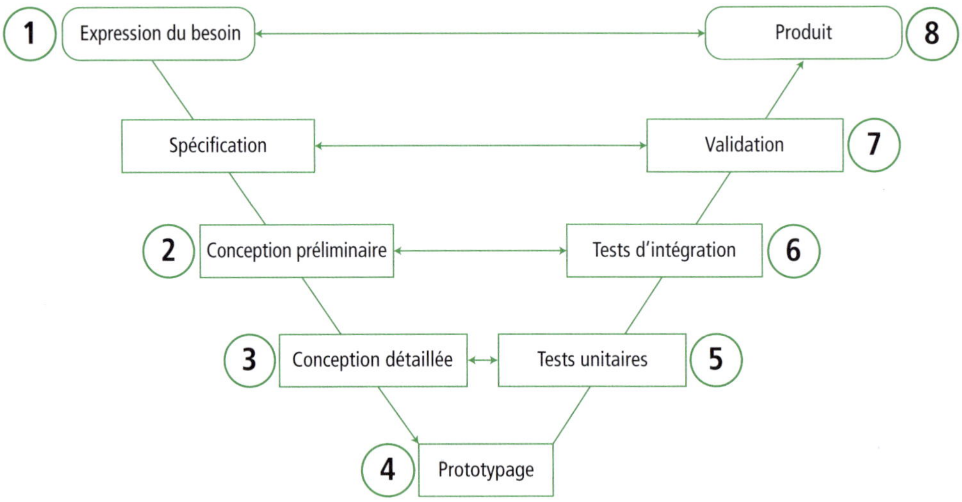

▲ Schéma du cycle en V

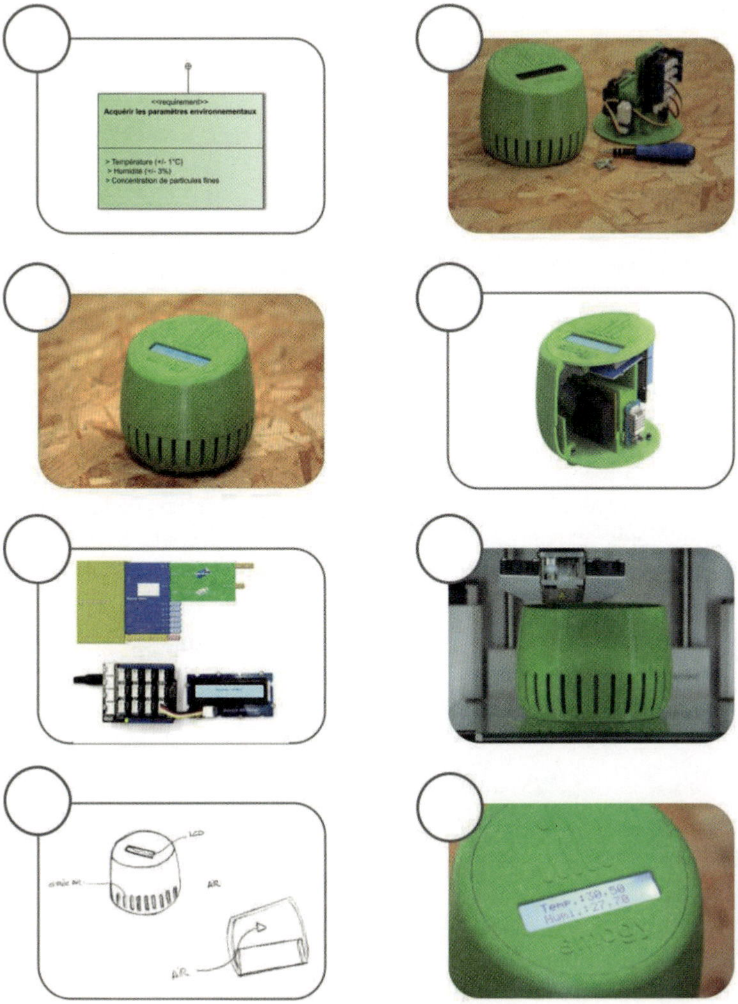

▲ Étapes de développement d'un capteur de pollution

2 Écoconception

Tout produit a des impacts négatifs sur l'environnement : épuisement de ressources naturelles, consommation d'énergie, pollutions et nuisances dues aux rejets de substances dans l'eau, l'air ou les sols... et ce, tout au long du cycle de vie.
L'évaluation précise des impacts des produits sur l'environnement est devenue une priorité. Le processus de conception durable doit évaluer ces impacts.

1 Introduction

• **L'écoconception** est une démarche visant à intégrer des aspects environnementaux dans la conception et le développement de produits tout au long des étapes de leur **cycle de vie**. De l'extraction des matières premières jusqu'à l'élimination des déchets, le but est de minimiser l'impact environnemental du produit tout en répondant aux fonctionnalités et aux performances exprimées dans le **cahier des charges**.

• Cette démarche s'inscrit dans le cadre plus large du **développement durable**, dont le principe est de répondre aux besoins du présent sans compromettre la capacité des générations futures à satisfaire les leurs.

2 Démarche d'écoconception

La démarche d'écoconception d'un produit se déroule en trois temps :
- **Réaliser une analyse du cycle de vie du produit (ACV)** afin de diagnostiquer l'impact du produit en cours de conception sur l'environnement ;
- **Rechercher des pistes d'amélioration** afin de réduire cet impact ;
- **Conclusion.**

Réaliser une ACV du produit

L'ACV permet de quantifier les **impacts environnementaux** d'un produit tout au long de son cycle de vie, de l'extraction des matières premières à la fin de vie.
L'ACV permet de visualiser dans quelle mesure les décisions relatives au produit (matériau, géométrie, assemblage, procédés de fabrication…) impactent l'environnement. L'ACV est le point de départ d'une démarche globale d'écoconception.

Définitions

Impact environnemental : ensemble des modifications qualitatives, quantitatives et fonctionnelles de l'environnement.
Unité fonctionnelle : service rendu par un produit sur une durée donnée (ex. : UF d'un sac de caisse est d'emballer 9 000 L de courses d'un européen moyen par an).

Étape 1 Définir l'objectif de l'étude du produit

Cette étape a pour objectif de cadrer l'étude d'analyse du cycle de vie du produit. **L'unité fonctionnelle** établit une base de comparaison parmi des produits qui peuvent, sous des formes très différentes (biens, services…), remplir la même fonction pour l'utilisateur.

Il faut sélectionner les impacts environnementaux que l'on souhaite prendre en compte par exemple :

La consommation d'énergie non renouvelable (en mégajoule, MJ)	L'indicateur énergie comptabilise la quantité d'énergie de type non renouvelable, consommée tout au long du cycle de vie du produit. L'épuisement des énergies fossiles fait partie des enjeux environnementaux actuels majeurs.
La consommation d'eau (en litre, L)	Cet indicateur comptabilise la quantité d'eau consommée tout au long du cycle de vie. Il s'agit par exemple de l'eau requise dans les procédés industriels, lors de l'étape de nettoyage ou de production de certaines matières premières.
L'empreinte carbone (en kilogramme équivalent dioxyde de carbone, kg eq CO_2)	C'est la quantité de gaz rejeté (dioxyde de carbone CO_2, monoxyde de carbone CO, méthane CH_4 …) tout au long du cycle de vie du produit. Chaque gaz ayant un pouvoir de contribution à l'effet de serre différent, les quantités sont ramenées à leur équivalent en CO_2. Les gaz à effet de serre d'origine humaine sont considérés comme responsables du dérèglement climatique.
L'eutrophisation de l'eau (en kilogramme équivalent phosphate PO_4 ou azote N, kg eq PO_4 ou kg eq N)	Elle survient lorsque l'azote et le phosphore des eaux usées et des engrais agricoles provoquent la prolifération d'algues qui asphyxient les cours d'eau, entraînant la mort des espèces animales et végétales qui y vivent. La pollution des milieux aquatiques est un phénomène de plus en plus inquiétant.
L'acidification de l'air (en kilogramme équivalent dioxyde de soufre, kg eq SO_2)	Les rejets dans l'atmosphère du dioxyde de soufre (SO_2) et du dioxyde d'azote (NO_2), sont à l'origine des pluies acides qui perturbent l'écosystème et peuvent rendre la terre et l'eau toxiques pour les plantes et les espèces aquatiques.

Étape 2 Réaliser l'inventaire du cycle de vie du produit

Il s'agit d'identifier les différentes étapes du cycle de vie à prendre en considération dans l'étude et réaliser un inventaire des données d'entrée et de sortie rapporté au système étudié. Elle implique la collecte des données nécessaires pour atteindre les objectifs de l'étude définie.

Exemples Matériau, lieu de production, procédé de fabrication, lieu d'utilisation, moyens de transport…

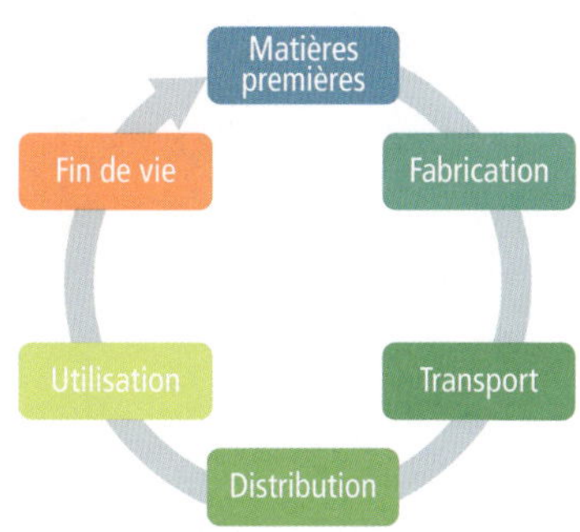

▲ Cycle de vie d'un produit

Étape 3 Évaluer les impacts sur l'environnement

Dans cette étape, on traduit l'inventaire des flux en impacts environnementaux grâce à une modélisation sur un logiciel d'ACV. Les logiciels donnent les résultats sous différentes représentations : chiffrées, graphiques.

Étape 4 Interpréter des résultats

Les résultats obtenus permettent de tirer des conclusions en fonction des objectifs initiaux.

Rechercher des axes d'améliorations

La roue de Brezet présente huit axes qui permettent de définir les orientations à prendre en compte pour réduire les impacts environnementaux d'un produit tout au long de son cycle de vie.

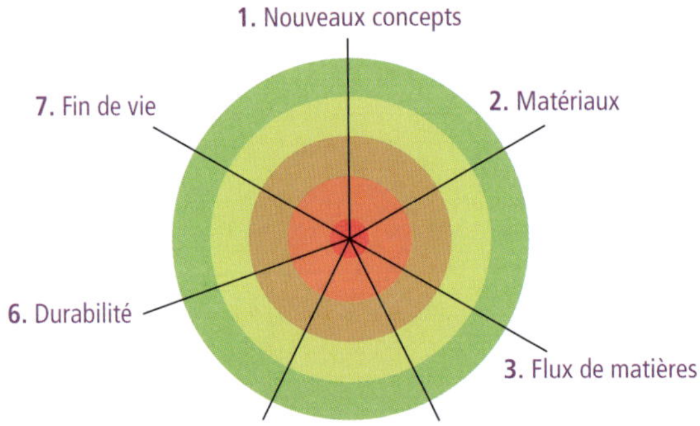

▲ Schéma de la roue de Brezet

Conclusion

La démarche d'écoconception réalisée doit aboutir à la présentation des nouveaux choix opérés sur la conception du produit et la diminution des impacts environnementaux associés.

Exemple Le gobelet en plastique jetable

En France, chaque seconde, 130 gobelets sont jetés soit 4,7 milliards par an.

50 % sont enfouis dans des décharges
33 % sont incinérés
15 % sont abandonnés dans la nature
1 % sont recyclés

Depuis juillet 2021, les gobelets en plastique jetables sont interdits partout en France, y compris sur le lieu de travail.

Réaliser une ACV du produit

Étape 1 Définir l'objectif de l'étude du produit

Alternative : le gobelet lavable qui sera réutilisé plusieurs fois alors que les gobelets en plastique et en carton sont à usage unique.

Pour l'étude :

- L'unité fonctionnelle suivante rendra la comparaison possible entre les deux types de gobelet :

UF du gobelet en plastique : 1 utilisation d'un gobelet de 25 cl sur une manifestation.

ÉTAPE 2 Réaliser l'inventaire du cycle de vie du produit

Matières premières	Classe	Plastiques
	Nom	PP (polypropylène)
	Masse	5 g
	Consommation d'eau	0,5 cl
Fabrication	Région	France
	Procédé	Thermoformage
Transport	Camion	550 km
Utilisation	Région	France
Fin de vie	Recyclage	0 %
	Incinération	60 %
	Décharge	40 %

▲ Inventaire des données d'entrées pour le gobelet jetable en plastique

ÉTAPE 3 Évaluer les impacts sur l'environnement

Pour le gobelet, les résultats pour les différents indicateurs retenus dans l'étude donnent le graphique suivant :

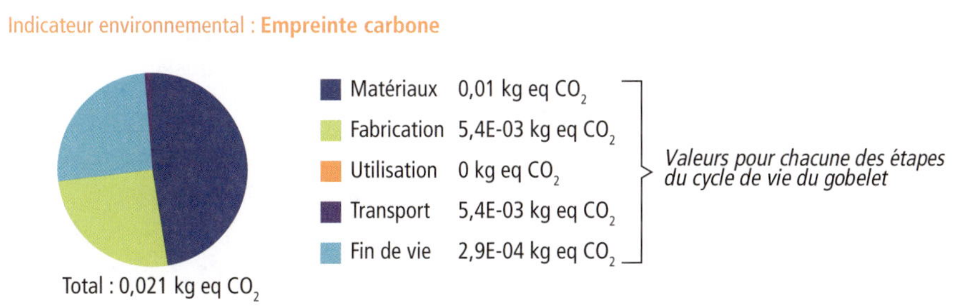

▲ Représentation graphique des impacts environnementaux du gobelet en plastique

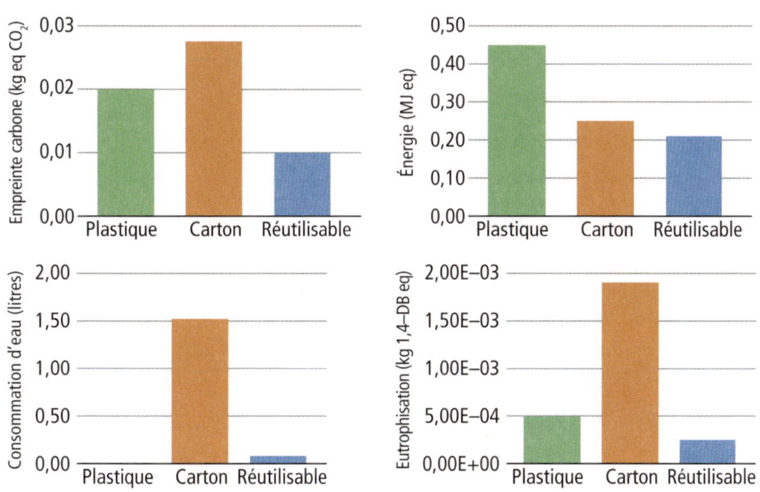

▲ Analyse des résultats du cycle de vie des 3 typologies de gobelets

ÉTAPE 4 **Interpréter des résultats**

→ Les étapes d'élaboration du matériau et de fabrication sont les plus impactantes sur l'ensemble des indicateurs environnementaux.
→ L'étape d'élaboration du matériau a un fort impact sur l'énergie totale consommée.
→ L'étape de fabrication a un fort impact sur l'acidification de l'air.
→ Les émissions de CO_2 du gobelet réutilisable sont deux fois moindres que celles du plastique.
→ Les gobelets carton et réutilisables consomment presque 2 fois moins d'énergie que les gobelets plastiques.
→ Le gobelet réutilisable nécessite 16 fois plus d'eau que le gobelet plastique.
→ Le gobelet carton nécessite 304 fois plus d'eau que le gobelet plastique.
→ Les gobelets en carton génèrent 4 fois plus d'écotoxicité aquatique que les gobelets plastiques et 8 fois plus que les réutilisables.

Rechercher des axes d'améliorations

Deux axes ont été envisagés pour offrir une alternative au gobelet en plastique :

Axe 1. Nouveau concept : sélection de matériau ayant le moindre impact

Choix d'un gobelet en carton composé de 90 % de carton et de 10 % de PLA (matière plastique végétale) pour la couche intérieure permettant l'étanchéité.

Axe 6. Durabilité : optimisation de la durée de vie du produit

Choix d'un gobelet réutilisable en PP (polypropylène). Pour favoriser sa réutilisation, il est nécessairement solide et donc plus lourd que le gobelet plastique jetable. En plus du gain en matière première issue de la réutilisation des gobelets, l'idée est aussi de véhiculer un message auprès du public à travers le système de la consigne : sortir du jetable pour passer au durable.

Inventaire		Gobelet carton	Gobelet réutilisable
Matériau	Nom	Carton + PLA	PP
	Masse	7,2 g de carton 0,8 g de PLA	29 g
	Consommation d'eau	0,72 L pour le carton 0,8 L pour le PLA Total : 152 cl	2,9 cl
Fabrication	Région	France	France
	Procédé	Formage carton	Injection plastique
Transport	Camion	550 km	550 km
Utilisation	Région	France	France
	Énergie	0	Lavage : 2 W Séchage : 9 W
	Consommation d'eau	0	8 cl
	Produits chimiques	0	0,138 g
Fin de vie	Recyclage	0 %	70 %
	Incinération	60 %	18 %
	Décharge	40 %	12 %

Les résultats de l'étude font ressortir le nombre de réutilisations qui rend le gobelet lavable écologiquement équivalent aux autres gobelets.

→ À partir de **7 réutilisations**, les impacts du gobelet réutilisable sont inférieurs à ceux du gobelet en plastique.
→ À partir de **14 réutilisations**, les impacts du gobelet réutilisable sont inférieurs à ceux du gobelet en carton biodégradable sur tous les indicateurs.
Cette dernière valeur a été prise en compte dans les résultats des différents indicateurs environnementaux.

Conclusion

Faut-il préférer le gobelet en carton à celui en plastique ?

Les gobelets en carton ne sont pas meilleurs que ceux en plastique jetable. Ils sont composés de cellulose de bois pur, un matériau qui, n'étant pas étanche, doit être complété par une fine couche en PLA, un polymère obtenu à partir d'amidon de maïs, nécessitant un apport de pétrole supérieur (4,2 g contre 3,1 g pour un gobelet en plastique). La fabrication de ce matériau est très énergivore, le besoin en eau pour la culture du maïs est énorme…

La fabrication d'un gobelet en carton rejette 1,7 fois plus de gaz à effet de serre que son confrère en plastique. Enfin, côté transport, le gobelet en carton pèse 8 g (contre 6,5 g pour un gobelet en plastique) plus lourd, son transport est donc inéluctablement plus polluant.

Faut-il préférer les gobelets réutilisables aux jetables ?

En augmentant son nombre de réutilisations, le gobelet réutilisable en polypropylène génère des impacts environnementaux significativement inférieurs au gobelet jetable.

Avec 14 réutilisations, il consomme 2 fois moins d'énergie non renouvelable et de CO_2 que celui-ci.

Même si le gobelet réutilisable nécessite 16 fois plus d'eau que le gobelet jetable, il est moins impactant en termes d'écotoxicité aquatique.

Exercices d'entraînement

Exercice 1

Corrigé p. 207

Base rotative de ventilateur

Cette étude a été réalisée avec le logiciel *Solidworks Sustainability*. Elle porte sur la base rotative du ventilateur Dyson Air Multiplier. Cette pièce en polycarbonate est fabriquée par un procédé de moulage par injection plastique.

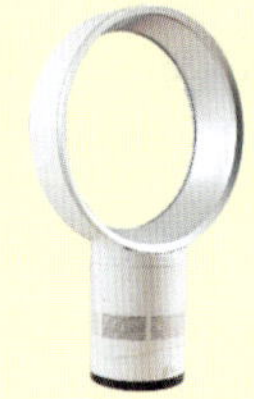

▲ Ventilateur Dyson

Les résultats de l'ACV sont donnés ci-dessous :

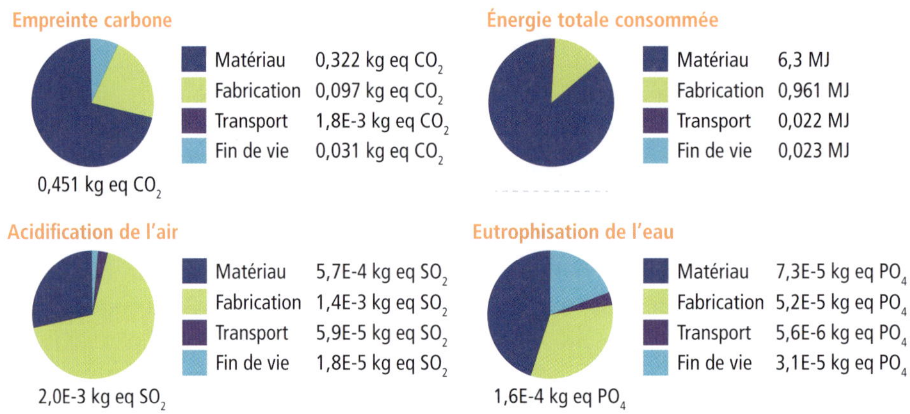

▲ Résultats du cycle de vie du ventilateur

1. Calculer la valeur de l'énergie totale consommée.

2. Indiquer deux étapes du cycle de vie ayant le plus d'impact sur l'empreinte environnementale du produit.

3. Les graphiques ci-contre correspondent à une nouvelle étude réalisée avec de l'ABS.
ABS (en vert), Polycarbonate (en noir).
a) Quel matériau semble le plus intéressant d'un point de vue environnemental ? Justifier.
b) Sur quel indicateur environnemental la différence est-elle la plus importante ?
c) Quel est l'impact financier ?

4. Les diagrammes page suivante indiquent la répartition des impacts environnementaux sur les différentes étapes du cycle de vie du produit.

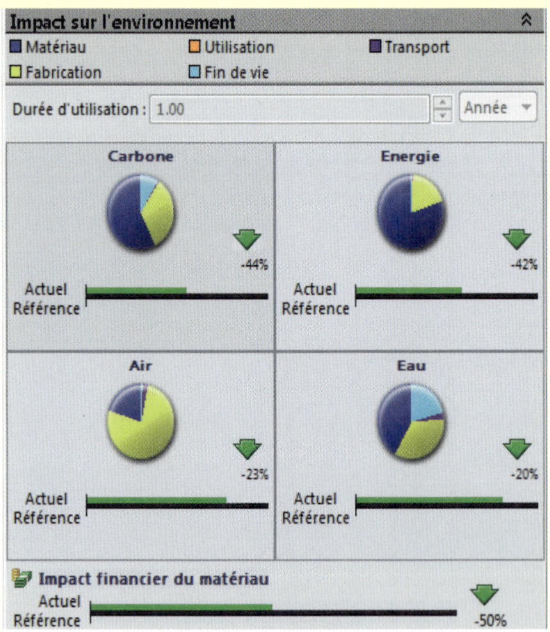

▲ Résultats avec ABS

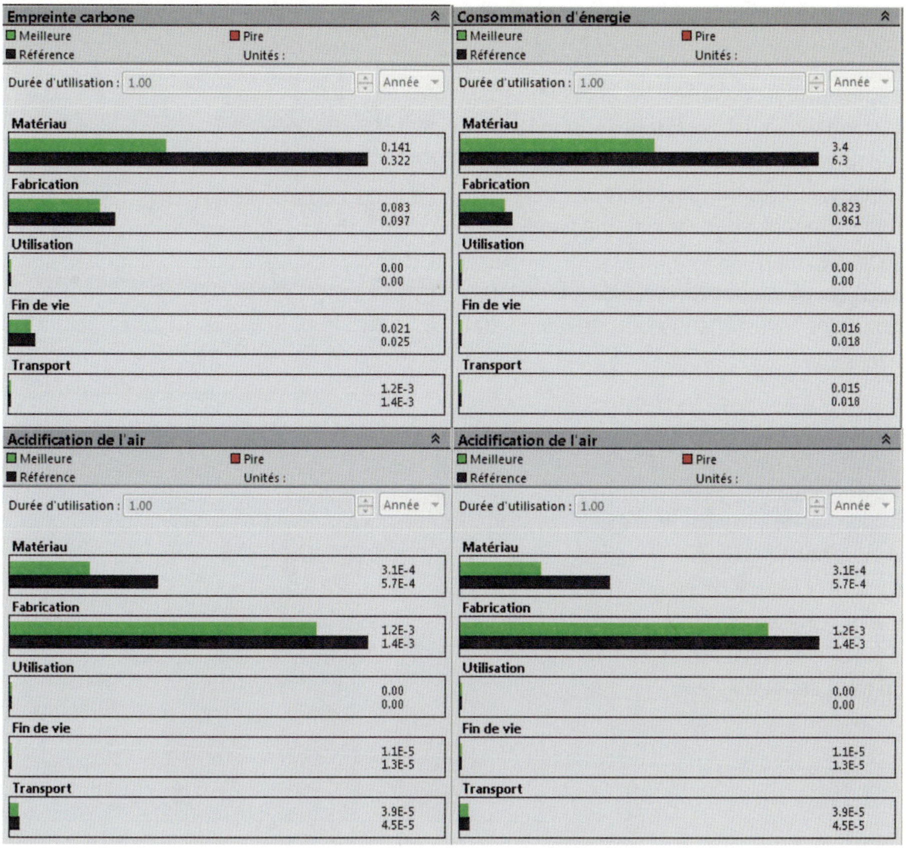

▲ Répartition des impacts environnementaux

Quelle étape du cycle de vie permet de faire la différence sur l'impact environnemental du produit ? Justifier.

Exercice 2

Corrigé p. 207

Châssis d'ordinateur portable

Une analyse du cycle de vie a été réalisée sur le châssis d'un ordinateur portable en aluminium. Dans cette première étude, le châssis est fabriqué en Asie pour une utilisation en Amérique du Nord par un procédé de fraisage numérique.

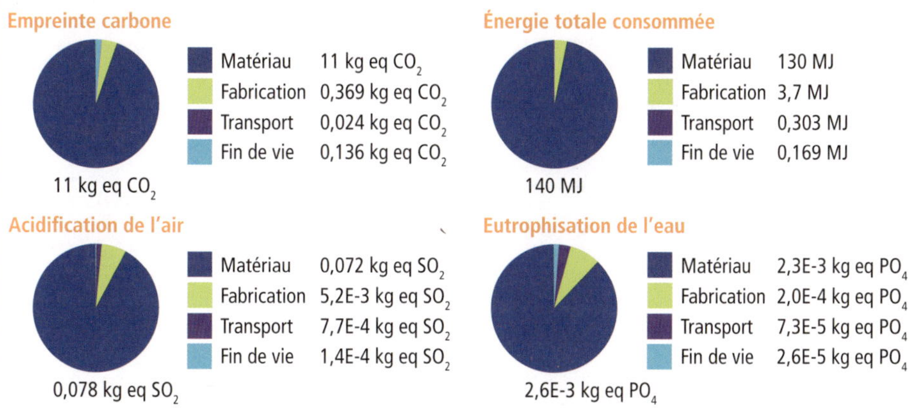

▲ Résultats du cycle de vie du châssis

1. Indiquer quelle étape du cycle de vie a le plus d'impact sur l'empreinte environnementale de ce châssis.

2. Le constructeur souhaite évaluer les impacts environnementaux en localisant la fabrication du châssis en Amérique du Nord.
Le graphique ci-contre représente les impacts des différentes étapes du cycle de vie pour l'acidification de l'air.
Indiquer quelle étape du cycle de vie est la plus impactée par ce changement de région de fabrication.

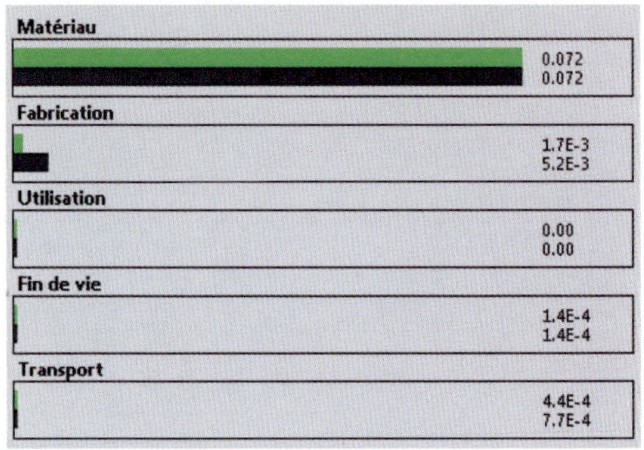

▲ Impact environnemental

3. Le graphique ci-contre montre la répartition de la production d'électricité dans différentes régions du monde. À partir de la lecture de ce graphique, expliquer la raison de l'augmentation de la pollution de l'air lors d'une fabrication du châssis en Asie.

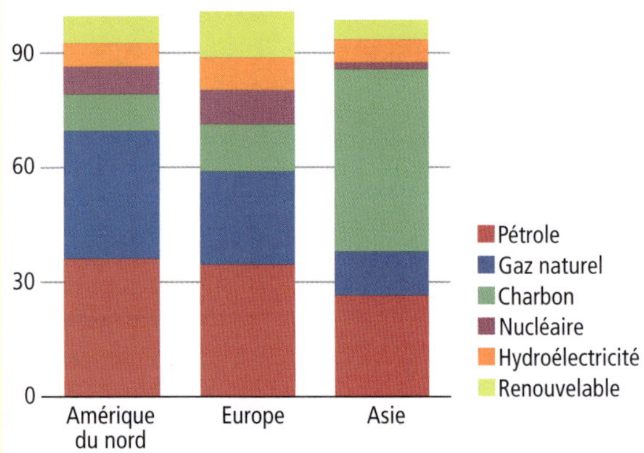

▲ Répartition de la production d'électricité

4. Afin d'améliorer son châssis d'un point de vue environnemental, le constructeur envisage d'utiliser de l'aluminium recyclé.
Le graphique ci-dessous compare l'aluminium et l'aluminium recyclé au niveau de l'empreinte carbone et de la consommation d'énergie.

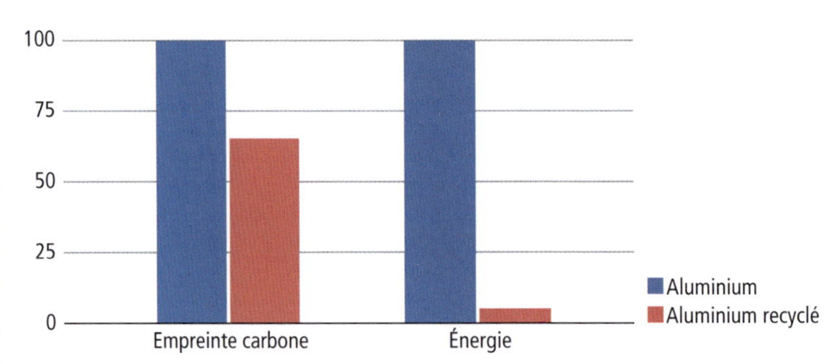

▲ Comparaison aluminium et aluminium recyclé

Indiquer quel matériau est le plus intéressant. Sur quel indicateur environnemental le différentiel est-il le plus important ?

Exercice 3

Corrigé p. 207

Packagings de smartphones

Dans une démarche d'écoconception globale, un constructeur de téléphone a fait évoluer les packagings de ses modèles afin de réduire son impact environnemental.

Le packaging du deuxième smartphone est 20 % plus léger et 34 % moins volumineux que celui du premier modèle.

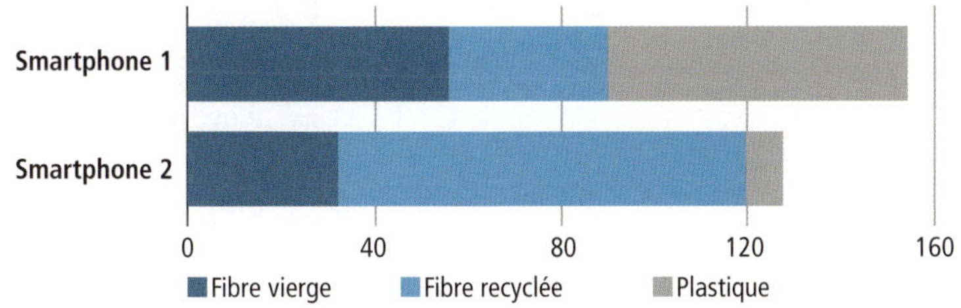

▲ Comparaison des matériaux utilisés

1. Expliquer la démarche du constructeur pour faire baisser l'empreinte environnementale des boîtes d'emballage de ses smartphones.

2. À l'aide de la roue de Brezet (voir cours), indiquer quels axes ont été privilégiés dans la démarche d'écoconception des boîtes.

Exercice 4

Corrigé p. 207

Pédalier de vélo

Un bureau d'étude travaille sur la conception d'un nouveau pédalier de vélo. Trois conceptions sont comparées d'un point de vue environnemental. La pièce sera réalisée par forgeage en aluminium Al7055.

Le graphique donne les résultats de l'ACV pour chaque conception sur l'indicateur empreinte carbone.

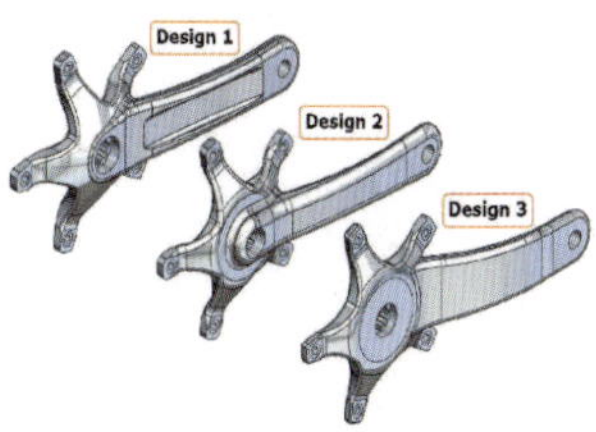

▲ Pièce sur SolidWorks

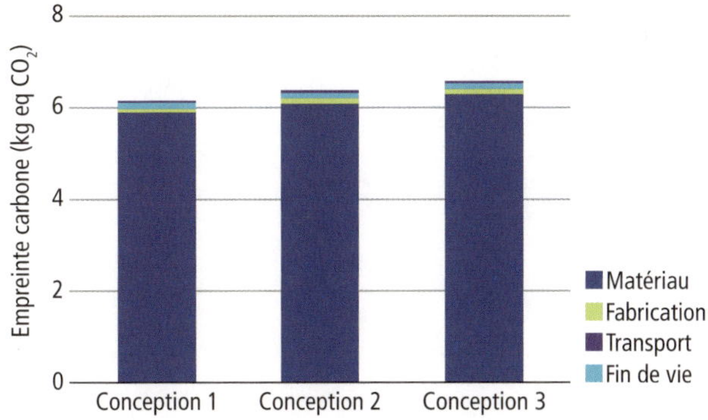

▲ Résultats de l'ACV

1. Quelle conception est la meilleure d'un point de vue environnemental ?

2. Quelle étape du cycle de vie impacte le plus l'environnement ?

3. L'analyse du cycle de vie étant réalisée avec le même matériau, indiquer le paramètre utilisé par le logiciel pour calculer les impacts environnementaux de chaque conception :

☐ la géométrie de la pièce. ☐ la masse de la pièce.

Exercice 5

Corrigé p. 207

Comparaison de véhicules citadins

En France, selon le bilan électrique 2017 de RTE10, le facteur carbone moyen du kWh produit sur le territoire national s'est élevé en 2017 à 74 g de CO_2/kWh.

On cherche à comparer les impacts carbone générés sur une année par deux véhicules citadins : un véhicule essence et le même véhicule en version électrique. La distance moyenne annuelle parcourue pour un véhicule citadin est de 15 000 km.

	e-208 électrique année 2021	**208 PureTech 130 année 2021**
Puissance	136 chevaux	130 chevaux
0 à 100 km/h	8,3 secondes	8,7 secondes
Consommation	18 kWh (pour 100 km)	5,4 L / 100 km
Émission de CO_2/km	0	123 g
Autonomie	340 km	–
Capacité (batterie / réservoir)	50 kWh	44 L
Tarif (électricité / essence)	0,1 558 €/kWh	1,66 €/L

▲ Tableau des caractéristiques des deux véhicules

1. Le tableau indique que le modèle électrique n'émet pas de CO_2. Expliquer pourquoi une voiture électrique est génératrice de gaz à effet de serre dans sa phase d'utilisation.

2. Déterminer l'impact carbone annuel du véhicule essence en phase d'utilisation.

3. Déterminer l'impact carbone annuel du véhicule électrique en phase d'utilisation.

4. Comparer l'empreinte carbone des deux véhicules en phase d'utilisation.

5. Calculer le prix d'une recharge du véhicule électrique et le coût pour 100 km parcourus.

6. Calculer le prix pour 100 km parcourus du véhicule essence. Comparer les coûts pour les deux modèles.

7. Calculer l'autonomie du véhicule essence avec un plein.

3 Innovation et créativité

1 Produit

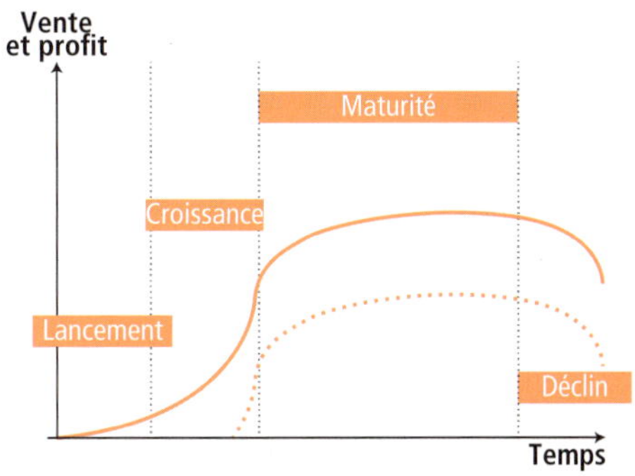

▲ Représentation graphique du cycle de vie commerciale d'un produit

• **Un produit** est un **objet**, ou un système technologique, créé pour **satisfaire les besoins** des utilisateurs. Pour rester présentes sur un marché concurrentiel, les entreprises mettent tout en œuvre pour proposer des produits compétitifs et dégager des plus-values.

• **La durée de vie commerciale d'un produit** obéit à un **cycle** et dépend de nombreux facteurs. Les technologies utilisées doivent être en adéquation avec les attentes du client, correspondre aux avancées de la concurrence, être rentable pour le fabricant, respecter des normes écologiques et environnementales…
Pour résister durablement à la concurrence et répondre à des exigences toujours nouvelles des utilisateurs, le produit doit évoluer au cours du temps.

2 Innovation

> **Définition**
> **Innovation** : commercialisation d'un produit nouveau ou plus performant dans le but de fournir au consommateur des services objectivement nouveaux ou améliorés.

• **La recherche de compétitivité** nécessite d'agir sur plusieurs leviers. Un de ces leviers est l'**innovation**. Innover offre aux entreprises la possibilité de renforcer leur image de marque et de conquérir de nouveaux clients.

• **Une invention** devient une innovation quand elle est introduite sur le marché. Une innovation peut transformer ou révolutionner un secteur d'activité, une pratique sociale ou la vie d'un grand nombre d'individus, ceci le plus souvent de façon inattendue et inconsciente.

• **Une innovation** s'appuie sur les possibilités offertes par la technologie. Elle doit correspondre à un **besoin** de l'utilisateur et doit être **viable économiquement**.

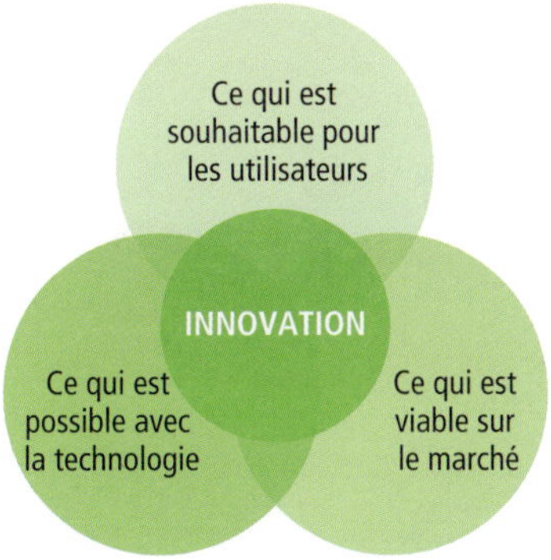

3 Catégories principales d'innovation

A L'innovation de rupture

• **L'innovation de rupture** permet un changement majeur par rapport à la concurrence pour créer de nouveaux marchés et/ou modifier les comportements de consommation. Elle peut avoir un caractère radical voire révolutionnaire.

▲ Évolution des supports d'écoute de musique

• L'innovation de rupture rend obsolète les produits précédents sur le marché.

• Elle revient généralement à changer radicalement de technologie, l'utilisation qui en était faite ou l'approche en termes d'usages. L'innovation de rupture peut être l'arrivée de nouveaux produits sur le marché, qui peut redistribuer complètement le marché et ses acteurs.

▲ L'arrivée de l'iPhone a complètement changé l'usage des smartphones et le marché

▲ L'appareil photo numérique a révolutionné le marché de la photo

• Un produit peut proposer une innovation de rupture d'usage et/ou une **rupture technologique**. Lorsqu'un produit propose cette combinaison, il est perçu comme fortement innovant par les utilisateurs. Ce type d'innovation exige beaucoup de créativité de la part des concepteurs.

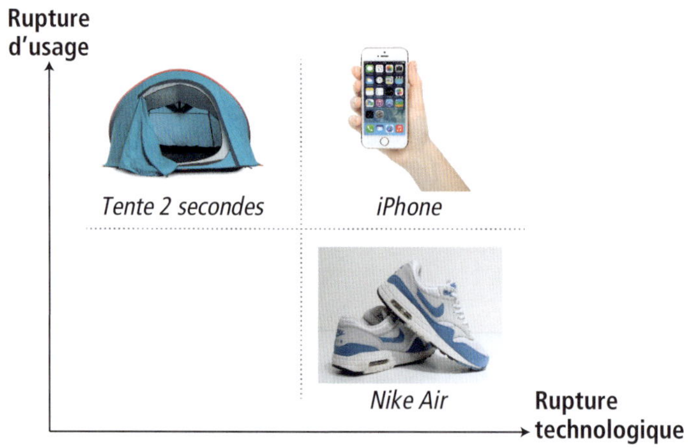

▲ Graphique des combinaisons de rupture

B L'innovation incrémentale

• **L'innovation incrémentale** consiste à améliorer progressivement un produit au sein du même marché sans bouleversement important. Les innovations apportées se font par étapes successives en fonction des avancées technologiques et permettent à l'entreprise de conserver son avance sur ses concurrents.

Exemple L'iPhone est un exemple parfait d'innovation de rupture et non incrémentale, les évolutions se sont, depuis, faites de manière plus discrète. Le marché du smartphone est relativement stagnant, les innovations s'effectuent maintenant en améliorant la qualité des photos, la résolution et la taille de l'écran, l'autonomie de la batterie…

4 Différents types d'innovation

A L'innovation de produit

• **L'innovation de produit** correspond à la création d'un produit nouveau ou encore à une amélioration importante d'un produit déjà existant.

• Elle s'appuie sur l'innovation technologique et l'innovation d'usage.

• **L'innovation technologique :** c'est intégrer au produit des technologies nouvelles ou améliorées, de faire évoluer les spécifications techniques des composants, des matières, du logiciel intégré afin de répondre à un besoin du marché ou anticiper sur des besoins futurs.
Il s'agit de nouvelles technologies issues des travaux de laboratoire de recherches et de développement.

▲ Le vélo électrique

▲ La reconnaissance faciale

• **L'innovation d'usage :** correspond au changement introduit dans la manière d'utiliser le produit ou de consommer le service. Cela comprend l'émergence de nouveaux usages, l'ergonomie, la facilité d'utilisation ou autres caractéristiques fonctionnelles.

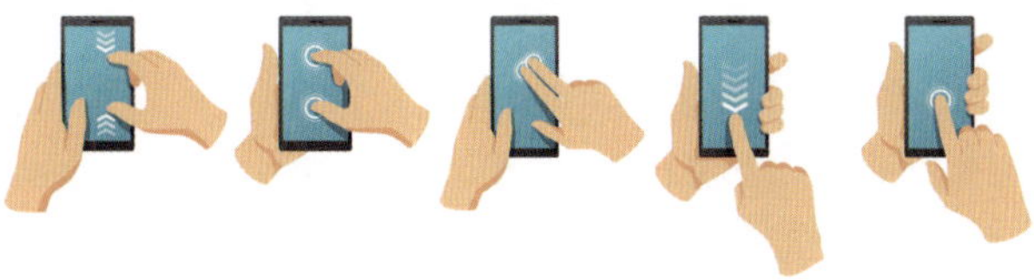

▲ Les différentes fonctionnalités tactiles

B L'innovation de procédé

L'innovation de procédé correspond à la mise en œuvre de nouvelles méthodes pour la production de biens ou la réalisation de prestations de services. Elle intègre la mise au point ou l'adoption de méthodes de production mais aussi de logistique, nouvelles ou améliorées.

0 11213 25385 1

▲ Le système de traçabilité des marchandises par code à barres

INNOVATION TECHNOLOGIQUE

C L'innovation de commercialisation

Une innovation de commercialisation est la mise en œuvre d'une nouvelle méthode de commercialisation impliquant des changements significatifs du conditionnement, du placement, de la promotion ou de la tarification d'un produit.

Exemple Deezer propose un abonnement pour une consommation illimitée de titres musicaux.

5 Moteurs de l'innovation

Une entreprise ne peut grandir ou perdurer sans mener une réflexion approfondie sur sa capacité à rester compétitive. Il est nécessaire de s'appuyer sur plusieurs moteurs de l'innovation :

Exemples

• **Les MEMS** (*Micro Electro Mechanical Systems*) sont des microsystèmes électromécaniques. De tailles microscopiques, ce sont par exemple les accéléromètres ou les gyroscopes qui ont permis de révolutionner l'usage de nos smartphones, et qui ont aussi fait le succès de la Wiimote.

• **La colle du Post-it** avec son faible pouvoir adhésif, a été découverte accidentellement lors de travaux de recherche qui portaient sur des colles très fortes.

• **Le Velcro** est une innovation inspirée de la fleur de chardon alpin, la bardane. Le pouvoir agrippant de cette fleur sur les vêtements a été observé par un ingénieur lors d'une promenade. Il aura fallu 10 ans pour développer le produit avant sa commercialisation.

6 Protection de l'innovation

• Lorsqu'une entreprise investit des moyens dans la recherche et l'innovation, elle doit protéger ses créations afin d'éviter la copie ou les contrefaçons. C'est le rôle de la protection industrielle par le **dépôt de brevets** auprès d'un organisme garantissant cette protection.

• **Un brevet** protège une solution technique à un problème technique caractérisé :
– un droit exclusif d'exploiter sur le territoire d'un état ;
– pendant une durée limitée (20 ans) ;
– moyennant le paiement de redevances annuelles en contrepartie d'une diffusion légale (18 mois après le dépôt).

Les brevets font partie du patrimoine de l'entreprise.

• En France, les brevets se déposent à **l'INPI** (Institut national de la protection industrielle). Ils protègent les moyens techniques mais pas les idées.

• **Pour déposer un brevet,** il faut au préalable effectuer une recherche d'antériorité pour identifier les articles, brevets, conférences qui existeraient déjà sur le produit et qui pourraient compromettre la brevetabilité de votre invention.

• Après le dépôt du brevet, les documents obtenus s'appellent des « abrégés », ils contiennent les informations suivantes :
– la référence de la notice décrivant le brevet ;
– la date de publication et son origine ;
– un descriptif du brevet.

• Un brevet peut également servir à acquérir ou accéder à une nouvelle technologie en se procurant un savoir-faire externe.

Exemple Le brevet de multi-touch, développé pour le premier iPhone, a été déposé en 2007. Concrètement, les entreprises concurrentes qui utilisent désormais ce système doivent payer une licence pour utiliser cette technologie.

7 Créativité

• **Pour trouver des idées nouvelles,** une équipe de projet doit mobiliser sa créativité durant toutes les étapes du développement du produit. Il faut inscrire cette recherche de solutions innovantes dans une démarche méthodique. De multiples méthodes peuvent être mises en œuvre et utilisées de manière complémentaire.

• **La démarche globale** permettant de générer de nouvelles idées repose sur un processus de cycles itératifs qui favorisent les allers-retours entre les phases de recherches, de prototypes et de tests. Chaque cycle apporte des retours qui permettent de rebondir d'une nouvelle manière et d'avancer dans le développement des idées.

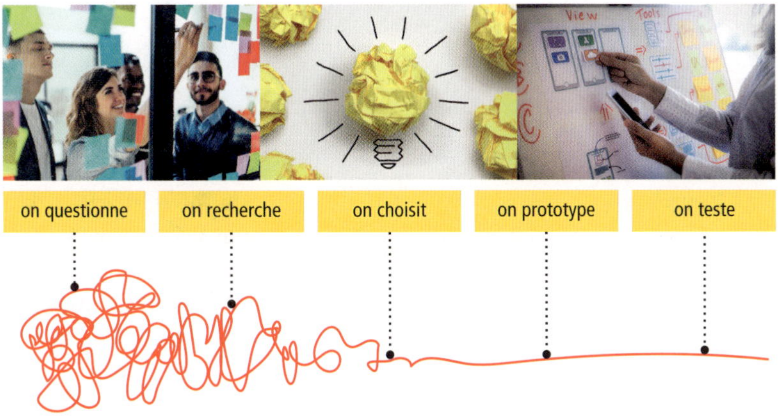

▲ Cycle de recherche

• On peut définir le processus créatif en s'appuyant sur 5 étapes :

Étape 1 Définir le problème

Une innovation répond à un problème : il est donc nécessaire de l'identifier au plus tôt. Un problème mal posé conduit rarement à une solution satisfaisante. Il faut définir précisément le contour du sujet sur lequel l'équipe va travailler en identifiant la problématique à résoudre.

Le scénario d'usage

Les produits sont créés pour rendre service aux utilisateurs. Dans le processus d'innovation, il faut mettre le futur utilisateur au centre de ses préoccupations afin de bien cibler le contexte, les besoins des usagers et les problèmes qu'ils rencontrent. Il faut chercher à mieux comprendre les usages du produit et ses limites. En observant les utilisateurs, en décrivant l'expérience qu'ils vivent au quotidien et en décrivant des scénarios qui sont au cœur de la problématique.

Étape 2 Imaginer des solutions

Pour produire des idées créatives, il est souvent utile pour l'équipe de projet de s'appuyer sur des méthodes. La qualité des idées est l'aboutissement de tout un travail d'inspiration, de la mise en œuvre d'outils de créativité et d'un état d'esprit.

L'inspiration permet de s'immerger dans le thème. Elle démarre avec le temps passé sur le terrain, à rencontrer les utilisateurs et se poursuit par un travail de veille documentaire : produits, technologie, brevets... Ce temps de découverte et d'exploration ouvre le champ des connaissances et favorise l'émergence de croisements et de rapprochements d'idées. Le transfert de technologies grâce aux brevets est aussi un moyen d'y arriver.

Les outils de la créativité

> ***Le brainstorming*** : technique de résolution créative de problèmes qui favorise l'originalité et l'association d'idées. Il peut être organisé à chaque fois qu'une équipe recherche une solution à un problème. L'objectif est de produire en groupe un maximum d'idées nouvelles sur un thème donné.

Comment faire un brainstorming ?

Deux principes définissent le brainstorming : la suspension du jugement et la recherche la plus étendue possible. Ces deux principes se traduisent par quatre règles :

Règle n° 1 : Trouver autant d'idées que possible lors de la session.

Règle n° 2 : En aucun cas ne critiquer des idées.

Règle n° 3 : Les idées folles et ambitieuses sont les bienvenues.

Règle n° 4 : Encourager à exploiter les idées des autres.

> **Les cartes heuristiques** : (ou carte mentale) sont un outil pour effectuer des *brainstormings* autour d'un concept. Les équipes peuvent l'utiliser pour libérer leur créativité tout en restant fixés sur un sujet. L'organisation visuelle de ce schéma facilite le *brainstorming*, focalise la réflexion et permet ainsi l'émergence de pensées nouvelles. Elles illustrent également les liens qui existent entre un concept ou une idée, et les informations qui leur sont associées.

> **La méthode TRIZ (théorie de résolution des problèmes inventifs ou d'innovation).** Face à une contradiction qui limite les performances de votre produit, la méthode TRIZ propose 40 principes d'innovation qui permettent de résoudre les contradictions de votre système et stimuler la recherche de concepts innovants (*cf.* site www.triz40.com).

L'objectif est de conduire le processus de créativité de manière structurée et de sortir de la dimension aléatoire des séances de *brainstorming*. La méthode conduit l'ingénieur à exprimer son problème sous forme de contradictions élémentaires, qui peuvent alors être résolues avec une matrice, laquelle renvoie vers un certain nombre de principes d'innovation.

Comment l'application de ce principe a-t-elle conduit à un produit innovant ?

Étape 3 Synthétiser les idées

Après cette étape de créativité, l'équipe doit évaluer la pertinence des différentes idées proposées en regard de la problématique d'innovation et mesurer la faisabilité technique et économique.

Étape 4 Prototyper des concepts

Lorsqu'un concept a été retenu, il est important de le représenter et de le matérialiser rapidement afin d'en évaluer le potentiel. **Le prototypage** est une étape clé pour apporter des

réponses et progresser dans les étapes du processus créatif. Il permet de concrétiser les idées afin d'échanger, d'apprendre, de tester et de valider des choix.
Prototyper très tôt permet de se mettre plus rapidement à la place de l'utilisateur et de faire évoluer naturellement les idées. L'équipe peut ainsi mieux s'approprier le concept et affiner les axes de progrès. En créant rapidement des prototypes, et en prenant l'habitude d'apprendre par la pratique, l'équipe développe sa capacité créative.

Étape 5 Tester

Pour évaluer concrètement un concept, il est essentiel de le tester afin de valider des hypothèses d'un point de vue technique ou d'usage. Pour cela, il est important d'observer le comportement des collaborateurs et du futur utilisateur et d'analyser les réactions et les interactions avec le prototype. Cette étape permet de prendre conscience d'éventuels points d'amélioration. Elle favorise les itérations rapides et ainsi une amélioration continue du concept développé.

Exemples

Objectif : Trouver une solution technique pour faciliter le rangement d'une échelle.
Expression en termes génériques : On souhaite améliorer la facilité de rangement d'une échelle tout en préservant la hauteur à laquelle elle permet de s'élever.
Expression en termes de conflit :

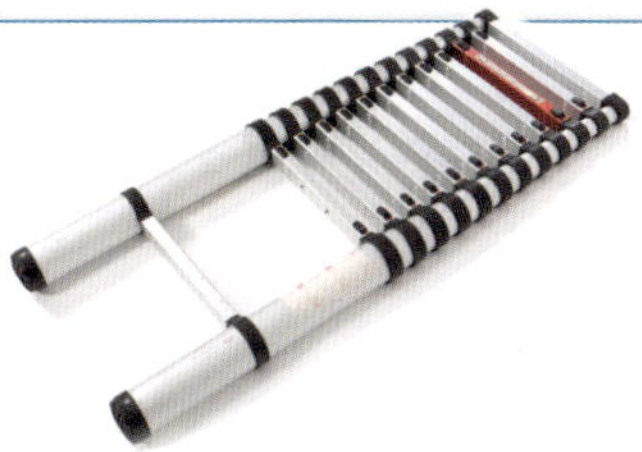
▲ L'échelle télescopique résout la problématique posée

Si je **réduis la taille** je peux la ranger plus facilement — mais — je **réduis** en même temps **la hauteur** à laquelle elle permet de s'élever

Expression en terme théorique :

Améliorer le **volume de l'objet mobile** → tout en préservant la **dimension de l'objet mobile**, à savoir la hauteur de l'échelle

Caractéristique à améliorer : Volume de l'objet mobile.
Caractéristique à préserver : Dimension de l'objet mobile.

Principe d'innovation : La résolution de cette contradiction avec la matrice TRIZ nous donne notamment le principe d'innovation suivant :

Principe d'innovation 7 - Poupées russes.

Exercices d'entraînement

Exercice 1

Corrigé p. 208

Le marché des aspirateurs a fait l'objet de plusieurs innovations ces dernières années. L'aspirateur autonome a révolutionné ce secteur.

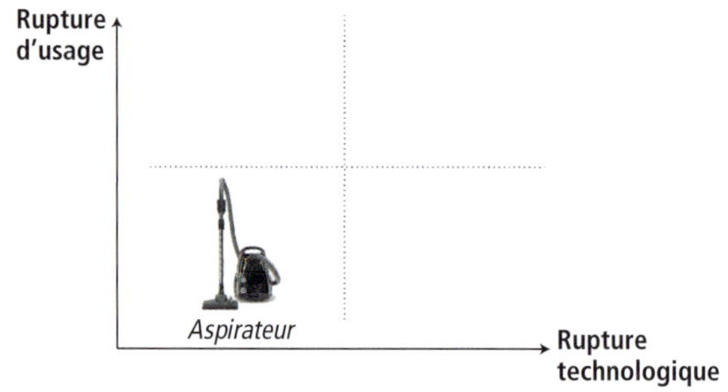

▲ Graphique des combinaisons de rupture

1. Expliquer la dimension innovante apportée par ce produit ?
2. Quels sont les types d'innovation portés par ce produit ? Justifier.
3. Placer les produits suivants sur le graphique : aspirateur sans sac ; aspirateur sans fil ; aspirateur autonome.
4. Indiquer si cette innovation est de *rupture* ou *incrémentale*. Justifier.
5. Rechercher sur internet les nouvelles innovations apportées sur cet aspirateur autonome.

Exercice 2

Corrigé p. 208

Les ampoules connectées s'installent sur un marché en pleine mutation, celui de l'éclairage.
La société Philips® innove depuis plusieurs années avec sa gamme *Hue*.

▲ Ampoule connectée

1. Expliquer la dimension innovante apportée par ce produit ?
2. Quels sont les types d'innovation portés par ce produit ? Justifier.
3. Placer les deux produits suivants sur le graphique : ampoule LED ; ampoule connectée.

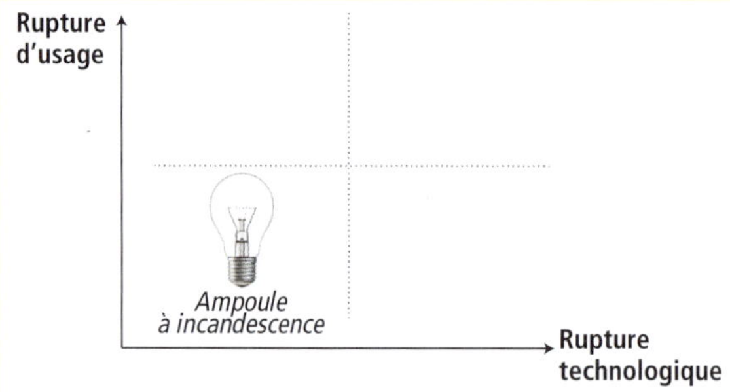

▲ Graphique des combinaisons de rupture

4. Indiquer si cette innovation est de *rupture* ou *incrémentale*. Justifier.

Exercice 3

Corrigé p. 208

Identifier les types d'innovation caractérisant les produits suivants.

Produits ou services		Innovation de produits		Innovation de procédés	Innovation de commercialisation
		Innovation technologique	Innovation d'usage		
Velib					
Wii					
Netflix					
Tesla Model S					
Culture hors sol					
Montre connectée					
Ventilateur sans pâles	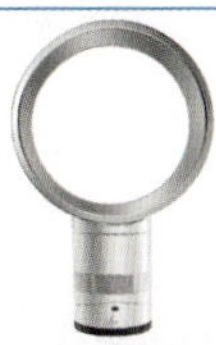				
Impression 3D	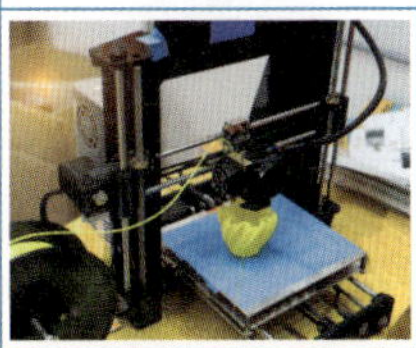				

Exercice 4

Corrigé p. 209

La société Decathlon® a déposé plusieurs brevets pour sa tente 2 secondes.
– Se connecter sur le site : worldwide.espacenet.com
– Rechercher le brevet : FR2877966
– Cliquer sur « Document original » afin d'accéder au brevet

À partir de la lecture de ce brevet, répondre aux questions suivantes :

1. En quelle année a été déposé ce brevet ?

2. Le concept de la tente auto-déployable existait-il déjà ? Indiquer le numéro de brevet associé.

3. Quelle est l'innovation apportée par le brevet de la tente 2 secondes ?

Exercice 5

Corrigé p. 209

Trop volumineux pour être rangé facilement, le ventilateur Dyson® a fait l'objet d'une conception spécifique qui lui permet de tenir dans une boîte de rangement aux dimensions réduites. Comment ranger facilement le ventilateur Dyson ?
Objectif : Rechercher les principes d'innovations qui ont conduit à cette conception à l'aide de la méthode TRIZ.
En vous connectant sur le site www.triz40.com, donner les caractéristiques de contradiction suivante :
Contradictions :

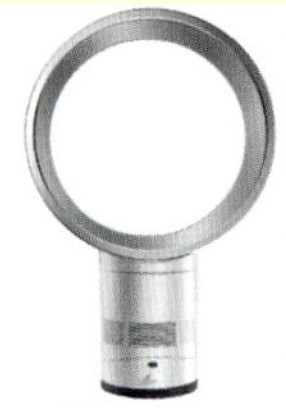
▲ Ventilateur Dyson

Caractéristique à améliorer > N° 7 – Volume de l'objet mobile
Caractéristique à préserver > N° 3 – Longueur de l'objet mobile

Indiquer les principes d'innovation proposés par le logiciel et identifier ceux qui correspondent à la solution mise en œuvre dans la conception du ventilateur.

Exercice 6

Corrigé p. 209

Un gobelet en carton doit maintenir la chaleur d'un café pendant un certain temps, mais le gobelet ne doit pas être brûlant pour éviter de blesser l'utilisateur.
Objectif : rechercher une solution créative à cette problématique en utilisant la matrice TRIZ.
Contradictions :

▲ Gobelets en carto

Le gobelet doit maintenir la chaleur du café pendant un certain temps
et
Le gobelet ne doit pas être brûlant

1. À l'aide du site internet www.triz40.com, identifier à partir de la liste des caractéristiques les paramètres correspondant à ces contradictions.
caractéristique à améliorer : le gobelet doit maintenir la chaleur du café pendant un certain temps.
caractéristique à préserver : le gobelet ne doit pas être brûlant.

2. À l'aide du site internet www.triz40.com, sélectionner les paramètres identifiés précédemment puis indiquer les principes d'innovation proposés. Chercher une solution créative à l'aide des principes proposés.

CHAPITRE 1

(Énoncés p. 180)

1 1.

	Besoins objectifs	Besoins subjectifs
Trottinette électrique	Se déplacer sans effort dans un milieu urbain.	L'esthétique du produit.
Nike Air Max	Pratiquer du sport.	Image de la marque, confort.
Webcam	Communiquer visuellement à distance en utilisant le réseau internet.	L'apparence du produit et son intégration dans l'environnement de l'ordinateur.
Panneau photovoltaïque	Produire de l'énergie électrique à partir du rayonnement solaire.	L'intégration du produit dans son environnement.

2.

Besoins	Produits
Laver le sol d'une habitation de manière autonome	Robot laveur de sol
Produire de l'énergie électrique grâce au vent	Éolienne
Communiquer oralement à distance avec une autre personne	Téléphone portable
Restreindre l'accès à une pièce par identification d'empreintes digitales	Serrure biométrique

2

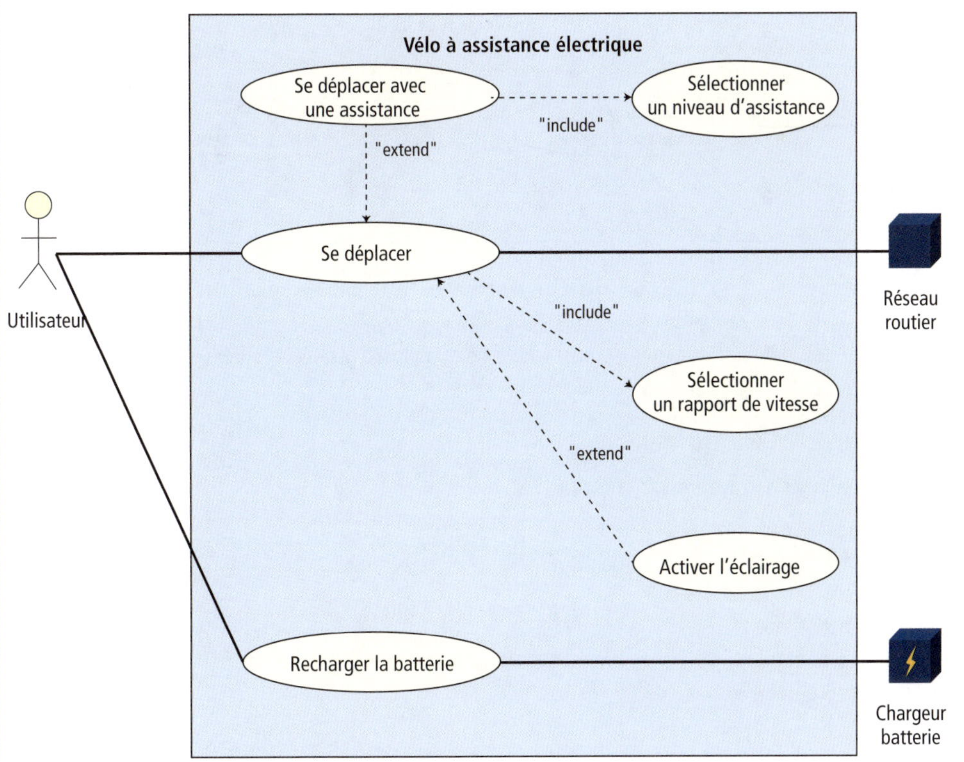

▲ Diagramme des cas d'utilisation du vélo à assistance électrique

3

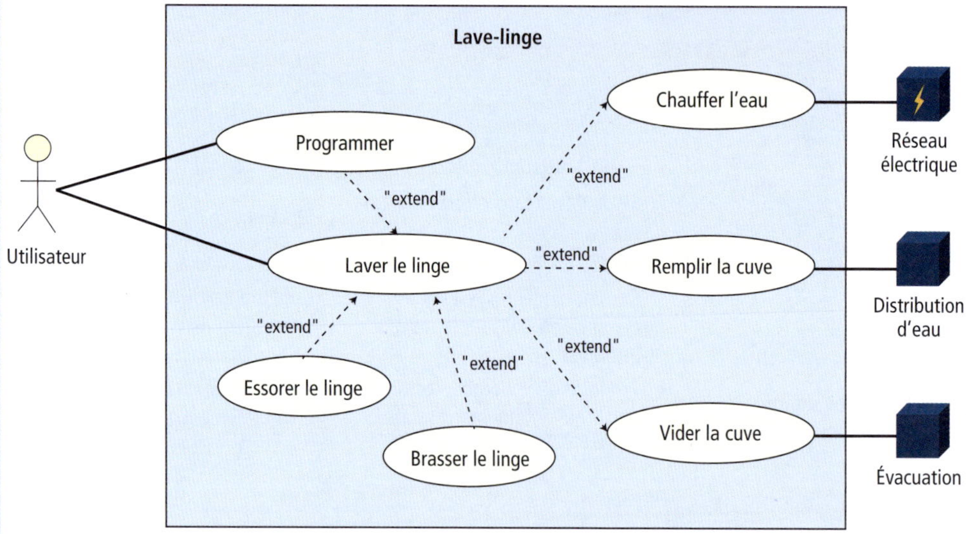

▲ Diagramme des cas d'utilisation du lave-linge

4 **1.**

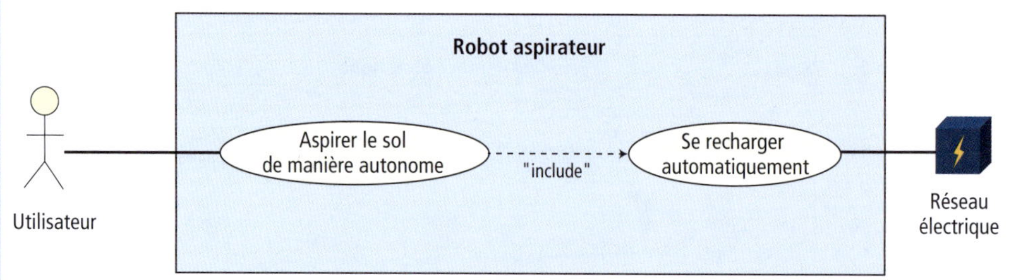

▲ Diagramme des cas d'utilisation du robot aspirateur

2. Le système doit détecter et éviter les obstacles et ne pas tomber dans le vide.

3. Vitesse maximale souhaitée : 0,4 m/s.

4. Temps d'utilisation souhaité : 120 min.

5. Surface minimale nettoyée durant un cycle : 80 m^2.

5 Vignette 1 : étape 1
Vignette 2 : étape 6
Vignette 3 : étape 8
Vignette 4 : étape 3
Vignette 5 : étape 5
Vignette 6 : étape 4
Vignette 7 : étape 2
Vignette 8 : étape 7

CHAPITRE 2

(Énoncés p. 190)

1 1. Énergie totale consommée : 7,306 MJ (6,3 + 0,961 + 0,022 + 0,023).

2. Les deux étapes sont : élaboration du matériau et fabrication.

3. a) L'ABS car il est moins impactant sur l'ensemble des indicateurs environnementaux.
b) La différence la plus importante concerne l'empreinte carbone (– 44 %).
c) L'ABS est deux fois moins cher que le polycarbonate (– 50 %).

4. L'étape d'élaboration du matériau est celle qui marque la plus grande différence entre les deux matériaux sur l'ensemble des indicateurs environnementaux.

2 1. L'étape « D'élaboration du matériau » est celle qui impacte le plus sur l'ensemble des quatre indicateurs environnementaux.

2. C'est l'étape de « Fabrication » qui est la plus impactée par ce changement de région de production.

3. On observe sur le graphique que la production d'énergie électrique à partir de charbon en Asie représente un pourcentage important du mix électrique.

4. L'aluminium recyclé est le plus intéressant sur les deux indicateurs. La baisse est très importante sur l'énergie consommée (– 95 %).

3 1. La démarche est de réduire la masse de l'emballage et son volume en réduisant la quantité de plastique et de fibres vierges et augmenter l'utilisation de fibres recyclées.

2. Axe 1 > Choix des matériaux à moindre impact. Axe 2 > Diminution de la masse et du volume de matière.

4 1. Les graphiques montrent que la conception 1 est celle qui a le plus faible impact environnemental.

2. Il s'agit de l'étape d'élaboration du matériau.

3. La masse de la pièce.

5 1. La production d'énergie nécessaire à la recharge de la batterie du véhicule électrique est génératrice de gaz à effet de serre.

2. Impact carbone pour une année : 123 × 15 000 = 1 845 000 g soit 1 845 kg de CO_2/an.

3. Impact carbone par km parcourus : 18 kW pour 100 km soit 0,18 kW pour 1 km
$\Rightarrow 0{,}18 \times 74 = 14{,}8$ g CO_2/km.
Sachant que le facteur carbone moyen du kWh produit s'est élevé à 74 g de CO_2/k Wh.
Impact carbone pour une année : 14,8 × 15 000 = 222 000 g soit 222 kg de CO_2/an.

4. L'impact carbone d'un véhicule électrique est 8,3 fois plus faible qu'un véhicule à essence.

5. Coût d'une recharge de la batterie : 0,1 558 × 50 = 7,79 €.
Coût en électricité pour 100 Km : $7{,}79 \times \left(\frac{100}{340}\right) = 2{,}3$ €.

6. Prix pour 100 km parcourus du véhicule essence : 5,4 × 1,66 = 8,9 €.
Rouler avec le véhicule électrique coûte 3,8 fois moins cher environ qu'avec le modèle essence $\left(\frac{8{,}9}{2{,}3}\right)$.

7. Distance parcourue avec un plein d'essence : 814 km $\left(\frac{44 \times 100}{5{,}4}\right)$.

CHAPITRE 3

(Énoncés p. 202)

1 1. L'aspirateur autonome permet de nettoyer les sols automatiquement à la place des utilisateurs.

2. **Innovation technologique** : cet aspirateur est un véritable robot mécatronique. Il comprend des capteurs et une carte électronique lui permettant de traiter les informations et de se déplacer en toute intelligence.
Innovation d'usage : il effectue son cycle de nettoyage durant l'absence des résidents du logement.

3. (voir ci-contre)

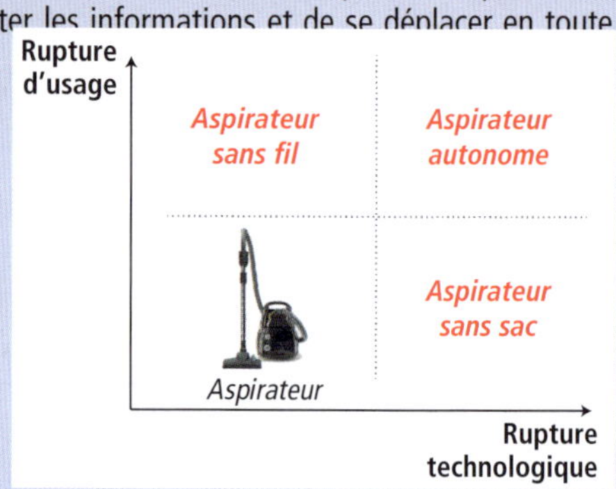

4. C'est une innovation de rupture car la combinaison des innovations technologiques et d'usage sur ce produit apportent toutes les deux un changement dans les pratiques des utilisateurs.

5. La fonction lavage du sol est proposée sur certains modèles.

2 1. Les ampoules connectées permettent la mise en place de scénarios programmables et le contrôle à distance hors du domicile. Elles peuvent ainsi s'allumer automatiquement au coucher du Soleil ou lorsqu'un résident arrive à proximité de son domicile. Les scénarios et le contrôle à distance permettent aussi de simuler la présence dans le domicile en cas d'absence.

2. **Innovation technologique** : la technologie embarquée est en rupture avec une ampoule à LED classique.
Innovation d'usage : la diversité des scénarios possibles bouleverse les usages et le pilotage traditionnel de l'éclairage domestique.

3. (voir ci-contre)

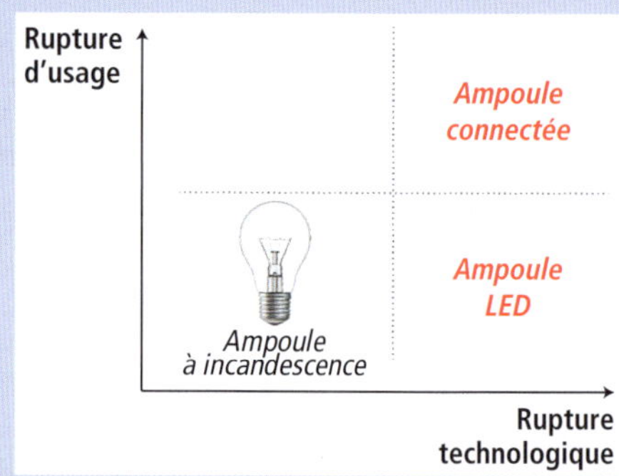

4. C'est une innovation de rupture car la combinaison des innovations technologiques et d'usage sur ce produit apportent toutes les deux un changement dans les pratiques des utilisateurs.

3

Produits ou service	Innovation de produits		Innovation de procédés	Innovation de commercialisation
	Innovation technologique	Innovation d'usage		
Velib		x		x
Wii	x	x		
Netflix				x
Tesla Model S	x			
Culture hors sol			x	
Montre connectée	x	x		
Ventilateur sans pâles	x			
Impression 3D			x	

4 **1.** Le brevet a été déposé le 17 novembre 2004.

2. Le brevet d'une tente auto-déployable existait déjà : US.3.990.463.

3. L'innovation propose une tente autodéployable munie d'une chambre intérieure qui se déploie sans aucune manipulation pour son montage.

5 Principes d'innovation proposés par la matrice TRIZ : 1 – Segmentation ; 4 – Asymétrie ; 7 – Poupées russes (Inclusion) ; 35 – Modification de paramètres.
Les principes de segmentation et de poupées russes ont été mis en œuvre dans la conception du ventilateur. Le diffuseur est facilement démontable et le corps du ventilateur se positionne à l'intérieur de celui-ci pour limiter le volume de stockage.

6 **1.** Caractéristique à améliorer : Perte d'énergie.
Caractéristique à préserver : Température.

2. Principes Techniques d'innovation proposés : Action périodique ; Oxydants puissants ; Poupées russes.
Le principe des poupées russes peut être utilisé. Il permet la mise en place d'un système à double paroi au lieu d'une simple paroi. La paroi isolante ondulée fournit une très grande rétention de la chaleur et assure une bonne protection lors de la prise en main. L'air est emprisonné entre les deux parois pour créer une couche isolante qui garde les boissons chaudes plus longtemps.

Mathématiques

et spécialité Physique-Chimie et Mathématiques

	COURS	EXERCICES

MATHÉMATIQUES

1 Exemples d'algorithmes en Python 212
2 Automatismes 214
3 Suites numériques 215 218
4 Fonctions de la variable réelle 220 223
5 Dérivées et primitives 225 228
6 Trigonométrie 230 233
7 Produit scalaire 235 237
8 Nombres complexes 239 241
9 Statistiques et probabilités 243 245
10 Variables aléatoires 247 250

PHYSIQUE-CHIMIE

Énergie

1 Énergie et enjeux 252 254
2 Tension, intensité et circuit 256 258
3 Puissance et énergie 260 262
4 Énergie chimique 264 266
5 Énergie interne 267 269
6 Mouvement, vitesse et accélération 270 272
7 Énergie mécanique 273 275
8 Énergie transportée par la lumière 276 278

Matière et matériaux

9 Propriétés des matériaux et organisation de la matière 279 281
10 Combustions 282 284
11 Oxydo-réduction 285 287

Onde et informations

12 Notion d'onde 288 290
13 Onde sonore et onde électromagnétique 291 293
14 Mesures et incertitudes 294
Les corrigés des exercices 296

1 Exemples d'algorithmes en PYTHON

1 Boucles for

Un capital de 10 000 € est placé à intérêts composés au taux annuel de 3 %.

L'algorithme ci-contre permet de connaître sa valeur au bout de 10 ans.

```
c = 10000
for i in range(1,11):
  c = c*1.03
print(s)
```

L'instruction `range(1,11)` crée la liste de tous les entiers de 1 jusqu'à 10.

L'instruction `c=c*1.03`, qui peut se lire « la nouvelle valeur de c est égale à l'ancienne valeur de c multipliée par 1,03 » (ce qui correspond à une augmentation de 3 %) est donc exécutée 10 fois, et on obtient bien la valeur du capital au bout de 10 années.

Après exécution l'algorithme permet d'obtenir une valeur approchée de **13 439,16 €**.

Si on veut déterminer la valeur du capital après un nombre **n** d'années quelconque, on utilise une fonction à l'aide de l'instruction `def`.

Dans la définition de la fonction `capital` la variable **n** est générique et la boucle `for` est répétée **n** fois grâce à `range(1, n+1)`.

Dans cet algorithme, on affiche le capital après 20 années, soit à peu près **18 061,11 €**, mais on aurait pu choisir une tout autre durée à la place de 20.

```
def capital(n):
   c = 10000
   for i in range(1,n+1):
      c = c*1.03
   return c

print(capital(20))
```

2 Boucles while

Dans une usine, un système automatisé prélève chaque minute 28 litres d'un liquide présent dans une citerne qui en contient au départ 500 litres.

Le système s'arrête lorsque le volume est inférieur à 50 litres.

L'algorithme ci-contre permet de connaître le volume final.

```
v = 500
while v >= 50:
  v = v-28
print(v)
```

Les instructions à l'intérieur de la boucle `while` se poursuivent tant que la variable **v** est supérieure ou égale à 50.

Le résultat affiché est de 24.

Il restera donc **24 litres** de liquide dans la citerne lorsque le système s'arrête.

Si on veut connaître le temps écoulé avant l'arrêt du système, on ajoute une variable de temps qui augmente à chaque itération de la boucle `while`.

Après exécution on obtient **17 minutes**.

```
v = 500
temps = 0
while v >= 50:
  v = v-28
  temps = temps+1
print(temps)
```

Si on veut connaître le temps avant d'être en dessous d'un certain seuil, on utilise une fonction où le seuil est une variable générique A.

Dans cet exemple l'algorithme affiche **15**, ce qui correspond au temps d'attente en minutes avant que le volume ne soit inférieur à 100 litres.

```
def seuil(A):
    v = 500
    temps = 0
    while v >= A:
        v = v-28
        temps = temps+1
    return temps
print(seuil(100))
```

3 Algorithmes probabilistes

La librairie `random` de Python permet d'utiliser des nombres aléatoires.

Par exemple l'instruction `randint(0,100)` renvoie un nombre entier aléatoire compris entre 0 et 100.

L'algorithme ci-contre compte le nombre de faces n° 6 obtenues lorsqu'on lance 500 fois un dé équilibré.

La variable face à chaque itération de la boucle `for` prend une valeur aléatoire entre 1 et 6 (comme un dé à six faces).

L'instruction `if face == 6` : teste si on a obtenu la face 6 et auquel cas la variable `f` est augmentée de 1.

En exécutant plusieurs fois l'algorithme on obtient des résultats différents, généralement compris autour de **83** (entre 60 et 100).

```
from random import*
f = 0
for i in range(1,501):
    face = randint(1,6)
    if face == 6:
        f = f+1
print(f)
```

L'algorithme ci-contre renvoie le nombre de lancers de dé pour obtenir un nombre `n` de faces n° 6 donné.

On teste le programme pour compter combien de lancers effectuer afin d'obtenir 100 faces n° 6.

Le résultat fluctue autour de **600 lancers**.

```
from random import*

def nbLancers(n):
    f = 0
    nbL = 0
    while f < n:
        face = randint(1,6)
        nbL = nbL+1
        if face == 6:
            f = f+1
    return nbL
print(nbLancers(100))
```

4 Listes

L'algorithme ci-contre permet de déterminer le plus grand élément de la liste de nombres T.

L'instruction `len(T)` renvoie le nombre d'éléments de la liste.

La boucle `for` permet de parcourir un à un tous les éléments de la liste et d'affecter à la variable `max` la plus grande valeur lue.

L'algorithme affiche la valeur **16**.

```
T = [-10,12,16,8,3,7,-5,9]
n = len(T)
max = T[0]
for i in range(0,n):
    if T[i] > max:
        max = T[i]
print(max)
```

MATHS

2 Automatismes

Exercices d'entraînement

Exercice 1
Corrigé p. 296

Déterminer 5 % de 130 €.

Exercice 2
Corrigé p. 296

Donner le coefficient multiplicateur associé au taux d'évolution de – 12,4 %.

Exercice 3
Corrigé p. 296

Donner le taux d'évolution associé à un coefficient multiplicateur de 1,052.

Exercice 4
Corrigé p. 296

Donner le taux d'évolution associé à une baisse de 60 %, suivie d'une augmentation de 65 %.

Exercice 5
Corrigé p. 296

Donner le taux d'évolution réciproque associé à une hausse de 25 %.

Exercice 6
Corrigé p. 296

Développer les expressions suivantes :
$f(x) = (3x + 1)(3 - 5x)$.
$g(x) = (7x - 4)^2$.

Exercice 7
Corrigé p. 296

Résoudre les équations suivantes :

a) $2x + 5 = 7x - 4$.

b) $2t^2 = 98$.

c) $x^2 = 12$.

d) $2x^2 = 50x$.

Exercice 8
Corrigé p. 296

Dresser le tableau de signes de la fonction affine f définie pour tout réel x, par :

$$f(x) = -\frac{1}{2}x + 5$$

Exercice 9
Corrigé p. 296

Dresser les tableaux de signes des fonctions g et h définies pour tout réel x, par :
$g(x) = (2x - 5)(x + 7)$ et
$h(x) = (3x + 4)(5 - x)$.

Exercice 10
Corrigé p. 296

Déterminer l'entier p tel que : $a^p = \dfrac{a^{-3} \times a^3}{a^{-2} \times a^4}$.

Exercice 11
Corrigé p. 296

Le graphique ci-dessous est la courbe représentative d'une fonction f définie sur l'intervalle $[-3 ; 4]$.

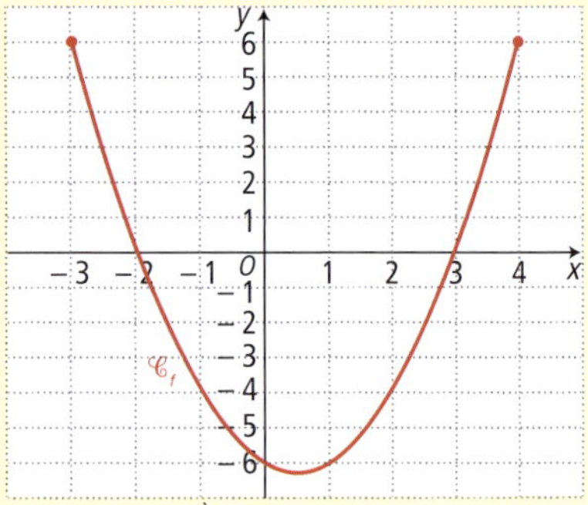

a) Déterminer $f(-1)$.

b) Résoudre l'équation $f(x) = -4$.

c) Dresser le tableau de signes de f sur $[-3 ; 4]$.

Exercice 12
Corrigé p. 297

Une fonction affine g passe par les points de coordonnées $(-1 ; 2)$ et $(3 ; 0)$.
Déterminer son coefficient directeur.

Exercice 13
Corrigé p. 297

La pression P, le volume V, la quantité de matière n et la température T d'un gaz parfait sont liés par la formule : $PV = nRT$.
R est la constante universelle des gaz parfaits.
Donner l'expression de T en fonction de P, V, n et R.

3 Suites numériques

1 Généralités

A Définition

Une **suite numérique** u est une fonction dont la variable est un entier naturel n.
On note u_n les nombres $u(n)$ et l'entier n est alors mis en indice.
Le **rang d'un terme** d'une suite notée u ou (u_n), qui dépend de l'indice n, est la place qu'il occupe dans la suite.

Exemple Soit (u_n) la suite définie pour tout entier naturel n par : $u_n = 2n^2 - 1$.
On a : $u_0 = 2\times 0^2 - 1 = 0 - 1 = -1$; $u_1 = 2\times 1^2 - 1 = 2 - 1 = 1$;
$u_2 = 2\times 2^2 - 1 = 8 - 1 = 7$; $u_3 = 2\times 3^2 - 1 = 18 - 1 = 17$; etc.
Le terme de rang 5 de cette suite est $u_4 = 2\times 4^2 - 1 = 32 - 1 = 31$.

B Remarque

Pour tout entier n, u_{n+1} est le terme qui suit u_n.

Pour tout entier $n \geqslant 1$, u_{n-1} est le terme qui précède u_n.

Pour l'exemple précédent : $u_{n+1} = 2(n+1)^2 - 1 = 2\left(n^2 + 2n + 1\right) - 1 = 2n^2 + 4n + 2 - 1 = 2n^2 + 4n + 1$.

C Représentation graphique

Le **nuage de points**, associé à une suite (u_n), est la représentation graphique dans un repère du plan des points $(n\,;\,u_n)$.

Exemple
On peut construire les 6 premiers points du nuage de points associé à la suite (u_n) définie pour tout entier n par : $u_n = 2n^2 - 1$.
(Voir ci-contre).

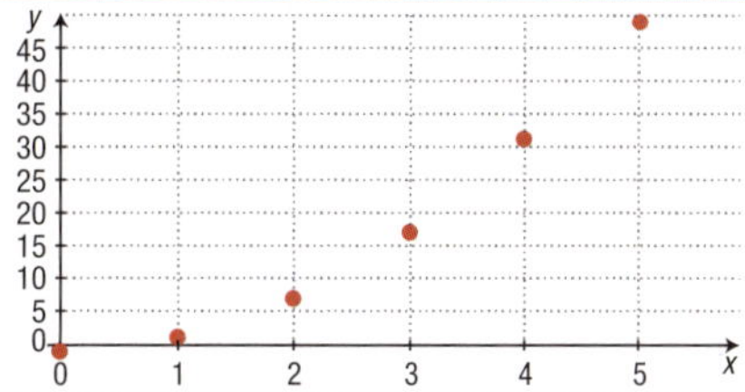

D Sens de variation

Une suite (u_n) est dite **croissante** si pour tout entier n, $u_{n+1} \geqslant u_n$.
Une suite (u_n) est dite **décroissante** si pour tout entier n, $u_{n+1} \leqslant u_n$.
Une suite (u_n) est dite **constante** si pour tout entier n, $u_{n+1} = u_n$.

Exemples La suite (u_n) définie pour tout entier n par $u_n = 2n^2 - 1$ est croissante car $u_{n+1} = 2n^2 + 4n + 1$ (*cf.* B Remarque) et donc :

$u_{n+1} - u_n = 2n^2 + 4n + 1 - \left(2n^2 - 1\right) = 4n + 2 > 0$, car $n \geqslant 0$.

Puisque $u_{n+1} - u_n > 0$, on a $u_{n+1} > u_n$ et ainsi (u_n) est bien croissante.

La suite (v_n) définie pour tout entier $n \neq 0$ par $v_n = \dfrac{1}{n}$ est décroissante car pour tout entier $n \neq 0$, $v_{n+1} = \dfrac{1}{n+1} < \dfrac{1}{n} = v_n$.

MATHS

2 Différents modes de génération d'une suite

Définitions

- Une suite (u_n) est dite définie de manière **explicite** s'il existe une fonction f telle que pour tout entier naturel n, $u_n = f(n)$.
- Une suite (u_n) est dite définie par **récurrence** si on connaît son premier terme u_0 (ou u_1) et s'il existe une relation entre u_{n+1} et u_n.

Exemples

- La suite (v_n) définie pour tout entier $n \geqslant 1$ par : $v_n = \frac{1}{n}$ est définie de manière explicite.
- La suite (w_n) définie par : $w_0 = -4$ et, pour tout entier n, $w_{n+1} = w_n + 3$ est définie par récurrence.

On remarque que l'on ajoute 3 pour passer d'un terme au suivant.
Les premiers termes de la suite (w_n) sont donnés dans le tableau ci-dessous.

n	0	1	2	3	4	5
w_n	-4	-1	2	5	8	11

3 Suites arithmétiques

A Définition

Une suite (u_n) est dite **arithmétique** si chaque terme s'obtient en ajoutant au précédent un même nombre appelé **raison** (noté r en général), soit si :

$$u_{n+1} = u_n + r.$$

Exemple

Pedro, qui possède au départ 10 € dans sa tirelire, ajoute 2 € toutes les semaines.
La somme d'argent dans la tirelire peut être modélisée par la suite arithmétique (s_n) de premier terme $s_0 = 10$ et de raison $r = 2$.
On a alors : $s_{n+1} = s_n + 2$.
La représentation graphique des 7 premiers termes de cette suite (s_n) est donnée par le nuage de points ci-contre.

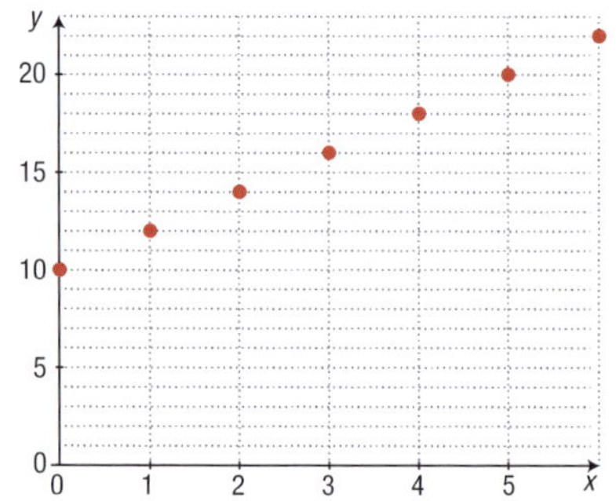

B Sens de variations

- Une suite arithmétique dont la raison est **positive** est croissante.
- Une suite arithmétique dont la raison est **négative** est **décroissante**.

Les points de la représentation graphique d'une suite arithmétique sont **alignés**.
Lorsqu'un phénomène peut être modélisé à l'aide d'une suite arithmétique (croissante ou décroissante), on parle de **croissance linéaire**.

4 Suites géométriques

A Définition

Une suite (u_n) est dite **géométrique** si chaque terme s'obtient en multipliant le précédent par un même nombre appelé **raison** (noté q en général), soit si :

$$u_{n+1} = u_n \times q.$$

Exemple

Un récipient contient 500 litres qui, chaque jour, diminuent de 20 %.

On note v_n le volume du récipient après n jours.

On a : $v_0 = 500$ et $v_{n+1} = 0{,}8 \times v_n$, car diminuer de 20 % revient à multiplier par $1 - 0{,}2 = 0{,}8$.

La suite (v_n) est donc géométrique de premier terme $v_0 = 500$ et de raison $q = 0{,}8$.

La représentation graphique des 8 premiers termes de la suite (v_n) est donnée par le nuage de points ci-contre.

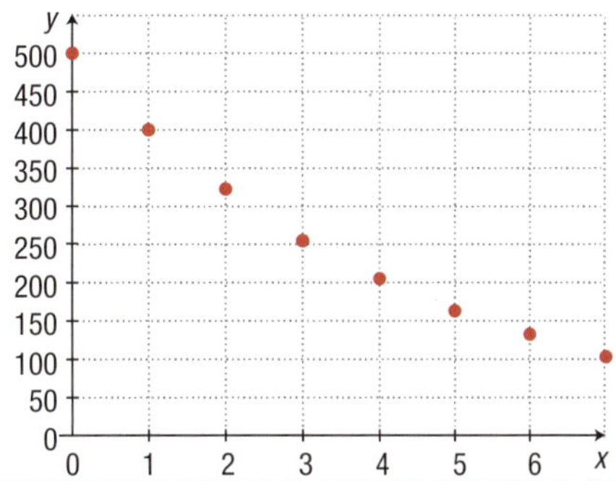

B Sens de variations

- Une suite géométrique de premier terme positif dont la raison est **supérieure à 1** est **croissante**.
- Une suite géométrique de premier terme positif dont la raison est **comprise entre 0 et 1** est **décroissante**.

Lorsqu'un phénomène peut être modélisé à l'aide d'une suite géométrique (croissante ou décroissante), on parle de **croissance exponentielle**.

Exemple

Une balle élastique est lâchée d'une hauteur de 1 mètre.

On constate que la hauteur atteinte à chaque rebond est égale à la moitié de la hauteur du précédent rebond.

On note h_n la hauteur, en cm, du nième rebond.

(h_n) est la suite géométrique de premier terme $h_0 = 100$ et de raison $q = \frac{1}{2}$.

Cette suite est décroissante car $0 < \frac{1}{2} < 1$.

On admet que le rebond ne devient plus discernable dès que sa hauteur est inférieure à 1 mm.

À l'aide d'un tableur, on trouve qu'alors la balle a accompli 10 rebonds.

On peut vérifier que $h_n = 100 \times \left(\frac{1}{2}\right)^n$ et que $h_9 \approx 0{,}195$ cm et $h_{10} \approx 0{,}098$ cm.

Comme 1 mm = 0,1 cm, on a bien : $h_9 > 0{,}1$ et $h_{10} < 0{,}1$.

Exercices d'entraînement

Exercice 1

Corrigé p. 297

Soit (u_n) la suite arithmétique de 1er terme $u_0 = 7$ et de raison $r = 6$.

Donner les quatre termes suivants.

Exercice 2

Corrigé p. 297

Soit (v_n) la suite géométrique de 1er terme $v_0 = 5$ et de raison $q = 1{,}04$.

Donner les quatre termes suivants.

Exercice 3

Corrigé p. 297

a) Soit (c_n) la suite arithmétique telle que $c_8 = 12$ et $c_{20} = 24$.

Déterminer c_0 et la raison r.

b) Soit (d_n) la suite géométrique à termes positifs telle que $d_5 = 96$ et $d_7 = 384$.

Déterminer d_0 et la raison $q > 0$.

Exercice 4

Corrigé p. 297

Soient la suite arithmétique (u_n) et la suite géométrique (v_n).

Les nuages de points ci-dessous, représentent ces deux suites.

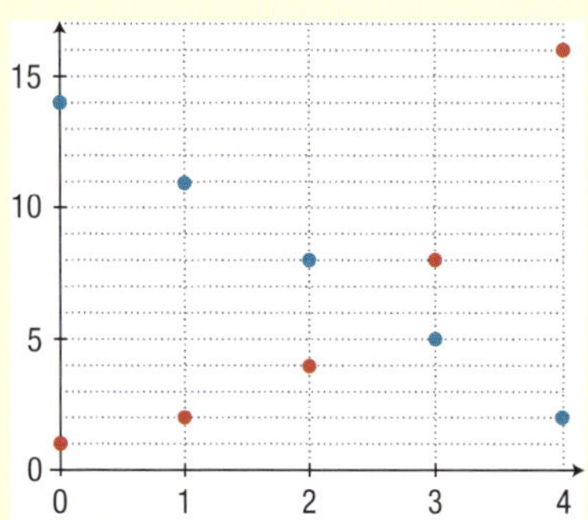

a) Associer à chaque nuage de points la suite qui lui correspond.

b) Donner les premiers termes et les raisons de ces deux suites.

c) Déterminer u_{10} et v_{10} à l'aide d'un tableur.

Exercice 5

Corrigé p. 297

Soit (a_n) la suite définie par : $a_0 = 120$ et, pour tout entier n,

$$a_{n+1} = 0{,}9a_n + 4.$$

a) Calculer a_1, a_2, a_3 et a_4.

b) En déduire que la suite (a_n) n'est ni arithmétique ni géométrique.

c) L'algorithme donné ci-dessous affiche 27.

```
a = 120
n = 0
while a > 45:
  a = 0.9*a+4
  n = n+1
print(n)
```

Comment interpréter ce résultat pour la suite (a_n) ?

Exercice 6

Corrigé p. 297

Soit (w_n) la suite définie par $w_0 = 5$ et pour tout entier n :

$$w_{n+1} - w_n = 0{,}08w_n.$$

a) Vérifier que le 2e terme est 5,4 puis calculer w_2, w_3 et w_4.

b) Construire le nuage de points associé aux résultats précédents.

La suite (w_n) est-elle arithmétique ?

c) Montrer que la suite (w_n) est géométrique de raison 1,08.

d) Quel est le sens de variations de la suite (w_n) ?

e) En utilisant une calculatrice, déterminer le premier entier n tel que $w_n > 100$.

Exercice 7

Corrigé p. 297

En 2021, un agriculteur décide de cultiver 4 hectares selon le mode de production biologique (BIO) et désire augmenter cette surface de 30 % par an les années suivantes.

On modélise cette surface par une suite (a_n) en notant a_n la surface, en hectares, cultivée selon le mode BIO, pour l'année $2021+n$.
Ainsi $a_0 = 4$.

a) Quelle sera la surface cultivée en hectares selon le mode BIO pour l'année 2022, puis pour l'année 2023 ?

b) Exprimer a_{n+1} en fonction de a_n pour tout entier naturel n.

c) En déduire la nature de la suite (a_n) ainsi que son sens de variations.

d) Cet agriculteur dispose d'une surface cultivable de 25 hectares.
Durant quelle année la totalité de la surface cultivable sera-t-elle exploitée selon le mode BIO ?

Exercice 8

Corrigé p. 298

L'iode 131 est très utilisé à petites doses en médecine pour l'étude du fonctionnement et le traitement des cancers de la thyroïde.
Le nombre d'atomes radioactifs initialement présents dans la dose ingérée est égal à $4{,}6 \times 10^{15}$ atomes.
On note u_n le nombre d'atomes présents le nième jour.
On sait que le nombre d'atomes radioactifs diminue chaque jour d'environ 8,3 %.

a) Donner la nature de la suite (u_n).

b) Quel est son sens de variations ?

c) La demi-vie est le temps nécessaire pour qu'un élément radioactif perde la moitié de son activité initiale par désintégration naturelle.
En notant n_0 la demi-vie de l'iode 131, montrer que n_0 vérifie :

$$0{,}917^{n_0} = 0{,}5.$$

d) Compléter l'algorithme ci-dessous pour qu'il affiche la valeur de n_0.
Puis donner sa valeur.

```
n = 0
while 0.917**n ... :
  n = n+ ...
print(n)
```

Exercice 9

Corrigé p. 298

Un laboratoire pharmaceutique souhaite tester le temps de réaction d'un nouvel antibiotique contre le bacille de Koch responsable de la tuberculose.
Pour cela, on dispose d'une culture de 10^{10} bactéries dans laquelle on introduit l'antibiotique.
On remarque que le nombre de bactéries est divisé par quatre toutes les heures.

Partie A

On a créé la feuille de calcul suivante donnant le nombre de bactéries au bout de n heures après la mise en culture :

	A	B
1	Nombres d'heures n	Nombres de bactéries
2	0	10000000000
3	1	
4	2	
5	3	

a) Quelle formule doit-on entrer dans la cellule B3, pour calculer le nombre de bactéries au bout d'une heure, de sorte qu'en recopiant cette formule vers le bas on puisse compléter les lignes suivantes ?

b) Sans la déterminer, que représente concrètement la valeur qu'il y aura dans la cellule B18 ?

Partie B

On note u_0 le nombre de bactéries au moment de la prise de l'antibiotique.
Soit u_n le nombre de bactéries après n heures.

a) Exprimer u_{n+1} en fonction de u_n.

b) Que peut-on dire de la suite (u_n) ?
Donner sa raison et son sens de variations.

c) Compléter l'algorithme ci-dessous pour qu'il donne le nombre d'heures à partir duquel le nombre de bactéries deviendra inférieur à 100 puis donner la valeur obtenue après exécution.

```
u = 10**10
n = 0
while u ... 100:
  u = ...
  n = ...
print(...)
```

4 Fonctions de la variable réelle

1 Taux de variation d'une fonction

Soit f une fonction définie sur un intervalle I de $\mathbb{R}$ et soient a et b deux réels appartenant à I tels que $a < b$.

A Définition

Le taux de variation de f entre a et b est le quotient $\dfrac{f(b)-f(a)}{b-a}$.

Exemple Soit f la fonction définie pour tout $x \in \mathbb{R}$ par : $f(x) = x^2$.

Le taux de variation de f entre 1 et 3 vaut $\dfrac{f(3)-f(1)}{3-1} = \dfrac{3^2-1^2}{2} = \dfrac{9-1}{2} = \dfrac{8}{2} = 4$.

B Propriété

Soit $\mathscr{C}_f$ la courbe représentative d'une fonction f dans un repère du plan.
Soient $A(a\ ;\ f(a))$ et $B(b\ ;\ f(b))$ les points de $\mathscr{C}_f$ d'abscisses respectives a et b.
Le taux de variation de f entre a et b est égal au coefficient directeur de la sécante (AB).

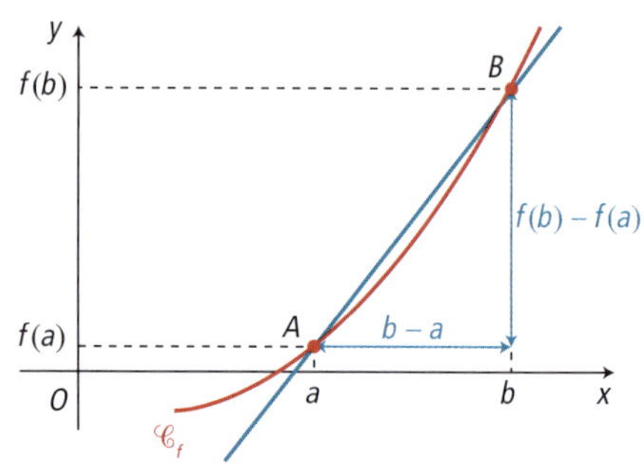

C Sens de variations

- Si, pour **tous réels** a et b de I, tels que $a < b$, le taux de variation entre a et b est **positif** alors f est **croissante** sur I.
- Si, pour **tous réels** a et b de I, tels que $a < b$, le taux de variation entre a et b est **négatif** alors f est **décroissante** sur I.

Exemple Soit f la fonction définie pour tout $x \in \mathbb{R}$ par : $f(x) = x^2$.
Le taux de variation de f entre a et b est égal à :

$$\frac{f(b)-f(a)}{b-a} = \frac{b^2-a^2}{b-a} = \frac{(b-a)(b+a)}{b-a} = b+a.$$

Si $a \leqslant 0$ et $b \leqslant 0$, $b + a \leqslant 0$ et donc la fonction f est décroissante sur $]-\infty\ ;\ 0]$.
Si $a \geqslant 0$ et $b \geqslant 0$, $b + a \geqslant 0$ et donc la fonction f est croissante sur $[0\ ;\ +\infty[$.

2 Fonctions polynômes de degré 2

A Définitions

- Soient a, b et c trois nombres réels avec $\boldsymbol{a \neq 0}$.
La fonction f définie pour tout $x \in \mathbb{R}$ par : $f(x) = ax^2 + bx + c$ est un **polynôme de degré 2**.
- Un nombre réel x_0 est une **racine** de f si et seulement si $f(x_0) = 0$.

> **Exemple** Pour le polynôme $f(x) = -2x^2 + 3x + 5$, on a : $a = -2$, $b = 3$ et $c = 5$.
> Les nombres -1 et $\frac{5}{2}$ sont des racines de f car $f(-1) = 0$ et $f\left(\frac{5}{2}\right) = 0$.
> En effet, $f(-1) = -2(-1)^2 + 3(-1) + 5 = -2 \times 1 - 3 + 5 = -2 - 3 + 5 = 0$
> et $f\left(\frac{5}{2}\right) = -2\left(\frac{5}{2}\right)^2 + 3\left(\frac{5}{2}\right) + 5 = -\frac{25}{2} + \frac{15}{2} + \frac{10}{2} = \frac{-25 + 15 + 10}{2} = \frac{0}{2} = 0$.

B Propriété

- Soit f un polynôme de degré 2, tel que pour tout réel x :

$$f(x) = ax^2 + bx + c, \text{ avec } a \neq 0, b \text{ et } c \text{ des nombres réels.}$$

La courbe représentative d'un polynôme de degré 2 dans un repère du plan est une **parabole**.

- Si $a > 0$, la parabole pointe vers **le bas**.
- Si $a < 0$, la parabole pointe vers **le haut**.

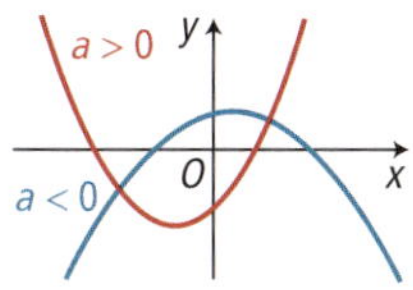

- Cas particuliers importants

- Si $b = 0$, c'est-à-dire si $f(x) = ax^2 + c$ alors l'axe des ordonnées est un **axe de symétrie** de la parabole.

- Si la parabole coupe l'axe des abscisses en deux points d'abscisses x_1 et x_2, alors $f(x) = a(x - x_1)(x - x_2)$.

- f possède alors deux racines : x_1 et x_2. On prendra $x_1 < x_2$.

- Tableau de signes de f pour $a > 0$:

x	$-\infty$		x_1		x_2		$+\infty$
$f(x)$		+	0	−	0	+	

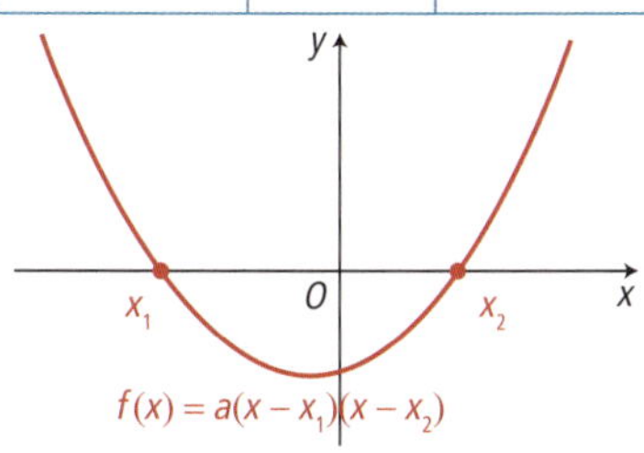

- Tableau de signes de f pour $a < 0$:

x	$-\infty$		x_1		x_2		$+\infty$
$f(x)$		−	0	+	0	−	

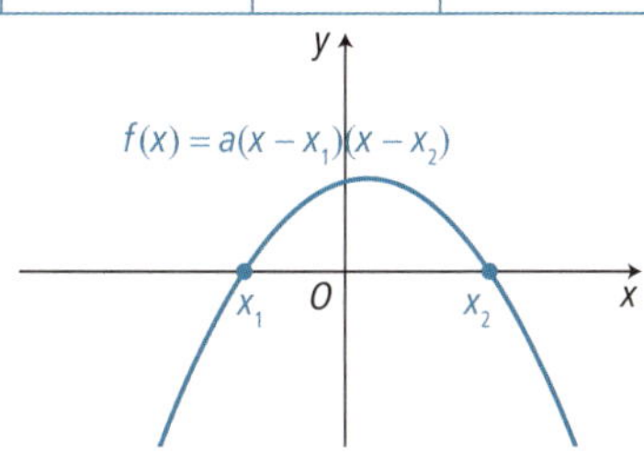

Si $f(x) > 0$, la courbe est au-dessus de l'axe (Ox) ; si $f(x) < 0$, la courbe est en dessous de l'axe (Ox) et si $f(x) = 0$, la courbe coupe l'axe (Ox).

3 Fonctions polynômes de degré 3

A Définition

- Soient a, b, c et d quatre nombres réels avec $a \neq 0$. La fonction f définie pour tout $x \in \mathbb{R}$ par : $f(x) = ax^3 + bx^2 + cx + d$ est un **polynôme de degré 3**.

> **Exemple** Pour le polynôme $f(x) = -x^3 + x^2 + 5$, on a : $a = -1$, $b = 1$, $c = 0$ et $d = 5$.

B Propriétés

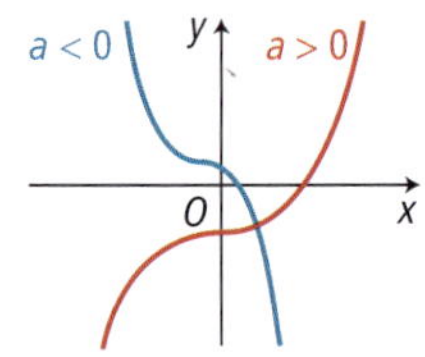

- Soit *f* un polynôme de degré 3 tel que $b = c = 0$, c'est-à-dire tel que :

$$f(x) = ax^3 + d \text{ avec } \mathbf{a \neq 0}.$$

- Si $a > 0$ alors *f* est **strictement croissante** sur $\mathbb{R}$.
- Si $a < 0$ alors *f* est **strictement décroissante** sur $\mathbb{R}$.

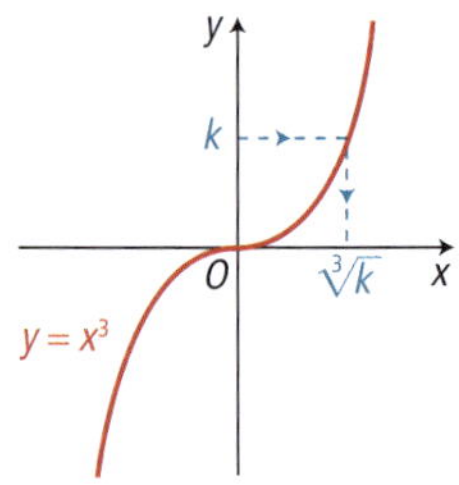

- La fonction cube $x \mapsto x^3$ étant strictement croissante sur $\mathbb{R}$, pour tout réel *k*, l'équation $x^3 = k$ admet une unique solution, appelée **racine cubique** de *k*.

On note $k^{\frac{1}{3}}$ ou $\sqrt[3]{k}$ la racine cubique de *k*.

On a alors : $\left(\sqrt[3]{k}\right)^3 = k$.

> **Exemples** On a : $\sqrt[3]{8} = 8^{\frac{1}{3}} = 2$ car $2^3 = 8$, ou encore $\sqrt[3]{27} = 27^{\frac{1}{3}} = 3$ car $3^3 = 27$.

- Soit *f* un polynôme de degré 3 de forme factorisée avec $\mathbf{a \neq 0}$:

$$f(x) = a(x - x_1)(x - x_2)(x - x_3).$$

- *f* possède trois racines : x_1, x_2 et x_3 avec $x_1 < x_2 < x_3$.

- Tableau de signes de *f* pour $a > 0$:

x	$-\infty$		x_1		x_2		x_3		$+\infty$
$f(x)$		$-$	0	$+$	0	$-$	0	$+$	

- Tableau de signes de *f* pour $a < 0$:

x	$-\infty$		x_1		x_2		x_3		$+\infty$
$f(x)$		$+$	0	$-$	0	$+$	0	$-$	

Exemple Soit *f* la fonction définie sur $\mathbb{R}$ par : $f(x) = (x-1)(x+2)(x+1)$.

Cette fonction possède trois racines : -2 ; -1 et 1.

Comme $a = 1 > 0$, on en déduit le tableau de signe de *f*.

x	$-\infty$		-2		-1		1		$+\infty$
$f(x)$		$-$	0	$+$	0	$-$	0	$+$	

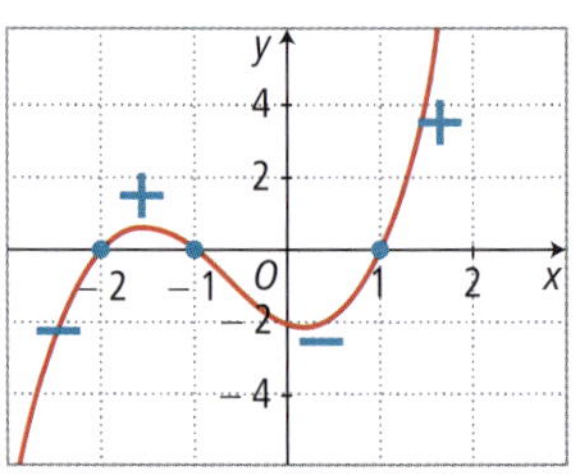

Si $f(x) < 0$, la courbe est en dessous de l'axe (Ox) ; si $f(x) > 0$, la courbe est au-dessus de l'axe (Ox) et si $f(x) = 0$, la courbe coupe l'axe (Ox).

Ici, on a : $f(x) < 0$ sur $]-\infty ; -2[\cup]-1 ; 1[$; $f(x) > 0$ sur $]-2 ; -1[\cup]1 ; +\infty[$ et donc la courbe est en dessous de l'axe (Ox) sur $]-\infty ; -2[\cup]-1 ; 1[$ et la courbe est au-dessus de l'axe (Ox) sur $]-2 ; -1[\cup]1 ; +\infty[$.

La courbe coupe l'axe (Ox) aux points de coordonnées : $(-2 ; 0)$; $(-1 ; 0)$ et $(1 ; 0)$.

Exercices d'entraînement

Exercice 1

Corrigé p. 298

Résoudre les équations suivantes :

a) $3(x-3)(x+2)=0$

b) $x^2=2$

c) $x^2=-2$

d) $x^3=-2$

e) $x^4-3x=0$

f) $8x^4=x$

Exercice 2

Corrigé p. 298

Le prix d'un article augmente trois fois d'un même taux t inconnu.

Ce taux est exprimé en pourcentages.

Le prix final est égal à 150 % de sa valeur initiale.

a) Justifier que $\left(1+\frac{t}{100}\right)^3=1,5$.

b) À l'aide de la calculatrice et en donnant plusieurs valeurs à t dans la formule précédente, trouver une valeur approchée de t à l'unité près.

c) Déterminer la valeur exacte de t.

Exercice 3

Corrigé p. 299

Soient P, Q et R les polynômes définis pour tous réels x, par :

$$P(x)=(x-1)(x+1)\ ;$$
$$Q(x)=(x+2)(x-3) \text{ et}$$
$$R(x)=-(x+2)(x-3).$$

On a représenté les trois polynômes dans le repère ci-dessous.

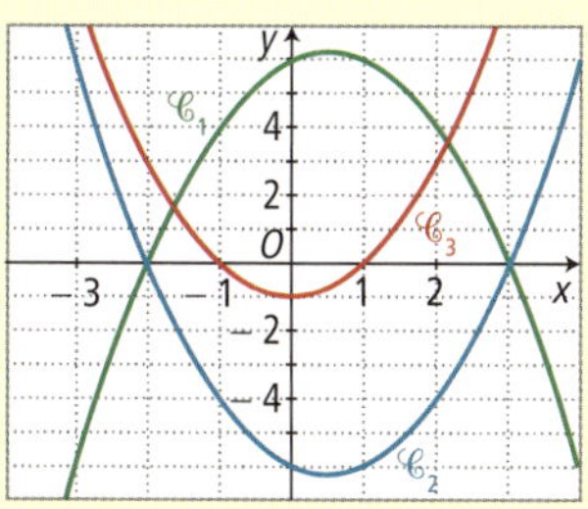

a) Identifier, en justifiant, la courbe associée à chaque polynôme.

b) En déduire graphiquement le signe de $P(x)$, $Q(x)$ et $R(x)$ et retrouver les résultats de la propriété du cours.

Exercice 4

Corrigé p. 299

Soit f la fonction polynôme de degré 2 définie sur $\mathbb{R}$ par :

$$f(x)=-3x^2-18x+48.$$

a) Parmi les nombres -8 ; 0 ; 2 et 8, lesquels sont des racines de f ?

b) Factoriser $f(x)$ et donner son signe.

Exercice 5

Corrigé p. 299

Dresser les tableaux de signes des polynômes ci-dessous :

a) $f(x)=3(2x-1)(x+3)$.

b) $g(x)=-(x+4)(3x-5)(x+1)$.

Exercice 6

Corrigé p. 299

Pour un marché national, on étudie l'offre $f(x)$ et la demande $g(x)$ pour des barrettes de RAM de 4 Go.

Le prix x d'une barrette varie entre 40 € et 80 € et les quantités d'offre et de demande, en millions d'unités, sont données par :

$$f(x)=0,5x+30 \text{ et}$$
$$g(x)=-0,05x^2+4x+30.$$

a) Montrer que pour un prix de 80 €, il y a des surplus.

b) Expliquer pourquoi, pour une offre de 55 millions d'unités, la demande n'est pas satisfaite.

c) Pourquoi une offre de 80 millions d'unités n'est pas possible ?

d) En traçant ses deux courbes sur la calculatrice déterminer la valeur du prix d'équilibre.

e) Démontrer que pour tout réel $x\in[40\ ;\ 80]$:

$$f(x)-g(x)=x(0,05x-3,5).$$

f) En déduire la valeur exacte du prix d'équilibre ainsi que la quantité de barrettes de RAM associée.

Exercice 7

Corrigé p. 300

Une usine produit des téléviseurs qui sont vendus 1 500 € l'unité.
On estime que, pour une production journalière de x téléviseurs comprise entre 0 et 120, le coût, en €, s'élève à : $c(x) = 25x^2 - 0{,}1x^3$.
On note $r(x)$ et $b(x)$ la recette et le bénéfice associés à une production de x téléviseurs.

a) Justifier que : $r(x) = 1500x$.

b) Montrer que : $b(x) = 0{,}1x^3 - 25x^2 + 1500x$.

c) Démontrer que :
$$b(x) = 0{,}1x(x - 100)(x - 150).$$

d) Dresser le tableau de signes de $b(x)$ et interpréter le résultat.

e) On admet que la fonction b ne change de sens de variations qu'une seule fois sur l'intervalle $[0 ; 120]$.
Compléter l'algorithme ci-dessous pour qu'il permette d'afficher la production associée à un bénéfice maximal.

```
def b(x) :
  return ...
max = b(0)
x = 1
while b(x) > max:
  max = b(x)
  x = x+1
print(...)
```

f) Donner, à l'aide de cet algorithme, le bénéfice maximal que peut réaliser l'usine.

Exercice 8

Corrigé p. 300

On lâche une bille, sans vitesse initiale, d'une hauteur de 2 000 mètres.
Si on néglige la résistance de l'air, la hauteur h de la bille par rapport au sol est une fonction du temps t et est donnée par :
$$h(t) = -\frac{1}{2}gt^2 + 2000.$$
La valeur absolue de la vitesse de la bille, à l'instant t, est donnée par : $v(t) = gt$.
h est en mètres, t en secondes et v en m/s.
L'accélération g de la pesanteur dépend du lieu de la chute et est en m/s^2.
Sur la Terre, g est à peu près égale à 9,81 m/ s^2 et sur la Lune à 1,62 m/ s^2.

Partie A : Sur la Terre

a) Donner $h(t)$ et $v(t)$ en fonction de t.

b) Quel est le sens de variations de $v(t)$?

c) Rappeler le sens de variations de la fonction $f : t \mapsto t^2$, pour $t \geqslant 0$ et en déduire celui de h pour $t \geqslant 0$.

d) Compléter le tableau suivant, en donnant $h(t)$, au mètre près par excès, et $v(t)$ en valeurs exactes :

t	0	5	10	15	20
$h(t)$					
$v(t)$					

e) Tracer les courbes représentatives des fonctions v et h sur $I = [0 ; 21]$.

f) Déterminer à l'aide du graphique, au dixième de seconde près, l'instant où la bille va toucher le sol et retrouver le résultat par le calcul.
Quelle est la vitesse à l'impact ?

Partie B : Sur la Lune

Répondre aux mêmes questions que dans la partie A.
Pour d) et e), on cherchera les images des nombres de 30 à 50, de 5 en 5 et on prendra $I = [0 ; 50]$.
Comparer les résultats avec ceux de la partie A.

Exercice 9

Corrigé p. 301

Albert Betz (1885-1968) est un grand physicien allemand.
Il a montré que la puissance P d'une éolienne de rayon r, avec un vent de vitesse v, est donnée par :
$$P = 1{,}14 \times 10^{-3} \times r^2 \times v^3.$$
P est en kilowatt, r est en mètres et v en m/s.

a) Exprimer P en fonction de v lorsque $r = 10$ mètres.

b) Représenter la fonction P et la droite D d'équation $y = 912$ sur $[0 ; 30]$.

c) Résoudre graphiquement l'équation $P = 912$.
En déduire la vitesse du vent en km/h si la puissance est de 912 kw.

d) Retrouver algébriquement le résultat précédent.

5 Dérivées et primitives

1 Dérivées

A Définitions

• Nombre dérivé

Soient f une fonction définie sur un intervalle I et a et x deux nombres de I.

Si lorsque x tend vers a, avec $x \neq a$, le taux de variation $\dfrac{f(x)-f(a)}{x-a}$ tend vers un nombre, ce dernier s'appelle **nombre dérivé de f en a** et se note **$f'(a)$**.

On dit que **f est dérivable en $x = a$** et on écrit : $\lim\limits_{x \to a} \dfrac{f(x)-f(a)}{x-a} = f'(a)$.

Le nombre $f'(a)$ peut aussi se noter $\left(\dfrac{\Delta y}{\Delta x}\right)_a$ ou $\dfrac{dy}{dx}(a)$ ou encore $\dfrac{df}{dx}(a)$.

> **Exemple** Soit f la fonction définie sur $\mathbb{R}$ par : $f(x)=x^2$.
> Pour tous réels a et x, avec $x \neq a$, on a : $\dfrac{f(x)-f(a)}{x-a} = \dfrac{x^2-a^2}{x-a} = \dfrac{(x-a)(x+a)}{x-a} = x+a$ et $\lim\limits_{x \to a} \dfrac{f(x)-f(a)}{x-a} = \lim\limits_{x \to a}(x+a) = a+a = 2a$ et donc $f'(a)=2a$.

• Fonction dérivée

Une fonction f est dite **dérivable sur un intervalle I** si elle est dérivable en tout nombre a de I. On définit alors sur I la **fonction dérivée de f**, notée **f'**, qui à tout $x \in I$ associe le nombre dérivé $f'(x)$.

> **Exemple** Soit f la fonction définie sur $\mathbb{R}$ par : $f(x)=x^2$.
> D'après l'exemple précédent, on peut affirmer que : $f'(x)=2x$.

B Propriétés

• Tangente

• Le nombre $f'(a)$ est le **coefficient directeur de la tangente T** à la courbe représentative $\mathscr{C}_f$ de la fonction f au point d'abscisse a.

• Une équation de cette tangente est : $y = f'(a)(x-a)+f(a)$.

• Quand x est proche de a, la tangente T est proche de $\mathscr{C}_f$ et donc le nombre $f(x)$ a comme **approximation affine** $f'(a)(x-a)+f(a)$.

> **Exemple** Soit f la fonction définie sur $\mathbb{R}$ par : $f(x)=x^2$.
> On a $f'(x)=2x$ et une équation de la tangente T à la courbe représentative de la fonction f au point d'abscisse 5 est : $y=f'(5)(x-5)+f(5)$ soit $y=10(x-5)+25$, c'est-à-dire $y=10x-25$, qui est **l'équation réduite** de T.
> En considérant que 4,99 est proche de 5, on trouve, sans calculatrice que :
> $4{,}99^2 \approx 10\times 4{,}99-25 = 49{,}9-25 = 24{,}9$ alors que la valeur exacte, obtenue à la calculatrice, est $4{,}99^2 = 24{,}9001$.

MATHS

- **Sens de variations**

Soit f une fonction dérivable sur un intervalle I.

- Si pour tout $x \in I$, $f'(x) \geqslant 0$, alors **f est croissante sur I.**
- Si pour tout $x \in I$, $f'(x) \leqslant 0$, alors **f est décroissante sur I.**
- Si pour tout $x \in I$, $f'(x) = 0$, alors **f est constante sur I.**

> **Exemple**
> Pour la fonction f définie sur $\mathbb{R}$ par : $f(x)=x^2$, on a $f'(x)=2x$ qui est un nombre négatif si $x \leqslant 0$ et positif si $x \geqslant 0$.
> Ainsi la fonction carrée est décroissante sur $]-\infty\ ;\ 0]$ et croissante sur $[0\ ;\ +\infty[$.

- **Extremum**

Soit f une fonction dérivable sur un intervalle I.

S'il existe $x_0 \in I$ tel que f' s'annule en x_0 en changeant de signe, alors f admet **un extremum local** en x_0.

> **Exemple**
> Pour la fonction carrée, la dérivée s'annule en 0 en passant de négative à positive et donc la fonction carrée admet un extremum en $x = 0$.
> Dans ce cas, c'est un minimum absolu.

C Théorèmes

Soient u et v deux fonctions dérivables sur un intervalle I et $k \in \mathbb{R}$.

- $(ku)' = ku'$
- $(u+v)' = u'+v'$
- $(u \times v)' = u'v + uv'$
- $\left(\dfrac{1}{v}\right)' = -\dfrac{v'}{v^2}$
- $\left(\dfrac{u}{v}\right)' = \dfrac{u'v - uv'}{v^2}$

Cas importants

Soient a, b, c et d quatre nombres réels et n un entier naturel non nul.
Soit f une fonction dérivable sur un intervalle I et soient A, ω et φ trois réels.

$f(x)$	$f'(x)$	Intervalle
a	0	$\mathbb{R}$
$ax+b$	a	$\mathbb{R}$
x^2	$2x$	$\mathbb{R}$
ax^2+bx+c	$2ax+b$	$\mathbb{R}$
x^3	$3x^2$	$\mathbb{R}$
ax^3+bx^2+cx+d	$3ax^2+2bx+c$	$\mathbb{R}$
x^n	nx^{n-1}	$\mathbb{R}$
$\dfrac{1}{x}$, $x \neq 0$	$-\dfrac{1}{x^2}$	$]-\infty\ ;\ 0[$ ou $]0\ ;\ +\infty[$
$f(ax+b)$	$af'(ax+b)$	I

$f(x)$	$f'(x)$	Intervalle
$\cos(x)$	$-\sin(x)$	$\mathbb{R}$
$\sin(x)$	$\cos(x)$	$\mathbb{R}$
$A\cos(\omega x+\varphi)$	$-A\omega\sin(\omega x+\varphi)$	$\mathbb{R}$
$A\sin(\omega x+\varphi)$	$A\omega\cos(\omega x+\varphi)$	$\mathbb{R}$

2 Primitives

A Définition

Soit f une fonction définie sur un intervalle I.
On appelle **primitive** de f sur l'intervalle I toute fonction F dérivable sur I telle que $F'=f$.

Exemple

La fonction $x \mapsto \frac{1}{2}x^2$ est une primitive de $x \mapsto x$ sur $\mathbb{R}$.

B Propriété

Deux primitives d'une même fonction sur un intervalle différent d'une constante.

Exemple

Les fonctions $x \mapsto \frac{1}{2}x^2+13$ et $x \mapsto \frac{1}{2}x^2-5$ sont deux primitives de la fonction $x \mapsto x$ sur $\mathbb{R}$.

C Théorèmes

Soient a, A, c, φ et $\omega \neq 0$ des nombres réels et n un entier naturel.

Fonctions	Primitives
a	$ax+c$
x	$\frac{1}{2}x^2+c$
x^2	$\frac{1}{3}x^3+c$
x^n	$\frac{1}{n+1}x^{n+1}+c$
$\frac{1}{x^2}$	$-\frac{1}{x}+c$

Fonctions	Primitives
$\cos(x)$	$\sin(x)+c$
$\sin(x)$	$-\cos(x)+c$
$A\cos(\omega x+\varphi)$	$\frac{A}{\omega}\sin(\omega x+\varphi)+c$
$A\sin(\omega x+\varphi)$	$-\frac{A}{\omega}\cos(\omega x+\varphi)+c$

Exercices d'entraînement

Exercice 1

Corrigé p. 301

Soit f la fonction définie sur $\mathbb{R}$ par :

$$f(x) = x^3 + 1.$$

a) Calculer le taux de variations de f entre 2 et 2,01. Expliquer pourquoi le résultat est proche de 12.

b) Dire ce que calcule l'algorithme ci-dessous ?

```
def f(x):
    return x**3+1
def df(x):
   h = 10**(-9)
   return (f(x+h)-f(x))/h
print(df(2))
print(df(-3))
```

Exercice 2

Corrigé p. 301

On a tracé dans le repère ci-dessous la courbe $\mathscr{C}_f$ d'une fonction f et deux de ses tangentes (AB) et (CD).

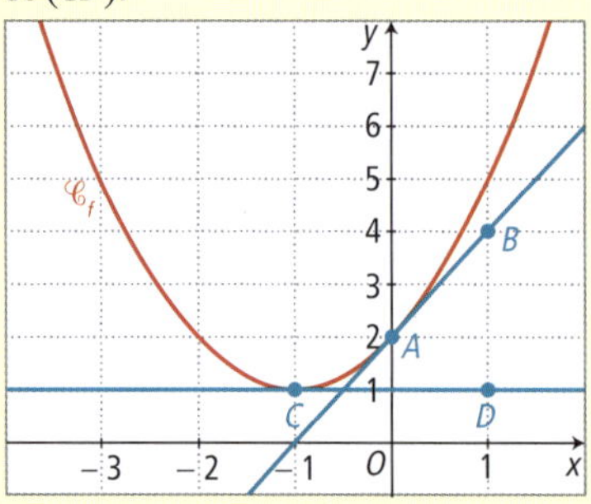

a) Déterminer à l'aide du graphique :
$f(-1)$, $f'(-1)$, $f(0)$ et $f'(0)$.

b) Donner des équations de (AB) et (CD).

Exercice 3

Corrigé p. 301

Déterminer les dérivées des fonctions suivantes :

1) $f(x) = 2x - 3$

2) $g(x) = -7x + 8$

3) $h(x) = x^2 - 5x + 1$

4) $i(x) = -0{,}5x^2 + 2x - 7$

5) $j(x) = x^3 - 5x^2 - x + 4$

6) $k(x) = x - \dfrac{5}{x} + 8$, avec $x \neq 0$

7) $\ell(t) = \cos\left(3t + \dfrac{\pi}{3}\right)$

8) $m(t) = t^2 \sin(t)$

9) $n(x) = \dfrac{x+1}{x+3}$, avec $x \neq -3$

10) $p(t) = \dfrac{1}{t^4 + 1}$.

Exercice 4

Corrigé p. 301

Soit h la fonction définie pour tout $t \in [5\ ;\ 30]$ par : $h(t) = 0{,}1t^2 - 2t + 1$.

a) Déterminer $h'(t)$.

b) Donner le tableau de variations de h sur $[5\ ;\ 30]$.

c) Pour quelles valeurs de t le maximum et le minimum de h sont-ils atteints sur $[5\ ;\ 30]$?

Exercice 5

Corrigé p. 301

Soit f la fonction définie sur $[-2\ ;\ 5]$ par :

$$f(x) = -x^3 - 0{,}2x^2 + 1{,}6x - 4.$$

a) Montrer que :

$$f'(x) = 0{,}2(2 - 3x)(5x + 4).$$

b) Donner le tableau de variations de f sur $[-2\ ;\ 5]$.

c) Peut-on affirmer que $f\left(\dfrac{2}{3}\right)$ est le maximum de f sur $[-2\ ;\ 5]$?

Exercice 6

Corrigé p. 302

Soit φ la fonction définie pour tout $t \in \left[-\dfrac{\pi}{4}\ ;\ \dfrac{\pi}{4}\right]$ par : $\varphi(t) = 2\cos\left(2t + \dfrac{\pi}{2}\right)$.

a) Vérifier que : $\varphi(t) = -2\sin(2t)$.

b) Déterminer $\varphi'(t)$.

c) Dresser le tableau de variations de φ sur $\left[-\dfrac{\pi}{4}\ ;\ \dfrac{\pi}{4}\right]$.

d) Pourquoi, pour t proche de 0, on peut considérer que $\varphi(t) \approx -4t$?
On utilisera la notion d'approximation affine.

Exercice 7

Corrigé p. 302

Soient a et b deux nombres réels et f la fonction définie sur $]0\,;7]$ par : $f(x)=x+a+\dfrac{b}{x}$.

La courbe $\mathscr{C}$ de la fonction f est tracée dans le repère ci-dessous et la droite (AB) est tangente à $\mathscr{C}$ en A.

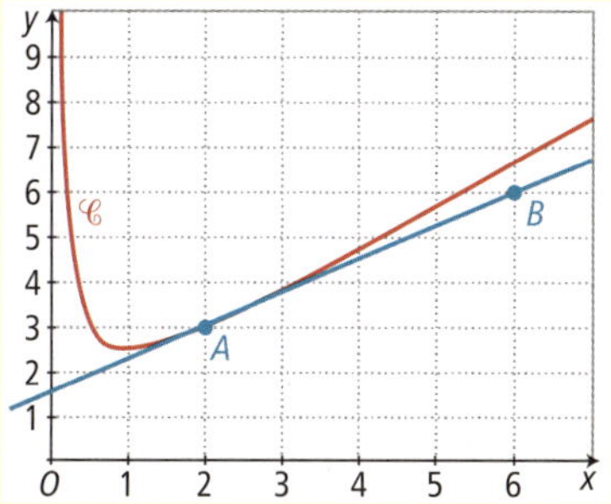

a) Donner les valeurs de $f(2)$ et $f'(2)$.

b) En déduire les valeurs de a et b.

c) Montrer alors que : $f'(x)=\dfrac{(x-1)(x+1)}{x^2}$.

d) Donner le tableau de variations de f sur $]0\,;7]$.

Exercice 8

Corrigé p. 302

La consommation C d'essence, en litres aux 100 km, d'une voiture en fonction de sa vitesse v, en km/h, est donnée par :

$$C(v)=0{,}05v+\frac{80}{v}.$$

a) Étudier les variations de la fonction C sur $[20\,;130]$.

b) Déterminer pour quelle vitesse v la consommation est minimale. Quelle est-elle alors ?

Exercice 9

Corrigé p. 303

On dispose d'un générateur de force électromotrice E de 18 volts et de résistance interne r de 2 ohms.

La puissance utile P de ce générateur est fonction de l'intensité I et on a : $P(I) = 2I(9 - I)$.

a) Donner la puissance maximale.

b) Déterminer les valeurs de I pour avoir une puissance utile de 28 watts. On vérifiera que :

$$I^2-9I+14=(I-2)(I-7).$$

Quelle est la valeur de I la plus favorable ?

Exercice 10

Corrigé p. 303

La puissance $p(t)$, en watts, délivrée par un moteur électrique, à l'instant t en secondes, avec $t\in[7\,;14]$, est donnée par :

$$p(t)=40\left[1+\sin\left(\frac{\pi}{6}t+\frac{\pi}{3}\right)\right].$$

1) Calculer la dérivée $p'(t)$ de $p(t)$.

2) a) Démontrer que si $t\in[7\,;14]$, alors

$$\frac{\pi}{6}t+\frac{\pi}{3}\in\left[\frac{3\pi}{2}\,;\frac{8\pi}{3}\right].$$

b) En déduire le sens de variations de p sur $[7\,;14]$.

c) Déterminer la puissance maximale délivrée par ce moteur durant son fonctionnement.

Exercice 11

Corrigé p. 303

Pour chaque fonction f ci-dessous, déterminer sa primitive F qui vérifie $F(a)=b$.

1) $f(x)=x^2+3x+1$; $a=-1$ et $b=0$.

2) $f(x)=\dfrac{2}{x^2}-3$; $a=1$ et $b=3$.

3) $f(t)=3t^4+\sin(2t)$; $a=0$ et $b=10$.

Exercice 12

Corrigé p. 303

Une voiture de course de masse m de 760 kg se déplace en mouvement rectiligne horizontal. On étudie celui-ci durant les trois premières secondes.

Soit $p(t)$ la puissance instantanée du véhicule, en watts, à l'instant t, en secondes, pour $t\in[0\,;3]$ avec $p(t)=1520t^3+27360t^2+109440t$.

Le mouvement étant horizontal, on assimile l'énergie mécanique de la voiture à son énergie cinétique $E(t)$.

On sait que : $E(t)=\dfrac{1}{2}mv^2(t)$ où $v(t)$ est la vitesse du mobile en $m{\cdot}s^{-1}$.

On admet que $v(t)\geqslant 0$ et $E(0) = 0$ et que la puissance du véhicule est égale à la dérivée de son énergie.

a) Déterminer pour tout $t\in[0\,;3]$ l'expression de $E(t)$.

b) En déduire que : $v(t)=t^2+12t$.

c) Décrire l'accélération subie par le pilote de cette voiture durant ce mouvement.

MATHS

6 Trigonométrie

1 Mesures des angles et cercle trigonométrique

A Définitions

Définition 1

Le **radian** est l'unité de mesure des angles du Système International (SI).
À π radians correspond 180°. Par abus, on écrit : π radians = 180°.

Exemples

Mesure en degrés	0	30	45	60	90	180
Mesure en radians	0	$\frac{\pi}{6}$	$\frac{\pi}{4}$	$\frac{\pi}{3}$	$\frac{\pi}{2}$	π

Définition 2

Dans un repère orthonormé du plan $\left(O\,;\vec{i},\vec{j}\right)$, le **cercle trigonométrique** est le cercle de centre O et de rayon 1, orienté dans le sens inverse des aiguilles d'une montre (appelé aussi sens direct ou sens trigonométrique).

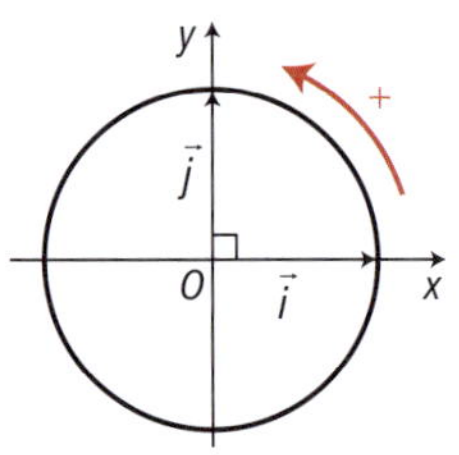

Définition 3

Soient O, A et B trois points distincts du plan. L'**angle orienté** de vecteurs $\left(\overrightarrow{OA}, \overrightarrow{OB}\right)$ est l'angle dont une mesure est celle de $\widehat{AOB}$ lorsque l'on passe de A à B dans le sens direct.

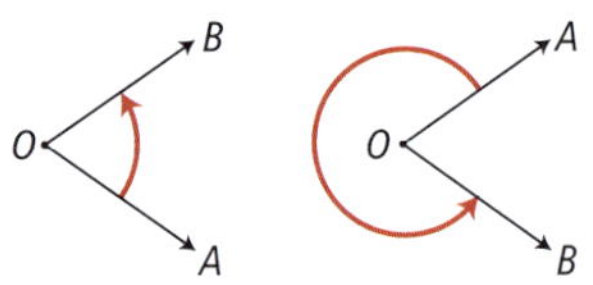

B Propriétés

Propriété 1

Un angle orienté possède une **infinité de mesures**, différant toutes d'un multiple de 2π radians.

Exemple

Un angle orienté de mesure $\frac{\pi}{4}$ radians possède d'autres mesures comme, par exemples :

$\frac{\pi}{4}+2\pi=\frac{9\pi}{4}$ radians, ou $\frac{\pi}{4}-4\pi=-\frac{15\pi}{4}$ radians ou bien $\frac{\pi}{4}+10\pi=\frac{41\pi}{4}$ radians.

Propriété 2

Tout angle orienté possède une **unique mesure** dans l'intervalle $]-\pi\,;\pi]$.
On l'appelle **mesure principale**.

Exemple

Soit un angle dont une mesure est $\frac{23\pi}{6}$.

On a : $\frac{23\pi}{6}=\frac{24\pi}{6}-\frac{\pi}{6}=4\pi-\frac{\pi}{6}$, ainsi la mesure principale de cet angle est $-\frac{\pi}{6}$ puisque 4π est un multiple de 2π et $-\frac{\pi}{6}\in\,]-\pi\,;\pi]$.

2 Fonctions circulaires

A Définitions

• Soit x un nombre réel et M un point du cercle trigonométrique tel que $(\overrightarrow{OI}, \overrightarrow{OM}) = x$.

• Les coordonnées du point M sont :

$$(\cos(x)\ ;\ \sin(x)).$$

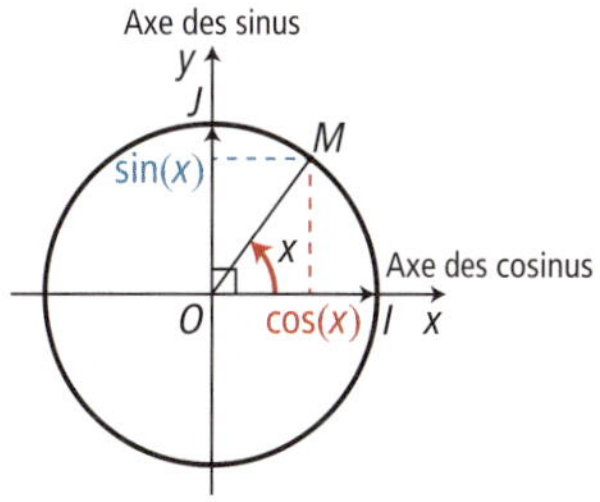

• On définit sur $\mathbb{R}$ la fonction **cosinus** qui à tout réel x associe le nombre **cos(x)** et la fonction **sinus** qui à tout réel x associe **sin(x)**.

B Propriétés

• Pour tout réel x on a :

$-1 \leqslant \cos(x) \leqslant 1$; $-1 \leqslant \sin(x) \leqslant 1$ et $\cos^2 x + \sin^2 x = 1$.

$\cos(x + 2\pi) = \cos(x)$ et $\sin(x + 2\pi) = \sin(x)$.

• Les fonctions cosinus et sinus sont **2π périodiques**.

$\cos(-x) = \cos(x)$ et $\sin(-x) = -\sin(x)$.

• La fonction **cosinus** est **paire** et la fonction **sinus** est **impaire**.

• **Courbes représentatives**

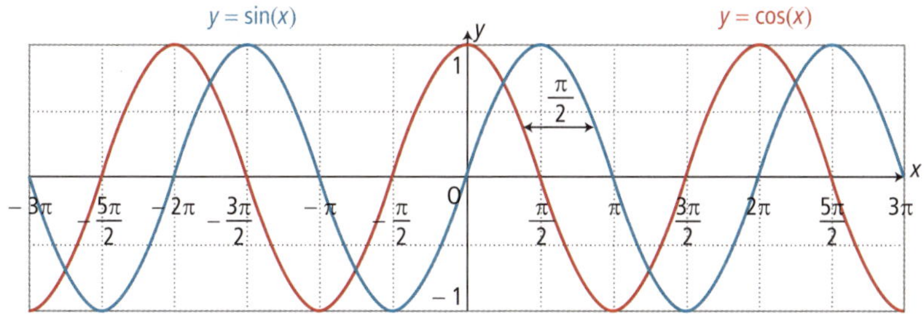

• **Tableau des valeurs remarquables**

x	0	$\frac{\pi}{6}$	$\frac{\pi}{4}$	$\frac{\pi}{3}$	$\frac{\pi}{2}$
sin(x)	0	$\frac{1}{2}$	$\frac{\sqrt{2}}{2}$	$\frac{\sqrt{3}}{2}$	1
cos(x)	1	$\frac{\sqrt{3}}{2}$	$\frac{\sqrt{2}}{2}$	$\frac{1}{2}$	0

• **Angles associés**

- $\cos\left(x + \frac{\pi}{2}\right) = -\sin(x)$
- $\sin\left(x + \frac{\pi}{2}\right) = \cos(x)$
- $\cos(x + \pi) = -\cos(x)$
- $\sin(x + \pi) = -\sin(x)$
- $\cos\left(\frac{\pi}{2} - x\right) = \sin(x)$
- $\sin\left(\frac{\pi}{2} - x\right) = \cos(x)$
- $\cos(\pi - x) = -\cos(x)$
- $\sin(\pi - x) = \sin(x)$

MATHS

Tableaux de variations sur une période

x	0	π	2π
$\cos(x)$	1 ↘	-1 ↗	1

x	$-\frac{\pi}{2}$	$\frac{\pi}{2}$	$\frac{3\pi}{2}$
$\sin(x)$	-1 ↗	1 ↘	-1

C Résolution d'équations

On résout sur $\mathbb{R}$ les équations suivantes où $a \in \mathbb{R}$:

Équation $\cos(x) = a$

- si $a > 1$ ou $a < -1$: $S = \varnothing$.
- si $a = 1$: $S = \{2k\pi,\ k \in \mathbb{Z}\}$.
- si $a = -1$: $S = \{\pi + 2k\pi, k \in \mathbb{Z}\}$.
- si $-1 < a < 1$:
soit $\alpha \in]-\pi\ ;\ \pi]$ tel que $\cos(\alpha) = a$.
$S = \{\alpha + 2k\pi\ ;\ -\alpha + 2k\pi, k \in \mathbb{Z}\}$.

Équation $\sin(x) = a$

- si $a > 1$ ou $a < -1$: $S = \varnothing$.
- si $a = 1$: $S = \left\{\frac{\pi}{2} + 2k\pi, k \in \mathbb{Z}\right\}$.
- si $a = -1$: $S = \left\{-\frac{\pi}{2} + 2k\pi, k \in \mathbb{Z}\right\}$.
- si $-1 < a < 1$:
soit $\alpha \in]-\pi\ ;\ \pi]$ tel que $\sin(\alpha) = a$.
$S = \{\alpha + 2k\pi\ ;\ \pi - \alpha + 2k\pi, k \in \mathbb{Z}\}$.

3 Fonctions $t \mapsto A\cos(\omega t + \varphi)$ et $t \mapsto A\sin(\omega t + \varphi)$

A Définition

- Soient A, ω et φ des nombres réels et f la fonction définie pour tout $t \in \mathbb{R}$ par :
$$f(t) = A\cos(\omega t + \varphi) \text{ ou } f(t) = A\sin(\omega t + \varphi).$$
- Le nombre A s'appelle l'**amplitude** de f et ω son **impulsion**.
- $\omega t + \varphi$ s'appelle la **phase instantanée** et φ la **phase à l'origine**.

B Propriétés

- Le maximum de la fonction f est $|A|$ et son minimum est $-|A|$.
- La fonction f est périodique de période $T = \frac{2\pi}{\omega}$, lorsque $\omega \neq 0$.

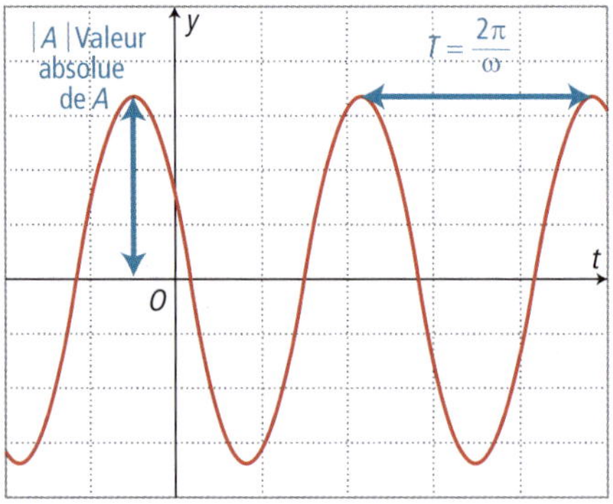

Exercices d'entraînement

Exercice 1
Corrigé p. 303

a) Convertir en radians les mesures suivantes : 30° ; 120° ; −45° ; 150° ; 240° ; 765° ; 100° ; −210° ; −405°.

b) Convertir en degrés les mesures suivantes données en radians :
$\frac{27\pi}{4}$; $-\frac{13\pi}{8}$; $\frac{5\pi}{3}$; $\frac{\pi}{12}$; $-\frac{23\pi}{12}$; 25π.

Exercice 2
Corrigé p. 304

Donner la mesure principale des mesures d'angles suivantes : $-\frac{\pi}{4}$; 115π ; $\frac{7\pi}{6}$; $-\frac{19\pi}{3}$; $\frac{37\pi}{2}$; $-\frac{77\pi}{4}$; $\frac{95\pi}{8}$.

Exercice 3
Corrigé p. 304

En utilisant les formules des angles associés, donner les valeurs exactes des cosinus et sinus des angles α suivants :

a) $\alpha = \frac{2\pi}{3}$. b) $\alpha = -\frac{2\pi}{3}$. c) $\alpha = \frac{3\pi}{4}$.

d) $\alpha = -\frac{3\pi}{4}$. e) $\alpha = \frac{5\pi}{6}$. f) $\alpha = -\frac{5\pi}{6}$.

Exercice 4
Corrigé p. 304

Placer sur le cercle trigonométrique les points correspondant aux angles suivants :
$\frac{\pi}{6}$; $\frac{\pi}{4}$; $\frac{\pi}{3}$; $\frac{\pi}{2}$; $-\frac{2\pi}{3}$; $\frac{5\pi}{4}$; $-\frac{7\pi}{6}$; $\frac{11\pi}{2}$.

Exercice 5
Corrigé p. 304

Résoudre sur $]-\pi\,;\pi]$ les équations suivantes, en les illustrant sur le cercle trigonométrique.

a) $\cos(x) = \frac{\sqrt{2}}{2}$. b) $\sin(x) = \frac{1}{2}$.

c) $\cos(x) = \sqrt{3}$. d) $\sin(x) = -\frac{1}{2}$.

e) $\cos(x) = -\frac{\sqrt{3}}{2}$. f) $\sin(x) = -\frac{\sqrt{2}}{2}$.

g) $\sin(t) = 0{,}9$. h) $\cos\left(2t + \frac{\pi}{3}\right) = \frac{1}{2}$.

i) $\cos(t) = -0{,}25$. j) $\sin\left(t - \frac{\pi}{3}\right) = 0{,}3$.

Pour i) et j), on donnera les solutions à 10^{-3} près.

Exercice 6
Corrigé p. 304

L'intensité i, en ampères, d'un courant alternatif, en fonction du temps t, en secondes, vérifie :

$$i(t) = A\sin(\omega t + \varphi).$$

On mesure $i(t)$ et on obtient sur un oscilloscope la sinusoïde suivante.
Déterminer à l'aide du graphique les valeurs de A, T, φ et ω.

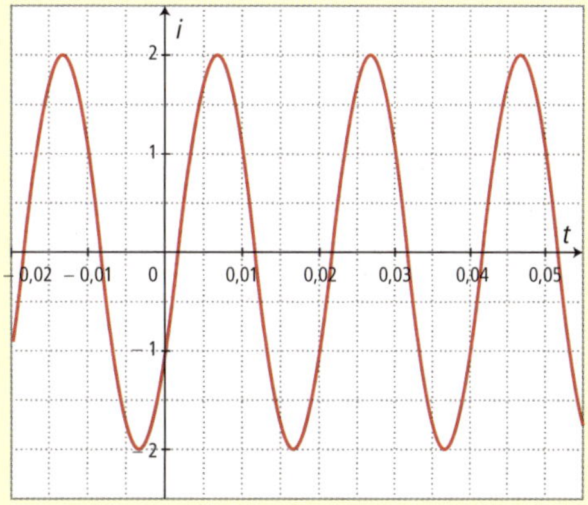

Exercice 7
Corrigé p. 304

Soit f la fonction définie pour tout réel x par :

$$f(x) = \sin(x)\cos(x).$$

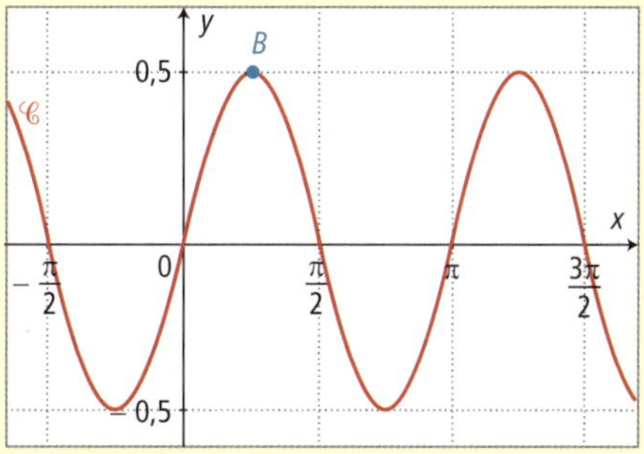

On note $\mathscr{C}$ sa courbe représentative dans un repère du plan.

a) Montrer que f est impaire.

b) Montrer que f est π périodique.

c) Montrer que les points $O(0\,;0)$ et $B\left(\frac{\pi}{4}\,;\frac{1}{2}\right)$ appartiennent à $\mathscr{C}$.

d) Montrer alors, en utilisant $\mathscr{C}$, que :

$$f(x) = \frac{1}{2}\sin(2x).$$

Exercice 8

Corrigé p. 305

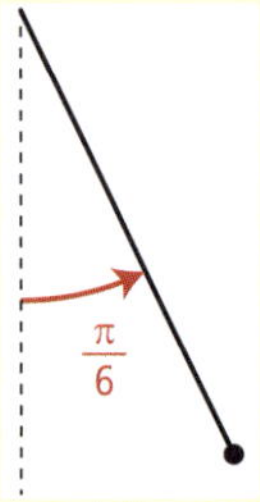

Un pendule simple est composé d'un fil auquel est accrochée une masse que l'on écarte d'un angle de $\frac{\pi}{6}$ radians par rapport à la verticale.
Lorsqu'on lâche le pendule, l'angle θ, en radians, par rapport à la verticale en fonction du temps t, en secondes, vérifie :

$$\theta(t) = \frac{\pi}{6}\cos\left(\sqrt{\frac{g}{L}} \times t\right),$$

avec L la longueur du fil, en mètres, et $g = 9{,}81$ m/s² la gravité.

a) Donner, à 10^{-3} près, la période de θ pour un fil de de 50 cm, puis de 1 mètre.

b) La période de l'angle θ est-elle proportionnelle à la longueur du fil ?

c) Déterminer le premier instant où le pendule repasse par la verticale.

d) Le pendule de Foucault du Panthéon de Paris a une période de 16,4 secondes.
Déterminer, au centimètre près, sa longueur.

Exercice 9

Corrigé p. 305

On a acheté un moteur monophasé et pour chercher ses caractéristiques, on observe les courbes représentatives de la tension U (en volts) et de l'intensité I (en ampères).

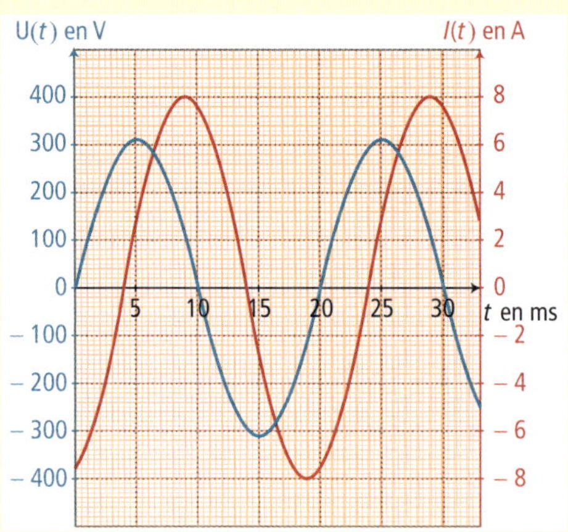

On donne $U(5) = 311$.

1) En utilisant les graphiques ci-dessus, vérifier que les deux signaux ont la même période T (en secondes) et déterminer :

a) Cette période T et en déduire la fréquence f (en hetz) et la pulsation (en radians/seconde).

b) La valeur du décalage $\Delta(t)$ de l'intensité par rapport à la tension et en déduire le déphasage φ (en radians).
On rappelle que : $\varphi = \frac{2\pi\Delta(t)}{T}$.

c) Les amplitudes U_{max} et I_{max} de la tension et de l'intensité et en déduire les valeurs efficaces I et U.
On donnera I au dixième d'ampère et U au volt près.
On rappelle que :

$$\text{Valeur efficace} = \frac{\text{valeur maximale}}{\sqrt{2}}.$$

2) Exprimer les fonctions intensité et tension en fonction du temps t.

3) Donner la puissance active et le facteur de puissance du moteur.

Exercice 10

Corrigé p. 305

On considère une masse accrochée à l'extrémité d'un ressort horizontal, comme ci-dessous.

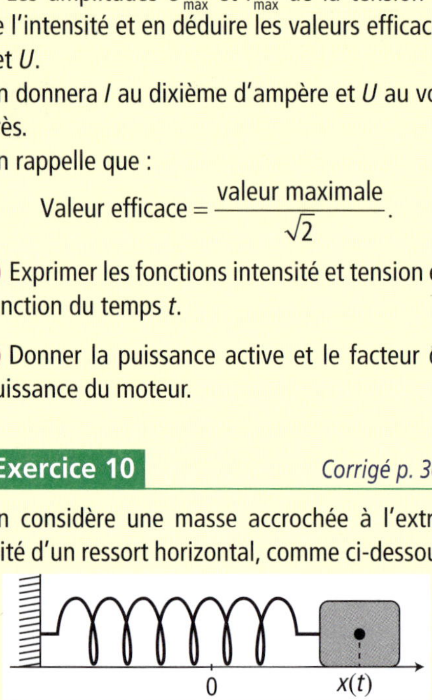

En absence de frottement, l'abscisse $x(t)$ du centre de gravité de la masse, en mètres, en fonction du temps t, en secondes, est une fonction sinusoïdale vérifiant :

$$x(t) = A\cos\left(\sqrt{\frac{k}{m}} \times t\right),$$

$A > 0$ est l'amplitude du mouvement, k la constante de raideur du ressort et m la masse en kilogrammes.

a) Exprimer la période T de $x(t)$ en fonction de k et m.

b) Pour $m = 100$ g, un système de mesure a permis d'établir que $x(t)$ oscille entre -50 cm et 50 cm selon une période de 0,44 secondes.
Déterminer A et k à 10^{-2} près.

7 Produit scalaire

1 Définitions et Propriétés

A Définition 1

- Soient $\vec{u}$ et $\vec{v}$ deux vecteurs non nuls et θ une mesure de l'angle $(\widehat{\vec{u}, \vec{v}})$.

Le **produit scalaire** de $\vec{u}$ et $\vec{v}$ est le nombre réel défini par : $\vec{u}\cdot\vec{v} = \|\vec{u}\| \times \|\vec{v}\| \times \cos(\theta)$.

- Si $\vec{u}$ ou $\vec{v}$ est nul, on pose $\vec{u}\cdot\vec{v} = 0$.

Exemple Soient $\vec{u}$ et $\vec{v}$ deux vecteurs tels que :

$$\|\vec{u}\| = 5,\ \|\vec{v}\| = 2 \text{ et } (\widehat{\vec{u}, \vec{v}}) = -\frac{\pi}{4}.$$

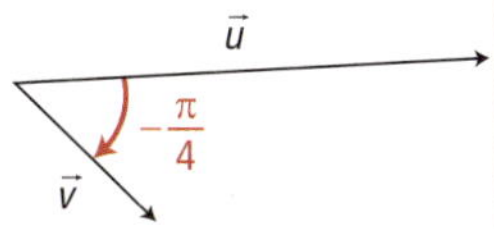

On a alors : $\vec{u}\cdot\vec{v} = \|\vec{u}\| \times \|\vec{v}\| \times \cos(\theta) = 5 \times 2 \times \cos\left(-\frac{\pi}{4}\right) = 10 \times \frac{\sqrt{2}}{2} = 5\sqrt{2}$.

Propriétés

Soient $\vec{u}$, $\vec{v}$ et $\vec{w}$ trois vecteurs et λ un réel.

- $\vec{u}\cdot\vec{v} = \vec{v}\cdot\vec{u}$
- $\vec{u}\cdot(\vec{v}+\vec{w}) = \vec{u}\cdot\vec{v} + \vec{u}\cdot\vec{w}$
- $\lambda(\vec{u}\cdot\vec{v}) = (\lambda\vec{u})\cdot\vec{v} = \vec{u}\cdot(\lambda\vec{v})$

B Définition 2

Deux vecteurs non nuls $\vec{u}$ et $\vec{v}$ sont dits **orthogonaux** si l'angle $(\widehat{\vec{u}, \vec{v}})$ a pour mesure principale $-\frac{\pi}{2}$ ou $\frac{\pi}{2}$. Le vecteur nul $\vec{0}$ est orthogonal à tout autre vecteur.

Propriété

- Deux vecteurs $\vec{u}$ et $\vec{v}$ sont orthogonaux si et seulement si $\vec{u}\cdot\vec{v} = 0$.

2 Produit scalaire dans un repère orthonormé

On se place dans un plan P muni d'un **repère orthonormé** $(O\,;\vec{i},\vec{j})$.

- Si $\vec{u}\begin{pmatrix}x\\y\end{pmatrix}$ et $\vec{v}\begin{pmatrix}x'\\y'\end{pmatrix}$ sont deux vecteurs du plan P, on a : $\vec{u}\cdot\vec{v} = xx' + yy'$.
- Si $\vec{u}\begin{pmatrix}x\\y\end{pmatrix}$ est un vecteur du plan P, on a : $\|\vec{u}\| = \sqrt{\vec{u}\cdot\vec{u}} = \sqrt{x^2+y^2}$.
- Si $A(x_A\,;y_A)$ et $B(x_B\,;y_B)$, $\overrightarrow{AB}\begin{pmatrix}x_B - x_A\\y_B - y_A\end{pmatrix}$ et $AB = \|\overrightarrow{AB}\| = \sqrt{(x_B - x_A)^2 + (y_B - y_A)^2}$.

Exemple Soient $A(1\,;2)$, $B(4\,;6)$ et $C(-3\,;5)$ trois points du plan P.

Le triangle ABC est rectangle et isocèle en A car :

$$\overrightarrow{AB}\cdot\overrightarrow{AC} = \begin{pmatrix}x_B - x_A\\y_B - y_A\end{pmatrix}\cdot\begin{pmatrix}x_C - x_A\\y_C - y_A\end{pmatrix} = \begin{pmatrix}3\\4\end{pmatrix}\cdot\begin{pmatrix}-4\\3\end{pmatrix} = 3\times(-4) + 4\times 3 = -12 + 12 = 0.$$

On a aussi : $\|\overrightarrow{AB}\| = \sqrt{3^2+4^2} = \sqrt{9+16} = \sqrt{25} = 5$;

$\|\overrightarrow{AC}\| = \sqrt{(-4)^2+3^2} = \sqrt{16+9} = \sqrt{25} = 5$ et donc $AB = AC$.

3 Projections orthogonales

A Définition

Soit $\vec{u}$ un vecteur **non nul**, A et B deux points tels que $\overrightarrow{AB} = \vec{u}$ et d une droite.
En notant A' et B' les projetés orthogonaux de A et B sur d, $\overrightarrow{A'B'}$ est le **vecteur projeté orthogonal** de $\vec{u}$ sur d.

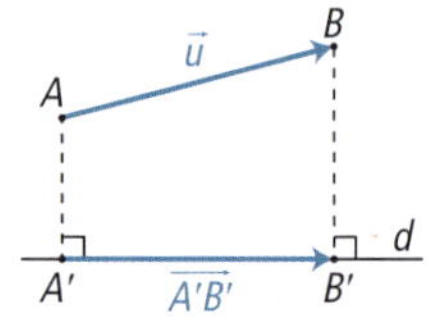

B Propriétés

• Soient $\vec{u}$ et $\vec{v} \neq \vec{0}$ deux vecteurs du plan, et d une droite dirigée par $\vec{v}$.
On note $\vec{u'}$ le projeté orthogonal de $\vec{u}$ sur d et on a alors :

$$\vec{u} \cdot \vec{v} = \vec{u'} \cdot \vec{v} = \begin{cases} \|\vec{u'}\| \times \|\vec{v}\| \text{ si } \vec{u'} \text{ et } \vec{v} \text{ sont de même sens,} \\ -\|\vec{u'}\| \times \|\vec{v}\| \text{ si } \vec{u'} \text{ et } \vec{v} \text{ sont de sens opposés.} \end{cases}$$

• Soit $\vec{u}$ un vecteur dans repère orthonormé $\left(O\,;\vec{i}\,,\vec{j}\right)$ tel que $\left(\widehat{\vec{i}\,,\,\vec{u}}\right) = \theta$.

Le vecteur $\vec{u}$ a pour coordonnées : $\vec{u}\begin{pmatrix}\|\vec{u}\|\cos(\theta) \\ \|\vec{u}\|\sin(\theta)\end{pmatrix}$.

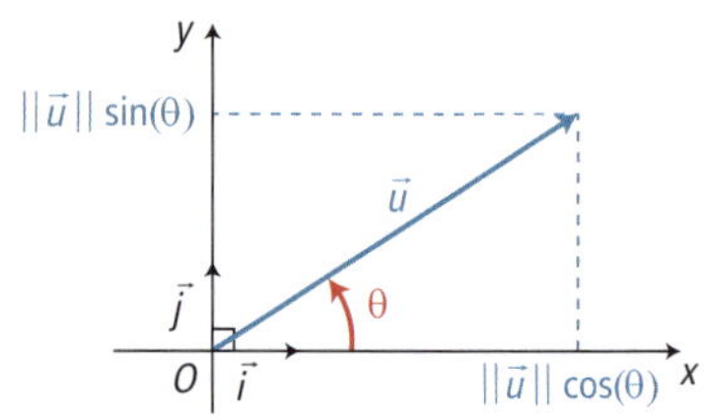

4 Applications du produit scalaire

A Théorème d'Al-Kashi

Soit ABC un triangle quelconque.
On note : $a = BC$, $b = AC$, $c = AB$ et $\widehat{A} = \widehat{BAC}$, $\widehat{B} = \widehat{ABC}$ et $\widehat{C} = \widehat{ACB}$. On a alors :

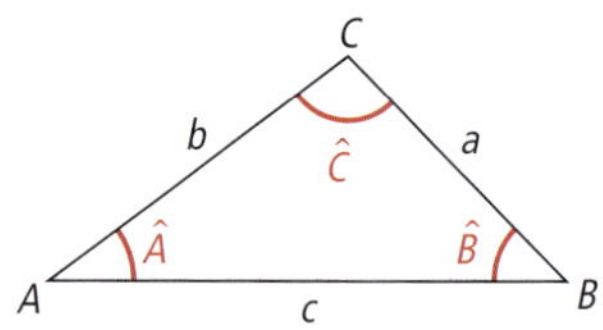

• $a^2 = b^2 + c^2 - 2bc\cos(\widehat{A})$ • $b^2 = a^2 + c^2 - 2ac\cos(\widehat{B})$ • $c^2 = a^2 + b^2 - 2ab\cos(\widehat{C})$

Ce théorème est une généralisation du théorème de Pythagore.

Exemple
Soit MNP un triangle isocèle de sommet principal M tel que $\widehat{NMP} = \dfrac{2\pi}{3}$ et $MN = MP = 10$.
Alors :
$$NP^2 = MN^2 + MP^2 - 2MN \times MP \times \cos\left(\frac{2\pi}{3}\right) = 100 + 100 - 200 \times \left(-\frac{1}{2}\right) = 300$$
et donc : $NP = \sqrt{300} \approx 17{,}32$.

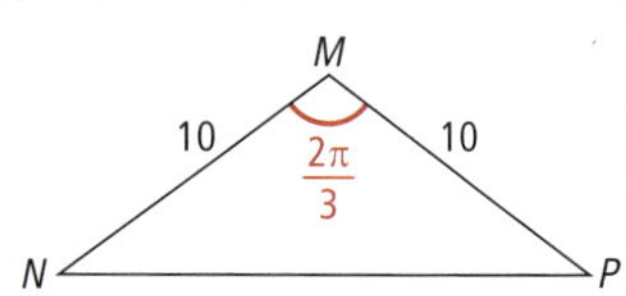

B Égalité du parallélogramme

Soit $ABCD$ un parallélogramme quelconque.
On a : $AC^2 + BD^2 = AB^2 + BC^2 + CD^2 + AD^2$.

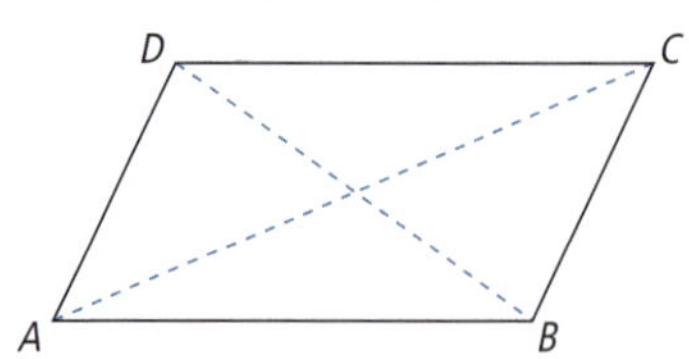

Exercices d'entraînement

Exercice 1
Corrigé p. 305

Donner la valeur exacte de $\vec{u}\cdot\vec{v}$.

a) $\|\vec{u}\|=12$, $\|\vec{v}\|=3$ et $(\vec{u}, \vec{v})=\dfrac{\pi}{3}$.

b) $\|\vec{u}\|=4$, $\|\vec{v}\|=10$ et $(\vec{u}, \vec{v})=\dfrac{7\pi}{6}$.

c) $\|\vec{u}\|=1$, $\|\vec{v}\|=0{,}3$ et $(\vec{u}, \vec{v})=\dfrac{31\pi}{2}$.

Exercice 2
Corrigé p. 305

Dans le quadrillage orthogonal ci-contre, chaque carreau est un carré de côté 1.

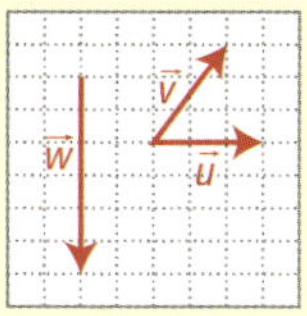

Calculer $\vec{u}\cdot\vec{v}$, $\vec{u}\cdot\vec{w}$ et $\vec{v}\cdot\vec{w}$, en utilisant les projections orthogonales.

Exercice 3
Corrigé p. 305

Soient les vecteurs $\vec{u}\begin{pmatrix}\dfrac{\sqrt{3}}{2}\\ -\dfrac{1}{2}\end{pmatrix}$ et $\vec{v}\begin{pmatrix}\dfrac{1}{2}\\ \dfrac{\sqrt{3}}{2}\end{pmatrix}$.

Montrer que le repère $(O\,;\vec{u}, \vec{v})$ est orthonormé.

Exercice 4
Corrigé p. 306

Soient $\vec{u}$ et $\vec{v}$ deux vecteurs de même norme. Démontrer que les vecteurs $\vec{u}+\vec{v}$ et $\vec{u}-\vec{v}$ sont orthogonaux.

Exercice 5
Corrigé p. 306

Soient D et D' deux droites d'équation respective :

$$y=ax+b \text{ et } y=a'x+b'.$$

Montrer qu'elles sont perpendiculaires si et seulement si $aa'=-1$.

Exercice 6
Corrigé p. 306

Donner une équation du cercle $\mathscr{C}$ de diamètre $[AB]$ où $A(2\,;1)$ et $B(6\,;4)$.
Quel est son centre et son rayon ?
On rappelle que : $M(x\,;y)$ est un point quelconque de $\mathscr{C}$ si et seulement si $\overrightarrow{MA}\cdot\overrightarrow{MB}=0$.

Exercice 7
Corrigé p. 306

Soit ABC un triangle tel que :

$$AB=7,\ AC=9 \text{ et } BC=12.$$

Déterminer, au dixième de degré près, les mesures des trois angles de ABC.

Exercice 8
Corrigé p. 306

Soit $ABCD$ un parallélogramme tel que :

$$AB=11,\ AC=7 \text{ et } BC=3.$$

Calculer BD à 10^{-2} près.

Exercice 9
Corrigé p. 306

Dans un repère orthonormé du plan on considère les points : $A(-3\,;-2)$, $B(3\,;-2)$, $C(0\,;1)$ et $D(4\,;0)$.

a) Calculer $\overrightarrow{AB}\cdot\overrightarrow{AC}$ et en déduire la mesure principale de $\left(\widehat{\overrightarrow{AB}\,;\overrightarrow{AC}}\right)$.

b) Déterminer, au degré près, la mesure principale de $\left(\widehat{\overrightarrow{CB}\,;\overrightarrow{CD}}\right)$.

Exercice 10
Corrigé p. 307

Sur le chemin de halage, un cheval tire une péniche et exerce une force $\vec{F}$ de 1 000 newtons selon un angle de 60° et sur 500 mètres.

a) Quel est le travail W de la force $\vec{F}$.

b) Déterminer l'intensité de la force à exercer pour obtenir le même travail si la péniche est tirée par un bateau ?

Exercice 11
Corrigé p. 307

Le point d'application d'une force $\vec{F}$ se déplace de A à B.
Calculer le travail des forces $\vec{F_1}$, $\vec{F_2}$, $\vec{F_3}$, $\vec{F_4}$, $\vec{F_5}$ et $\vec{F_6}$, représentées ci-dessous :

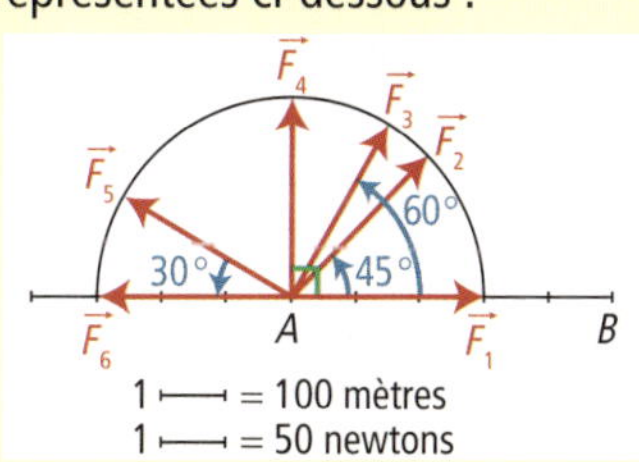

MATHS

Exercice 12

Corrigé p. 307

Deux forces $\vec{F_1}$ et $\vec{F_2}$ représentées par $\overrightarrow{OA}$ et $\overrightarrow{OB}$ s'exercent en O et font entre elles un angle de mesure 64°.

Elles ont comme intensités respectives 157 newtons et 230 newtons.

Donner l'intensité de la somme $\overrightarrow{OC} = \vec{F_1} + \vec{F_2}$, à 10^{-2} près, et une mesure de l'angle $(\widehat{\overrightarrow{OA}, \overrightarrow{OC}})$ à la minute près.

Exercice 13

Corrigé p. 307

Il n'est pas possible, à cause d'un marécage, de mesurer la distance séparant deux villages A et B. Un village C est situé à 27 km de A et à 41 km de B. Grâce aux clochers des églises, on a mesuré que l'angle $\widehat{ACB} = 126°$.

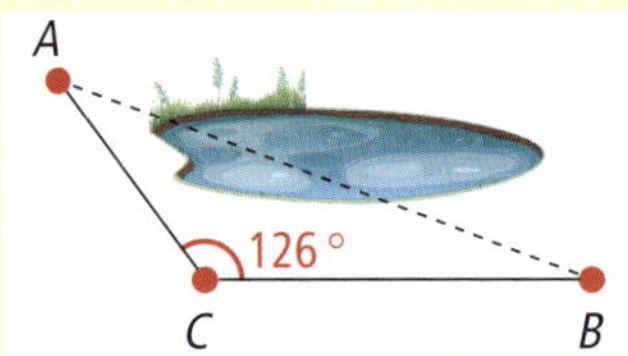

Donner la distance AB au mètre près.

Exercice 14

Corrigé p. 307

Soit u la somme de deux tensions u_1 et u_2 de même fréquence, de valeurs efficaces $U_1 = 18$ volts et $U_2 = 23$ volts et u_2 en retard sur u_1 de $\frac{\pi}{3}$.

Calculer la tension efficace U au centième de volt près, et le déphasage φ au degré près, de la tension u par rapport à u_1.

Exercice 15

Corrigé p. 307

Une charge de poids $\vec{P}$ de 500 newtons est suspendue en C à deux fils accrochés à une barre horizontale en A et B.

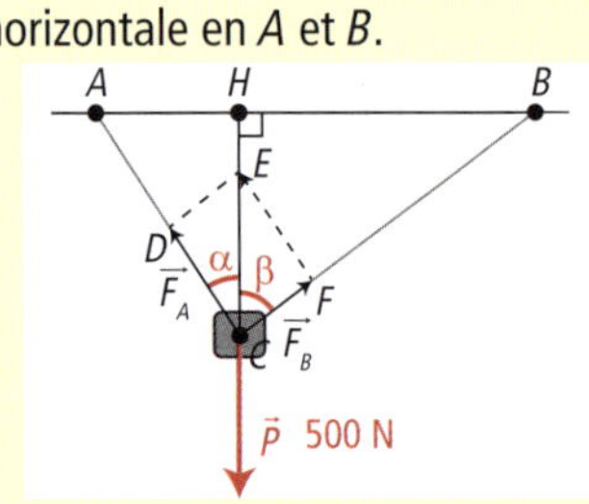

Le système est en équilibre, c'est-à-dire que : $\vec{P} + \vec{F_A} + \vec{F_B} = \vec{0}$, où $\vec{F_A}$ et $\vec{F_B}$ sont les tensions des fils s'exerçant en C.

On trouve que :

$$\|\vec{F_A}\| = 380 \text{ newtons et } \|\vec{F_B}\| = 280 \text{ newtons.}$$

Déterminer, au dixième de degré près, les angles α et β.

En déduire, au degré près, les angles du triangle ABC.

Exercice 16

Corrigé p. 308

Une trottinette électrique de 11 kg monte une côte faisant un angle de α avec l'horizontale.

Le conducteur a une masse de 75 kg et le véhicule délivre une puissance de 300 W.

Le schéma ci-dessous présente la situation, où $\vec{P}$ est le poids du système, $\vec{R}$ la réaction du sol et $\vec{T}$ la force de traction de la trottinette.

On néglige les frottements du sol et on note $\vec{v}$ le vecteur vitesse du déplacement.

Le déplacement se fait à vitesse constante et donc :

$$\vec{R} + \vec{T} + \vec{P} = \vec{0}.$$

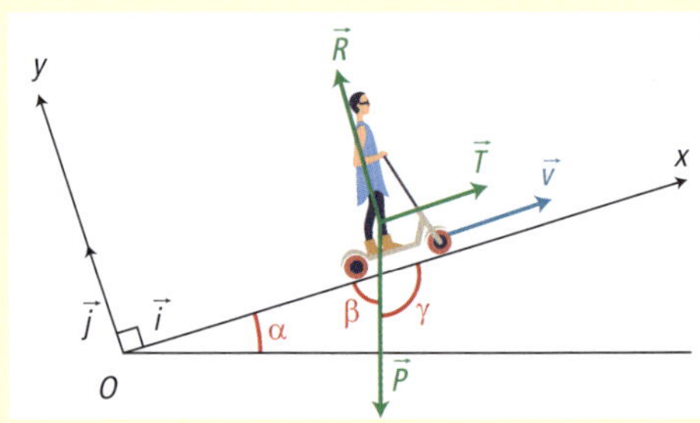

$\vec{R}$ est orthogonale à la côte et $\vec{T}$ est colinéaire à sa direction.

On note R, T, P et v les normes de ces vecteurs et on choisit 9,81 m·s^{-2} pour l'accélération de la gravité.

On se place dans un repère orthonormé $(O\,;\vec{i}, \vec{j})$ tel que O soit sur la côte et que $\vec{i}$ la dirige.

a) Exprimer en fonction de α la mesure des angles β et γ.

b) Calculer $(\vec{R} + \vec{T} + \vec{P}) \cdot \vec{i}$ et en déduire que :

$$T = 843{,}66 \sin(\alpha).$$

c) La puissance délivrée est égale à $\vec{T} \cdot \vec{v}$.

En déduire l'expression de v en fonction de α.

d) Donner, en km·h^{-1}, la vitesse sur une côte faisant un angle de 10°. De 15°. De 45°.

8 Nombres complexes

1 Définitions, vocabulaire et opérations

A Définitions

- L'ensemble des nombres complexes se note $\mathbb{C}$.
- Pour tout nombre complexe z de $\mathbb{C}$, il existe un couple unique de nombres réels $(x\,;y)$ tel que $z = x + \mathrm{i}y$, avec $\mathrm{i}^2 = -1$. C'est la **forme algébrique** de z.
Les nombres x et y sont respectivement les **parties réelle** et **imaginaire** de z.
On note : $x = \mathrm{Re}(z)$ et $y = \mathrm{Im}(z)$.
Si $\mathrm{Re}(z) = 0$ alors z est un imaginaire pur, et si $\mathrm{Im}(z) = 0$ alors z est un réel.
- Le **conjugué** de z, noté $\overline{z}$, est le nombre complexe $\overline{z} = x - \mathrm{i}y$.
- Le **module** de z, noté $|z|$, est le nombre réel $|z| = \sqrt{x^2 + y^2}$.

> **Exemples** $z_1 = -2 + 5\mathrm{i}$, $z_2 = -7\mathrm{i}$ et $z_3 = 13$ sont des nombres complexes.
> $\mathrm{Re}(z_1) = -2$, $\mathrm{Im}(z_1) = 5$; $\mathrm{Re}(z_2) = 0$, $\mathrm{Im}(z_2) = -7$; $\mathrm{Re}(z_3) = 13$, $\mathrm{Im}(z_3) = 0$.
> $\overline{z_1} = -2 - 5\mathrm{i}$; $\overline{z_2} = 7\mathrm{i}$ et $\overline{z_3} = 13$.
> $|z_1| = \sqrt{(-2)^2 + (5)^2} = \sqrt{4 + 25} = \sqrt{29}$; $|z_2| = \sqrt{(-7)^2} = 7$ et $|z_3| = \sqrt{(13)^2} = 13$.

B Égalité de deux nombres complexes

Soient $z = x + \mathrm{i}y$ et $z' = x' + \mathrm{i}y'$ deux nombres complexes. $z = z' \Leftrightarrow (x = x' \text{ et } y = y')$.

C Opérations dans $\mathbb{C}$

- L'addition et la multiplication des nombres réels se prolongent aux nombres complexes, les règles de calculs sont les mêmes et on remplaçe i^2 par -1.

Soient $z = x + \mathrm{i}y$ et $z' = x' + \mathrm{i}y'$ deux nombres complexes.

- $z + z' = x + x' + \mathrm{i}(y + y')$
- $z \times z' = xx' - yy' + \mathrm{i}(xy' + x'y)$
- **Si $z' \neq 0$,** $\dfrac{z}{z'} = \dfrac{z \times \overline{z'}}{z' \times \overline{z'}} = \dfrac{xx' + yy'}{x'^2 + y'^2} + \mathrm{i}\dfrac{x'y - xy'}{x'^2 + y'^2}$

Cas particuliers : $z + \overline{z} = 2x = 2\mathrm{Re}(z)$; $z - \overline{z} = 2\mathrm{i}y = 2\mathrm{i}\,\mathrm{Im}(z)$ et $z \times \overline{z} = x^2 + y^2 = |z|^2$.

> **Exemples** Soient les nombres complexes $z_1 = 2 + 3\mathrm{i}$ et $z_2 = 1 - \mathrm{i}$.
> $z_1 + z_2 = 2 + 3\mathrm{i} + 1 - \mathrm{i} = 3 + 2\mathrm{i}$.
> $z_1 \times z_2 = (2 + 3\mathrm{i})(1 - \mathrm{i}) = 2 - 2\mathrm{i} + 3\mathrm{i} - 3\mathrm{i}^2 = 2 + \mathrm{i} + 3 = 5 + \mathrm{i}$ car $\mathrm{i}^2 = -1$.
> $\dfrac{z_1}{z_2} = \dfrac{2+3\mathrm{i}}{1-\mathrm{i}} = \dfrac{(2+3\mathrm{i})(1+\mathrm{i})}{(1-\mathrm{i})(1+\mathrm{i})} = \dfrac{2+2\mathrm{i}+3\mathrm{i}+3\mathrm{i}^2}{1^2-\mathrm{i}^2} = \dfrac{2+5\mathrm{i}-3}{1-(-1)} = \dfrac{-1+5\mathrm{i}}{2} = -\dfrac{1}{2} + \dfrac{5}{2}\mathrm{i}$ car $\mathrm{i}^2 = -1$.

D Propriétés

- $\overline{z + z'} = \overline{z} + \overline{z'}$
- $\overline{z \times z'} = \overline{z} \times \overline{z'}$
- $\overline{\left(\dfrac{z}{z'}\right)} = \dfrac{\overline{z}}{\overline{z'}}$
- $|z \times z'| = |z| \times |z'|$
- $|z^n| = |z|^n$
- $\left|\dfrac{z}{z'}\right| = \dfrac{|z|}{|z'|}$

MATHS

2 Plan complexe et représentation géométrique

On se place dans le plan muni d'un **repère orthonormé direct** $(O\,;\vec{u},\,\vec{v})$ que l'on appelle plan complexe.

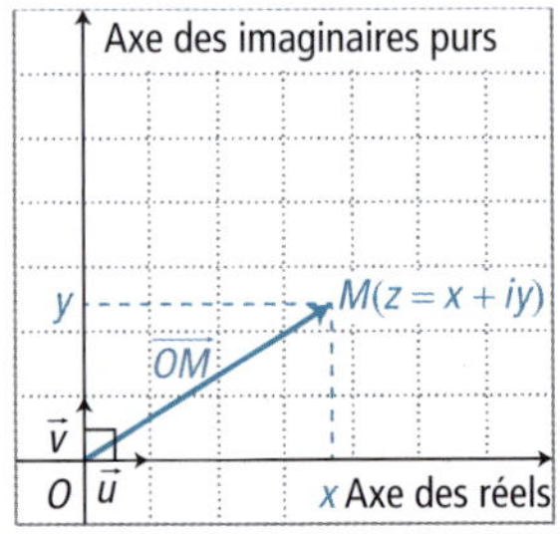

A Définitions

Soit le nombre complexe $z = x + \mathrm{i}y$.

- Le point $M(x\,;y)$ est l'**image** de z. On écrit $M(z)$.
z est l'**affixe** de M ou du vecteur $\overrightarrow{OM}$.

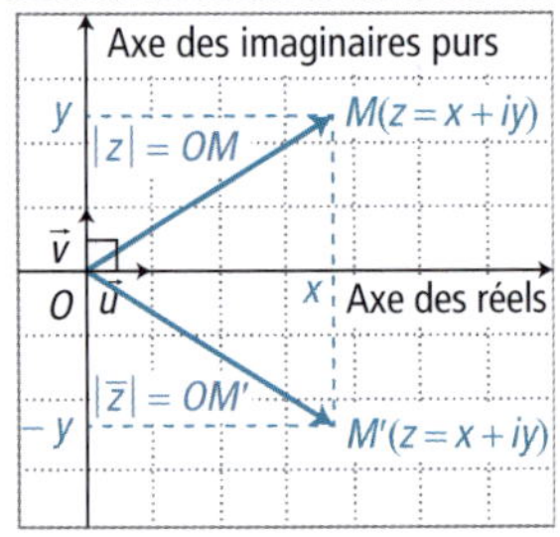

B Propriétés

Soit M un point du plan complexe d'affixe z.

- Le point M' d'affixe $\overline{z}$ est le symétrique de M par rapport à l'axe des réels et donc $OM = OM'$.
- Soient $\vec{u}$ et $\vec{v}$ deux vecteurs d'affixes respectives $z_{\vec{u}}$ et $z_{\vec{v}}$.
Le vecteur $\vec{u}+\vec{v}$ a pour affixe $z_{\vec{u}}+z_{\vec{v}}$.
- Soient A et B deux points du plan complexe d'affixes z_A et z_B.
  – Le vecteur $\overrightarrow{AB}$ a pour affixe $z_B - z_A$.
  – La distance entre A et B est $AB = |z_B - z_A|$.
  – L'affixe du milieu de $[AB]$ est $\dfrac{z_A+z_B}{2}$.

3 Argument et forme trigonométrique

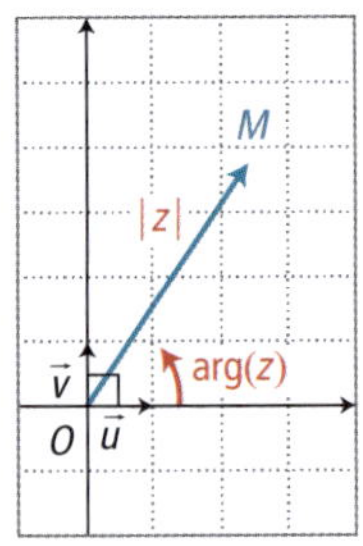

Soient x et y deux réels et $z = x + \mathrm{i}y$ un nombre complexe **non nul** dont on note M son image dans le plan complexe.

- On appelle **argument** de z, noté **arg(z)**, toute mesure en radians de l'angle $(\widehat{\vec{u},\,\overrightarrow{OM}})$. Si $\theta = \arg(z)$ et $r = |z|$, on a : $z = r(\cos(\theta) + \mathrm{i}\sin(\theta))$.

Cette écriture s'appelle **forme trigonométrique** de z.

On note $z = [r\,;\theta]$, avec $r = \sqrt{x^2+y^2}$ et θ tel que : $\cos(\theta) = \dfrac{x}{r}$ et $\sin(\theta) = \dfrac{y}{r}$.

Exemples Soient les nombres complexes $z_1 = 1 - \mathrm{i}$; $z_2 = -5 + 5\sqrt{3}\,\mathrm{i}$ et $z_3 = 3 - 2\mathrm{i}$.

$r_1 = |z_1| = \sqrt{1^2 + (-1)^2} = \sqrt{1+1} = \sqrt{2}$; $\cos(\theta_1) = \dfrac{1}{\sqrt{2}} = \dfrac{\sqrt{2}}{2}$ et $\sin(\theta_1) = \dfrac{-1}{\sqrt{2}} = -\dfrac{\sqrt{2}}{2}$

et donc $\theta_1 = \arg(z_1) = -\dfrac{\pi}{4}$ et $z_1 = \left[\sqrt{2}\,;\,-\dfrac{\pi}{4}\right]$

$r_2 = |z_2| = \sqrt{(-5)^2 + \left(5\sqrt{3}\right)^2} = \sqrt{25+75} = \sqrt{100} = 10$;

$\cos(\theta_2) = \dfrac{-5}{10} = -\dfrac{1}{2}$ et $\sin(\theta_2) = \dfrac{5\sqrt{3}}{10} = \dfrac{\sqrt{3}}{2}$ et donc $\theta_2 = \arg(z_2) = \dfrac{2\pi}{3}$ et $z_2 = \left[10\,;\,\dfrac{2\pi}{3}\right]$.

$r_3 = |z_3| = \sqrt{3^2 + (-2)^2} = \sqrt{9+4} = \sqrt{13}$;

$\cos(\theta_3) = \dfrac{3}{\sqrt{13}}$ et $\sin(\theta_3) = -\dfrac{2}{\sqrt{13}}$ et donc $\theta_3 = \arg(z_3) \approx -0{,}588$ et $z_3 = \left[\sqrt{13}\,;\,-0{,}588\right]$.

Pour calculer θ_3, on a utilisé une calculatrice.
Pour vérifier les résultats de z_1, z_2 et z_3, on fera une figure.

Exercices d'entraînement

Exercice 1

Corrigé p. 308

Déterminer la forme algébrique des nombres complexes suivants :

$z_1 = (3-2i)(7+3i)$.

$z_2 = \left(\sqrt{3}+2i\right)^2$.

$z_3 = 17-5i(4-12i)$.

$z_4 = (2-2i-(5-4i))^2$.

$z_5 = 1+i+i^2+i^3+i^4+i^5$.

Exercice 2

Corrigé p. 308

On donne $z = 4-i$ et $z' = 7+3i$. Calculer les formes algébriques de :

a) $z+\overline{z'}$ b) $\overline{z}\times z'$ c) $\overline{\overline{z}-z'}$

Exercice 3

Corrigé p. 308

Déterminer la forme algébrique des nombres complexes suivants :

$z_1 = \dfrac{1}{4i}$ $z_2 = \dfrac{1}{1+i}$ $z_3 = \dfrac{3+4i}{5+2i}$

$z_4 = \dfrac{7-5i}{3-4i}$ $z_5 = \dfrac{1-i\sqrt{3}}{7i-2}$ $z_6 = \dfrac{1}{i}+\dfrac{2}{3-5i}$.

Exercice 4

Corrigé p. 308

Résoudre dans $\mathbb{C}$ les équations suivantes :

a) $5z+3i = 2z+7+4i$.

b) $7z-4i+7 = 5iz+8+2i$.

c) $z+\overline{z} = 5$. d) $z+i\overline{z} = 1+2i$.

Exercice 5

Corrigé p. 309

Écrire sous forme algébrique les nombres complexes ci-dessous.

$z_1 = 3\left(\cos\left(\dfrac{\pi}{4}\right)+i\sin\left(\dfrac{\pi}{4}\right)\right)$.

$z_2 = \sqrt{3}\left(\cos\left(-\dfrac{\pi}{6}\right)+i\sin\left(-\dfrac{\pi}{6}\right)\right)$.

Exercice 6

Corrigé p. 309

Déterminer le module et un argument pour chacun des nombres complexes ci-dessous :

$z_1 = 2$ $z_2 = -10$ $z_3 = 2i$

$z_4 = -i$ $z_5 = 1+i$ $z_6 = -\sqrt{3}+i$

Exercice 7

Corrigé p. 309

Écrire sous forme trigonométrique les nombres complexes suivants :

$z_1 = -10i$ $z_2 = -8+8i$

$z_3 = 4i\sqrt{3}+4$ $z_4 = \sqrt{5}-\sqrt{5}i$

$z_5 = \dfrac{1}{-\sqrt{6}+i\sqrt{2}}$ $z_6 = (7+7i)^2$

Exercice 8

Corrigé p. 309

On munit le plan complexe d'un repère orthonormé $(O\,;\vec{u},\vec{v})$ et on note z_A, z_B et z_C les affixes des points A, B et C.

Γ est le cercle de centre O et de rayon 1 et $C \in \Gamma$.

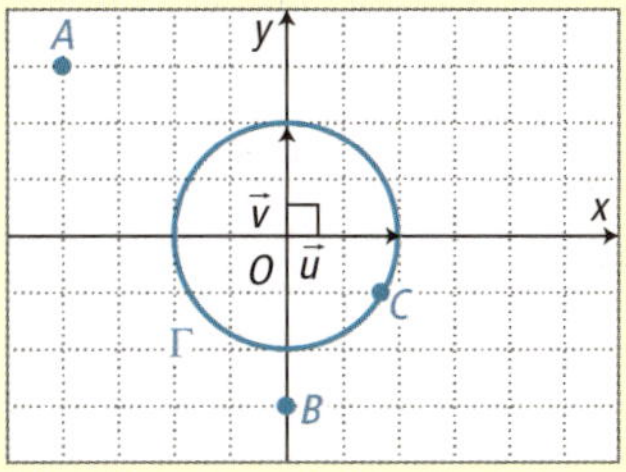

a) Déterminer z_A, z_B et z_C.

b) Quelle est l'affixe de $\overrightarrow{AB}$?

c) On considère le point D tel que $ABDC$ soit un parallélogramme. Déterminer son affixe z_D.

d) Déterminer l'affixe de E centre de $ABDC$.

e) Le point E appartient-il à Γ ?

Exercice 9

Corrigé p. 309

On munit le plan complexe d'un repère orthonormé $(O\,;\vec{u},\vec{v})$.

Soient les points $A(-3+i)$, $B(3-2i)$, $C(5+2i)$ et $D(-1+5i)$.

a) Faire une figure.

b) Déterminer les natures du triangle ABC et du quadrilatère $ABCD$.

Exercice 10

Corrigé p. 309

Soit $z_0 = 1$ et pour tout entier n,

$$z_{n+1} = z_n \times \left(\frac{1}{2}+\frac{\sqrt{3}}{2}i\right).$$

MATHS

a) Montrer que $|z_0| = |z_1| = 1$.

b) Le module **cmath** de Python permet d'effectuer des calculs avec les nombres complexes en utilisant l'écriture **1j** pour le nombre i.
L'instruction **phase** permet d'obtenir la mesure principale de l'argument d'un nombre complexe. Le programme ci-dessous affiche 0.33333333333.

```
from cmath import*

z = 1/2+sqrt(3)/2*1j
print(phase(z)/pi)
```

En déduire $\arg(z_1)$.

c) Compléter l'algorithme ci-dessous et donner les arguments des nombres z_0 jusqu'à z_{10}.

```
from cmath import*

z = 1
print(phase(z)/pi)
for i in range(0,...):
  z=...*(1/2+sqrt(3)/2*1j)
  print(phase(z)/pi)
```

d) Conjecturer la valeur de :

$$\arg(z_{100\,536\,203}).$$

Exercice 11

Corrigé p. 310

Soit un nombre complexe $z \neq -1$.
On note $x = \text{Re}(z)$ et $y = \text{Im}(z)$.

On pose $Z = \dfrac{z+\text{i}}{z+1}$.

a) Montrer que :

$$Z = \frac{x^2 + y^2 + x + y + \text{i}(x + y + 1)}{(x+1)^2 + y^2}$$

b) Donner une valeur de z pour que Z soit un nombre imaginaire pur.

c) On note M le point d'affixe z dans le plan complexe.
Démontrer que si Z est réel alors M est sur une droite dont on donnera l'équation réduite.

Exercice 12

Corrigé p. 310

Déterminer dans le plan complexe l'ensemble des points M d'affixe z tels que :

a) $\text{Im}(z) = 1$ b) $\text{Re}(z) = -3$

c) $\text{Re}(z) < 0$ d) $\text{Re}(z) = \text{Im}(z)$

e) $\text{Im}(z) \leqslant 0$ et $\text{Re}(z) > 3$

Représenter ces ensembles.

Exercice 13

Corrigé p. 310

1) Soient A et B deux points du plan complexe d'affixes respectives : $a = 1+3\text{i}$ et $b = -7\text{i}$.
Soit M un point d'affixe z tel que :

$$|z - 1 - 3\text{i}| = |z + 7\text{i}|.$$

a) Montrer que : $AM = BM$.

b) Quel est l'ensemble des points M ?

2) Déterminer l'ensemble des points M d'affixe z tel que : $|z+4| = |z+1-2\text{i}|$.

3) Déterminer l'ensemble des points M d'affixe z tel que : $|z+3-\text{i}| = 4$.

Exercice 14

Corrigé p. 310

On considère un circuit électrique où une résistance et une bobine sont montées en parallèle.
L'impédance de la résistance vaut $Z_R = R$ avec $R \in \mathbb{R}$ et celle de la bobine est $Z_L = \text{i}L\omega$.
L est l'inductance et ω la pulsation du signal.
On sait que l'impédance Z du système bobine/résistance vérifie : $\dfrac{1}{Z} = \dfrac{1}{Z_R} + \dfrac{1}{Z_L}$.

a) Montrer que $Z = \dfrac{\text{i}RL\omega}{R + \text{i}L\omega}$.

b) Écrire Z sous forme algébrique.

Exercice 15

Corrigé p. 310

Soient deux courants sinusoïdaux i_1 et i_2 d'intensités efficaces $I_1 = 3\text{A}$ et $I_2 = 5\text{A}$, et de phases à l'origine $\varphi_1 = \dfrac{\pi}{6}$ et $\varphi_2 = -\dfrac{\pi}{4}$.
Déterminer, à 10^{-2} près, l'intensité efficace I et la phase à l'origine φ du courant résultant $i = i_1 + i_2$.
On pourra utiliser la construction de Fresnel qui consiste à représenter une intensité $i = I\sin(\omega t + \varphi)$ par le nombre complexe $i = [I\,;\varphi]$.
En Physique, on note j le nombre complexe tel que $j^2 = -1$ pour ne pas confondre avec l'intensité i.

9 Statistiques et probabilités

1 Statistiques

On considère dans ce paragraphe une population sur laquelle on étudie deux caractères (ou variables) A et B et dont les différents effectifs sont présentés dans un tableau à double entrée.

Exemple

Sur l'ensemble de la production journalière d'une usine fabriquant des vis à partir de trois chaînes de production, on étudie la variable « chaîne de provenance » et la variable « conformité par rapport au cahier des charges ».

	Chaîne 1	Chaîne 2	Chaîne 3	Total
Conformes	4746	2399	2207	9352
Non conformes	254	101	293	648
Total	5000	2500	2500	10000

A Fréquences marginales

Pour chaque variable, les effectifs de la ligne « Total » et de la colonne « Total » s'appellent les **effectifs marginaux**.
En les divisant par l'effectif total de la population, on obtient les **fréquences marginales.**

Exemples

- La fréquence marginale des vis qui proviennent de la chaîne 1 est $\frac{5\,000}{10\,000} = 0{,}5$ car sur les 10 000 vis fabriquées, il y en 5 000 qui proviennent de la chaîne 1.
- La fréquence marginale des vis qui sont conformes est $\frac{9\,352}{10\,000} = 0{,}935\,2$ car sur les 10 000 vis fabriquées, il y en 9 352 qui sont conformes.

B Fréquences conditionnelles

Lorsqu'on fixe une valeur pour la variable B, les fréquences de la variable A obtenues par rapport à cette valeur de B, s'appelle **fréquences conditionnelles** de A relativement à B.

Remarque

Dans un tableau à double entrée les fréquences conditionnelles relativement à la variable A (resp B) se calculent en divisant par l'effectif total de A (resp B).

Exemples

- La fréquence conditionnelle des vis non conformes relativement à chaîne 2 est $\frac{101}{2\,500} = 0{,}040\,4$ car sur les 2 500 vis provenant de la chaîne 2, il y en a 101 non conformes.
- La fréquence conditionnelle des vis provenant de la chaîne 3 relativement aux vis non conformes est $\frac{293}{648} \approx 0{,}452\,2$ car sur les 648 vis non conformes, il y en a 293 provenant de la chaîne 3.

MATHS

2 Probabilités conditionnelles

A Rappels

On considère un univers Ω muni d'une probabilité P, tel que tous les évènements élémentaires sont équiprobables.
Le **cardinal** d'un évènement A est le nombre d'éléments de A et se note **card(A)**.
La **probabilité** d'un évènement A est égale à la proportion dans Ω d'évènements élémentaires le composant. On a : $P(A)=\dfrac{\text{card}(A)}{\text{card}(\Omega)}$.

Propriétés

- Soit A un évènenement et $\overline{A}$ l'événement contraire. On a : $P(\overline{A})=1-P(A)$.
- Soient A et B deux évènements. On a : $P(A\cup B)=P(A)+P(B)-P(A\cap B)$.

Exemple
On tire au hasard une carte d'un jeu de 32 cartes.
Soient C l'évènement « La carte est un carreau » et V l'évènement « La carte est un valet ».
$C\cap V$ est alors l'évènement « La carte est le valet de carreau ».
Sur les 32 cartes, il y a 8 carreaux ; 4 valets et 1 valet de carreau et donc on a :
$P(C)=\dfrac{8}{32}=\dfrac{1}{4}$; $P(V)=\dfrac{4}{32}=\dfrac{1}{8}$ et $P(C\cap V)=\dfrac{1}{32}$.
Par suite, $P(C\cup V)=P(C)+P(V)-P(C\cap V)=\dfrac{8}{32}+\dfrac{4}{32}-\dfrac{1}{32}=\dfrac{8+4-1}{32}=\dfrac{11}{32}$.
$C\cup V$ est l'évènement « La carte est un carreau ou un valet ».

B Probabilités conditionnelles

Définition
Soient A et B deux évènements de Ω avec $\text{card}(B)\neq 0$.
On appelle **probabilité de A sachant B**, la probabilité que A se réalise sachant que B est réalisé. On a : $P_B(A)=\dfrac{\text{card}(A\cap B)}{\text{card}(B)}$.

Exemple
On teste un médicament sur 500 personnes dont la moitié a reçu, sans le savoir, un placebo et on a noté les résultats dans le tableau ci-dessous.

	Effets secondaires	Aucun effet secondaire	Total
Médicament	21	229	250
Placebo	5	245	250
Total	26	474	500

On choisit au hasard un des participants à ce test.
En notant A l'évènement « Le participant a reçu un placebo » et B l'évènement « Le participant a ressenti des effets secondaires », on a : $\text{card}(A\cap B)=5$ et $\text{card}(B)=26$.
Ainsi la probabilité qu'un participant ait reçu un placebo sachant qu'il a ressenti des effets secondaires est : $P_B(A)=\dfrac{5}{26}$.

Exercices d'entraînement

Sauf indication contraire, pour tous les exercices, on donnera les résultats avec 3 décimales.

Exercice 1

Corrigé p. 311

On classe les 48 millions de français qui jouent à des jeux vidéo en deux catégories :
– *O* : les joueurs occasionnels ;
– *R* : les joueurs réguliers.
Dans le tableau ci-dessous, les effectifs sont donnés en millions.

	O	*R*	Total
Hommes	6,6	17,1	
Femmes			
Total	15,8	32,2	

a) Compléter le tableau.

b) Quelle est la fréquence marginale de femmes parmi les joueurs ?

c) Quelle est la fréquence marginale de joueurs réguliers ?

d) Déterminer la fréquence conditionnelle de femmes parmi les joueurs occasionnels.

e) Déterminer la fréquence conditionnelle de joueurs réguliers parmi les hommes.

Exercice 2

Corrigé p. 311

Une entreprise de télécommunication propose 4 abonnements :
B (basique), *B*+ (basique plus), *A* (avantage) et *P* (premium).
On a relevé la répartition des clients de six villes notées $V_1, V_2, \ldots, V_6$.

	B	*B*+	*A*	*P*
V_1	613	798	211	102
V_2	398	254	51	14
V_3	1 547	823	301	159
V_4	552	2 004	1 111	1 002
V_5	774	925	404	204
V_6	3 005	1 213	518	109

a) Donner les fréquences marginales pour chaque abonnement.

b) La fréquence conditionnelle des abonnements premiums relativement à la ville 1 est-elle supérieure à celle relativement à la ville 6 ?

c) Expliquer pourquoi l'algorithme ci-dessous, après exécution, affiche 6889.

```
L = [
      [613,798,211,102],
      [398,254,51,14],
      [1547,823,301,159],
      [552,2004,1111,1002],
      [774,925,404,204],
      [3005,1213,518,109]
]

def freq_m_abo(n):
   T = [L[i][n] for i in range(0,6)]
   return sum(T)

print(def freq_m_abo(0))
```

d) Compléter la fonction ci-dessous pour qu'elle retourne une fréquence conditionnelle d'une ville selon l'abonnement choisi.

```
def freq_cond_abo(k,n):
  return L[k][...]/freq_m_abo(...)
```

Exercice 3

Corrigé p. 311

7 hôpitaux et cliniques pratiquent des fécondations *in vitro* (FIV).

Le tableau ci-dessous présente les résultats pour une année complète.

	A	B	C	D	E
1		FIV donnant une grossesse	FIV n'ayant pas abouti à une grossesse	Total	
2	Hôpital CSM	210		1216	
3	Hôpital CO	251		980	
4	Hôpital PS	97		526	
5	Clinique Mo	126		707	
6	Clinique Mu	541		2656	
7	Hôpital B	108		639	
8	Hôpital T	208		990	
9	Total				
10					
11	Fréquence FIV donnant une grossesse				
12					
13	Fréquence FIV donnant une grossesse relativement à l'établissement :				
14					
15	Hôpital CSM				
16	Hôpital CO				
17	Hôpital PS				
18	Clinique Mo				
19	Clinique Mu				
20	Hôpital B				
21	Hôpital T				

MATHS

a) Quelle formule saisir dans la cellule C2 pour qu'en recopiant vers le bas, la colonne C soit complétée jusqu'en C8 ?

b) Quelle formule saisir dans la cellule B9 pour qu'en recopiant vers la droite la ligne 9 soit complétée ?

c) Quelle formule doit-on saisir dans la cellule D11 ?

d) Quelle formule doit-on saisir dans la cellule B15 pour qu'en recopiant vers la droite la ligne 15 soit complétée ?

Exercice 4

Corrigé p. 311

Une urne contient 10 boules bleues numérotées de 0 à 9 et 5 boules blanches numérotées de 1 à 5.

a) Calculer la probabilité d'obtenir une boule bleue.

b) Calculer la probabilité d'obtenir une boule portant un numéro pair.

c) Une personne tire une boule et annonce que son numéro est pair.
Quelle est la probabilité qu'elle soit blanche ?

Exercice 5

Corrigé p. 312

De juillet à novembre 2020, 43 448 personnes ont participé à un test pour un vaccin contre le Covid-19. Parmi celles-ci 21 720 ont reçu le vaccin et 21 728 un placebo.
Parmi les personnes vaccinées, 8 ont été contaminées au Covid-19 alors qu'elles étaient au nombre de 162 dans le groupe ayant reçu le placebo.
Dans ce groupe de personnes contaminées, une seule a développé une forme sévère parmi les vaccinées alors que 9 l'ont été dans le groupe ayant reçu le placebo.
On choisit au hasard une personne de cette étude et on définit les évènements suivants :

- V : « La personne été vaccinée » ;
- C : « La personne a été contaminée par le Covid-19 » ;
- G : « La personne a développé une forme grave du Covid-19 ».

Pour les questions qui suivent, les résultats seront donnés à 10^{-6} près.

a) Déterminer $P(V)$ et $P(\overline{V})$.

b) Calculer $P_V(C)$ et $P_V(G)$.

Interpréter les résultats.

c) Une personne ayant participé à l'étude affirme avoir été contaminée au Covid-19 en novembre 2020.
Quelle est la probabilité que cette personne ait été vaccinée ?

Exercice 6

Corrigé p. 312

Une intelligence artificielle (IA) a été programmée pour détecter des chats sur des images.
On la teste sur un échantillon de 3 000 images qu'elle n'a pas encore traitées.

	L'image contient un chat	L'image ne contient pas de chat	Total
L'IA détecte un chat	1 403		
L'IA ne détecte pas de chat		1 457	
Total	1 500	1 500	

On choisit une image aléatoirement dans le lot testé et on note C l'évènement « L'image contient un chat » et D « L'IA détecte un chat ».

a) Compléter le tableau.

b) Déterminer la sensibilité de cette IA, à savoir $P(C \cap D) + P(\overline{C} \cap \overline{D})$.

c) Donner, la probabilité d'obtenir un faux positif, $P_{\overline{C}}(D)$.

d) Déterminer l'efficacité de cette IA, à savoir la probabilité de détecter un chat sachant que l'image en contient un.

e) Déterminer le taux de prédiction de l'IA, à savoir la probabilité de ne pas détecter un chat sachant que l'image n'en contient pas.

10 Variables aléatoires

1 Variables aléatoires

A Définitions

• Soit Ω un univers associé à une expérience aléatoire.
Une **variable aléatoire** X est une fonction définie sur Ω et à valeurs dans $\mathbb{R}$.
X est **discrète et finie** si elle prend un nombre fini de valeurs $x_1, x_2, \ldots, x_n$.

Exemple
On lance la roue ci-contre et on définit la variable aléatoire X qui donne la somme remportée ou perdue.
X prend trois valeurs : -10 ; -2 et 20.

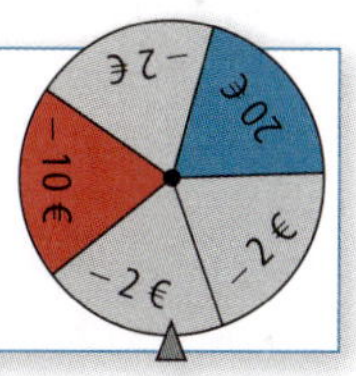

• La **loi de probabilité** d'une variable aléatoire discrète finie X est la fonction qui à chaque valeur x_i prise par X associe le nombre $p_i = P(X = x_i)$.
On peut résumer cela dans un tableau :

X	x_1	x_2	…	x_n
$P(X = x_i)$	p_1	p_2	…	p_n

On a : $\sum_{i=1}^{n} p_i = 1$.

Exemple
Pour la variable aléatoire X associée au gain obtenu en faisant tourner la roue, on a :

X	-10	-2	20
$P(X = x_i)$	$\frac{1}{5}$	$\frac{3}{5}$	$\frac{1}{5}$

• Soit X une variable aléatoire prenant n valeurs $x_1, x_2, \ldots, x_n$.
L'**espérance** de la variable aléatoire X, notée **$E(X)$**, est la moyenne arithmétique des valeurs x_i pondérées par leur probabilité $p_i = P(X = x_i)$. On a :

$$E(X) = \sum_{i=1}^{n} x_i p_i .$$

Exemple Dans l'exemple de la roue on a : $E(X) = (-10) \times \frac{1}{5} + (-2) \times \frac{3}{5} + 20 \times \frac{1}{5} = 0{,}8$.

Il est donc intéressant de jouer à ce jeu, car le gain moyen par partie est positif (ici 0,80 €).

B Évènements

• L'évènement $\{X \leqslant a\}$ est la réunion de tous les évènements élémentaires $\{X = x_i\}$ avec $x_i \leqslant a$.
Dans l'exemple de la roue $\{X \leqslant 0\} = \{X = -10\} \cup \{X = -2\}$.
Et puisque les évènements sont ici disjoints, on a : $P(X \leqslant 0) = P(X = -10) + P(X = -2) = \frac{1}{5} + \frac{3}{5} = \frac{4}{5}$.

• On définit de manière analogue les évènements $\{X < a\}$, $\{X \geqslant a\}$ et $\{X > a\}$.
L'évènement contraire de $\{X > a\}$ étant $\{X \leqslant a\}$, on a : $P(X > a) = 1 - P(X \leqslant a)$.

C Épreuve de Bernoulli

Définition

Une **épreuve de Bernoulli** de paramètre p, avec $p \in [0 ; 1]$, est une expérience aléatoire qui n'a que deux issues possibles, l'une appelée « **succès** », qui a pour probabilité p, et l'autre appelée « **échec** », qui a pour probabilité $1 - p$.

Exemple On possède une pièce de monnaie truquée telle que la probabilité d'obtenir pile est de 0,8. Le fait de lancer cette pièce de monnaie et de regarder si on obtient pile ou non est une épreuve de Bernoulli de paramètre 0,8.

Propriété

Soit X une variable aléatoire associée à une épreuve de Bernoulli de paramètre $p \in [0 ; 1]$ qui vaut 0 en cas d'échec et 1 en cas de succès.

- La **loi de probabilité** de X est donnée par le tableau ci-dessous :

x_i	0	1
$P(X = x_i)$	$1 - p$	p

On peut l'illustrer également à l'aide d'un arbre pondéré :

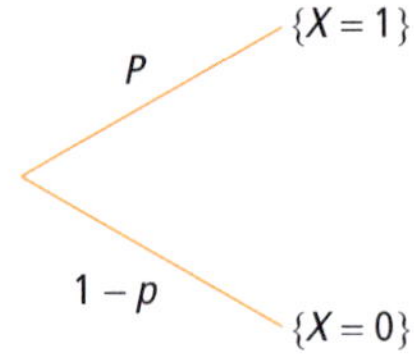

- L'espérance de X est égale à : $E(X) = 0 \times (1 - p) + 1 \times p = p$.

Exemple
Pour la pièce de monnaie truquée on a :

x_i	0	1	et $E(X) = 0,8$.
$P(X = x_i)$	0,2	0,8	

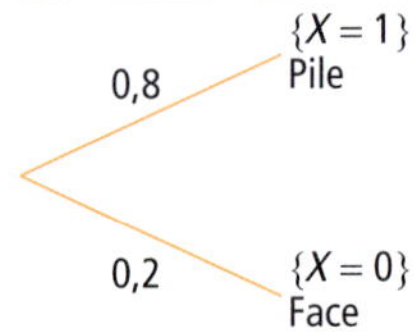

2 Répétitions d'épreuves aléatoires

A Généralités

- On réalise plusieurs épreuves aléatoires les unes à la suite des autres.

L'**arbre de probabilité** associé à cette répétition d'épreuves est constitué d'une première série de branches correspondant à la première épreuve, puis d'une deuxième série de branches correspondant à la deuxième épreuve etc.
On indique sur chacune des branches la probabilité de l'issue correspondante.

- Deux épreuves sont dites **indépendantes** si les probabilités de la deuxième expérience sont les mêmes quelle que soit l'issue de la première épreuve.

- On appelle **chemin** une suite de branches associée à une succession d'issues.

Exemple
Dans un lycée, les élèves de terminale STI2D sont répartis dans trois classes que l'on note T_1, T_2 et T_3.
On choisit aléatoirement une des trois classes.
Puis on choisit aléatoirement dans cette classe un élève et on regarde s'il a eu la moyenne à l'épreuve de spécialité.
On note M ce dernier évènement.
On a obtenu l'arbre de probabilité ci-contre.

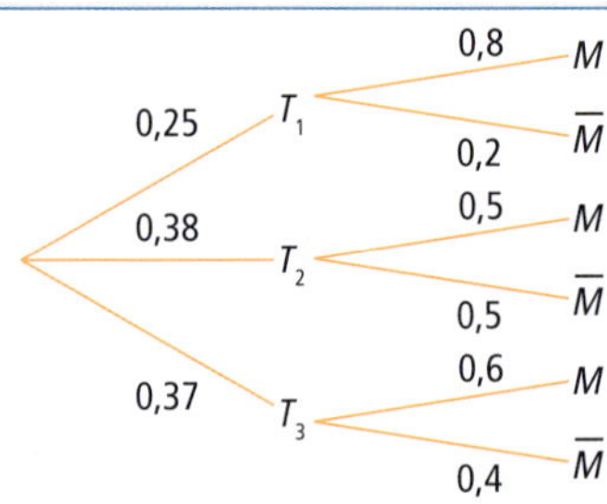

• Les épreuves ne sont pas indépendantes car la probabilité d'avoir la moyenne est fonction de la classe d'origine de l'élève.

• $T_1 \cap M$ est le chemin associé à la suite d'évènements : la classe choisie est T_1 puis l'élève choisi dans la classe a eu la moyenne.

Propriété

La probabilité d'un chemin est égale au produit des probabilités indiquées sur les branches qui le constituent.

Exemple $P(T_1 \cap M) = 0{,}25 \times 0{,}8 = 0{,}2$.

B Schéma de Bernoulli

Définition

Un **schéma de Bernoulli** de paramètres n et p est la répétition de n épreuves de Bernoulli identiques et indépendantes de paramètre $p \in [0\ ;\ 1]$.

Exemples

• Lorsqu'on lance 100 fois une pièce de monnaie équilibrée et que l'on s'intéresse au nombre de « piles » que l'on obtient, on est en présence d'un schéma de Bernoulli de paramètres 100 et 0,5.

• On lance un dé équilibré et on note G l'évènement « obtenir la face 6 ».

L'arbre ci-contre illustre le schéma de Bernoulli de paramètres 2 et $\frac{1}{6}$ associé à deux lancers successifs de ce dé.

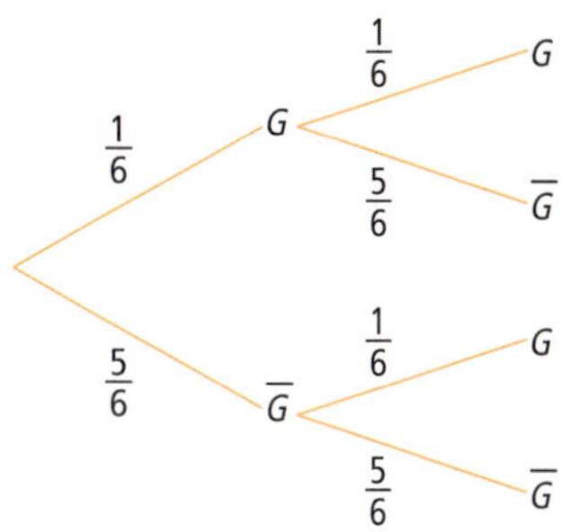

En notant X la variable aléatoire qui compte le nombre de faces 6 obtenu après les deux lancers, on obtient les résultats suivants :

• Un seul chemin permet d'obtenir deux faces 6 ainsi : $P(X=2) = \frac{1}{6} \times \frac{1}{6} = \frac{1}{36}$.

• Deux chemins permettent d'obtenir une seule face 6 : obtenir la face 6 au premier lancer et pas au second et obtenir la face 6 au deuxième lancer mais pas au premier.

Ainsi : $P(X=1) = \frac{1}{6} \times \frac{5}{6} + \frac{5}{6} \times \frac{1}{6} = \frac{10}{36} = \frac{5}{18}$.

• Un seul chemin ne donne aucune face 6, et donc $P(X=0) = \frac{5}{6} \times \frac{5}{6} = \frac{25}{36}$.

La loi de probabilité de X est alors :

Nombre de faces 6	0	1	2
Probabilité	$\frac{25}{36}$	$\frac{5}{18}$	$\frac{1}{36}$

On vérifie que : $\sum_{i=1}^{n} p_i = 1$. $\frac{25}{36} + \frac{10}{36} + \frac{1}{36} = \frac{36}{36} = 1$.

On peut déterminer l'espérance de X :

$$E(X) = 0 \times \frac{25}{36} + 1 \times \frac{5}{18} + 2 \times \frac{1}{36} = \frac{5}{18} + \frac{2}{36} = \frac{5}{18} + \frac{1}{18} = \frac{6}{18} = \frac{1}{3}.$$

Exercices d'entraînement

Exercice 1

Corrigé p. 312

Soit X une variable aléatoire dont la loi de probabilité est donnée par le tableau ci-dessous :

x_i	-1	0	2	10
$P(X = x_i)$	0,40	0,25	0,20	...

a) Compléter le tableau.

b) Calculer l'espérance de X.

c) Déterminer $P(X \leqslant 0)$, $P(X \leqslant 1)$ et $P(X > -1)$.

Exercice 2

Corrigé p. 312

L'un des jeux à gratter les plus populaires de la Française des Jeux, dont le ticket coûte 2 €, a ses gains répartis de la façon suivante :

Gain en €	Nombre de tickets
20 000	4
1 000	9
200	415
30	2 112
18	44 992
8	225 008
4	450 008
2	657 544
0	31 259 908

Soit G la variable aléatoire donnant le gain d'un joueur qui a gratté un ticket de ce jeu.
Pour les questions **a)** et **b)**, on donnera les résultats à 10^{-8} près.

a) Donner $P(G = 20\,000)$ et $P(G = 0)$.

b) Déterminer $P(G \geqslant 2)$.
Commenter le résultat.

c) Calculer $E(G)$ et conclure.

d) La Française des Jeux affirme redistribuer au moins 10 % des gains de ce jeu aux joueurs. Est-ce vrai ?

Exercice 3

Corrigé p. 313

On lance simultanément deux dés équilibrés et on considère la variable aléatoire S qui donne la somme des numéros des deux faces obtenues.

On souhaite saisir une formule dans la cellule B2 du tableur ci-dessous pour qu'en la tirant vers la droite et le bas, on affiche tous les résultats possibles de S.

	A	B	C	D	E	F	G
1		1	2	3	4	5	6
2	1						
3	2						
4	3						
5	4						
6	5						
7	6						

a) Une personne propose de saisir dans B2 la formule « = A2+B1 » mais les résultats affichés ne sont pas corrects.
Comment modifier cette formule pour répondre au problème ?

b) Donner la loi de probabilité de S (on pourra s'aider du tableau de la question précédente).

c) Calculer $E(S)$ et commenter le résultat.

d) Donner $P(S \geqslant 3)$ et $P(5 \leqslant S \leqslant 9)$.

e) On désire transformer ce jeu en un jeu d'argent tel que si un joueur obtient 12 alors il gagne 90 €, et 0 € pour tout autre résultat.
Quel prix maximum le joueur doit-il débourser pour participer et ne pas perdre d'argent ?

Exercice 4

Corrigé p. 313

a) Compléter l'arbre de probabilité ci-dessous.

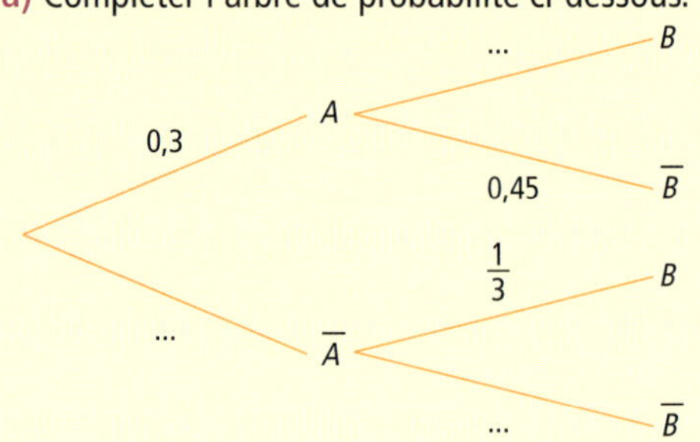

b) Les évènements A et B sont-ils indépendants ?

c) Déterminer, à 10^{-3} près, $P(A \cap B)$; $P(\overline{A} \cap B)$ et en déduire $P(B)$.

Exercice 5

Corrigé p. 313

Une urne contient 10 boules qui sont indiscernables au toucher.
Cinq boules portent le numéro 0, quatre le numéro 1 et une seule le numéro 10.
On effectue deux tirages successifs en remettant la première boule tirée dans l'urne.
Soit X la variable aléatoire qui donne la somme des 2 numéros tirés.

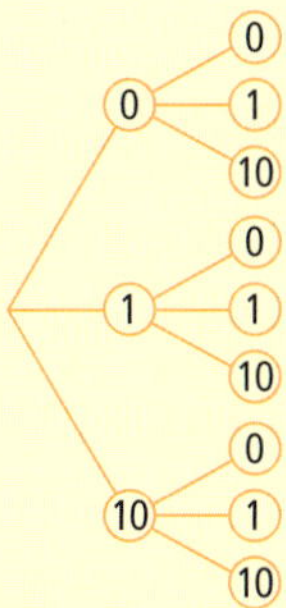

a) Écrire les probabilités sur chaque branche de l'arbre ci-contre et le compléter pour qu'il illustre la situation.

b) Donner la loi de probabilité de X.

c) On vous propose le jeu suivant :
si $10 < X$, vous gagnez 100 € ;
si $2 \leqslant X \leqslant 10$, vous perdez 50 € et
si $X < 2$, vous ne percevez rien.
Soit G la variable aléatoire qui donne votre gain algébrique en euros.
Donner la loi de probabilité de G.
Le jeu est-il équitable ?

Exercice 6

Corrigé p. 314

1) L'arbre de probabilité ci-contre correspond à un schéma de Bernoulli de paramètres 2 et 0,15.

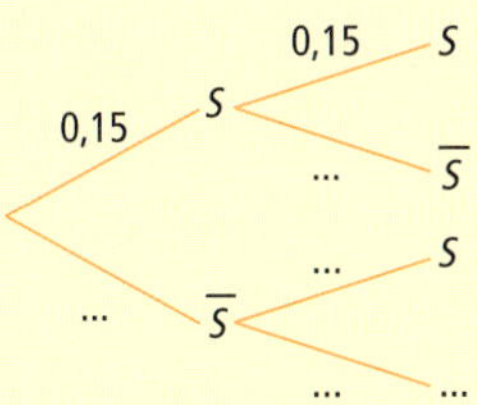

a) Compléter l'arbre.

b) Déterminer la probabilité de l'évènement A : « On a au moins un succès ».

2) Construire un exemple d'arbre de probabilité associé à un schéma de Bernoulli de paramètres 3 et 0,05.
Déterminer ensuite la probabilité de l'évènement A précédent.

Exercice 7

Corrigé p. 314

On suppose que chacun des deux moteurs d'un certain avion bimoteur tombe en panne avec une probabilité de 0,001, de façon indépendante l'un de l'autre.
Cet avion peut voler si au moins un des deux moteurs fonctionne.
On note M_1 et M_2 les évènements : « Le moteur 1 tombe en panne » et « Le moteur 2 tombe en panne ».

a) Construire un arbre de probabilité illustrant la situation.

b) Déterminer $P(M_1 \cap M_2)$.

c) Cet avion doit effectuer un trajet. Quelle est la probabilité qu'il arrive à bon port ?

d) Après exécution, l'algorithme ci-dessous affiche 607 019.
Interpréter ce résultat.

```
from random import*
vol = 0
while random () > 0.000001:
   vol = vol+1
print(vol)
```

Exercice 8

Corrigé p. 314

John, un tricheur avéré, possède une pièce déséquilibrée telle que la probabilité d'obtenir pile est de 0,4.
Il propose à Tristan de lancer deux fois la pièce et s'il obtient deux piles alors Tristan gagne 100 €, sinon celui-ci doit lui donner 20 €.

a) Tristan a écrit un algorithme incomplet en Python qui simule 10 000 parties de ce jeu et qui calcule le gain moyen par partie.
Rappel : l'instruction **random()** renvoie un nombre aléatoire compris entre 0 et 1.
Compléter ce programme, exécuter le plusieurs fois et interpréter les résultats obtenus.

```
from random import*
gain = 0
for i in range(0,10000):
  lancer1 = random()
  lancer2 = random()
if lancer1 < 0.4 and lancer2 < 0.4:
    gain = gain+......
  else:
    gain = .........
print(gain/......)
```

b) On note X la variable aléatoire donnant le gain algébrique en euros de Tristan après une partie.
À l'aide d'un arbre de probabilité établir la loi de probabilité de X et calculer son espérance.

c) Quel conseil peut-on donner à Tristan ?

1 Énergie et enjeux

1 Les sources d'énergie

• **Une source d'énergie** est aussi appelée réservoir d'énergie. C'est un phénomène naturel, une matière première à partir de laquelle il est possible d'obtenir de l'énergie.

• Les sources d'énergies disponibles sur Terre peuvent être classées en deux catégories :
  - **les sources d'énergie renouvelables.** Elles sont disponibles sous forme de flux. Leur renouvellement naturel est assez rapide à l'échelle de temps d'une vie humaine : solaire, géothermique, éolien, hydraulique, biomasse.
  - **les sources d'énergie non renouvelables.** Elles sont disponibles sous forme de stock. Le stock diminue avec son utilisation : combustibles fossiles (charbon, pétrole, gaz), uranium.

2 Les formes d'énergie

• **Une forme d'énergie** est la manifestation de l'énergie présente dans une source.

• On distingue différentes formes d'énergies : énergie mécanique (cinétique ou potentielle), énergie thermique, énergie radiative ou lumineuse, énergie chimique, énergie électrique, énergie nucléaire.

Exemples

Sources d'énergie permettant d'obtenir de l'énergie chimique

Charbon

Pétrole

Gaz

Sources d'énergie permettant d'obtenir de l'énergie cinétique

Eau en mouvement

Vent

3 La chaîne énergétique

La chaîne énergétique décrit l'ensemble des conversions et des transferts d'énergie réalisées pour obtenir une énergie utilisable par l'Homme à partir d'une source d'énergie.

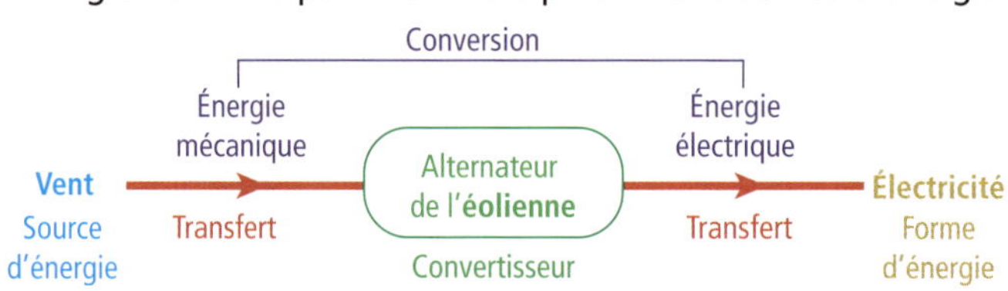

Transfert : déplacement de l'énergie sans modification de la forme d'énergie concernée.	**Convertisseur :** dispositif permettant de transformer une forme énergie en une autre forme.	**Conversion :** transformation d'une forme d'énergie en une autre forme.

▲ Chaîne énergétique d'une éolienne

• **Exemples de convertisseurs**

Convertisseur	Forme d'énergie reçue	Forme d'énergie utile
Alternateur	mécanique	électrique
Pile	chimique	électrique
Cellule photovoltaïque	radiative	électrique
Moteur thermique	chimique	mécanique
Moteur électrique	électrique	mécanique
Bouilloire électrique	électrique	thermique

4 Le rendement énergétique

• **Un convertisseur** n'est pas parfait. Une partie de l'énergie reçue est dissipée vers l'extérieur (en général sous forme de chaleur).

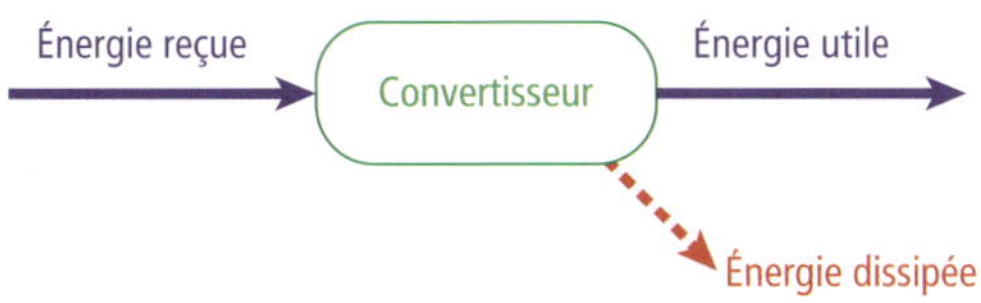

▲ Schéma de la conversion d'énergies

• **Conservation de l'énergie :** $E_{\text{reçue}} = E_{\text{utile}} + E_{\text{dissipée}}$

• **Le rendement énergétique d'un convertisseur**, noté η, est le rapport de l'énergie en sortie de chaîne de conversion énergétique (énergie utile) sur l'énergie à l'entrée de chaîne de conversion énergétique (énergie reçue). Le rendement est un nombre sans unité compris entre 0 et 1 (il peut aussi s'exprimer en pourcentage).

$$\eta = \frac{E_{\text{utile}}}{E_{\text{reçue}}} = \frac{P_{\text{utile}}}{P_{\text{reçue}}}$$

• Le rendement d'un moteur thermique à essence est de l'ordre de 35 %. Celui d'un moteur électrique est de l'ordre de 70 %.

5 La puissance et l'énergie

• **La puissance moyenne** d'un système dépend de la quantité d'énergie ΔE produite (ou consommée) pendant une durée Δt.

Elle s'obtient par la relation : $P = \frac{\Delta E}{\Delta t}$. Cette relation peut aussi écrire : $\Delta E = P\Delta t$

• **L'unité légale** de l'énergie est le joule (J). Dans la pratique, on peut utiliser d'autres unités d'énergies :

Puissance P	Durée Δt	Énergie ΔE
watt (W)	seconde (s)	joule (J)
watt (W)	heure (h)	wattheure (Wh)
kilowatt (kW)	heure (h)	kilowattheure (kWh)

Conversions : 1 Wh = 3 600 J ; 1 kWh = $3{,}6 \times 10^6$ J.

Exercices d'entraînement

Exercice 1 ★ *Corrigé p. 315*

1. Donner une définition de source d'énergie renouvelable ainsi que trois exemples.

2. Donner une définition de source d'énergie non renouvelable ainsi que trois exemples.

Exercice 2 ★ *Corrigé p. 315*

Indiquer la forme d'énergie stockée dans les réservoirs suivants :

1. Charbon
2. Eau en mouvement
3. Uranium
4. Vent
5. Lumière du Soleil

Exercice 3 ★ *Corrigé p. 315*

Nommer la source d'énergie pouvant être utilisée dans chacune des installations suivantes :

1. Centrale thermique à flamme
2. Centrale hydraulique
3. Centrale nucléaire
4. Éolienne
5. Panneaux photovoltaïques

Exercice 4 ★ *Corrigé p. 315*

Définir les termes suivants :

1. Transfert d'énergie
2. Conversion d'énergie
3. Convertisseur

Exercice 5 ★ *Corrigé p. 315*

Une lampe à LED est alimentée par une pile 1,5 volt.

1. Quelle est la forme d'énergie stockée dans la pile ?

2. Quelle est la forme d'énergie utilisée par la lampe ?

3. Pourquoi peut-on dire que la lampe est un convertisseur ?

Exercice 6 ★ *Corrigé p. 315*

Schématiser la chaîne énergétique des convertisseurs suivants :

1. Alternateur de bicyclette.
2. Panneau photovoltaïque.

Exercice 7 ★ *Corrigé p. 315*

Le schéma ci-dessous représente la chaîne énergétique d'une lampe à incandescence.

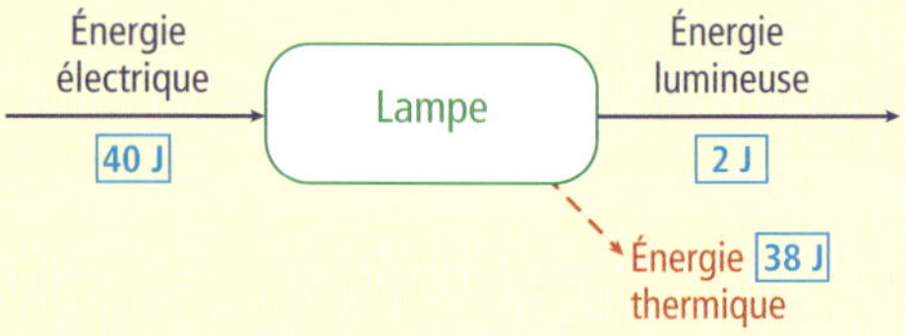

1. Recopier le schéma en ajoutant les termes énergie utile, énergie dissipée et énergie reçue.

2. Donner la relation permettant de calculer le rendement d'un convertisseur.

3. Calculer le rendement de la lampe à incandescence.

Exercice 8 ★★ *Corrigé p. 315*

Un moteur de voiture à essence a un rendement de 30 %.

1. Schématiser la chaîne énergétique du moteur de la voiture en indiquant la source d'énergie utilisée.

2. Sous quelle forme est dissipée l'énergie lors du fonctionnement du moteur ?

3. Donner la relation exprimant la conversation de l'énergie.

4. Calculer l'énergie fournie aux roues sachant que le moteur reçoit 2 GJ d'énergie.

Exercice 9 ★★

Corrigé p. 316

Un ordinateur de puissance 250 watts fonctionne pendant 4 h.

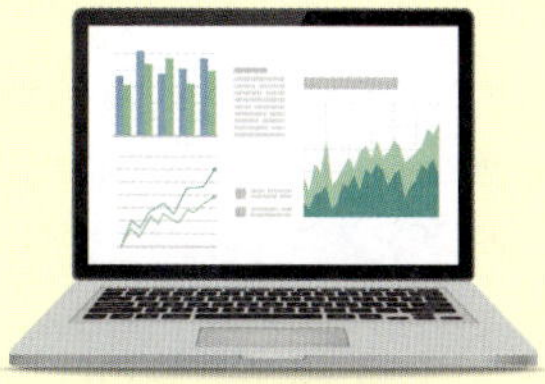

1. Rappeler la relation liant puissance, énergie et durée de fonctionnement.

2. Calculer, en wattheure, l'énergie utilisée par l'ordinateur.

3. Convertir le résultat en joule.

Exercice 10 ★★

Corrigé p. 316

Dans la chaudière génératrice de vapeur d'une centrale thermique à flammes, la chaleur produite par la combustion d'un combustible fossile (charbon, gaz, fioul) permet d'obtenir de la vapeur d'eau sous pression. Cette vapeur d'eau entraîne une turbine qui entraîne à son tour un alternateur. L'alternateur produit alors de l'électricité.

1. Nommer les convertisseurs présents dans une centrale thermique.

2. Quel est le rôle de la turbine ?

3. Schématiser la chaîne énergétique de la centrale thermique.

Exercice 11 ★★

Corrigé p. 316

Calculer la donnée manquante en respectant l'unité attendue.

Puissance	Énergie	Durée
400 W	a) ……… Wh	1 h 30 min
1 200 W	7,5 kWh	b) ……. h ……. min
c) ……… W	8 400 J	7 min
2,5 kW	d) ……… MJ	2 h

Exercice 12 ★★★

Corrigé p. 316

Une centrale hydroélectrique STEP (Station de transfert d'énergie par pompage) peut fonctionner en mode turbinage et en mode pompage. Elle comporte deux bassins situés à des altitudes différentes. Lorsque la demande électrique est forte, la station est en mode turbinage. Elle produit de l'électricité. Lorsque la demande électrique est faible, la station est en mode pompage. L'eau du bassin inférieur est pompée pour alimenter le bassin supérieur (pompage). Cette réserve d'énergie sera utilisée lorsque la demande électrique est forte (turbinage). Le rendement de la station est de 80 %.

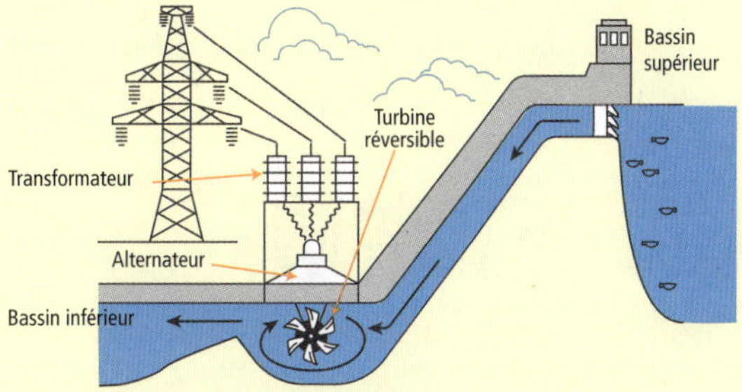

▲ Schéma d'une centrale hydrolique

1. Quels sont les deux modes de fonctionnement d'une centrale STEP ?

2. Construire la chaîne énergétique de la centrale pour chaque mode de fonctionnement.

3. Quelle forme d'énergie possède l'eau stockée dans le bassin supérieur ?

4. Calculer l'énergie consommée pour produire 1 MWh d'énergie électrique.

5. Pourquoi le rendement n'est pas égal à 100 % ?

PHYSIQUE-CHIMIE

2 Tension, intensité et circuit

1 Les conventions dans le circuit

L'intensité et la tension sont des grandeurs qui permettent de décrire un circuit. **En régime continu,** ces grandeurs sont constantes au cours du temps et notées U et I. **En régime variable,** elles varient au cours du temps. Elles sont notées $u(t)$ et $i(t)$.

Convention du générateur. La tension et l'intensité sont fléchées dans le même sens.

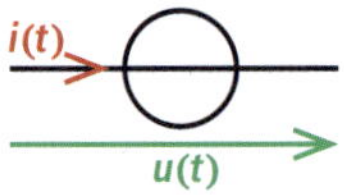

Convention du récepteur. La tension et l'intensité sont fléchées en sens inverse.

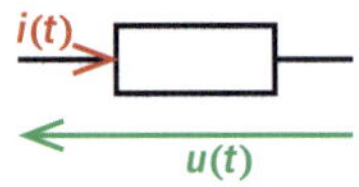

2 Les mesures dans le circuit

- **La tension** se mesure avec un **voltmètre** branché en dérivation sur le dipôle à étudier. La borne COM est placée à la base de la flèche de la tension à mesurer.
- **L'intensité** se mesure avec un **ampèremètre** branché en série dans le circuit. La borne COM est placée à la sortie du courant électrique.

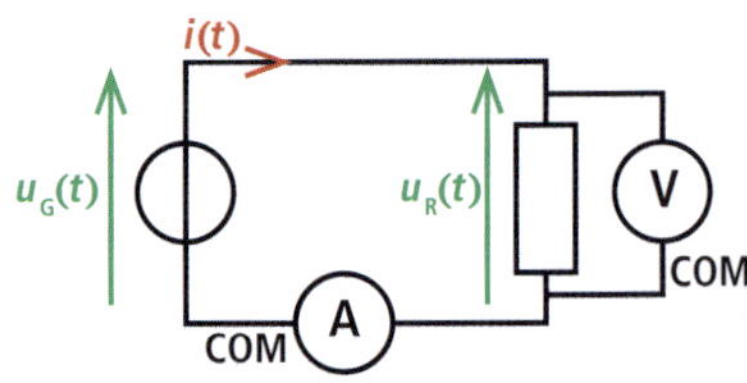

▲ Branchement des appareils de mesure.

Mesure en mode DC d'un multimètre

- Valeur d'un signal continu.
- Valeur moyenne d'un signal périodique.

Mesure en mode AC d'un multimètre

- Valeur efficace d'un signal alternatif sinusoïdal.
- Valeur efficace de la composante alternative d'un signal périodique.

Mesure en mode AC + DC d'un multimètre

Valeur efficace d'un signal périodique.

3 La loi des mailles

La somme algébrique des tensions électriques dans une maille est nulle.

$$u_G(t) - u_1(t) - u_2(t) = 0$$

.

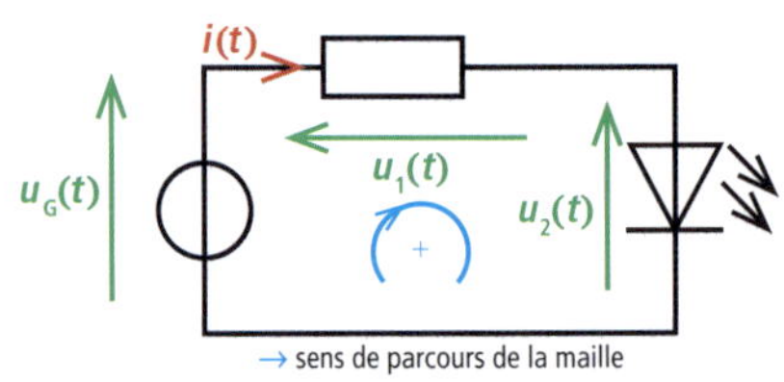

▲ Circuit en série.

4 La loi des nœuds

La somme des intensités électriques entrant dans un nœud est égale à la somme des intensités électriques sortant du nœud.

$$I_1 + I_2 = I_3 + I_4 .$$

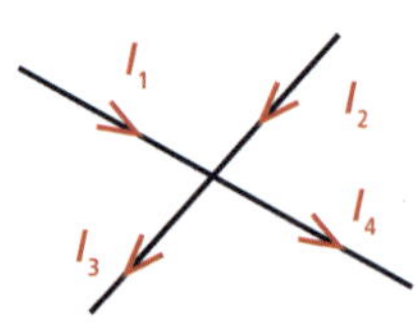

▲ Schéma d'un nœud.

5 La grandeur périodique

Un signal périodique, comme la tension $u(t)$ ou l'intensité $i(t)$, est un signal qui se reproduit identique à lui-même à intervalles de temps régulier. Il peut être caractérisé par :

- sa **période** T (en seconde), sa **fréquence** f (en hertz) : $f = \frac{1}{T}$;
- son amplitude U_m ;
- sa **valeur moyenne** U_{moy} (si la valeur moyenne d'un signal périodique est nulle alors le signal est dit alternatif) ;
- Sa **valeur efficace** U_{eff} (la valeur efficace d'une tension périodique correspond à la valeur de la tension continue produisant un échauffement identique dans une résistance).

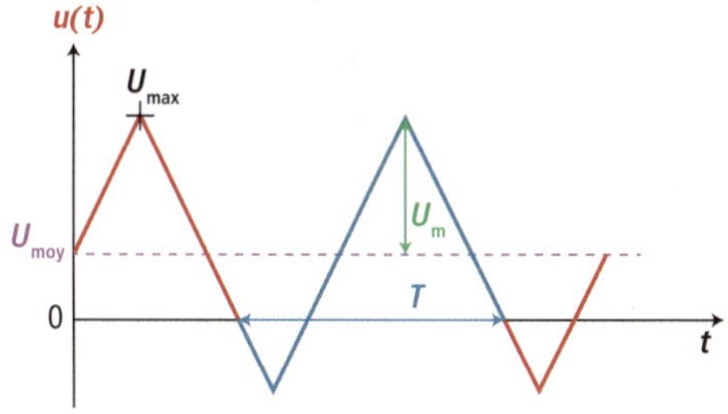

▲ Tension périodique.

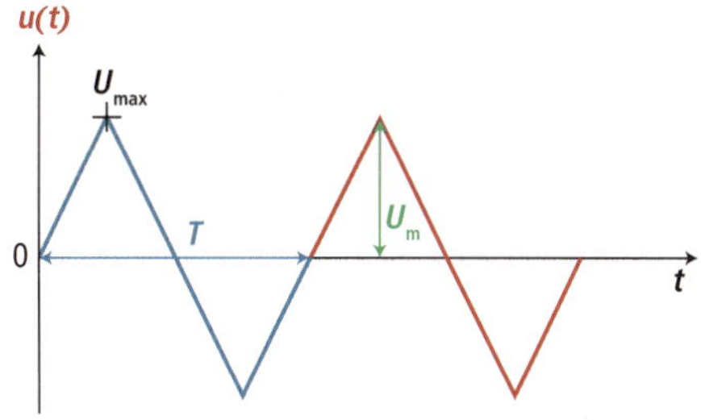

▲ Tension périodique alternative.

6 La décomposition d'un signal périodique

Un signal périodique telle qu'une tension $u(t)$ peut être décomposée en une composante continue U_{moy} et une composante alternative $U_a(t)$.

On obtient alors $u(t) = U_{moy} + U_a(t)$ avec $u_a(t) = U_m \sin(2\pi f t)$.

7 Cas particulier d'une tension alternative sinusoïdale

Si le signal alternatif peut être décrit par une fonction sinusoïdale au cours du temps alors le signal est dit **sinusoïdal**.

$$u(t) = U_{max} \sin(2\pi f t)$$

avec f la fréquence en hertz et t le temps en seconde.

$$U_{eff} = \frac{U_{max}}{\sqrt{2}}.$$

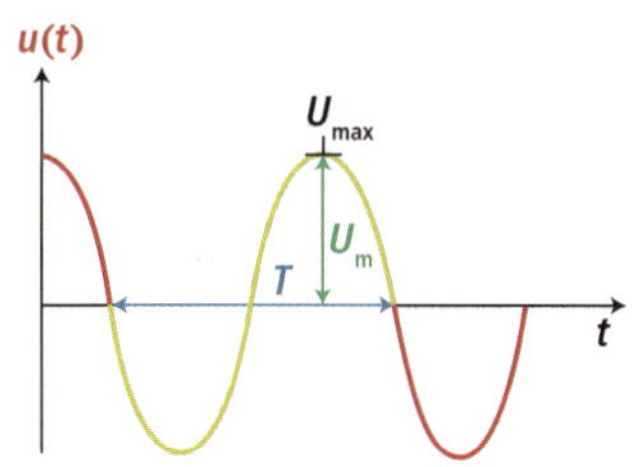

PHYSIQUE-CHIMIE

Exercices d'entraînement

Exercice 1 ★
Corrigé p. 316

1. Avec quel appareil peut-on mesurer l'intensité électrique ? Comment se branche cet appareil ?

2. Avec quel appareil peut-on mesurer la tension électrique ? Comment se branche cet appareil ?

Exercice 2 ★
Corrigé p. 316

1. Définir la loi des nœuds dans un circuit électrique.

2. Définir la loi des mailles dans un circuit électrique.

Exercice 3 ★
Corrigé p. 316

Écrire la loi des nœuds pour chaque fragment de circuit ci-dessous.

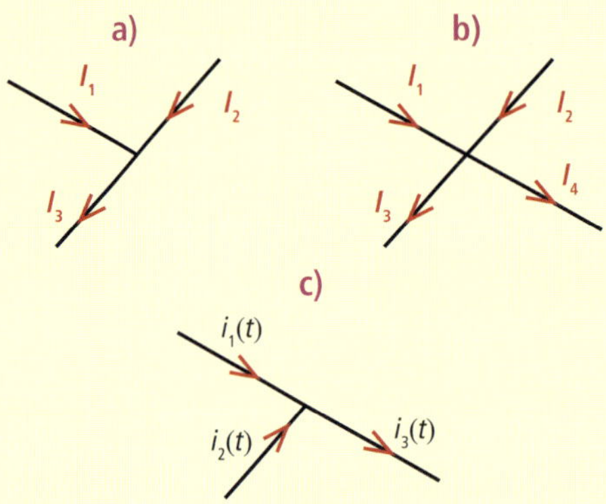

Exercice 4 ★
Corrigé p. 316

Reproduire le schéma électrique suivant :

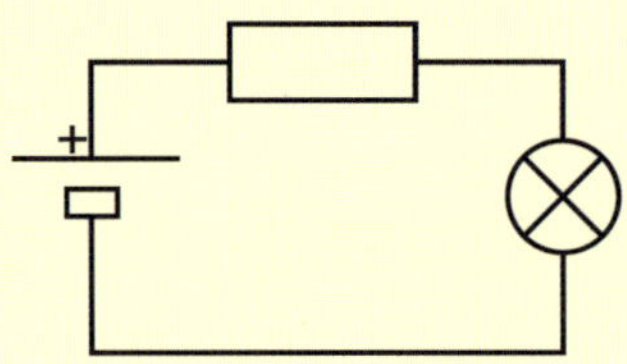

1. Établir la liste des dipôles présents dans ce circuit.

2. Représenter le sens conventionnel du courant sur le schéma.

3. Représenter la tension de chaque dipôle par une flèche.

4. Ajouter un appareil permettant de mesurer l'intensité du courant dans le circuit.

5. Ajouter un appareil permettant de mesurer la tension électrique aux bornes de la lampe.

6. Sur quel mode doit-on utiliser les appareils pour effectuer les mesures de tension et d'intensité ?

Exercice 5 ★★
Corrigé p. 316

Utiliser l'oscillogramme de la tension alternative ci-dessous pour déterminer :

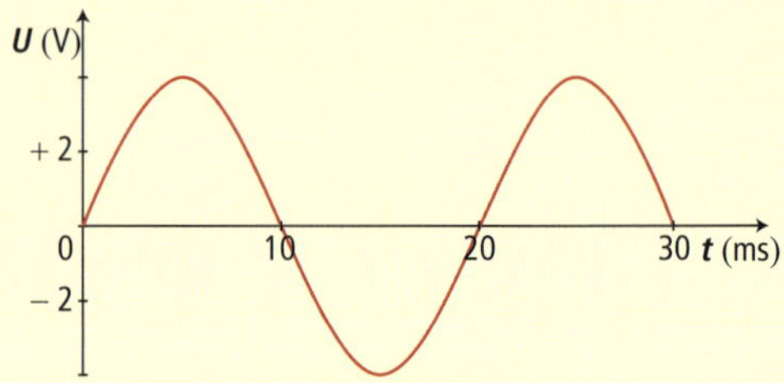

a) La période T.

b) La fréquence f.

c) La tension maximale U_{max}.

d) La tension efficace U_{eff}.

e) La tension moyenne U_{moy}.

Exercice 6 ★★★
Corrigé p. 317

La tension délivrée par une prise électrique est une tension sinusoïdale de valeur efficace 230 V et de fréquence 50 Hz.

1. Calculer la période de la tension.

2. Calculer la valeur maximale de la tension.

3. Avec quel appareil peut-on mesurer la tension efficace ? Préciser son mode de fonctionnement.

4. Donner l'expression mathématique $u(t)$ de la tension délivrée par la prise.

5. Calculer la valeur instantanée de la tension pour $t = 8$ ms.

Exercice 7 ★★★ *Corrigé p. 317*

Le circuit ci-dessous contient un générateur, un conducteur ohmique, un condensateur et une bobine. On note $u_G(t)$ la tension fournie par le générateur. $u_R(t)$ la tension aux bornes du conducteur ohmique, $u_C(t)$ la tension aux bornes du condensateur et $u_L(t)$ la tension aux bornes de la bobine. On note $i_1(t)$ le courant traversant le condensateur et $i_2(t)$ le courant traversant la bobine.

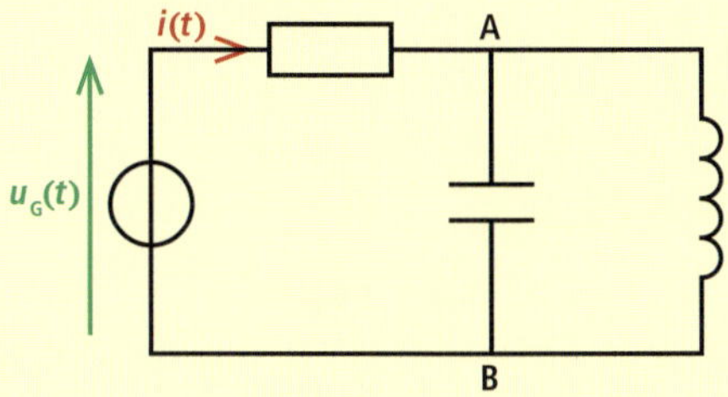

1. Représenter la tension de chaque dipôle par une flèche.

2. Représenter les courants $i_1(t)$ et $i_2(t)$.

3. Écrire la loi des nœuds au nœud A et au nœud B.

4. Identifier les trois mailles de ce circuit en les surlignant de différentes couleurs.

5. Écrire la loi des mailles pour chaque maille de ce circuit.

Exercice 8 ★★★ *Corrigé p. 317*

On visualise la tension ci-dessous :

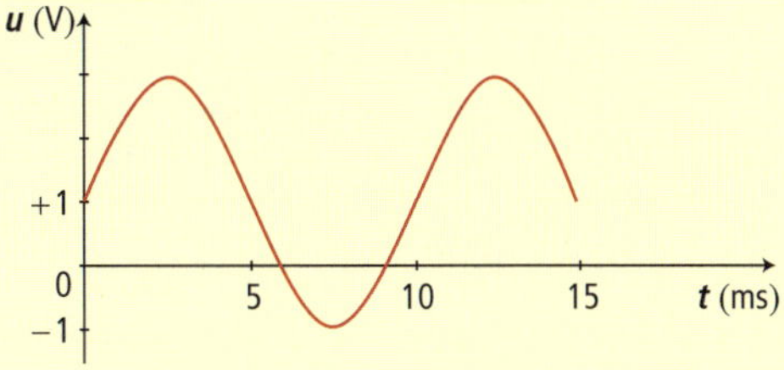

1. Déterminer la fréquence de la tension.

2. Déterminer graphiquement la valeur moyenne de la tension.

3. La tension représentée est-elle alternative ? Justifier votre réponse.

4. Avec quel appareil peut-on mesurer la valeur moyenne de la tension ?

5. Déterminer graphiquement l'amplitude de la tension.

6. Donner l'expression mathématique de la composante alternative $u_a(t)$ de la tension.

7. Donner l'expression mathématique $u(t)$ de la tension.

8. Calculer la valeur de la tension pour $t = 10$ ms.

3 Puissance et énergie

1 La puissance électrique

A En régime continu

La puissance P reçue ou consommée par un dipôle est égale au produit de la tension U à ses bornes par l'intensité du courant I qui le traverse :

$P = U \times I$	**Unités** P : puissance en watt (W) U : tension en volt (V) I : intensité en ampère (A)

B En régime périodique

Puissance instantanée $p(t)$	$p(t) = u(t) \times i(t)$ $u(t)$ et $i(t)$ valeurs à l'instant t
Puissance moyenne $<p(t)>$	**Cas général :** $<p(t)> = <u(t) \times i(t)>$ Le symbole $<\ldots>$ signifie opérateur valeur moyenne
Puissance moyenne utile P reçue par un dipôle	**En régime sinusoïdal :** $P = k \times U \times I$ k facteur de puissance (dépend du dipôle) U et I valeurs efficaces, $k = 1$ pour un dipôle ohmique

- **La puissance électrique** peut se mesurer avec un **wattmètre**.
- **La puissance totale fournie par un générateur** est égale à la somme des puissances reçues par les récepteurs.

C Convention générateur et récepteur pour un dipôle

Convention générateur

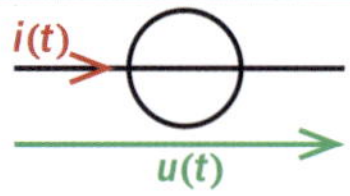

Si $p(t) > 0$ alors le dipôle fournit de l'énergie électrique au circuit. Il se comporte en **générateur**.
Si $p(t) < 0$ alors le dipôle reçoit de l'énergie électrique au circuit. Il se comporte en **récepteur**.

Convention récepteur

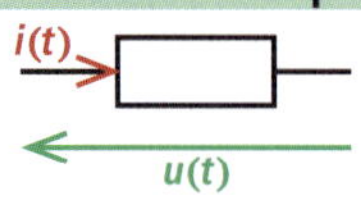

Si $p(t) > 0$ alors le dipôle reçoit de l'énergie électrique. Il se comporte en **récepteur**.
Si $p(t) < 0$ alors le dipôle fournit de l'énergie électrique au circuit. Il se comporte en **générateur**.

2 L'énergie électrique

$\Delta E = P \times \Delta t$	**Unités** ΔE : énergie électrique moyenne en joule (J) P : puissance électrique moyenne en watt (W) Δt : durée en seconde (s)

Dans la pratique, on peut utiliser d'autres unités d'énergies :

Puissance P	Durée Δt	Énergie ΔE
watt (W)	heure (h)	wattheure (Wh)
kilowatt (kW)	heure (h)	kilowattheure (kWh)

Remarque
1 Wh = 3 600 J
1 kWh = $3,6 \times 10^6$ J

- **L'énergie électrique** peut se mesurer avec un **joulemètre**.
- **L'énergie totale fournie par un générateur** est égale à la somme des énergies reçues par les récepteurs.

3 Le conducteur ohmique et la loi d'Ohm

- **Un conducteur ohmique** est caractérisé par la résistance électrique R en ohm (Ω). La tension aux bornes d'un conducteur ohmique est proportionnelle à l'intensité du courant qui le traverse. Sa caractéristique est une droite passant par l'origine.

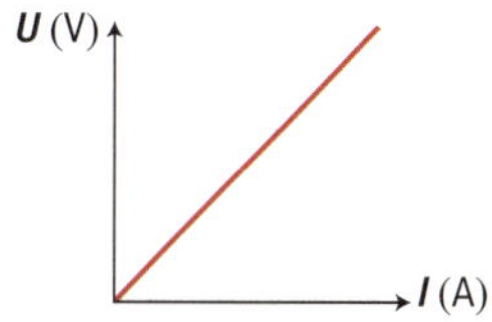

▲ Caractéristique de la tension

$$U = R \times I$$

Unités
U : tension électrique en volt (V)
R : résistance électrique en ohm (Ω)
I : intensité électrique en ampère (A)

- **Puissance dissipée** par effet joule dans un conducteur ohmique :
comme $P = U \times I$ et $U = R \times I$ alors $P_j = R \times I^2$.
- **Énergie dissipée** par effet joule dans un conducteur ohmique :
comme $E = P \times \Delta t$ et $P = R \times I^2$ alors $E = R \times I^2 \times \Delta t$

Remarque
Cette relation s'applique en régime périodique avec les valeurs efficaces de la tension et de l'intensité.

4 La sécurité électrique

Le courant électrique est dangereux car le corps humain est un conducteur électrique. Il peut provoquer une **électrisation** (choc électrique) voire une électrocution (la mort) selon l'intensité du courant qui le traverse et la durée de son passage. L'association d'une prise de Terre et d'un disjoncteur différentiel 30 mA permettent de protéger les personnes contre les chocs électriques.

Pour protéger une installation électrique contre une surintensité, on utilise un **disjoncteur**. Son rôle est d'ouvrir le circuit lorsque l'intensité du courant dépasse une valeur déterminée.

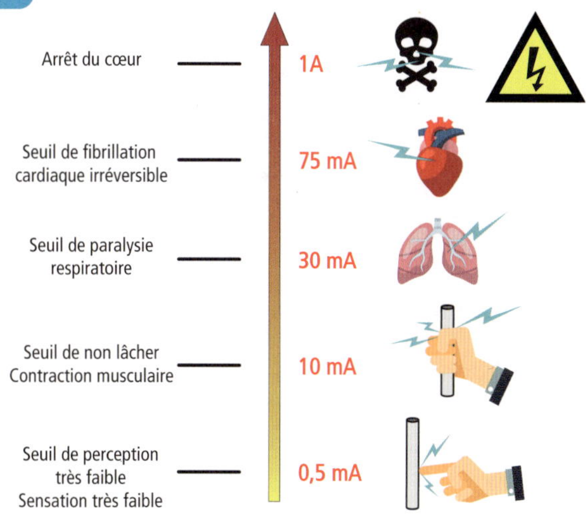

▲ Seuils de danger de l'électrisation

Exercices d'entraînement

Exercice 1 ★

Corrigé p. 317

Une lampe à incandescence (assimilable à un dipôle ohmique) est parcourue par un courant d'intensité 325 mA. Elle est alimentée par la tension sinusoïdale de valeur efficace 230 V.

1. Rappeler la relation à utiliser en régime sinusoïdal liant la puissance P, l'intensité du courant I et le facteur de puissance k en indiquant les unités à utiliser.

2. Calculer la puissance moyenne consommée par la lampe.

Exercice 2 ★

Corrigé p. 317

Un four électrique, alimenté par la tension du secteur de valeur efficace 230 V, consomme une puissance moyenne de 800 W pendant une durée de 2 h.

1. Calculer, en joule, l'énergie moyenne consommée par le four.

2. Calculer, en wattheure, l'énergie moyenne consommée par le four.

Exercice 3 ★

Corrigé p. 318

Un conducteur ohmique est alimenté par une tension continue de 1,5 V. Il est parcouru par un courant d'intensité 30 mA.

1. Énoncer la loi d'Ohm en indiquant les unités.

2. Calculer la résistance du conducteur ohmique.

3. Tracer l'allure de la caractéristique de ce conducteur ohmique.

Exercice 4 ★★

Corrigé p. 318

Un conducteur ohmique de résistance R est alimenté par une tension continue U et parcouru par une intensité I.

1. Montrer que la puissance dissipée dans un conducteur ohmique par effet joule peut s'écrire $P = R \times I^2$.

2. Montrer que l'énergie dissipée dans un conducteur ohmique par effet joule peut s'écrire $\Delta E = \frac{U^2}{R} \times \Delta t$.

Exercice 5 ★★

Corrigé p. 318

Un décapeur thermique électrique est utilisé en extérieur. Il est relié à une prise délivrant une tension efficace de 230 V par le biais d'une rallonge électrique (assimilable à un dipôle ohmique de résistance $R = 0{,}3\ \Omega$) de longueur 20 m.

1. Calculer la puissance dissipée par effet joule par la rallonge sachant que lorsque le décapeur fonctionne, la rallonge est traversée par un courant de 6,5 A.

2. Calculer, en kilojoule, l'énergie dissipée lorsque le décapeur est utilisé pendant 15 min.

Exercice 6 ★★

Corrigé p. 318

Un chauffage électrique d'appoint (considéré comme un dipôle ohmique) de puissance 2,9 kW est alimenté par la tension du secteur de valeur efficace 230 V. Il fonctionne pendant une durée de 4 h.

1. Calculer l'intensité efficace du courant électrique qui traverse le radiateur.

2. Calculer la résistance électrique de l'appareil.

3. Calculer, en wattheure, l'énergie consommée par l'appareil.

4. Convertir le résultat en kilowattheure.

5. Calculer le coût d'utilisation de l'appareil.

Donnée

1 kWh est facturé 0,15 €.

Exercice 7 ★★

Corrigé p. 318

Lors de la fête de la musique, un musicien se produit à la terrasse d'un café. Il branche l'ensemble de ses appareils sur une multiprise reliée à une prise électrique délivrant une tension efficace de 230 V.

Appareil	Puissance électrique (W)
Synthétiseur	250
Ampli	450
Éclairages	1 300

1. Calculer la puissance totale fournie par la multiprise.

2. Que peut signifier l'indication 16 A max figurant sur une multiprise ?

3. Calculer l'intensité traversant le câble de la multiprise pendant le concert.

4. Le musicien peut-il utiliser sans danger la multiprise ? Justifier votre réponse.

5. Calculer le coût d'utilisation des appareils sachant que les appareils ont tous fonctionné pendant 1 h 30 de concert.

Données

Caractéristiques de la multiprise :
- 230 V ;
- protection par fusible 16 A max ;
- 1 kWh est facturé 0,15 €.

Exercice 8 ★★

Corrigé p. 318

Expliquer pourquoi il est impossible de répondre aux questions suivantes, identifier l'information manquante ou erronée.

1. Une lampe à incandescence est alimentée par la tension du secteur de valeur efficace 230 V. Calculer la puissance électrique moyenne consommée par cette lampe.

2. Un téléviseur porte l'indication 150 W. Convertir ce résultat en joule.

3. Calculer la durée de fonctionnement d'un lave-vaisselle ayant consommé une énergie électrique de 3 750 Wh.

Exercice 9 ★★★

Corrigé p. 319

Une tondeuse électrique filaire est équipée d'un moteur de facteur de puissance 0,7.
Alimentée par la tension du secteur de valeur efficace 230 V, la tondeuse reçoit une puissance de 1 400 W.

1. Calculer l'intensité efficace reçue par la tondeuse.

2. Calculer la puissance moyenne utile du moteur de la tondeuse.

3. En déduire la puissance dissipée par le moteur de la tondeuse.

4. En admettant que toute la puissance est dissipée par effet joule, calculer la résistance correspondant à cette dissipation d'énergie.

5. Schématiser la chaîne énergétique du moteur.

6. Calculer le rendement du moteur.

4 Énergie chimique

1 Le système chimique

• **Un système chimique** correspond à l'ensemble des espèces chimiques susceptibles de réagir entres elles dans un environnement donné (ou milieu réactionnel).

• **L'état d'un système chimique** peut être décrit par les propriétés suivantes :

• des paramètres physiques : température T et pression P ;

• un nom et un état physique : solide, liquide, gaz ou aqueuse (aq) ;

• des quantités de matières (en mole) des espèces chimiques présentes.

2 L'évolution d'un système chimique

• **Un système chimique peut être modifié** lorsqu'une de ses propriétés est modifiée.

• **Transformation physique** : évolution du système chimique due à la modification de paramètres physiques (température, pression) entraînant la modification de l'état des espèces chimiques. Lors d'une transformation physique la structure des espèces chimiques n'est pas modifiée.

• **Transformation chimique** : évolution du système chimique s'accompagnant de la modification des espèces chimiques présentes à l'état initial. Il y a disparition d'espèces chimiques (réactifs) et apparition de nouvelles espèces chimiques (produits).

• **Un système chimique évolue de l'état initial à l'état final :**

État initial : état du système avant la transformation : $t_i = 0$ s.

État intermédiaire : état du système au cours de la transformation : t.

État final : état du système après la transformation : t_f.

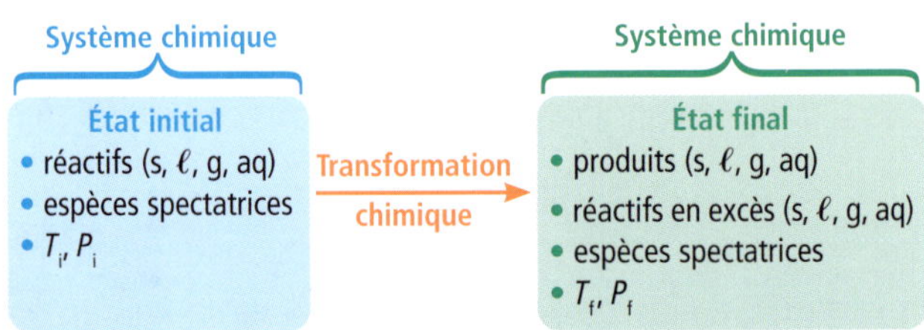

3 La transformation chimique et le transfert d'énergie

• Lors d'une transformation chimique l'énergie thermique du système peut être modifiée. Il y a alors transfert d'énergie thermique (notée Q) entre le système et le milieu.

• **Transformation endothermique d'un système**

Le système chimique **reçoit** de l'énergie provenant du milieu extérieur, $Q > 0$.

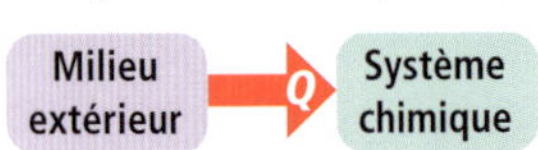

• L'énergie du système chimique augmente.

• La température du milieu extérieur diminue.

• **Transformation exothermique d'un système**

Le système chimique **cède** de l'énergie au milieu extérieur, $Q < 0$.

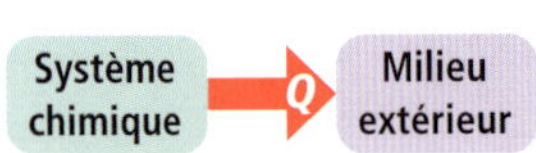

• L'énergie du système chimique diminue.

• La température du milieu extérieur augmente.

4 Les combustions

• **Une combustion** est une transformation chimique exothermique. Elle nécessite un **combustible** (matière qui brûle), un **comburant** (matière qui permet au combustible de brûler) et une énergie d'activation E_a (apport d'énergie sous forme de chaleur). On parle du triangle du feu.

• Une partie de l'énergie libérée par la combustion sert à entretenir la combustion.

▲ Triangle du feu

5 Le pouvoir calorifique d'un combustible

• La combustion d'un combustible est une source d'énergie thermique importante.

• **Le pouvoir calorifique** (noté *PC*) est l'énergie libérée sous forme de chaleur par la combustion complète d'un kilogramme de combustible. Elle dépend du combustible utilisé et s'exprime en $J \cdot kg^{-1}$.

Exemples

Combustibles	Charbon	Dihydrogène	Propane	Méthane	Essence	Bois
Pouvoir calorifique moyen ($MJ \cdot kg^{-1}$)	33	120	46	50	43	15

• **L'énergie thermique *Q*** libérée par un combustible de masse *m* est donnée par la relation :

$$Q = m \times PC$$

Unités
m : masse (kg)
PC : pouvoir calorifique ($J \cdot kg^{-1}$)

6 Le danger des combustions

• **Une combustion peut provoquer** un **incendie** et dans certaines conditions provoquer une **explosion** (fuite de gaz).

• Selon la quantité de dioxygène dans l'air (*cf.* chapitre sur les combustions), une combustion peut former du dioxyde de carbone (CO_2), du monoxyde de carbone (CO), des résidus solides et des fumées (cendre, suie, goudron). Ces gaz inodores et incolores sont dangereux à faible dose et peuvent provoquer **intoxication**, **asphyxie** pouvant entraîner la mort.

• **Pour se protéger de ces dangers,** il faut bien **ventiler les locaux**, **entretenir les installations** et vérifier qu'elles soient aux **normes**. On peut aussi utiliser des **détecteurs de gaz**, des **détecteurs de fumées** et être équipé d'un **extincteur** adapté au type de feu.

Exercices d'entraînement

Exercice 1 ★ Corrigé p. 319

On veut décrire l'évolution d'un système chimique lors d'une transformation chimique.

1. Qu'est-ce qu'un système chimique ?

2. Quels sont les paramètres permettant de décrire l'état d'un système chimique ?

3. Comment nomme-t-on l'état avant la transformation chimique ? À la fin de la transformation chimique ?

Exercice 2 ★★ Corrigé p. 319

1. Qu'est-ce que le pouvoir calorifique d'un combustible ?

2. Calculer l'énergie libérée par la combustion de 8,0 kg de bois.

3. Calculer l'énergie libérée par la combustion de 10 L de fioul domestique.

Données

- $PC_{bois} = 15\ \text{MJ}\cdot\text{kg}^{-1}$;
- $PC_{fioul\_domestique} = 40\ \text{MJ}\cdot\text{kg}^{-1}$;
- $m_{volumique\_fioul} = 850\ \text{g}\cdot\text{L}^{-1}$.

Exercice 3 ★★ Corrigé p. 319

Le gaz naturel est un combustible fossile composé principalement de méthane (CH_4). Il est incolore et inodore. Pour qu'il soit détectable en cas de fuite, on lui ajoute un additif odorant.

1. Calculer la masse de méthane permettant de fournir une énergie de 130 MJ.

2. Un appareil de chauffage utilisant du propane et brulant la même masse produirait-il la même énergie ?

3. Pourquoi ajoute-t-on un additif odorant au gaz naturel ?

Données

- $PC_{méthane} = 50\ \text{MJ}\cdot\text{kg}^{-1}$;
- $PC_{butane} = 45\ \text{MJ}\cdot\text{kg}^{-1}$.

Exercice 4 ★★ Corrigé p. 319

Une casserole d'eau est posée sur une gazinière fonctionnant au butane. Pour augmenter la température d'un kilogramme d'eau d'un degré Celsius, il faut lui fournir $4{,}18 \times 10^3$ J.

1. Calculer l'énergie nécessaire pour faire passer 1,0 kg d'eau de 20 °C à 80 °C.

2. Quelle quantité d'énergie peut fournir la combustion d'un kilogramme de butane ?

3. Calculer la masse de butane nécessaire pour faire passer 1,0 kg d'eau de 20 °C à 80 °C.

Donnée

$PC_{butane} = 45\ \text{MJ}\cdot\text{kg}^{-1}$.

Exercice 5 ★★ Corrigé p. 319

Pour découper un morceau de fer ou réaliser une soudure, il est possible d'utiliser un poste à souder oxyacéthylénique. Il est composé d'une bouteille d'acétylène (C_2H_2), d'une bouteille de dioxygène (O_2) et d'un chalumeau qui permet de mélanger les deux gaz. Le soudeur enflamme le gaz grâce à un briquet à chalumeau. La combustion de l'acétylène permet d'obtenir des températures de l'ordre de 3000 °C. L'acétylène est très inflammable et très instable. La bouteille peut exploser lors d'un incendie ou produire des fuites enflammées. La combustion de l'acétylène peut être modélisée par l'équation de réaction :

$$2\ C_2H_{2\,(g)} + 5\ O_{2(g)} \rightarrow 4\ CO_{2\,(g)} + 2H_2O_{(g)}$$

1. Identifier le combustible, le comburant et l'énergie d'activation lors de la combustion de l'éthylène.

2. Modéliser la combustion en indiquant l'état initial et l'état final.

3. Cette transformation chimique est-elle exothermique ? Justifier votre réponse.

4. Calculer l'énergie dégagée par la combustion de 5,0 kg d'acétylène.

5. Quels sont les risques liés à l'acétylène ?

Donnée

$PC_{acéthylène} = 48\ \text{MJ}\cdot\text{kg}^{-1}$.

5 Énergie interne

1 La température

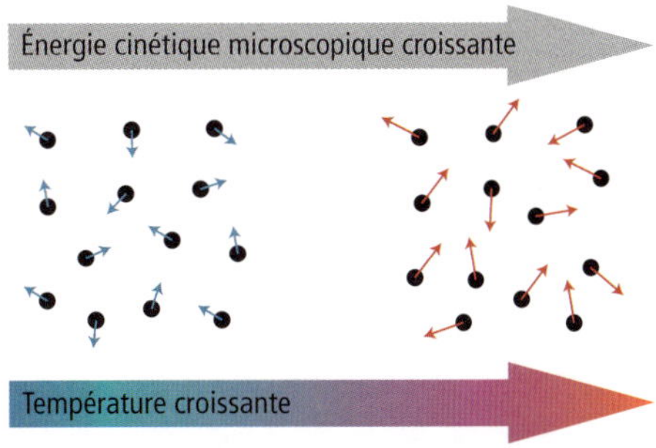

▲ Agitations des particules

• **Les particules** (atomes, molécules...) qui composent un système s'agitent en permanence. Elles possèdent de l'énergie cinétique microscopique.

• **La température** est la grandeur physique qui traduit l'agitation thermique microscopique de ces particules. La température augmente avec l'agitation des particules. Il existe différentes échelles de température :

Échelle Kelvin : mesure de la température thermodynamique (température absolue) basée sur l'agitation des particules. Dans cette échelle, il n'y a pas de valeur négative de température. Au zéro absolu ($T = 0$ K), il n'y a plus d'agitation thermique. L'unité de cette échelle est le kelvin (K), c'est l'unité de température dans le système international (SI).

Échelle Celsius : mesure de la température usuelle en Europe basée sur la température de fusion de la glace ($T = 0$ °C) et la température d'ébullition de l'eau ($T = 100$ °C) à la pression atmosphérique. L'unité de cette échelle est le degré Celsius (°C).

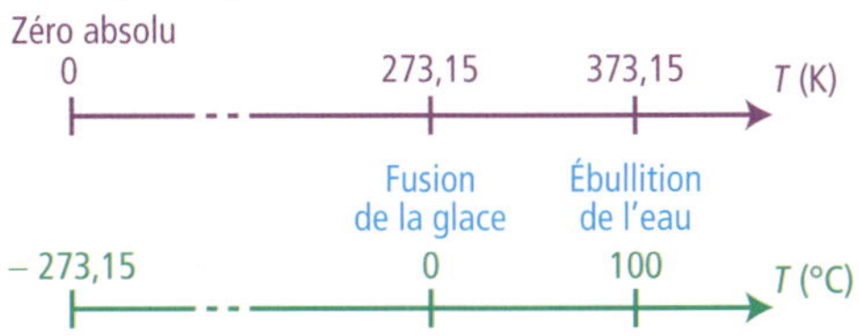

▲ Échelles des températures.

Conversions

$$T_{(K)} = T_{(C)} + 273{,}15$$
$$T_{(C)} = T_{(K)} - 273{,}15$$

2 L'énergie interne d'un système

L'énergie interne d'un système, notée *U*, est la somme des énergies microscopiques des particules qui constituent le système :

• **énergie cinétique microscopique** : liée à l'agitation thermique des particules du système. L'énergie cinétique microscopique augmente avec la température du système.

• **énergies potentielles microscopiques** : liées aux interactions entre les particules (énergie de liaison entres atomes, molécules, ions) du système. L'énergie potentielle d'interaction diminue lorsque les particules s'éloignent les unes des autres.

3 La capacité thermique massique d'une espèce chimique

La capacité thermique massique *c* d'un corps est la quantité d'énergie à apporter par transfert thermique pour élever d'un kelvin la température d'un kilogramme de matière. Elle s'exprime en $J \cdot kg^{-1} \cdot K^{-1}$.

Exemple La capacité thermique massique de l'eau liquide est de 4 180 $J \cdot kg^{-1} \cdot K^{-1}$.

4 L'énergie massique de changement d'état

- **L'énergie massique de changement d'état L** d'une espèce chimique est la quantité d'énergie thermique que doit capter ou céder un kilogramme de l'espèce chimique pour changer d'état. Elle s'exprime en $J \cdot kg^{-1}$.
- Lorsque le changement d'état est **endothermique** (fusion, sublimation, vaporisation), l'espèce chimique **capte** de l'énergie, $L > 0$.
- Lorsque le changement d'état est **exothermique** (solidification, liquéfaction, condensation), l'espèce chimique **cède** de l'énergie, $L < 0$.
- Les énergies massiques de deux changements inverses sont opposées : $L_{fusion} = -L_{solidification}$.

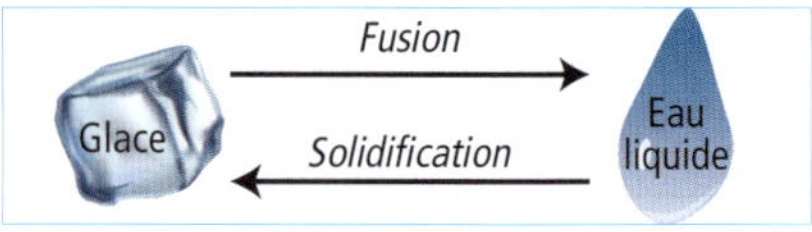

▲ Changement d'état

5 Transfert thermique : milieu extérieur et espèce chimique

A La variation de la température de l'espèce chimique

- L'espèce chimique reste dans le même état mais sa température varie. L'énergie thermique Q échangée avec le milieu extérieur alors s'obtient par la relation ci-contre.
- L'énergie thermique transférée Q fait varier l'énergie interne du système. La variation ΔU du système chimique est égale à l'énergie échangée $Q = \Delta U$.

$$Q = m \times c \times \Delta T$$

Unités
Q : énergie échangée par transfert thermique (J)
m : masse (kg)
c : capacité thermique massique ($J \cdot kg^{-1} \cdot K^{-1}$)
$\Delta T = (T_{finale} - T_{initiale})$ variation de la température

B Le changement d'état de l'espèce chimique

L'espèce chimique change d'état mais sa température reste constante lors du changement d'état (pour un corps pour). L'énergie thermique Q échangée avec le milieu extérieur s'obtient alors par la relation ci-contre.

$$Q = m \times L$$

Unités
Q : énergie échangée lors du changement d'état (J)
m : masse (kg)
L : énergie massique de changement d'état ($J \cdot kg^{-1}$)

6 Les différents modes de transferts thermiques

- **Un transfert thermique** s'effectue entre deux corps de températures différentes du corps le plus chaud vers le corps le plus froid. Le corps le plus chaud cède de l'énergie au corps le plus froid. Lorsque les deux corps sont à la même température, on dit qu'il y a équilibre thermique.
- **Conduction** (transfert par contact) : l'énergie thermique se transmet de proche en proche sans déplacement de matière. Ce mode de transmission concerne principalement les solides.
- **Convection** (transfert par mouvement de fluide) : l'énergie thermique se transmet avec déplacement de matière. Ce mode de transmission concerne les fluides (liquide ou gaz).
- **Rayonnement** (transfert par onde électromagnétique) : l'énergie thermique se transmet avec un rayonnement électromagnétique. Ce mode de transmission concerne les solides, les liquides et les gaz.

Exercices d'entraînement

Exercice 1 ★★

Corrigé p. 319

On souhaite chauffer 2,0 L d'eau du robinet de 15 °C à 80 °C à l'aide d'une bouilloire électrique.

1. Calculer la masse d'eau contenue dans la bouilloire.

2. Comment varie l'énergie interne de l'eau lorsqu'elle va chauffer ?

3. Identifier le mode de transfert thermique permettant à l'eau de chauffer.

4. Calculer l'énergie nécessaire pour faire chauffer l'eau.

Données

- masse volumique de l'eau : 1,00 $kg{\cdot}L^{-1}$;
- capacité thermique massique de l'eau à l'état liquide : $4{,}18 \times 10^3$ $J{\cdot}kg^{-1}{\cdot}K^{-1}$.

Exercice 2 ★★

Corrigé p. 320

Dans une fonderie, le fer solide est introduit dans un four puis chauffé jusqu'à ce qu'il devienne liquide. Le métal fondu est ensuite coulé dans des moules pour obtenir les pièces.

1. Quel changement d'état subit le fer dans une fonderie ?

2. Comment varie la température lors du changement d'état ?

3. Calculer l'énergie nécessaire pour réaliser la fusion de 5,0 tonnes de fer.

4. En justifiant votre réponse, déterminer l'énergie massique de solidification du fer.

Données

- capacité thermique massique du fer à l'état solide : 450 $J{\cdot}kg^{-1}{\cdot}K^{-1}$;
- énergie massique de fusion du fer : 270 $J{\cdot}kg^{-1}{\cdot}K^{-1}$.

Exercice 3 ★★★

Corrigé p. 320

Un chauffe-eau solaire est composé de panneaux solaires thermiques constitués de tubes (dans lesquels circule un fluide caloporteur) et d'un ballon de stockage d'eau.

Le fluide caloporteur transmet sa chaleur à l'eau contenue dans le réservoir du chauffe-eau.

Caractéristiques du chauffe-eau

Rendement total : 70 %
Température de l'eau arrivant dans le chauffe-eau : 20 °C
Capacité du ballon : 200 L

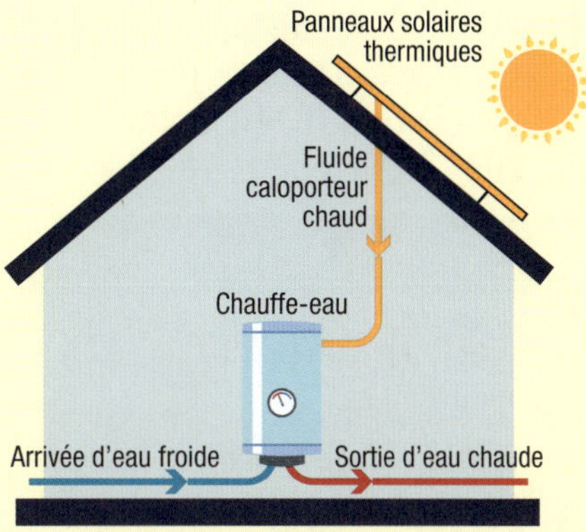

▲ Schéma du chauffe-eau solaire

1. Schématiser la chaîne énergétique d'un panneau solaire.

2. Les panneaux solaires reçoivent une énergie de $1{,}0 \times 10^4$ Wh. Convertir cette énergie en joule.

3. Grace au rendement, calculer, en joule, l'énergie reçue par le l'eau contenue dans le chauffe-eau.

4. Calculer la température de l'eau dans le chauffe-eau après chauffage.

5. Pourquoi certains chauffe-eaux solaires sont-ils équipés d'une résistance électrique d'appoint ?

Données

- capacité thermique massique de l'eau à l'état liquide : 4 180 $J{\cdot}kg^{-1}{\cdot}K^{-1}$;
- 1 Wh = 3 600 J ; masse volumique de l'eau : 1,00 $kg{\cdot}L^{-1}$.

PHYSIQUE-CHIMIE

6 Mouvement, vitesse et accélération

1 Le référentiel

• **Un système** est un objet dont on veut étudier le mouvement. Pour décrire le mouvement d'un système, il faut d'abord préciser par rapport à quoi on va l'étudier. Il faut définir le **référentiel**.

• Le plus souvent, on utilise un point immobile à la surface de la Terre : c'est le **référentiel terrestre**.

• Pour étudier le mouvement des planètes, on se placera dans le référentiel lié au centre du Soleil : le **référentiel héliocentrique**.

Exemple • Assis sur le banc, on est immobile dans le référentiel terrestre.
• La Terre tournant autour du Soleil, on est donc en mouvement dans le référentiel héliocentrique.

• Un système peut être en mouvement dans un référentiel et immobile dans un autre. On dit que **le mouvement est relatif au référentiel**.

Remarque
L'étude du mouvement d'un solide peut être simplifiée en étudiant uniquement le mouvement de son centre de masse. C'est le point ou serait concentrée toute la masse du solide.

2 La trajectoire

• **La trajectoire** d'un point d'un solide est l'ensemble des positions occupées par ce point lors de son mouvement.

• Si, lors de son mouvement, tout segment d'un solide reste parallèle à lui-même au cours du temps alors le solide est en **translation**.
  – Si la trajectoire est une droite ou une portion de droite, la translation est **rectiligne**.
  – Si la trajectoire est un cercle ou une portion de cercle, la translation est **circulaire**.
  – Si la trajectoire est une courbe, la translation est **curviligne**.

Exemple
La nacelle du téléphérique est en mouvement de translation curviligne car la trajectoire et une courbe et le segment [*AB*] reste parallèle à lui-même au cours du temps.

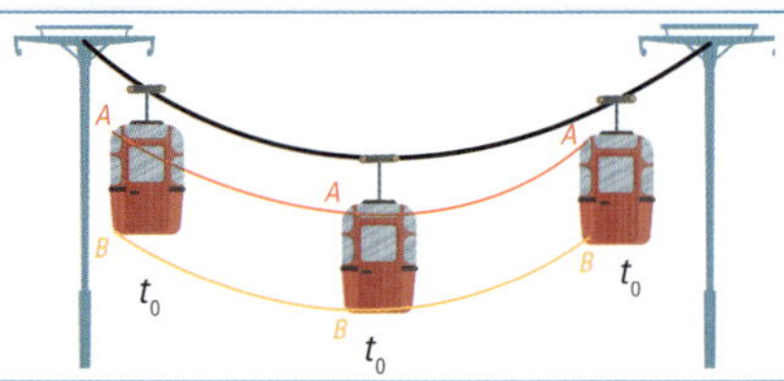

3 Vitesse d'un solide : translation rectiligne

• **La vitesse d'un solide** décrit l'allure à laquelle il se déplace au cours du temps.

• **La vitesse moyenne :**

$$v_{moy} = \frac{d}{\Delta t}$$

Unités
v : vitesse ($m \cdot s^{-1}$)
d : distance (m)
Δt : durée du parcours (s)

- **La vitesse instantanée** $v(t)$ d'un solide en un point $M(t)$ est sa vitesse à un instant donné t. Elle est égale à la vitesse moyenne du solide sur un intervalle de temps Δt infiniment petit.

$$v(t) = \lim_{\Delta t \to 0} v_{moy} = \lim_{\Delta t \to 0} \frac{\Delta d}{\Delta t} = \lim_{\Delta t \to 0} \frac{x(t+\Delta t) - x(t)}{\Delta t}$$

Remarque

La vitesse instantanée d'un solide est donc égale à la dérivée de sa position x par rapport au temps.

$$v(t) = x'(t) = \frac{dx_{(t)}}{dt}$$

Exemple La position d'un objet est donnée par la relation $x(t) = 2t^2 + 8t$.
On dérive la fonction position par rapport au temps pour obtenir l'expression de la vitesse en fonction du temps : $v(t) = \frac{dx_{(t)}}{dt} = \frac{d(2t^2+8t)}{dt} = 4t + 8$

4 Accélération d'un solide : translation rectiligne

- **L'accélération d'un solide** décrit l'évolution de sa vitesse au cours du temps.

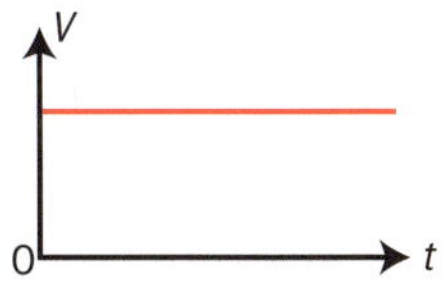

Lorsque la vitesse est constante au cours du temps, le mouvement est **uniforme**.

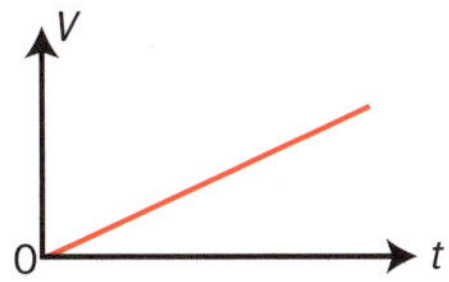

Lorsque la vitesse augmente au cours du temps, le mouvement est **accéléré**.

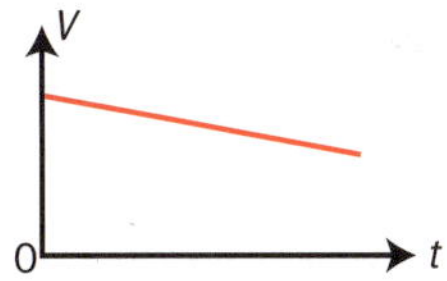

Lorsque la vitesse diminue au cours du temps, le mouvement est **ralenti**.

- **L'accélération moyenne :**

$$a_{moy} = \frac{\Delta v}{\Delta t}$$

Unités

a_{moy} : accélération ($m \cdot s^{-2}$)
Δv : variation de la vitesse ($m \cdot s^{-1}$)
Δt : durée du parcours (s)

- **L'accélération instantanée** $v(t)$ d'un solide est son accélération à un instant donné t. Elle est égale à l'accélération moyenne du solide sur une durée Δt infiniment petite.

$$a(t) = v'(t) = \frac{dv_{(t)}}{dt}$$

Remarque

L'accélération instantanée d'un solide est donc égale à la dérivée seconde de sa position x par rapport au temps.

$$a(t) = v'(t) = x''(t) = \frac{d^2x_{(t)}}{dt^2}$$

Exemple La vitesse d'un objet est donnée par la relation $v(t) = 4t + 5$.
On dérive la fonction vitesse par rapport au temps pour obtenir l'expression de l'accélération en fonction du temps :

$$a(t) = \frac{dv_{(t)}}{dt} = \frac{d(4t+5)}{dt} = 4\ m \cdot s^{-2}$$

Exercices d'entraînement

Exercice 1 ★★
Corrigé p. 320

Le document ci-dessous présente les positions successives du centre de masse d'une solide prise à intervalles de temps égaux $t = 50$ ms.

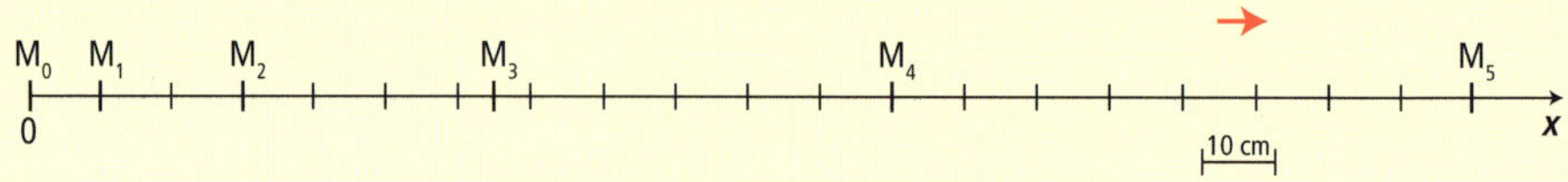

1. Qu'est-ce que le centre de masse d'un solide ?
2. Compléter le tableau de valeur ci-dessous :

Position du solide	M_0	M_1	M_2	M_3	M_4	M_5
t (s)						
x (m)						

3. Calculer la vitesse moyenne du solide lors de son mouvement.
4. Calculer la vitesse en M_3 puis en M_4.
5. Que peut-on en conclure sur la nature du mouvement ?

Exercice 2 ★★
Corrigé p. 320

On étudie le mouvement d'un cycliste qui se déplace en ligne droite. La position x du cycliste en fonction du temps peut être modélisée par l'équation $x(t) = 4{,}2t$ avec $x(t)$ en mètre et t en seconde.

1. Quelle est la trajectoire du cycliste ? Que peut-on en conclure sur son mouvement ?
2. Déterminer l'équation de la vitesse $v(t)$ du cycliste.
3. Déterminer l'équation de l'accélération $a(t)$ du cycliste.
4. Décrire le mouvement du cycliste.

Exercice 3 ★★★
Corrigé p. 320

Une voiture se déplace en ligne droite. Le graphique ci-dessous représente l'évolution de sa vitesse au cours du temps.

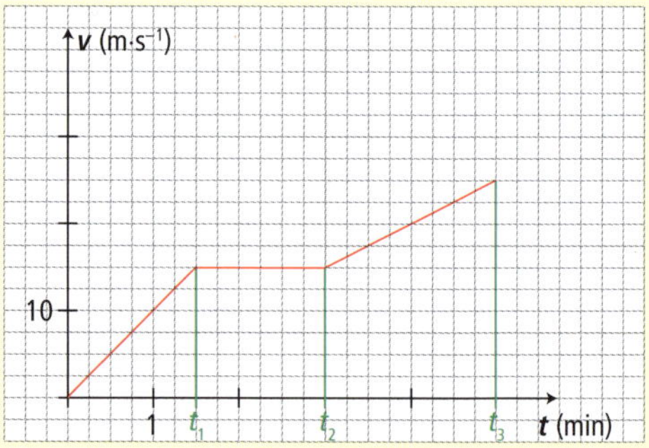

1. Compléter le tableau de valeur suivant :

t (s)	$t_1 = \ldots\ldots$	$t_2 = \ldots\ldots$	$t_3 = \ldots\ldots$
v ($m \cdot s^{-1}$)	$v_{(t_1)} = \ldots\ldots$	$v_{(t_2)} = \ldots\ldots$	$v_{(t_3)} = \ldots\ldots$

2. Décrire l'évolution de la vitesse de la voiture et l'allure du mouvement au cours du temps de t_0 à t_1, de t_1 à t_2 et de t_2 à t_3.
3. Calculer son accélération de t_0 à t_1, de t_1 à t_2 et de t_2 à t_3.
4. Tracer le graphique $a = f(t)$.
5. Calculer la distance parcourue par la voiture entre t_1 et t_2.

7 Énergie mécanique

1 Les actions mécaniques

- Lorsqu'un objet exerce une action sur un autre objet, on parle d'**action mécanique**. Les deux objets sont alors en **interaction**. Cette action mécanique peut mettre l'objet en mouvement, modifier la trajectoire ou la vitesse de l'objet ou déformer l'objet. Ces effets peuvent se cumuler.
- **Les actions de contact** s'exercent **avec contact** entre les deux objets. Ce contact peut être localisé ou réparti sur toute une surface.
- **Les actions à distance** s'exercent **sans contact** entre les deux objets. On distingue les actions à distance d'origine magnétique, d'origine électrique et liée à l'attraction de la Terre (gravitation).
- Une action mécanique peut être modélisée par une **force**, noté F. Une force se caractérise par son **point d'application**, sa **direction**, son **sens** et son **intensité**.
- Sur un schéma, on représente une force par un **vecteur force**, noté $\vec{F}$. Un vecteur force se caractérise par sa **direction**, son **sens** et sa **norme**.

2 Le principe d'inertie (Ire loi de Newton)

Dans un référentiel galiléen, lorsqu'un solide est immobile (au repos ou en équilibre statique) ou en mouvement rectiligne uniforme, alors la somme vectorielle des forces qui s'exercent sur le solide est nulle et réciproquement.

$$\sum \overrightarrow{F_{ext/objet}} = \vec{0}.$$

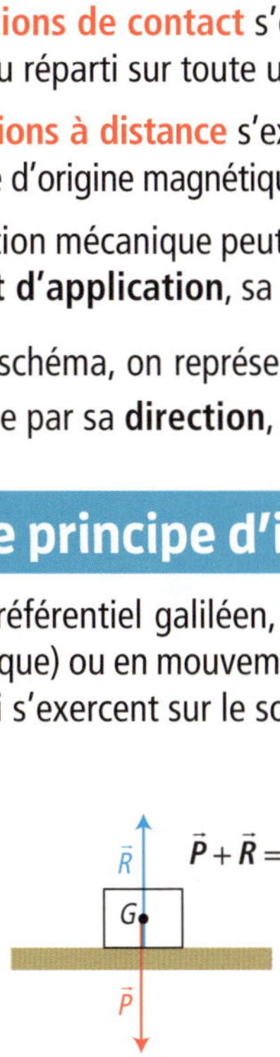

$\vec{P} + \vec{R} = \vec{0}$

$\vec{P}$ poids du solide

$\vec{R}$ réaction du support

▲ Solide au repos sans frottement

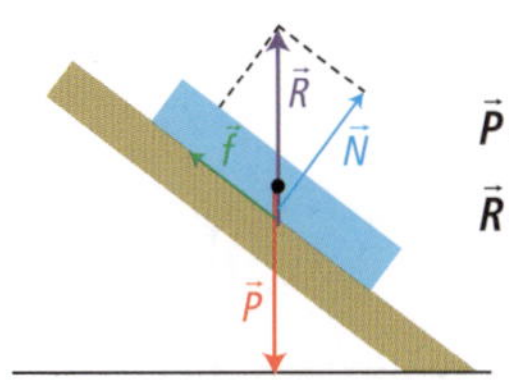

$\vec{P} + \vec{R} = \vec{0}$

$\vec{R} = \vec{N} + \vec{f}$

La réaction $\vec{R}$ peut être décomposée en deux forces :

$\vec{N}$: composante normale de la réaction du support

$\vec{f}$: forces de frottement

▲ Solide en équilibre avec frottement

3 Travail d'une force constante : mouvement rectiligne

- Soit un système exerçant une force constante $\vec{F}$ sur un solide. On appelle **travail de la force $\vec{F}$**, l'énergie échangée par le système avec le solide lors du mouvement du solide entre les points A et B.

$$W_{A \to B}(\vec{F}) = \vec{F} \cdot \overrightarrow{AB} = F \times AB \times \cos\alpha$$

Unités

$W_{A \to B}(\vec{F})$: travail de la force (J)

F : intensité de la force (N)

AB : distance parcourue (m)

– Si $\alpha < 90°$: la force favorise le mouvement, le travail est moteur, $W_{A \to B}(\vec{F}) > 0$.
– Si $\alpha = 90°$: la force ne travaille pas, $W_{A \to B}(\vec{F}) = 0$.
– Si $\alpha > 90°$: la force s'oppose au mouvement, le travail est résistant, $W_{A \to B}(\vec{F}) < 0$.

• **La puissance moyenne** développée lors de ce travail s'obtient par : $\boldsymbol{P_{moy} = \frac{W_{A\to B(\vec{F})}}{\Delta t}}$.

On obtient aussi : $P_{moy} = \frac{W_{A\to B(\vec{F})}}{\Delta t} = \frac{\vec{F}\cdot\overrightarrow{AB}}{\Delta t} = \vec{F}\cdot\frac{\overrightarrow{AB}}{\Delta t} = \vec{F}\cdot\vec{v}$.

4 L'énergie cinétique E_c

• Un corps en mouvement de translation possède de l'énergie. Cette énergie, nommée **énergie cinétique E_c**, dépend de la masse m et de la vitesse v du corps.

$$E_c = \frac{1}{2}mv^2$$

Unités
E_c : énergie cinétique (J)
m : masse du corps (kg)
v : vitesse ($m \cdot s^{-1}$)

• Un corps en mouvement **accéléré** voit sa vitesse et son énergie cinétique **augmenter**.

• Un corps en mouvement **décéléré** voit sa vitesse et son énergie cinétique **diminuer**.

5 Le théorème de l'énergie cinétique

Dans un référentiel galiléen, la variation de l'énergie cinétique d'un corps se déplaçant entre les points A et B est égale à la somme des travaux des forces s'exerçant sur ce corps lors de son déplacement.

$$\Delta E_c = \Sigma W_{A\to B}(\vec{F})$$

$$\Delta E_c = E_c(B) - E_c(A) = \frac{1}{2}mv_B^2 - \frac{1}{2}mv_A^2 = \Sigma W_{A\to B}(\vec{F})$$

6 Les énergies potentielles

Un corps possède de l'énergie liée à sa position.

• **Énergie potentielle de pesanteur E_{pp}** : énergie liée à la position du corps dans le champ de pesanteur terrestre.

$$E_{pp} = m\,g\,z$$

Unités
E_{pp} : énergie potentielle de pesanteur (J)
m : masse (kg)
g : intensité de la pesanteur ($N \cdot kg^{-1}$)
z : altitude (m)

• **Énergie potentielle élastique E_{pe}** : énergie liée à la compression ou à l'étirement d'un ressort.

$$E_{pe} = \frac{1}{2}k\,x^2$$

Unités
E_{pe} : énergie potentielle élastique (J)
k : constante de raideur du ressort ($N \cdot m^{-1}$)
$x = (l - l_0)$: allongement du ressort (m)
l_0 : longueur du ressort au repos
l : longueur du ressort après compression ou étirement

7 L'énergie mécanique

• **L'énergie mécanique E_M** d'un corps est la somme de son énergie cinétique E_C et de son énergie potentielle E_P : $\mathbf{E_M = E_C + E_P}$.

• Lorsqu'un corps n'est soumis à aucune action qui dissipe de l'énergie vers le milieu extérieur (comme les forces de frottement) alors son énergie mécanique se conserve.

$$\Delta E_m = 0 \quad \text{soit} \quad \mathbf{\Delta E_c + \Delta E_{pp} = 0}.$$

C'est le cas de la chute libre d'un corps (en négligeant les frottements de l'air).

• Lorsqu'un corps est soumis à des forces de frottement (non nulles et non négligeables) alors son énergie mécanique ne se converse pas.

Si $\mathbf{\Delta E_m < 0}$ alors le corps **perd** de l'énergie.

Si $\mathbf{\Delta E_m > 0}$ alors le corps **gagne** de l'énergie.

Exercices d'entraînement

Exercice 1 ★ *Corrigé p. 321*

Un point M, soumis à une force constante $\vec{F}$, se déplace de A vers B.
Calculer le travail de la force dans chacun des cas suivants et indiquer si le travail est moteur ou résistant.

a) 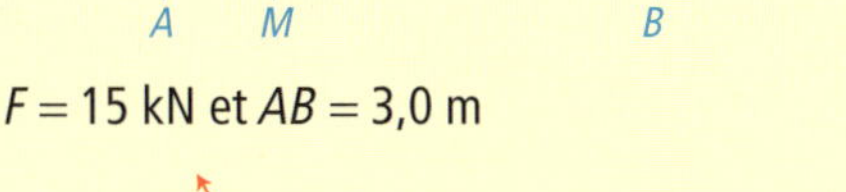

$F = 4{,}0$ N et $AB = 50$ cm

b) 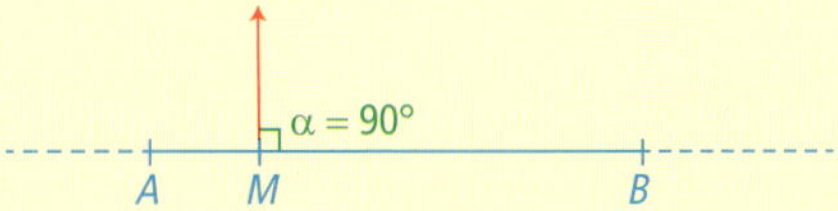

$F = 15$ kN et $AB = 3{,}0$ m

c) 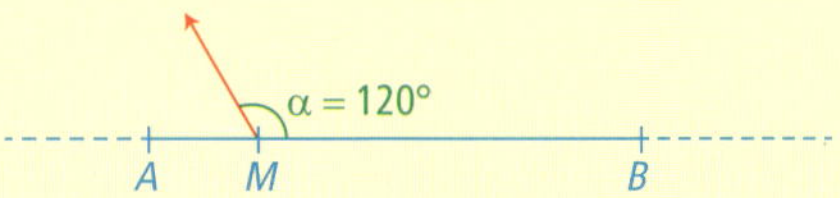

$F = 75$ N et $AB = 25$ cm

Exercice 2 ★★ *Corrigé p. 321*

Le plongeon est l'une des disciplines olympiques de la natation. Un athlète, de masse $m = 75{,}0$ kg, se situe à une hauteur $h = 10{,}0$ m par rapport au sol ($h = 0$ m). Il saute sans vitesse initiale. On néglige l'action de l'air sur le nageur au cours de sa chute.

1. Pourquoi peut-on considérer que l'athlète est en chute libre ?

2. Calculer le poids de l'athlète. On prendra $g = 9{,}81\ \text{m}\cdot\text{s}^{-2}$.

3. Calculer le travail du poids au cours de la chute.

4. Exprimer la variation de l'énergie cinétique au cours de la chute.

5. Calculer la vitesse de l'athlète lorsqu'il entre en contact avec l'eau.

Exercice 3 ★★★ *Corrigé p. 321*

On lance verticalement un objet de masse $m = 400$ g avec une vitesse initiale $v_i = 9{,}0\ \text{m}\cdot\text{s}^{-1}$. On néglige les forces de frottements lors du lancer.
En appliquant la conservation de l'énergie mécanique, calculer la hauteur maximale h atteinte par l'objet.

Données

altitude de référence $z = 0$ au niveau du sol et $g = 9{,}81\ \text{m}\cdot\text{s}^{-2}$.

8 Énergie transportée par la lumière

1 La puissance transportée par la lumière

• La lumière transporte de l'énergie. **La puissance *P*** du rayonnement lumineux émis par une source lumineuse s'exprime en watt (W).

• On appelle **irradiance *I*** (ou éclairement énergétique), la puissance fournie par une source lumineuse sur une surface de 1 m^2, lorsque la surface est exposée perpendiculairement aux rayons de la source lumineuse.

$$I = \frac{P}{S}$$

Unités

I : irradiance (W·m^{-2})
P : puissance de la source (W)
S : surface éclairée (m^2)

• L'irradiance se mesure avec un **pyranomètre** ou un **solarimètre**. Ces appareils convertissent le rayonnement lumineux en signal électrique.

A Irradiance du Soleil au sommet de l'atmosphère terrestre

Le Soleil émet de la lumière dans toutes les directions de l'espace. Sa lumière se répartit sur une sphère de rayon égal à la distance Soleil-Objet recevant la lumière.

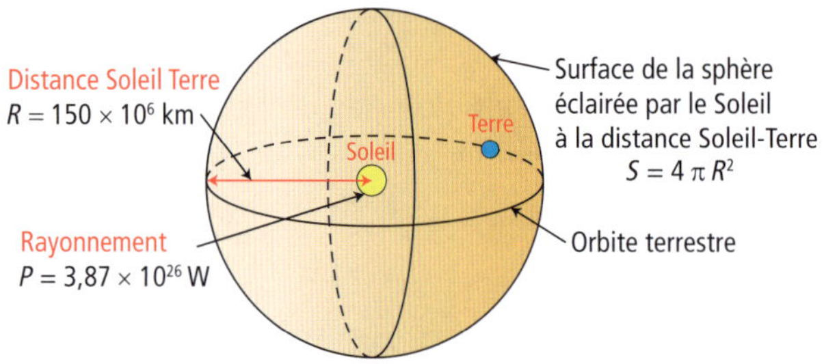

▲ Schéma des distances

$$I_{soleil} = \frac{P_{Soleil}}{S_{sphère\ de\ rayon\ R}}$$

avec *R = distance Soleil-Terre*

$$I_{soleil} = \frac{3{,}87 \times 10^{26}}{4 \times \pi \times (150 \times 10^9)^2}$$

$$I_{soleil} = 1{,}37 \times 10^3\ W{\cdot}m^{-2}$$

L'irradiance du Soleil au sommet de l'atmosphère est d'environ 1,37 × 10^3 W·m^{-2}.

B Irradiance du Soleil à la surface de la Terre

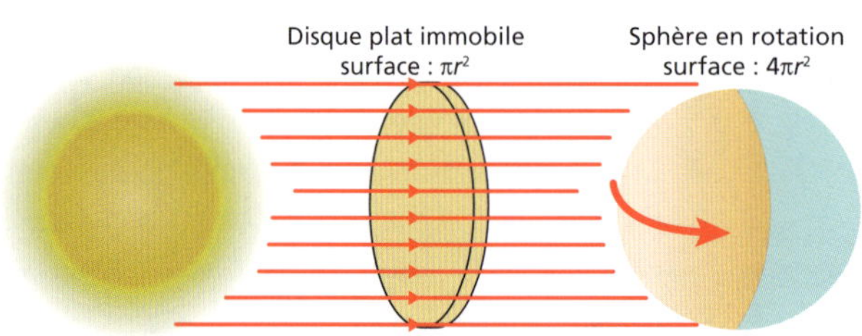

▲ Représentation des rayons du Soleil sur la Terre

$$I = \frac{P_{interceptée}}{S_{Terre}}$$

$$I = \frac{I_{soleil} \times S_{interceptée}}{S_{Terre}}$$

$$I = \frac{I_{soleil} \times \pi \times R_T^2}{4 \times \pi \times R_T^2}$$

$$I = \frac{I_{soleil}}{4} = 342\ W{\cdot}m^{-2}$$

L'irradiance solaire moyenne à la surface de la Terre est de 342 W·m^{-2}.

2 La puissance lumineuse reçue par un objet

La puissance lumineuse P_R reçue sur une surface S s'obtient par la relation :

$$P_R = I \times S$$

Unités

P_R : puissance reçue par une surface S (W)
I : irradiance de la source ($W{\cdot}m^{-2}$)
S : surface éclairée (m^2)

3 Le panneau photovoltaïque

• **Un panneau photovoltaïque** permet de convertir l'énergie lumineuse reçue en énergie électrique. Une partie de cette énergie est dissipée sous forme d'énergie thermique.

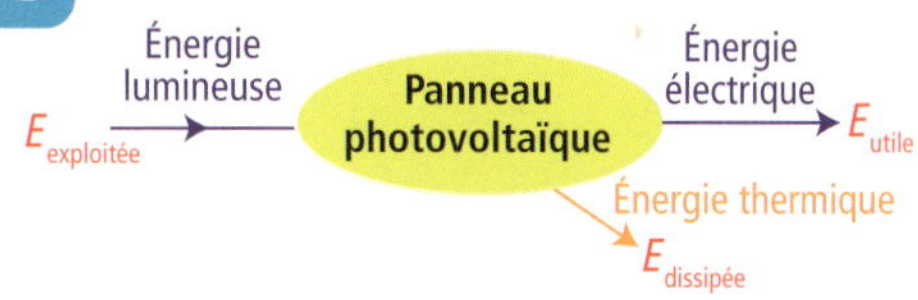

• **Rendement du panneau photovoltaïque :** $\eta = \dfrac{E_{\text{utile}}}{E_{\text{exploitée}}} = \dfrac{P_{\text{utile}}}{P_{\text{exploitée}}}$.

4 La lumière émise par un laser

• **La lumière émise** par un laser (*light amplification by stimulated emission of radiation*) est monochromatique. Elle peut être visible ou invisible. Un laser est caractérisé par sa longueur d'onde (en nm), sa puissance (en watt) et son type d'émission (continue ou a impulsion).

▲ Picto danger rayonnement laser.

• **Le faisceau lumineux** produit par un laser est unidirectionnel (les rayons sont parallèles). Il est capable de propager une puissance importante.

• **Les lasers** sont classés en plusieurs catégories (Classe de 1 à 4) selon la dangerosité de leur rayonnement. Plus le danger est important, plus le numéro de classe est élevé.

Type de laser	Puissance	Utilisation / Danger
Classe 1		Imprimante laser, lecteur CD… Non dangereux
Classe 2	$P \leqslant 1$ mW	Pointeur laser, lecteur de code barre… Dangereux à partir d'une exposition de plus de 0,25 s
Classe 3A	$P < 5$ mW	Pointeur laser, laser d'alignement optique… Dangereux en cas de vision directe
Classe 3B	$P < 500$ mW	Laser médical ou de recherche… Dangereux en cas de vision directe ou indirecte
Classe 4	P > 500 mW	Laser médical chirurgical Laser industriel utilisé pour la découpe, le perçage… Dangereux en cas de contact direct avec la peau ou les yeux

• Les lasers peuvent engendrer des lésions cutanées et oculaires. L'utilisation de lunettes de protection est recommandée. Les lasers de fortes puissances peuvent également occasionner un incendie. Ils sont utilisés avec des protocoles stricts (protection physique, zone d'exclusion…).

Exercices d'entraînement

Exercice 1 ★★

Corrigé p. 321

Les lasers au CO_2 sont des lasers de fortes puissances utilisés dans le secteur industriel pour réaliser des coupes de tôles métalliques. Le procédé consiste à concentrer la lumière du laser sur une zone réduite, ce qui permet d'élever la température de la matière jusqu'à sa fusion.
On étudie un laser de puissance 1,7 kW produisant un faisceau de diamètre 0,50 mm.

1. Calculer l'irradiance du laser.
2. Convertir le résultat en gigawatt par mètre carré.
3. Rappeler la relation liant énergie et puissance ainsi que les unités à utiliser.
4. Le laser découpe une pièce métallique en 3 min. Calculer, en joule, l'énergie apportée par le laser lors de la découpe.
5. Déterminer la classe du laser. Présente-t-il un danger ?

Exercice 2 ★★

Corrigé p. 322

Un bassin d'agrément rectangulaire de 3,0 m de longueur, 1,0 m de largeur et 0,80 m de profondeur a été installé dans un jardin. En été, l'irradiance solaire moyenne est de 500 $W{\cdot}m^{-2}$ sur les 12 h d'ensoleillement de la journée.

1. Déterminer la surface du bassin éclairée par le Soleil.
2. Calculer la puissance lumineuse reçue par le bassin.
3. 45 % des rayonnements reçus sont réfléchis par la surface de l'eau. Calculer la puissance réellement absorbée par l'eau du bassin.
4. Calculer, en joule, l'énergie reçue par le bassin sur une journée.
5. Calculer l'augmentation de la température de l'eau du bassin sur une journée (voir chapitre sur l'énergie interne).

Données

- masse volumique de l'eau : 1,00 $kg{\cdot}L^{-1}$;
- capacité thermique massique de l'eau à l'état liquide : $4{,}18 \times 10^3$ $J{\cdot}kg^{-1}{\cdot}K^{-1}$.

Exercice 3 ★★★

Corrigé p. 322

La surface du Soleil émet un rayonnement d'une puissance $P = 3{,}87 \times 10^{26}$ W. La lumière qu'il émet se propage dans toutes les directions. Toutes les planètes du système solaire reçoivent donc de l'énergie du Soleil.

1. Rappeler la relation permettant de calculer l'irradiance d'une source lumineuse.
2. Compléter le tableau ci-dessous en indiquant les distances au Soleil en mètre.
3. Calculer l'irradiance reçue par les planètes Mercure, Vénus et Mars.
4. Comment varie l'irradiance dans le système solaire ?
5. À quelle distance, en millions de km, se trouve un objet s'il reçoit une irradiance de 50,0 $W{\cdot}m^{-2}$?

Planète	Mercure	Vénus	Terre	Mars
Distance au Soleil (en millions de km)	58	108	150	227
Distance au Soleil (en m)				

Donnée

surface d'une sphère de rayon R : $S = 4\pi R^2$.

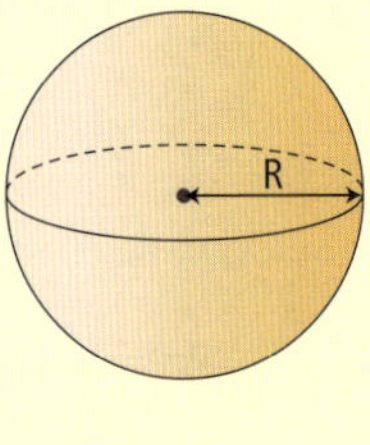

9 Propriétés des matériaux et organisation de la matière

1 Les familles de matériaux

Matériaux métalliques	Matériaux organiques	Matériaux minéraux	Matériaux composites
Métaux purs : fer, cuivre, zinc, aluminium… Alliages (métal + autre(s) élément(s)) Acier (Fe + C) Bronze (Cu + Sn)	Contiennent tous l'élément carbone liés à d'autres éléments (H, O, N…) Bois, papier, laine, coton matière plastiques (PVC, polyéthylène…)	Verres, céramiques…	Assemblage d'au moins deux matériaux Béton armé (béton + acier) Kevlar

2 Les propriétés des matériaux

- **Propriétés physiques et tests :**

Propriété électrique : mesure de la résistivité électrique du matériau	**Propriété thermique :** mesure de la résistance thermique surfacique du matériau	**Propriété mécanique :** test de résistance à la déformation du matériau	**Propriété optique :** mesure de l'indice de réfraction du matériau	**Propriété magnétique :** action d'un aimant sur le matériau

- **Propriétés chimiques et tests :**

Résistance du matériau face à l'oxydation.
Résistance du matériau face à la combustion.

3 Le schéma de Lewis d'un atome

Le schéma de Lewis d'un atome représente les électrons de la couche de valence (couche externe) de l'atome. Ce schéma permet d'anticiper la réactivité de l'atome et ainsi de prévoir la formation des liaisons chimiques entres atomes.

Exemple
Oxygène (Z = 8)
Configuration électronique : $1s^2 2s^2 2p^4$.
Sa couche externe possède **6 électrons**.
L'atome d'oxygène possède deux doublets non-liant et deux électrons célibataires.

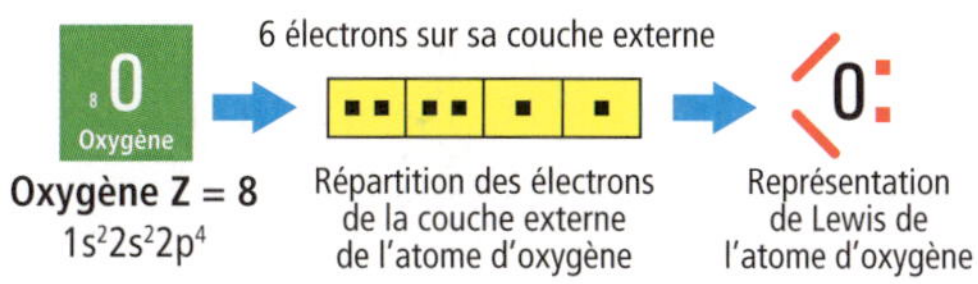

4 Le schéma de Lewis d'une molécule

Pour devenir stable, les atomes cherchent à acquérir la même configuration électronique que le gaz noble le plus proche dans la classification périodique (règle du duet pour l'atome d'hydrogène et de l'octet pour les autres atomes). Pour cela, les atomes peuvent se lier entre eux en formant une **liaison covalente**. Chaque atome apporte un (ou plusieurs) électron célibataire de sa couche de valence et forme alors un (ou plusieurs) doublet liant avec un autre atome.

Exemple

Molécule de dioxygène — Formation de deux doublets liants — Représentation de Lewis de la molécule de dioxygène

Chaque atome de dioxygène est entouré par 8 électrons. La règle de l'octet est vérifiée.

5 La représentation des molécules

Formule développée	Formule semi développée	Formule brute
Toutes les liaisons covalentes de la molécule sont représentées	Toutes les liaisons covalentes de la molécule sont représentées sauf celles avec l'atome d'hydrogène	Seuls la nature et le nombre des atomes présents dans la molécule sont indiqués
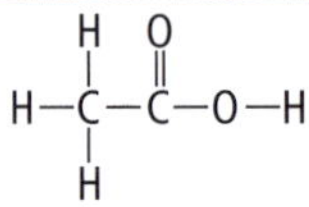	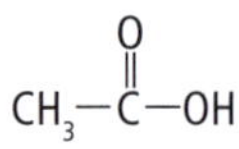	$C_2H_4O_2$

Un groupe caractéristique est un groupement d'atomes autres que les seuls atomes de carbone et d'hydrogène. Il donne des propriétés particulières à la molécule qui le contient.

Nom du groupe	Hydroxyle	Carboxyle
Formule	—OH	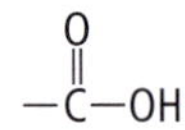
Fonction	Alcool	Acide carboxylique

6 La masse molaire moléculaire

• **La masse molaire moléculaire *M*** est la masse d'une mole de molécule. Elle s'obtient en effectuant la somme des masses molaires atomiques de tous les atomes de cette molécule.

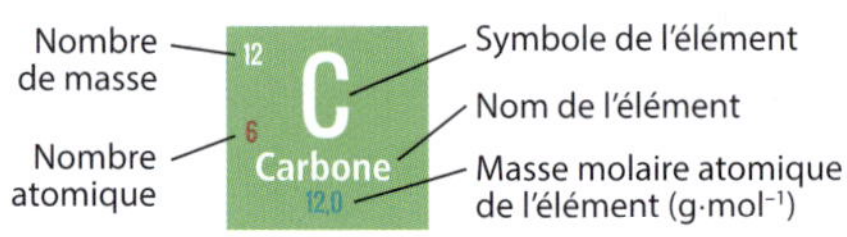

Exemple Masse molaire moléculaire de l'eau est :
$M(H_2O) = 2M(H) + 1M(O)$ soit $M(H_2O) = 2 \times 1{,}0 + 1 \times 16{,}0$.
On obtient $M(H_2O) = 18{,}0$ g·mol^{-1}.

• La masse molaire M, la masse m et la quantité de matière n d'une espèce chimique sont liées par la relation :

$$n = \frac{m}{M}$$

Unités

n : quantité de matière (mol)
m : masse (g)
M : masse molaire (g·mol^{-1})

7 La concentration d'une solution

• **La concentration massique C_m** d'une solution aqueuse est le rapport de la masse de soluté dissoute par le volume de la solution.

$$C_m = \frac{m_{soluté}}{V_{solution}}$$

Unités

C_m : concentration massique ($g \cdot L^{-1}$)
$m_{soluté}$: masse de soluté (g)
$V_{solution}$: volume de la solution (L)

• **La concentration molaire C** d'une solution aqueuse est le rapport de la quantité de matière de soluté dissoute par le volume de la solution.

$$C = \frac{n_{soluté}}{V_{solution}}$$

Unités

C : concentration molaire ($mol \cdot L^{-1}$)
$n_{soluté}$: quantité de matière de soluté (mol)
$V_{solution}$: volume de la solution (L)

• Il existe une relation entre la concentration molaire C, la concentration massique C_m et la masse molaire M du soluté :

$$C = \frac{C_m}{M}$$

8 La dilution d'une solution de concentration donnée

Une solution aqueuse peut être obtenue par dilution d'une solution aqueuse existante de concentration connue : la **solution mère**. La solution obtenue après dilution est appelée **solution fille**. Lors de la dilution, la quantité de soluté sont conservées $C_{mère} \times V_{mère} = C_{fille} \times V_{fille}$.

Exercices d'entraînement

Exercice 1 ★

Corrigé p. 322

La formule semi-développée de l'acide lactique est représentée ci-contre.

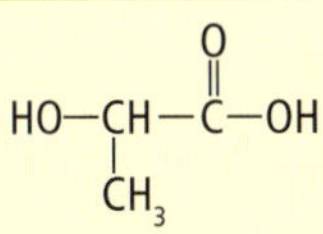

1. Établir la formule brute de l'acide lactique.

2. Qu'est-ce qu'un groupe caractéristique dans une molécule ?

3. Identifier les groupes caractéristiques contenus dans la molécule.

Exercice 2 ★

Corrigé p. 322

Calculer la masse molaire moléculaire des espèces chimiques suivantes :

a) l'oxyde d'aluminium, de formule chimique Al_2O_3.

b) le sulfate de cuivre, de formule chimique $CuSO_4$.

c) le paracétamol, de formule chimique $C_8H_9NO_2$.

Données

• M(H) = 1,0 $g \cdot mol^{-1}$ M(C) = 12,0 $g \cdot mol^{-1}$ M(N) = 14,0 $g \cdot mol^{-1}$ M(O) = 16,0 $g \cdot mol^{-1}$

• M(Al) = 27,0 $g \cdot mol^{-1}$ M(S) = 32,1 $g \cdot mol^{-1}$ M(Cu) = 63,5 $g \cdot mol^{-1}$

Exercice 3 ★★

Corrigé p. 323

On réalise une solution de sulfate de cuivre par dissolution de 4,0 g de cette substance dans l'eau. Le volume de la solution obtenue est de 200 mL. Calculer la concentration massique en sulfate de cuivre de cette solution.

Exercice 4 ★★

Corrigé p. 323

Calculer la quantité de chlorure de sodium contenue dans 25 mL d'une solution de chlorure de sodium de concentration 1,4 $mol \cdot L^{-1}$.

10 Combustions

1 Les combustions

• **Une combustion** est une transformation chimique exothermique. Elle nécessite un **combustible** (matière qui brûle), un **comburant** (matière qui permet au combustible de brûler) et une énergie d'activation E_a (apport d'énergie sous forme de chaleur).
On parle du triangle du feu.

• Une partie de l'énergie libérée par la combustion sert à entretenir la combustion.

▲ Triangle de feu

2 Les hydrocarbures

Les molécules d'hydrocarbures sont constituées uniquement d'atomes de carbone (C) et d'atomes d'hydrogène (H).

<table>
<tr><th></th><th>Alcane (hydrocarbure saturé)</th><th>Alcène (hydrocarbure insaturé)</th></tr>
<tr><td>Description</td><td>contient uniquement des liaisons simples</td><td>contient au moins une double liaison C=C</td></tr>
<tr><td>Formule brute</td><td>C_nH_{2n+2}</td><td>C_nH_{2n}</td></tr>
<tr><td>Exemples</td><td>
<table>
<tr><th>Nom</th><th>Formule brute</th><th>Formule semi développée</th></tr>
<tr><td>Éthane</td><td>C_2H_6</td><td>CH_3-CH_3</td></tr>
<tr><td>Propane</td><td>C_3H_8</td><td>CH_3-CH_2-CH_3</td></tr>
</table>
</td><td>
<table>
<tr><th>Nom</th><th>Formule brute</th><th>Formule semi développée</th></tr>
<tr><td>Éthène (éthylène)</td><td>C_2H_4</td><td>CH_2=CH_2</td></tr>
<tr><td>Propène</td><td>C_3H_6</td><td>CH_2=CH-CH_3</td></tr>
</table>
</td></tr>
</table>

3 Les alcools

Les molécules d'alcools sont constituées d'une chaîne carbonée (constituée uniquement d'atomes de carbone et d'hydrogène) et d'un groupe hydroxyle -OH.

<table>
<tr><td>Formule brute</td><td>C_nH_{2n+1}-OH
(ou $C_nH_{2n+2}O$)</td></tr>
<tr><td>Exemples</td><td>
<table>
<tr><th>Nom</th><th>Formule brute</th><th>Formule brute faisant apparaître le groupe hydroxyle</th><th>Formule semi développée</th></tr>
<tr><td>Éthanol</td><td>C_2H_6O</td><td>C_2H_5-OH</td><td>CH_3-CH_2-OH</td></tr>
<tr><td>Propanol</td><td>C_3H_8O</td><td>C_3H_7-OH</td><td>CH_3-CH_2-CH_2-OH</td></tr>
</table>
</td></tr>
</table>

4 Les carburants et les bio carburants

Un carburant est un combustible utilisé dans un moteur thermique.

	Origine	Exemple
Carburants fossiles	obtenus à partir du pétrole	essence, diesel, fioul…
Agro-carburants	obtenus à partir de matières organiques végétales (colza, tournesol, betterave, blé) ou animales	bioéthanol, biodiesel biogaz (GNV)…

5 La combustion complète et incomplète

• **Lors d'une combustion complète**, les produits formés sont le dioxyde de carbone et l'eau.

combustible + dioxygène → dioxyde de carbone + eau

Exemple Combustion complète du méthane : $CH_4 + 2\ O_2 \rightarrow CO_2 + 2\ H_2$

• **Lors d'une combustion incomplète**, les produits formés sont le dioxyde de carbone, le monoxyde de carbone, l'eau et le carbone.

combustible + dioxygène → dioxyde de carbone + monoxyde de carbone + eau + carbone

Exemple
Combustion incomplète du butane : $C_4H_{10} + 4\ O_2 \rightarrow CO_2 + CO + 5\ H_2O + 2\ C$

6 Le tableau d'avancement

• Une combustion peut être décrite par une **équation de réaction** ajustée :

$$a\ \text{(formule brute du combustible)} + b\ O_2 \rightarrow c\ CO_2 + d\ H_2O$$

ou a, b, c et d sont les coefficients stœchiométriques

• Pour la décrire au cours du temps, on réalise un tableau d'avancement. Il indique les **quantités de matière** (exprimées en mol) à l'**état initial**, à un **état intermédiaire** et à l'**état final**. Il permet de calculer les quantités de matières des réactifs et des produits à l'état final.

État	avancement	$a_{(combustible)}$ +	$b\ O_2$ →	$c\ CO_2$ +	$d\ H_2O$
État initial	$x = 0$	$n_{combustible}$	$n_{dioxygène}$	0	0
État intermédiaire	x	$n_{combustible} - ax$	$n_{dioxygène} - bx$	cx	dx
État final	$x = x_{max}$	$n_{combustible} - ax_{max}$	$n_{dioxygène} - bx_{max}$	cx_{max}	dx_{max}

• Lorsqu'un réactif a été totalement consommé, sa quantité de matière est nulle à l'état final. Il est appelé **réactif limitant**. Pour déterminer le réactif limitant, il faut résoudre les deux équations :

$n_{combustible} - ax = 0$	ce qui donne $x = \dfrac{n_{combustible}}{a}$	Le réactif limitant étant celui qui donne la plus petite valeur de x
$n_{dioxygène} - bx = 0$	ce qui donne $x = \dfrac{n_{dioxygène}}{b}$	

• Lorsqu'à l'état final, les quantités de matières de tous les réactifs sont nulles, alors la réaction a été réalisée dans les **proportions stœchiométriques**.

Exemple Combustion complète de 0,4 mole de propane dans 1,0 mole de dioxygène

État	avancement	$1\ C_3H_8$ +	$5\ O_2$ →	$3\ CO_2$ +	$4\ H_2O$
État initial	$x = 0$	0,4 mol	1,0 mol	0	0
État intermédiaire	$x > 0$	$0{,}4 - 1x$	$1{,}0 - 5x$	$3x$	$4x$
État final	$x = x_{max}$	$0{,}4 - 1 \times 0{,}2 = 0{,}2$	$1{,}0 - 5 \times 0{,}2 = 0$	$3 \times 0{,}2 = 0{,}6$	$4 \times 0{,}2 = 0{,}8$

$\dfrac{n_{combustible}}{a} = \dfrac{0{,}4}{1} = 0{,}4$; $\dfrac{n_{dioxygène}}{b} = \dfrac{1{,}0}{5} = 0{,}2$. Le réactif limitant est le dioxygène $x_{max} = 0{,}2$.

Exercices d'entraînement

Exercice 1 ★★

Corrigé p. 323

Le propane est un hydrocarbure de formule brute C_3H_8. On réalise la combustion complète de 2,0 mol de propane avec 8,0 mol de dioxygène.

État	avancement	C_3H_8 +	O_2 →	CO_2 +	H_2O
État initial	$x = 0$				
État intermédiaire	$x > 0$				
État final	$x = x_{max}$				

1. Ajuster l'équation de la combustion complète du butane.
2. Compléter le tableau d'avancement ci-dessus.
3. Calculer la valeur de l'avancement maximal et déterminer le réactif limitant.
4. Calculer les quantités de matière des produits formés.

Exercice 2 ★★★

Corrigé p. 323

On réalise la combustion complète de 0,5 mol de butane avec 4,0 mol de dioxygène.
Le butane a pour formule brute C_4H_{10}.

1. Construire le tableau d'avancement de cette combustion.
2. Calculer la valeur de l'avancement maximal et déterminer le réactif limitant.
3. Calculer les quantités de matière des produits formés.
4. Calculer la quantité de matière de réactif n'ayant pas réagi.

Exercice 3 ★★★

Corrigé p. 323

L'heptane est un carburant de formule brute C_7H_{16}.
On réalise la combustion complète de 336 g d'heptane dans le dioxygène de l'air.

1. Calculer la masse molaire moléculaire de l'heptane.
2. Calculer la quantité de matière contenue dans 336 g d'heptane.
3. Écrire l'équation de la combustion totale de l'heptane.
4. À partir de l'équation de combustion, déterminer le nombre de mole de dioxyde de carbone formée.
5. Calculer la masse de dioxyde de carbone formée.

Données

masses molaires $M(C) = 12{,}0\ g{\cdot}mol^{-1}$;
$M(H) = 1{,}0\ g{\cdot}mol^{-1}$.

Exercice 4 ★★★

Corrigé p. 323

L'éthanol est un alcool de formule brute C_2H_6O.
On réalise la combustion complète de 55,2 g d'éthanol avec 2,4 mol de dioxygène.

1. Écrire la formule semi-développée de l'éthanol.
2. Calculer la quantité de matière contenue dans 55,2 g d'éthanol.
3. Construire le tableau d'avancement de cette combustion.
4. Calculer la valeur de l'avancement maximal et déterminer le réactif limitant.
5. Calculer les quantités de matière puis les masses des produits formés.

Données

masse molaire $M(C) = 12{,}0\ g{\cdot}mol^{-1}$;
$M(H) = 1{,}0\ g{\cdot}mol^{-1}$; $M(0) = 16{,}0\ g{\cdot}mol^{-1}$.

11 Oxydo-réduction

1 Oxydant et réducteur

- **Un réducteur (Red)** est une espèce chimique qui **cède** des électrons : il subit une **oxydation**.
- **Un oxydant (Ox)** est une espèce chimique qui **gagne** des électrons : il subit une **réduction**.

2 L'oxydation et la réduction

- **Une oxydation** est une transformation chimique au cours de laquelle une espèce chimique (un réducteur) **cède un ou plusieurs électrons**. Pour décrire le transfert de n électrons (e^-) au cours d'une oxydation, on écrit une demi-équation électronique : $\mathbf{Red = Ox} + n\ e^-$.

> **Exemple** L'atome de fer Fe subit une oxydation (perte d'électrons) et devient l'ion Fe^{2+}. Ici, le fer Fe est le réducteur.
>
> $Fe = Fe^{2+} + 2\ e^-$

- **Une réduction** est une transformation chimique au cours de laquelle une espèce chimique (un oxydant) **gagne un ou plusieurs électrons**. Pour décrire le transfert de n électrons au cours d'une réduction, on écrit une demi-équation électronique : $\mathbf{Ox} + n\ e^- = \mathbf{Red}$.

> **Exemple** L'ion cuivre Cu^{2+} subit une réduction (gain d'électrons) et devient l'atome de cuivre Cu. Ici, l'ion cuivre Cu^{2+} est l'oxydant.
>
> $Cu^{2+} + 2\ e^- = Cu$

3 Le couple oxydant/réducteur

- Deux espèces chimiques forment un couple **oxydant/réducteur** (nommé aussi couple redox) lorsque le gain d'électrons par l'oxydant conduit au réducteur. Un couple redox s'écrit : **Ox/Red**.

Réduction →

$Ox + n\ e^- = Red$

← Oxydation

▲ Demi-équation.

- **Une demi-équation** est l'équation modélisant une transformation chimique entre les espèces d'un couple oxydant/réducteur.
- **Pour ajuster une équation d'oxydoréduction**, on s'assure de la conservation des éléments et des charges. Si le milieu réactionnel est aqueux, des molécules d'eau H_2O et d'ions H^+ (aq) peuvent être échangés.
- Une espèce chimique composée de plusieurs atomes aura donc une demi-équation de la forme : $\mathbf{Oxydant} + a\ e^- + b\ H^+ = \mathbf{Réducteur} + c\ H_2O$ ou a, b et c sont des nombres entiers.

4 La réaction d'oxydoréduction

Une réaction d'oxydoréduction met en jeu deux couples oxydant/réducteur différents Ox_1/Red_1 et Ox_2/Red_2. Lors de cette transformation chimique, il y a transfert d'électrons du réducteur Red_2 vers l'oxydant Ox_1.

$$Ox_1 + n_1\ e^- = Red_1 \quad (\times n_2)$$
$$Red_2 = Ox_2 + n_2\ e^- \quad (\times n_1)$$
$$\overline{n_2\ Ox_1 + n_1 Red_2 \rightarrow n_2 Red_1 + n_1 Ox_2}$$

Exemple

Réaction d'oxydo-réduction entre Ag^+ et Cu
Couple Ag^+/Ag ; Cu^{2+}/Cu

$$Ag^+ + e^- = Ag \quad (\times 2)$$
$$Cu = Cu^{2+} + 2e^- \quad (\times 1)$$
$$2Ag^{2+} + Cu \rightarrow Cu^{2+} + 2Ag$$

5 Le principe de la pile électrique

• **Une pile électrochimique** est un convertisseur d'énergie. Elle convertit l'énergie chimique des réactifs qu'elle contient en énergie électrique. Lorsque la pile fonctionne, elle consomme les réactifs jusqu'à leur épuisement. Une pile est constituée de deux demi-piles reliées par un **pont salin**. Chaque demi-pile est constituée d'une **électrode** et d'une **solution électrolytique**. Une pile fonctionne grâce à une réaction d'oxydoréduction.

• **La pile Daniell** met en jeu deux couples oxydant/réducteur : Zn^{2+}/Zn et Cu^{2+}/Cu.

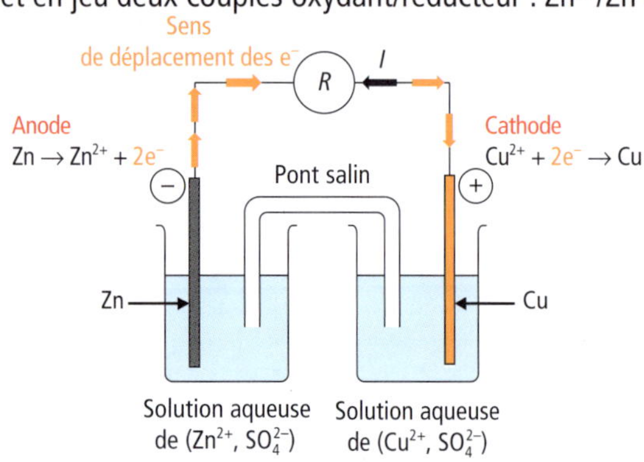

▲ Pile DANIELL

– La borne négative de la pile est appelée **anode**. Elle **libère** les électrons.
Elle est le siège d'une oxydation : $Zn_{(s)} \rightarrow Zn^{2+}{}_{(aq)} + 2e^-$.
– La borne positive de la pile est appelée **cathode**. Elle **capte** les électrons.
Elle est le siège d'une réduction : $Cu^{2+}{}_{(aq)} + 2e^- \rightarrow Cu_{(s)}$.

L'équation globale de la pile : $\mathbf{Zn_{(s)} + Cu^{2+}{}_{(aq)} \rightarrow Zn^{2+}{}_{(aq)} + Cu_{(s)}}$.

6 L'oxydation des métaux dans l'air

Un métal peut être oxydé par le dioxygène de l'air. On parle de **corrosion** (réaction chimique d'oxydoréduction) des métaux. Le dioxygène est l'oxydant et le métal le réducteur. Cette transformation chimique entraîne l'altération du métal.

• L'oxydation du fer crée de la rouille. L'utilisation d'un **couche protectrice** (peinture anti-corrosion) est nécessaire pour lutter contre cette corrosion.

• Certains métaux (zinc, cuivre, aluminium) réagissent avec le dioxygène de l'air et forme une couche d'oxyde peu poreuse à leur surface qui ralentit le processus de corrosion. C'est le phénomène de **passivation**.

• Il est possible de protéger des métaux par un autre métal plus réducteur (zinc, aluminium...). C'est la **protection par anode sacrificielle**. Cette méthode est utilisée pour protéger la coque en fer des bateaux par exemple.

Exercices d'entraînement

Exercice 1 ★ Corrigé p. 324

Écrire les demi-équations électroniques des couples suivants :
$Cu^{2+}_{(aq)}/Cu_{(s)}$; $Cl_{2(aq)}/Cl^-_{(aq)}$; $Al^{3+}_{(aq)}/Al_{(s)}$;
$H^+_{(aq)}/H_{2(g)}$; $Zn^{2+}_{(aq)}/Zn_{(s)}$; $I_{2(aq)}/I^-_{(aq)}$.

Exercice 2 ★ Corrigé p. 324

Les métaux réagissent différemment face à la corrosion.

1. Qu'est-ce que la corrosion d'un métal ?

2. Quels sont les moyens permettant de protéger un métal face à la corrosion ?

3. Écrire les demi-équations électroniques d'oxydation de l'aluminium, du titane et du nickel.

Données

couples oxydant/réducteur : $Al^{3+}_{(aq)}/Al_{(s)}$; $Ti^{4+}_{(aq)}/Ti_{(s)}$; $Ni^{2+}_{(aq)}/Ni_{(s)}$.

Exercice 3 ★★ Corrigé p. 324

La demi-équation électronique d'une espèce chimique composée de plusieurs atomes est de la forme :

Oxydant + a e⁻ + b H⁺ = Réducteur + c H_2O

ou a, b et c sont des nombres entiers.

Pour ajuster l'équation, on peut appliquer la méthode suivante : assurer la conservation de l'élément oxygène avec des molécules d'eau ; assurer la conservation de l'élément hydrogène avec des ions H^+ ; assurer la conservation des charges avec des électrons.

Écrire les demi-équations électroniques des couples suivants :

$MnO^-_{4(aq)}/Mn^{2+}_{(aq)}$; $Cr_2O^{2-}_{7(aq)}/Cr^{3+}_{(aq)}$;
$MnO_{2(s)}/Mn^{2+}_{(aq)}$; $O_{2(g)}/H_2O_{2(aq)}$; $O_{2(g)}/H_2O_{(l)}$.

Exercice 4 ★★ Corrigé p. 324

Une lame de fer est plongée dans une solution de sulfate de cuivre ($Cu^{2+}_{(aq)}$; $SO^{2-}_{4(aq)}$). Après quelques instants, on observe la formation d'un dépôt de cuivre solide sur la lame de fer. Un test à la soude permet d'identifier la présence des ions Fe^{2+} dans la solution.

1. Identifier le réducteur et l'oxydant lors de cette réaction.

2. Écrire les demi-équations des couples oxydant/réducteurs en présence.

3. Écrire l'équation bilan de la réaction d'oxydoréduction.

Données

couples oxydant/réducteur : $Cu^{2+}_{(aq)}/Cu_{(s)}$; $Fe^{2+}_{(aq)}/Fe_{(s)}$.

Exercice 5 ★★ Corrigé p. 324

Écrire l'équation d'oxydoréduction entre :

a) l'aluminium $Al_{(s)}$ et les ions cuivre $Cu^{2+}_{(aq)}$.

b) les ions fer $Fe^{2+}_{(aq)}$ et les ions permanganate $MnO^-_{4(aq)}$.

c) le peroxyde d'hydrogène $H_2O_{2(aq)}$ et les ions permanganate $MnO^-_{4(aq)}$.

Données

couples oxydant/réducteur : $Cu^{2+}_{(aq)}/Cu_{(s)}$; $Al^{3+}_{(aq)}/Al_{(s)}$; $Fe^{3+}_{(aq)}/Fe^{2+}_{(aq)}$; $MnO^-_{4(aq)}/Mn^{2+}_{(aq)}$; $O_{2(g)}/H_2O_{2(aq)}$.

Exercice 6 ★★ Corrigé p. 324

On réalise une pile argent-zinc. La cathode est constituée par la lame d'argent et l'anode est constituée par la lame de zinc.

1. Quelle réaction à lieu à l'anode ? Écrire la demi-équation électronique correspondante.

2. Quelle réaction à lieu à la cathode ? Écrire la demi-équation électronique correspondante.

3. Identifier les bornes positives et négatives de la pile.

4. Écrire l'équation d'oxydoréduction lorsque la pile fonctionne.

5. Modéliser la pile en indiquant les bornes, le mouvement des électrons et le sens du courant.

Données

couples oxydant/réducteur : $Ag^+_{(aq)}/Ag_{(s)}$; $Zn^{2+}_{(aq)}/Zn_{(s)}$.

12 Notion d'onde

1 Qu'est-ce qu'une onde ?

• **Une onde** est la propagation d'une perturbation dans un milieu. La propagation d'une onde est un transfert d'énergie sans déplacement de matière.

• **L'onde mécanique** (sonore, sismique…) nécessite un milieu matériel pour se propager. Elle se transmet de proche en proche dans le milieu matériel. La perturbation correspond à la vibration (mouvement de va-et-vient autour d'une position de repos) des molécules du milieu matériel dans laquelle l'onde se propage.

• **L'onde électromagnétique, OEM**, (lumière, onde radio…) ne nécessite pas de support matériel et se propage même dans le vide. C'est la combinaison de la perturbation d'un champ électrique et d'un champ magnétique.

2 L'onde longitudinale et l'onde transversale

• **L'onde longitudinale :** direction de la perturbation **parallèle** à la direction de propagation de l'onde.

> **Exemple** Compression des spires d'un ressort.

• **L'onde transversale :** direction de la perturbation **perpendiculaire** à la direction de propagation de l'onde.

> **Exemple** Une corde que l'on secoue.

3 L'onde périodique et l'onde sinusoïdale

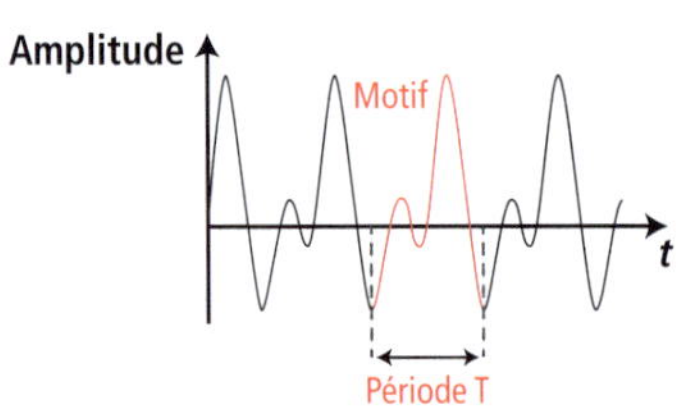

• **Une onde est dite périodique** si la perturbation se répète, identique à elle-même, à intervalle de temps régulier. On observe alors un motif qui se répète au cours du temps.

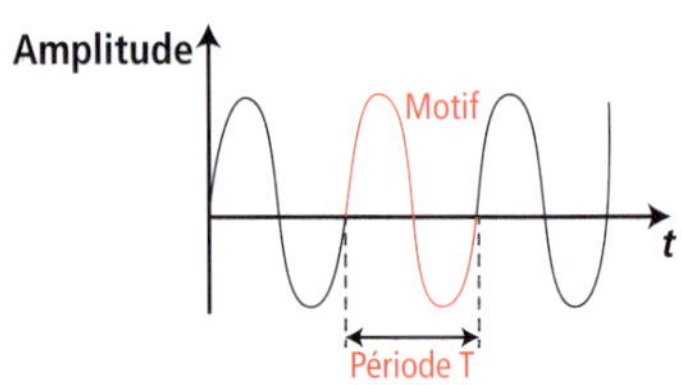

• **Une onde est dite sinusoïdale** si l'onde peut être décrite par une fonction sinusoïdale en fonction du temps.

4 La célérité d'une onde

On appelle célérité v de l'onde, la vitesse de propagation de l'onde. Elle s'exprime en mètre par seconde ($m \cdot s^{-1}$). La célérité dépend du milieu de propagation. Dans le cas d'une onde électromagnétique (ex : la lumière), la célérité se note *c*.

5 Les caractéristiques d'une onde périodique

A La périodicité temporelle

- **On appelle période temporelle T de l'onde,** la plus petite durée séparant deux états de perturbation identiques d'un point du milieu. C'est la durée nécessaire pour décrire un motif.
- **On appelle fréquence f de l'onde,** le nombre de période par seconde.

$$f = \frac{1}{T}$$

f : fréquence (Hz)
T : période (s)

B La périodicité spatiale

- **On appelle période spatiale λ de l'onde,** la plus petite distance séparant deux points du milieu se trouvant dans le même état de perturbation.
- Dans le cas d'une onde sinusoïdale, on parle de **longueur d'onde**. La longueur d'onde λ est la distance parcourue par l'onde pendant une durée égale à sa période T.

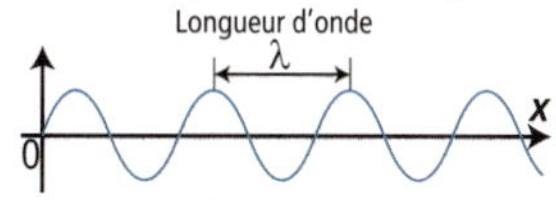

▲ Aspect d'une corde soumise à une vibration sinusoïdale à un instant t

6 La relation entre célérité et longueur d'onde

La célérité de l'onde s'obtient par la relation $v = \frac{\lambda}{T}$.

On obtient alors : $\lambda = v \times T = \frac{v}{f}$

Unités
λ : longueur d'onde (m)
v : célérité de l'onde ($m{\cdot}s^{-1}$)
T : période temporelle (s)
f : fréquence (Hz)

7 L'onde et le transport d'information

Pour transporter une information, une **onde porteuse** (onde sinusoïdale de grande fréquence) est modulée par l'information à transmettre (**signal modulant**) grâce à un modulateur. Le **signal modulé** voyage de l'émetteur vers le récepteur.

▲ Schéma du passage d'un signal

– **Modulation d'amplitude :** on module l'amplitude de l'onde porteuse en gardant sa fréquence constante.
– **Modulation de fréquence :** on module la fréquence de l'onde porteuse en gardant son amplitude constante.

8 La transmission, l'absorption et la réflexion d'une onde

Lorsqu'une onde passe d'un milieu de propagation à un autre, elle peut être absorbée, transmise, ou réfléchie. L'énergie de l'onde incidente est égale à la somme des ondes absorbée, transmise et réfléchie. Il y a conservation de l'énergie.

$$E_{incidente} = E_{absorbée} + E_{transmise} + E_{réflechie}$$

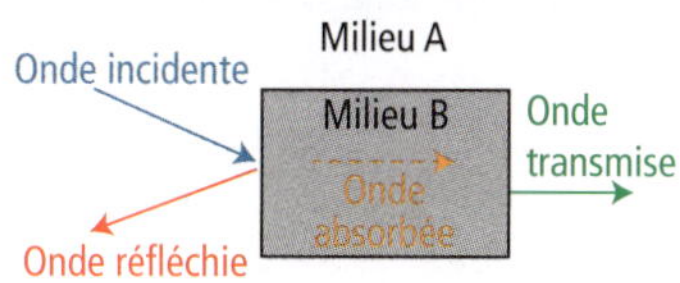

▲ Passage d'une onde d'un milieu A à un milieu B

Exercices d'entraînement

Exercice 1 ★ *Corrigé p. 324*

Un haut-parleur émet un son. Le schéma ci-dessous présente la position des molécules (représentées ici par des sphères) contenues dans l'air lorsque le haut-parleur est arrêté ❶ et pendant l'émission d'un son par le haut-parleur ❷. On s'intéresse au mouvement des molécules constituant l'air.

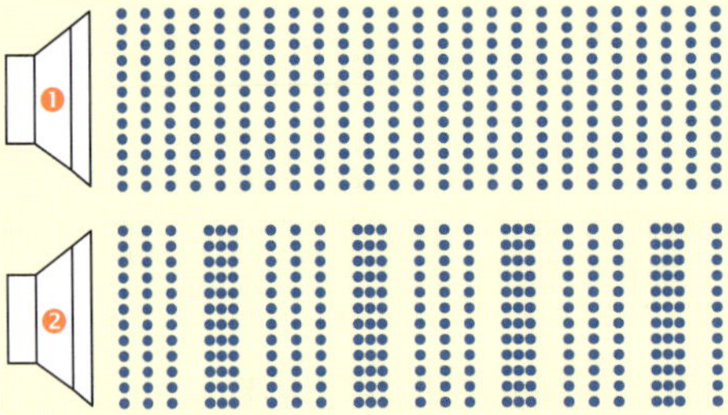

1. Rappeler la définition d'une onde.

2. Décrire le mouvement des molécules d'air lorsque le haut-parleur émet un son.

3. Y a-t-il déplacement de matière lors de l'émission d'un son ?

4. Décrire la direction de la perturbation et la direction de la propagation de l'onde.

5. Représenter, sur le schéma ❷, la direction de la perturbation et la direction de l'onde.

6. En déduire la nature (longitudinale ou transversale) de l'onde sonore.

7. Justifier qu'une onde sonore est une onde mécanique.

Exercice 2 ★ *Corrigé p. 325*

Utiliser la représentation graphique des signaux sonores ci-dessous pour déterminer leur période temporelle et leur fréquence.

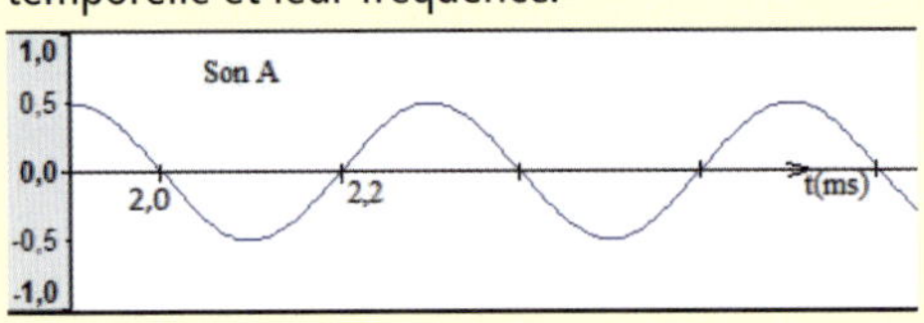

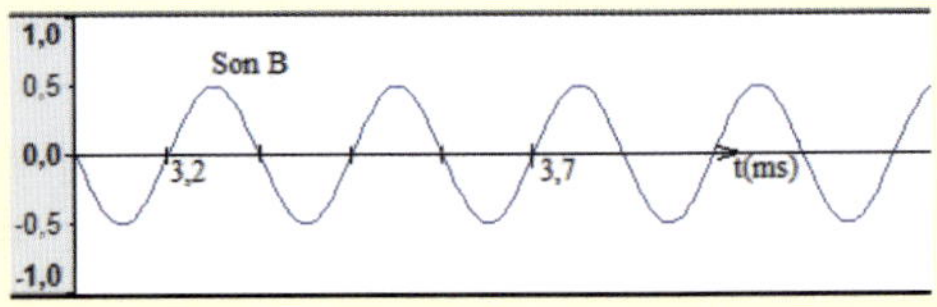

Exercice 3 ★ *Corrigé p. 325*

Une onde sonore a pour fréquence 800 Hz et pour célérité $c = 340\ \text{m}\cdot\text{s}^{-1}$.

1. Définir la fréquence et la célérité d'une onde.

2. Calculer la période temporelle de l'onde sonore.

3. Rappeler la relation entre la période, la longueur d'onde et la célérité.

4. Calculer la longueur d'onde de l'onde sonore.

Exercice 4 ★★ *Corrigé p. 325*

Une onde mécanique est produite dans une corde tendue à l'aide d'un vibreur de fréquence 120 Hz.

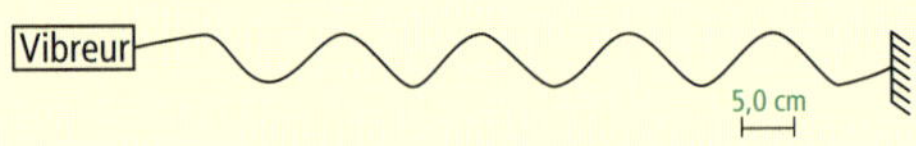

1. Représenter, sur le schéma, la direction de la perturbation et la direction de l'onde.

2. Décrire la nature de l'onde qui se propage dans la corde.

3. Représenter, sur le schéma, la longueur d'onde.

4. Calculer la longueur d'onde.

5. Calculer la célérité de l'onde.

13 Onde sonore et onde électromagnétique

1 L'onde sonore

A Définitions

• **Lorsqu'un objet vibre** (corde vocale, diapason, corde de guitare…), il fait vibrer les molécules d'air qui l'entourent. Cette vibration se transmet aux molécules de proche en proche mais il n'y a pas de déplacement global de matière. L'onde sonore se propage et s'atténue en se propageant, même dans un milieu n'absorbant pas les ondes sonores.

• Une onde sonore peut être décrire par sa période *T* (s) et sa fréquence *f* (Hz) : $f = \frac{1}{T}$.

• L'oreille humaine est sensible aux sons compris entre 20 Hz et 20 000 Hz.

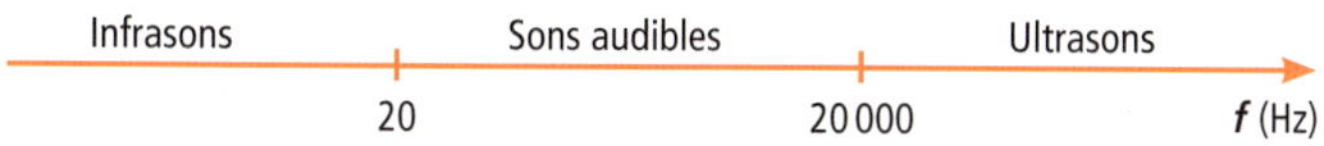

▲ Échelle de fréquence des sons

B La propagation d'une onde sonore

• **Un son** a besoin d'un milieu matériel (solide, liquide ou gazeux) pour se propager. Le son ne peut donc pas se propager dans le vide.

• **La célérité v** du son dépend du milieu dans lequel il se propage, de la **pression** ainsi que de la **température** de ce milieu. Le son se propage plus rapidement dans les solides et les liquides que dans les gaz. Dans l'air, le son se propage à une vitesse **v = 340 m·s⁻¹** (à 20 °C).

• **La longueur d'onde λ** (*cf.* chapitre 12).

C L'intensité acoustique

La sensation auditive perçue par l'oreille humaine dépend de l'intensité acoustique du son émis. Elle dépend de la puissance acoustique *P* du son ainsi que de la surface *S* du récepteur.

$$I = \frac{P}{S}$$

Unités
- I : intensité acoustique ($W \cdot m^{-2}$)
- P : puissance acoustique (W)
- S : surface du récepteur (m^2)

D Le niveau d'intensité acoustique

La sensation auditive n'étant pas proportionnelle à l'intensité acoustique, on définit alors une nouvelle grandeur permettant mieux d'en rendre compte : **le niveau d'intensité acoustique** ***L***. À partir de 85 dB, un son présente un risque auditif. Il faut alors utiliser des dispositifs de protection auditive.

$$L = 10 \log \frac{I}{I_0}$$

Unités
- L : niveau d'intensité acoustique (dB)
- I : intensité acoustique ($W \cdot m^{-2}$)
- I_0 : seuil d'audibilité = $1{,}0 \times 10^{-12}$ $W \cdot m^{-2}$

2 L'onde électromagnétique (OEM)

A Principes et définitions

• **Un rayonnement électromagnétique** est un transfert d'énergie, sans déplacement de matière.

• Les ondes électromagnétiques sont classées selon leur longueur d'onde en sept grandes catégories. Cela constitue le spectre électromagnétique :

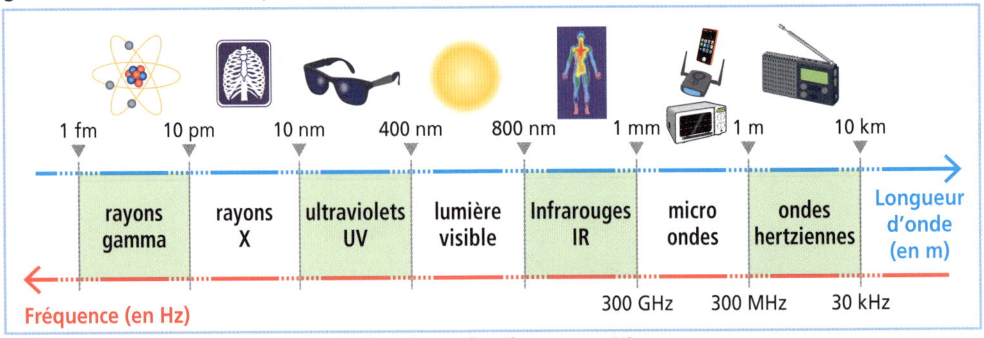

▲ Schéma des ondes électromagnétiques

• Les OEM se propagent dans le vide à la vitesse $c_{vide} = 3{,}0 \times 10^8\ m{\cdot}s^{-1}$. Dans l'air, la célérité des OEM est quasiment identique à celle dans le vide.

• **Une onde électromagnétique est définie** par sa longueur d'onde dans le vide λ et sa fréquence f : $\lambda = c \times T = \frac{c}{f}$.

B Exprimer une longueur d'onde ou une fréquence

• **Pour exprimer des longueurs d'onde ou des fréquences**, il est parfois utile d'utiliser les **multiples** et **sous multiples** de ces unités.

téra T	giga G	méga M	kilo k	milli m	micro µ	nano n	pico p
10^{12}	10^{9}	10^{6}	10^{3}	10^{-3}	10^{-6}	10^{-9}	10^{-12}

• Une longueur d'onde peut s'exprimer en nanomètre (1 nm = 10^{-9} m).

• Une fréquence peut s'exprimer en kilohertz, mégahertz ou gigahertz (1 kHz = 10^{3} Hz).

C La lumière

• **La lumière visible** fait partie des ondes électromagnétiques. La **lumière blanche** contient toutes les lumières colorées, elle est constituée d'une infinité de **radiations monochromatiques**.

• **Le domaine de la lumière visible** est compris entre 380 et 780 nm soit environ 400-800 nm.

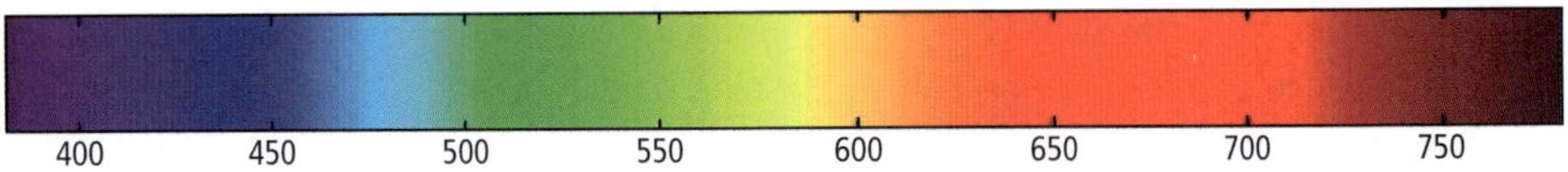

▲ Longueur d'onde (nm)

Exercices d'entraînement

Exercice 1 ★

Corrigé p. 325

Dans l'espace, les spationautes effectuent des sorties pour effectuer des travaux de maintenance sur la station spatiale.

1. Dans quel milieu évolue le spationaute ?

2. Pourquoi le spationaute, lorsqu'il est à l'extérieur de la station, n'entend pas le bruit produit par ses outils lors des travaux de maintenance ?

3. Pour communiquer avec la Terre, la station spatiale utilise des ondes radio. Dans quels milieux se propagent ces ondes pour parvenir jusqu'à la Terre ?

Exercice 2 ★

Corrigé p. 325

Lors d'un orage, on voit l'éclair avant d'entendre le coup de tonnerre.

1. Quels sont les différents types de signaux produits lors d'un orage ?

2. Calculer la distance parcourue par le son en une seconde.

3. Calculer la distance parcourue par la lumière en une seconde.

4. Expliquer pourquoi, un observateur situé à 1 km d'un orage voit un éclair avant d'entendre la foudre ?

Exercice 3 ★

Corrigé p. 325

Une onde sonore de fréquence 400 Hz se propage dans l'air à la vitesse de 340 $m{\cdot}s^{-1}$.

1. Calculer la période T de cette onde sonore.

2. Calculer, en cm, sa longueur d'onde.

Exercice 4 ★★

Corrigé p. 325

Il est possible de mesurer une distance avec un télémètre à ultrasons. Les ultrasons émis par l'appareil font un aller-retour entre l'appareil et l'obstacle.

1. Schématiser le principe de fonctionnement de l'appareil.

2. Calculer la distance parcourue par les ultrasons pour une durée de parcours de 120 ms. En déduire la distance entre l'appareil et l'obstacle.

Exercice 5 ★★

Corrigé p. 325

1. Une onde électromagnétique a une fréquence de $1{,}0 \times 10^3$ Hz. Calculer sa longueur d'onde.

2. Une onde électromagnétique a une longueur d'onde de $4{,}0 \times 10^{-9}$ m. À quel domaine des ondes électromagnétiques appartiennent cette onde ?
Calculer sa fréquence.

Exercice 6 ★★

Corrigé p. 326

1. Une onde radio a une fréquence de $3{,}0 \times 10^7$ Hz. Convertir cette fréquence en mégahertz.

2. Une onde lumineuse a une longueur d'onde de $7{,}0 \times 10^{-7}$ m. Convertir la longueur d'onde en nanomètre.

3. À quel domaine spectral appartient une onde de fréquence $6{,}0 \times 10^{16}$ Hz ?

Exercice 7 ★★

Corrigé p. 326

Les longueurs d'onde des radiations électromagnétiques visibles sont comprises entre 400 nm (radiations violettes) et 800 nm (radiations rouges).

1. Calculer la gamme de fréquence des ondes électromagnétiques visibles.

2. Une onde électromagnétique a une longueur d'onde de $9{,}5 \times 10^{-7}$ mètre.
Convertir cette valeur en nm et identifier son domaine spectral.

14 Mesures et incertitudes

1 Les grandeurs et leur unité

• **Une grandeur physique** est la propriété d'un phénomène, d'un corps, qui peut être mesurée ou calculée. Elle est définie par son nom, sa valeur et son unité.

• **Le système international** (SI) comporte sept grandeurs de base associées à sept unités : longueur en mètre (m), masse en kilogramme (kg), temps en seconde (s), intensité du courant électrique en ampère (A), température en kelvin (K), quantité de matière en mole (mol), intensité lumineuse en candela (cd).

• Pour exprimer une grandeur, il est parfois utile d'utiliser les multiples et sous multiples de l'unité.

téra T	giga G	méga M	kilo k	milli m	micro µ	nano n	pico p
10^{12}	10^{9}	10^{6}	10^{3}	10^{-3}	10^{-6}	10^{-9}	10^{-12}

2 Les chiffres significatifs

• La valeur d'une grandeur est donnée avec un nombre de chiffres. Certains de ces chiffres sont dits **significatifs**. Le nombre de chiffres significatifs n'est absolument pas le nombre de chiffres après la virgule. **Les chiffres significatifs sont tous les chiffres de la valeur** sauf les zéros à gauche : $d = 0{,}42$ m (2 chiffres significatifs), $m = 3{,}004 \times 10^{-3}$ kg (4 chiffres significatifs).

• Les opérations et les chiffres significatifs. Le résultat ne peut pas être plus précis que les données qui ont permis l'obtenir.

Multiplication et division	Le résultat aura autant de chiffres significatifs que la donnée qui en a le moins dans le calcul.
Addition et soustraction	Le résultat doit avoir autant de décimales (chiffres après la virgule) que la donnée qui en a le moins dans le calcul.
Conversion	Le résultat conserve le même nombre de chiffres significatifs.

3 Justesse, fidélité, valeur de référence

• **La valeur vraie d'une mesure** est la valeur qui serait obtenue par un mesurage parfait.

• **La justesse d'un appareil de mesure** est sa capacité à donner une mesure proche de la valeur vraie.

• **La fidélité d'un appareil de mesure** est sa capacité à donner des mesures proches les unes des autres lorsque l'on répète l'opération de mesurage.

• **La valeur de référence d'un appareil de mesure** est la valeur ayant servi à étalonner l'appareil.

4 Les sources d'erreurs

• Le mesurage d'une grandeur physique peut entraîner des erreurs de mesures (différence entre la valeur mesurée et la valeur vraie).

- **Erreur systématique :** c'est une erreur qui ne varie pas ou qui varie de façon prévisible lors de mesures répétées.
  – L'origine peut provenir de l'appareil de mesure, d'une mauvaise technique de mesurage, de la variabilité de la grandeur mesurée. L'erreur systématique peut être réduite.
  – L'erreur systématique est associée à la notion de justesse.
- **Erreur aléatoire :** c'est une erreur qui varie de façon imprévisible lors de mesures répétées.
  – L'origine peut provenir d'une mauvaise appréciation de lecture, temps de réaction lors du déclenchement d'un chronomètre, fluctuation des conditions ambiantes... L'erreur aléatoire ne peut pas être éliminée.
  – L'erreur aléatoire est associée à la notion de fidélité.

5 L'incertitude par une approche statistique (type A)

A La moyenne arithmétique

Lorsque *n* mesures indépendantes de la même grandeur physique *M* ont été effectuées, on calcule la **moyenne arithmétique** des valeurs mesurées *m* afin d'obtenir la meilleure estimation du résultat :

$$<m> = \frac{1}{n} \times \sum_{k=1}^{n} m_k \ .$$

B L'incertitude type

L'incertitude type ΔM s'obtient par le calcul de l'écart type de la série de mesure. Elle s'exprime avec au maximum deux chiffres significatifs.

$$\Delta M = \frac{1}{\sqrt{n}} \times \sqrt{\frac{1}{n-1} \times \sum_{k=1}^{n} (m_k - <m>)^2}$$

C L'écriture du résultat

$M = (<m> \pm \Delta M)$ ***unité***	**Unités** M : grandeur que l'on veut mesurer $<m>$: valeur moyenne de la grandeur ΔM : incertitude type pour la série de mesure

Attention : le dernier chiffre significatif de la valeur mesurée doit être à la même position que celui de l'incertitude.

6 L'incertitude sur une mesure unique (type B)

Lorsque la mesure expérimentale est unique, l'incertitude est évaluée grâce aux indications figurant sur la notice technique de l'appareil utilisé. On cherche alors la précision $\Delta_{appareil}$ donnée par le constructeur. L'incertitude se calculera avec la relation :

$$\Delta M = \frac{\Delta_{appareil}}{\sqrt{3}} .$$

Remarque

Pour un appareil analogique (écran à aiguille, verrerie graduée), l'incertitude est $\Delta M = \frac{1 \, graduation}{\sqrt{12}}$.

Exemple Un thermomètre à alcool possède une gamme de mesure de – 20 °C à 120 °C et une résolution de 1 °C. Il indique une température de 15 °C lors d'une mesure unique.

Incertitude type : $\Delta M = \frac{1 \, graduation}{\sqrt{12}} = \frac{1}{\sqrt{12}} = 0{,}29 \text{ °C}$

$T = (15{,}0 \pm 0{,}3)$ °C.

La température est comprise dans la plage $[15{,}0 - 0{,}3 \,;\, 15{,}0 + 0{,}3] = [14{,}7 \,;\, 15{,}3]$

CORRIGÉS

Mathématiques

CHAPITRE 2 (Énoncés p. 214)

1 $130 \times 0{,}05 = 6{,}5$ €.

2 Le coefficient multiplicateur associé au taux d'évolution de – 12,4 % est 1 – 0,124 = 0,876.

3 Le taux d'évolution associé à un coefficient multiplicateur de 1,052 est de + 5,2 %.

4 Le taux d'évolution associé à une baisse de 60 %, suivie d'une augmentation de 65 % est de – 34 % car $0{,}40 \times 1{,}65 = 0{,}66 = 1 - 0{,}34$.

5 Le taux d'évolution réciproque à une hausse de 25 % est de – 20 % car $\dfrac{1}{1{,}25} = 0{,}80 = 1 - 0{,}20$.

6 $f(x) = (3x+1)(3-5x)$
$= 9x - 15x^2 + 3 - 5x = -15x^2 + 4x + 3$.

$g(x) = (7x-4)^2 = 49x^2 - 56x + 16$.

7 **a)** $2x+5 = 7x-4 \Leftrightarrow 5x = 9 \Leftrightarrow x = \dfrac{9}{5}$ et $S = \left\{\dfrac{9}{5}\right\}$.

b) $2t^2 = 98 \Leftrightarrow t^2 = 49 \Leftrightarrow t^2 - 49 = 0$
$\Leftrightarrow t^2 - 7^2 = 0 \Leftrightarrow (t-7)(t+7) = 0$
$\Leftrightarrow (t-7=0 \text{ ou } t+7=0)$
$\Leftrightarrow (t=7 \text{ ou } t=-7)$ et $S = \{-7\,;\,7\}$.

c) $x^2 = 12 \Leftrightarrow x^2 - 12 = 0$
$\Leftrightarrow x^2 - \left(2\sqrt{3}\right)^2 = 0$
$\Leftrightarrow \left(x - 2\sqrt{3}\right)\left(x + 2\sqrt{3}\right) = 0$
$\Leftrightarrow (x - 2\sqrt{3} = 0 \text{ ou } x + 2\sqrt{3} = 0)$.
$\Leftrightarrow \left(x = 2\sqrt{3} \text{ ou } x = -2\sqrt{3}\right)$ et $S = \left\{-2\sqrt{3}\,;\,2\sqrt{3}\right\}$.

d) $2x^2 = 50x \Leftrightarrow 2(x^2 - 25x) = 0$
$\Leftrightarrow x^2 - 25x = 0 \Leftrightarrow x(x-25) = 0$
$\Leftrightarrow (x = 0 \text{ ou } x - 25 = 0)$
$\Leftrightarrow (x = 0 \text{ ou } x = 25)$ et $S = \{0\,;\,25\}$.

8 $f(x) = 0 \Leftrightarrow -\dfrac{1}{2}x + 5 = 0 \Leftrightarrow -\dfrac{1}{2}x = -5$
$\Leftrightarrow \dfrac{1}{2}x = 5 \Leftrightarrow x = 10$.

Le coefficient directeur de f, $-\dfrac{1}{2}$, étant négatif on obtient :

x	$-\infty$		10		$+\infty$
$f(x)$		+	0	–	

9 $g(x) = 2\left(x - \dfrac{5}{2}\right)(x+7)$.

$g(x) = 0 \Leftrightarrow \left(x - \dfrac{5}{2} = 0 \text{ ou } x + 7 = 0\right)$

$\Leftrightarrow x = \dfrac{5}{2}$ ou $x = -7$.

$g(x)$ est un polynôme du second degré avec $a = 2 > 0$.
On en déduit le signe de $g(x)$.

x	$-\infty$		-7		$\dfrac{5}{2}$		$+\infty$
$g(x)$		+	0	–	0	+	

$h(x) = -3\left(x + \dfrac{4}{3}\right)(x-5)$.

$h(x) = 0 \Leftrightarrow \left(x + \dfrac{4}{3} = 0 \text{ ou } x - 5 = 0\right)$

$\Leftrightarrow x = -\dfrac{4}{3}$ ou $x = 5$.

$h(x)$ est un polynôme du second degré avec $a = -3 < 0$.
On en déduit le signe de $h(x)$.

x	$-\infty$		$-\dfrac{4}{3}$		5		$+\infty$
$h(x)$		–	0	+	0	–	

10 $\dfrac{a^{-3} \times a^3}{a^{-2} \times a^4} = \dfrac{a^{-3+3}}{a^{-2+4}} = \dfrac{a^0}{a^2} = a^{0-2} = a^{-2}$
et donc $p = -2$.

11 **a)** $f(-1) = -4$.

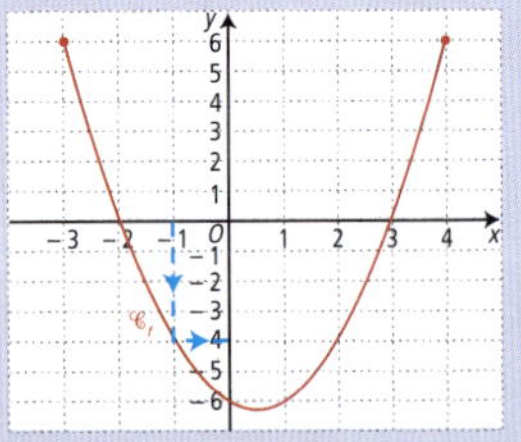

b) À l'aide du graphique, on trouve : $S=\{-1\,;\,2\}$.

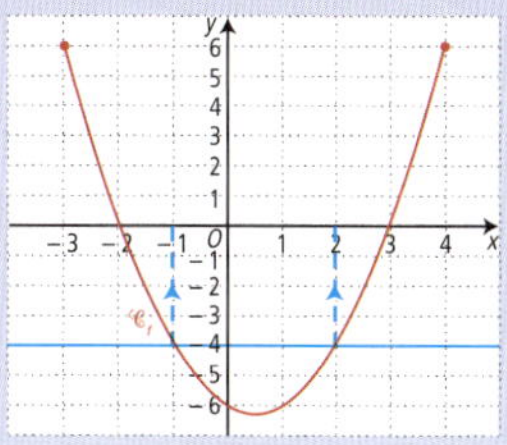

c)

x	-3		-2		3		4
$f(x)$		$+$	0	$-$	0	$+$	

12 Le coefficient directeur de la fonction affine $g(x)=ax+b$ est $a=\dfrac{\Delta y}{\Delta x}=\dfrac{0-2}{3-(-1)}=\dfrac{-2}{4}=-\dfrac{1}{2}$.

13 $PV=nRT \Leftrightarrow T=\dfrac{PV}{nR}$.

CHAPITRE 3 (Énoncés p. 218)

1 $u_1=13$; $u_2=19$; $u_3=25$ et $u_4=31$.

2 $v_1=5{,}2$; $v_2=5{,}408$; $v_3=5{,}624\,32$ et $v_4=5{,}849\,292\,8$.

3 a) On a : $c_{20}=c_8+12r$ et donc $24=12+12r$ $\Leftrightarrow 12r=12 \Leftrightarrow r=1$.

Par suite, $c_8=c_0+8r=c_0+8\times 1$ $=c_0+8=12 \Leftrightarrow c_0=12-8=4$.

b) On a : $d_7=d_5\times q^2$ et donc $384=96\times q^2$ $\Leftrightarrow q^2=\dfrac{384}{96}=4$ et $q=2$ car $q>0$.

Par suite, $d_5=d_0\times q^5=d_0\times 2^5=32d_0=96$ $\Leftrightarrow d_0=\dfrac{96}{32}=3$.

4 a) La suite arithmétique est la suite bleue car les points sont alignés et donc la suite géométrique est la suite rouge.

b) La suite arithmétique (u_n) a comme premier terme $u_0=14$ et comme raison $r=-3$.

La suite géométrique (v_n) a comme premier terme $v_0=1$ et comme raison $q=2$.

c) À l'aide d'un tableur, on trouve :

$$u_{10}=-16 \text{ et } v_{10}=1\,024.$$

5 a) $a_1=0{,}9\times a_0+4=0{,}9\times 120+4=112$;
$a_2=0{,}9\times a_1+4=0{,}9\times 112+4=104{,}8$;
$a_3=0{,}9\times a_2+4=0{,}9\times 104{,}8+4=98{,}32$;
$a_4=0{,}9\times a_3+4=0{,}9\times 98{,}32+4=92{,}488$.

b) La suite (a_n) n'est pas arithmétique car :
$a_1-a_0=112-120=-8$;
$a_2-a_1=104{,}8-112=-7{,}2$ et donc
$a_1-a_0\neq a_2-a_1$.

La suite (a_n) n'est pas géométrique car :
$\dfrac{a_1}{a_0}=\dfrac{112}{120}\approx 0{,}933$; $\dfrac{a_2}{a_1}=\dfrac{104{,}8}{112}\approx 0{,}936$ et donc $\dfrac{a_1}{a_0}\neq\dfrac{a_2}{a_1}$.

c) L'algorithme proposé détermine le plus petit entier naturel n tel que $a_n\leqslant 45$.
C'est $n=27$.
On peut vérifier le résultat car la suite (a_n) est décroissante et on a :

$$a_{26}\approx 45{,}17>45 \text{ et } a_{27}\approx 44{,}65<45.$$

6 a) On a : $w_1-w_0=0{,}08w_0$ et donc :
$w_1=w_0+0{,}08w_0=w_0(1+0{,}08)=w_0\times 1{,}08$
$=5\times 1{,}08=5{,}4$.
De même, on obtient : $w_2=5{,}832$;
$w_3=6{,}298\,56$ et $w_4=6{,}802\,444\,8$.

b) Le graphique est laissé au soin du lecteur.
On constate que les points du nuage ne sont pas alignés et donc on peut dire que la suite (w_n) n'est pas arithmétique.

c) $w_{n+1}-w_n=0{,}08w_n \Leftrightarrow w_{n+1}=w_n+0{,}08w_n$
$\Leftrightarrow w_{n+1}=w_n(1+0{,}08)=w_n\times 1{,}08$
et donc la suite (w_n) est bien une suite géométrique de raison $q=1{,}08$.

d) La suite (w_n) est croissante car $q=1{,}08>1$.

e) À l'aide d'une calculatrice, on a : $n=39$.
On peut vérifier le résultat car la suite (w_n) est croissante et on a :

$$w_{38}\approx 93{,}13<100 \text{ et } w_{39}\approx 100{,}58>100.$$

7 a) $a_1=a_0\times 1{,}3=4\times 1{,}3=5{,}2$ et
$a_2=a_1\times 1{,}3=5{,}2\times 1{,}3=6{,}76$.
Les surfaces cultivées en 2022 et 2023 seront donc respectivement de 5,2 ha et 6,76 ha.

b) On a : $a_{n+1}=a_n\times 1{,}3$.

c) La suite (a_n) est une suite géométrique car on passe d'un terme au suivant en multipliant par un nombre constant (ici 1,3).
Elle est croissante car $q=1{,}3>1$.

d) C'est durant l'année 2027 que la totalité des 25 hectares cultivables sera exploitée selon le mode de production biologique car $a_6 \approx 19{,}3 < 25$ et $a_7 \approx 25{,}1 > 25$.
Pour déterminer le résultat précédent, on peut utiliser un tableur ou faire un programme python.

8 **a)** La suite (u_n) est la suite géométrique de 1er terme $u_1 = 4{,}6 \times 10^{15}$ et de raison $q = 0{,}917$ car le nombre d'atomes diminue chaque jour de 8,3 %, ce qui correspond à un coefficient multiplicatif de $1 - 0{,}083 = 0{,}917$.

b) La suite (u_n) est décroissante car $q = 0{,}917 < 1$.

c) À l'injection, c'est-à-dire le 1er jour, il y a $u_1 = 4{,}6 \times 10^{15}$ atomes radioactifs présents dans la thyroïde.
D'un jour à l'autre, ce nombre est multiplié par 0,917.
Pour déterminer la demie-vie, il faut chercher le nombre n_0 de jours pour que le nombre d'atomes radioactifs présents dans la thyroïde soit la moitié du nombre initial, soit n_0 tel que $u_1 \times 0{,}917^{n_0} = \frac{u_1}{2}$, et donc $0{,}917^{n_0} = \frac{1}{2} = 0{,}5$.

d) On complète l'algorithme :

```
n = 0
while 0.917**n > 0.5:
    n = n+1
print(n)
```

On trouve $n_0 = 8$.

9 **Partie A**

a) Dans la cellule B3, on doit écrire : B3=B2/4

b) Dans la cellule B18, il y aura le nombre de bactéries au bout de 16 heures.

Partie B

a) $u_{n+1} = u_n \times 0{,}25$ car le nombre de bactéries est divisé par 4 toutes les heures et $\frac{1}{4} = 0{,}25$.

b) La suite (u_n) est une suite géométrique car on passe d'un terme au suivant en multipliant par un nombre constant (ici 0,25).
La raison de cette suite est donc $q = 0{,}25$.
Elle est décroissante car $0 < q < 1$.

c) On complète l'algorithme :

```
u = 10**10
n = 0
while u > 100:
    u = u*0.25
    n = n+1
print(n)
```

On trouve 14 heures.

CHAPITRE 4

(Énoncés p. 223)

1 **a)** $3(x-3)(x+2) = 0$
$\Leftrightarrow (x-3=0 \text{ ou } x+2=0)$
$\Leftrightarrow (x=3 \text{ ou } x=-2)$ et donc $S = \{-2\,;\,3\}$.

b) $x^2 = 2 \Leftrightarrow x^2 - 2 = 0 \Leftrightarrow (x-\sqrt{2})(x+\sqrt{2}) = 0$
$\Leftrightarrow (x-\sqrt{2}=0 \text{ ou } x+\sqrt{2}=0)$
$\Leftrightarrow (x=\sqrt{2} \text{ ou } x=-\sqrt{2})$ et donc $S = \{-\sqrt{2}\,;\,\sqrt{2}\}$.

c) $x^2 = -2$ n'a pas de solution car $x^2 \geqslant 0$ et donc $S = \varnothing$.

d) $x^3 = -2 \Leftrightarrow x = \sqrt[3]{-2} = (-2)^{\frac{1}{3}}$ et donc $S = \left\{(-2)^{\frac{1}{3}}\right\}$.

e) $x^4 - 3x = 0 \Leftrightarrow x(x^3-3) = 0$
$\Leftrightarrow (x=0 \text{ ou } x^3-3=0)$
$\Leftrightarrow (x=0 \text{ ou } x^3=3) \Leftrightarrow \left(x=0 \text{ ou } x=3^{\frac{1}{3}}\right)$
et donc $S = \left\{0\,;\,3^{\frac{1}{3}}\right\}$.

f) $8x^4 = x \Leftrightarrow 8x^4 - x = 0 \Leftrightarrow x(8x^3-1) = 0$
$\Leftrightarrow (x=0 \text{ ou } 8x^3-1=0)$
$\Leftrightarrow \left(x=0 \text{ ou } x^3=\frac{1}{8}\right) \Leftrightarrow \left(x=0 \text{ ou } x=\left(\frac{1}{8}\right)^{\frac{1}{3}}\right)$
$\Leftrightarrow \left(x=0 \text{ ou } x=\frac{1}{2}\right)$ et donc $S = \left\{0\,;\,\frac{1}{2}\right\}$.

2 **a)** Si un article augmente d'un taux t, le coefficient multiplicateur est égal à : $\left(1+\frac{t}{100}\right)$.
L'article a augmenté trois fois de suite, et donc le coefficient multiplicateur est égal à :
$\left(1+\frac{t}{100}\right) \times \left(1+\frac{t}{100}\right) \times \left(1+\frac{t}{100}\right)$, soit $\left(1+\frac{t}{100}\right)^3$.
Comme le prix final a augmenté de 150 %, cela signifie que le coefficient multiplicateur est égal 1,5.
On a donc bien : $\left(1+\frac{t}{100}\right)^3 = 1{,}5$.

b) À l'aide d'une calculatrice et par tâtonnement, on trouve $t \approx 14$.

c) $\left(1+\frac{t}{100}\right)^3 = 1{,}5 \Leftrightarrow 1+\frac{t}{100} = (1{,}5)^{\frac{1}{3}}$
$\Leftrightarrow \frac{t}{100} = (1{,}5)^{\frac{1}{3}} - 1 \Leftrightarrow t = 100\left[(1{,}5)^{\frac{1}{3}} - 1\right]$.
On peut vérifier le résultat de **b)** car $100\left[(1{,}5)^{\frac{1}{3}} - 1\right] \approx 14{,}47$.

3 **a)** La courbe rouge est associée au polynôme P car c'est la seule parabole qui coupe l'axe des abscisses en $x=-1$ et en $x=1$.
La courbe bleue est associée au polynôme Q car c'est la seule parabole qui coupe l'axe des abscisses en $x=-2$ et en $x=3$ et $a=1>0$.
Par suite, la courbe violette est associée au polynôme R car $R(x)=-Q(x)$.

b) Soit f une fonction et C sa courbe représentative.
Si la courbe est en dessous de l'axe (Ox), on a $f(x)<0$; si la courbe est au-dessus de l'axe (Ox), on a $f(x)>0$, et si la courbe coupe l'axe (Ox), on a $f(x)=0$.
En observant les courbes représentatives des fonctions P, Q et R, on en déduit le signe de $P(x)$, $Q(x)$ et $R(x)$:

x	$-\infty$		-1		1		$+\infty$
$P(x)$		$+$	0	$-$	0	$+$	

x	$-\infty$		-2		3		$+\infty$
$Q(x)$		$+$	0	$-$	0	$+$	

x	$-\infty$		-2		3		$+\infty$
$R(x)$		$-$	0	$+$	0	$-$	

On retrouve bien les résultats du cours car pour $P(x)$ et $Q(x)$ on a : $a=1>0$, et pour $R(x)$, on a : $a=-1<0$.

4 **a)** On programme la fonction f sur une calculatrice.
On obtient : $f(-8)=0$; $f(0)=48$; $f(2)=0$ et $f(8)=-288$.
L'équation $f(x)=0$ a donc comme racines : -8 et 2.

b) On a alors : $f(x)=-3(x+8)(x-2)$.
Comme $a=-3<0$, on en déduit le signe de $f(x)$ en utilisant les résultats du cours.

x	$-\infty$		-8		2		$+\infty$
$f(x)$		$-$	0	$+$	0	$-$	

5 **a)** $f(x)=3(2x-1)(x+3)$
$=6\left(x-\dfrac{1}{2}\right)(x+3)$
est un polynôme du second degré et comme $a=6>0$, on en déduit le signe de $f(x)$ en utilisant les résultats du cours.

x	$-\infty$		-3		$\frac{1}{2}$		$+\infty$
$f(x)$		$+$	0	$-$	0	$+$	

b) $g(x)=-(x+4)(3x-5)(x+1)$
$=-3(x+4)\left(x-\dfrac{5}{3}\right)(x+1)$ est un polynôme du troisième degré et comme $a=-3<0$, on en déduit le signe de $g(x)$ en utilisant les résultats du cours.

x	$-\infty$		-4		-1		$\frac{5}{3}$		$+\infty$
$g(x)$		$+$	0	$-$	0	$+$	0	$-$	

6 **a)** Si le prix d'une barrette est de 80 €, l'offre est de 70 millions d'unités et la demande est de 30 millions d'unités car :
$f(80)=0,5\times 80+30=40+30=70$ et
$g(80)=-0,05\times 80^2+4\times 80+30=30$.
Pour 80 €, il y a des surplus de 40 millions d'unités car $70-30=40$.

b) Si l'offre est de 55 millions d'unités, le prix d'une barrette est de 50 € car
$f(x)=0,5x+30=55 \Leftrightarrow 0,5x=25 \Leftrightarrow x=50$.
La demande est alors de 105 millions d'unités car $g(50)=-0,05\times 50^2+4\times 50+30=105$.
Comme $55-105=-50$, la demande n'est donc pas satisfaite car il manque 50 millions d'unités.

c) Une offre de 80 millions d'unités n'est pas possible car
$f(x)=0,5x+30=80 \Leftrightarrow 0,5x=50 \Leftrightarrow x=100$,
et un prix de 100 € est impossible ($40 \leqslant x \leqslant 80$).

d) Les courbes représentatives des fonctions f et g sont laissées au soin du lecteur.
Graphiquement, on constate que ces deux courbes se coupent au point d'abscisse $x=70$.
Si le prix d'une barrette est de 70 €, il y a autant d'unités offertes que d'unités demandées.
70 € est donc le prix d'équilibre.
On peut vérifier ce résultat car
$f(70)=0,5\times 70+30=35+30=65$ et
$g(70)=-0,05\times 70^2+4\times 70+30=65$.

e) $f(x)-g(x)=0,5x+30-\left(-0,05x^2+4x+30\right)$
$=0,5x+30+0,05x^2-4x-30$
$=0,05x^2-3,5x=x(0,05x-3,5)$, cqfd.

f) Au prix d'équilibre, on a $f(x)=g(x)$ et donc $f(x)-g(x)=0$.
$f(x)-g(x)=0 \Leftrightarrow x(0,05x-3,5)=0$
$\Leftrightarrow (x=0$ ou $0,05x-3,5=0)$

MATHS

$\Leftrightarrow (x = 0 \text{ ou } 0{,}05x = 3{,}5)$

$\Leftrightarrow x = 0 \text{ ou } x = \dfrac{3{,}5}{0{,}05} = 70.$

Le prix d'équilibre est donc de 70 €.

0 € ne convient pas car le prix d'une barrette varie entre 40 € et 80 €.

Pour un prix de 70 €, l'offre et la demande sont de 65 millions d'unités de barrettes de RAM car $f(70) = g(70) = 65$.

7 a) Un téléviseur est vendu 1 500 € et donc pour une vente de x téléviseurs, la recette est égale à : $r(x) = 1500 \times x = 1500x$.

b) Pour une production et une vente de x téléviseurs, le bénéfice est égal à la différence de la recette et du coût et donc :

$b(x) = r(x) - c(x) = 1500x - (25x^2 - 0{,}1x^3)$
$= 0{,}1x^3 - 25x^2 + 1500x.$

c) $0{,}1x(x-100)(x-150)$
$= 0{,}1x(x^2 - 150x - 100x + 15\,000)$
$= 0{,}1x(x^2 - 250x + 15\,000)$
$= 0{,}1x^3 - 25x^2 + 1500x = b(x)$, cqfd.

d) $b(x)$ est un polynôme du troisième degré et comme $a = 0{,}1 > 0$, on en déduit le signe de $b(x)$ en utilisant les résultats du cours.

x	$-\infty$		0		100		150		$+\infty$
$b(x)$		−	0	+	0	−	0	+	

On ne retient le signe de $b(x)$ que sur $[0\ ;\ 120]$.

Le bénéfice $b(x)$ est strictement positif sur $]0\ ;\ 100[$; strictement négatif sur $]100\ ;\ 120]$ et nul pour $x = 0$ et $x = 100$.

e) On complète l'algorithme :

```
def b(x):
  return 0.1*x*(x-100)*(x-150)
max = b(0)
x = 1
while b(x) > max:
  max = b(x)
  x = x+1
print(x)
```

f) L'algorithme affiche 40, ce qui correspond à la première quantité de téléviseurs pour laquelle le bénéfice diminue.

Ainsi, on trouve que le bénéfice est maximal pour une production de 39 téléviseurs et que ce bénéfice est de 26 406,90 €.

8 **Partie A : Sur la Terre**

a) $h(t) = -4{,}905t^2 + 2\,000$ et $v(t) = 9{,}81t$.

b) La vitesse est croissante pour $t \geqslant 0$ car $9{,}81 > 0$.
La vitesse de la bille augmente donc pendant sa chute.
On dit que le mouvement est accéléré.

c) La fonction $f : t \mapsto t^2$ est croissante pour $t \geqslant 0$ (fonction de référence).
La fonction $p : t \mapsto -4{,}905t^2$ est décroissante pour $t \geqslant 0$ car $p = kf$ avec $k = -4{,}905 < 0$.
Par suite, la fonction h est décroissante pour $t \geqslant 0$ car $h = p + 2\,000$.
Ce résultat est normal car la bille se rapproche du sol dans sa chute.

d) On obtient le tableau suivant :

t	0	5	10	15	20
$h(t)$	2 000	1 878	1 510	897	38
$v(t)$	0	49,05	98,1	147,15	196,2

e) Les courbes représentatives des fonctions v et h sont laissées au soin du lecteur.

f) À l'aide du graphique, on constate que la bille va toucher le sol à l'instant $t \approx 20{,}2$ s.
On a : $h(20{,}1) \approx 18{,}3$ et $h(20{,}2) \approx -1{,}4$.
Par le calcul :

$h(t) = -4{,}905t^2 + 2\,000 = 0$

$\Leftrightarrow 4{,}905t^2 = 2\,000$

$\Leftrightarrow t^2 = \dfrac{2\,000}{4{,}905} \Leftrightarrow t = \sqrt{\dfrac{2\,000}{4{,}905}} \approx 20{,}2$ car $t \geqslant 0$.

On retrouve bien le même résultat.
La vitesse à l'impact est approximativement de 198,2 m/s car $v(20{,}2) \approx 198{,}16$.
Cela correspond à peu près à 713 km/h.

Partie B : Sur la Lune

a) $h(t) = -0{,}81t^2 + 2\,000$ et $v(t) = 1{,}62t$.

b) La vitesse est croissante pour $t \geqslant 0$ car $1{,}62 > 0$.
La vitesse de la bille augmente donc pendant sa chute.

c) La fonction $f : t \mapsto t^2$ est croissante pour $t \geqslant 0$ (fonction de référence).
La fonction $p : t \mapsto -0{,}81t^2$ est décroissante pour $t \geqslant 0$ car $p = kf$ avec $k = -0{,}81 < 0$.
Par suite, la fonction h est décroissante pour $t \geqslant 0$ car $h = p + 2\,000$.
Ce résultat est normal car la bille se rapproche du sol dans sa chute.

d) On obtient le tableau suivant :

t	30	35	40	45	50
$h(t)$	1 271	1 008	704	360	– 25
$v(t)$	48,6	56,7	64,8	72,9	81

e) Les courbes représentatives des fonctions v et h sont laissées au soin du lecteur.

f) À l'aide du graphique, on constate que la bille va toucher le sol à l'instant $t \approx 49{,}7$ s.
Par le calcul :
$h(t) = -0{,}81t^2 + 2\,000 = 0 \Leftrightarrow 0{,}81t^2 = 2\,000$
$\Leftrightarrow t^2 = \dfrac{2\,000}{0{,}81} \Leftrightarrow t = \sqrt{\dfrac{2\,000}{0{,}81}} \approx 49{,}7$ car $t \geqslant 0$.
On retrouve bien le même résultat.
La vitesse à l'impact est approximativement de 80,5 m/s car $v(49{,}7) \approx 80{,}51$.
Cela correspond à peu près à 290 km/h.
En conclusion, sur la Lune, la bille tombe moins vite et touche le sol avec une vitesse nettement inférieure à celle sur la Terre.

9 **a)** $P = 1{,}14 \times 10^{-3} \times r^2 \times v^3$
$= 1{,}14 \times 10^{-3} \times 10^2 \times v^3 = 0{,}114v^3$ car $10^{-3} \times 10^2 = 10^{-3+2} = 10^{-1} = 0{,}1$.

b) Les courbes représentatives de P et de D sont laissées au soin du lecteur.

c) Les courbes se coupent en un point dont on lit l'abscisse.
On trouve : $v = 20$.
Si la puissance est de 912 kw, la vitesse du vent est de 20 m/s, soit 72 km/h.
On rappelle que : 1 h = 3600 s et 1 km = 1 000 m.

d) Par le calcul :
$0{,}114v^3 = 912 \Leftrightarrow v^3 = \dfrac{912}{0{,}114} = 8\,000$
$\Leftrightarrow v^3 = 20^3 \Leftrightarrow v = 20$.
On retrouve bien le même résultat.

CHAPITRE 5 *(Énoncés p. 228)*

1 **a)** $\dfrac{f(2{,}01) - f(2)}{2{,}01 - 2} = \dfrac{(2{,}01)^3 + 1 - (2^3 + 1)}{2{,}01 - 2}$
$= \dfrac{9{,}120\,601 - 9}{0{,}01} = 12{,}060\,1$.
Le résultat est proche de 12 car $f'(x) = 3x^2$ et $f'(2) = 3 \times 2^2 = 12$.

b) L'algorithme proposé permet de calculer le taux de variation de la fonction f entre 2,000 000 001 et 2 puis le taux de variation de la fonction f entre – 2,999 999 999 et – 3.

Les valeurs affichées par l'algorithme sont 12,000 000 992 884 452 et 27,000 002 233 990 017. Le premier résultat donne une valeur approchée de $f'(2)$ et le deuxième résultat donne une valeur approchée de $f'(-3)$.

2 **a)** On trouve : $f(-1) = 1$; $f'(-1) = 0$; $f(0) = 2$ et $f'(0) = 2$.
On a : $C(-1\,;1)$; $A(0\,;2)$; $B(1\,;4)$ et la tangente (CD) à C_f au point C a pour coefficient directeur 0 car elle est horizontale et la tangente (AB) à C_f au point A a pour coefficient directeur $\dfrac{\Delta y}{\Delta x} = \dfrac{y_B - y_A}{x_B - x_A} = \dfrac{4-2}{1-0} = 2$.

b) La tangente (AB) a pour équation :
$$y = 2(x+1).$$
La droite (CD) a pour équation : $y = 1$.

3 **1)** $f'(x) = 2$; **2)** $g'(x) = -7$;
3) $h'(x) = 2x - 5$; **4)** $i'(x) = -x + 2$;
5) $j'(x) = 3x^2 - 10x - 1$; **6)** $k'(x) = 1 + \dfrac{5}{x^2}$;
7) $l'(t) = -3\sin(3t + \dfrac{\pi}{3})$;
8) $m'(t) = t(2\sin(t) + t\cos(t))$;
9) $n'(x) = \dfrac{2}{(x+3)^2}$; **10)** $p'(t) = -\dfrac{4t^3}{(t^4+1)^2}$.

4 **a)** $h'(t) = 0{,}2t - 2 = 0{,}2(t - 10)$.

b) $h'(t) = 0 \Leftrightarrow 0{,}2(t-10) = 0 \Leftrightarrow t = 10$.
$h'(t) > 0 \Leftrightarrow 0{,}2(t-10) > 0 \Leftrightarrow t > 10$ et
$h'(t) < 0 \Leftrightarrow 0{,}2(t-10) < 0 \Leftrightarrow t < 10$.
On en déduit le tableau de variations de h sur $[5\,;30]$:

t	5		10		30
$h'(t)$		–	0	+	
$h(t)$	–6,5	↘	– 9	↗	31

On a : $h(5) = -6{,}5$; $h(10) = -9$ et $h(30) = 31$.

c) Sur $[5\,;30]$, la fonction h admet un minimum absolu en $t = 10$ et un maximum en $t = 30$.

5 **a)** $f'(x) = -3x^2 - 0{,}4x + 1{,}6$.
$0{,}2(2-3x)(5x+4) = 0{,}2(10x + 8 - 15x^2 - 12x)$
$= 0{,}2(-15x^2 - 2x + 8) = -3x^2 - 0{,}4x + 1{,}6$
$= f'(x)$, cqfd.

b) $f'(x) = 0 \Leftrightarrow 0{,}2(2-3x)(5x+4) = 0$
$\Leftrightarrow (2 - 3x = 0$ ou $5x + 4 = 0)$
$\Leftrightarrow \left(x = \dfrac{2}{3} \text{ ou } x = -\dfrac{4}{5}\right)$.

MATHS

On connait le signe de $f'(x)$ car c'est un polynôme du second degré avec $a=-3<0$.
On en déduit le tableau de variations de f sur $[-2\,;5]$:

x	-2		$-\frac{4}{5}$		$\frac{2}{3}$		5
$f'(x)$		$-$	0	$+$	0	$-$	
$f(x)$	0	↘	$\approx -4{,}9$	↗	$\approx -3{,}3$	↘	-126

c) Le point A d'abscisse $-\frac{4}{5}$ est un minimum relatif et le point B d'abscisse $\frac{2}{3}$ est un maximum relatif.
À l'aide d'une calculatrice, on obtient :
$f(-2)=0$; $f\left(-\frac{4}{5}\right)=-4{,}896$; $f\left(\frac{2}{3}\right)\approx-3{,}32$ et $f(5)=-126$.
$f\left(\frac{2}{3}\right)$ n'est pas le maximum de f sur $[-2\,;5]$ car $f(-2)=0>f\left(\frac{2}{3}\right)\approx-3{,}32$.

6 **a)** On a : $\varphi(t)=2\cos\left(2t+\frac{\pi}{2}\right)=-2\sin(2t)$ car d'après les arcs associés, $\cos\left(x+\frac{\pi}{2}\right)=-\sin(x)$.

b) On a : $\varphi'(t)=-4\cos(2t)$ car la dérivée de $A\sin(\omega t+\varphi)$ est $A\omega\cos(\omega t+\varphi)$.

c) Si $t\in\left[-\frac{\pi}{4}\,;\frac{\pi}{4}\right]$, $2t\in\left[-\frac{\pi}{2}\,;\frac{\pi}{2}\right]$ et donc :

$$\cos(2t)\geqslant 0 \text{ et } \varphi'(t)=-4\cos(2t)\leqslant 0.$$

Par suite, la fonction φ est décroissante sur $\left[-\frac{\pi}{4}\,;\frac{\pi}{4}\right]$.
On en déduit le tableau de variations de φ :

t	$-\frac{\pi}{4}$		$\frac{\pi}{4}$
$\varphi'(t)$		$-$	
$\varphi(t)$	2	↘	-2

d) On sait, d'après le cours, que si une fonction f est dérivable en $x=a$ et si x est proche de a, la tangente T est proche de C_f et donc le nombre $f(x)$ a comme approximation affine $f'(a)(x-a)+f(a)$.
Dans notre cas, on a : $\varphi(0)=0$, $\varphi'(0)=-4$ car $\sin(0)=0$ et $\cos(0)=1$ et donc la courbe représentative de la fonction φ a comme tangente en $t=0$ la droite T d'équation :

$$y=\varphi'(0)(t-0)+\varphi(0)=-4(t-0)+0=-4t$$

et donc on a bien : $\varphi(t)\approx-4t$.

7 **a)** On a : $f(2)=3$ car $A(2\,;3)$ et $f'(2)=\frac{3}{4}$ car la droite (AB) est la tangente à C en $x=2$ et a pour coefficient directeur $\frac{y_B-y_A}{x_B-x_A}=\frac{6-3}{6-2}=\frac{3}{4}$.
On a remarqué que : $B(6\,;6)$.

b) $f(x)=x+a+\frac{b}{x}$ et donc $f'(x)=1-\frac{b}{x^2}$.
D'après **a)**, $f(2)=2+a+\frac{b}{2}=3$ et
$f'(2)=1-\frac{b}{2^2}=1-\frac{b}{4}=\frac{3}{4}$.
Par suite, $1-\frac{b}{4}=\frac{3}{4}\Leftrightarrow\frac{b}{4}=1-\frac{3}{4}=\frac{1}{4}\Leftrightarrow b=1$ et
$2+a+\frac{b}{2}=2+a+\frac{1}{2}=a+\frac{5}{2}=3$
$\Leftrightarrow a=3-\frac{5}{2}=\frac{1}{2}$.
En conclusion : $f(x)=x+\frac{1}{2}+\frac{1}{x}$.

c) $f'(x)=1-\frac{1}{x^2}=\frac{x^2-1}{x^2}=\frac{(x-1)(x+1)}{x^2}$, cqfd.

d) Sur $]0\,;7]$, $x^2>0$, $(x+1)>0$ et donc : $f'(x)$ a le signe de $(x-1)$.
Par suite, $f'(x)\leqslant 0$ sur $]0\,;1]$ et $f'(x)\geqslant 0$ sur $[1\,;7]$.
On en déduit le tableau de variations de f sur $]0\,;7]$:

x	0		1		7
$f'(x)$	‖	$-$	0	$+$	
$f(x)$	‖	↘	$\frac{5}{2}$	↗	$\frac{107}{14}$

On trace la courbe représentative C de f sur $]0\,;7]$ à l'aide d'une calculatrice.
On retrouve bien la courbe représentée dans l'énoncé.

8 **a)** La fonction C est dérivable sur $[20\,;130]$ et on a : $C'(v)=0{,}05-\frac{80}{v^2}=\frac{0{,}05v^2-80}{v^2}$

$$=\frac{0{,}05(v^2-1600)}{v^2}=\frac{0{,}05(v^2-40^2)}{v^2}$$

$$=\frac{0{,}05(v-40)(v+40)}{v^2}.$$

Sur $[20\,;130]$, $v^2>0$, $(v+40)>0$ et donc : $C'(v)$ a le signe de $(v-40)$.
Par suite, $C'(v)\leqslant 0$ sur $[20\,;40]$ et $C'(v)\geqslant 0$ sur $[40\,;130]$.

La fonction C est décroissante sur $[20 ; 40]$ et croissante sur $[40 ; 130]$.

b) La fonction C admet donc un minimum en $v=40$.
En conclusion :
La consommation est minimale pour une vitesse de 40 km/h.
La consommation minimale est de 4 litres aux 100 km car $C(40)=0{,}05\times 40+\dfrac{80}{40}=4$.

9 **a)** $P(I)=2I(9-I)=18I-2I^2$.
La fonction P est dérivable et on a :
$P'(I)=18-4I=2(9-2I)$.
$P'(I)=0 \Leftrightarrow 2(9-2I)=0 \Leftrightarrow 9-2I=0$
$\Leftrightarrow I=\dfrac{9}{2}$.
$P'(I)\geqslant 0 \Leftrightarrow I\leqslant \dfrac{9}{2}$; $P'(I)\leqslant 0 \Leftrightarrow I\geqslant \dfrac{9}{2}$ et donc la fonction P admet un maximum pour $I=\dfrac{9}{2}$.
Par suite, la puissance maximale est obtenue pour une intensité de 4,5 ampères et cette puissance maximale est de 40,5 watts car
$P(4{,}5)=2\times 4{,}5\times(9-4{,}5)=2\times 4{,}5^2=40{,}5$.

b) On doit résoudre l'équation : $P(I)=28$.
$P(I)=28 \Leftrightarrow 18I-2I^2=28$
$\Leftrightarrow 2I^2-18I+28=0 \Leftrightarrow I^2-9I+14=0$.
$(I-2)(I-7)=I^2-7I-2I+14$
$=I^2-9I+14$, cqfd.
Par suite, $I^2-9I+14=0 \Leftrightarrow (I-2)(I-7)=0$
$\Leftrightarrow (I=2$ ou $I=7)$.
On en déduit que l'on a une puissance utile de 28 watts pour une intensité de 2 ampères ou de 7 ampères.
La valeur de $I=2$ est la plus favorable car l'effet Joule est moindre.

10 **1)** $p'(t)=\dfrac{20\pi}{3}\cos\left(\dfrac{\pi}{6}t+\dfrac{\pi}{3}\right)$.

2) a) Si $7\leqslant t\leqslant 14$, $\dfrac{7\pi}{6}\leqslant\dfrac{\pi}{6}t\leqslant\dfrac{14\pi}{6}$ et donc
$\dfrac{7\pi}{6}+\dfrac{\pi}{3}\leqslant\dfrac{\pi}{6}t+\dfrac{\pi}{3}\leqslant\dfrac{14\pi}{6}+\dfrac{\pi}{3}$, soit
$\dfrac{3\pi}{2}\leqslant\dfrac{\pi}{6}t+\dfrac{\pi}{3}\leqslant\dfrac{8\pi}{3}$, cqfd.

b) De même, on démontre que si $7\leqslant t\leqslant 13$, on a : $\dfrac{3\pi}{2}\leqslant\dfrac{\pi}{6}t+\dfrac{\pi}{3}\leqslant\dfrac{5\pi}{2}$ et donc $\cos\left(\dfrac{\pi}{6}t+\dfrac{\pi}{3}\right)\geqslant 0$.
Par suite, $p'(t)\geqslant 0$ et donc la fonction p est croissante sur $[7 ; 13]$.
Si $13\leqslant t\leqslant 14$, on a : $\dfrac{5\pi}{2}\leqslant\dfrac{\pi}{6}t+\dfrac{\pi}{3}\leqslant\dfrac{8\pi}{3}$ et donc $\cos\left(\dfrac{\pi}{6}t+\dfrac{\pi}{3}\right)\leqslant 0$.
Par suite, $p'(t)\leqslant 0$ et donc la fonction p est décroissante sur $[13 ; 14]$.

c) On a $p'(t)=0$ pour $t=13$ et d'après **b)**, la fonction p admet un maximum en $t=13$.
La puissance p délivrée par le moteur est donc maximale à l'instant $t=13$ s.
Cette puissance est alors égale à 80 watts car
$p(13)=40\left[1+\sin\left(\dfrac{13\pi}{6}+\dfrac{\pi}{3}\right)\right]=40\left[1+\sin\left(\dfrac{5\pi}{2}\right)\right]$
$=40\times 2=80$ car $\sin\left(\dfrac{5\pi}{2}\right)=1$.

11 **1)** $F(x)=\dfrac{1}{3}x^3+\dfrac{3}{2}x^2+x-\dfrac{1}{6}$.

2) $F(x)=-\dfrac{2}{x}-3x+8$.

3) $F(t)=\dfrac{3}{5}t^5-\dfrac{1}{2}\cos(2t)+\dfrac{21}{2}$.

12 **a)** La puissance p du véhicule est égale à la dérivée de son énergie E et $E(0)=0$.
Son énergie E est donc la primitive de p telle que $E(0)=0$.
D'où, $E(t)=380t^4+9\,120t^3+54\,720t^2$.

b) $E(t)=\dfrac{1}{2}mv^2(t)=380v^2(t)$, et donc
$380t^4+9\,120t^3+54\,720t^2=380v^2(t)$.
Par suite, $v^2(t)=\dfrac{(380t^4+9\,120t^3+54\,720t^2)}{380}$
$=t^4+24t^3+144t^2=(t^2+12t)^2$, et donc, on a bien : $v(t)=t^2+12t$ car $v(t)>0$.

c) L'accélération subie par le pilote de la voiture est donnée par la dérivée de la vitesse $v(t)$.
Cette accélération est égale à : $2(t+6)$.
Comme $2(t+6)>0$ car $t\geqslant 0$, l'accélération subie par le pilote de la voiture est positive et elle est croissante de $12\ \text{m}\cdot\text{s}^{-2}$ à $18\ \text{m}\cdot\text{s}^{-2}$.

CHAPITRE 6 *(Énoncés p. 233)*

1 Par abus d'écriture, on mettra un = entre les mesures en radians et les mesures en degrés.

a) $30°=\dfrac{\pi}{6}$; $120°=\dfrac{2\pi}{3}$; $-45°=-\dfrac{\pi}{4}$;
$150°=\dfrac{5\pi}{6}$; $240°=\dfrac{4\pi}{3}$; $765°=\dfrac{17\pi}{4}$;
$100°=\dfrac{5\pi}{9}$; $-210°=-\dfrac{7\pi}{6}$; $-405°=-\dfrac{9\pi}{4}$.

b) $\dfrac{27\pi}{4}=1215°$; $-\dfrac{13\pi}{8}=-292{,}5°$; $\dfrac{5\pi}{3}=300°$;
$\dfrac{\pi}{12}=15°$; $-\dfrac{23\pi}{12}=-345°$; $25\pi=4\,500°$.

MATHS

2 Tout angle orienté possède une unique mesure dans l'intervalle $]-\pi\,;\,\pi]$.

On l'appelle mesure principale.

Par abus d'écriture, on mettra un $\equiv$ entre les mesures en radians et sa mesure principale.

$-\frac{\pi}{4} \equiv -\frac{\pi}{4}$; $115\pi \equiv \pi$; $\frac{7\pi}{6} \equiv -\frac{5\pi}{6}$;
$-\frac{19\pi}{3} \equiv -\frac{\pi}{3}$; $\frac{37\pi}{2} \equiv \frac{\pi}{2}$; $-\frac{77\pi}{4} \equiv \frac{3\pi}{4}$;
$\frac{95\pi}{8} \equiv -\frac{\pi}{8}$.

3 a) $\cos\left(\frac{2\pi}{3}\right) = -\frac{1}{2}$; $\sin\left(\frac{2\pi}{3}\right) = \frac{\sqrt{3}}{2}$.

b) $\cos\left(-\frac{2\pi}{3}\right) = -\frac{1}{2}$; $\sin\left(-\frac{2\pi}{3}\right) = -\frac{\sqrt{3}}{2}$.

c) $\cos\left(\frac{3\pi}{4}\right) = -\frac{\sqrt{2}}{2}$; $\sin\left(\frac{3\pi}{4}\right) = \frac{\sqrt{2}}{2}$.

d) $\cos\left(-\frac{3\pi}{4}\right) = -\frac{\sqrt{2}}{2}$; $\sin\left(-\frac{3\pi}{4}\right) = -\frac{\sqrt{2}}{2}$.

e) $\cos\left(\frac{5\pi}{6}\right) = -\frac{\sqrt{3}}{2}$; $\sin\left(\frac{5\pi}{6}\right) = \frac{1}{2}$.

f) $\cos\left(-\frac{5\pi}{6}\right) = -\frac{\sqrt{3}}{2}$; $\sin\left(-\frac{5\pi}{6}\right) = -\frac{1}{2}$.

4

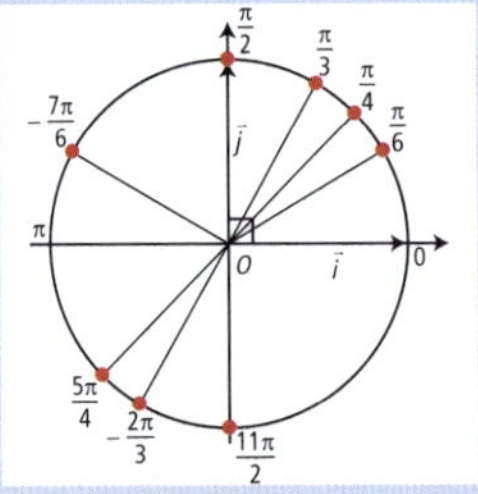

5 Les représentations sur le cercle trigonométrique sont laissées aux lecteurs.

a) $\cos(x) = \frac{\sqrt{2}}{2}$: $S = \left\{-\frac{\pi}{4}\,;\frac{\pi}{4}\right\}$.

b) $\sin(x) = \frac{1}{2}$: $S = \left\{\frac{\pi}{6}\,;\frac{5\pi}{6}\right\}$.

c) $\cos(x) = \sqrt{3}$: $S = \varnothing$ car $\sqrt{3} > 1$.

d) $\sin(x) = -\frac{1}{2}$: $S = \left\{-\frac{5\pi}{6}\,;-\frac{\pi}{6}\right\}$.

e) $\cos(x) = -\frac{\sqrt{3}}{2}$: $S = \left\{-\frac{5\pi}{6}\,;\frac{5\pi}{6}\right\}$.

f) $\sin(x) = -\frac{\sqrt{2}}{2}$: $S = \left\{-\frac{3\pi}{4}\,;-\frac{\pi}{4}\right\}$.

g) $\sin(t) = 0{,}9$: $S = \{1{,}12\,;\,2{,}02\}$, à 10^{-2} près.

h) $\cos\left(2t + \frac{\pi}{3}\right) = \frac{1}{2}$: $S = \left\{-\frac{\pi}{3}\,;\,0\,;\,\frac{2\pi}{3}\,;\,\pi\right\}$.

i) $\cos(t) = -0{,}25$: $S = \{-1{,}823\,;\,1{,}823\}$, à 10^{-3} près.

j) $\sin\left(t - \frac{\pi}{3}\right) = 0{,}3$: $S = \{-2{,}399\,;\,1{,}352\}$, à 10^{-3} près.

6 On a : $A = 2$; $T = 0{,}02$ et $\varphi = -\frac{\pi}{6}$ car $i(0) = 2\sin(\varphi) = -1 \Leftrightarrow \sin(\varphi) = -\frac{1}{2}$.

Par suite, comme $T = \frac{2\pi}{\omega}$, on a :

$$\omega = \frac{2\pi}{T} = \frac{2\pi}{0{,}02} = 100\pi.$$

7 a) $f(-x) = \sin(-x)\cos(-x)$
$= -\sin(x)\cos(x) = -f(x)$ car
$\sin(-x) = -\sin(x)$ et $\cos(-x) = \cos(x)$.
La fonction f est donc bien impaire.

b) $f(x+\pi) = \sin(x+\pi)\cos(x+\pi)$
$= (-\sin(x))(-\cos(x)) = \sin(x)\cos(x) = f(x)$
car $\sin(x+\pi) = -\sin(x)$ et
$\cos(x+\pi) = -\cos(x)$.
La fonction f est donc bien périodique de période π.

c) On a : $f(0) = \sin(0)\cos(0) = 0 \times 1 = 0$ car $\sin(0) = 0$ et $\cos(0) = 1$ et donc $O(0\,;\,0) \in C$.

$f\left(\frac{\pi}{4}\right) = \sin\left(\frac{\pi}{4}\right)\cos\left(\frac{\pi}{4}\right) = \frac{\sqrt{2}}{2} \times \frac{\sqrt{2}}{2} = \frac{1}{2}$ car $\sin\left(\frac{\pi}{4}\right) = \frac{\sqrt{2}}{2}$ et $\cos\left(\frac{\pi}{4}\right) = \frac{\sqrt{2}}{2}$ et donc $B\left(\frac{\pi}{4}\,;\,\frac{1}{2}\right) \in C$.

d) $f(x)$ est de la forme $A\sin(\omega x + \varphi)$.

$A = \frac{1}{2}$ car l'amplitude de f est 0,5.

$f(0) = 0 \Leftrightarrow \frac{1}{2}\sin(\varphi) = 0$ et donc $\varphi = 0$.

$f\left(\frac{\pi}{4}\right) = \frac{1}{2} \Leftrightarrow \frac{1}{2}\sin\left(\omega \times \frac{\pi}{4}\right) = \frac{1}{2}$

$\Leftrightarrow \sin\left(\omega \times \frac{\pi}{4}\right) = 1$ et donc $\omega \times \frac{\pi}{4} = \frac{\pi}{2}$, soit $\omega = 2$.

En conclusion, on a bien $f(x) = \frac{1}{2}\sin(2x)$.

On peut vérifier le résultat à l'aide d'une calculatrice en traçant la fonction g définie par $g(x) = \frac{1}{2}\sin(2x)$ et en constatant qu'elle se superpose à C.

8 **a)** La fonction θ est de la forme $A\cos(\omega t)$ et donc sa période T est égale à $\dfrac{2\pi}{\omega}$.

Si $L=0{,}5$ m, $T=\dfrac{2\pi}{\sqrt{\dfrac{g}{L}}}=\dfrac{2\pi}{\sqrt{\dfrac{9{,}81}{0{,}5}}}\approx 1{,}419$.

Si $L=1$ m, $T=\dfrac{2\pi}{\sqrt{\dfrac{g}{L}}}=\dfrac{2\pi}{\sqrt{\dfrac{9{,}81}{1}}}=\dfrac{2\pi}{\sqrt{9{,}81}}\approx 2{,}006$.

b) La période n'est pas proportionnelle à la longueur du fil car pour une longueur double, la période n'est pas doublée.

c) On cherche le plus petit $t>0$ tel que : $\theta(t)=0$.

$\theta(t)=0 \Leftrightarrow \dfrac{\pi}{6}\cos\left(\sqrt{\dfrac{g}{L}}\times t\right)=0$

$\Leftrightarrow \cos\left(\sqrt{\dfrac{g}{L}}\times t\right)=0 \Leftrightarrow \sqrt{\dfrac{g}{L}}\times t=\dfrac{\pi}{2}$

$\Leftrightarrow t=\dfrac{\frac{\pi}{2}}{\sqrt{\dfrac{g}{L}}}=\dfrac{\pi}{2\sqrt{\dfrac{9{,}81}{L}}}$.

d) Par hypothèse, $T=\dfrac{2\pi}{\sqrt{\dfrac{9{,}81}{L}}}=16{,}4$ et donc

$\sqrt{\dfrac{9{,}81}{L}}=\dfrac{2\pi}{16{,}4} \Leftrightarrow \dfrac{9{,}81}{L}=\left(\dfrac{2\pi}{16{,}4}\right)^2$

$\Leftrightarrow L=\dfrac{9{,}81}{\left(\dfrac{2\pi}{16{,}4}\right)^2}\approx 66{,}83$ m au cm près.

9 **1) a)** $T=0{,}02$ s, $f=\dfrac{1}{T}=\dfrac{1}{0{,}02}=50\text{Hz}$ et comme $T=\dfrac{2\pi}{\omega}$, $\omega=\dfrac{2\pi}{T}=\dfrac{2\pi}{0{,}02}=100\pi$ rad/s.

b) $\Delta(t)=0{,}004$ s et $\varphi=\dfrac{2\pi\Delta(t)}{T}=\dfrac{2\pi\times 0{,}004}{0{,}02}=\dfrac{2\pi}{5}$ rad.

c) $U\text{max}=311\text{V}$ et $I\text{max}=8\text{A}$.

Par suite, $U=\dfrac{311}{\sqrt{2}}\approx 220\text{V}$ et

$I=\dfrac{8}{\sqrt{2}}=4\sqrt{2}\approx 5{,}7\text{A}$.

2) $U(t)=311\sin(100\pi t)$ et

$I(t)=8\sin\left(100\pi t-\dfrac{2\pi}{5}\right)$.

3) La puissance active est égale à :

$P_A=UI\cos(\varphi)=\dfrac{311}{\sqrt{2}}\times 4\sqrt{2}\cos(\varphi)$

$=1244\cos(\varphi)\approx 384{,}42$watts.

Le facteur de puissance est égal à :

$F_P=\cos(\varphi)=\cos\left(\dfrac{2\pi}{5}\right)\approx 0{,}31$.

10 **a)** La fonction x est de la forme $A\cos(\omega t)$ et donc sa période T est égale à $\dfrac{2\pi}{\omega}$.

$T=\dfrac{2\pi}{\omega}=\dfrac{2\pi}{\sqrt{\dfrac{k}{m}}}$.

b) $A=0{,}5$ et comme $T=0{,}44$, on a :

$\dfrac{2\pi}{\sqrt{\dfrac{k}{0{,}1}}}=0{,}44 \Leftrightarrow \sqrt{\dfrac{k}{0{,}1}}=\dfrac{2\pi}{0{,}44} \Leftrightarrow \dfrac{k}{0{,}1}=\left(\dfrac{2\pi}{0{,}44}\right)^2$

$\Leftrightarrow k=0{,}1\left(\dfrac{2\pi}{0{,}44}\right)^2\approx 20{,}39\ \text{kg}\cdot\text{s}^{-2}$.

CHAPITRE 7

(Énoncés p. 237)

1 On a : $\vec{u}\cdot\vec{v}=\|\vec{u}\|\times\|\vec{v}\|\times\cos(\theta)$.

a) $\vec{u}\cdot\vec{v}=12\times 3\times\cos\left(\dfrac{\pi}{3}\right)=36\times\dfrac{1}{2}=18$.

b) $\vec{u}\cdot\vec{v}=4\times 10\times\cos\left(\dfrac{7\pi}{6}\right)=40\times\left(-\dfrac{\sqrt{3}}{2}\right)$
$=-20\sqrt{3}$.

c) $\vec{u}\cdot\vec{v}=1\times 0{,}3\times\cos\left(\dfrac{31\pi}{2}\right)=0{,}3\times 0=0$.

2 $\vec{u}\cdot\vec{v}=3\times 2=6$ car la projection orthogonale de $\vec{v}$ sur $\vec{u}$ a pour norme 2 et est de même sens que $\vec{u}$ qui a pour norme 3.

$\vec{u}\cdot\vec{w}=0$ car $\vec{u}$ est orthogonal à $\vec{w}$.

$\vec{v}\cdot\vec{w}=-3\times 6=-18$ car la projection orthogonale de $\vec{v}$ sur $\vec{w}$ a pour norme 3 et est de sens contraire à $\vec{w}$ qui a pour norme 6.

3 Si $\vec{u}\begin{pmatrix}x\\y\end{pmatrix}$ et $\vec{v}\begin{pmatrix}x'\\y'\end{pmatrix}$ sont deux vecteurs du plan P, on a : $\vec{u}\cdot\vec{v}=xx'+yy'$.

$\vec{u}\cdot\vec{v}=\dfrac{\sqrt{3}}{2}\times\dfrac{1}{2}+\left(-\dfrac{1}{2}\right)\times\dfrac{\sqrt{3}}{2}=\dfrac{\sqrt{3}}{4}-\dfrac{\sqrt{3}}{4}=0$;

$\|\vec{u}\|=\sqrt{\left(\dfrac{\sqrt{3}}{2}\right)^2+\left(-\dfrac{1}{2}\right)^2}=\sqrt{\dfrac{3}{4}+\dfrac{1}{4}}=\sqrt{1}=1$

et $\|\vec{v}\|=\sqrt{\left(\dfrac{1}{2}\right)^2+\left(\dfrac{\sqrt{3}}{2}\right)^2}=\sqrt{\dfrac{1}{4}+\dfrac{3}{4}}=\sqrt{1}=1$.

Le repère $(O\,;\vec{u},\vec{v})$ est donc orthonormé.

4 $(\vec{u}+\vec{v})\cdot(\vec{u}-\vec{v})=\vec{u}\cdot\vec{u}-\vec{u}\cdot\vec{v}+\vec{v}\cdot\vec{u}-\vec{v}\cdot\vec{v}$
$=\vec{u}\cdot\vec{u}-\vec{v}\cdot\vec{v}$ car $-\vec{u}\cdot\vec{v}+\vec{v}\cdot\vec{u}=0$
$=\vec{u}\cdot\vec{u}-\vec{v}\cdot\vec{v}=\|\vec{u}\|^2-\|\vec{v}\|^2=0$ car
les vecteurs $\vec{u}$ et $\vec{v}$ ont même norme et donc $\|\vec{u}\|=\|\vec{v}\|$.
Les vecteurs $\vec{u}+\vec{v}$ et $\vec{u}-\vec{v}$ sont donc bien orthogonaux.

5 La droite D d'équation $y=ax+b$ a comme vecteur directeur le vecteur $\vec{u}\begin{pmatrix}1\\a\end{pmatrix}$ et la droite D' d'équation $y=a'x+b'$ a comme vecteur directeur le vecteur $\vec{v}\begin{pmatrix}1\\a'\end{pmatrix}$.
Les droites D et D' sont perpendiculaires si et seulement si les vecteurs $\vec{u}\begin{pmatrix}1\\a\end{pmatrix}$ et $\vec{v}\begin{pmatrix}1\\a'\end{pmatrix}$ sont orthogonaux, soit si et seulement si
$\vec{u}\cdot\vec{v}=1\times1+aa'=0$ et donc $aa'=-1$.

6 Soit $M(x\,;y)$ un point quelconque du cercle $\mathscr{C}$.
$\overrightarrow{MA}\begin{pmatrix}2-x\\1-y\end{pmatrix}$ et $\overrightarrow{MB}\begin{pmatrix}6-x\\4-y\end{pmatrix}$.
M est un point quelconque de $\mathscr{C}$ si et seulement si $\overrightarrow{MA}\cdot\overrightarrow{MB}=0$, soit
$(2-x)(6-x)+(1-y)(4-y)=0$ et donc
$12-2x-6x+x^2+4-y-4y+y^2=0$,
qui donne après simplification :
$$x^2+y^2-8x-5y+16=0.$$
Son centre I est le milieu du segment $[AB]$ et a comme coordonnées $\left(\frac{2+6}{2}\,;\,\frac{1+4}{2}\right)=(4\,;2{,}5)$.
$[AB]$ est un diamètre du cercle $\mathscr{C}$.
$\overrightarrow{AB}\begin{pmatrix}6-2\\4-1\end{pmatrix}=\begin{pmatrix}4\\3\end{pmatrix}$ et $\|\overrightarrow{AB}\|=\sqrt{4^2+3^2}$
$=\sqrt{16+9}=\sqrt{25}=5$ et donc le rayon r du cercle $\mathscr{C}$ est égal à : $\frac{\|\overrightarrow{AB}\|}{2}=\frac{5}{2}=2{,}5$.

7 On rappelle le théorème d'Al-Kashi :
Si ABC est un triangle quelconque et si on note : $a=BC$, $b=AC$, $c=AB$ et $\widehat{A}=\widehat{BAC}$, $\widehat{B}=\widehat{ABC}$ et $\widehat{C}=\widehat{ACB}$, on a :
- $a^2=b^2+c^2-2bc\cos(\widehat{A})$;
- $b^2=a^2+c^2-2ac\cos(\widehat{B})$;
- $c^2=a^2+b^2-2ab\cos(\widehat{C})$.

D'où : $12^2=9^2+7^2-2\times9\times7\times\cos(\widehat{A})$
$\Leftrightarrow \cos(\widehat{A})=-\frac{14}{126}=-\frac{1}{9}$ et mes $\widehat{A}\approx 96{,}4°$;
$9^2=12^2+7^2-2\times12\times7\times\cos(\widehat{B})$
$\Leftrightarrow \cos(\widehat{B})=\frac{112}{168}=\frac{2}{3}$ et donc mes $\widehat{B}\approx48{,}2°$ et
$7^2=12^2+9^2-2\times12\times9\times\cos(\widehat{C})$
$\Leftrightarrow \cos(\widehat{C})=\frac{176}{216}=\frac{22}{27}$ et donc mes $\widehat{C}\approx35{,}4°$.
On peut vérifier que la somme des mesures des angles est égale à 180° aux erreurs d'arrondi près.
Dans notre cas, on a : $96{,}4+48{,}2+35{,}4=180°$.

8 Si $ABCD$ est un parallélogramme, on a :
$$AC^2+BD^2=AB^2+BC^2+CD^2+AD^2.$$
Par hypothèse : $AB=11$, $AC=7$, $BC=3$ et comme $ABCD$ est un parallélogramme, $AD=BC$ et $CD=AB$.
On a donc :
$7^2+BD^2=11^2+3^2+11^2+3^2$
$\Leftrightarrow BD^2=11^2+3^2+11^2+3^2-7^2=211$
$\Leftrightarrow BD=\sqrt{211}\approx14{,}53$.
On peut vérifier le résultat en faisant une figure à l'échelle.

9 **a)** $\overrightarrow{AB}\begin{pmatrix}3-(-3)\\-2-(-2)\end{pmatrix}=\begin{pmatrix}6\\0\end{pmatrix}$ et $\|\overrightarrow{AB}\|=\sqrt{6^2+0^2}$
$=\sqrt{6^2}=6$ et $\overrightarrow{AC}\begin{pmatrix}0-(-3)\\1-(-2)\end{pmatrix}=\begin{pmatrix}3\\3\end{pmatrix}$ et
$\|\overrightarrow{AC}\|=\sqrt{3^2+3^2}=\sqrt{2\times3^2}=3\sqrt{2}$.
$\overrightarrow{AB}\cdot\overrightarrow{AC}=6\times3+0\times3=18$.
$\overrightarrow{AB}\cdot\overrightarrow{AC}=\|\overrightarrow{AB}\|\times\|\overrightarrow{AC}\|\times\cos\left(\widehat{\overrightarrow{AB}\,;\overrightarrow{AC}}\right)$
$\Leftrightarrow \cos\left(\widehat{\overrightarrow{AB}\,;\overrightarrow{AC}}\right)=\frac{\overrightarrow{AB}\cdot\overrightarrow{AC}}{\|\overrightarrow{AB}\|\times\|\overrightarrow{AC}\|}=\frac{18}{6\times3\sqrt{2}}$
$=\frac{1}{\sqrt{2}}=\frac{\sqrt{2}}{2}$ et donc mes $\left(\widehat{\overrightarrow{AB}\,;\overrightarrow{AC}}\right)=\frac{\pi}{4}=45°$.
b) $\overrightarrow{CB}\begin{pmatrix}3-0\\-2-1\end{pmatrix}=\begin{pmatrix}3\\-3\end{pmatrix}$ et $\|\overrightarrow{CB}\|=\sqrt{3^2+(-3)^2}$
$=\sqrt{2\times3^2}=3\sqrt{2}$ et $\overrightarrow{CD}\begin{pmatrix}4-0\\0-1\end{pmatrix}=\begin{pmatrix}4\\-1\end{pmatrix}$ et
$\|\overrightarrow{CD}\|=\sqrt{4^2+(-1)^2}=\sqrt{17}$.
$\overrightarrow{CB}\cdot\overrightarrow{CD}=3\times4+(-3)\times(-1)=15$.
$\overrightarrow{CB}\cdot\overrightarrow{CD}=\|\overrightarrow{CB}\|\times\|\overrightarrow{CD}\|\times\cos\left(\widehat{\overrightarrow{CB}\,;\overrightarrow{CD}}\right)$
$\Leftrightarrow \cos\left(\widehat{\overrightarrow{CB}\,;\overrightarrow{CD}}\right)=\frac{\overrightarrow{CB}\cdot\overrightarrow{CD}}{\|\overrightarrow{CB}\|\times\|\overrightarrow{CD}\|}=\frac{15}{3\sqrt{2}\times\sqrt{17}}$
$=\frac{5}{\sqrt{34}}$ et donc mes $\left(\widehat{\overrightarrow{CB}\,;\overrightarrow{CD}}\right)\approx31°$.
On peut vérifier les résultats en faisant une figure.

10 Le travail W, en joules (J), d'une force $\vec{F}$, en newtons (N) est donné par la formule :

$W = \vec{F} \cdot \overrightarrow{AB}$, où AB est la distance en mètres parcourue par le point d'application de $\vec{F}$.

On a aussi : $W = \|\vec{F}\| \times \|\overrightarrow{AB}\| \times \cos(\theta)$ où θ est l'angle entre la force et la direction de la trajectoire.

a) $W = 1000 \times 500 \times \cos(60°) = 500\,000 \times \dfrac{1}{2}$
$= 250\,000$ J.

b) On cherche le réel x tel que :
$x \times 500 \times \cos(0) = 500x = 250\,000$ et donc
$x = \dfrac{250\,000}{500} = 500$ N.

La force exercée par le bateau est la moitié de la force exercée par le cheval.

11 $W_1 = 150 \times 500 \times \cos(0°) = 75\,000 \times 1$
$= 75\,000$ J ;
$W_2 = 150 \times 500 \times \cos(45°) = 75\,000 \times \dfrac{\sqrt{2}}{2}$
$= 37\,500\sqrt{2}$ J ;
$W_3 = 150 \times 500 \times \cos(60°) = 75\,000 \times \dfrac{1}{2}$
$= 37\,500$ J ;
$W_4 = 150 \times 500 \times \cos(90°) = 75\,000 \times 0 = 0$ J ;
$W_5 = 150 \times 500 \times \cos(150°)$
$= 75\,000 \times \left(-\dfrac{\sqrt{3}}{2}\right) = -37\,500\sqrt{3}$ J et
$W_6 = 150 \times 500 \times \cos(180°) = 75\,000 \times (-1)$
$= -75\,000$ J.

12 On fait une figure.

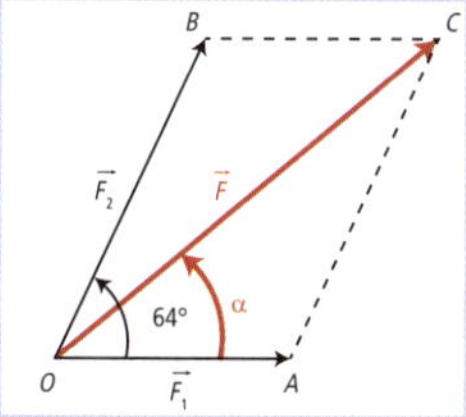

On se place dans le triangle OAC.
L'angle $\widehat{OAC}$ mesure $180° - 64° = 116°$.
D'après le théorème d'Al-Kashi, on a :
$OC^2 = OA^2 + AC^2 - 2 \times OA \times AC \times \cos\left(\widehat{OAC}\right)$
$= 157^2 + 230^2 - 2 \times 157 \times 230 \times \cos(116°)$
$= 77\,549 - 72\,220 \times \cos(116°)$ et donc
$OC = \sqrt{77\,549 - 72\,220 \times \cos(116°)} \approx 330{,}47$ N.

Dans le triangle OAC on a aussi :
$AC^2 = OA^2 + OC^2 - 2 \times OA \times OC \times \cos(\alpha)$ et donc
$\cos(\alpha) = \dfrac{OA^2 + OC^2 - AC^2}{2 \times OA \times OC} = \dfrac{157^2 + OC^2 - 230^2}{2 \times 157 \times OC}$
$= \dfrac{OC^2 - 28\,251}{314 \times OC}$ et donc $\alpha \approx 38°43'$.

On a pris la valeur exacte de OC pour faire le calcul de α.

13 D'après le théorème d'Al-Kashi, on a :
$AB^2 = CA^2 + CB^2 - 2 \times CA \times CB \times \cos\left(\widehat{ACB}\right)$
$= 27^2 + 41^2 - 2 \times 27 \times 41 \times \cos(126°)$
$= 2\,410 - 2\,214 \times \cos(126°)$ et donc
$AB = \sqrt{2\,410 - 2\,214 \times \cos(126°)} \approx 60{,}921$ km.

14 On fait une figure.

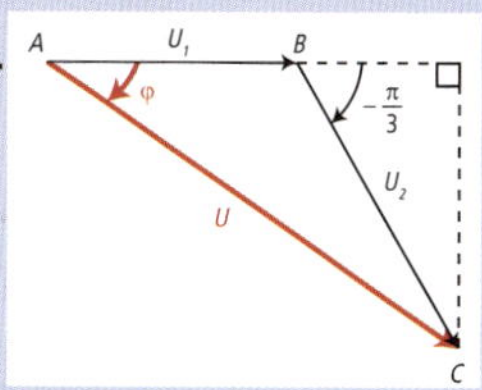

On se place dans le triangle ABC.
L'angle $\widehat{ABC}$ mesure $\pi - \dfrac{\pi}{3} = \dfrac{2\pi}{3}$.
D'après le théorème d'Al-Kashi, on a :
$AC^2 = AB^2 + BC^2 - 2 \times AB \times BC \times \cos\left(\widehat{ABC}\right)$
$= 18^2 + 23^2 - 2 \times 18 \times 23 \times \cos\left(\dfrac{2\pi}{3}\right)$
$= 18^2 + 23^2 - 2 \times 18 \times 23 \times \left(-\dfrac{1}{2}\right) = 1\,267$
et donc $U = AC = \sqrt{1267} \approx 35{,}59$ V.
Dans le triangle ABC on a aussi :
$BC^2 = AB^2 + AC^2 - 2 \times AB \times AC \times \cos(\varphi)$ et donc
$\cos(\varphi) = \dfrac{AB^2 + AC^2 - BC^2}{2 \times AB \times AC} = \dfrac{18^2 + 1\,267 - 23^2}{2 \times 18 \times \sqrt{1\,267}}$
et donc $\varphi \approx 34°$ et U est en retard sur u_1 de 34°.
On a pris la valeur exacte de AC pour faire le calcul de φ.

15 On se place dans le triangle CDE.
D'après le théorème d'Al-Kashi, on a :
$DE^2 = CD^2 + CE^2 - 2 \times CD \times CE \times \cos\left(\widehat{DCE}\right)$ et donc
$\cos(\alpha) = \dfrac{CD^2 + CE^2 - DE^2}{2 \times CD \times CE} = \dfrac{380^2 + 500^2 - 280^2}{2 \times 380 \times 500}$
$= \dfrac{316\,000}{380\,000} = \dfrac{79}{95}$ et donc $\alpha \approx 33{,}7°$.
On se place dans le triangle CEF.
D'après le théorème d'Al-Kashi, on a :
$EF^2 = CE^2 + CF^2 - 2 \times CE \times CF \times \cos\left(\widehat{FCE}\right)$ et donc
$\cos(\beta) = \dfrac{CE^2 + CF^2 - EF^2}{2 \times CE \times CF} = \dfrac{500^2 + 280^2 - 380^2}{2 \times 500 \times 280}$
$= \dfrac{184\,000}{280\,000} = \dfrac{23}{35}$ et donc $\beta \approx 48{,}9°$.
On en déduit les angles du triangle ABC.
Mes $\widehat{C} = \alpha + \beta \approx 83°$.
Dans le triangle rectangle ACH,
mes $\widehat{A} = 180 - 90 - \alpha \approx 56°$.
Dans le triangle rectangle HCB,
mes $\widehat{B} = 180 - 90 - \beta \approx 41°$.
On vérifie que mes $\widehat{A}$ + mes $\widehat{B}$ + mes $\widehat{C} = 180°$ aux erreurs d'arrondi près.
Ici on a : $56 + 41 + 83 = 180°$.

MATHS

16 **a)** On a : $\alpha+\beta=90°$ et donc $\beta=90°-\alpha$ et $\beta+\gamma=180°$ et donc $\gamma=180°-\beta=90°+\alpha$.

b) $(\vec{R}+\vec{T}+\vec{P})\cdot\vec{i}=\vec{R}\cdot\vec{i}+\vec{T}\cdot\vec{i}+\vec{P}\cdot\vec{i}$

$=\vec{T}\cdot\vec{i}+\vec{P}\cdot\vec{i}$ car, comme les vecteurs $\vec{R}$ et $\vec{i}$ sont orthogonaux, on a : $\vec{R}\cdot\vec{i}=0$.

De plus, comme $\vec{R}+\vec{T}+\vec{P}=\vec{0}$, on a :

$(\vec{R}+\vec{T}+\vec{P})\cdot\vec{i}=0$ et donc $\vec{T}\cdot\vec{i}+\vec{P}\cdot\vec{i}=0$.

On a alors : $\vec{T}\cdot\vec{i}=-\vec{P}\cdot\vec{i}$.

$\vec{T}\cdot\vec{i}=T\times1=T$ car les vecteurs $\vec{T}$ et $\vec{i}$ sont colinéaires et de même sens et le vecteur $\vec{i}$ est unitaire.

$\vec{P}\cdot\vec{i}=(11+75)\times9{,}81\cos(\gamma)$

$=843{,}66\cos(90°+\alpha)=-843{,}66\sin(\alpha)$.

On rappelle que : $\cos(90°+\alpha)=-\sin(\alpha)$.

Par suite : $\vec{T}\cdot\vec{i}=T=-\vec{P}\cdot\vec{i}=843{,}66\sin(\alpha)$, cqfd.

c) Soit P la puissance délivrée.

On a : $P=\vec{T}\cdot\vec{v}=T\times v$ car les vecteurs $\vec{T}$ et $\vec{v}$ sont colinéaires.

Par suite $P=T\times v=843{,}66\sin(\alpha)\times v=300$

$\Leftrightarrow v=\dfrac{300}{843{,}66\sin(\alpha)}$.

d) Si $\alpha=10°$, $v=\dfrac{300}{843{,}66\sin(10)}$ m/s, soit à peu près 7,37 km/h.

On a multiplié par 3,6 car $1\text{ m/s}=\dfrac{3\,600}{1\,000}\text{ km/h}$.

De même, pour α = 15°, on trouve 4,95 km/h et pour α = 45°, on trouve 1,81 km/h.

CHAPITRE 8 (Énoncés p. 241)

Dans les exercices, on remplacera i² par − 1.

1 $z_1=(3-2i)(7+3i)=21+9i-14i-6i^2$

$=21-5i+6=27-5i$.

$z_2=\left(\sqrt{3}+2i\right)^2=\left(\sqrt{3}\right)^2+4\sqrt{3}i+(2i)^2$

$=3+4\sqrt{3}i-4=-1+4\sqrt{3}i$ car

$(2i)^2=4i^2=4\times(-1)=-4$.

$z_3=17-5i(4-12i)=17-20i+60i^2$

$=17-20i-60=-43-20i$.

$z_4=(2-2i-(5-4i))^2$

$=(2-2i-5+4i)^2=(-3+2i)^2$

$=(-3)^2-12i+(2i)^2=9-12i-4$

$=5-12i$ car $(2i)^2=-4$ (Voir z_2)

$z_5=1+i+i^2+i^3+i^4+i^5$

$=1+i-1-i+1+i=1+i$ car

$i^2=-1$;

$i^3=i^2\times i=(-1)\times i=-i$;

$i^4=(i^2)^2=(-1)^2=1$ et

$i^5=i^4\times i=1\times i=i$.

2 **a)** $z+\overline{z'}=4-i+7-3i=11-4i$.

b) $\overline{z}\times z'=(4+i)\times(7+3i)$

$=28+12i+7i+3i^2=28+19i-3$

$=25+19i$.

c) $\overline{\overline{z}-z'}=z-\overline{z'}=4-i-(7-3i)$

$=4-i-7+3i=-3+2i$.

3 $z_1=\dfrac{1}{4i}=\dfrac{1}{4}\times\dfrac{1}{i}=\dfrac{1}{4}\times\dfrac{-i}{i\times(-i)}=\dfrac{1}{4}\times\dfrac{-i}{1}=-\dfrac{1}{4}i$.

$z_2=\dfrac{1}{1+i}=\dfrac{1-i}{(1+i)(1-i)}=\dfrac{1-i}{2}=\dfrac{1}{2}-\dfrac{1}{2}i$.

$z_3=\dfrac{3+4i}{5+2i}=\dfrac{(3+4i)(5-2i)}{(5+2i)(5-2i)}$

$=\dfrac{15-6i+20i+8}{29}=\dfrac{23+14i}{29}=\dfrac{23}{29}+\dfrac{14}{29}i$.

$z_4=\dfrac{7-5i}{3-4i}=\dfrac{(7-5i)(3+4i)}{(3-4i)(3+4i)}$

$=\dfrac{21+28i-15i+20}{(3-4i)(3+4i)}=\dfrac{41+13i}{25}=\dfrac{41}{25}+\dfrac{13}{25}i$.

$z_5=\dfrac{1-i\sqrt{3}}{7i-2}=\dfrac{1-i\sqrt{3}}{-2+7i}=\dfrac{\left(1-i\sqrt{3}\right)(-2-7i)}{(-2+7i)(-2-7i)}$

$=\dfrac{-2-7i+2\sqrt{3}i-7\sqrt{3}}{53}=\dfrac{-2-7\sqrt{3}+\left(2\sqrt{3}-7\right)i}{53}$

$=-\dfrac{2+7\sqrt{3}}{53}+\dfrac{\left(2\sqrt{3}-7\right)}{53}i$.

$z_6=\dfrac{1}{i}+\dfrac{2}{3-5i}=-i+\dfrac{2(3+5i)}{(3-5i)(3+5i)}$

$=-i+\dfrac{2(3+5i)}{34}=-i+\dfrac{3+5i}{17}$

$=\dfrac{-17i+3+5i}{17}=\dfrac{3-12i}{17}=\dfrac{3}{17}-\dfrac{12}{17}i$.

4 **a)** $5z+3i=2z+7+4i$

$\Leftrightarrow 5z-2z=7+4i-3i\Leftrightarrow 3z=7+i$

$\Leftrightarrow z=\dfrac{7+i}{3}=\dfrac{7}{3}+\dfrac{1}{3}i$ et $S=\left\{\dfrac{7}{3}+\dfrac{1}{3}i\right\}$.

b) $7z-4i+7=5iz+8+2i$

$\Leftrightarrow 7z-5iz=4i-7+8+2i$

$\Leftrightarrow(7-5i)z=1+6i \Leftrightarrow z=\dfrac{1+6i}{7-5i}$

$\Leftrightarrow z=\dfrac{(1+6i)(7+5i)}{(7-5i)(7+5i)}=\dfrac{7+5i+42i-30}{74}$

$\Leftrightarrow z=\dfrac{-23+47i}{74}=-\dfrac{23}{74}+\dfrac{47}{74}i$ et

$S=\left\{-\dfrac{23}{74}+\dfrac{47}{74}i\right\}$.

c) $z+\overline{z}=5\Leftrightarrow 2\text{Re}(z)=5\Leftrightarrow \text{Re}(z)=\dfrac{5}{2}$ et

$S=\left\{\dfrac{5}{2}+iy \text{ avec } y\in\mathbb{R}\right\}$.

Il y a donc une infinité de solutions.

d) Soit $z=x+iy$ un nombre complexe.

$z+i\bar{z}=1+2i \Leftrightarrow x+iy+i(x-iy)=1+2i$

$\Leftrightarrow x+iy+ix+y=1+2i$

$\Leftrightarrow x+y+i(x+y)=1+2i$

$\Leftrightarrow (x+y=1 \text{ et } x+y=2)$, ce qui n'est pas possible et donc $S=\varnothing$.

5 $z_1=3\left(\cos\left(\frac{\pi}{4}\right)+i\sin\left(\frac{\pi}{4}\right)\right)$

$=3\left(\frac{\sqrt{2}}{2}+i\frac{\sqrt{2}}{2}\right)=\frac{3\sqrt{2}}{2}+\frac{3\sqrt{2}}{2}i.$

$z_2=\sqrt{3}\left(\cos\left(-\frac{\pi}{6}\right)+i\sin\left(-\frac{\pi}{6}\right)\right)$

$=\sqrt{3}\left(\frac{\sqrt{3}}{2}+i\left(-\frac{1}{2}\right)\right)=\frac{3}{2}-\frac{\sqrt{3}}{2}i.$

6 $z_1=2:\ |z_1|=2$ et $\arg(z_1)=0$;

$z_2=-10:\ |z_2|=10$ et $\arg(z_2)=\pi$;

$z_3=2i:\ |z_3|=2$ et $\arg(z_3)=\frac{\pi}{2}$;

$z_4=-i:\ |z_4|=1$ et $\arg(z_4)=-\frac{\pi}{2}$;

$z_5=1+i:\ |z_5|=\sqrt{2}$ et $\arg(z_5)=\frac{\pi}{4}$;

$z_6=-\sqrt{3}+i:\ |z_6|=2$ et $\arg(z_6)=\frac{5\pi}{6}$.

7 $z_1=\left[10\ ;\ -\frac{\pi}{2}\right]$; $z_2=\left[8\sqrt{2}\ ;\ \frac{3\pi}{4}\right]$

$z_3=\left[8\ ;\ \frac{\pi}{3}\right]$; $z_4=\left[\sqrt{10}\ ;\ -\frac{\pi}{4}\right]$;

$z_5=\frac{1}{-\sqrt{6}+i\sqrt{2}}=\frac{-\sqrt{6}-i\sqrt{2}}{(-\sqrt{6}+i\sqrt{2})(-\sqrt{6}-i\sqrt{2})}$

$=\frac{-\sqrt{6}-i\sqrt{2}}{8}=\left[\frac{\sqrt{2}}{4}\ ;\ -\frac{5\pi}{6}\right]$

$z_6=(7+7i)^2=49(1+i)^2=98i=\left[98\ ;\ \frac{\pi}{2}\right].$

8 **a)** $z_A=-2+\frac{3}{2}i$; $z_B=-\frac{3}{2}i$ et $z_C=\frac{\sqrt{3}}{2}-\frac{1}{2}i.$

Pour z_C : C est sur le cercle trigonométrique, son ordonnée est $-\frac{1}{2}=\sin\left(-\frac{\pi}{6}\right)$ et donc son abscisse est $\cos\left(-\frac{\pi}{6}\right)=\frac{\sqrt{3}}{2}$.

b) $z_{\overrightarrow{AB}}=z_B-z_A=-\frac{3}{2}i-\left(-2+\frac{3}{2}i\right)=2-3i.$

c) On sait que : $ABDC$ est un parallélogramme si et seulement si $\overrightarrow{AB}=\overrightarrow{CD}$.

On a donc $z_{\overrightarrow{CD}}=z_D-z_C=z_{\overrightarrow{AB}}$ et

$z_D=z_C+z_{\overrightarrow{AB}}=\frac{\sqrt{3}}{2}-\frac{1}{2}i+(2-3i)$

$=\frac{\sqrt{3}}{2}-\frac{1}{2}i+2-3i=\frac{\sqrt{3}}{2}+2-\frac{7}{2}i.$

d) Le centre E du parallélogramme $ABDC$ est le milieu du segment $[BC]$.

Par suite, $z_E=\frac{z_B+z_C}{2}=\frac{-\frac{3}{2}i+\frac{\sqrt{3}}{2}-\frac{1}{2}i}{2}$

$=\frac{\frac{\sqrt{3}}{2}-2i}{2}=\frac{\sqrt{3}}{4}-i.$

e) $|z_E|=\sqrt{\left(\frac{\sqrt{3}}{4}\right)^2+(-1)^2}=\sqrt{\frac{3}{16}+1}=\sqrt{\frac{19}{16}}$

$=\frac{\sqrt{19}}{4}\neq 1$ et donc E n'est pas sur le cercle.

9 **a)** La figure est laissée au soin du lecteur.

b) $z_{\overrightarrow{AB}}=z_B-z_A=3-2i-(-3+i)$

$=3-2i+3-i=6-3i$ et $\overrightarrow{AB}\begin{pmatrix}6\\-3\end{pmatrix}$.

$z_{\overrightarrow{BC}}=z_C-z_B=5+2i-(3-2i)$

$=5+2i-3+2i=2+4i$ et $\overrightarrow{BC}\begin{pmatrix}2\\4\end{pmatrix}$.

Comme $\overrightarrow{AB}\cdot\overrightarrow{BC}=6\times 2+(-3)\times 4=12-12=0$, les vecteurs $\overrightarrow{AB}$ et $\overrightarrow{BC}$ sont orthogonaux et donc le triangle ABC est rectangle en B.

$z_{\overrightarrow{AD}}=z_D-z_A=-1+5i-(-3+i)$

$=-1+5i+3-i=2+4i.$

Comme $z_{\overrightarrow{AD}}=z_{\overrightarrow{BC}}$, on a $\overrightarrow{AD}=\overrightarrow{BC}$ et donc le quadrilatère $ABCD$ est un parallélogramme.

Comme de plus, l'angle en B est droit, le quadrilatère $ABCD$ est un rectangle.

On peut démontrer que ce n'est pas un carré.

10 **a)** $z_1=z_0\times\left(\frac{1}{2}+\frac{\sqrt{3}}{2}i\right)=1\times\left(\frac{1}{2}+\frac{\sqrt{3}}{2}i\right)$

$=\frac{1}{2}+\frac{\sqrt{3}}{2}i.$

$|z_0|=\sqrt{1^2+0^2}=\sqrt{1^2}=1$ et

$|z_1|=\sqrt{\left(\frac{1}{2}\right)^2+\left(\frac{\sqrt{3}}{2}\right)^2}=\sqrt{\frac{1}{4}+\frac{3}{4}}=\sqrt{1}=1.$

L'algoritme affiche une valeur approchée de $\frac{\arg(z_1)}{\pi}$ qui vaut $\frac{1}{3}$ et donc $\arg(z_1)=\frac{\pi}{3}$.

```
from cmath import*

z = 1
print(phase(z)/pi)
for i in range(0,11):
  z = z*(1/2+sqrt(3)/2*1j)
  print(phase(z)/pi)
```

MATHS

Après exécution, on obtient l'affichage suivant :

```
0.0
0.3333333333333333
0.6666666666666666
1.0
-0.6666666666666667
-0.3333333333333337
-7.067899292141151e-17
0.3333333333333333
0.6666666666666666
1.0
-0.6666666666666667
-0.3333333333333334
```

En multipliant par π ces résultats, et en remarquant que $-7.067899292141151e-17$ est une valeur approchée de 0 car $e-17=10^{-17}$, on peut déduire de ces résultats que :

$\arg(z_0)=0$; $\arg(z_1)=\frac{\pi}{3}$; $\arg(z_2)=\frac{2\pi}{3}$;

$\arg(z_3)=\pi$; $\arg(z_4)=-\frac{2\pi}{3}$; $\arg(z_5)=-\frac{\pi}{3}$;

$\arg(z_6)=0$; $\arg(z_7)=\frac{\pi}{3}$; $\arg(z_8)=\frac{2\pi}{3}$;

$\arg(z_9)=\pi$; $\arg(z_{10})=-\frac{2\pi}{3}$; $\arg(z_{11})=-\frac{\pi}{3}$.

d) Dans la question précédente on remarque que les valeurs des $\arg(z_n)$ sont cycliques avec une période de 6.
Ainsi si n est un multiple de 6, $\arg(z_n)=0$ et les autres valeurs des arguments se répètent de 6 rangs en 6 rangs.
Le multiple de 6 le plus proche de 100 536 203 est 100 536 204 (en divisant ce dernier nombre par 6 à la calculatrice le résultat est entier). Ainsi, en observant la liste d'arguments de la question précédente on peut conjecturer que : $\arg(z_{100\,536\,203})=-\frac{\pi}{3}$.

11 **a)** $Z=\frac{z+\mathrm{i}}{z+1}=\frac{x+\mathrm{i}y+\mathrm{i}}{x+\mathrm{i}y+1}=\frac{x+\mathrm{i}(y+1)}{x+1+\mathrm{i}y}$

$=\frac{[x+\mathrm{i}(y+1)][x+1-\mathrm{i}y]}{[x+1+\mathrm{i}y][x+1-\mathrm{i}y]}$

$=\frac{x^2+x-\mathrm{i}xy+\mathrm{i}yx+\mathrm{i}y+y^2+\mathrm{i}x+\mathrm{i}+y}{(x+1)^2+y^2}$

$=\frac{x^2+y^2+x+y+\mathrm{i}(x+y+1)}{(x+1)^2+y^2}$, cqfd.

Ne pas oublier que $z\neq-1$ et donc $(x\,;y)\neq(-1\,;0)$.

b) D'après **a)**, si Z imaginaire pur, $z=x+iy$ est tel que $x^2+y^2+x+y=0$.
On peut prendre comme exemple $z=0$.
On a alors $Z=\mathrm{i}$ qui est bien un imaginaire pur.

c) D'après **a)**, si Z réel, $z=x+iy$ est tel que $x+y+1=0$ et donc M d'affixe z est situé sur la droite d'équation réduite $y=-x-1$.
Cette droite est privée du point $A(-1\,;0)$.

12 **a)** C'est la droite horizontale d'équation $y=1$.

b) C'est la droite verticale d'équation $x=-3$.

c) C'est le demi-plan complexe situé à gauche de l'axe des ordonnées du repère $(O\,;\vec{u},\vec{v})$.

d) C'est la droite d'équation $y=x$, qui est la première bissectrice du repère $(O\,;\vec{u},\vec{v})$.

e) C'est le quart du plan complexe situé sur ou sous l'axe des abscisses du repère $(O\,;\vec{u},\vec{v})$ et à droite de la droite verticale d'équation $x=3$.
Les représentations graphiques sont laissées au soin du lecteur.

13 **1) a)** M est un point d'affixe z.
$z-(1+3\mathrm{i})=z-1-3\mathrm{i}$ est l'affixe de $\overrightarrow{AM}$ et
$z-(-7\mathrm{i})=z+7\mathrm{i}$ est l'affixe de $\overrightarrow{BM}$.
Comme $|z-1-3\mathrm{i}|=|z+7\mathrm{i}|$, on a bien : $AM=BM$.

b) L'ensemble des points M est la médiatrice du segment $[AB]$ car $AM=BM$.

2) On démontre comme en **1)** que l'ensemble des points M est la médiatrice du segment $[CD]$ où C et D ont pour affixes respectives : $c=-4$ et $d=-1+2\mathrm{i}$.

3) Soit M est un point d'affixe z et Ω le point d'affixe $-3+\mathrm{i}$.
$z-(-3+\mathrm{i})=z+3-\mathrm{i}$ est l'affixe de $\overrightarrow{\Omega M}$ et comme $|z+3-\mathrm{i}|=4$, l'ensemble cherché est le cercle de centre Ω et de rayon $r=4$ car $\Omega M=4$.

14 **a)** $\frac{1}{Z}=\frac{1}{Z_R}+\frac{1}{Z_L}=\frac{1}{R}+\frac{1}{\mathrm{i}L\omega}=\frac{\mathrm{i}L\omega+R}{\mathrm{i}RL\omega}$ et

$Z=\frac{1}{\frac{\mathrm{i}L\omega+R}{\mathrm{i}RL\omega}}=\frac{\mathrm{i}RL\omega}{\mathrm{i}L\omega+R}=\frac{\mathrm{i}RL\omega}{\mathrm{R}+\mathrm{i}L\omega}$, cqfd.

b) $Z=\frac{\mathrm{i}RL\omega}{\mathrm{R}+\mathrm{i}L\omega}=\frac{\mathrm{i}RL\omega(\mathrm{R}-\mathrm{i}L\omega)}{(\mathrm{R}+\mathrm{i}L\omega)(\mathrm{R}-\mathrm{i}L\omega)}$

$=\frac{RL^2\omega^2+\mathrm{i}R^2L\omega}{\mathrm{R}^2+L^2\omega^2}=\frac{RL^2\omega^2}{\mathrm{R}^2+L^2\omega^2}+\mathrm{i}\frac{R^2L\omega}{\mathrm{R}^2+L^2\omega^2}$.

15 On a : $i_1=\left[3\,;\frac{\pi}{6}\right]$ et $i_2=\left[5\,;-\frac{\pi}{4}\right]$.

$i_1=3\left[\cos\left(\frac{\pi}{6}\right)+\mathrm{j}\sin\left(\frac{\pi}{6}\right)\right]=3\left(\frac{\sqrt{3}}{2}+\frac{1}{2}\mathrm{j}\right)$ et

$i_2=5\left[\cos\left(-\frac{\pi}{4}\right)+\mathrm{j}\sin\left(-\frac{\pi}{4}\right)\right]=5\left(\frac{\sqrt{2}}{2}-\frac{\sqrt{2}}{2}\mathrm{j}\right)$.

$i=i_1+i_2=3\left(\frac{\sqrt{3}}{2}+\frac{1}{2}\mathrm{j}\right)+5\left(\frac{\sqrt{2}}{2}-\frac{\sqrt{2}}{2}\mathrm{j}\right)$

$=\frac{3\sqrt{3}+5\sqrt{2}}{2}+\frac{3-5\sqrt{2}}{2}\mathrm{j}$.

$$|i| = \sqrt{\left(\frac{3\sqrt{3}+5\sqrt{2}}{2}\right)^2 + \left(\frac{3-5\sqrt{2}}{2}\right)^2}$$

$$= \frac{1}{2}\sqrt{136+30\left(\sqrt{6}-\sqrt{2}\right)} \approx 6{,}46 \text{ A.}$$

On a : $\cos(\varphi) = \dfrac{\frac{3\sqrt{3}+5\sqrt{2}}{2}}{|i|} > 0$ et

$\sin(\varphi) = \dfrac{\frac{3-5\sqrt{2}}{2}}{|i|} < 0.$

À l'aide une calculatrice, on obtient : $\varphi \approx -0{,}32$ rad.
Il faut prendre la valeur exacte de $|i|$ pour le calcul de φ.
En conclusion : $i \approx 6{,}46 \sin(\omega t - 0{,}32)$.
On peut vérifier les résultats sur le diagramme de Fresnel.

CHAPITRE 9 *(Énoncés p. 245)*

1 a) On complète le tableau :

	O	*R*	Total
Hommes	6,6	17,1	23,7
Femmes	9,2	15,1	24,3
Total	15,8	32,2	48

b) La fréquence marginale de femmes parmi les joueurs est égale à : $\dfrac{24{,}3}{48} \approx 0{,}506$.

c) La fréquence marginale de joueurs réguliers est égale à : $\dfrac{32{,}2}{48} \approx 0{,}671$.

d) La fréquence conditionnelle de femmes parmi les joueurs occasionnels est égale à : $\dfrac{9{,}2}{15{,}8} \approx 0{,}582$.

e) La fréquence conditionnelle de joueurs réguliers parmi les hommes est égale à : $\dfrac{17{,}1}{23{,}7} \approx 0{,}722$.

2 a) On complète le tableau :

	B	*B+*	*A*	*P*	Total
V_1	613	798	211	102	1 724
V_2	398	254	51	14	717
V_3	1 547	823	301	159	2 830
V_4	552	2 004	1 111	1 002	4 669
V_5	774	925	404	204	2 307
V_6	3 005	1 213	518	109	4 845
Total	6 889	6 017	2 596	1 590	17 092

Les fréquences marginales respectives pour les abonnements *B*, *B+*, *A* et *P* sont égales à :
$\dfrac{6\,889}{17\,092} \approx 0{,}403$; $\dfrac{6\,017}{17\,092} \approx 0{,}352$; $\dfrac{2\,596}{17\,092} \approx 0{,}152$ et $\dfrac{1590}{17\,092} \approx 0{,}093$.
On vérifie que la somme de ces 4 fréquences est égale à 1 aux erreurs d'arrondis près.
Ici on a : $0{,}403 + 0{,}352 + 0{,}152 + 0{,}093 = 1$.

b) Les fréquences conditionnelles des abonnements premiums relativement à la ville 1 et à la ville 6 sont respectivement égales à : $\dfrac{102}{1\,724} \approx 0{,}059$ et $\dfrac{109}{4845} \approx 0{,}022$.
La fréquence conditionnelle des abonnements premiums relativement à la ville 1 est donc bien supérieure à celle de la ville 6.

c) Chaque élément de la liste L est une liste correspondant à une ligne du tableau de l'énoncé.
L[0] est la première ligne du tableau, L[1] la deuxième etc.
De plus L[1][0] est la première valeur de la deuxième ligne du tableau (398 ici), L[1][1] la deuxième valeur de cette même ligne, etc.
Ainsi, à l'intérieur de la fonction, l'instruction T = [L[i][n] for i in range(0,6)] crée la liste composée de T[i][0], T[i][1], …, T[i][5].
C'est donc la liste des termes de la colonne numéro i du tableau.
L'instruction sum(T) retourne la somme des termes de cette colonne.
La dernière instruction affiche donc la somme des termes de la première colonne qui vaut bien 6 889.

d) Pour calculer la fréquence conditionnelle demandée, il faut diviser la cellule numéro k de la colonne numéro n par la somme des termes de cette colonne.

```
def freq_cond_abo(k,n):
  return L[k][n]/freq_m_abo(n)
```

3 a) La formule à saisir est : « = D2-B2 ».

b) « = SOMME(B2:B8) ».

c) « = B9/D9 ».

d) « = B2/D2 ».

4 a) Il y a en tout 15 boules dont 10 bleues et 5 blanches et donc la probabilité d'obtenir une boule bleue est égale à : $\dfrac{10}{15} = \dfrac{2}{3} \approx 0{,}667$.

MATHS

b) Il y a 15 boules dont 5 bleues qui portent un numéro pair (0, 2, 4, 6 et 8) et 2 blanches qui portent un numéro pair (2 et 4), soit en tout 7 boules qui portent un numéro pair et donc la probabilité d'obtenir une boule portant un numéro pair est égale à : $\frac{7}{15} \approx 0{,}467$.

c) Parmi les 7 boules portant un nombre pair, il y a 2 boules blanches et donc la probabilité d'obtenir une boule blanche sachant que la boule tirée porte un numéro pair est égale à : $\frac{2}{7} \approx 0{,}286$.

5 **a)** Sur les 43 448 personnes de l'étude, il y en a 21 720 qui ont reçu le vaccin et donc :

$P(V) = \frac{21720}{43\,448} \approx 0{,}499\,908$.

Sur les 43 448 personnes de l'étude, il y en a 21 728 qui ont reçu le placebo et donc :

$P(\overline{V}) = \frac{21728}{43\,448} \approx 0{,}500\,092$.

On aurait pu aussi dire que : $P(\overline{V}) = 1 - P(V)$.

b) Il y a 21 720 personnes qui ont été vaccinées et parmi celles-ci, 8 ont été contaminées au Covid-19 et donc : $P_V(C) = \frac{8}{21720} \approx 0{,}000\,368$.

Il y a 21 720 personnes qui ont été vaccinées et parmi celles-ci, une seule a eu la forme grave du Covid-19 et donc : $P_V(G) = \frac{1}{21720} \approx 0{,}000\,046$.

Il y moins de 4 « chances » sur 10 000 d'avoir le Covid-19 et moins de 5 « chances » sur 100 000 d'avoir la forme grave si on a été vacciné.
Cela montre nettement l'efficacité du vaccin.

c) Parmi les personnes qui ont participé à l'étude, il y a eu 170 personnes qui ont été contaminées au Covid-19 et parmi celles-ci, 8 avaient été vaccinées et donc :

$P_c(V) = \frac{8}{170} \approx 0{,}047\,059$, soit moins de 5 %.

6 **a)** On complète le tableau :

	L'image contient un chat	L'image ne contient pas de chat	Total
L'IA détecte un chat	1 403	43	1 446
L'IA ne détecte pas de chat	97	1 457	1 554
Total	1 500	1 500	3 000

b) $\mathrm{Card}(C \cap D) = 1403$; $\mathrm{Card}(\overline{C} \cap \overline{D}) = 1457$

et donc : $P(C \cap D) = \frac{1403}{3\,000}$; $P(\overline{C} \cap \overline{D}) = \frac{1457}{3\,000}$.

On a alors : $P(C \cap D) + P(\overline{C} \cap \overline{D})$

$= \frac{1403}{3\,000} + \frac{1457}{3\,000} = \frac{2\,860}{3\,000} \approx 0{,}953$.

c) $\mathrm{Card}(\overline{C} \cap D) = 43$; $\mathrm{Card}(\overline{C}) = 1500$ et

donc : $P_{\overline{C}}(D) = \frac{\mathrm{Card}(\overline{C} \cap D)}{\mathrm{Card}(\overline{C})} = \frac{43}{1500} \approx 0{,}029$.

d) On doit calculer $P_C(D)$.

$\mathrm{Card}(C \cap D) = 1403$; $\mathrm{Card}(C) = 1500$ et donc :

$$P_C(D) = \frac{\mathrm{Card}(C \cap D)}{\mathrm{Card}(C)} = \frac{1403}{1500} \approx 0{,}935.$$

e) On doit calculer $P_{\overline{C}}(\overline{D})$.

$\mathrm{Card}(\overline{C} \cap \overline{D}) = 1457$; $\mathrm{Card}(\overline{C}) = 1500$ et donc :

$$P_{\overline{C}}(\overline{D}) = \frac{\mathrm{Card}(\overline{C} \cap \overline{D})}{\mathrm{Card}(\overline{C})} = \frac{1457}{1500} \approx 0{,}971.$$

CHAPITRE 10 *(Énoncés p. 250)*

1 **a)** La somme des probabilités doit être égale à 1 et donc :

$P(X = 10) = 1 - 0{,}40 - 0{,}25 - 0{,}20 = 0{,}15$.

x_i	−1	0	2	10
$P(X = x_i)$	0,40	0,25	0,20	0,15

b) $E(X) = (-1) \times 0{,}40 + 0 \times 0{,}25 + 2 \times 0{,}20$
$+ 10 \times 0{,}15 = -0{,}40 + 0{,}40 + 1{,}5 = 1{,}5$.

c) $P(X \leqslant 0) = P(X = -1) + P(X = 0)$
$= 0{,}40 + 0{,}25 = 0{,}65$.
$P(X \leqslant 1) = P(X \leqslant 0) = 0{,}65$.
$P(X > -1) = P(X = 0) + P(X = 2) + P(X = 10)$
$= 0{,}25 + 0{,}20 + 0{,}15 = 0{,}60$.
Il est plus simple de passer à l'évènement contraire et donc :
$P(X > -1) = 1 - P(X \leqslant -1) = 1 - P(X = -1)$
$= 1 - 0{,}40 = 0{,}60$.

2 **a)** La variable aléatoire G prend comme valeurs : 0 ; 2 ; 4 ; 8 ; 18 ; 30 ; 200 ; 1 000 et 20 000.
On détermine le nombre total de tickets :
$31259\,908 + 657\,544 + 450\,008 + 225\,008$
$+ 44\,912 + 2\,112 + 415 + 9 + 4 = 32\,640\,000$.

$P(G = 20\,000) = \frac{4}{32\,640\,000} \approx 0{,}000\,000\,12$

et $P(G = 0) = \frac{31259\,908}{32\,640\,000} \approx 0{,}957\,717\,77$.

b) $P(G \geqslant 2) = 1 - P(G < 2) = 1 - P(G = 0)$
$= 1 - \dfrac{31259908}{32640000} = \dfrac{1380092}{32640000} \approx 0{,}04228223.$
On peut dire que pour ce jeu de grattage, on a à peu près 4 % de chance de récupérer au moins la mise de 2 €.

c) À l'aide d'une calculatrice, on trouve :

$$E(G) \approx \frac{5960400}{32640000} \approx 0{,}18 \text{ €}.$$

Comme $E(G) < 2$ €, le jeu n'est pas en faveur du joueur.

d) La Française des jeux encaisse :
$32640000 \times 2 = 65280000$ € et reverse :
$4 \times 20000 + 9 \times 1000 + 415 \times 200$
$+ 2112 \times 30 + 44992 \times 18 + 225008 \times 8$
$+ 450008 \times 4 + 657544 \times 2 = 5960400$ €.
Ce n'est pas au moins 10% car $\dfrac{5960400}{65280000} \approx 9\,\%$.

3 **a)** On doit utiliser ici le symbole $ pour bloquer la lettre ou le numéro qui le suit. La formule à saisir puis à tirer est : « = $A2+B$1 ».

	A	B	C	D	E	F	G
1		1	2	3	4	5	6
2	1	2	3	4	5	6	7
3	2	3	4	5	6	7	8
4	3	4	5	6	7	8	9
5	4	5	6	7	8	9	10
6	5	6	7	8	9	10	11
7	6	7	8	9	10	11	12

b) La variable aléatoire S prend comme valeurs : 2 ; 3 ; 4 ; 5 ; 6 ; 7 ; 8 ; 9 ; 10 ; 11 et 12.
À l'aide du tableau précédent, on obtient la loi de probabilité de la variable aléatoire S :

S	2	3	4	5	6	7
p_i	$\frac{1}{36}$	$\frac{2}{36}$	$\frac{3}{36}$	$\frac{4}{36}$	$\frac{5}{36}$	$\frac{6}{36}$

S	8	9	10	11	12
p_i	$\frac{5}{36}$	$\frac{4}{36}$	$\frac{3}{36}$	$\frac{2}{36}$	$\frac{1}{36}$

On vérifie que la somme des probabilités est égale à 1.

c) On trouve $E(S) = 7$.
Ce résultat était prévisible car la loi de probabilité est symétrique par rapport à 7 et l'espérance est un centre de gravité.

d) $P(S \geq 3) = 1 - P(S < 3) = 1 - P(S = 2)$
$= 1 - \dfrac{1}{36} = \dfrac{35}{36}.$

$P(5 \leq S \leq 9) = P(S=5) + P(S=6)$
$+ P(S=7) + P(S=8) + P(S=9)$
$= \dfrac{4}{36} + \dfrac{5}{36} + \dfrac{6}{36} + \dfrac{5}{36} + \dfrac{4}{36} = \dfrac{24}{36} = \dfrac{2}{3}.$

e) Soit G la variable aléatoire gain en euros du joueur.
La variable G prend comme valeurs : 0 et 90.
$P(G = 90) = P(S = 12) = \dfrac{1}{36}$ et
$P(G = 0) = 1 - P(G = 90) = 1 - \dfrac{1}{36} = \dfrac{35}{36}.$
On en déduit la loi de probabilité de la variable aléatoire G :

G	0	90
p_i	$\frac{35}{36}$	$\frac{1}{36}$

$E(G) = 0 \times \dfrac{35}{36} + 90 \times \dfrac{1}{36} = \dfrac{90}{36} = 2{,}50$ €.
Pour ne pas perdre d'argent, le joueur ne doit pas débourser plus de 2,50 €.

4 **a)**

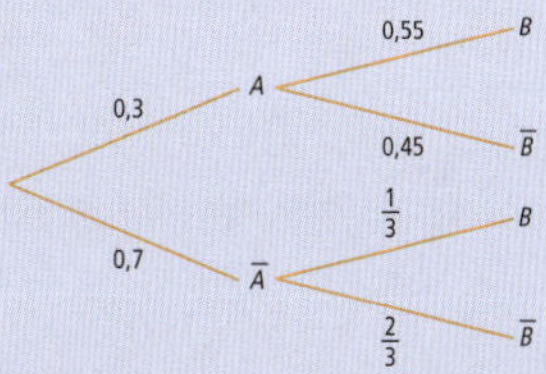

b) Les évènements A et B ne sont pas indépendants car les résultats de B sont différents selon les résultats de A.

c) $P(A \cap B) = 0{,}3 \times 0{,}55 = 0{,}165$ et
$P(\overline{A} \cap B) = 0{,}7 \times \dfrac{1}{3} = \dfrac{7}{30} \approx 0{,}233.$
D'où : $P(B) = P(A \cap B) + P(\overline{A} \cap B) \approx 0{,}398.$

5 **a)** Sur les 10 boules, il y a :
5 boules numérotées 0 ;
4 boules numérotées 1 ;
1 boule numérotée 10 et donc :
$P(0) = \dfrac{5}{10} = 0{,}5$; $P(1) = \dfrac{4}{10} = 0{,}4$ et
$P(10) = \dfrac{1}{10} = 0{,}1.$

D'où l'arbre de probabilité suivant :

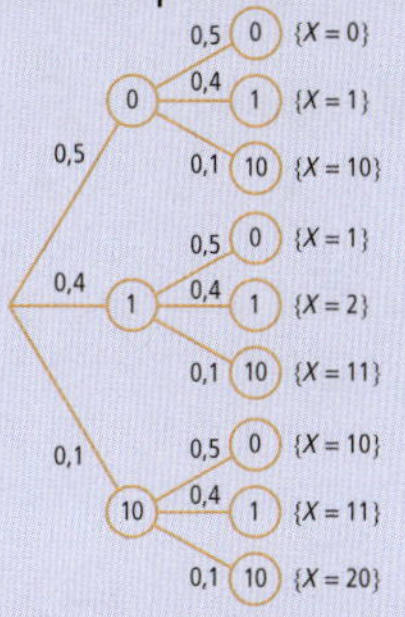

b) La variable X prend comme valeurs : $0 ; 1 ; 2 ; 10 ; 11$ et 20.

$P(X=0)=0,5\times 0,5=0,25$;

$P(X=1)=0,5\times 0,4+0,4\times 0,5=0,40$;

$P(X=2)=0,4\times 0,4=0,16$;

$P(X=10)=0,5\times 0,1+0,1\times 0,5=0,10$;

$P(X=11)=0,4\times 0,1+0,1\times 0,4=0,08$ et

$P(X=20)=0,1\times 0,1=0,01$.

On vérifie que la somme des probabilités est égale à 1.

c) La variable G prend comme valeurs : -50 ; 0 et 100.

$P(G=-50)=P(2\leq X\leq 10)$

$=P(X=2)+P(X=10)=0,16+0,10=0,26$;

$P(G=0)=P(X<2)=P(X=0)+P(X=1)$

$=0,25+0,40=0,65$ et

$P(G=100)=P(X>10)=P(X=11)+P(X=20)$

$=0,08+0,01=0,09$.

On en déduit la loi de probabilité de la variable aléatoire G :

G	-50	0	100
p_i	0,26	0,65	0,09

On vérifie que la somme des probabilités est égale à 1 : $0,26+0,65+0,09=1$.

$E(G)=-50\times 0,26+0\times 0,65+100\times 0,09=-4$ €.

Le jeu n'est pas équitable car $E(G)\neq 0$.

6 **1) a)**

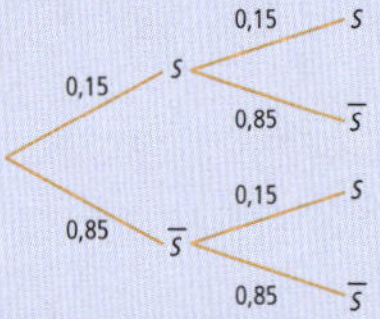

b) On passe à l'évènement contraire $\overline{A}$: « On a aucun succès ».

$P(A)=1-P(\overline{A})=1-(0,85)^2=0,277\,5$.

2)

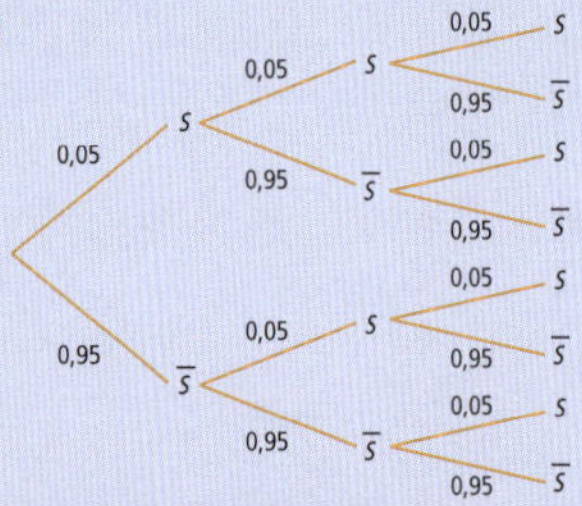

On procède comme en **1) b)**.

$P(A)=1-P(\overline{A})=1-(0,95)^3=0,142\,625$.

7 **a)**

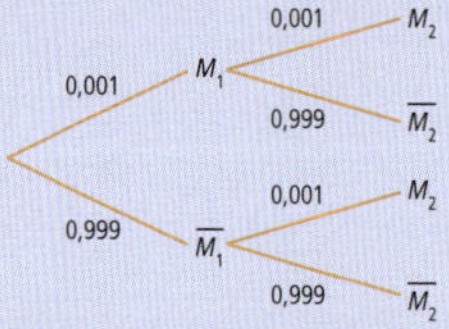

b) Les évènements M_1 et M_2 sont indépendants, et donc on a : $P(M_1\cap M_2)=P(M_1)\times P(M_2)$

$=(0,001)^2=0,000\,001$.

Il y a donc une « chance » sur un million que les deux moteurs du bimoteur tombent en panne simultanément.

c) On sait que cet avion peut continuer à voler si au moins un des deux moteurs fonctionnent et donc la probabilité pour que l'avion arrive à bon port est égale à :

$1-P(M_1\cap M_2)=1-0000\,001=0,999\,999$.

d) L'instruction random() générant un nombre aléatoire dans l'intervalle $[0 ; 1]$, le résultat de random() > 0.000001 est vrai avec une probabilité de 0,999 999, ce qui correspond à la probabilité de l'évènement « l'avion arrive à bon port ».

Cet algorithme simule donc plusieurs vols jusqu'à ce que l'avion ait ses deux moteurs qui tombent en panne. L'algorithme nous dit donc que 607 018 vols se sont déroulés avant que les deux moteurs ne tombent en panne.

8 **a)**

```
from random import*
gain = 0
for i in range(0,10000):
  lancer1 = random()
  lancer2 = random()
  if lancer1 < 0.4 and
  lancer2 < 0.4:
     gain = gain+100
  else:
     gain = gain-20
print(gain/10000)
```

Cet algorithme renvoie après exécution un résultat proche de -1, ce qui veut dire qu'en moyenne sur 10 000 parties, Tristan perd autour de 1 €.

b) On fait un arbre de probabilité :

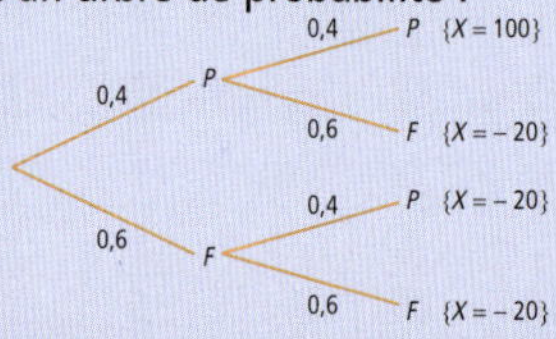

La variable X prend comme valeurs : -20 et 100.

$P(X=100)=0,4\times 0,4=0,16$ et

$P(X=-20)=1-P(X=100)=1-0,16=0,84$.

On en déduit la loi de probabilité de X :

X	-20	100
p_i	0,84	0,16

$E(X)=(-20)\times 0,84+100\times 0,16=-0,80$ €.

Comme cette espérance est négative, on peut conseiller à Tristan de refuser le jeu proposé par John.

Physique-Chimie

CHAPITRE 1 (Énoncés p. 254)

1 **1.** Une source d'énergie renouvelable est disponible sous forme de flux. Son renouvellement naturel est assez rapide à l'échelle de temps d'une vie humaine (solaire, éolien, hydraulique).

2. Une source d'énergie non renouvelable est disponible sous forme de stock. Son stock diminue avec son utilisation (charbon, pétrole, uranium).

2 **1.** La forme d'énergie stockée dans le charbon est l'énergie chimique.

2. dans l'eau en mouvement : l'énergie potentielle.

3. dans l'uranium : l'énergie nucléaire.

4. dans le vent : l'énergie cinétique.

5. dans la lumière du Soleil : l'énergie radiative.

3 **1.** La source d'énergie pouvant être utilisée dans une centrale thermique à flamme est le charbon, le gaz, le fioul.

2. dans une centrale hydraulique : l'eau en mouvement.

3. dans une centrale nucléaire : l'uranium.

4. dans une éolienne : le vent.

5. dans un panneau photovoltaïque : la lumière du Soleil.

4 **1.** Transfert d'énergie : déplacement de l'énergie sans modification de la forme d'énergie concernée.

2. Conversion d'énergie : transformation d'une forme d'énergie en une autre forme.

3. Convertisseur : dispositif permettant de transformer une forme énergie en une autre.

5 **1.** La forme d'énergie stockée dans la pile est l'énergie chimique des réactifs contenus dans la pile.

2. La forme d'énergie utilisée par la lampe est l'énergie électrique.

3. La lampe est un convertisseur car elle transforme l'énergie chimique en énergie électrique.

6 **1.** Alternateur de bicyclette

2. Panneau photovoltaïque

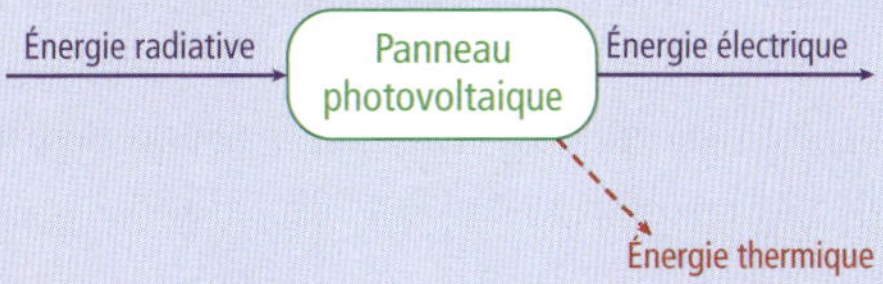

7 **1.**

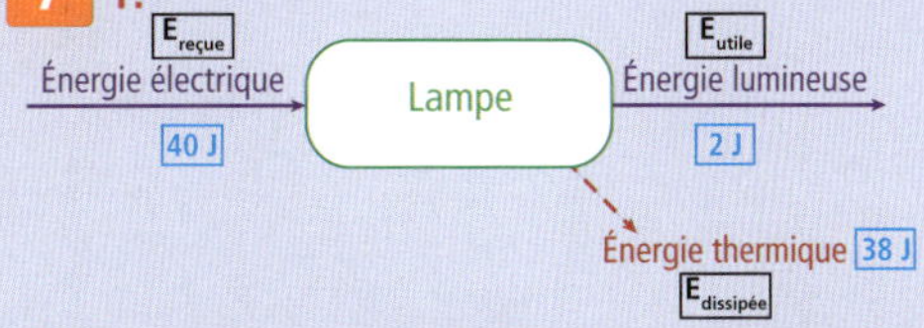

2. Le rendement énergétique d'un convertisseur, noté η, est le rapport de l'énergie en sortie de chaîne de conversion énergétique (énergie utile) sur l'énergie à l'entrée de chaîne de conversion énergétique (énergie reçue). $\eta = \dfrac{E_{\text{utile}}}{E_{\text{reçue}}}$.

3. $\eta = \dfrac{E_{\text{utile}}}{E_{\text{recue}}} = \dfrac{2}{40} = 0{,}05$.

On peut exprimer ce rendement en pourcentage : $0{,}05 \times 100 = 5$ %, le rendement de la lampe à incandescence est de 5 %.

8 **1.** Schématiser la chaine énergétique du moteur de la voiture.

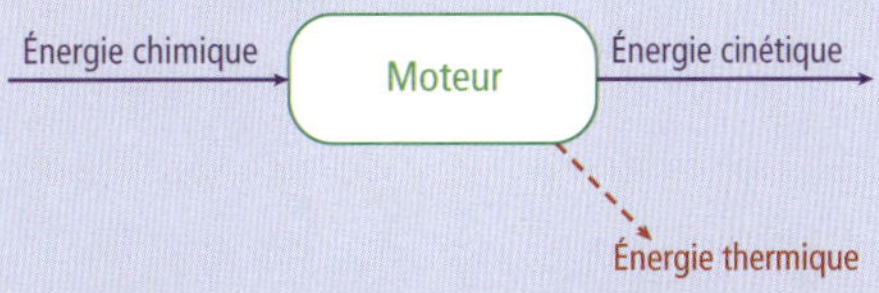

2. L'énergie est dissipée sous forme d'énergie thermique.

3. $E_{\text{reçue}} = E_{\text{utile}} + E_{\text{dissipée}}$. Donc pour le cas du moteur à essence : $E_{\text{chimique}} = E_{\text{cinétique}} + E_{\text{thermique}}$.

4. Le rendement du moteur est de 30 %. On peut donc écrire :

$$\eta = \frac{E_{\text{utile}}}{E_{\text{reçue}}} = \frac{E_{\text{cinétique}}}{E_{\text{chimique}}} = 0{,}3.$$

On cherche $E_{\text{cinétique}}$: $E_{\text{cinétique}} = 0{,}3 \times E_{\text{chimique}}$

$E_{\text{cinétique}} = 0{,}3 \times 2 = 0{,}6$ GJ.

9 **1.** Cette relation s'écrit : $\Delta E = P\,\Delta t$

2. $\Delta E = P\,\Delta t$
$\Delta E = 250 \times 4 = 1\,000$ Wh.

3. 1 Wh = 3 600 J
$\Delta E = 1\,000$ Wh $= 1\,000 \times 3\,600 = 3{,}6 \times 10^6$ J.

10 **1.** Les convertisseurs présents dans une centrale thermique sont la chaudière-génératrice de vapeur et l'alternateur.

2. La turbine transfert l'énergie cinétique de la vapeur d'eau sous pression à l'alternateur.

3.

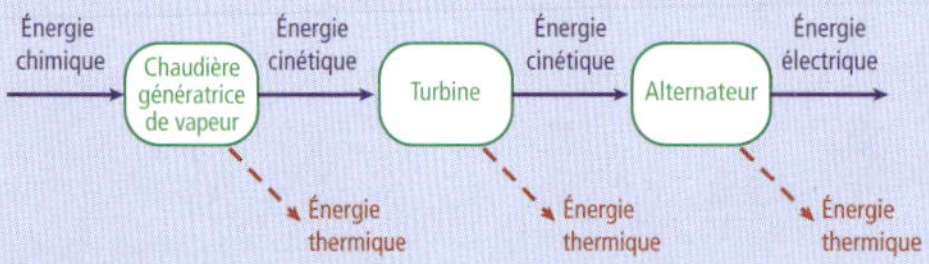

11 **a)** $\Delta E = P \times \Delta t$; $\Delta E = 400 \times 1{,}5 = 600$ Wh.

b) $\Delta t = \dfrac{\Delta E}{P}$; $\Delta t = \dfrac{7500}{1200} = 6{,}25$ h.

Il faut convertir la durée :
0,25 h = 0,25 × 60 = 15 min
Δt = 6 h 15 min.

c) $P = \dfrac{\Delta E}{\Delta t}$; $P = \dfrac{8\,400}{420} = 20$ W.

d) $\Delta E = P \times \Delta t$;
$\Delta E = 2\,500 \times 7\,200 = 18\,000\,000$ J
$\Delta E = 18$ MJ.

12 **1.** La centrale STEP peut fonctionner en mode turbinage et en mode pompage.

2.

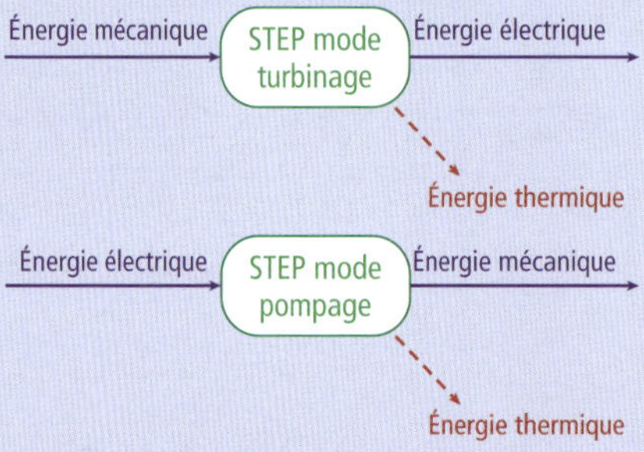

3. L'énergie stockée dans le bassin supérieur possède de l'énergie potentielle.

4. Le rendement de la centrale STEP est de 80 % soit 0,8.

$\eta = \dfrac{E_{\text{utile}}}{E_{\text{reçue}}} = 0{,}8$. On cherche l'énergie reçue

$E_{\text{reçue}} = \dfrac{E_{\text{utile}}}{\eta} = \dfrac{1}{0{,}8} = 1{,}25$ MWh.

L'énergie consommée est de 1,25 MWh.

5. Le rendement n'est pas égal à 100 % car un convertisseur n'est pas parfait. Une partie de l'énergie est dissipée sous forme de chaleur (énergie thermique)

CHAPITRE 2 *(Énoncés p. 258)*

1 **1.** Un ampèremètre branché en série dans le circuit. La borne COM est placée à la sortie du courant électrique.

2. Un voltmètre branché en dérivation sur le dipôle à étudier. La borne COM est placée à la base de la flèche de la tension à mesurer.

2 **1.** La somme des intensités électriques entrant dans un nœud est égale à la somme des intensités électriques sortant du nœud.

2. La somme algébrique des tensions électriques dans une maille est nulle.

3 **a)** $I_1 + I_2 = I_3$ **b)** $I_1 + I_2 = I_3 + I_4$
c) $i_1(t) + i_2(t) = i_3(t)$

4 **1.** Une pile, un conducteur ohmique et une lampe.
2. 3. 4. 5. Voir schéma :

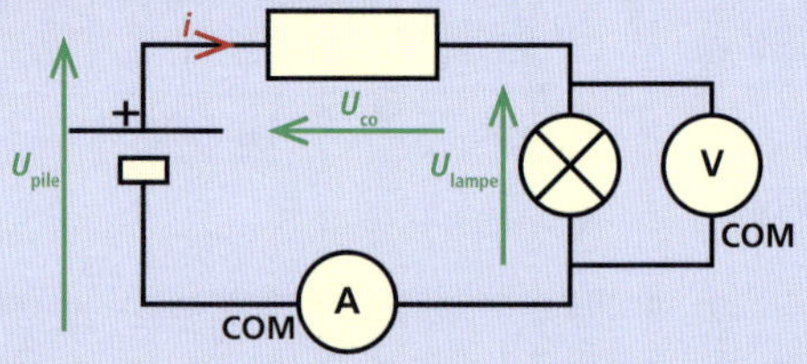

6. La pile délivre une tension continue. Les appareils doivent être utilisés en mode DC.

5

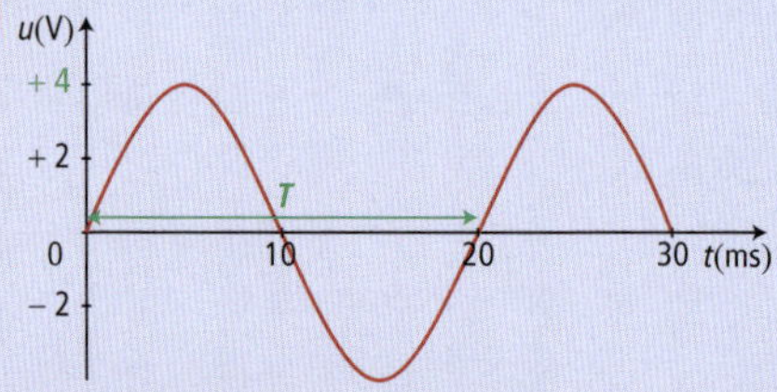

a) $T = 20$ ms soit $T = 20 \times 10^{-3}$ s.

b) $f = \dfrac{1}{T} = \dfrac{1}{20 \times 10^{-3}} = 50$ Hz.

c) $U_{\text{max}} = 4$ V.

d) $U_{\text{eff}} = \dfrac{U_{\text{max}}}{\sqrt{2}}$ soit $U_{\text{eff}} = \dfrac{4}{\sqrt{2}} = 2{,}8$ V.

e) $U_{\text{moy}} = 0$ V.

6 1. $f = \frac{1}{T}$; $T = \frac{1}{50} = 0{,}02$ s soit 20 ms.

2. C'est une tension sinusoïdale donc $U_{eff} = \frac{U_{max}}{\sqrt{2}}$

$U_{max} = U_{eff} \times \sqrt{2} = 230 \times \sqrt{2} = 325$ V.

3. On utilise un voltmètre en mode AC.

4. $u(t) = U_{max} \times \sin(2\pi f t)$ avec $U_{max} = 325$ V et $f = 50$ Hz
$u(t) = 325 \times \sin(2\pi \times 50 \times t)$.

5. $u(t) = 325 \times \sin\ (100\pi t)$ avec $t = 8$ ms soit 8×10^{-3} s
$u(t) = 325 \times \sin\ (100\pi \times 8 \times 10^{-3})$
soit $u(10\text{ ms}) = 191$ V.

7 1. 2. Voir schéma.

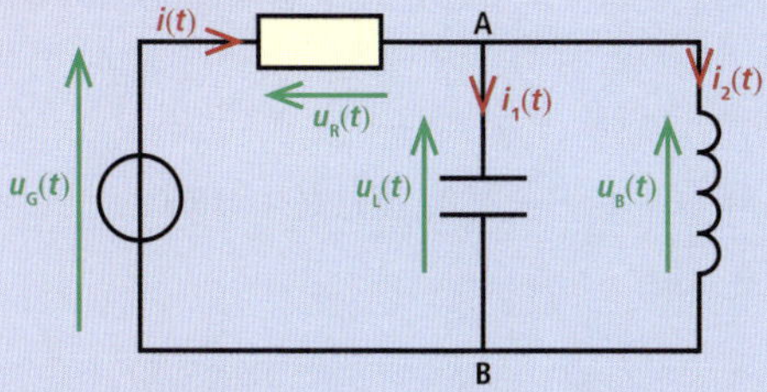

3. Au nœud A : $i(t) = i_1(t) + i_2(t)$
Au nœud B : $i_1(t) + i_2(t) = i(t)$.

4. Voir schéma.

5. $u_G(t) - u_R(t) - u_L(t) = 0$

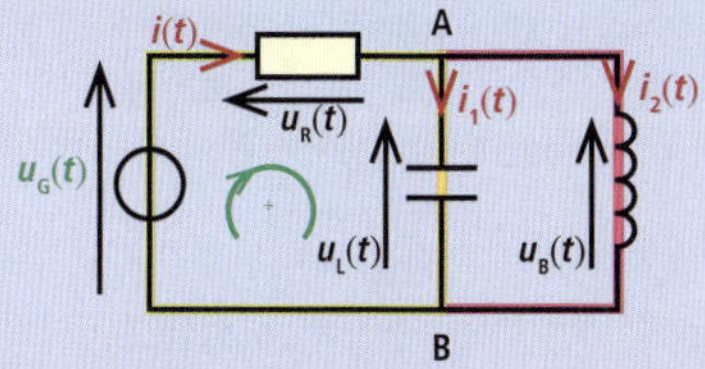

$u_L(t) - u_B(t) = 0$

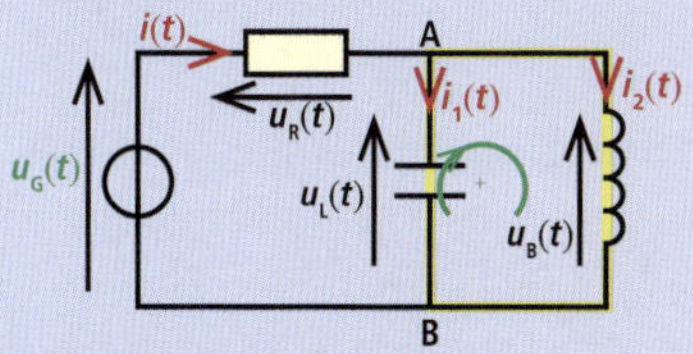

$u_G(t) - u_R(t) - u_B(t) = 0$

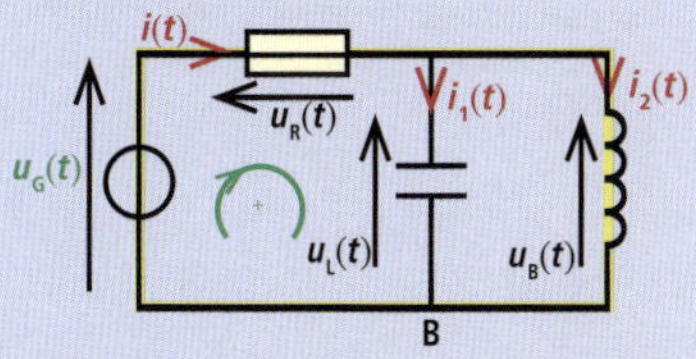

8

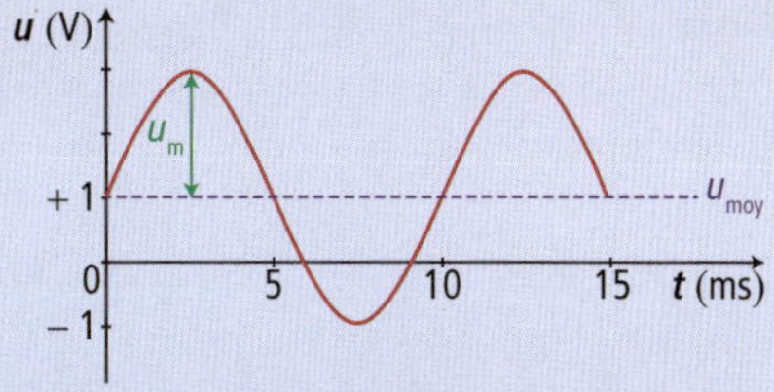

1. La période T de la tension est de 10 ms donc $f = \frac{1}{T}$;

$f = \frac{1}{10 \times 10^{-3}} = 100$ Hz.

2. La valeur moyenne s'obtient en traçant la droite partageant le signal en deux parties égales. On obtient alors $u_{moy} = 1$ V.

3. La valeur moyenne de la tension n'est pas nulle. Ce n'est pas une tension alternative. Il s'agit d'une tension périodique.

4. Grâce à un voltmètre en mode DC.

5. L'amplitude de la tension $u_m = 2$ V.

6. $u_a(t) = u_m \sin\ (2\pi f t)$ avec $u_m = 2$ V et $f = 100$ Hz.
$u_a(t) = 2\sin\ (2\pi \times 100\ t)$.

7. $u(t) = u_{moy} + u_a(t)$ avec $u_{moy} = 1$ V et $u_a(t) = 2\sin\ (2\pi \times 100\ t)$

8. $u(t) = 1 + 2\sin\ (2\pi \times 100\ t)$
$u(10 \times 10^{-3}) = 1 + 2\sin\ (2\pi \times 100 \times 10 \times 10^{-3}) = 1$ V.

CHAPITRE 3 *(Énoncés p. 262)*

1 1. $P = k \times U \times I$ avec k facteur de puissance, U tension efficace en volt et I intensité efficace en ampère.

2. La lampe est alimentée par une tension sinusoïdale. On applique $P = k \times U \times I$. Ici le dipôle est assimilable à un dipôle ohmique donc $k = 1$.
$P = 1 \times 0{,}325 \times 230 = 75$ W.
La puissance consommée par la lampe est de 75 watts.

2 1. $\Delta E = P \times \Delta t$,
ΔE : énergie électrique moyenne en joule (J),
P : puissance électrique moyenne en watt (W),
Δt : durée en seconde (s).
$\Delta E = P \times \Delta t$ avec $P = 800$ W et $\Delta t = 2$ h
Il faut convertir la durée en seconde : $\Delta t = 2$ h $= 2 \times 3\,600 = 7\,200$ s.
$\Delta E = 800 \times 7\,200 = 5{,}76 \times 10^6$ J.

2. $\Delta E = 800 \times 2 = 1\,600$ Wh.

3 **1.** $U = R \times I$, U : tension électrique en volt (V), R : résistance électrique en ohm (W), I : intensité électrique en ampère (A).

2. On cherche R donc $R = \frac{U}{I}$ avec $U = 1{,}5$ V et $I = 30$ mA $= 30 \times 10^{-3}$ A.

$$R = \frac{1{,}5}{30 \times 10^{-3}} = 50\ \Omega.$$

3. La caractéristique d'un conducteur ohmique est une droite passant par l'origine.

4 **1.** La puissance dissipée par effet joule dans un conducteur ohmique : $P = U \times I$. D'après la loi d'Ohm, la tension aux bornes d'un conducteur ohmique est proportionnelle à l'intensité du courant qui le traverse soit $U = R \times I$.
On remplace U par sa valeur : $P = R \times I \times I$ donc $P = R \times I^2$.

2. L'énergie dissipée par effet joule dans un conducteur ohmique : $\Delta E = P \times \Delta t$. On remplace P par la relation trouvée précédemment.
$\Delta E = R \times I^2 \times \Delta t$. Il faut faire apparaître U.

D'après la loi d'Ohm, $U = R \times I$ donc $I = \frac{U}{R}$
$\Delta E = R \times I^2 \times \Delta t$ soit

$$\Delta E = R \times \left(\frac{U}{R}\right)^2 \times \Delta t = R \times \frac{U^2}{R^2} \times \Delta t$$

$$\Delta E = \frac{U^2}{R^2} \times \Delta t.$$

5 **1.** La rallonge est assimilable à un dipôle ohmique. Puissance dissipée : $P_{\text{dissipée}} = R\,I^2$.
$P_{\text{dissipée}} = 0{,}3 \times 6{,}5^2 = 12{,}7$ W.

2. $E_{\text{dissipée}} = P_{\text{dissipée}} \times \Delta t$ avec $P_{\text{dissipée}} = 12{,}7$ W et $\Delta t = 15 \times 60 = 900$ s
$E_{\text{dissipée}} = 12{,}7 \times 900 = 11{,}4$ kJ.

6 **1.** On applique $P = U \times I$. On cherche I :

$I = \frac{P}{U}$ avec $P = 2{,}9$ kW soit 2 900 W et $U = 230$ V

$$I = \frac{2900}{230} = 12{,}6\ \text{A}.$$

2. Le chauffage est considéré comme un dipôle ohmique donc on appliquerla loi d'ohm $U = R \times I$. On cherche R :

$R = \frac{U}{I}$ avec $U = 230$ V et $I = 12{,}6$ A

$$R = \frac{230}{12{,}6} = 18\ \Omega.$$

3. $\Delta E = P \times \Delta t$ avec $P = 2\,900$ W et $\Delta t = 4$ h
$\Delta E = 2\,900 \times 4 = 11\,600$ Wh.

4. 1 kwh = 1 000 Wh

$$\Delta E = \frac{11600}{1000} = 11{,}6\ \text{kWh}.$$

5. Le radiateur a consommé 11,6 kWh. 1 kWh est facturé 0,15 €.
Coût d'utilisation = $11{,}6 \times 0{,}15 = 1{,}74$ €.

7 **1.** Soit la somme des puissances reçues par les récepteurs.
$P_{\text{totale}} = P_{\text{synthé}} + P_{\text{ampli}} + P_{\text{éclairages}}$
$P_{\text{totale}} = 250 + 450 + 1\,300 = 2\,000$ W.

2. L'indication 16 A max indique l'intensité maximale pouvant être délivrée par la multiprise. Si l'intensité traversant la multiprise dépasse 16 A alors le fusible coupe le circuit pour éviter une surchauffe de la multiprise.

3. On utilise : $P = U \times I$. On cherche I :

$I = \frac{P}{U}$ avec $P = 2\,000$ W et $U = 230$ V.

$$I = \frac{2000}{230} = 8{,}7\ \text{A}.$$

4. L'intensité traversant la multiprise est inférieure à la valeur maximale admise $8{,}7 < 16$ le musicien peut utiliser sans danger cette multiprise.

5. Il faut calculer l'énergie consommée par les appareils. On suppose que ces appareils ont fonctionné pendant la même durée. L'énergie totale fournie par un générateur est égale à la somme des énergies reçues par les récepteurs.
$\Delta E = P \times \Delta t$ avec $P = 2\,000$ W et $\Delta t = 1$ h 30 soit 1,5 h.
$\Delta E = 2\,000 \times 1{,}5 = 3\,000$ Wh.
L'ensemble des appareils a consommé 3 000 Wh soit 3 kWh. 1 kWh est facturé 0,15 €.
Coût d'utilisation = $3 \times 0{,}15 = 0{,}45$ €.

8 **1.** Il faut connaître la tension reçue par l'appareil ainsi que l'intensité du courant qui le traverse. Dans cette question, il manque la valeur de l'intensité du courant électrique traversant la lampe.

2. Le joule est une unité d'énergie. Or, l'indication 150 W correspond à la puissance électrique de la télé.

3. Il faut connaître la puissance de l'appareil ainsi que l'énergie électrique consommée par l'appareil. Dans cette question, il manque la valeur de la puissance de l'appareil.

9 **1.** $P = U \times I$. On cherche I.

$$I = \frac{P}{U} = \frac{1400}{230} = 6{,}1 \text{ A.}$$

2. $P = k \times U \times I$ avec $k = 0{,}7$; $U = 230$ V et $I = 6{,}1$ A
$P = 0{,}7 \times 230 \times 6{,}1 = 980$ W.

3. $P_{\text{reçue}} = P_{\text{utile}} + P_{\text{dissipée}}$
$P_{\text{dissipée}} = \text{P}_{\text{reçue}} + P_{\text{utile}}$
$P_{\text{dissipée}} = 1\,400 - 980 = 420$ W.

4. $P_{\text{dissipée}} = R \times I^2$

soit $R = \dfrac{R_{\text{dissipée}}}{I^2} = \dfrac{420}{6{,}1^2} = 11{,}3\ \Omega$.

5.

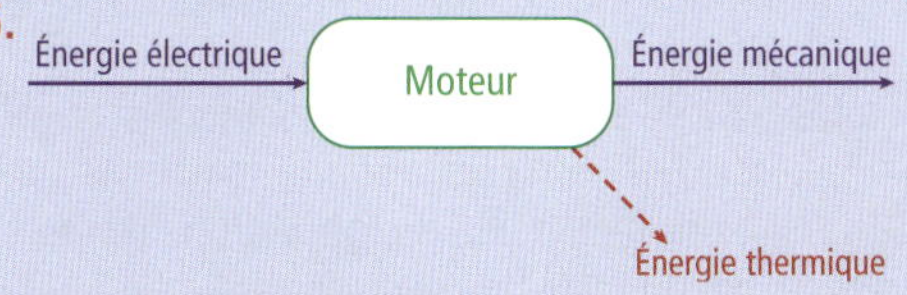

6. $r = \dfrac{P_{\text{utile}}}{P_{\text{reçue}}} = \dfrac{P_{\text{mécanique}}}{P_{\text{électrique}}}$

$r = \dfrac{980}{1400} = 0{,}7$ soit 70 %.

CHAPITRE 4 (Énoncés p. 266)

1 **1.** L'ensemble des espèces chimiques susceptibles de réagir entres elles dans un environnement donné aussi appelé milieu réactionnel.

2. Les paramètres sont :
- la température T et la pression P.
- le nom et l'état physique (solide, liquide ou gaz)
- des espèces chimiques présentes.
- les quantités de matières (en mole) des espèces chimiques présentes.

3. C'est l'état initial et l'état final.

2 **1.** C'est l'énergie libérée sous forme de chaleur par la combustion complète d'un kilogramme de combustible. Elle dépend du combustible utilisé et s'exprime en J·kg^{-1}.

2. $Q = m \times PC$ avec m en kg et PC en J·kg^{-1}
$Q = 8{,}0 \times 15 \times 10^6 = 1{,}2 \times 10^8$ J.

3. Il faut calculer la masse de 10 L de fioul : $\rho = \dfrac{m}{V}$
donc $m = \rho \times V$
$m = 850 \times 10{,}0 = 8{,}50 \times 10^3$ g soit 8,50 kg.
$Q = m \times PC$
$Q = 8{,}50 \times 40 \times 10^6 = 3{,}40 \times 10^8$ J.

3 **1.** $Q = m \times PC$. On cherche m.

$m = \dfrac{Q}{PC}$ soit $m = \dfrac{130}{50} = 2{,}6$ kg.

2. Le pouvoir calorifique du butane est inférieur à celui du méthane (45 < 50) donc, à masse égale, l'appareil de chauffage utilisant du butane libérera moins d'énergie que celui utilisant du méthane.

3. Pour pouvoir détecter les fuites de gaz. Le gaz étant inodore et incolore, il est impossible de le détecter sans additif.

4 **1.** L'eau doit donc gagner 80 – 20 = 60 °C.
L'énergie nécessaire :
$Q = 60 \times 4{,}18 \times 10^3 = 2{,}5 \times 10^5$ J.

2. Le pouvoir calorifique du butane est de 45 MJ·kg^{-1}. La combustion de 1,0 kg de butane libère 45 MJ soit 45×10^6 J.

3. On effectue un produit en croix pour déterminer la masse de butane nécessaire.

1,0 kg	45×10^6 J
m	$2{,}5 \times 10^5$ J

$m = \dfrac{2{,}5 \times 10^5 \times 1{,}0}{45 \times 10^6} = 5{,}6 \times 10^{-3}$ kg soit 5,6 g de butane.

5 **1.** Le combustible est l'acétylène, le comburant le dioxygène et l'énergie d'activation est apportée par le briquet à chalumeau.

2.

État initial	Transformation chimique	État final
Éthylène $C_2H_{2(g)}$ Dioxygène $O_{2(g)}$	→	Dioxyde de carbone $CO_{2(g)}$ Eau $H_2O_{(g)}$

3. La température du milieu extérieur augmente donc il s'agit d'une transformation chimique exothermique.

4. $Q = m \times PC$ avec m en kg et PC en J·kg^{-1}
$Q = 5{,}0 \times 48 \times 10^6 = 2{,}4 \times 10^6$ J.

5. L'acétylène est très inflammable et très instable. La bouteille peut exploser lors d'un incendie ou produire des fuites enflammées.

CHAPITRE 5 (Énoncés p. 269)

1 **1.** $\rho = \dfrac{m}{V}$. On cherche m :

$m = \rho \times V$
$m = 1{,}00 \times 2{,}0 = 2{,}0$ kg.

2. L'eau va recevoir de l'énergie par transfert thermique. Son énergie interne va augmenter.

3. Il s'agit d'un transfert thermique par convection.

4. $Q = m \times c \times \Delta T$

$Q = 2,0 \times 4,18 \times 10^3 \times (80 - 15)$
$Q = 5,4 \times 10^5$ J.

2 **1.** Le fer passe de l'état solide à l'état liquide. Il s'agit de la fusion.

2. La température ne varie pas.

3. L'énergie thermique Q nécessaire :
$Q = m \times L$
$Q = 5,0 \times 10^3 \times 270$
$Q = 1,4 \times 10^6$ J.

4. La fusion et la solidification sont deux changements d'état inverses
donc : $L_{fusion} = -L_{solidification}$

$L_{solidification} = -270\ J{\cdot}kg^{-1}{\cdot}K^{-1}$.

3 **1.**

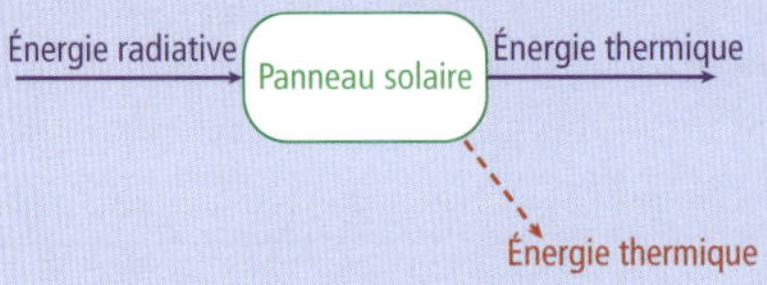

2. $E_{exploitée} = 1,0 \times 10^4 \times 3\,600 = 3,6 \times 10^7$ J.

3. $\eta = \dfrac{E_{utile}}{E_{exploitée}}$

$E_{utile} = \eta \times E_{exploitée}$
$E_{utile} = 0,70 \times 3,6 \times 10^7$
$E_{utile} = 2,5 \times 10^7$ J.

4. $Q = m \times c \times \Delta T$ donc $\Delta T = \dfrac{Q}{m \times c}$

avec :
$Q = E_{utile}$ (on reprend le calcul précèdent et pas la valeur arrondie),
c : capacité thermique massique de l'eau à l'état liquide $= 4\,180\ J{\cdot}kg^{-1}{\cdot}K^{-1}$,
$m = \rho \times V = 1,00 \times 200 = 200$ kg.

$$\Delta T = \frac{0,70 \times 3,6 \times 10^7}{200 \times 4\,180}$$

$\Delta T = 30,1\ K = 30,1\ °C$

$\Delta T = T_f - T_i = \dfrac{Q}{mc}$

$T_f = \Delta T + T_i = 30,1 + 20 = 50,1\ °C$.

5. Afin de pouvoir faire chauffer l'eau en l'absence de Soleil.

CHAPITRE 6

(Énoncés p. 272)

1 **1.** C'est le point où serait concentrée toute sa masse. L'étude du mouvement d'un solide peut être simplifiée en étudiant uniquement le mouvement de son centre de masse.

2.

Position du solide	M_0	M_1	M_2	M_3	M_4	M_5
***t* (s)**	0	50×10^{-3}	0,10	0,15	0,20	0,25
***x* (m)**	0	0,10	0,30	0,65	1,20	2,00

3. $v_{moy} = \dfrac{d}{\Delta t} = \dfrac{200}{0,25} = 8,0\ m \cdot s^{-1}$.

4. $v_{M3} = \dfrac{M_3M_4}{\Delta t} = \dfrac{1,20 - 0,65}{50 \times 10^{-3}} = 11\ m \cdot s^{-1}$

$v_{M4} = \dfrac{M_4M_5}{\Delta t} = \dfrac{2,00 - 1,20}{50 \times 10^{-3}} = 16\ m \cdot s^{-1}$.

5. La vitesse du solide augmente au cours du temps donc le solide est en mouvement accéléré.

2 **1.** La trajectoire du cycliste est une droite. Le cycliste est donc en mouvement rectiligne.

2. On dérive la fonction position en fonction du temps pour obtenir l'expression de la vitesse en fonction du temps :

$v(t) = \dfrac{dx_{(t)}}{dt} = \dfrac{d_{(4,2t)}}{dt} = 4,2\ m \cdot s^{-1}$.

3. On dérive la fonction vitesse en fonction du temps pour obtenir l'expression de l'accélération en fonction du temps :

$a(t) = \dfrac{dv_{(t)}}{dt} = \dfrac{d_{(4,2)}}{dt} = 0\ m \cdot s^{-2}$.

4. Le cycliste se déplace en ligne droite à vitesse constante. Il est donc en mouvement rectiligne uniforme.

3 **1.** Rappel : 1 min = 60 s

***t* (s)**	$t_1 = 1,5$ min $= 90$ s	$t_2 = 3$ min $= 180$ s
***v* (m·s⁻¹)**	$v_{(t_1)} = 15\ m{\cdot}s^{-1}$	$v_{(t_2)} = 15\ m{\cdot}s^{-1}$
***t* (s)**	$t_3 = 5$ min $= 300$ s	
***v* (m·s⁻¹)**	$v_{(t_3)} = 25\ m{\cdot}s^{-1}$	

2. La trajectoire de la voiture est une droite donc son mouvement est rectiligne :
de t_0 à t_1, la vitesse augmente, le mouvement est rectiligne accéléré ;
de t_1 à t_2, la vitesse est constante, le mouvement est rectiligne uniforme ;
de t_2 à t_3, la vitesse augmente, le mouvement est rectiligne accéléré.

3. de t_0 à t_1, $a = \dfrac{v_1 - v_0}{t_1 - t_0} = \dfrac{15 - 0}{90 - 0} = 0,17\ m \cdot s^{-2}$

de t_1 à t_2, $a = \dfrac{v_2 - v_1}{t_2 - t_1} = \dfrac{15 - 15}{180 - 90} = 0\ m \cdot s^{-2}$

de t_2 à t_3, $a = \dfrac{v_3 - v_2}{t_3 - t_2} = \dfrac{25-15}{300-180} = 0{,}083\ \text{m}\cdot\text{s}^{-2}$

4.

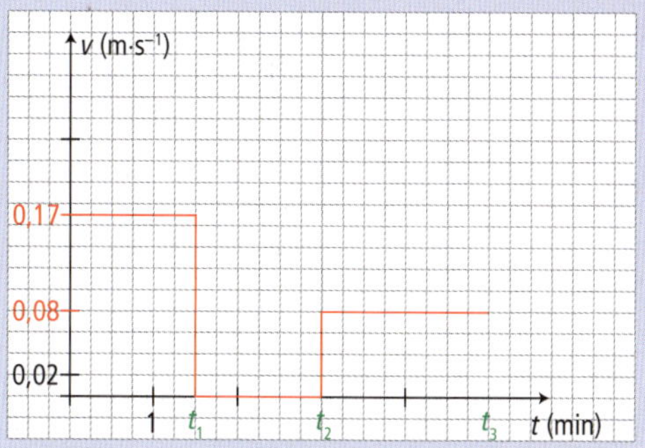

5. Entre t_1 et t_2, la voiture a une vitesse constante.

On applique $v = \dfrac{d}{\Delta t}$. On cherche d :

$d = v \times \Delta t$ avec $v = 15\ \text{m}\cdot\text{s}^{-1}$

et $\Delta t = t_2 - t_1 = 180 - 90 = 90$ s

$d = 15 \times 90 = 1{,}4 \times 10^3$ m.

CHAPITRE 7 *(Énoncés p. 275)*

1 **a)** $W_{A\to B}(\vec{F}) = \vec{F}\cdot\overrightarrow{AB} = F \times AB \times \cos\alpha$

$W_{A\to B}(\vec{F}) = 4{,}0 \times 50 \times 10^{-2} \times \cos 30$

$W_{A\to B}(\vec{F}) = 1{,}7$ J.

Le travail est positif, il est moteur.

b) $W_{A\to B}(\vec{F}) = \vec{F}\cdot\overrightarrow{AB} = F \times AB \times \cos\alpha$

$W_{A\to B}(\vec{F}) = 15 \times 10^3 \times 3{,}0 \times \cos 90$

$W_{A\to B}(\vec{F}) = 0$ J.

Le travail est nul. La force ne travaille pas.

c) $W_{A\to B}(\vec{F}) = \vec{F}\cdot\overrightarrow{AB} = F \times AB \times \cos\alpha$

$W_{A\to B}(\vec{F}) = 75 \times 25 \times 10^{-2} \times \cos 120$

$W_{A\to B}(\vec{F}) = -9{,}4$ J.

Le travail est négatif, il est résistant.

2 **1.** Car on néglige les frottements de l'air. Il n'est donc soumis qu'à l'action de son poids.

2. $P = m \times g$; $P = 75{,}0 \times 9{,}81 = 736$ N.

3. $W_{A\to B}(\vec{P}) = \vec{P}\cdot\overrightarrow{AB} = P \times AB \times \cos\alpha$

$W_{A\to B}(\vec{P}) = 736 \times 10{,}0 \times \cos 0$

$W_{A\to B}(\vec{P}) = 7{,}36 \times 10^3$ J.

4. $\Delta E_c = \Sigma W_{A\to B}(\vec{P}) = W_{A\to B}(\vec{P})$

$\Delta E_c = 7{,}36 \times 10^3$ J.

5. $\Delta E_c = E_c(B) - E_c(A) = \dfrac{1}{2}mv_B^2 - \dfrac{1}{2}mv_A^2$

L'athlète saute sans vitesse initiale donc $v_A = 0$ donc $E_c(A) = 0$.

$\Delta E_c = E_c(B)$ donc $E_c(B) = \Delta E_c$.

$\dfrac{1}{2}mv_B^2 = \Delta E_c$. On cherche la vitesse v_B.

$$v_B = \sqrt{\frac{2\Delta E_c}{m}} = \sqrt{\frac{2 \times 7{,}36 \times 10^3}{75{,}0}} = 14{,}0\ \text{m}\cdot\text{s}^{-1}.$$

3 L'objet est lancé avec vitesse initiale et on néglige les frottements. On utilise la conservation de l'énergie mécanique. La variation d'énergie mécanique est donc égale à zéro.

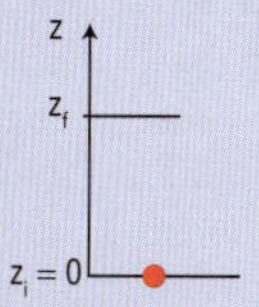

$$\Delta E_M = 0 \text{ soit } \Delta E_c + \Delta E_{pp} = 0.$$

On exprime l'énergie cinétique et l'énergie potentielle de pesanteur de l'objet à l'état initial et à l'état final.

L'objet aura atteint sa hauteur maximale juste avant qu'il commence à redescendre donc lorsque $v_f = 0$.

État initial
$E_{ci} = \dfrac{1}{2}mv_i^2$
$E_{cf} = \dfrac{1}{2}mv_f^2$ avec $v_f = 0$ donc $E_{cf} = 0$
État final
$E_{ppi} = m\,g\,z_i$ avec $z_i = 0$ donc $E_{ppi} = 0$
$E_{ppf} = m\,g\,z_f$ avec $z_f = h$

On applique le théorème de l'énergie cinétique :

$$\Delta E_c + \Delta E_{pp} = 0$$

$$\frac{1}{2}mv_f^2 - \frac{1}{2}mv_i^2 + m\,g\,z_f - m\,g\,z_i = 0$$

$$0 - \frac{1}{2}mv_i^2 + m\,g\,h - 0 = 0$$

$$h = \frac{v_i^2}{2 \times g} = \frac{9{,}0^2}{2 \times 9{,}81} = 4{,}1\ \text{m}.$$

CHAPITRE 8 *(Énoncés p. 278)*

1 **1.** $I = \dfrac{P}{S}$, avec $P = 1{,}7$ kW $= 1{,}7 \times 10^3$ W et $S = \pi R^2$.

$$I = \frac{1{,}7 \times 10^3}{\pi(0{,}25 \times 10^{-3})^2} = 8{,}7 \times 10^9\ \text{W}\cdot\text{m}^{-2}.$$

PHYSIQUE-CHIMIE

2. Le préfixe giga correspond à la puissance de dix : $\times 10^9$.
$I = 8{,}7 \times 10^9\ \text{W·m}^{-2} = 8{,}7\ \text{GW·m}^{-2}$.

3. $E = P \times \Delta t$ avec E en joule, P en watt et Δt en seconde.

4. $E = P \times \Delta t$ avec $P = 1{,}7\ \text{kW} = 1{,}7 \times 10^3\ \text{W}$ et
$\Delta t = 3\ \text{min} = 3 \times 60 = 180\ \text{s}$
$E = 1{,}7 \times 10^3 \times 180 = 3{,}1 \times 10^5\ \text{J}$.

5. La puissance du laser est de 1,7 kW soit 1 700 W. C'est un laser industriel de classe 4 utilisé pour la découpe. Il est dangereux en cas de contact direct avec la peau ou les yeux.

2 **1.** $S = 1{,}0 \times 3{,}0 = 3{,}0\ \text{m}^2$.

2. $P = I \times S$
$P = 500 \times 3{,}0 = 1{,}5 \times 10^3\ \text{W}$.

3. La puissance réelle absorbée est de 55 % de P.
$P_{\text{absorbée}} = 0{,}55 \times 1{,}5 \times 10^3 = 8{,}3 \times 10^2\ \text{W}$.

4. $E = P \times \Delta t$
avec :
$\Delta t = 12\ \text{h} = 12 \times 60 \times 60 = 43\,200\ \text{s}$
$E = 0{,}55 \times 1{,}5 \times 10^3 \times 43\,200 = 3{,}6 \times 10^7\ \text{J}$.

5. $Q = m \times c \times \Delta T$

$\Delta T = \dfrac{Q}{m \times c}$ avec $m = \rho \times V$

et V volume du bassin
$V = 3{,}0 \times 1{,}0 \times 0{,}80 = 2{,}4\ \text{m}^3 = 2{,}4 \times 10^3\ \text{L}$
$m = \rho \times V = 1{,}00 \times 2{,}4 \times 10^3 = 2{,}4 \times 10^3\ \text{kg}$

$$\Delta T = \frac{0{,}55 \times 1{,}5 \times 10^3 \times 43\,200}{2{,}4 \times 10^3 \times 4{,}18 \times 10^3} = 3{,}6\ \text{K}.$$

La température de l'eau augmente de 3,6 K soit 3,6 °C durant la journée.

3 **1.** $I = \dfrac{P}{S}$, I : irradiance (W·m^{-2}), P : puissance de la source (W), S : surface éclairée (m^2).

2.

Planète	Mercure	Vénus	Terre	Mars
Distance au Soleil (en millions de km)	58	108	150	227
Distance au Soleil (en m)	$58 \times 10^6 \times 10^3 = 5{,}8 \times 10^{10}$	$1{,}08 \times 10^{11}$	$1{,}50 \times 10^{11}$	$2{,}27 \times 10^{11}$

3. Le Soleil émet de la lumière dans toutes les directions de l'espace. Sa lumière se répartit sur une sphère de rayon égal à la distance Soleil-Objet recevant la lumière.

Une planète située à une distance d du Soleil intercepte donc la lumière de la sphère de surface $S = 4 \times \pi \times d_{\text{soleil-planète}}^{\ 2}$ avec d en m.

$$I_{\text{planète}} = \frac{P}{S}$$

$$I_{\text{mercure}} = \frac{3{,}87 \times 10^{26}}{4\pi(5{,}8 \times 10^{10})^2} = 9{,}2 \times 10^3\ \text{W·m}^{-2}$$

$$I_{\text{vénus}} = \frac{3{,}87 \times 10^{26}}{4\pi(1{,}08 \times 10^{11})^2} = 2{,}64 \times 10^3\ \text{W·m}^{-2}$$

$$I_{\text{Terre}} = \frac{3{,}87 \times 10^{26}}{4\pi(1{,}50 \times 10^{11})^2} = 1{,}37 \times 10^3\ \text{W·m}^{-2}$$

$$I_{\text{mars}} = \frac{3{,}87 \times 10^{26}}{4\pi(2{,}27 \times 10^{11})^2} = 598\ \text{W·m}^{-2}.$$

4. L'irradiance reçue par une planète diminue lorsque la distance entre le Soleil et la planète augmente.

5. $I_{\text{planète}} = \dfrac{P}{4\pi(d)^2}$

On cherche d : $d = \dfrac{P}{4\pi I}$

$$d = \sqrt{\frac{3{,}87 \times 10^{26}}{4\pi \times 50{,}0}}$$

$d = 7{,}85 \times 10^{11}\ \text{m} = 7{,}85 \times 10^8 \times 10^3\ \text{m}$
soit $7{,}85 \times 10^8$ km.
$7{,}85 \times 10^8 = 7{,}85 \times 10^2 \times 10^6 = 785 \times 10^6$
$d = 785 \times 10^6$ km $= 785$ millions de km.

CHAPITRE 9

(Énoncés p. 281)

1 **1.** L'acide lactique a pour formule brute $C_3H_6O_3$.

2. C'est une partie de la molécule. Il donne des propriétés particulières à la molécule qui le contient.

3. Dans l'acide lactique, on repère le groupe hydroxyle et le groupe carboxyle.

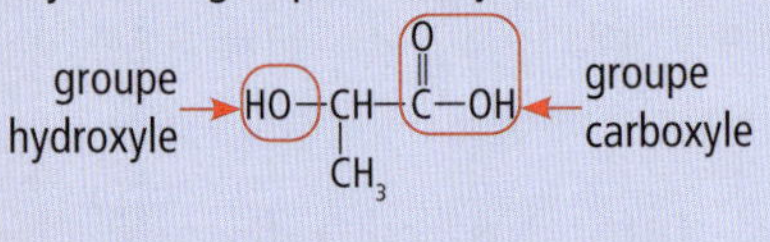

2 **a)** $M(Al_2O_3) = 2M(Al) + 3M(O)$
$M(Al_2O_3) = 2 \times 27{,}0 + 3 \times 16{,}0 = 102{,}0\ \text{g·mol}^{-1}$.

b) $M(CuSO_4) = M(Cu) + M(S) + 4M(O)$
$M(CuSO_4) = 63{,}5 + 32{,}1 + 4 \times 16{,}0 = 159{,}6\ \text{g·mol}^{-1}$.

c) $M(C_8H_9NO_2) = 8M(C) + 9M(H) + M(N) + 2M(O)$
$M(C_8H_9NO_2) = 8 \times 12{,}0 + 9 \times 1{,}0 + 14{,}0 + 2 \times 16{,}0$
$M(C_8H_9NO_2) = 151{,}0\ g{\cdot}mol^{-1}$.

3 $C_m = \dfrac{m_{soluté}}{V_{solution}}$ avec $m_{soluté} = 4{,}0$ g

et $V_{solution} = 200$ mL soit 200×10^{-3}L.

$C_m = \dfrac{4{,}0}{200 \times 10^{-3}} = 20\ g{\cdot}L^{-1}$.

La concentration en masse en sulfate de cuivre est de 20 $g{\cdot}L^{-1}$.

4 $C = \dfrac{n_{soluté}}{V_{solution}}$ donc $n_{soluté} = C \times V_{solution}$

$n_{soluté} = 1{,}4 \times 25 \times 10^{-3} = 3{,}5 \times 10^{-2}$ mol.
La quantité de chlorure de sodium est de $3{,}5 \times 10^{-2}$ mol.

CHAPITRE 10 *(Énoncés p. 284)*

1 1. et 2.

État	avancement	C_3H_8 +	$5O_2$ →	$3CO_2$ +	$4H_2O$
État initial	$x = 0$	2,0	8,0	0	0
État intermédiaire	$x > 0$	$2{,}0 - x$	$8{,}0 - 5x$	$3x$	$4x$
État final	$x_{max} = 1{,}6$	$2 - 1{,}6 = 0{,}4$	$8{,}0 - 5 \times 1{,}6 = 0$	$3 \times 1{,}6 = 4{,}8$	$4 \times 1{,}6 = 6{,}4$

3. Avancement maximal :
Il faut résoudre les équations $2 - x = 0$ et $8{,}0 - 5x = 0$.
La valeur la plus petite correspond à x_{max}.
$2{,}0 - x = 0$ soit $x = 2{,}0$
$8{,}0 - 5x = 0$ soit $x = 1{,}6$
$x_{max} = 1{,}6$ le réactif limitant est le dioxygène.

4. Il y a formation de 4,8 mol de dioxyde de carbone et 6,4 mol d'eau.

2 1.

État	avancement	$2C_4H_{10}$ +	$13O_2$ →	$8CO_2$ +	$10H_2O$
État initial	$x = 0$	0,5	4,0	0	0
État intermédiaire	$x > 0$	$0{,}5 - 2x$	$4{,}0 - 13x$	$8x$	$10x$
État final	$x_{max} = 0{,}25$	0	0,75	2	2,5

2. Avancement maximal :
Il faut résoudre les équations $0{,}5 - 2x = 0$ et $4{,}0 - 13x = 0$. La valeur la plus petite correspond à x_{max}.
$0{,}5 - 2x = 0$ soit $x = 0{,}25$ mol

$4{,}0 - 13x = 0$ soit $x = \dfrac{4}{13} = 0{,}31$ mol

$x_{max} = 0{,}25$ le réactif limitant est le butane.

3. Quantité de matière des produits formés : 2,0 mol de dioxyde de carbone et 2,5 mol d'eau.

4. Il reste 0,75 mol de dioxygène.

3 1. $M_{heptane} = 7 \times 12{,}0 + 16 \times 1{,}0 = 100\ g{\cdot}mol^{-1}$

2. $n_{heptane} = \dfrac{m_{heptane}}{M_{heptane}} = \dfrac{336}{100} = 3{,}36$ mol.

3. $C_7H_{16} + 11O_2 \rightarrow 7CO_2 + 8\ H_2O$.

4. Une mole d'heptane produit 7 mol de dioxyde de carbone.
Il y a production de $7 \times 3{,}36 = 23{,}5$ mol de dioxyde de carbone.

5. $m_{dioxyde\ de\ carbone} = n_{dioxyde\ de\ carbone} \times M_{dioxyde\ de\ carbone}$
$M_{dioxyde\ de\ carbone} = 1 \times 12{,}0 + 2 \times 16{,}0 = 44{,}0\ g{\cdot}mol^{-1}$
$m_{dioxyde\ de\ carbone} = 23{,}5 \times 44{,}0 = 1{,}03 \times 10^3$ g de dioxyde de carbone.

4 1. Formule brute C_2H_6O soit C_2H_5OH
Sa formule semi développée est $CH_3{-}CH_2{-}OH$.

2. $M_{éthanol} = 2 \times 12{,}0 + 6 \times 1{,}0 + 16 \times 1{,}0$
$= 46{,}0\ g{\cdot}mol^{-1}$.

$n_{éthanol} = \dfrac{m_{éthanol}}{M_{éthanol}} = \dfrac{55{,}2}{46{,}0} = 1{,}20$ mol.

3.

État	avancement	C_2H_6O +	$3O_2$ →	$2CO_2$ +	$3H_2O$
État initial	$x = 0$	1,20	2,40	0	0
État intermédiaire	$x > 0$	$1{,}20 - x$	$2{,}40 - 3x$	$2x$	$3x$
État final	x_{max}	$1{,}20 - 0{,}8 = 0{,}4$	$2{,}40 - 3 \times 0{,}8 = 0$	$2 \times 0{,}8 = 1{,}6$	$3 \times 0{,}8 = 2{,}4$

4. Avancement maximal :
Il faut résoudre les équations $1{,}20 - x = 0$ et $2{,}40 - 3x = 0$. La valeur la plus petite correspond à x_{max}.
$1{,}20 - x = 0$ soit $x = 1{,}20$ mol
$2{,}40 - 3x = 0$ soit $x = 0{,}80$ mol
$x_{max} = 0{,}80$ le réactif limitant est le dioxygène.

5. Nombre de mol de dioxyde de carbone formé : 1,6 mol
$m_{dioxyde\ de\ carbone} = n_{dioxyde\ de\ carbone} \times M_{dioxyde\ de\ carbone}$
$m_{dioxyde\ de\ carbone} = 1{,}6 \times 44{,}0 = 70$ g.
Nombre de mol d'eau formée : 2,4 mol
$m_{eau} = n_{eau} \times M_{eau}$
$m_{eau} = 2{,}4 \times 18{,}0 = 43$ g.

CHAPITRE 11 *(Énoncés p. 287)*

1 $Cu^{2+}_{(aq)} + 2e^- = Cu_{(s)}$; $Cl_{2(aq)} + 2e^- = 2Cl^-_{(aq)}$;
$Al^{3+}_{(aq)} + 3e^- = Al_{(s)}$
$2H^+_{(aq)} + 2e^- = H_{2(g)}$; $Zn^{2+}_{(aq)} + 2e^- = Zn_{(s)}$;
$I_{2(aq)} + 2e^- = 2I^-_{(aq)}$

2 **1.** C'est une réaction d'oxydoréduction qui entraîne l'altération du métal.

2. Appliquer une couche protectrice (peinture). Certains métaux se recouvrent d'une couche d'oxyde qui les protège contre une corrosion en profondeur (passivation). Il est également possible de protéger des métaux par un autre métal plus réducteur (zinc, aluminium…). C'est la protection par anode sacrificielle.

3. $Al_{(s)} = Al^{3+}_{(aq)} + 3e^-$; $Ti_{(s)} = Ti^{4+}_{(aq)} + 4e^-$
$Ni_{(s)} = Ni^{2+}_{(aq)} + 2e^-$.

3 $MnO^-_{4\,(aq)} + 8H^+ + 5e^- = Mn^{2+}_{(aq)} + 4H_2O_{(l)}$
$Cr_2O_7^{2-}{}_{(aq)} + 14H^+ + 6e^- = 2Cr^{3+}_{(aq)} + 7H_2O_{(l)}$
$MnO_{2(s)} + 4H^+ + 2e^- = Mn^{2+}_{(aq)} + 2H_2O_{(l)}$
$O_2(g) + 2H^+ + 2e^- = H_2O_{2(aq)}$
$O_2(g) + 4H^+ + 4e^- = 2H_2O_{(l)}$

4 **1.** L'ion Cu^{2+} est réduit en atome de cuivre Cu. L'ion cuivre Cu^{2+} est l'oxydant.
Le fer Fe est oxydé en ion Fe^{2+}. Le fer Fe est le réducteur.

2. $Cu^{2+}_{(aq)} + 2e^- = Cu_{(s)}$
$Fe_{(s)} = Fe^{2+}_{(aq)} + 2e^-$

3.
$$\begin{array}{r} Cu^{2+}_{(aq)} + 2e^- = Cu_{(s)} \\ Fe_{(s)} = Fe^{2+}_{(aq)} + 2e^- \\ \hline Cu^{2+}_{(aq)} + Fe_{(s)} \rightarrow Fe^{2+}_{(aq)} + Cu_{(s)} \end{array}$$

5 **a)**
$$\begin{array}{rl} Cu^{2+} + 2e^- = Cu_{(s)} & (\times 3) \\ Al_{(s)} = Al^{3+}_{(aq)} + 3e^- & (\times 2) \\ \hline 3Cu^{2+} + 2Al_{(s)} \rightarrow 3Cu_{(s)} + 2Al^{3+}_{(aq)} & \end{array}$$

b)
$$\begin{array}{rl} MnO^-_{4\,(aq)} + 8H^+ + 5e^- = Mn^{2+}_{(aq)} + 4H_2O_{(l)} & (\times 1) \\ Fe^{2+}_{(aq)} = Fe^{3+}_{(aq)} + e^- & (\times 5) \\ \hline 1MnO^-_{4\,(aq)} + 5Fe^{2+}_{(aq)} + 8H^+ = 5Fe^{3+}_{(aq)} + 1Mn^{2+}_{(aq)} + 4H_2O_{(l)} & \end{array}$$

c)
$$\begin{array}{rl} MnO^-_{4\,(aq)} + 8H^+ + 5e^- = Mn^{2+}_{(aq)} + 4H_2O_{(l)} & (\times 2) \\ H_2O_{2(aq)} = O_2(g) + 2H^+ + 2e^- & (\times 5) \\ \hline 2MnO^-_{4\,(aq)} + 5H_2O_{2(aq)} + 6H^+ = 5O_2(g) + 2Mn^{2+}_{(aq)} + 8H_2O_{(l)} & \end{array}$$

6 **1.** L'anode est le siège d'une oxydation (qui entraîne la libération d'électrons).
$Zn_{(s)} = Zn^{2+}_{(aq)} + 2e^-$.

2. La cathode est le siège d'une réduction (où les électrons sont captés)
$Ag^+_{(aq)} + e^- = Ag_{(s)}$.

3. La borne positive (cathode) est la lame d'argent. La borne négative (anode) est la lame de zinc.

4.
$$\begin{array}{rl} Ag^+_{(aq)} + e^- = Ag_{(s)} & (\times 2) \\ Zn_{(s)} = Zn^{2+}_{(aq)} + 2e^- & (\times 1) \\ \hline 2Ag^+_{(aq)} + Zn_{(s)} \rightarrow Zn^{2+}_{(aq)} + 2Ag_{(s)} & \end{array}$$

5.

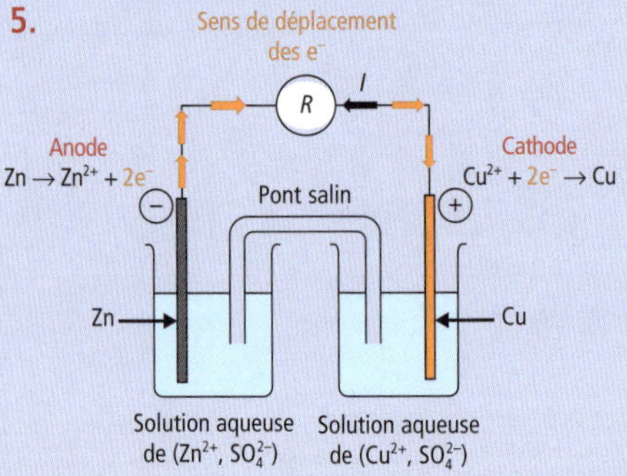

CHAPITRE 12 *(Énoncés p. 290)*

1 **1.** Une onde est la propagation d'une perturbation dans un milieu.

2. Les molécules contenues dans l'air vibrent autour de leur position de repos. Elles ont un mouvement de va-et-vient horizontal qui se transmet aux molécules de proche en proche.

3. Une fois la perturbation passée, les molécules reviennent à leur position initiale. Il n'y a pas transport de matière.

4. La direction de la perturbation est horizontale. La direction de l'onde est horizontale.

5.

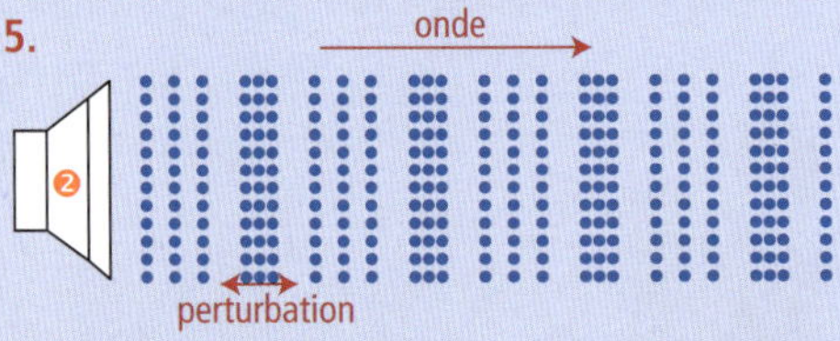

6. La direction de la perturbation est parallèle à la direction de propagation de l'onde donc l'onde sonore est longitudinale.

7. Une onde sonore est une onde mécanique elle nécessite un milieu matériel (air) pour se propager. Il y a mouvement de va-et-vient autour d'une position de repos des molécules constituant l'air.

2 **Son A :**
Une demi-période correspond à une durée de $2,2 - 2,0 = 0,20$ ms.
La période temporelle T est donc égale à :
$T = 2 \times 0,20$ ms soit $0,40 \times 10^{-3}$s.

Fréquence : $f = \frac{1}{T} = \frac{1}{0,40 \times 10^{-3}} = 2,5 \times 10^3$ Hz

soit 2,5 kHz.

Son B :
Deux périodes correspondent à une durée de $3,7 - 3,2 = 0,50$ ms.
La période temporelle T est donc égale à :
$T = \frac{0,50}{2} = 0,25$ ms soit $0,25 \times 10^{-3}$s.

Fréquence : $f = \frac{1}{T} = \frac{1}{0,25 \times 10^{-3}} = 4,0 \times 10^3$ Hz

soit 4,0 kHz.

3 **1.** Fréquence f d'une onde : nombre de période par seconde.
Célérité n de l'onde : vitesse de propagation de l'onde.

2. $f = \frac{1}{T}$ donc $T = \frac{1}{f}$

$T = \frac{1}{800} = 1,25 \times 10^{-3}$ s.

3. $\lambda = \nu \times T$ avec :
λ : longueur d'onde (m) ;
ν : célérité de l'onde (m·s^{-1})
T : période temporelle (s).

4. $\lambda = \nu \times T$
$\lambda = 340 \times 1,25 \times 10^{-3} = 0,425$ m.

4 **1.** et **3.**

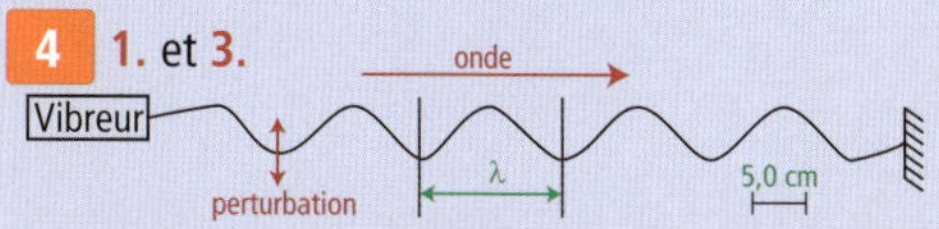

2. La perturbation est verticale et la direction de l'onde est horizontale. La direction de la perturbation est perpendiculaire à la direction de propagation de l'onde. L'onde mécanique est donc transversale.

4. Avec l'échelle donnée, on trouve :
$\lambda = 20,0$ cm $= 0,20$ m.

5. $\lambda = \nu \times T$ et $T = \frac{1}{f}$ donc $\lambda = \frac{\nu}{f}$.

On cherche ν : $\nu = \lambda \times f$
$\nu = 0,20 \times 120 = 24$ m·s^{-1}.

CHAPITRE 13 *(Énoncés p. 293)*

1 **1.** Le spationaute évolue dans le vide.

2. Car le son ne se propage pas dans le vide.

3. Les ondes radio se propagent dans le vide puis dans l'atmosphère terrestre.

2 **1.** Lors d'un orage des signaux lumineux (éclairs) et sonores (tonnerre) sont émis.

2. En une seconde, le son va parcourir une distance de 340 m.

3. En une seconde, la lumière va parcourir une distance de 3×10^8 m.

4. Lors d'un orage, on voit l'éclair avant d'entendre le tonnerre car la vitesse de la lumière (3×10^8 m·s^{-1}) est beaucoup plus grande que la vitesse du son (340 m·s^{-1}).

3 **1.** $f = \frac{1}{T}$ donc $T = \frac{1}{f}$

$T = \frac{1}{400} = 2,50 \times 10^{-3}$ s.

2. $\lambda = v_{son} \times T$
Ici, le son se propage dans l'air donc $\nu = 340$ m·s^{-1}
$\lambda = 340 \times 2,50 \times 10^{-3} = 0,850$ m soit 85,0 cm.

4 **1.**

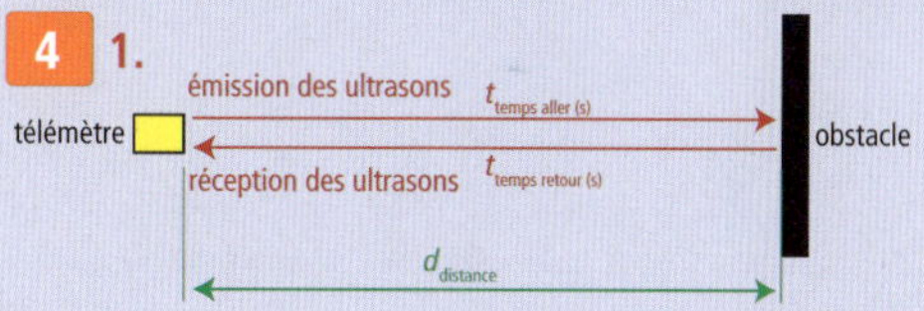

2. $d = c \times \Delta t$
$d = 340 \times 120 \times 10^{-3} = 40,8$ m. Les ultrasons effectuent un aller-retour entre le télémètre et l'obstacle. La distance séparant le télémètre et l'obstacle est égale à la moitié de la distance parcourue par les ultrasons soit $\frac{40,8}{2} = 20,4$ m.

5 **1.** On applique : $\lambda = \frac{c}{f}$.
$\lambda = \frac{3,0 \times 10^8}{1,0 \times 10^3} = 3,0 \times 10^5$ m.

2. L'onde a pour longueur d'onde $4,0 \times 10^{-9}$ m soit 4 nm. D'après l'échelle du cours, cette onde appartient au domaine des rayons X.

$f = \frac{c}{\lambda}$; $f = \frac{3,0 \times 10^8}{4,0 \times 10^{-9}} = 7,5 \times 10^{16}$ Hz.

6 **1.** 1 MHz = 1×10^6 Hz.
Il faut faire apparaître 10^6 dans l'écriture de la fréquence.
$f = 3{,}0 \times 10^7 = 30 \times 10^6$ Hz = 30 MHz.
La fréquence de l'onde radio est de 30 mégahertz.

2. 1 nm = 10^{-9} m. Il faut faire apparaître 10^{-9} dans l'écriture de la longueur d'onde.
$\lambda = 7{,}0 \times 10^{-7} = 7{,}0 \times 10^2 \times 10^{-2} \times 10^{-7}$
$= 700 \times 10^{-9}$ m = 700 nm.
La longueur d'onde de cette lumière est de 700 nm.

3. Il faut d'abord déterminer la longueur d'onde de cette onde.

On applique la formule $\lambda = \dfrac{c}{f}$:

$$\lambda = \frac{3{,}0 \times 10^8}{6{,}0 \times 10^{16}} = 5{,}0 \times 10^{-9} \text{ m soit } 5{,}0 \text{ nm.}$$

Cette onde appartient au rayon X.

7 **1.** On applique la formule $\lambda = \dfrac{c}{f}$.

On cherche f. On obtient alors $f = \dfrac{c}{\lambda}$.

Pour λ = 400 nm :

$$f = \frac{3{,}0 \times 10^8}{400 \times 10^{-9}} ;$$

$f = 7{,}5 \times 10^{14}$ Hz.

Pour λ = 800 nm :

$$f = \frac{3{,}0 \times 10^8}{800 \times 10^{-9}} ;$$

$f = 3{,}8 \times 10^{14}$ Hz.

2. Une onde électromagnétique de longueur d'onde $\lambda = 9{,}5 \times 10^{-7}$ m = 950×10^{-9} m = 950 nm.
Cette onde appartient aux infrarouges.

Histoire-Géographie EMC

HISTOIRE

	COURS	EXERCICES
1 L'Europe bouleversée par la Révolution française (1789 -1815)	328	332
Sujets d'étude	331	
2 Les transformations politiques et sociales de la France de 1848 à 1870	334	338
Sujets d'étude	337	
3 La Troisième République avant 1914 : un régime, un empire colonial	339	343
Sujets d'étude	342	
4 La Première Guerre mondiale et la fin des empires européens	344	348
Sujets d'étude	347	

GÉOGRAPHIE

	COURS	EXERCICES
1 La métropolisation : un processus mondial différencié	349	355
Sujets d'étude	353	
2 Une diversification des espaces et des acteurs de la production	356	361
Sujets d'étude	359	
3 Les espaces ruraux : une multifonctionnalité toujours plus marquée	362	366
Sujets d'étude	365	
THÈME CONCLUSIF La Chine : des recompositions spatiales multiples	367	

EMC

	COURS	EXERCICES
1 Fondements et fragilités du lien social	370	371
2 Les recompositions du lien social	372	373

Les corrigés des exercices 374

THÈME 1 L'Europe bouleversée par la Révolution française (1789-1815)

La Révolution française de 1789 provoque la **chute de la monarchie**, met fin à la société d'ordres et **abolit les privilèges**. Elle fonde une nation de **citoyens égaux**, à partir de la **Déclaration des Droits de l'Homme et du Citoyen** du 26 août 1789. Plusieurs régimes se succèdent jusqu'à **l'Empire de Napoléon Ier** qui débute en 1804. Battu en 1814 par une vaste coalition de monarchies européennes, Napoléon est de nouveau défait à **Waterloo** en 1815. Avec le Congrès de Vienne, les monarchies européennes sont restaurées et les aspirations des peuples à plus de liberté sont étouffées.

◄ *La Prise de la Bastille* de Jean-Baptiste Lallemand (1789)

1 La rupture révolutionnaire de 1789

A La crise de l'Ancien Régime

• **Des difficultés économiques et sociales.** Dans les années 1780, les mauvaises récoltes «entraînent» l'**augmentation du prix du blé**. Les révoltes sont de plus en plus fréquentes.

• **À cela s'ajoute une crise sociale** liée aux profondes inégalités dans la société française. L'organisation en **trois ordres inégalitaires** (noblesse, clergé et Tiers État) est de plus en plus contestée ; par ailleurs, les caisses de l'État sont vides.

Définition

Société d'ordres : la société d'Ancien Régime est composée de la noblesse, du clergé et du Tiers État (bourgeoisie, artisans et paysans).

Pour remédier à ces difficultés, Louis XVI **convoque les États généraux** pour le 5 mai 1789. Durant le printemps 1789, des cahiers de doléances sont rédigés.

• **Les députés du Tiers État,** beaucoup plus nombreux, réclament l'**abolition du vote par ordre** (chacun des trois ordres disposant d'une voix) et son remplacement par un vote par tête (chaque député disposerait alors d'une voix). Mais Louis XVI refuse.

B 1789 à 1792 : de la monarchie absolue à la République

• **L'affirmation de la souveraineté nationale.** Lors des États généraux réunis à Versailles, Louis XVI refuse toute réforme. **Le 17 juin, les députés du Tiers État se proclament Assemblée nationale.** Rejoints par des députés de la noblesse et du clergé, ils jurent de ne pas se séparer avant d'avoir rédigé une constitution pour la France : c'est le **serment du Jeu de paume** le 20 juin 1789.

> **Définition**
> **Souveraineté nationale :** principe affirmé dès le serment du Jeu de Paume (20 juin 1789) qui dispose que la source de l'autorité politique est la nation, communauté formée par l'ensemble des citoyens.

• **La prise de la Bastille, le 14 juillet 1789.** Les Parisiens armés (ouvriers, bourgeois, soldats rebelles) attaquent la prison de la Bastille, symbole de l'absolutisme royal. Cette **révolution populaire** met fin à l'absolutisme : la souveraineté nationale remplace la souveraineté du roi.

• **Égalité juridique et libertés individuelles.** En province, les paysans s'attaquent aux propriétés seigneuriales. Pour mettre fin à cette « **Grande Peur** », les députés de la nouvelle Assemblée nationale constituante décident d'**abolir les privilèges** le 4 août 1789.

> **Définition**
> **Grande Peur :** révoltes paysannes de l'été 1789, nées de rumeurs de complots des nobles. Les paysans pillent les châteaux et détruisent les registres des droits féodaux.

• **Le 26 août, la Déclaration des Droits de l'Homme et du Citoyen** consacre l'émergence d'une nation de citoyens égaux en droit. Louis XVI semble accepter la Révolution ; mais sa **fuite manquée en juin 1791** le discrédite auprès des Français.

• **Sous la pression populaire,** une nouvelle Assemblée, la Convention, décrète la fin de la monarchie, l'emprisonnement du roi et de sa famille et proclame la République.

C La République en danger

La France en guerre. Dès 1792, les révolutionnaires entendent diffuser leur nouveau modèle politique, la **République**, dans toute l'Europe.

• **La France entre en guerre le 20 avril 1792** contre l'empereur d'Autriche. Mais les défaites militaires se succèdent et ce n'est qu'en septembre 1792 que l'invasion du territoire par les puissances étrangères est stoppée à la bataille de Valmy.

• **L'exécution de Louis XVI en janvier 1793** réunit contre la France toutes les monarchies d'Europe. À l'intérieur du pays, des **guerres civiles** se déclarent : en Vendée, les paysans, encadrés par les nobles royalistes et les prêtres catholiques, s'opposent aux Républicains.

• **Gouvernement révolutionnaire et Terreur.** Pour sauver la République, la Convention et le parti des Montagnards mettent en place un gouvernement révolutionnaire qui remet le pouvoir au **Comité de salut public**, dirigé par **Robespierre**.

• **La « loi des suspects » et la mise en place d'un tribunal révolutionnaire** permettent d'éliminer les opposants. Les libertés sont suspendues. Pourtant les chefs Montagnards se divisent : Danton demande la fin de **la Terreur** mais Robespierre le fait guillotiner. La Convention prend peur et fait guillotiner à son tour Robespierre en juillet 1794. À la fin de la Terreur, la République a du mal à se stabiliser.

2 L'Europe napoléonienne

A La domination européenne de Napoléon

• **À la suite du coup d'État du 18 Brumaire** an VIII (9 novembre 1799) qui **met fin au Directoire**, le général Bonaparte instaure le **Consulat**. Il veut mettre fin à la Révolution et rétablir

> **À retenir**
> Napoléon Bonaparte devient consul à vie en 1802 puis empereur en 1804.

HISTOIRE

l'ordre tout en conservant les acquis de la Révolution. À la suite de son sacre par le pape Pie VII le 2 décembre 1804, Napoléon met en place un régime personnel autoritaire, le **Premier Empire**.

• **L'Empire de Napoléon Ier** impose les idées de la Révolution française en Europe de 1804 à 1815. Napoléon souhaite que l'Europe soit fondée sur le modèle de la France. Les États conquis sont dotés de constitutions similaires à celle de la France. Napoléon impose aux Français une **administration centralisée**, le **Code civil**, l'**abolition de la féodalité**, les **lycées**, le **système métrique**… Mais le régime devient vite impopulaire dans les pays occupés.

> **Définitions**
> **Consulat :** régime politique mis en place de 1799 à 1804 après le coup d'État du **18 Brumaire** de l'an VIII.
> **Premier Empire :** régime impérial mis en place de 1804 à la première abdication de Napoléon le 14 avril 1814.

B La coalition des puissances monarchiques

• **L'Empire doit faire face à l'éveil des sentiments nationaux** dans la plupart des territoires conquis. À partir de 1808, les Espagnols subissent l'oppression des Français. Le 2 mai, les habitants de Madrid se soulèvent contre l'autorité française. Le lendemain, les troupes françaises répriment férocement cette révolte. Cela a inspiré au peintre Goya ses tableaux le *Dos de Mayo* et le *Tres de Mayo*.

• **La domination napoléonienne en Europe.** Les campagnes napoléoniennes sont souvent vécues comme une **oppression** par les puissances occupées. Les territoires conquis sont victimes de pillages, de réquisitions. Dans ces pays émerge un sentiment national fondé sur le **refus de la domination française**. En Allemagne, puis en Russie, une forme de patriotisme émerge.

> **On observe ainsi un retournement de situation :** les idées révolutionnaires, inspirées par la France, fondées sur la souveraineté de la Nation, se retournent contre la France. Ce sont des armées au caractère plus national qui poussent Napoléon à la défaite en 1815 (voir la bataille de Waterloo p. 299). Napoléon doit abdiquer.

C Le congrès de Vienne

• **Restaurer l'ordre monarchique.** Au moment de la chute de l'Empire en 1815, les monarchies (Royaume-Uni, Prusse, Russie et Autriche) tentent de **refonder l'ordre ancien en Europe**. Pour cela, elles se réunissent lors du **Congrès de Vienne** dont l'objectif est d'en finir avec la période révolutionnaire. Se dessine alors une **Europe monarchique** avec la Russie, la Prusse et l'Autriche qui agrandissent leur territoire alors que le Royaume-Uni étend son influence sur les mers.

• **Le Congrès de Vienne** tente également de créer les conditions d'une paix durable, en renouvelant par exemple les règles de la diplomatie.

> **À retenir**
> La France, vaincue, se voit imposer la restauration monarchique (Louis XVIII) et un retour aux frontières de 1791.

> **Le Congrès de Vienne marque donc le triomphe des principes de l'Ancien Régime** dans une Europe des princes pacifiée (l'Europe ne connaîtra pas de conflit majeur avant 1870). Mais **les aspirations libérales et nationales sont malmenées**. Certaines lois libérales sont cependant proposées comme la **fin de la traite négrière**. Mais les aspirations des nationalités ne sont pas entendues : Polonais, Belges, Allemands, Italiens vivent toujours dans plusieurs États ou sont intégrés à des Empires.

Sujets d'étude

1 10 août 1792 : la chute de la monarchie

• **Avec l'emblématique 14 juillet 1789** (prise de la Bastille), le **10 août 1792** est une des journées les plus importantes de la Révolution française : la **prise du palais des Tuileries** par les sans-culottes et les fédérés marque la fin **de 1 000 ans de monarchie en France**.

• **Le 20 juin 1791, le roi Louis XVI tente de fuir** la France avec sa famille afin de rejoindre des troupes fidèles pour rétablir son autorité. Mais il est reconnu dans une auberge, arrêté à Varennes et ramené à Paris. Dès lors, de nombreux Français l'accusent de trahison.

> **Le roi est alors persuadé que seule une intervention étrangère** peut lui permettre de restaurer l'absolutisme. Le 20 avril 1792, l'Assemblée législative déclare la guerre à l'Autriche sur la proposition du roi qui, en secret, espère une défaite de la France. Dans un contexte de guerre, **le peuple parisien est en ébullition**.

• **Face à l'avancée des troupes étrangères vers les frontières,** l'Assemblée déclare « la patrie en danger » le 11 juillet 1792. Le 1er août, le « manifeste de Brunswick » (chef des armées prussiennes) est rendu public : il somme le peuple français « de se soumettre au roi sans délai », faute de quoi Paris serait « livré à une exécution militaire ». **Le peuple parisien se révolte**.

• **Au matin du 10 août,** une foule de sans-culottes (révolutionnaires) se rassemblent aux abords des Tuileries. Plus de 950 gardes suisses et 2 000 à 3 000 gardes nationaux défendent la résidence royale. Toutefois, ces derniers se **rallient rapidement du côté des insurgés**.

• **Le roi, suivi de sa famille,** cherche alors refuge au sein de l'Assemblée. Pendant ce temps, le palais des Tuileries est assailli et les gardes suisses tirent sur le peuple. Les **sans-culottes** et les **gardes nationaux**, qui se sont ralliés, **gagnent finalement le combat**.

• **Les conséquences.** Cette journée du 10 août 1792 a fait **plus de 650 morts chez les gardes suisses** et plus de 200 aristocrates et gens de maison meurent durant la prise des Tuileries. Chez les insurgés, on compte 200 à 400 morts. **L'Assemblée législative prononce la « suspension » du roi.** Elle convoque par ailleurs une **Convention nationale** en vue de prendre toutes mesures « pour assurer la souveraineté du peuple et le règne de la liberté et de l'égalité ».

• **La famille royale est conduite à la prison du Temple.** Fin août, les avancées des armées étrangères sur le territoire français réactivent la peur du complot. Les **massacres de septembre** (du 2 au 5) sont l'expression de la violence populaire : 1 300 prisonniers parisiens (royalistes, prisonniers de droit commun) et des prêtres réfractaires (contre la Révolution) sont massacrés. Avec la **victoire de Valmy** la France est sauvée, et la République proclamée le 20 septembre 1792.

> **À retenir**
> Cette journée du 10 août 1792 aura donc marqué l'effondrement de la monarchie française. Louis XVI est guillotiné le 21 janvier 1793.

2 La bataille de Waterloo

• **À son retour de l'île d'Elbe,** Napoléon rentre aux Tuileries le 20 mars 1815. La fuite du roi Louis XVIII et le retour de Napoléon fixent le début des **Cent Jours** qui se terminent avec la **seconde abdication** de l'empereur, le 7 juillet 1815. La **bataille de Waterloo** est la dernière à laquelle prit part Napoléon, qui venait de reprendre le pouvoir en France trois mois plus tôt.

• **Les forces en présence.** Napoléon réunit en toute hâte les vétérans de son armée, et attaque les Anglais et les Prussiens en Belgique, avant que ceux-ci ne soient rejoints par les Autrichiens et les Russes.

• **La coalition monarchique européenne** veut **empêcher le retour de Napoléon** au pouvoir. Elle est composée d'Anglais, d'Allemands, de Belges et de Néerlandais, sous les ordres du duc de Wellington, et de Prussiens commandés par Blücher.

• **Napoléon pénètre en Belgique** le **15 juin 1815,** en vue de se placer entre les deux armées ennemies. L'empereur envoie son aile droite commandée par **Grouchy** contre les Prussiens de Blücher et son aile gauche commandée par Ney contre Wellington.

Chiffres-clés

• L'armée impériale aligne plus de 86 000 hommes (74 000 fantassins et 12 000 cavaliers) ; elle est équipée d'environ 250 canons.

• L'alliance des puissances étrangères : 106 000 fantassins (Britanniques, Allemands et Néerlandais) et 12 000 cavaliers. Les artilleurs sont dotés d'environ 150 à 200 canons. Les Prussiens de Blücher sont environ 33 000.

• **Fidèle à sa tactique,** Napoléon veut prendre l'ennemi de vitesse avant d'affronter l'armée autrichienne restée sur le Rhin. L'armée napoléonienne, formée de vieux soldats et de volontaires, a un moral ardent mais des nerfs fragiles.

• **Le 16 juin, Blücher est battu à Ligny,** mais il réussit à échapper à Grouchy. Le 17, Wellington s'installe au sud de Waterloo. Napoléon l'attaque le 18. Les troupes françaises multiplient les assauts sans parvenir à battre les troupes de Wellington.

• **Au moment décisif,** alors que Napoléon espérait voir déboucher Grouchy sur sa droite, Blücher fait irruption sur le champ de bataille, prenant à revers l'armée française qui fuit en déroute. Napoléon se replie en France. Il abdiquera peu après cette foudroyante défaite.

• **Les conséquences.** Cette défaite de Waterloo marque l'affirmation des puissances monarchiques (Autriche, Prusse et Russie). Seule la Grande-Bretagne est une **monarchie parlementaire**. Le **congrès de Vienne** (1814-1815) et le **pacte de la Sainte-Alliance** (accord entre le Tsar de Russie, l'empereur d'Autriche et le roi de Prusse) rétablissent un ordre conservateur. En France, la royauté est rétablie le 8 juillet 1815. Quant à Napoléon, il meurt exilé par les Anglais sur l'île de Sainte-Hélène en 1821.

Chiffres-clés

La bataille de Waterloo aurait fait plus de 10 500 morts et plus de 35 000 blessés. Les pertes françaises ont été environ deux fois plus élevées que celles de la coalition.

Exercices d'entraînement

Exercice 1

Corrigé p. 374

Un appel à la violence

Jean-Paul Marat (1743-1793), dans son journal L'Ami du peuple, *dénonce sans relâche les ennemis de la Révolution. Il demande aussi la déchéance du roi. Il s'adresse aux sans-culottes.*

« La glorieuse journée du 10 août 92 peut être décisive pour le triomphe de la liberté si vous savez profiter de vos avantages. […] Vos implacables ennemis paraissent consternés, mais ils ne tarderont pas à […] se relever, plus terribles que jamais. […] Je vous propose donc de décimer les membres contre-révolutionnaires de la municipalité, des juges de paix, des départements et de l'Assemblée nationale […].

Mais, sur toutes choses, tenez le roi, sa femme et son fils en otage, et, jusqu'à ce que son jugement définitif soit prononcé, qu'il soit montré chaque jour quatre fois au peuple. Et comme il dépend de lui d'éloigner pour toujours nos ennemis, déclarez-lui que si, sous quinze jours, les Autrichiens et les Prussiens ne sont pas à vingt lieues des frontières pour n'y plus reparaître, sa tête roulera à ses pieds. »

Jean-Paul Marat, *L'Ami du peuple* (1792).

1. Quelle est l'opinion de Marat sur la journée du 10 août 1792 ?

2. En quoi ce texte est-il un appel à la violence ?

3. La journée du 10 août est-elle suffisante pour Marat ?

Exercice 2

Corrigé p. 374

La bataille de Waterloo vue par Victor Hugo

Waterloo ! Waterloo ! morne plaine
Comme une onde qui bout dans une urne trop pleine,
Dans ton cirque de bois, de coteaux, de vallons,
La pâle mort mêlait les sombres bataillons.
D'un côté c'est l'Europe, et de l'autre la France !
Choc sanglant ! des héros Dieu trompait l'espérance
Tu désertais, victoire, et le sort était las.
O, Waterloo ! je pleure, et je m'arrête, hélas !
Car ces derniers soldats de la dernière guerre
Furent grands ; ils avaient vaincu toute la terre.
Chassés vingt rois, passé les Alpes et le Rhin,
Et leur âme chantait dans les clairons d'airain !
Le soir tombait ; la lutte était ardente et noire.
Il avait l'offensive et presque la victoire ;
Il tenait Wellington acculé sur un bois.
Sa lunette à la main, il observait parfois
Le centre du combat, point obscur où tressaille
La mêlée, effroyable et vivante broussaille,
Et parfois l'horizon, sombre comme la mer.
Soudain, joyeux, il dit : Grouchy ! — C'était Blücher !
L'espoir changea de camp, le combat changea d'âme.
La mêlée en hurlant grandit comme une flamme.
La batterie anglaise écrasa nos carrés.

Victor Hugo, *Les Châtiments*, « Expiation », 1853 (extraits).

1. Comment Hugo montre-t-il l'atrocité des combats ?

2. Quel portrait fait-il de Napoléon ?

3. Comment Hugo juge-t-il la défaite ?

THÈME 2 Les transformations politiques et sociales de la France de 1848 à 1870

De 1848 à 1870, l'évolution politique de la France est marquée par la succession de deux régimes. La **deuxième République,** proclamée le 24 février 1848, prend fin avec le coup d'État du 2 décembre 1851. À partir de 1852, le nouvel empereur Napoléon III fonde un régime autoritaire, le **Second Empire**. Mais la défaite contre la Prusse en 1870 entraîne la fin de ce régime : le 4 septembre 1870, Léon Gambetta proclame la **IIIe République**.

1 L'esprit de 1848, puis l'Empire

A La révolution de février 1848

• **La fin de la monarchie de Juillet.** Comme en 1789, tout commence par une **crise agricole** : les récoltes sont médiocres. La dépression touche aussi l'industrie, et le chômage augmente. La tension sociale est forte à Paris. Le 21 février 1848, un banquet républicain en faveur de l'élargissement du droit de vote est interdit, mais la foule ignore cette interdiction.

• **Une partie de la Garde nationale fraternise** avec la population. Une **insurrection** éclate à Paris le 23 février 1848. La troupe tire sur la foule boulevard des Capucines. Les insurgés se dirigent vers les Tuileries ou réside le roi. Louis-Philippe abdique. Un **gouvernement provisoire** est formé le 24 février, avec le poète Lamartine, et le 25 la **République** est proclamée à l'Hôtel de ville.

> **Définition**
> **Garde nationale :** milice bourgeoise créée en 1789 et affectée au maintien de l'ordre.

Sur le plan social, le **droit au travail** est proclamé, des Ateliers nationaux sont créés pour les milliers d'ouvriers au chômage.

• **Sur le plan politique,** le **suffrage universel masculin** entre en vigueur. L'esclavage est aboli dans toutes les colonies et possessions françaises grâce à l'action de Victor Schœlcher. La **liberté de la presse** devient totale et les arbres de la liberté sont à nouveau plantés, comme en 1789.

> **Définition**
> **Ateliers nationaux :** chantiers de travaux créés après février 1848 pour fournir du travail et un salaire aux ouvriers parisiens au chômage.

B Les journées de juin 1848

• **La révolte du peuple de Paris.** Les ouvriers sont soupçonnés d'entretenir l'agitation politique dans les Ateliers nationaux. L'Assemblée décide donc de les fermer le 21 juin 1848.

• **Du 23 au 26 juin,** les ouvriers dressent des barricades. La répression du ministre de la Guerre, le général Cavaignac, est sanglante : on compte 4 000 morts parmi les insurgés et 1 600 parmi les forces de l'ordre. 15 000 parisiens sont arrêtés dont 4 000 déportés en Algérie. Ces **journées de juin** sont marquées par un retour en arrière : la liberté de la presse est à nouveau limitée.

> **Définition**
> **Suffrage universel :** le suffrage correspond au vote, et il est dit universel s'il se réalise sans conditions pour tous les citoyens. En 1848, il est masculin, seuls les hommes de plus de 21 ans votent.

• **La mise en place de la deuxième République.** Le 4 novembre, une **nouvelle constitution**, inspirée de l'expérience américaine, est votée : elle prévoit une **Assemblée nationale**, élue au suffrage universel masculin, et un **Président de la République,** élu au suffrage universel pour 4 ans avec un mandat non renouvelable.

• **L'élection du Président de la République** se traduit par une victoire écrasante de **Louis Napoléon Bonaparte**. C'est le vote des campagnes, de la bourgeoisie et des conservateurs qui a conduit au pouvoir Louis Napoléon Bonaparte.

Les premières mesures politiques concernent l'instruction qui est confiée plus largement au clergé (loi Falloux de 1850). Les libertés politiques sont encadrées (loi sur la presse, loi sur les clubs). Enfin, la **réforme de la loi électorale** aboutit à la fin du suffrage universel.

C Le coup d'État de 1851 et l'Empire

• **Ne pouvant pas renouveler son mandat,** Louis Napoléon Bonaparte organise un **coup d'État** le 2 décembre 1851. Des soulèvements éclatent à Paris, plus de 30 000 personnes sont arrêtées et les chefs de l'opposition doivent s'exiler (comme Victor Hugo).

Un régime autoritaire est mis en place, limitant la liberté d'expression, pratiquant la **censure** et la **répression**. **Le 2 décembre 1852, l'Empire est proclamé.**

• **À partir de 1860, le régime impérial se libéralise. L'amnistie de 1859** permet à tous les républicains proscrits de regagner la France. En 1864, la loi Ollivier reconnaît de fait le **droit de grève**. Deux lois de 1868 sont favorables à la **liberté de la presse** et à la **liberté de réunion**.

• **Mais l'Empire libéral disparaît** avec la chute de Napoléon III, fait prisonnier à Sedan par l'armée prussienne le 2 septembre 1870. La République est proclamée le **4 septembre 1870**.

2 La transformation de l'économie et de la société

A La transformation de l'industrie sous le Second Empire

La mise au point de la **machine à vapeur** à la fin du XVIIIe siècle bouleverse les techniques de production. Le textile et la métallurgie se mécanisent. De 1840 à 1870, **la proto-industrie cède la place aux grandes usines**.

• **En 1860, la France devient la première puissance industrielle** d'Europe occidentale. On assiste à l'**essor du chemin de fer**. Le secteur du bâtiment profite de la **rénovation de Paris** et des grands travaux entrepris par le **Baron Haussmann**.

• **Le salariat se développe** et la condition des ouvriers est difficile. Ils sont surveillés : le **livret ouvrier** est toujours en vigueur. Les journées de travail sont longues (plus de 12 heures). Le salaire des ouvriers progresse mais insuffisamment, c'est pourquoi les femmes et les enfants travaillent également.

> **Définition**
> **Proto-industrie :** phase de développement de l'industrie durant laquelle la production est réalisée dans de petits ateliers domestiques.

> **Chiffre-clé**
> Dans les années 1850, les enfants de moins de 14 ans représentent toujours 15 à 20 % de la main-d'œuvre des usines.

B Les progrès de l'urbanisation en France

• **L'urbanisation progresse** grâce à l'afflux de ruraux dans les villes. C'est l'exode rural.

• **À Paris, la population passe de 1,2 million à 1,8 million entre 1851 et 1870.** Les **villes de province** connaissent une croissance urbaine (Lyon, Toulouse, Lille) mais plus limitée (158 000 habitants à Lille en 1870).

> **Définition**
> **Livret ouvrier** : document d'identité obligatoire pour l'ouvrier. Le livret devait être présenté au patron qui le remettait à la fin du contrat. Il permettait de contrôler le nomadisme des ouvriers.

• **Les villes restent des lieux où les épidémies sont souvent meurtrières.** L'épidémie de choléra de 1854 fait 150 000 morts. Des **villes ouvrières** voient le jour dans un contexte de **paternalisme**. C'est le cas du Creusot où se trouvent les usines Schneider.

• Le 23 juin 1853, Napoléon III nomme le **Baron Haussmann** préfet de la Seine et lui confie la mission **d'assainir, d'embellir et d'unifier Paris. La capitale compte désormais 20 arrondissements.** Les fortifications de la ville sont supprimées, de larges boulevards sont percés, des immeubles haussmanniens sont construits et des réseaux modernes d'égouts sont créés.

Mais si la réorganisation de la capitale s'est faite sous l'impulsion de **principes hygiénistes** et de maintien de l'ordre, l'œuvre d'Haussmann n'en fut pas moins critiquée : rejetant les pauvres en périphérie.

Chiffre-clé

Le taux d'urbanisation de la France passe de 25,5 % en 1851 à 31,3 % en 1870.

Définitions

Paternalisme : système dans lequel les grands patrons d'entreprises prennent en charge l'amélioration de la vie de leurs ouvriers en dehors de l'atelier.

Hygiénisme : courant de pensée développé au XIXe siècle qui associe des aspects sanitaires et moraux, et qui vise à rendre l'environnement plus salubre et plus sain.

C L'évolution des campagnes

• **Le monde rural constitue l'essentiel de la population française** (70 % du total soit 26,6 millions sur 38 en 1866). Il est marqué par une grande diversité sociale. Si 1 % des propriétaires détiennent 1/3 de la terre, la majorité des paysans sont de petits propriétaires pratiquant la polyculture. Fermage et métayage se maintiennent.

• **Le monde rural** est aussi marqué par la présence des notables (maire, curé, instituteur, grands propriétaires terriens).

• **La modernisation des campagnes sous le Second Empire.** Le **chemin de fer** joue un rôle fondamental dans le désenclavement des campagnes françaises. Le Second Empire napoléonien met l'accent sur la **construction de nouvelles lignes** (les frères Pereire) qui permettent l'ouverture des marchés et la circulation des idées. Les produits agricoles peuvent ainsi être acheminés rapidement vers les marchés des grandes villes.

Définitions

Fermage : mode d'exploitation de la terre dans lequel l'exploitant paye un loyer au propriétaire.

Métayage : mode d'exploitation de la terre dans lequel l'exploitant n'est pas propriétaire de la terre qu'il exploite, et verse une part de sa production au propriétaire.

Le Second Empire prend fin avec la guerre franco-prussienne de 1870.

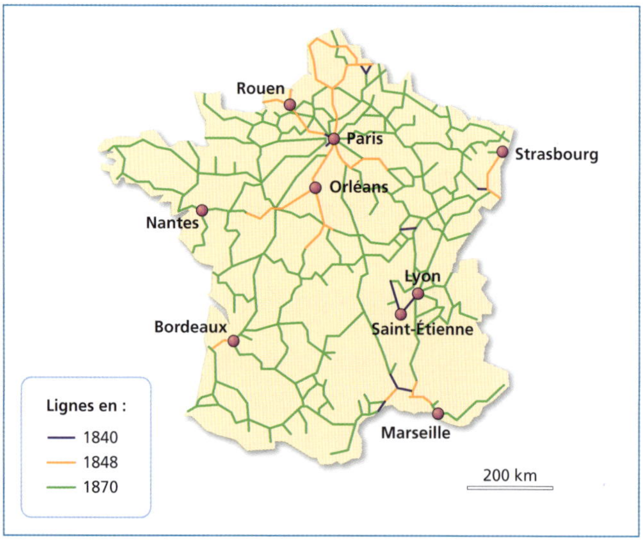

▲ L'évolution du réseau ferroviaire au XIXe siècle

Sujets d'étude

1 Victor Hugo sous la IIe République et le Second Empire

• **La révolution de février 1848** surprend quelque peu Victor Hugo et contraint l'écrivain à interrompre la rédaction des *Misérables*, « pour cause de révolution ». La **dimension sociale** de cette révolution ne lui échappe pas. Mais l'écrivain n'éprouve d'abord qu'une sympathie limitée pour le mouvement de février 1848. Il est favorable à l'abolition de l'esclavage, de la peine de mort en matière politique, et à l'instauration du suffrage universel.

• **Élu député de l'Assemblée constituante** aux élections complémentaires de juin 1848, Hugo siège à droite. Lors de l'insurrection ouvrière de juin 1848, Hugo est sur les **barricades**, mais du côté de « l'ordre », mandaté par l'Assemblée pour tenter de limiter l'effusion de sang. Il conservera le souvenir de cette expérience dans *Les Misérables*.

• **Dans la seconde partie de l'année 1848, Hugo s'oppose au gouvernement autoritaire** du général Cavaignac mais soutient la candidature à la présidence de la République de **Louis Napoléon Bonaparte**. Ce qui compte pour Hugo, c'est la **défense des libertés**. Avec son grand discours contre la loi Falloux sur la « liberté » de l'enseignement, il passe clairement dans les rangs de la gauche et s'oppose au pouvoir.

• **Le 11 décembre 1851 au soir,** Hugo **fuit un régime** où Louis Napoléon Bonaparte devient l'empereur Napoléon III. Hugo et 65 autres députés (dont Schœlcher et Raspail) sont frappés de **proscription**. Hugo emporte avec lui une haine féroce envers « l'usurpateur ». Hugo s'établit à Jersey en 1852 puis à Guernesey en 1855.

• **Ces dix-neuf années d'exil** sont destinées à combattre Napoléon III. Il rédige un pamphlet intitulé *Napoléon le Petit*, par opposition à la grandeur de Napoléon Ier, et entre en résistance contre l'Empereur : « Et s'il n'en reste qu'un, je serai celui-là » (Extrait des *Châtiments*).

• **Lorsque la République est proclamée le 4 septembre 1870, Hugo revient à Paris** et reçoit un accueil triomphal. Victor Hugo meurt en 1885 à l'âge de 83 ans et a droit à des funerailles nationales.

2 Les établissements Schneider au Creusot

• **Les Schneider et le Creusot.** Devenus propriétaires, en 1836, de l'ancienne fonderie royale du Creusot, les frères Schneider la spécialisent dans les **productions métallurgiques**, destinées aux chemins de fer et à la marine. Ils transforment progressivement la manufacture du Creusot en une **gigantesque ville-usine**.

• **Les Schneider étaient des patrons paternalistes :** ils créent des écoles pour les enfants et les jeunes filles, des « maisons de famille » pour les travailleurs âgés et un hôpital.

• **Eugène Schneider a toujours eu de bons rapports** avec le monde politique et celui de la finance, il est élu député en 1845, puis devient ministre du Commerce et de l'Agriculture en 1851. Sous l'Empire, Schneider est nommé président du corps législatif par Napoléon III.

> **Chiffres-clés**
> À la fin du Second Empire, on fabrique au Creusot 130 000 tonnes de fonte et 110 000 tonnes d'acier dans les hauts fourneaux. On compte à cette époque environ 10 000 ouvriers.

• **Les Schneider sont aussi très proches des milieux d'affaires** les plus influents. En 1837, Eugène Schneider épouse l'héritière d'une riche famille de banquiers et d'industriels. **Favorables au capitalisme**, les frères Schneider sont hostiles à l'intervention de l'État dans l'économie. Ils trouvent la réglementation du travail des enfants ou des femmes trop contraignante.

Exercices d'entraînement

Exercice 1

Corrigé p. 374

Discours de Victor Hugo à l'Assemblée nationale législative, le 7 juillet 1849

Je ne suis pas, Messieurs, de ceux qui croient qu'on peut supprimer la souffrance en ce monde, la souffrance est une loi divine, mais je suis de ceux qui pensent et qui affirment qu'on peut détruire la misère. (*Réclamations. – Violentes dénégations à droite.*) Remarquez-le bien, messieurs, je ne dis pas diminuer, amoindrir, limiter, circonscrire, je dis détruire. (*Nouveaux murmures à droite.*) La misère est une maladie du corps social comme la lèpre était une maladie du corps humain ; la misère peut disparaître comme la lèpre a disparu. (*Oui ! oui ! à gauche.*) Détruire la misère ! [...] La misère, Messieurs, j'aborde ici le vif de la question, voulez-vous savoir jusqu'où elle est, la misère ? Voulez-vous savoir jusqu'où elle peut aller, jusqu'où elle va, je ne dis pas en Irlande, je ne dis pas au Moyen Âge, je dis en France, je dis à Paris, et au temps où nous vivons ? Voulez-vous des faits [...]. Il y a dans Paris, dans ces faubourgs de Paris que le vent de l'émeute soulevait naguère si aisément, il y a des rues, des maisons, des cloaques, où des familles, des familles entières, vivent pêle-mêle, hommes, femmes, jeunes filles, enfants, n'ayant pour lits, n'ayant pour couvertures, j'ai presque dit pour vêtement, que des monceaux infects de chiffons en fermentation, ramassés dans la fange du coin des bornes, espèce de fumier des villes, où des créatures s'enfouissent toutes vivantes pour échapper au froid de l'hiver. [...] Eh bien, Messieurs, je dis que ce sont là des choses qui ne doivent pas être [...]

Victor Hugo

1. **À qui s'adresse ce discours ?**
2. **Que dénonce Victor Hugo ?**
3. **Quels arguments emploie-t-il ?**

Exercice 2

Corrigé p. 374

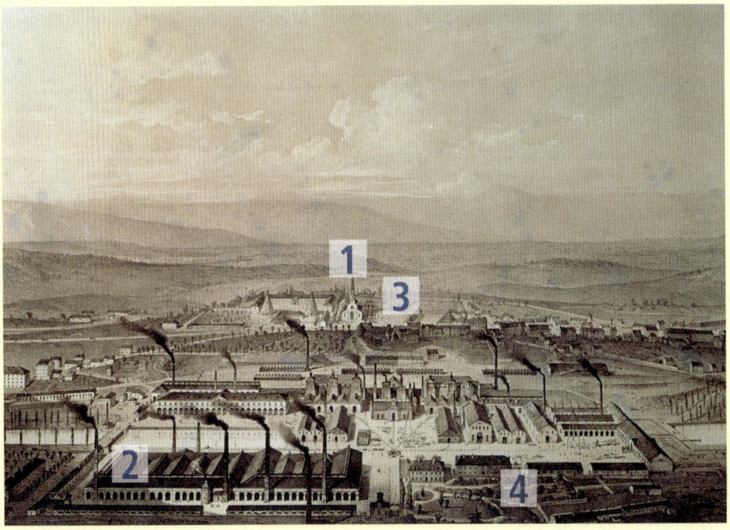

Les usines Schneider en 1847

1. **Faites correspondre les numéros aux éléments suivants** : différents bâtiments de l'usine ; église ; résidence de la famille Schneider ; logements des ouvriers.
2. **À quoi voit-on qu'il s'agit d'un paysage industriel ?**

THÈME 3 La Troisième République avant 1914 : un régime, un empire colonial

Après deux brèves tentatives en 1792 et en 1848, la République s'installe durablement à partir des années 1870. Le **régime démocratique** qu'elle met en place reprend et approfondit les principes de 1789, affirmant les **libertés fondamentales** et mettant en place l'**unification de la nation** autour de symboles forts et de lois scolaires importantes. Pourtant cette période n'est pas exempte de crises. Par ailleurs, la colonisation se poursuit sous la IIIe République.

1 Un régime stable, mais des crises à surmonter

A L'enracinement de la République

En 1875, des **lois constitutionnelles** sont votées. Elles mettent en place une République parlementaire.

> **Définition**
> **République parlementaire :** régime politique reposant sur les valeurs des droits de l'Homme et caractérisé par un équilibre entre le pouvoir exécutif et le pouvoir législatif.

• **Le pouvoir législatif** est constitué de l'**Assemblée nationale** et du **Sénat** :
- les **députés**, élus au suffrage universel direct ;
- les **sénateurs** sont élus au suffrage universel indirect par un collège de grands électeurs (maires et conseillers généraux).

• **Le Président de la République** est élu par les députés et les sénateurs. Le **pouvoir exécutif** est détenu par le **président du Conseil** qui n'est responsable que devant le Parlement. Il est choisi par les partis qui détiennent la majorité au Parlement et qui peuvent le destituer.

> **Définitions**
> **Pouvoir législatif :** pouvoir de voter la loi et le budget de l'État.
> **Pouvoir exécutif :** pouvoir chargé d'appliquer la loi.

• **Les républicains** veulent **enraciner la République** : la **Marseillaise** est définitivement adoptée en 1879 comme hymne national. Le **14 juillet** devient fête nationale en 1880. Des bustes de **Marianne** sont installés dans les mairies.

• **Entre janvier et juillet 1875 sont votées les lois constitutionnelles** qui s'inspirent des principes de la **Déclaration des Droits de l'Homme et du Citoyen** : liberté, égalité des droits, propriété et sûreté.

Entre 1881 et 1884, plusieurs lois sont votées sur la liberté de réunion, la liberté de la presse, l'autorisation des syndicats… Mais seuls les hommes âgés de plus de 21 ans bénéficient du droit de vote. Le **suffrage universel** ne concerne pas les femmes.

• **Une des grandes œuvres de la IIIe République concerne la politique scolaire. Il faut instruire les électeurs**. Entre 1881 et 1886, **Jules Ferry** institue **l'école gratuite, laïque et obligatoire**. L'État paie les instituteurs et veille aux programmes d'enseignement. Dans chaque commune, la mairie-école prend une place centrale.

B Une crise : l'Affaire Dreyfus

• **L'affaire se déroule dans un climat patriotique,** lié à la perte de l'Alsace Lorraine en 1871, et **d'antisémitisme**. En septembre 1894, un document contenant des secrets militaires est dérobé à l'ambassade d'Allemagne. Après une enquête rapide et l'analyse de

> **Définition**
> **Antisémitisme :** haine des juifs en tant que peuple.

HISTOIRE

l'écriture du bordereau, la capitaine **Alfred Dreyfus,** un officier juif d'origine alsacienne est arrêté, dégradé et condamné à la déportation perpétuelle.

• **La presse antisémite** (Maurice Barrès) se déchaîne. Dans les années 1890, des ligues antisémites apparaissent comme le Comité anti-juifs de Drumont (qui publie dans le journal *La Libre Parole*). L'affaire rebondit en 1896 quand le colonel Picquart possède la preuve de l'**innocence de Dreyfus**. Mais les autorités militaires refusent de rouvrir le dossier.

• **Les dreyfusards** persuadés de l'innocence du militaire veulent le réhabiliter au nom de la justice et de la vérité : ils se réunissent dans une **Ligue des droits de l'homme**.

• **Les antidreyfusards** considèrent que l'armée est infaillible, et que l'intérêt national passe avant l'intérêt particulier.

• **Les partisans de la révision du procès** de Dreyfus essaient de convaincre l'opinion publique. En 1898, Émile Zola publie, dans le journal *L'Aurore*, un article intitulé « J'accuse », lettre ouverte au Président de la République, Félix Faure. L'« affaire » **remet en cause les valeurs fondamentales de la République**. La révision du procès a lieu en 1899 : Dreyfus est jugé coupable, mais avec des circonstances atténuantes. Il est gracié quelques jours plus tard.

La reconnaissance de son innocence en 1906 correspond à une victoire des idées républicaines.

C La loi du 9 décembre 1905 de séparation des Églises et de l'État

• **Depuis le Concordat de 1801,** l'Église catholique et l'État français étaient liés. Les Républicains font voter une loi pour surveiller les associations (en particulier religieuses) en 1901.

• **En 1905,** le Président du Conseil, Émile Combes, fait voter la **loi de séparation des Églises et de l'État**. Cela revient à abroger le Concordat de 1801. Désormais, **la République française ne reconnaît ni ne salarie plus aucun culte**.

> Définition
> **Concordat :** traité entre le Saint-Siège et un État. Le concordat de 1801 reconnaît le catholicisme comme la « religion de la majorité des Français ».

• **Les conséquences de la loi de 1905.** Cette loi prescrit de faire l'inventaire des objets du culte et du mobilier des églises. En Bretagne, dans le Massif central et en Flandre surtout, les catholiques, encouragés par leurs prêtres, se barricadent dans les églises pour empêcher les agents du fisc de procéder à l'inventaire.

2 L'empire colonial français avant 1914

A La République coloniale

• **Au nom de la « grandeur nationale »,** les républicains se prononcent en faveur de l'**expansion coloniale**. Pour Jules Ferry et Léon Gambetta notamment, la France doit **affirmer sa puissance** en Europe et dans le monde. De plus, l'argument d'une **mission civilisatrice** est avancé tant par l'Église que par les Républicains, convaincus d'une responsabilité vis-à-vis de peuples considérés comme « en retard ».

Les milieux d'affaires voient aussi dans l'expansion coloniale la perspective de débouchés économiques. En fondant des colonies, il s'agit d'assurer à la France le **contrôle des matières premières** de constituer des marchés privilégiés pour écouler sa production.

• **En 1879,** les territoires coloniaux français (Antilles, Réunion, Guyane, Algérie…) ne regroupent que 5,4 millions habitants sur environ 1 million de km^2.

• **En Afrique du Nord,** la conquête rapide de la **Tunisie** en 1881 est suivie par une conquête plus difficile du nord du **Maroc** jusqu'en 1912. L'**Afrique Occidentale française** (AOF) et l'**Afrique Équatoriale française** (AEF) sont créées en 1895 et 1910.

• **En Asie,** La France continue son expansion en Indochine : l'**Union indochinoise** est formée en 1887.

• **En 1914,** l'empire colonial est peuplé de 48 millions d'habitants sur 14 millions de km^2.

B Les rivalités coloniales entre les puissances européennes

• **Le partage du monde par les Européens.** Si le Royaume-Uni et la France sont les premiers à étendre leur empire colonial, de nouveaux concurrents apparaissent en Afrique (Allemagne et Italie).

• **Pour sa part**, la France renforce sa présence en **Afrique de l'ouest**. Sous l'impulsion de Jules Ferry, la France conquiert l'**Indochine**.

Les puissances coloniales se réunissent à la **conférence de Berlin** en 1884-1885 pour fixer les règles de la colonisation de l'Afrique.

• **Britanniques, Français, Allemands, Belges, Portugais, Italiens** se lancent à la conquête de l'Afrique. La France et le Royaume-Uni se disputent le **Soudan** lors de la **crise de Fachoda** en 1898. La France et l'Allemagne s'opposent violemment au **Maroc** de 1905 à 1911.

• **En 1914, deux empires coloniaux se distinguent :** l'empire britannique et l'empire colonial français.

C Les sociétés coloniales

• **L'administration des territoires coloniaux.** La France choisit souvent l'**association** qui comporte en principe le **maintien des institutions locales** : la Tunisie, le Maroc, le Cambodge sont des protectorats où subsistent les souverains en place.

• **La France peut aussi opter pour l'assimilation.** Mais seules les « vieilles colonies », dont les habitants sont tous citoyens, sont véritablement représentées au Parlement métropolitain.

L'Algérie est divisée en 1848 en trois départements. Dans cette **colonie de peuplement**, les habitants d'origine européenne (800 000 en 1914) bénéficient du statut de citoyen mais **pas les musulmans.**

• **Dans beaucoup de territoires**, **les indigènes sont privés des droits politiques** et soumis à des règles juridiques et fiscales discriminatoires, fixées dans le **Code de l'indigénat**, généralisé en 1887.

• **Avant 1914, les mouvements nationalistes ne sont qu'embryonnaires;** ils ne mettent pas en danger la domination française. Certains s'affirment, mais sont localisés et restent le fait de minorités d'intellectuels.

Définitions

Protectorat : État colonisé dont le gouvernement et l'administration sont officiellement indépendants mais contrôlés par la puissance coloniale.

Assimilation : volonté politique qui vise à transformer les indigènes en citoyens en leur imposant la langue et les valeurs de la métropole.

Définition

Indigénat : statut des peuples colonisés qualifiés d'indigènes qui les soumet à un régime juridique et fiscal d'infériorité et qui les prive de droits politiques.

THÈME 3 Sujets d'étude

1 L'instruction des filles sous la IIIe République avant 1914

• **Avant 1870 et l'instauration de la IIIe République,** les jeunes filles n'avaient guère accès à l'enseignement scolaire. Leur instruction se limitait à en faire de parfaites épouses et des mères de famille dévouées.

• **Avec la naissance de la IIIe République,** deux lois vont davantage intégrer les filles dans le système scolaire :

– la **loi Camille Sée** de 1880 **ouvre l'enseignement secondaire public aux jeunes filles** en créant des collèges et des lycées. Les programmes ne visent cependant pas à préparer les jeunes filles au baccalauréat, mais à un simple diplôme de fin d'étude ;

– les **lois scolaires de Jules Ferry** en 1881 et 1882 prévoient **la gratuité, la laïcité et l'obligation scolaire de 6 à 13 ans pour les enfants des deux sexes.** Pourtant, il y a la volonté de maintenir la différence entre les enseignements en fonction des rôles sociaux des filles et des garçons. Les études supérieures ne touchent qu'une **minorité de filles** de la bourgeoisie urbaine.

• **Avec la IIIe République, on assiste à une généralisation des Écoles normales.** La loi Paul Bert, du 9 août 1879, oblige les départements à disposer d'une École normale primaire de filles pour les élèves-institutrices. La seule possession du brevet élémentaire permet d'obtenir des suppléances, pour pouvoir enseigner par la suite. Les institutrices qui ne sortent pas de l'École normale sont moins bien considérées. Les conditions de formation dans les Écoles normales sont difficiles. L'Institution scolaire essaie ainsi de contrôler les institutrices.

À retenir

L'école a donc permis de faire progresser le statut des femmes dans la société. De nombreuses institutrices participeront à des mouvements féministes, luttant pour l'égalité des sexes.

2 Vivre à Alger au début du XXe siècle

• **La conquête de l'Algérie date de 1830.** La principale ville du pays, Alger, devient préfecture du département d'Alger en 1848. Avec la IIIe République, **la colonisation n'est plus uniquement militaire.**

• **La volonté de la IIIe République** est de faire d'Alger un **modèle de la présence française** sur le continent africain, une capitale de l'empire : on veut ainsi **franciser Alger.** De 1874 aux années 1900, l'Alger colonial connaît de grands **bouleversements architecturaux et économiques.**

Chiffres-clés

À Alger intra-muros, on comptait 42 000 habitants (31 500 Européens et 10 500 indigènes en 1872) ; la population a quasiment doublé en 1892 (82 000 habitants, 60 500 Européens, 21 500 indigènes).

• **Après l'achèvement du boulevard du Front-de-mer (1874),** de nouveaux quartiers se développent : Bab-el-Oued, Isly, Belcourt et celui de Mustapha. On assiste à la construction de boulevards sur le **modèle haussmannien.** Le port s'agrandit, deux gares sont construites et le tramway (1876) est prolongé.

• **Alger atteint 130 000 habitants en 1906,** dont 100 000 Européens. L'architecture mêle le style néo-mauresque au style européen. De même, le nom des quartiers de la ville mélange des toponymes arabes (Bab-el-Oued, la Casbah, Mustapha…) et européens (Marine, Esplanade).

Exemples
La Casbah est plutôt occupée par les Musulmans alors que Bab-el-Oued est un quartier européen, en particulier espagnol. Si les Musulmans occupent aussi les quartiers du Hamma et de Belcour, ceux-ci sont quasiment absents à Bab-el-Oued. Les quartiers d'Isly, d'Agha ou de Mustapha abritent une population bourgeoise, française surtout.

Espagnols et Italiens constituent un contingent important en 1900. Ils ont apporté leur culture et leur mode de vie. Les Italiens vivent à proximité du port, dans le quartier de la Marine, surnommé « le petit Naples ».
Les Juifs sont également très présents à Alger. La vague d'antisémitisme n'épargne pas la ville.

Exercices d'entraînement

Exercice 1

Corrigé p. 374

L'éducation des filles sous la IIIe République

Dans les établissements primaires, les programmes sont assez similaires et la plupart des journées se déroulent de la même manière, mais filles et garçons sont dans des établissements séparés, ce qui permet de faire passer des messages éducatifs différents en fonction du rôle social auquel ils sont destinés. Il y a quand même quelques différences puisque la loi de 1882 prévoit des « exercices militaires pour les garçons » et des « travaux à l'aiguille pour les filles »… On voit bien que cela renvoie à l'idée que leurs destinées sont très différentes… Pour l'enseignement secondaire, qui concerne exclusivement les bourgeoises, le programme est en revanche très différent : les garçons étudient les humanités classiques, les filles les humanités modernes… Il y a l'idée que les matières nobles sont réservées aux garçons.

De fait, les filles ne passent pas le baccalauréat – on ne les y prépare pas avant 1924. Alors que c'est évidemment le bac qui ouvre la porte à la poursuite d'études…

Interview de Rebecca Rogers, historienne, professeure à l'université Paris Descartes et spécialiste de l'histoire de l'éducation féminine en France au XIXe siècle, www.retronews.fr, 14 décembre 2018.

1. **Expliquez la phrase soulignée.**
2. **Qu'enseigne-t-on aux garçons et aux filles ?**
3. **Pourquoi les enseignements sont-ils différents ?**

Exercice 2

Corrigé p. 375

Sous le Second Empire et la IIIe République, les communautés (Espagnols, Italiens, Juifs…) qui la composent (Alger) évoluent dans leurs espaces réservés. Les quartiers s'imbriquent dans un extraordinaire foisonnement où chacun, cependant, garde ses distances. Respect ou méfiance ? Au-delà des crises politiques, un souci commun subsiste : faire d'Alger la grande ville française hors métropole. L'urbanisme ou l'art de la conquête. L'inconscience coloniale qui émane de cette confiance ne doit pas faire sourire : s'imposer dans la pierre, c'est s'imposer dans la mémoire et pouvoir affronter l'avenir sans crainte. En effet, jusqu'au tournant du siècle, les Arabes n'inquiètent pas ; les plus aisés rassurent le bourgeois français. Et pourtant la révolte gronde… Les pauvres, loin du regard européen, se faufilent dans les replis labyrinthiques et surpeuplés de la Casbah. Ils se taisent. Ils supportent.

Jean-Jacques Jordi, Jean Louis Planche (dir), *Alger 1860-1939 : le modèle ambigu du triomphe colonial,* Collection « mémoire », n° 55, Autrement, mars 1999.

1. **Quelles sont les différentes communautés qui cohabitent à Alger ?**
2. **Comment se passe cette cohabitation ?**
3. **Expliquez la phrase : « Et pourtant la révolte gronde ».**

THÈME 4 La Première Guerre mondiale et la fin des empires européens

L'assassinat de l'archiduc François-Ferdinand, héritier d'Autriche le 28 juin 1914 à Sarajevo, entraîne les puissances européennes dans une guerre qui devient mondiale et totale. La « Grande Guerre », qui débute en août 1914, suscite pendant près de cinq ans une mobilisation des militaires et des civils. **Un lourd bilan**, plus de 10 millions de morts, marque durablement les sociétés européennes. Les traités de paix se traduisent par la **fin des empires multinationaux** d'Europe.

1 Une guerre totale

A Les caractéristiques du conflit

• **En août 1914, on pensait que la guerre serait courte.** Le jeu des alliances entraîne l'Europe dans la guerre : les États de l'**Entente** (France, Royaume-Uni et Russie) affrontent les **Empires centraux** (Allemagne, Autriche-Hongrie puis Empire ottoman). En quelques mois, l'échec de la **guerre de mouvement** (phase offensive) laisse la place à une guerre d'usure dans les **tranchées** : le conflit s'installe dans la durée.

• **Le conflit est marqué** par des batailles longues et meurtrières (**bataille de la Somme** : 1 200 000 victimes, Verdun 750 000 tués.)

• **La guerre se déroule sur deux fronts principaux :**
– à l'ouest, les troupes allemandes sont opposées aux armées franco-britanniques ;
– à l'est, les Allemands combattent les soldats russes.

Cette situation condamne l'Allemagne à une victoire rapide. **À l'ouest,** le front se stabilise de la Suisse à la Manche. **Sur le front est**, l'offensive russe est arrêtée à la bataille de Tannenberg (30 août 1914).

• **L'échec de ces premières tentatives** provoque l'**enlisement du conflit**. Les soldats s'enterrent dans les tranchées, c'est la **guerre de position** (phase defensive). L'Allemagne bénéficie de l'armistice signé en mars 1918 avec la Russie et de la disparition du front de l'est pour reprendre l'offensive à l'ouest. Mais celle-ci se heurte à la contre-offensive des Alliés soutenus par les États-Unis entrés en guerre le 6 avril 1917. L'Allemagne doit capituler et signer **l'armistice**.

> **À retenir**
> Le 11 novembre 1918, l'armistice est signé à Rethondes entre les belligérants : l'Allemagne est vaincue.

B La violence de masse et la guerre industrielle

• **Le conflit est marqué par une violence de masse extrême** liée à l'usage massif de l'artillerie (obus), aux progrès dans l'armement (mitrailleuses, mines, lance-flammes, gaz…) et à l'utilisation des avions et des chars.

> **Exemples**
> Perfectionnement des obus, premiers chars d'assaut et sous-marins, développement de nouveaux gaz asphyxiants comme le « gaz moutarde », etc.

> **Chiffres-clés**
> Certaines journées ont été particulièrement meurtrières :
> – 22 août 1914 : 21 035 morts en une seule journée ;
> – 25 septembre 1915 : 23 416 tués.

• **La vie quotidienne des soldats est très dure :** pluie, boue, froid, poux, rats… La vie et la mort se côtoient dans les tranchées où l'odeur de cadavres accompagne les soldats.

L'année 1917 est marquée par les mutineries. C'est au prix d'une sévère répression que la discipline peut être maintenue.

• **Dans les pays en guerre, l'économie est tournée vers l'« effort de guerre ».** Les États jouent un rôle central dans cette nouvelle **économie de guerre**.

• **Pour financer leur effort de guerre,** les États augmentent les impôts et font des emprunts.

> **Définition**
> **Effort de guerre :** mobilisation des non-combattants dans la guerre qui prend des formes très diverses et vise à soutenir les forces militaires du front. L'État joue le rôle moteur dans cet effort de guerre en réorientant l'économie vers la production d'armes et de matériel de guerre.

C La mondialisation du conflit

• **Conflit européen** au départ, la **Première Guerre devint mondiale dès 1914** par l'entrée en guerre de nombreux pays (empire ottoman et Bulgarie avec l'Allemagne).

• **Du côté des Alliés,** les puissances de l'Entente (France, Royaume-Uni et Russie) bénéficient du concours de l'Italie, du Portugal, de la Roumanie, de la Grèce et du Japon.

• **L'entrée en guerre des États-Unis est plus tardive.** En effet, au début de la guerre, les Américains affirment leur **neutralité**. Mais l'état-major allemand lance une guerre sous-marine à outrance pour contrer le blocus économique de l'Allemagne. **Les sous-marins allemands coulent plusieurs navires américains**, dont certains transportant des civils.

2 Des sociétés en guerre

A Combattre au front

• **Les armées qui se font face** s'enterrent tout au long du front. Chaque kilomètre gagné ou perdu se paie au prix de **sacrifices humains considérables**. On l'évalue à la mort d'un homme par mètre de tranchée entre l'hiver 1914 et le printemps 1917.

> **Définition**
> **Tranchée :** galeries creusées dans le sol pour abriter les soldats. Elles sont séparées des tranchées ennemies par un *no man's land*.

• **De mars à juin 1915,** les batailles autour d'Ypres voient l'apparition des gaz asphixiant introduits par les Allemands.

• **En 1917, des mutineries éclatent dans les armées :** il s'agit d'un refus de la guerre. L'institution militaire reprend le dessus, d'une part en accordant largement des **permissions** et en **améliorant les conditions matérielles** des soldats, d'autre part en utilisant la **répression**.

• **Les conseils de guerre,** transformant les actes collectifs en agissements individuels, prononcent près de **600 condamnations à mort**, la plupart commuées par le pouvoir civil en travaux forcés et envoi dans les colonies. On a compté **26 soldats fusillés** pour mutinerie.

B Les souffrances des civils

• **Les sociétés des pays en guerre sont pleinement mobilisées.** Cette guerre totale induit une **économie de guerre** pour fournir armes et munitions. La production est assurée par les femmes (munitionnettes), les enfants et les travailleurs coloniaux.

• **Les États censurent les informations** et développent la **propagande** pour convaincre les populations du bien-fondé de la guerre. Des milliers de civils meurent dans les bombardements et de nombreux villages situés sur la ligne de front sont détruits.

• **Les opinions publiques subissent un véritable « bourrage de crâne ».** La **censure** vise à contrôler les informations de façon à maintenir le moral des combattants comme celui des civils.

> Définition
> **Bourrage de crâne :** propagande et désinformation destinées à maintenir le moral des troupes et des civils.

• **Le génocide arménien.** La Première Guerre mondiale est également liée à des **massacres de populations civiles.** C'est le cas des **Arméniens**, minorité chrétienne de l'Empire ottoman qui subit le premier génocide de l'histoire en 1915. Déjà persécutés entre 1894 et 1896 (plus de 250 000 personnes tuées), les Arméniens sont accusés en 1915 d'être des ennemis au service de l'Empire russe.

- **La guerre sert de prétexte** au gouvernement ottoman pour planifier l'élimination de la population arménienne. Pendant que les uns sont **massacrés** sur place (notamment les élites des grandes villes), les autres sont **déportés** et souvent **exécutés** durant le trajet.
- **Près des deux tiers de la population arménienne** de l'Empire ottoman meurent entre 1915 et 1916 (environ 1,2 million d'hommes, de femmes et d'enfants).

C Traités de paix et fin des empires multinationaux européens

• **Le 18 janvier 1919** s'ouvre à Paris la **Conférence de la Paix** qui aboutit à la signature du **Traité de Versailles** le 28 juin 1919. À partir de cette date, la signature des différents traités de paix entérine alors la fin des empires multinationaux.

• **Dans le cadre du Traité de Versailles,** les vainqueurs règlent le sort de l'Allemagne et lui attribuent **l'entière responsabilité du conflit**. À ce titre, le pays perd de nombreux territoires à l'ouest (l'Alsace-Lorraine redevient française) et à l'est. Elle doit aussi verser des **réparations de guerre** tandis que son armée est limitée à 100 000 hommes.

• **Les traités de Saint-Germain (1919) et de Trianon (1920)** conduisent au démembrement de l'Empire d'Autriche-Hongrie donnant ainsi naissance à de nouveaux États. Enfin, le **Traité de Sèvres** (1920) officialise la **fin de l'Empire ottoman**.

> **Ces différents traités de paix** créent chez les vaincus un fort ressentiment : pour les Allemands c'est le « **Diktat** » de Versailles. Pour l'Italie, pourtant du côté des vainqueurs, on parle de « victoire mutilée » car celle-ci se voit privée de territoires qu'elles revendiquaient (la Dalmatie et une partie de l'Istrie).

• **Les traités bouleversent la carte du continent européen :** pour l'empire allemand, **l'indépendance de la Pologne et de la Tchécoslovaquie** est affirmée, celle de **l'Autriche**, dans son nouveau territoire, est également actée.

• **L'Allemagne est amputée de 15 % de son territoire** et de 10 % de sa population au profit de la France, de la Belgique, du Danemark et surtout de la Pologne. L'Allemagne rend à la **France** les deux départements alsaciens (Haut-Rhin et Bas-Rhin) et la Lorraine mosellane.

• **À l'est, Danzig devient une ville libre,** ce qui garantit l'accès de la Pologne à la mer, mais a aussi pour effet de séparer la Prusse orientale restée allemande du reste de l'Allemagne par le corridor de Dantzig.

• **L'empire austro-hongrois disparaît :** l'Italie reçoit le Tyrol en partie peuplé par des Italiens et le Trentin, contrôlant ainsi les cols et vallées des Alpes. Elle parvient à prendre l'Istrie et l'important port de Trieste malgré les revendications yougoslaves. La région des Sudètes, riche en minerais, est donnée à la Tchécoslovaquie, malgré la présence de plusieurs millions d'habitants germanophones. La Pologne, recréée, obtient la Galicie. L'Autriche se trouve ainsi réduite à un tout petit territoire.

Sujets d'étude

1 Juillet-novembre 1916 : la bataille de la Somme

• En même temps que se déroule la **meurtrière bataille de Verdun**, une bataille tout aussi dévastatrice se déroule de juillet à novembre 1916 sur la Somme.

• **Ce sont les troupes britanniques** qui sont en première ligne. L'offensive est confiée à des troupes anglaises, écossaises, galloises, irlandaises, canadiennes, australiennes, néo-zélandaises et sud-africaines.

> **Les responsables militaires** comptent sur l'apport de nouvelles armes que sont **l'artillerie lourde** sur voie ferrée et pour les fantassins le **fusil-mitrailleur**, le **fusil lance-grenades**. Les **chars d'assauts** britanniques Mark 1 font leur apparition pour la première fois.

• **Le 1er juillet 1916,** une **soixantaine de divisions**, majoritairement françaises, se lancent sur un front de 70 kilomètres. Seulement, la France, contrainte d'envoyer des renforts à Verdun, ne mobilise que 14 divisions sur les 39 initialement prévues. **Le rôle primordial revient donc à l'armée britannique**.

• **Huit jours avant l'attaque,** l'artillerie anglaise pilonne les troupes allemandes, croyant les anéantir alors que celles-ci se protègent dans des **blockhaus** bétonnés. Le 1er juillet, les Anglais attaquent. Les Allemands attendent le dernier moment pour actionner les mitrailleuses. C'est un carnage.

• **Pendant cinq mois,** les assauts se succèdent et les Alliés avancent très peu. **Le 18 novembre, l'offensive cesse**.

> **Chiffres-clés**
>
> Bilan de l'offensive : les Français ont gagné 5 à 8 kilomètres, les Britanniques environ 12 kilomètres. 4 millions d'hommes ont été impliqués dans la bataille. Les pertes sont estimées à 1,2 million d'hommes, dont 420 000 Anglais et plus de 200 000 Français. Côté allemand, 450 000 soldats ont été tués. La bataille de la Somme est l'affrontement le plus meurtrier de la Grande Guerre.

2 L'Autriche-Hongrie de 1914 au traité de Saint-Germain

• **L'Empire austro-hongrois est une double monarchie.** François-Joseph en est le seul monarque mais il est d'un côté **empereur d'Autriche**, de l'autre **roi de Hongrie**.

> **On y parlait plus de 10 langues** que l'on écrivait avec **deux alphabets**, le latin principalement et le cyrillique. On y pratiquait **toutes les grandes religions monothéistes** dans un climat de tolérance. Les religions chrétiennes y étaient largement majoritaires avec le catholicisme, les différentes confessions protestantes et la religion orthodoxe. Il y avait aussi une importante communauté juive, sans oublier les 700 000 musulmans de Bosnie-Herzégovine.

• **Fin octobre 1918, les troupes austro-hongroises doivent évacuer la Vénétie** après la défaite de Vittorio Veneto.

• **Le 25 octobre, la Hongrie déclare son indépendance.** Le 28, un État tchécoslovaque est proclamé à Prague. Le 12 novembre, ce qui reste de l'Autriche devient la « République allemande d'Autriche ». **L'Autriche-Hongrie n'existe plus.**

• **Lorsque le successeur de François Joseph,** Charles 1er, abdique, le territoire de son empire est désormais **divisé en 7 États**, conformément au « droit de peuples à disposer d'eux-mêmes » : trois anciens territoires austro-hongrois : l'Autriche, la Hongrie et la Tchécoslovaquie ; l'Italie et la Roumanie annexent d'autres territoires austro-hongrois ; la nouvelle Pologne récupère la Galicie et la région de Cracovie ; enfin, Croates, Slovènes et Bosniaques rejoignent le 1er décembre la Serbie pour former un royaume qui deviendra la Yougoslavie en 1929.

• **Le traité de Saint-Germain** du 10 septembre 1919 établit la paix avec l'Autriche, et consacre la dislocation de l'empire. Le concept d'**État-nation** imposé par les vainqueurs s'applique dans un espace où les populations sont souvent mélangées.

Chiffres-clés
Parmi les 48 millions d'habitants de l'empire austro-hongrois, on compte 12millions d'Allemands, 10 millions de Hongrois, 6 millions de Tchèques, 6 millions de Polonais, 3 millions de Roumains.

Exercices d'entraînement

Exercice 1

Corrigé p. 375

La bataille de la Somme : vision d'un bombardement

Dimanche 25 juin 1916, je me trouvais, avec quelques camarades, sur une espèce de butte située – autant que je m'en souviens – à l'ouest d'Albert, dominant la ville ; et nous contemplions, au milieu d'un tintamarre effroyable, un spectacle extraordinaire : le bombardement des lignes allemandes par l'artillerie des alliés, qui venait de se déclencher pour la « préparation » de la grande offensive du 1er juillet. Notre observatoire se dressait à peu près au centre du secteur de l'attaque [...]. Quelques milliers de canons, dont nous ne voyions pas un seul, tiraient alors ensemble sur les positions ennemies, et leurs coups faisaient un grondement ininterrompu, avec des claquements et des arrachements bizarres, dans lesquels, aussi, les longs sifflements des obus passant au-dessus de nos têtes, en voûte, mettaient des stridences aiguës de cent espèces différentes. [...] Rien ne répondait, de là-bas : aucun signe de vie. Nous savions pourtant que des êtres humains, nos ennemis, y vivaient et y recevaient sans répit cette infernale avalanche il semblait que toute l'Armée anglaise (car nous nous trouvions dans le secteur anglais) y fût représentée : des généraux, des officiers de toutes armes, des cavaliers, des gens de police, des coloniaux, des Canadiens, des Écossais, des Hindous. C'était la bataille qui venait de se déclencher, la grande bataille dont les préparatifs s'étaient faits, sous nos yeux, pendant plusieurs mois.

Paul Heuze, 1921.

1. **Que décrit le témoin ?**
2. **Comment réagissent les Allemands aux attaques de l'artillerie ?**
3. **Qui compose l'armée « anglaise » ?**

Exercice 2

Corrigé p. 375

Les nationalités en Autriche et en Hongrie en 1914

AUTRICHE			HONGRIE		
Allemands	9 950 000	35,6 %	Hongrois	9 945 000	48,1 %
Tchèques	6 436 000	23 %	Roumains	2 949 000	14,1 %
Polonais	4 968 000	17,8 %	Allemands	2 037 000	9,8 %
Ukrainiens (Ruthènes)	3 519 000	12,6 %	Slovaques	1 968 000	9,4 %
Slovènes	1 259 000	4,5 %	Croates	1 833 000	8,8 %
Serbes et Croates	783 000	2,8 %	Serbes	1 106 000	5,3 %
Italiens	768 000	2,7 %	Ruthènes	473 000	2,3 %
Roumains	272 000	1 %	Polonais	27 000	0,2 %
			Italiens	24 000	0,2 %

1. **Montrez que l'Autriche-Hongrie est un État pluri-ethnique.**
2. **Quelles sont les principales minorités ?**
3. **Quelle sera la conséquence de cette multiplicité de nationalités en 1918-1919 ?**

THÈME 1

La métropolisation : un processus mondial différencié

Aujourd'hui, 56 % de la population mondiale vit dans des métropoles. Cette proportion pourrait atteindre 70 % en 2050. L'urbanisation constitue un phénomène géographique majeur qui s'accompagne d'un processus de métropolisation. Celui-ci se caractérise par la forte concentration des populations, des activités et des fonctions de commandement dans les villes.

1 L'urbanisation du monde

A L'augmentation de la population urbaine

• **En 1950, seuls 30 % de la population mondiale vivaient dans les villes.** Aujourd'hui, ce sont 56 % du total qui sont citadins, soit 4,360 milliards de personnes. Cette population urbaine pourrait atteindre près de 70 % en 2050.

• **L'urbanisation semble pourtant se ralentir** dans les pays développés : par exemple, l'Europe comptait 51 % d'urbains en 1950, elle en dénombre 75 % aujourd'hui. Ce sont surtout les pays du sud qui sont touchés par la croissance urbaine.

Définitions

Métropolisation : concentration croissante de la population, de la richesse et des fonctions de commandement dans les métropoles.
Urbanisation : augmentation du nombre d'habitants qui vivent en ville par rapport à l'ensemble de la population.
Taux d'urbanisation : pourcentage de la population vivant en ville.

B Une croissance urbaine inégale

• **Une évolution hétérogène.** On peut opposer des **taux d'urbanisation encore bas dans les sud** (50 % en Asie) **mais élevés dans les pays riches** : 75 % des Européens et 83 % des Nord-Américains sont citadins.

Si le taux d'urbanisation n'est que de 40 % en Afrique, il est de 83 % en Amérique du Nord. Certains pays ont même un taux d'urbanisation proche ou égal à 100 % : Singapour, Koweït (100 %).

Exemples
Le continent africain ne comptait que 14 % d'urbains en 1950 et 40 % en 2022.

C Une hiérarchie urbaine bouleversée

En 1950, sur les dix métropoles les plus peuplées du monde, **3 étaient situées en Europe**, 2 aux États-Unis, et 2 au Japon. **New York**, alors première ville du monde, comptait 12 millions d'habitants. Dans ce classement ne figuraient que trois métropoles des pays en développement : Buenos Aires, Calcutta (Kolkata) et Shanghai.

Chiffre-clé
En 2035, la ville indienne de Dehli sera la plus peuplée du monde avec 43 millions d'habitants.

• **En 2022, seules trois métropoles du nord** (Tokyo et Osaka-Kobé-Kyoto au Japon, New York aux États-Unis) sont classées dans les dix premières villes de la planète ; les 7 autres villes sont localisées dans les pays du sud.

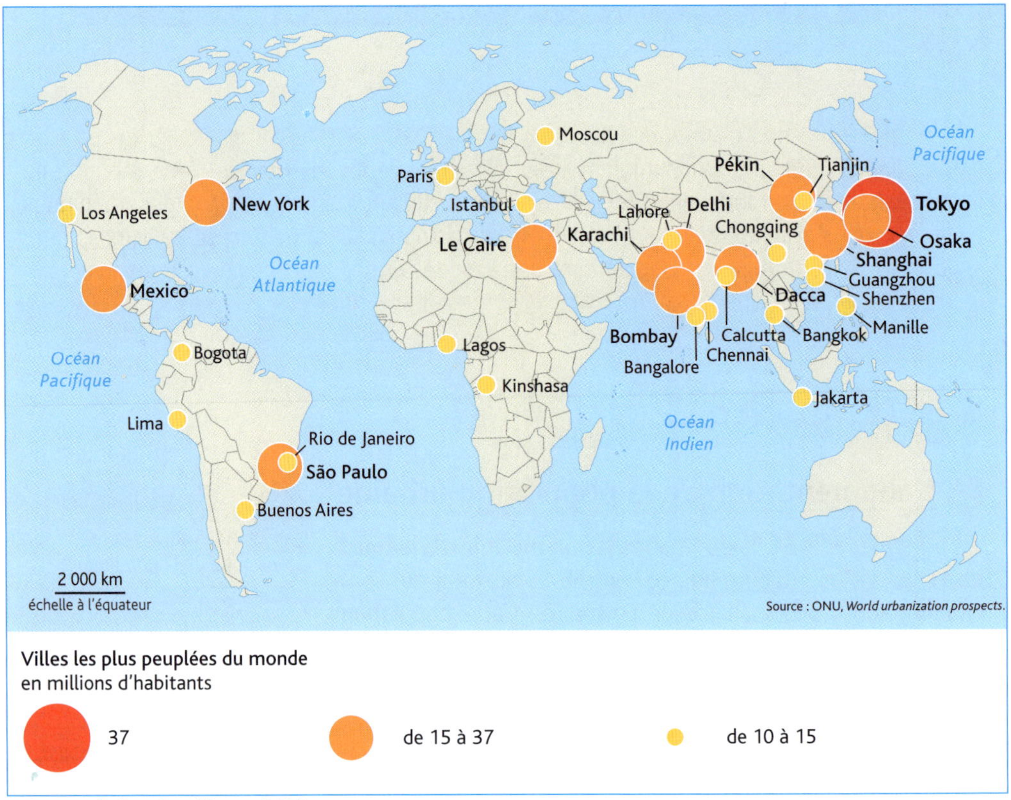

▲ La population des villes en 2022

2 La métropolisation du monde

A Une métropolisation qui s'accélère

• En 2021, **560 villes comptaient plus de 1 million d'habitants,** 36 en accueillaient plus de 10 millions. La métropolisation prend aujourd'hui une dimension particulière dans les PED. **Mumbai,** en Inde, comptait 3 millions d'habitants en 1950 et en compte 22 millions aujourd'hui.

Définitions

Métropole : grande ville qui concentre la population, les activités économiques et les fonctions de commandement, exerçant une influence sur le territoire qui l'entoure.
Mégalopole : ensembles urbains reliés fonctionnellement (réseaux de transports, communications) qui s'étendent sur des centaines de km.

Exemples
Le Caire en Égypte, Lagos au Nigeria, Delhi en Inde ont plus de 20 millions d'habitants.

• En 25 ans, **la population urbaine** est passée de 2,3 à 4,3 milliards (+ 85 %). **Plusieurs régions urbaines atteignent des dimensions exceptionnelles,** comme celles de **Canton** (48,6 millions d'habitants) ou de **Tokyo** (40 millions). Les métropoles mondiales (New York, Tokyo, Londres et Paris) regroupent les fonctions politiques, économiques et culturelles de la planète.

Chiffre-clé

En Afrique, Lagos au Nigeria était peuplée de 300 000 habitants en 1950 et de 15 millions en 2022.

B Des métropoles, lieux de la puissance mondiale

• **Les « villes mondiales »** ou *global cities* regroupent une population nombreuse, concentrent les capitaux, favorisent l'implantation de firmes transnationales (FTN). Elles disposent d'une grande accessibilité grâce à des équipements et un réseau de transports efficaces (aéroports internationaux).

Ces métropoles sont les **centres d'impulsion de l'économie mondiale** car elles concentrent la richesse et les fonctions décisionnelles dans divers domaines comme la finance, la politique, la culture et les organismes internationaux (ex. : ONU à New York).

À retenir
Les métropoles mondiales regroupent des infrastructures de congrès ou d'événements d'envergure internationale (ex. : Jeux olympiques).

C Un fonctionnement en réseaux

- **L'archipel mégalopolitain mondial.** Les métropoles entretiennent des **relations denses et continues** entre elles. Elles sont les **nœuds de communication majeurs** de la planète. Les grands aéroports les relient entre elles.
- **Les métropoles les plus actives** sont souvent associées à d'autres grandes villes proches et forment des ensembles urbains plus vastes : les **mégalopoles**.

À retenir
On compte trois mégalopoles principales : la mégalopole du nord-est des États-Unis, la mégalopole européenne et la mégalopole japonaise.

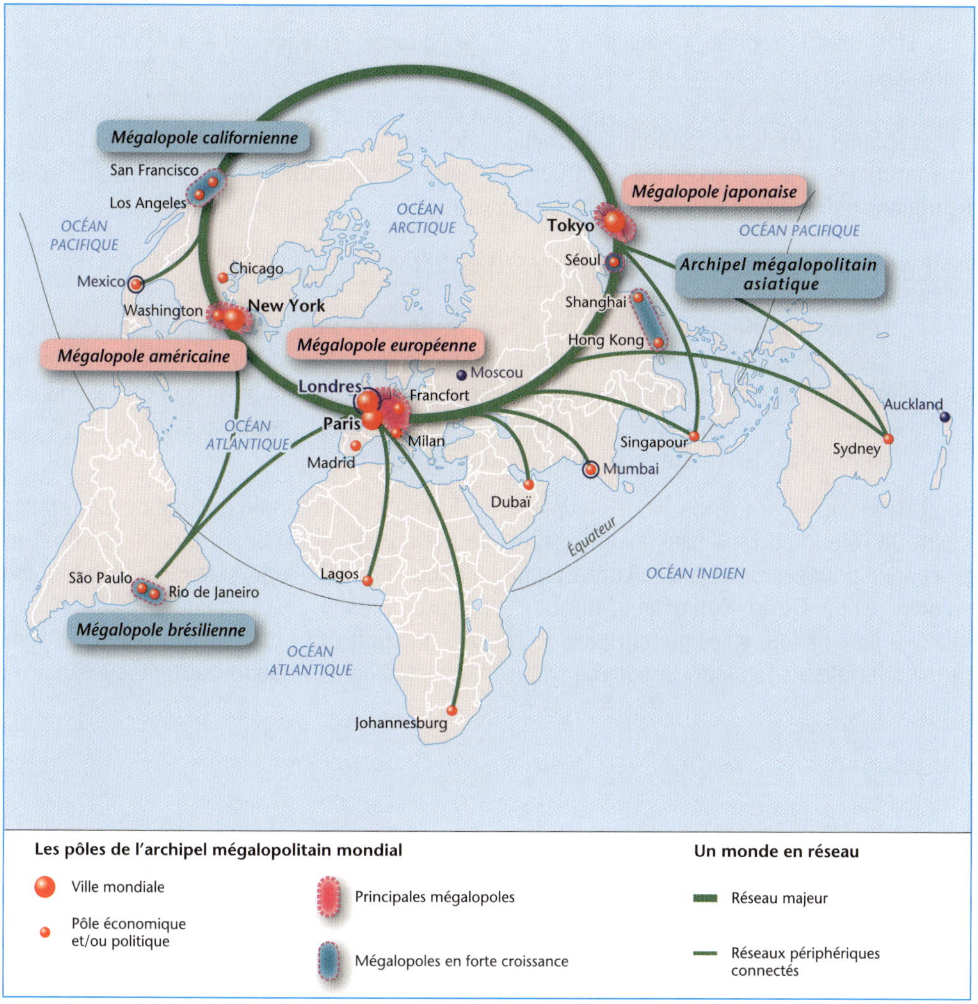

▲ Les pôles de l'archipel mégalopolitain mondial

3 Des métropoles inégalement attractives et influentes

A Les métropoles à l'échelle mondiale

Les centres d'impulsion de l'économie planétaire concentrent la population, la richesse et les fonctions décisionnelles. Ils comptent le plus souvent **plus de 10 millions d'habitants** et accueillent des activités tertiaires diversifiées dans la finance, la recherche, le conseil, la communication, les médias, etc. Certains grands événements sportifs y sont aussi organisés : Jeux olympiques de 2012 à Londres, de 2021 à Tokyo et de Paris en 2024.

B Les métropoles à l'échelle nationale

• **Certaines métropoles cumulent leur rôle à l'échelle mondiale** avec celui, dominant, qu'elles jouent à l'échelle nationale, en étant des capitales d'États. C'est le cas, par exemple, de **Paris** ou de **Londres**. Toutefois, **les villes mondiales ne sont pas toujours la capitale de leur pays**.

> **Exemple**
> Aux États-Unis, la capitale, Washington, n'a pas l'importance démographique et économique de New York.

• Les capitales d'États concentrent, à l'échelle nationale, **la plupart des fonctions politiques et administratives** du pays. On y retrouve le siège du gouvernement, les ministères et les institutions politiques (parlement, haute administration).

C Les métropoles à l'échelle régionale

Les métropoles régionales organisent la vie économique et sociale de leur région. Ces villes sont dotées d'une gamme suffisante de services pour que les habitants de la zone puissent éviter tout recours à une autre ville plus importante et mieux équipée qu'elle. On y trouve un centre hospitalier, des médecins spécialistes, des services aux entreprises, des centres commerciaux, des espaces de loisirs.

Une influence variée selon les métroples. Aux États-Unis, un certain nombre de métropoles jouent un rôle important, sans avoir le statut de métropole nationale ou mondiale : **Boston** est connue pour ses universités, **Atlanta** pour son hub aérien. En Inde, si la hiérarchie urbaine est dominée par **Delhi**, **Kolkota** et **Mumbai**, le pays compte une cinquantaine de villes millionnaires et plus de 500 villes qui ont plus de 100 000 habitants. Ces métropoles régionales sont parfois spécialisées (en Inde, Bangalore : nouvelles technologies, Chennai : automobiles).

Sujets d'étude

1 Lyon : les mutations d'une métropole

• **Avec 1,7 million d'habitants,** la métropole lyonnaise est **la 2e agglomération urbaine de France** après Paris. Lyon est la principale métropole de la région Auvergne-Rhône-Alpes. L'extension de Lyon se traduit surtout par un étalement urbain important qui gagne les zones rurales surtout à l'est de la ville. Lyon cherche également à renforcer son statut de métropole à l'échelle européenne.

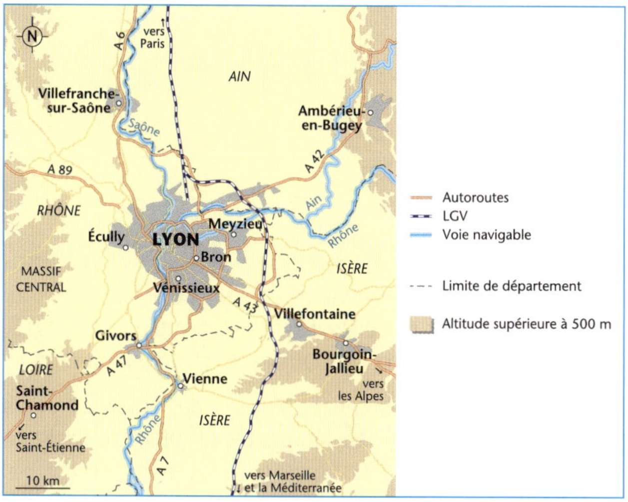

◄ La métropole lyonnaise

À retenir
La métropole lyonnaise en chiffres
1,7 million d'habitants.
59 communes.
20 % de la population de la région.
Lyon Saint-Exupéry : 3e aéroport français avec 11,7 millions de passagers en 2019.
2e ville de France pour l'accueil d'événements internationaux et 25 000 étudiants.

• **Capitale de la région Auvergne-Rhône-Alpes,** la ville a connu récemment de nombreuses transformations : les réseaux de transports ont été améliorés (métro, tram, bus).

• **Lyon cherche également à renforcer son statut de métropole à l'échelle européenne,** voulant rivaliser avec Barcelone ou Milan. L'aéroport Saint-Exupéry relie Lyon à 120 destinations.

• **La ville dispose également du deuxième quartier des affaires du pays** (La Part-Dieu), situé à proximité de la gare TGV, facilitant ainsi les déplacements vers les grandes villes françaises et européennes.

• **La ville dispose d'un pôle de compétitivité :** Lyonbiopôle soutient les innovations technologiques en médecine. Lyon ambitionne aussi d'être une **ville durable** avec la réhabilitation du quartier de la Confluence, anciennes zones industrielles désaffectées.

• **Les différentes banlieues font apparaître de fortes inégalités sociales et spatiales.** Vaulx-en-Velin, au nord-est de Lyon, est la commune la plus pauvre du Rhône. La ville affiche un taux de pauvreté de 31,8 %.

Définition
Un **pôle de compétitivité** rassemble sur un territoire et sur une thématique ciblée, des entreprises petites, moyennes ou grandes, des laboratoires de recherche et des établissements de formation.

2 Londres, une métropole de rang mondial

Capitale du Royaume-Uni, Londres est, avec Paris, une **métropole de rang mondial**. Avec 9 425 000 d'habitants en 2021, Londres dispose d'un **rayonnement international** dans le domaine de la **banque**, des **assurances** et des **transactions boursières** (quartier de la City).

▼ La métropole londonienne

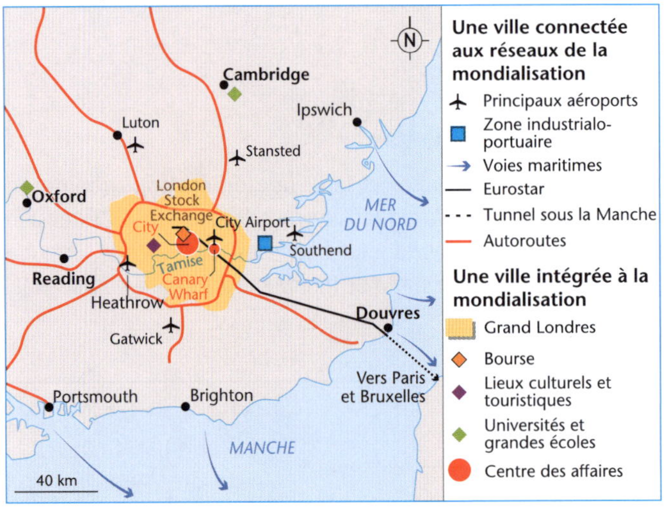

À retenir

Londres en chiffres

9 425 000 habitants.
Aire urbaine : 12 millions d'habitants.
Produit urbain brut : 5e ville du monde avec 840 milliards de dollars.
20 % du PIB du Royaume-Uni.
6 aéroports internationaux, dont Heathrow, 1er d'Europe avec 78 millions de passagers.

• **Malgré le Brexit,** Londres garde un rôle prééminent en Europe et dans le monde. Ses 6 aéroports internationaux relient la ville à un grand nombre de capitales et métropoles en Europe et dans le monde. La **renommée** de Londres lui a permis d'accueillir les Jeux olympiques de 2012. Enfin, Londres dispose de **nombreux musées** qui attirent des touristes du monde entier.

• **Pourtant, pour conserver son leadership,** la ville doit mettre en œuvre des aménagements coûteux. On peut citer la **transformation des anciennes zones portuaires** (Docklands) : ce projet a donné naissance au second centre d'affaires (Canary Wharf) et à un aménagement des berges de la Tamise.

• **Dans le domaine des transports,** le projet Crossrail vise à **faciliter les déplacements** des Londoniens d'ouest en est de la ville. Le **port commercial** de Londres a également été réhabilité (Thames Gateway).

• **Pour faire face à la montée des prix de l'immobilier,** des **villes nouvelles** se sont construites en périphérie de Londres (Crawley et Stevenage au nord).

• **La métropole londonienne représente 20 % du PIB du Royaume-Uni.** Mais on trouve aussi dans certains quartiers périphériques une grande pauvreté. **La proportion de Londoniens vivant sous le seuil de pauvreté est de 28 %.**

• **Pourtant, la mixité sociale est forte à Londres** qui est probablement la métropole la plus cosmopolite du monde occidental. Les 3 millions de Londoniens nés à l'étranger représentent plus de 36 % de la population. 40 % sont d'origine européenne, 30 % viennent du Moyen-Orient et d'Asie, 20 % d'Afrique et 10 % des Amériques. Quant aux Français, ils seraient un peu plus de 250 000 dans le Grand Londres.

Exercices d'entraînement

Exercice 1

Corrigé p. 375

L'aéroport de Lyon Saint-Exupéry dessert 120 destinations et 67 % du trafic est réalisé à l'international.

1. **Décrivez les différentes parties du paysage ci-dessus.**
2. **En quoi la proximité de la gare TGV et de l'aéroport est-elle importante ?**
3. **Comment appelle-t-on la connexion de plusieurs modes de transport sur un même site ?**

Exercice 2

Corrigé p. 375

Canary Wharf, le second quartier d'affaires de Londres

Canary Wharf est le quartier d'affaires britannique, concurrent de la City. Il est situé à l'est de Londres sur une presqu'île appelée « The Isle of Dog ». Historiquement, quartier grouillant d'activités grâce à ses dockers et ses entrepôts maritimes, le site fut abandonné de nombreuses années, suite à la chute du commerce de l'Angleterre avec ses colonies. Sa régénérescence a débuté à la fin des années 1980, avec le projet ambitieux d'en faire le nouveau quartier d'affaires, nouveau Manhattan à l'anglaise, faisant entrer Londres dans le XXIe siècle. [...] Il est à présent le siège de prestigieuses entreprises financières telles que Barclays Capital, KPMG, Crédit Suisse et HSBC, pour ne citer qu'elles mais accueille aussi des entreprises du monde des médias ou de la publicité [...]. Côté transports, le quartier est bien desservi par la Jubilee Line[1] vers le centre de Londres ainsi que par le DLR[2]. [...] La proximité immédiate du City Airport constitue également un atout pour les voyages d'affaires.

Sandra Redon, Agence de voyages « Simplement Londres », 27 février 2017.

1. Ligne de métro.
2. DLR : *Docklands Light Raiways*, trains automatiques, sans conducteur.

1. **Quelle était l'activité principale de ce quartier avant 1980 ?**
2. **Qu'est-il devenu après sa rénovation ?**
3. **Montrez que ce quartier est bien desservi par plusieurs moyens de transport.**

GÉOGRAPHIE

THÈME 2 Une diversification des espaces et des acteurs de la production

Avec la mondialisation, on assiste à une recomposition des logiques et des dynamiques des espaces productifs de la planète. Les types de production sont variés (agricoles, industrielles, services) et génèrent des espaces spécialisés.

1 Les espaces productifs en recomposition

A Vers de nouvelles logiques de localisation

• **Les espaces productifs industriels du XIXe siècle. La Révolution industrielle est née en Europe** à la fin du XVIIIe siècle et s'est progressivement étendue à l'ensemble des pays développés. Les espaces industriels étaient d'abord localisés près des matières premières ou des sources d'énergie (charbon, fer).

> **Définition**
> **Espace productif :** espace aménagé et mis en valeur dans le cadre d'une activité économique agricole, industrielle ou de services.

• **Le XIXe siècle et la première partie du XXe siècle** sont des périodes de **fort exode rural** dans les pays développés. Les industries s'implantent dans les périphéries des villes.

B La nouvelle donne de la mondialisation

• **L'importance des avantages comparatifs.** Dans la seconde moitié du XXe siècle, la plupart des entreprises productives des pays développés ont **délocalisé leur production** vers des pays à main-d'œuvre bon marché (Asie, Amérique latine, Afrique du Nord et Europe de l'Est).

Les logiques d'implantation sont souvent liées aux avantages comparatifs : accessibilité, équipements (portuaires, aéroportuaires, routiers, ferroviaires), législation (fiscale, sociale, environnementale…), qualification et prix de la main-d'œuvre, sécurité.

• Dans le contexte de la mondialisation, **l'accessibilité des territoires** est une priorité pour répondre aux nouvelles logiques de production (**NDIT**, flux tendus).

> **Définition**
> **NDIT :** (nouvelle division internationale du travail) : dissociation spatiale des différentes fonctions de l'entreprise : administration, conception, recherche-développement, fabrication des pièces, assemblage…

• **L'accessibilité numérique** est également primordiale. C'est pourquoi les pouvoirs publics et les opérateurs privés développent l'accès au numérique.

C Innovation et économie de la connaissance

L'innovation pour la compétitivité territoriale. Les régions développées comme les États-Unis, le Japon et l'Europe cherchent à garder les avantages qu'ils ont sur les pays émergents en matière de recherche/développement et d'innovation.

> **Définitions**
> **Compétitivité :** capacité d'une entreprise, à produire et à vendre des biens en situation de concurrence.
> **Territoires de l'innovation :** espace productif spécialisé dans la conception ou la fabrication de nouveaux produits grâce à la synergie entreprises-centres de recherche-universités.

• **La Silicon Valley,** en Californie, le technopôle de Tsukuba au Japon, le pôle technologique de Saclay au sud de Paris sont des exemples de **territoires de l'innovation** où des entreprises, des centres de recherche et des universités mettent en commun leur savoir-faire.

• **Les pays émergents** (Chine et Inde) tentent de rattraper leur retard dans le domaine de l'**innovation technologique.** Exemple : le chinois Huawei est devenu un leader de la téléphonie.

2 Des espaces productifs majeurs

A Une nouvelle division internationale du travail

• La mondialisation repose sur **l'inégale compétitivité des territoires**. La NDIT s'appuie sur une **séparation géographique des fonctions** des entreprises.

> **Exemple**
> Apple conçoit ses IPhone en Californie, ses pièces sont fabriquées un peu partout dans le monde, et l'appareil est assemblé dans les usines Foxconn à Shenzhen en Chine.

• **De nombreuses entreprises internationales externalisent** une partie de leur production.

> **Exemple**
> Nike confie à des sous-traitants la fabrication de ses équipements et matériels de sports.

B La concentration des activités dans les métropoles

• **Les grandes métropoles polarisent les activités productives.** Elles offrent une main-d'œuvre qualifiée et des activités périproductives (services).

• **Les grandes métropoles des pays du sud** sont aussi des **espaces productifs performants** qui bénéficient d'une main-d'œuvre nombreuse et bon marché. Mais ces villes accueillent également des **activités artisanales** qui font vivre des millions de personnes dans les quartiers pauvres et les bidonvilles : on parle de **secteur informel**.

C Des interfaces privilégiées dans la mondialisation

• **Les littoraux sont devenus des espaces productifs majeurs,** mais la littoralisation privilégie quelques grandes façades maritimes comme celle de l'Asie-Pacifique, la Northern Range en Europe, les façades Pacifique et Atlantique du continent nord-américain.

> **À retenir**
> 7 des 10 premiers ports mondiaux pour le trafic des conteneurs sont chinois. Rotterdam, premier port européen ne figure qu'en 10e place.

• **Certains espaces transfrontaliers sont favorables à l'établissement d'espaces productifs** en raison de différences de développement ou de réglementation. C'est le cas de la « Mexamérique » entre les États-Unis et le Mexique (maquiladoras).

3 L'organisation des processus de production générateurs de multiples flux

A Des firmes transnationales au cœur de la mondialisation

• **Elles s'appuient sur un réseau international de production** constitué de plus de 900 000 filiales. **En internationalisant leur production,** les FTN jouent un rôle crucial dans

GÉOGRAPHIE

le commerce mondial : de la conception des produits à leur commercialisation, les chaînes de valeur ajoutée, contrôlées par des FTN, sont à l'origine de **80 % des échanges internationaux**.

> **Définition**
> **FTN :** firme transnationale. Entreprise qui développe des filiales à l'étranger.

• **Les FTN maintiennent un lien fort avec leur territoire d'origine**. Elles y conservent leurs activités décisionnelles stratégiques. **Exemples :** le siège social d'Apple est en Californie (États-Unis), celui de Toyota au Japon.

Il s'agit aussi de privilégier l'image : quand un consommateur achète une automobile Toyota, il achète japonais, signe de fiabilité.

B Les autres acteurs du système productif

• **Les États agissent pour favoriser ou freiner la place des FTN,** en accordant des **facilités fiscales** ou au contraire en **limitant les importations** par des droits de douane élevés.

> **Exemple**
> En 2018, le Président américain Trump a augmenté les droits de douane de 25 % pour limiter les importations chinoises. Les Chinois ont fait de même avec certains produits américains.

• **De nouveaux acteurs transnationaux** cherchent à **mobiliser les citoyens en dénonçant les abus des FTN**. C'est le cas de l'ONG **Greenpeace** pour les questions environnementales ou des mouvements altermondialistes qui souhaitent une meilleure répartition des richesses.

C Des flux matériels et immatériels de plus en plus intenses

• **La révolution logistique.** Plus de 80 % des produits transportés empruntent les voies maritimes.

La conteneurisation a permis de limiter les ruptures de charges dans les ports. L'espace économique mondial s'organise ainsi avec de grands **hubs portuaires** comme, Shanghai, Singapour en Asie, Dubaï au Moyen-Orient ou Rotterdam en Europe.

> **Définition**
> **Hub portuaire :** port qui sert de nœud de correspondance, qui concentre et redistribue vers d'autres destinations les flux de marchandises ou de passagers.

• **Si le pétrole est la marchandise la plus échangée en volume,** l'essor des échanges est surtout dû aux **produits manufacturés** et aux **services** (transport, tourisme...).

• **Une explosion des échanges financiers.** Les **flux de capitaux** largement dématérialisés se sont multipliés entre les grandes bourses mondiales (New York, Tokyo...).

• **Les progrès des télécommunications** (téléphonie, Internet, fibre optique) permettent l'intensification des flux d'informations et de services (multiplication des data centers aux États-Unis).

Sujets d'étude

1 Les espaces des industries aéronautique et aérospatiale européennes

A Airbus : présentation

Airbus est un constructeur aéronautique européen dont le siège social est à Toulouse. Le groupe Airbus compte 134 000 employés dont 48 000 en France.

Airbus en chiffres 2019 (avant la crise sanitaire)

Chiffre d'affaires : 70 milliards d'euros

Avions livrés dans l'année : 615 en 2021

Moyens et longs courriers : A330, A350, A380[1]

[1] La fabrication est abandonnée en février 2019.

• **Airbus est une grande entreprise aéronautique** dont les différentes fonctions sont réparties sur plusieurs sites européens et même mondiaux.
– La **conception des avions** ainsi que les **bureaux de recherche/développement** sont situés en Allemagne, Espagne, France et Royaume-Uni mais s'appuient également sur plusieurs sites basés aux États-Unis (Mobile), en Chine (Beijing), en Inde (Bangalore) et en Russie (Moscou).
– Les **composants de l'avion** sont eux aussi fabriqués dans de nombreuses usines (par exemple à Toulouse ou à Saint-Nazaire en France, Hambourg en Allemagne, Getafe en Espagne ou Filton au Royaume-Uni…).

• **Pour gagner d'autres marchés face à Boeing,** Airbus a construit des usines aux États-Unis et même en Chine (Tianjin), le plus gros marché potentiel du monde du transport aérien.

B Arianespace : présentation

• **Ariane est un grand projet scientifique, technique et industriel** qui associe 17 pays européens. Aujourd'hui, les fusées Ariane représentent **plus de la moitié des lancements de satellites civils** dans le monde.

• **Aujourd'hui, Arianespace développe deux types de lanceurs :** les **fusées Ariane** (version 6) et le **lanceur léger Vega** pour les satellites plus petits (de 300 kg à 2,5 tonnes).

• **La base de lancements des fusées est située au centre spatial guyanais de Kourou.** L'avantage de ce site est sa proximité de l'équateur, dans une zone sans cyclones.

• **Les différents éléments des fusées Ariane** sont fabriqués en Europe et transportés en Guyane. **Cela génère des milliers d'emplois** chez 1 200 fournisseurs de toute taille. Avant que le lanceur n'arrive en Guyane, beaucoup d'opérations ont déjà eu lieu en Europe.

Chiffres-clés d'Arianespace
Chiffre d'affaires : 1 milliard d'euros en 2020.
Nombre de salariés : 8 000 salariés + sous-traitants.
Pays impliqués dans le projet : France, Allemagne, Italie, Royaume-Uni, Espagne, Belgique, Suisse, Suède, Autriche, Norvège, Danemark, Finlande, Irlande, Portugal, Grèce, Luxembourg, République Tchèque.
Nombre de lancements en 2021 : 7.

2 Rotterdam, un espace industrialo-portuaire européen de dimension internationale

• **Rotterdam est un exemple d'espace industrialo-portuaire européen** de dimension internationale. Situé sur l'estuaire du Rhin, le port de Rotterdam a donné naissance à une zone industrielle.

▼ Rotterdam, une zone industrialo-portuaire (ZIP)

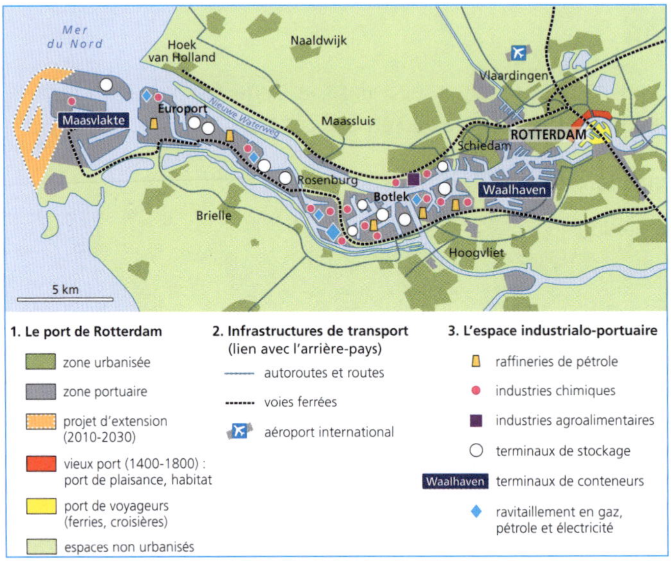

À retenir
Rotterdam en 2019
11e port mondial pour les conteneurs : 13,7 millions d'EVP.
9e port mondial : 470 millions de tonnes.
1er port européen.
Importations : 320 millions de tonnes.
Exportations 150 millions de tonnes.

• **Le port et la ZIP de Rotterdam font partie de la Northern Range**. Le port de Rotterdam dessert **un très vaste *hinterland*** (arrière-pays) par la voie fluviale du Rhin et un **réseau dense de voies autoroutières et ferrées**. Le port s'étend sur 40 km de longueur et occupe plus de 125 km^2. Les infrastructures ont été construites progressivement à partir du vieux port de fond d'estuaire, à proximité de la ville. Puis les activités portuaires se sont déplacées vers l'ouest, vers la Mer du Nord en aval.

• **Les différentes parties du port sont spécialisées :**
- port et réservoirs de pétrole ;
- port de passagers ;
- port de conteneurs ;
- port minéralier.

• **Une vaste zone indutrialo-portuaire** s'est développée parallèlement à l'extension du port. C'est donc un espace productif très important car il transforme les produits importés :
- pétrole du Moyen-Orient, de Russie ou de Norvège ;
- gaz naturel liquéfié de Norvège ;
- minerai de fer du Brésil et d'Afrique du Sud ;
- charbon d'Australie et d'Afrique du Sud ;
- céréales du Brésil et des États-Unis.

Chiffre-clé
Rotterdam (Pays-Bas) gère annuellement 13,7 millions d'équivalents vingt pieds (EVP) de conteneurs qu'il faut entreposer avant de les réexpédier dans toute l'Europe.

Exercices d'entraînement

Exercice 1

Corrigé p. 375

Airbus et Safran au Maroc

Au Midparc, la nouvelle zone franche dédiée à l'aéronautique, près de l'aéroport de Casablanca, c'est déjà la ruée. Airbus termine la nouvelle usine de sa filiale Stelia pour fabriquer des pièces du fuselage de l'A 320. Même effervescence à Nouaceur, où le groupe Safran, l'un des premiers à s'être implanté au Maroc, accélère les cadences. En dix ans, sa filiale Aircelle, qui fabrique les nacelles des réacteurs, a décuplé son chiffre d'affaires. « Nous pouvons devenir le Mexique de l'Europe », s'exclame Hamid Benbrahim el-Andaloussi, président de Safran au Maroc et dirigeant de la fédération professionnelle du secteur, en faisant référence à la vaste zone de sous-traitance mexicaine qui fournit les groupes américains. Avec une centaine de sociétés, le pôle aéronautique marocain emploie déjà 11 500 salariés. [...] En venant au Maroc, les constructeurs savent qu'ils vont réduire leurs coûts, gagner en compétitivité, et conquérir de nouveaux marchés.

D'après Thierry Favre, « le Maroc, base arrière industrielle de la France », Challenges.fr, 3 avril 2016.

1. **Que fabriquent les nouvelles usines construites au Maroc ?**
2. **Quel exemple essaie-t-on de suivre ?**
3. **Quel est l'avantage principal de ces nouvelles implantations ?**

Exercice 2

Corrigé p. 376

Rotterdam, la porte d'entrée idéale du marché européen

Rotterdam dessert un hinterland de plus de 150 millions de consommateurs vivant dans un rayon de 500 km autour de Rotterdam, et plus de 500 millions de consommateurs à travers l'Europe. Ce vaste marché européen est accessible depuis Rotterdam par de nombreuses infrastructures : routes, rail, navigation fluviale intérieure, cabotage et pipeline. Un produit débarqué à Rotterdam [...] peut être acheminé rapidement vers l'Allemagne, la Belgique, la France, la Grande Bretagne [...]. Les principaux centres industriels et économiques européens sont à moins de 24 heures de Rotterdam. Un des nombreux avantages de Rotterdam réside dans sa localisation sur l'estuaire du Rhin et de la Meuse. Ainsi, par les canaux et les fleuves, les marchandises peuvent gagner le cœur de l'Europe rapidement.

Site Internet de l'Autorité portuaire de Rotterdam, consulté en janvier 2019.

1. **À l'aide du texte, définissez l'*hinterland*.**
2. **Pourquoi le port de Rotterdam est-il important pour l'Europe ?**
3. **Quels sont les avantages de ce port ?**

THÈME 3 Les espaces ruraux : une multifonctionnalité toujours plus marquée

Dans un contexte de mondialisation, **les espaces ruraux connaissent d'importantes mutations. Les campagnes sont de plus en plus liées aux espaces urbains** qui s'étendent sur les espaces ruraux environnants. Par ailleurs, ces derniers sont marqués par la multifonctionnalité.

1 Les espaces ruraux agricoles à l'échelle mondiale

A Agriculteurs et espaces agricoles en diminution

- **Aujourd'hui, la population rurale dans le monde** représente environ 43,8 % de la population totale soit 3,4 milliards de personnes. Dans les pays développés, **les agriculteurs représentent aujourd'hui souvent moins de 5 % de la population active**.
- **L'urbanisation** a pour conséquence de diminuer les surfaces disponibles pour l'agriculture.

Chiffres-clés
En Afrique de l'Ouest, l'agriculture emploie environ 70 % de la population active.

B Différents types d'espaces productifs agricoles

Les progrès de l'agriculture productiviste ont permis d'assurer la **sécurité alimentaire** dans la plupart des pays (augmentation des surfaces cultivées et des rendements).

- **La mondialisation a vu le développement de grandes entreprises agricoles** et agro-alimentaires : aux États-Unis, on parle **d'agrobusiness**. Dans les PED, la **révolution verte** a contribué à l'autosuffisance alimentaire (Amérique latine, Asie). Certains pays se sont spécialisés.

Exemples
La Côte d'Ivoire vend son café et son cacao, la Colombie, le Kenya et l'Éthiopie vendent leurs fleurs coupées.

- **En Afrique, certains petits paysans se tournent vers l'agriculture commerciale** au détriment de l'agriculture vivrière.

Définitions
Agriculture commerciale : production agricole et d'élevage destinée à l'exportation.
Agriculture vivrière : agriculture destinée à l'autoconsommation des paysans.
Révolution verte : innovations agricoles mises au point dans les années 1960 qui reposent sur l'utilisation de nouvelles variétés de céréales (riz, blé) à hauts rendements (VHR). L'irrigation, les engrais chimiques et les traitements antiparasitaires ont permis d'accroître la production (ex. : en Inde).

C Vers une agriculture durable

- **L'agriculture intensive provoque de graves problèmes écologiques :** les engrais et les pesticides polluent les rivières et les mers (algues vertes) et détruisent l'écosystème (disparition des abeilles). On tente de développer une **agriculture raisonnée**.

À côté des pays exportateurs qui sont les « greniers » du monde (États-Unis, Union européenne, Brésil), le **commerce équitable** cherche à assurer un revenu suffisant aux petits producteurs (par exemple pour le café).

2 Les espaces ruraux liés aux villes

A L'étalement urbain

• **Depuis 1950,** l'urbanisation accélérée provoque **la fin de la séparation entre espace urbain et espace rural**. Aujourd'hui, la frontière est plus floue.

• **Dans les pays pauvres,** les grandes métropoles occupent de grandes superficies : les banlieues sont souvent très ségrégées : banlieues riches pour les habitants à la recherche d'un cadre de vie agréable et bidonvilles périphériques pour les nouveaux urbains.

Exemples de bidonvilles géants :
Kibera à Nairobi, Netzahualtcoyolt à Mexico.

Définition
Étalement urbain : croissance spatiale des villes sous l'effet d'un accroissement démographique et/ou de l'implantation de nouvelles activités économiques.

B L'attractivité des espaces ruraux

• **Dans les pays riches,** les villages proches des villes voient apparaître de nouveaux types d'**habitat pavillonnaire** où résident des populations qui travaillent en ville et gardent un mode de vie urbain.

• **Les terres disponibles dans les espaces ruraux proches des villes** sont très convoitées (centres commerciaux, *edge cities*). Des **espaces récréatifs** se créent : parcs d'attractions, terrains de golf…

Définition
Edge city : pôle urbain secondaire d'existence récente (20 ou 30 ans) installé dans les espaces ruraux attenants aux villes. Il rassemble surtout des bureaux, des espaces commerciaux, des hôtels et des sièges sociaux d'entreprises.

C Un espace rural de plus en plus fragmenté

• **L'espace rural des pays riches s'est radicalement transformé :** dans certains villages, la population rajeunit, parfois certains services s'installent (infrastructures de transports, zones commerciales et espaces récréatifs).

• **Dans les PED,** on retrouve la même **fragmentation de l'espace rural** avec une **ségrégation sociospatiale** encore plus marquée dans les zones périphériques proches des villes.

Définitions
Fragmentation : séparation sur les plans économique, social, culturel et politique entre certains quartiers des espaces ruraux.
Périurbanisation : processus d'extension des agglomérations urbaines, dans leur périphérie, entraînant une transformation des espaces ruraux proches.

3 Des espaces ruraux multifonctionnels

A Des espaces ruraux industriels

Avec la saturation des villes, les industries ont migré vers les espaces ruraux, à proximité des voies de communication. Les technopôles s'implantent dans les espaces ruraux périurbains.

Définitions
Agroalimentaire : ensemble des activités industrielles qui transforment des productions issues de l'agriculture ou de la pêche en aliments destinés essentiellement à la consommation.
Systèmes productifs locaux : concentration, sur un territoire géographiquement délimité, d'unités productives de type PME-PMI, spécialisées dans un secteur d'activité, autour d'un métier ou d'un type de produit.

GÉOGRAPHIE

Exemples
Technopôles : la Silicon Valley près de San Francisco ou Sophia Antipolis près de Nice.

Pour rester compétitive, cette industrie rurale s'est spécialisée. L'agriculture valorise ses produits dans l'**industrie agroalimentaire**, au plus près de la production des denrées agricoles. On trouve dans les espaces ruraux des **systèmes productifs locaux** : on cite souvent les SPL d'Italie dans l'habillement ou l'ameublement « *made in Italy* ».

À retenir
L'implantation d'industries dans les espaces ruraux des PED permet de lutter contre la pauvreté par la création d'emplois.

Exemple
L'espace rural de la vallée du Rio Dos Sinos, au Brésil, est spécialisé dans le cuir et la chaussure.

B Les activités de services dans les espaces ruraux

- Dans toutes les campagnes du monde, **on trouve des services divers :** commerce de proximité, des écoles, des ateliers de réparation de matériel agricole… Le **télétravail** se développe également dans les pays riches.
- **Dans les pays pauvres,** l'enjeu est d'**équiper les espaces ruraux des services nécessaires à la population** : école, hôpital, services publics, transports. Dans les pays développés il s'agit de les **maintenir face aux objectifs de rentabilité**.

Définition
Télétravail : activité professionnelle exercée à distance (d'une entreprise), grâce aux technologies de l'information et de la communication.

Exemples
En zone rurale parfois, les habitants doivent manifester pour maintenir une école ou une maternité.

C Des espaces ruraux à vocation touristique

- **Avec l'apparition d'une société des loisirs,** le tourisme est devenu un **facteur important du développement économique des espaces ruraux** à l'échelle mondiale dès les années 1950.

Exemples
Les stations de sports d'hiver permettent de valoriser certaines régions rurales enclavées.
Dans les pays africains, le tourisme animalier est une source de revenus pour les populations.

- Dans les pays développés, **le tourisme vert** permet aux ruraux d'avoir un **complément de revenus**.
- **Depuis quelques années, un écotourisme se développe** dans les pays en développement. Les activités écotouristiques en Afrique sont faites d'observation d'animaux, d'oiseaux, de randonnées.

Définitions
Écotourisme : tourisme qui doit respecter les populations locales, l'environnement et contribuer à leur développement.
Tourisme vert : tourisme qui repose sur les paysages, la nature et la pratique de loisirs de plein air.

THÈME 3 Sujets d'étude

1 Les espaces périurbains en France (métropolitaine et ultramarine)

• **En France métropolitaine ou dans les territoires ultramarins** sont considérés, selon l'INSEE, comme périurbains tous les espaces qui, situés en dehors des villes, sont néanmoins sous leur influence en matière d'emplois, de services, etc.

Ce sont les territoires périurbains qui **connaissent la plus forte croissance démographique** depuis 30 ans. Ceux-ci se recomposent avec le recul de l'agriculture.

• **Les territoires périurbains de la France métropolitaine** comme ceux de l'Outre-mer deviennent multifonctionnels. **La fonction résidentielle est importante.**

• **L'éloignement du centre implique des migrations pendulaires contraignantes.** Les espaces périurbains sont multifonctionnels : le **périurbain industriel** (industries diverses et artisanat) cohabite avec de **grands équipements** (centres hospitaliers, universités) ou des **structures commerciales ou hôtelières**.

> Définition
> **Migrations pendulaires :** déplacements quotidiens entre le lieu de résidence et le lieu de travail.

2 L'agrotourisme en France

L'agrotourisme fait partie du tourisme rural : on l'appelle aussi le tourisme agricole ou encore le tourisme à la ferme. Pourtant les termes ne sont pas équivalents : le « tourisme rural » généralise les multiples formes de tourisme du domaine rural et dont l'agrotourisme devient alors l'une des composantes.

• **Si l'agrotourisme se pratique dans des entreprises à vocation agricole,** le **tourisme à la ferme** viserait plus spécifiquement les visiteurs qui sont hébergés chez l'agriculteur.

• **L'agrotourisme** implique plus spécifiquement des activités pour lesquelles les agriculteurs proposent de découvrir leur métier louant des chambres d'hôtes, des gîtes…

• **Cela permet de revitaliser** des régions rurales désertifiées, par exemple le Massif Central.

• **Le touriste peut participer activement aux activités agricoles** ou simplement visiter le site. La tendance actuelle vise à **compléter les éléments traditionnels de la ferme par des équipements complémentaires**, destinés à attirer la clientèle (piscine, spa, soins de confort…).

• **La pratique de l'œnotourisme se développe** visant à mieux connaître les vignobles français et les modes de fabrication vinicoles. Dans les territoires ultramarins, l'agrotourisme est souvent associé à des ressources agricoles spécifiques et à des circuits écotouristiques.

> **Exemple**
> Guadeloupe et Martinique proposent de découvrir la fabrication du rhum, de la récolte de la canne à sucre à l'élaboration finale.

Exercices d'entraînement

Exercice 1

Corrigé p. 376

Les espaces périurbains

Les recherches montrent notamment combien les espaces périurbains sont des espaces ouverts en relation permanente et étroite tant avec les villes-centres qu'avec le monde rural [...]. Mais plus encore, elles mettent en évidence qu'il s'agit d'espaces pluriels et diversifiés aussi bien sur le plan social que sur le plan spatial. Ainsi, au sein du périurbain, il est possible de distinguer globalement :

– le périurbain industriel, dont l'espace est dévolu quasi exclusivement aux activités relevant de l'industrie et de l'artisanat;

– le périurbain mixte, dont le territoire est occupé par l'industrie, l'habitat, les grands équipements (centres hospitaliers, universités...) ou les structures commerciales et hôtelières (centres commerciaux, halls d'exposition, chaînes d'hôtels...) ;

– le périurbain résidentiel, dont les contours correspondent aux nappes pavillonnaires et aux anciennes maisons situées dans les cœurs des villages et des petites villes. [...]

D'après H. Marchal, J.-M. Stébé, *La France périurbaine*, « Que sais-je », PUF, 2021.

1. **Quels sont les différents types d'espaces périurbains ?**
2. **Donnez les caractéristiques d'un espace périurbain mixte.**
3. **En quoi consiste le périurbain résidentiel ?**

Exercice 2

Corrigé p. 376

Le réseau « Bienvenue à la ferme », premier réseau de vente directe et d'accueil à la ferme en France, géré par les Chambres d'agriculture, fait la promotion des produits fermiers et de l'expérience de la ferme, via la visite d'une exploitation, la participation à un atelier ou l'hébergement. Le réseau compte aujourd'hui 8 000 agriculteurs membres en France. Il a réalisé un chiffre d'affaires d'un milliard d'euros en 2017, en vente directe et agrotourisme. 12 % des agriculteurs se sont lancés dans l'accueil à la ferme selon les chiffres de « Bienvenue à la Ferme ». [...] L'agrotourisme est également un complément de revenu pour les hôtes. Patricia Rebillou, productrice de fraises en Dordogne y voit le moyen de s'assurer un complément de revenu de 5 %, grâce à la visite de son exploitation. Les initiatives pour booster l'agrotourisme et diversifier l'activité des agriculteurs se multiplient. [...]

Caroline Lelievre, *TourMaG*, 1er mars 2018.

1. **Que propose le réseau « Bienvenue à la ferme » ?**
2. **Que recherchent les touristes ?**
3. **Quels avantages y trouvent les agriculteurs ?**

THÈME CONCLUSIF

La Chine : des recompositions spatiales multiples

La Chine est devenue un acteur majeur d'une économie mondialisée. Depuis les années 1980, **le pays s'est ouvert aux échanges.** Aujourd'hui, la Chine est devenue la **deuxième puissance mondiale**. Elle est l'atelier du monde grâce à l'abondance de sa main-d'œuvre bon marché et aspire à devenir un leader dans les hautes technologies.

1 L'urbanisation chinoise

A Un pays urbain

- **L'urbanisation est rapide** car aujourd'hui la Chine compte 62 % d'urbains soit 867 millions de personnes. Il y a 30 ans, les Chinois ruraux représentaient les 2/3 de la population du pays.
- **Le pays a vu émerger de très grandes villes :** Shanghai (27 millions d'habitants), Pékin (20 millions), Chongqing (15 millions) sont les villes les plus peuplées. Le pays compte plus de 40 agglomérations regroupant plus d'un million d'habitants.
- **L'urbanisation est liée à la venue de dizaines de millions de migrants** ruraux de l'ouest et du centre du pays vers l'Est et le littoral Pacifique pour trouver du travail.

Chiffre-clé
La population urbaine de la Chine a dépassé 50 % de la population totale à la fin des années 2000.

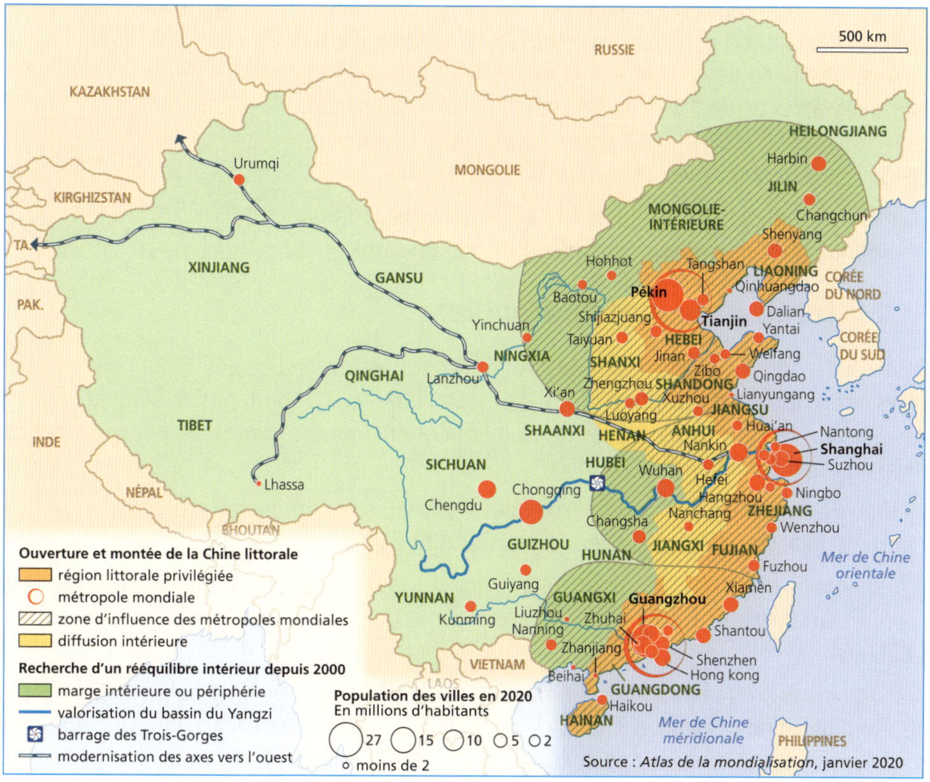

▲ Les villes chinoises

B Des villes aménagées

• **On assiste à un étalement urbain des villes chinoises,** en même temps qu'à un renforcement de leurs activités.

Des constructions massives d'équipements ont été planifiées pour accompagner la croissance démographique : infrastructures (métros, voies autoroutières), mais aussi nouveaux quartiers d'affaires. **Exemple :** La zone de Pudong à Shanghai.

• **L'industrie et les transports automobiles polluent gravement les villes** et dégradent la santé des populations urbaines.

C La vie des citadins chinois

L'urbanisation de la Chine s'est accompagnée de criantes inégalités : de nombreuses populations (environ 200 millions) de migrants, les Mingong, originaires des campagnes, peuplent les périphéries et les quartiers pauvres des grandes villes.

2 La littoralisation des hommes et des activités

A Une conséquence de la mondialisation

• Après la mort de Mao Zedong (1976), **la Chine va s'ouvrir au monde**. En 1979, **quatre zones économiques spéciales** (ZES) chinoises ont été créées pour attirer les investisseurs étrangers. Ces ZES ont connu un essor remarquable, notamment celle de Shenzhen. Par la suite, ce sont 14 villes littorales ouvertes qui sont créées à partir de 1984 (dont Shanghai et Guangzhou). Depuis 1992, **cette politique d'ouverture gagne l'intérieur du pays** (par exemple la vallée du Yangzi jusqu'à Chongqing).

• **La mise en valeur de la Chine littorale.** La littoralisation s'est accompagnée d'une **maritimisation de l'économie**.

Chiffres-clés

Les provinces littorales chinoises représentent sur 14 % du territoire 50 % de la population, 65 % du PIB et 85 % des exportations.

Définition

Maritimisation : processus conduisant les littoraux d'un pays à prendre une part de plus en plus importante dans l'économie.

B La littoralisation des métropoles

• Située sur le delta du Yangzi, **la ville de Shanghai** est devenue aujourd'hui l'une des **principales métropoles mondiales** (27 millions d'habitants, 3e rang mondial). Elle accueille les sièges sociaux de plus de 300 firmes transnationales et l'une des principales bourses asiatiques dans le quartier des affaires de Pudong.

• **La métropole est tournée vers l'extérieur** grâce à son port en eau profonde de Yangshan (1er port mondial de conteneurs avec 43 millions d'EVP en 2020).

• **Deux autres ensembles urbains littoraux se distinguent :** le couple **Beijing-Tianjin** au nord et **Guangzhou-Hong Kong-Shenzen** sur le delta de la rivière des Perles (69 millions d'habitants).

• **Beijing, capitale de la république populaire de Chine,** est peuplée de 20 millions d'habitants. L'organisation des Jeux olympiques en 2008 a été le point de départ d'une modernisation des infrastructures et du développement économique de Beijing.

C La littoralisation des activités

• **Dès 1980, un rapide mouvement d'industrialisation** a gagné les provinces chinoises littorales. Profitant d'une main-d'œuvre bon marché venant des campagnes, les villes côtières ont attiré les entreprises étrangères puis nationales. La Chine est ainsi devenue « l'atelier du monde ».

• **7 des 10 premiers ports mondiaux sont chinois** avec, en tête celui de Ningbo-Zhoushan (1,1 milliard de tonnes de marchandises diverses en 2019).

• **Pour les conteneurs**, Shanghai vient en tête devant Shenzen et Hong Kong. Les ports se dotent d'équipements ultramodernes pour accueillir des navires toujours plus grands. Le port en eau profonde de Yangshan (Shanghai), vient d'ouvrir un nouveau terminal à conteneurs totalement automatisé.

3 La recomposition territoriale de la Chine

A Les trois Chine

• **Les littoraux et les métropoles sont les espaces privilégiés** de la Chine avec l'insertion du pays dans la mondialisation. En revanche, **les espaces ruraux connaissent d'importantes difficultés.** La politique d'aménagement du pays vise à mieux articuler les trois Chine.

• **Les provinces intérieures** occupent 30 % de la superficie du pays, regroupent 39 % de la population mais ne comptent que pour 25 % du PIB total, 16 % des IDE et 10 % des exportations.

• **Par ailleurs, l'ouest du territoire** (Mongolie intérieure, Yunnan, Tibet etc) est constitué de régions enclavées et en retard : sur 56 % de la superficie vivent 11 % de la population. Ces régions ne fournissent que 5 % du PIB chinois.

B L'espace rural chinois

La Chine doit nourrir sa population (20 % du total mondial sur 9 % de la superficie) alors que ses ressources en eau ne représentent que 6 % des ressources de la planète. Cependant, la Chine est le 1er producteur mondial de blé, le 2e de maïs et un porc sur deux dans le monde est chinois. Mais ces succès dans le domaine agricole ont un **coût environnemental**.

> **Chiffre-clé**
> La Chine utilise deux fois plus de pesticides et d'engrais par hectare que la moyenne mondiale et contribue de manière catastrophique à la pollution des sols.

C Les marges chinoises

• **Tibet et Qinghai.** Ces deux régions de l'ouest chinois couvrent le quart de la superficie du pays. Elles n'abritent pourtant que 1 % de la population. Ces hautes terres (parfois situées au-dessus de 3 000 mètres d'altitude) sont occupées par des populations qui vivent de l'élevage ou de l'agriculture. **Les autorités chinoises tentent de désenclaver ces régions** très éloignées du littoral par la construction de voies de communication.

• Territoire autonome du nord-ouest de la Chine, le **Xinjiang** occupe une vaste région désertique et montagneuse. **Il compte de nombreuses minorités ethniques** dont des Ouïghours. L'ancienne route de la soie qui reliait la Chine au Moyen-Orient passait par le Xinjiang.

> **Chiffre-clé**
> En moyenne, le revenu moyen des citadins chinois est trois fois supérieur à celui des ruraux.

THÈME 1 Fondements et fragilités du lien social

1 L'essentiel

A Qu'est-ce que le lien social ?

Le lien social désigne les relations personnelles, **les valeurs et les règles communes** qui relient les individus et permettent la cohésion d'une société. Ce lien repose sur la **nature et la qualité des relations** entre les individus.

Toute société n'est viable que si les personnes qui la composent respectent ce système de normes, de règles et de valeurs, telles que le respect de l'autre ou la solidarité. Le lien social repose aussi sur la **volonté des individus** d'avoir des projets communs.

B Les fragilités du lien social

Aujourd'hui, le contexte économique, social et sanitaire difficile a pour conséquence de **mettre en danger le lien social**. Avec la **montée du chômage** ou la remise en question des systèmes de protection, les grandes institutions qui intègrent et socialisent les individus dans la société, telles que l'école, la famille, le travail ou l'État sont remises en cause. Ces mutations entraînent une **crise des identités** et encouragent à réfléchir aux liens qui lient l'individu à la société.

2 Quelques exemples de fragilisation du lien social

- Les fragilités dans le domaine social (cadre de vie, phénomènes des quartiers) : elles peuvent créer des mécanismes d'exclusion ou d'inégalités générateurs de conflits.
- Les fragilités liées à l'économie : chômage, relations au travail peuvent entraîner un sentiment de déclassement et de rejet d'une partie de la société.
- Le repli sur soi ou le besoin de **liens communautaires virtuels** (réseaux sociaux).
- La défiance vis-à-vis de la sphère politique (abstentions lors des scrutins) et des institutions, vis-à-vis de l'information (*fake news* ou fausses nouvelles) et de la science (vaccins).
- Apparition de nouvelles formes de violence ou de délinquance, comme le cyberharcèlement ou les phénomènes de bandes.

3 Les notions à maîtriser

A Intérêt général – intérêt particulier

- Un intérêt particulier peut être défini comme l'objectif propre à un individu ou à un groupe.
- L'intérêt général est l'émanation de la volonté de l'ensemble des citoyens.

B Engagement – abstention

- L'engagement résulte d'une décision volontaire de participer à une action.

• **L'abstention** est le fait de ne pas aller voter alors que l'on est inscrit sur les listes électorales. S'abstenir est donc le contraire de s'engager.

C Intégration – exclusion – déclassement

• **L'intégration** est liée au partage de valeurs communes, d'objectifs, entre des individus.

• **L'exclusion** désigne un processus de fragilisation du lien social, au cours duquel l'individu perd le contact avec d'autres personnes.

• **Le sentiment de déclassement** se produit lorsque les individus ressentent une perte de leur dignité. Cela s'applique dans le **monde du travail** (chômage) ou dans l'exclusion de la personne d'un **groupe social** auquel il appartenait.

D Égalité – équité

• **L'égalité** est le rapport entre individus, citoyens, soumis aux mêmes obligations.

• **L'équité** peut désigner la vertu de celui qui possède un sens naturel de la justice, qui est impartial. C'est aussi un correctif qui permet de pallier les insuffisances de la loi.

Exercice d'entraînement

Exercice 1 *Corrigé p. 376*

Campagne d'information du ministère de l'Intérieur

Internet doit rester un espace de partage et non d'exclusion. Utiliser ce moyen de communication afin de tenir intentionnellement, de manière répétée, des propos insultants, obscènes, ou encore menaçants constitue du cyberharcèlement.
Sa manière d'opérer peut prendre différentes formes ; insultes, moqueries, publications de photos, etc.

www.police-nationale.interieur.gouv.fr

1. **À l'aide de l'illustration et du commentaire, donnez une définition du cyber harcèlement.**
2. **Comment et auprès de qui se manifeste cette pratique ?**
3. **Recherchez dans votre documentation, les moyens qu'ont les victimes de cyber-harcèlement pour dénoncer cette pratique et leurs auteurs.**

THÈME 2 Les recompositions du lien social

1 L'essentiel

A Quel rôle pour les instances de socialisation (famille, école…) ?

Avec une augmentation importante du nombre de divorces, on peut dire que **la famille traditionnelle est en crise**. Pourtant, de nouvelles dispositions sont mises en place pour assurer le bien-être de l'enfant. **Quant à l'école, elle tente de lutter contre les inégalités**.

B L'importance des nouvelles technologies

- **Les nouvelles technologies** facilitent parfois la recomposition du lien social : on cite souvent les aspects négatifs des réseaux sociaux, mais ceux-ci permettent aussi de **réduire les distances** géographiques, économiques, sociales ou culturelles entre les individus.
- **Dans ce cadre,** les réseaux sociaux ont un **impact non négligeable** sur l'augmentation du capital social des individus, en les aidant à trouver un travail, un logement…

2 Quelques exemples de recomposition du lien social

- **Un certain nombre de lois pour l'égalité hommes/femmes** ont été votées depuis 1945 ;
- **Les nouvelles formes de solidarité :** les associations.
- **La solidarité économique :** système d'échange et de production qui vise à augmenter l'efficacité de l'utilisation des ressources et à diminuer l'impact sur l'environnement tout en développant le bien-être des individus. **Exemples :** le commerce équitable, l'économie circulaire.
- **Les nouvelles formes de responsabilité individuelle et collective,** par exemple dans le domaine de l'environnement ou de la santé (application du principe de précaution).
- **Les politiques publiques en matière d'égalité** à l'école ou au travail.
- **Des structures pour de nouveaux liens sociaux :** le service civique, le service national universel, les clubs sportifs, les associations, les actions de bénévolat.

3 Notions à maîtriser

- **Respect :** sentiment de **considération**, d'**égard**, voire de **vénération** que l'on peut avoir envers un individu ou quelque chose. Le respect mutuel est souvent garant de la paix sociale.
- **Justice :** principe moral de la vie sociale fondé sur la reconnaissance et le respect du droit.
- **Égalité-équité** (voir thème 1).
- **Rapport social — solidarité :** les rapports sociaux désignent les relations, les interactions ou les liens d'interdépendance qui s'établissent entre les individus et les groupes.
- **Responsabilité individuelle et collective :** la responsabilité est l'obligation de **répondre de ses actes**, principalement dans les cas où ceux-ci sont condamnables, légalement ou moralement. La question qui fait débat est celle de la **responsabilité collective** pour des actes moralement condamnables commis par d'autres de la même communauté ou de la même nation et que l'on préférerait oublier.

Exemples
Peut-on demander aux jeunes Allemands d'aujourd'hui de se sentir responsables des crimes nazis, ou aux Américains d'avoir massacré les Indiens ?

Exercice d'entraînement

Exercice 1

Corrigé p. 376

Les missions du service civique

Le service civique est un engagement volontaire au service de l'intérêt général, ouvert à tous les jeunes **de 16 à 25 ans, sans condition de diplôme,** étendu jusqu'à 30 ans pour les jeunes en situation de handicap ; seuls comptent les savoir être et la motivation.

FAVORISER L'ACCESSIBILITÉ CULTURELLE AUX PERSONNES EN SITUATION DE HANDICAP

OÙ ? Limoges (87 – Haute-Vienne)

QUOI ? Merci d'envoyer votre CV et lettre de motivation uniquement par mail à : apajh.s@apajh87.fr

Le service Vacances et loisirs, situé à Limoges, vous accueillera afin de :

Permettre aux personnes en situation de handicap mental et aux personnes à mobilité réduite d'accéder aux loisirs de la vie quotidienne.

Participer à l'organisation des sorties. Proposer des activités adaptées…

QUAND ? À partir du 1er avril 2019 (8 mois)

QUEL ORGANISME ? Association pour jeunes et adultes handicapés

QUEL DOMAINE ? Solidarité

Voir plus CANDIDATER

ACCOMPAGNEMENT VERS L'ACCÈS À L'HÉBERGEMENT ET AU LOGEMENT DE PERSONNES EN SITUATION DE PRÉCARITÉ OU D'EXCLUSION

OÙ ? Paris 18 (75 – Paris)

QUOI ? Contribuer au développement de la permanence d'accueil sur la recherche d'hébergement et/ou de logement social.

Participer à l'accueil des personnes en grande difficulté : être à l'écoute et aider le public à s'exprimer.

Participer à la construction des dossiers administratifs en vue d'obtenir un hébergement et/ou un logement social.

Participer à la recherche des offres…

QUAND ? À partir du 1er avril 2019 (6 mois)

QUEL ORGANISME ? Fédération de Paris du Secours populaire français

QUEL DOMAINE ? Solidarité

Voir plus CANDIDATER

SANTÉ ET AIDE À L'AUTONOMIE : ACCOMPAGNER LES PERSONNES ÂGÉES EN PERTE D'AUTONOMIE À L'ACCÈS À LA VIE SOCIALE

OÙ ? Cognac (16 – Charente)

QUOI ? Au sein de l'EHPAD Montesquieu (Centre de gérontologie clinique) à Cognac :

Assurer des missions d'aide à la vie sociale et à l'animation au sein de l'établissement, en lien avec les professionnels.

Initier et conduire des projets pour permettre aux personnes accueillies de sortir de leur environnement, et/ou de créer du lien social et intergénérationnel.

QUAND ? À partir du 3 avril 2019 (6 mois)

QUEL ORGANISME ? Centre hospitalier intercommunal du pays de Cognac

QUEL DOMAINE ? Solidarité

Voir plus CANDIDATER

www.service-civique.gouv.fr

1. **À qui s'adresse ce dispositif ?**
2. **Dans quels domaines peuvent être effectuées ces missions ?**
3. **Pourquoi peut-on parler dans ce cas d'engagement citoyen ?**

CORRIGÉS

HISTOIRE

THÈME 1 — L'EUROPE BOULEVERSÉE PAR LA RÉVOLUTION FRANÇAISE (1789-1815)

(Énoncés p. 332)

EXERCICE 1

1. Marat pense que la journée du 10 août est « décisive » pour les révolutionnaires et qu'elle va permettre le triomphe de la liberté.

2. Marat appelle les révolutionnaires à la violence comme le montre le vocabulaire particulièrement agressif employé : « décimer les membres contre-révolutionnaires… » La violence est également tournée contre la personne même du roi : « sa tête roulera à ses pieds ».

3. Pour Marat, la journée du 10 août n'est pas suffisante car l'action doit se poursuivre sous peine de voir les ennemis de la Révolution « se relever ».

EXERCICE 2

1. Hugo utilise de nombreux termes qui appartiennent au champ lexical de la violence et de la mort. On peut citer « urne », « la pâle mort », « choc sanglant », etc.

2. Hugo fait un portrait élogieux de Napoléon et de ses soldats. Il a quasiment la victoire en mains : « Il avait l'offensive et presque la victoire ;/Il tenait Wellington acculé sur un bois/. Sa lunette à la main, il observait parfois ». Hugo met surtout en exergue les qualités de stratège de l'Empereur.

3. Hugo juge la défaite injuste, car Napoléon n'aurait perdu la bataille de Waterloo qu'à cause d'un coup du sort (la défection de Grouchy). Ce sentiment d'injustice est développé dans le vers : « Soudain, joyeux, il dit : Grouchy ! C'était Blücher ! »

THÈME 2 — LES TRANSFORMATIONS POLITIQUES ET SOCIALES DE LA FRANCE DE 1848 À 1870

(Énoncés p. 338)

EXERCICE 1

1. Ce discours s'adresse aux députés de l'Assemblée nationale législative.

2. Victor Hugo y dénonce la misère d'une partie de la population, en particulier, celle de certains quartiers de Paris. Pour lui, il est important de « détruire la misère », car cette population pauvre vit dans des conditions qui sont indignes.

3. Hugo essaie surtout de persuader son auditoire en utilisant des arguments émotionnels. On peut noter l'importance des phrases exclamatives (« détruire la misère ! »), des questions rhétoriques (« voulez-vous savoir »). Il s'adresse directement aux députés, en essayant de leur faire prendre conscience de la misère du peuple.

EXERCICE 2

1. Les numéros correspondent aux éléments suivants :
- différents bâtiments de l'usine : **2** ;
- église : **1** ;
- résidence de la famille Schneider : **4** ;
- logements des ouvriers : **3**.

2. On voit qu'il s'agit d'un paysage industriel au nombre important de cheminées d'où s'échappe une fumée noire et aux bâtiments caractéristiques des usines du XIXe siècle.

THÈME 3 — LA IIIe RÉPUBLIQUE : UN RÉGIME, UN EMPIRE COLONIAL.

(Énoncés p. 343)

EXERCICE 1

1. Sous la IIIe République, avant 1914, les filles sont encore considérées comme inférieures aux garçons. Elles sont surtout destinées à fonder une famille, avoir des enfants et s'occuper du foyer. Ce qu'on leur apprend est en rapport avec le rôle que la société leur assigne.

2. L'enseignement prodigué aux garçons est composé d'« exercices militaires ». Pour les filles, les programmes prévoient des « travaux à l'aiguille ». Les différences existent aussi pour l'enseignement secondaire où les matières dites nobles à l'époque (« les humanités classiques ») sont réservées aux garçons.

3. L'enseignement est le reflet du fonctionnement de la société où les inégalités hommes / femmes restent importantes.

EXERCICE 2

1. On trouve différentes communautés qui cohabitent à Alger : « Espagnols, Italiens, Juifs, Français, Arabes ».

2. La cohabitation se passe bien car les communautés vivent dans des quartiers différents.

3. La phrase : « Et pourtant la révolte gronde » laisse penser qu'une partie de la population (les pauvres, appartenant à la communauté arabe surtout) pourrait se révolter. En mai 1945, il y a les premières émeutes à Sétif et en novembre 1954 ont lieu les premiers attentats de la « Toussaint rouge » qui marquent le début de la guerre d'Algérie.

THÈME 4 — LA PREMIÈRE GUERRE MONDIALE ET LA FIN DES EMPIRES EUROPÉENS

(Énoncés p. 348)

EXERCICE 1

1. Le témoin décrit le bombardement des lignes allemandes par l'artillerie des Alliés, principalement celle de l'armée anglaise.

2. Les Allemands ne réagissent pas aux attaques de l'artillerie : « Rien ne répondait, de là-bas : aucun signe de vie ». En effet, les Allemands se protègent dans des blockhaus bétonnés.

3. L'armée anglaise est composée de multiples nationalités : des Canadiens, des Écossais, des Hindous…

EXERCICE 2

1. L'Autriche-Hongrie est un État pluriethnique car l'empire abrite de multiples nationalités.

2. Les principales minorités en Autriche sont les Allemands, les Tchèques et les Polonais. En Hongrie, vivent des Roumains, des Allemands et des Slovaques.

3. La conséquence de cette multiplicité de nationalités en 1918-1919 est la dislocation de l'empire austro-hongrois et l'apparition de nouveaux États (Autriche, Hongrie, Tchécoslovaquie).

GÉOGRAPHIE

THÈME 1 — LA MÉTROPOLISATION : UN PROCESSUS MONDIAL DIFFÉRENCIÉ

(Énoncés p. 355)

EXERCICE 1

1. Les différentes parties de ce paysage : L'aérogare avec les plateformes d'accès aux avions, la gare et la ligne TGV, les parkings automobiles.

2. La proximité de la gare TGV et de l'aéroport est importante parce que cela permet de mieux relier deux modes de transports pour les passagers qui arrivent ou qui partent de l'aéroport de Lyon Saint-Exupéry (train et avion).

3. La connexion de plusieurs modes de transport sur un même site s'appelle une plate-forme multimodale.

EXERCICE 2

1. Avant 1980, ce quartier était le port de Londres. En effet, l'Angleterre disposait jusque dans les années 1960 d'un vaste empire colonial.

2. Après sa rénovation dans les années 1980, ce quartier est devenu le second centre d'affaire de Londres, avec la présence de banques prestigieuses : « Barclays Capital, KPMG, Crédit Suisse et HSBC ».

3. Ce quartier est bien desservi par plusieurs moyens de transport : on peut citer la Jubilee Line vers le centre de Londres ainsi que par le DLR (trains automatiques) et le *City Airport* pour les hommes d'affaires.

THÈME 2 — UNE DIVERSIFICATION DES ESPACES ET DES ACTEURS DE LA PRODUCTION

(Énoncés p. 361)

EXERCICE 1

1. La nouvelle usine de la filiale d'Airbus (Stelia) construite au Maroc fabrique des pièces du fuselage de l'A320. La nouvelle usine d'Aircelle, filiale de Safran construit les nacelles des réacteurs.

2. L'exemple que l'on essaie de suivre au Maroc est celui du Mexique, dont les *maquiladoras* fabriquent moins cher des produits finis pour les grandes entreprises nord-américaines.

3. Ces nouvelles implantations ont de multiples avantages pour les entreprises aéronautiques européennes : réduire les coûts, gagner en compétitivité, et conquérir de nouveaux marchés.

EXERCICE 2

1. L'*hinterland* désigne l'arrière-pays, c'est-à-dire les régions ou pays desservis par un port, ici Rotterdam, aux Pays-Bas.

2. Le port de Rotterdam est important parce qu'il constitue la porte d'entrée principale en Europe des produits finis de la mondialisation et des matières premières et sources d'énergie nécessaires à son industrie et aux transports.

3. Les avantages de ce port sont liés essentiellement à sa localisation : situé sur l'estuaire du Rhin et de la Meuse, il peut accueillir les plus gros navires du monde. De plus, il bénéficie de nombreuses infrastructures pour réacheminer les importations.

THÈME 3 — LES ESPACES RURAUX : UNE MULTIFONCTIONNALITÉ TOUJOURS PLUS MARQUÉE

(Énoncés p. 366)

EXERCICE 1

1. Les différents types d'espaces périurbains sont le périurbain industriel, le périurbain mixte (l'industrie, l'habitat, centres hospitaliers, universités, centres commerciaux…) et le périurbain résidentiel.

2. Un espace périurbain mixte associe plusieurs fonctions urbaines : industrielle, résidentielle, et tertiaire (hôpital, université, commerces…).

3. Le périurbain résidentiel est constitué des quartiers d'habitat pavillonnaire et des anciennes maisons situées dans le cœur des villages.

EXERCICE 2

1. Le réseau « Bienvenue à la ferme » est un organisme qui propose des séjours à la ferme. Il appartient donc au secteur de l'agrotourisme

2. Dans ce type d'activité, les touristes recherchent le dépaysement et le contact avec la nature et les animaux.

3. Les agriculteurs y trouvent le moyen de faire connaître leurs activités et leurs produits. L'agrotourisme leur fournit un complément de revenu non négligeable.

EMC

THÈME 1 — FONDEMENTS ET FRAGILITÉS DU LIEN SOCIAL

(Énoncés p. 371)

1. Le cyber-harcèlement peut se définir comme l'action de tenir intentionnellement, de manière répétée, des propos insultants, obscènes, ou encore menaçants, par le biais d'Internet et des réseaux sociaux.

2. Cette pratique peut prendre plusieurs formes : insultes, moqueries, publications de photos, etc.

3. Les moyens qu'ont les victimes de cyberharcèlement pour dénoncer cette pratique et leurs auteurs sont de collecter des preuves (captures d'écran), de porter plainte à la gendarmerie ou au poste de police. Les personnes victimes de cyberharcèlement doivent aussi parler de la situation à des personnes de confiance, ne surtout pas se replier sur elles-mêmes et rester seules à supporter le poids du traumatisme subi. Les mineurs ont la possibilité de joindre un numéro : le 0800 200 000 pour en parler de manière anonyme.

THÈME 2 — LES RECOMPOSITIONS DU LIEN SOCIAL

(Énoncés p. 373)

1. Ce dispositif s'adresse à tous les jeunes **de 16 à 25 ans, sans condition de diplôme,** étendu jusqu'à 30 ans pour les jeunes en situation de handicap.

2. Les missions peuvent s'effectuer, entre autres, dans le domaine de l'aide aux personnes en situation de handicap, aux personnes qui vivent dans la précarité ou aux personnes âgées.

3. On peut parler dans ce cas d'engagement citoyen parce que ces missions sont effectuées dans le cadre d'une recomposition du lien social, en particulier entre les jeunes volontaires du service civique et des populations souvent isolées.

Langues vivantes

ANGLAIS

COURS

1 Grammaire : quelques points importants 378
2 Le vocabulaire utile par thème du programme 383

ESPAGNOL

COURS

1 Conjuguer les verbes 391
2 Employer la bonne préposition avec le verbe 395
3 Éviter les faux sens et relier logiquement des idées 396
4 Le vocabulaire utile par thème du programme 397

1 Grammaire : quelques points importants

1 Parler du présent

A Le présent simple

Le présent simple est employé pour :

• **exprimer une habitude,** un fait habituel
Ex. : *I **wake up** at 6 a.m. every morning.* (Je me lève à 6 heures tous les matins.)

• **définir une caractéristique du sujet**
Ex. : *She **plays** the piano.* (Elle joue du piano.)

• **exprimer une vérité générale**
Ex. : *Water **boils** at 100 degrees.* (L'eau bout à 100 degrés.)

• **exprimer un état, un sentiment ou une opinion**
Ex. : *I **think** you **are** right.* (Je pense que tu as raison.)

• **présenter une succession rapide d'actions,** d'événements
Ex. : *She **hears** the phone, **gets** out of her bath and **runs** to answer.*
(Elle entend le téléphone, sort de son bain et court répondre.)

> **Attention !**
> Veillez à ne pas oublier le **-s** de la **3e personne du singulier !**
> John **plays** tennis every Sunday morning.
> *John joue au tennis le dimanche matin.*

B Le présent *be + V-ing*

Le présent ***be + V-ing*** est employé pour :

• **décrire un fait, une action, un événement** en train de se produire
Ex. : *The children **are crossing** the street.* (Les enfants sont en train de traverser la rue.)

• **les verbes d'attitude**
Ex. : *She **is lying**. They **are sitting**.* (Elle est allongée. Ils sont assis.)

• **décrire ce que la personne qui parle voit ou sait** au moment où elle parle
Ex. : *My sister is in London. She **is learning** English.*
(Ma sœur est à Londres. Elle apprend l'anglais.)

• **exprimer l'irritation,** associé à un adverbe indiquant la répétition, l'habitude
Ex. : *Mark **is** always **bullying** other kids.* (Mark n'arrête pas d'harceler d'autres enfants.)

2 Parler du passé

A Le prétérit

• **Le prétérit** est le temps que l'on emploie pour **parler d'un événement, d'une action passés**, datés de façon précise :
Ex. : *I **lived** in Paris from 1999 to 2001.* (J'ai vécu à Paris de 1999 à 2001.)

> **Attention !**
> Le **prétérit** est utilisé pour indiquer la durée écoulée depuis un événement situé dans le passé.
> She left the country **two years ago**.
> *Elle a quitté le pays il y a deux ans.*

• **Formation**
– **Verbes réguliers** : base verbale + ***-ed***
Ex. : *I **walked** 2 miles.* (J'ai marché 3 kilomètres.)
– **Verbes irréguliers** : formes à connaître par cœur
Ex. : *She **ate** sushi, then **went** to bed.* (Elle a mangé des sushis puis s'est couchée.)

B Le *present perfect*

• **Le *present perfect* relie le passé au présent.** L'utilisation de cette forme signifie que :
– **l'action ou l'état viennent juste de se terminer**
Ex. : *I **have read** for two hours.* (Je viens de lire pendant deux heures.)
– **l'action passée ou l'état du sujet ont des répercussions sur le présent**
Ex. : *He **has mud** on his clothes. He **has played** outside.*
(Il a de la boue sur ses vêtements. Il a joué dehors.)

• **Formation**
Have au présent + participe passé (***V-ed*** ou 3e colonne de la liste des verbes irréguliers).

• **Cette forme** peut être associée avec des termes permettant de **dater le début de l'action** ou de **donner la durée de l'action**.
– ***Since*** + date ou événement précis
Ex. : *They have lived here **since they got married**.*
(Ils habitent ici depuis qu'ils sont mariés.)
– ***For*** + durée
Ex. : *They have lived here **for eleven years**.*
(Ils habitent ici depuis onze ans.)

> **Attention !**
> Le *present perfect* ne doit pas s'employer tout le temps pour parler du passé. Ce n'est pas parce que la structure de cette forme évoque celle du passé composé qu'elle est systématique ! Observez :
> **Does he have a new car?** *A-t-il une nouvelle voiture ?*
> **Yes, he bought it last week.** *Oui, il l'a achetée la semaine dernière.*

C Le *present perfect* continu

• **Le *present perfect* continu** est très similaire au ***present perfect*** mais, en l'utilisant, on insiste sur la **durée**.
Ex. : *She **has been doing** her homework for two hours now.*
(Elle fait ses devoirs depuis deux heures maintenant.) *[sous-entendu : c'est long]*

• **Formation**
Have au présent + ***been*** + ***V-ing***

D Les actions habituelles du passé que l'on ne fait plus

• ***Used to*** **+ verbe**
On insiste sur la coupure entre passé et présent.
Ex. : *When he was a child, he **used to walk** to school.*
(Quand il était enfant, il allait à l'école à pied.)

• ***Would*** **+ verbe**
On insiste sur la répétition, l'habitude, un trait de caractère ou une volonté du sujet grammatical.
Ex. : *When she was little, she **would spend** hours staring at the sky.*
(Quand elle était petite, elle passait des heures à regarder le ciel.)

3 Parler de l'avenir

Le temps grammatical du futur n'existe pas en anglais. Pour parler de l'avenir, on peut employer diverses structures.

• ***Will*** **+ verbe**
Ex. : *We **will go** to the cinema as soon as my mother gives me money.*
(Nous irons au cinéma dès que ma mère m'aura donné de l'argent.)

- ***Shall* + verbe**

S'emploie surtout à la forme interrogative pour faire une suggestion ou demander un conseil.

Ex. : ***Shall we*** *go now?* (Est-ce que l'on y va maintenant ?)

- ***Be going to* + verbe**

– **Exprime l'intention** du sujet grammatical.

Ex. : ***I'm going to do*** *the washing up.* (Je vais faire la vaisselle.)

– **Énonce une prédiction** fondée sur ce que l'on constate.

Ex. : *It's sunny, it**'s going to be** a beautiful day.* (Il y a du soleil, ça va être une belle journée.)

- ***Be to* + verbe**

– **Implique que l'action a été convenue**, organisée à l'avance.

Ex. : *We **are to fly** to Ireland for Christmas.* (Nous devons aller en Irlande pour Noël.)

– **Exprime un ordre** ou une **obligation**.

Ex. : *You **are to obey** your teacher at once!* (Tu dois obéir à ton professeur tout de suite !)

- ***Be about to* + verbe**

Exprime un **futur immédiat** : l'action ou l'événement est sur le point de se produire.

Ex. : *He **is about to divorce**.* (Il est sur le point de divorcer.)

4 Les modaux

- ***Can, could***

– **Forme affirmative :** expriment la **capacité**, la **possibilité**, la **probabilité**.

Ex. : *She **can** drive.* (Elle sait conduire.)
*You **could** do it if you tried.* (Tu pourrais y arriver si tu essayais.)

– **Forme interrogative :** expriment une **demande** ou une **demande de permission**.

Ex. : ***Can*** *I come with you?* (Est-ce que je peux venir avec toi ?)
Could *I borrow your phone?* (Pourrais-je emprunter votre téléphone ?)

– **Forme négative** : expriment l'**impossibilité ou l'interdiction**.

Ex. : *You **can't** park here.* (Vous ne pouvez pas vous garer ici.) *Mark **couldn't** come to the cinema, he was sick.* (Mark ne pouvait pas venir au cinéma, il était malade.)

- ***Must***

– **Forme affirmative :** exprime le **devoir**, l'**obligation** ou la **forte probabilité**.

Ex. : *You **must** listen to your parents.* (Il faut que tu écoutes tes parents.)
*He **must** be sleeping.* (Il doit être en train de dormir.)

- ***May, might***

– **Expriment la permission**.

Ex. : ***May*** *I come in?* (Vous permettez que je rentre ?)

– **Expriment la probabilité**, **l'éventualité**, **le doute**.

Ex. : *He **may** be exhausted.* (Il doit être épuisé.) *They are nowhere to be found, they **might** have gone out.* (Ils sont introuvables : il se pourrait qu'ils soient sortis.)

- ***Would***

– **Exprime le conditionnel**.

Ex. : *He **would** have better grades if he worked more.*
(Il aurait de meilleures notes s'il travaillait davantage.)

– **Exprime la volonté**.

Ex. : *She insisted but her son **wouldn't** do his homework.*
(Malgré son insistance, son fils a refusé de faire ses devoirs.)

• ***Should***
Exprime le conseil.
Ex. : *You **should** read more books.* (Tu devrais lire davantage.)

• ***Should + have +* participe passé**
Exprime le reproche ou le **regret**.
Ex. : *Mike **should have driven** more carefully.* (Mike aurait dû conduire plus prudemment.)

5 Le discours direct et le discours indirect

A Passage du discours direct au discours indirect

• **Proposition principale introductive** du discours indirect au **présent** ou au ***present perfect***.
La subordonnée est au même temps que dans le discours direct.
– Discours direct
Ex. : *The journalist writes: "The President has delivered a speech."*
– Discours indirect
Ex. : *The journalist writes that the President has delivered a speech.*

• **Proposition principale introductive** au **prétérit** ou au **plus-que-parfait**. Il y a alors un changement de temps.
– Discours direct
Ex. : *He said: "I want to go to Italy, I will book plane tickets."* *She said: "I ate too much."*
– Discours indirect
Ex. : ***He said that he wanted** to go to Italy and that **he would book** plane tickets.*
***She said that she had eaten** too much.*
– Les paroles prononcées au présent sont rapportées au prétérit : ***want*** devient ***wanted***.
– Les paroles prononcées au futur ou au conditionnel sont rapportées au conditionnel : ***will book*** devient ***would book***.
– Les paroles prononcées au ***present perfect*** ou au **prétérit** sont rapportées au ***past perfect*** : (***had*** + participe passé) : ***ate*** devient ***had eaten***.

B Questions au discours indirect

• On note les mêmes changements de temps, de pronoms et d'adjectifs.

• De plus, on passe de la forme interrogative à la forme affirmative.

• Enfin, on doit introduire ***if*** ou ***whether*** dans la phrase s'il n'y a pas déjà un pronom interrogatif.
– Discours direct
Ex. : *She asked: "**Can you** stop talking?"* *He asked her: "**Where did you go** last weekend?"*
– Discours indirect
Ex. : *She asked him **whether / if he could** stop talking.*
*He asked her **where she had gone** the previous weekend.*

Conseil

Veillez à bien changer les pronoms lorsque vous passez du discours direct au discours indirect. De même, les repères temporels et spatiaux doivent être modifiés :

Last → The previous
Next → The following
Today → That day
Tomorrow → The next day
Last week → The previous week
Next month → The following month
Yesterday → The day before
Here → There

C Ordres au discours indirect

Discours direct

Ex. : *Our parents told us: "Turn the TV off and go to your bed."*

Discours indirect

Ex. : *Our parents told us to turn the TV off and to go to our bed.*

Attention !

Il faut bien faire la **différence** entre *sa*
et *tell.*

- ***To say something to somebody.***

He **said** hello to his neighbour.
Il a dit bonjour à son voisin.

- ***To tell somebody something.***

He **told** his children to tidy their room.
Il a dit à ses enfants de ranger le
chambre.

6 Le passif

A Formation

- Pour passer **de la forme active à la forme passive**, l'objet de l'action devient le sujet grammatical.
- On conjugue l'auxiliaire ***be*** au temps de la voix active et on utilise le participe passé du verbe (***V-ed*** ou 3e colonne de la liste des verbes irréguliers).

Ex. : *The cat* ***eats*** *the mouse.* (Le chat mange la souris.) *[actif]*
The mouse ***is eaten*** *by the cat.* (La souris est mangée par le chat.) *[passif]*

B Emplois

- **Mise en valeur de l'objet de l'action**

Le passif permet de choisir un point de vue différent en se focalisant sur l'objet de l'action. On introduira l'agent de l'action par ***by***.

Ex. : *Thousands of viewers watched the match last night.*
(Des milliers de spectateurs ont regardé le match hier soir.)
The match ***was watched*** *by thousands of viewers last night.* (Le match a été regardé par des milliers de spectateurs hier soir.) *[Dans le 2d énoncé, l'accent est mis sur le match.]*

- **Absence de mention du sujet de l'action**

On utilisera le passif si l'on ne connaît pas le sujet de l'action ou si ce sujet est tellement évident qu'on peut l'omettre sans dénaturer le message.

Ex. : *My wallet* ***has disappeared!*** (Mon portefeuille a disparu !)
Obama ***was elected*** *in 2008.* (Obama a été élu en 2008.)

- **Traduction de « on »**

La tournure impersonnelle « on » est très souvent traduite par le passif.

Ex. : *I* ***was told*** *that…* (On m'a dit que…)

7 Les tags

- **Les tags, ou *question tags,* sont des petites questions placées en fin de phrase.** Ils servent à **demander une confirmation ou un avis** sur ce qui vient d'être énoncé.
- Ils sont peu employés en français mais **très courants en anglais** et correspondent à des interjections familières telles que « non ? », « hein ? », « pas vrai ? », « n'est-ce pas ? ».
- **Structure.** Auxiliaire ***be***, ***do*** ou ***have*** / ou **modal (*n't*)** + pronom sujet (selon le verbe et le sujet de la phrase).

– Après un énoncé à la forme affirmative, le tag est à la forme négative.
Ex. : *He helped her,* ***didn't he?*** (Il l'a aidée, n'est-ce-pas ?)
– Après un énoncé à la forme négative, le tag est à la forme affirmative.
Ex. : *You* ***haven't seen*** *that film,* ***have you?*** (Tu n'as pas vu ce film, hein ?)

Attention !

Le tag de "I am" e
"Aren't I?"
I am late, **aren't I**? *Je su*
en retard, n'est-ce-pas ?

2 Le vocabulaire utile par thème du programme

1 Identités et échanges / *Identities and Exchanges*

Abréviations
qch : quelque chose
qqn : quelqu'un
sth : something
sb : somebody

A Noms et expressions avec des noms

un immigrant légal ≠ illégal a legal ≠ an illegal immigrant
le taux d'immigration the immigration rate
un camp de réfugiés a refugee camp
sans papier undocumented
le contrôle des frontières border control
l'exil exile
un passeur a smuggler
la citoyenneté citizenship
la persécution persecution
l'expulsion deportation
la survie survival
l'hospitalité hospitality
le dialogue dialogue
le partage sharing
le racisme racism
le protectionnisme protectionism
la mondialisation globalisation
la mobilité mobility
le multiculturalisme multiculturalism
un ghetto a ghetto
un quartier a neighbourhood
des bidonvilles slums / shanty towns
les tensions tensions
le rêve américain american dream
le niveau de vie the living standard
un emploi subalterne a menial job
un atelier (personnel exploité) a sweatshop
main d'œuvre bon marché cheap labour
la richesse ≠ la pauvreté wealth ≠ poverty
l'asile politique political asylum
le droit d'asile the right of asylum
le choc des cultures culture shock
l'incompréhension culturelle cultural misunderstanding
le déclassement social social downgrading
la mixité sociale social mix
un voyage a trip
le tourisme tourism
un dépaysement a change of scenery

B Adjectifs

compréhensif understanding
culturel cultural
désillusionné disillusioned
linguistique linguistic
menaçant threatening
optimiste / plein d'espoir hopeful
problématique problematic
tendu tensed

C Verbes et expressions avec des verbes

assimiler to assimilate
échanger to exchange
émigrer to emigrate
entrer en masse to swarm into
être accueilli à bras ouverts to be welcome with open arms
être attiré par une vie meilleure to be lured by a better life
être déraciné to be uprooted
être rejeté to be rejected
expulser to deport
faire entrer clandestinement to smuggle in
fuir un pays to flee a country
mettre un frein à l'immigration to curb immigration
monter dans l'échelle sociale to climb the social ladder
recommencer to start afresh
restreindre to restrict
saisir sa chance to seize the opportunity
se mélanger avec to mix with / to blend with
transgresser la loi to break the law
vivre sous le seuil de pauvreté to live below the poverty line

2 Espace privé et espace public / *Private Space vs. Public Space*

A Noms et expressions avec des noms

l'éducation education
l'émancipation emancipation
la rue street
le village village
le centre-ville downtown
l'habitat housing
les banlieues the suburbs
les bidonvilles slums / shanty towns
l'église church
la mosquée mosque
le temple temple
les transports en commun public transportation
la mobilité sociale upward mobility
la parité parity
le monde du travail the world of work
le télétravail teleworking / working from home
la société society
les droits rights
les devoirs duties
la sociabilité sociability
la famille family
l'entourage circle of acquaintances
la sphère privée / publique private / public realm
le machisme machismo
le féminisme feminism
les clichés clichés / stereotypes
les valeurs values
les mentalités mentalities
les us et coutumes habits and customs
la transformation transformation
la hiérarchie hierarchy
les inégalités inequalities
les traditions traditions
les croyances beliefs
le refus rejection
l'évolution evolution
les mutations changes
l'égalité hommes-femmes gender equality
le fossé entre les sexes the gender gap
la liberté de mouvement freedom of movement
les espaces religieux religious places
le plafond de verre glass ceiling
l'échelle sociale social ladder
l'égalité des chances equality of opportunity

B Adjectifs

conditionné conditioned
égalitaire egalitarian
familial familial / family
féministe feminist
machiste macho
médiatique newsworthy
professionnel professional
religieux religious
social social
traditionnel traditional

C Verbes et expressions avec des verbes

attirer l'attention sur to draw attention to
distinguer to distinguish
évoluer to evolve
faire le trajet domicile-travail to commute
hiérarchiser to prioritise
jouer un rôle to play a part
mettre en lumière to highlight
mettre sur un pied d'égalité to put on equal terms
passer inaperçu to go unnoticed
présager to foreshadow
reléguer au second plan to put on the back burner / to overshadow
s'adapter to adapt
s'émanciper to become emancipated
se fondre dans la masse to blend into the masses
sensibiliser to create awareness about

3 Art et pouvoir / *Art and Power*

A Noms et expressions avec des noms

l'architecture architecture
les bâtiments buildings
les monuments monuments
la musique music
un hymne a hymn
un chant a song
la littérature literature
une satire a satiric pamphlet / a satire
la propagande propaganda
un prospectus a flyer
une affiche a poster
une caricature a caricature
la peinture painting
un portrait a portrait
le film the movie (US) / the film (UK)
la culture ≠ la contre-culture culture ≠ counterculture
l'art officiel official art
l'art de rue street art
la liberté de création freedom of creation
un porte-parole a spokesperson
une critique a criticism
un détracteur a critic
l'idéologie ideology
les convictions beliefs
l'opposition opposition
l'apologie the promotion
l'avant-garde avant-garde
une manifestation / une contestation a protest / a demonstration
un rassemblement a rally
un dissident a dissident
des troubles unrest
un point de vue a point of view
la sensibilisation awareness
la censure censorship
des mesures de répression a crackdown
l'engagement social et politique social and political commitment
le contre-pouvoir opposing power

B Adjectifs

caricatural caricatural
controversé controversial
engagé committed
influent influential
institutionnel institutional
officiel official
patriotique patriotic
provocateur provocative

C Verbes et expressions avec des verbes

censurer to censor
condamner to condemn
convaincre to convince
critiquer to criticise
défendre to defend
être contre qch to be against sth
faire l'apologie de to champion / to advocate sth
faire la lumière sur to shed light on / to highlight
faire passer un message to get a message across
influencer to influence
légitimer to legitimate
limiter la liberté de qqn to curtail sb's freedom
museler to muzzle
passer sous silence to pass over in silence
prévenir to warn
protester contre qch to protest against sth
pousser un cri d'alarme to issue a warning
provoquer une prise de conscience to raise awareness
remettre en question to call sth into question
s'engager dans to commit oneself into
s'exprimer to express oneself
se soulever contre qch to rise up against sth
souligner / accentuer to emphasise

4 Citoyenneté et mondes virtuels / *Citizenship and Virtual Worlds*

A Noms et expressions avec des noms

un blog a blog
un forum a forum
les relations relationships
la confiance ≠ la méfiance trust ≠ mistrust / distrust
les risques risks
un cyberpirate a hacker
le piratage piracy
le cyber-harcèlement cyber-bullying
l'anonymat anonymity
les fausses informations fake news
les réseaux sociaux social networks
l'éducation aux medias education to the media
le paiement virtuel virtual payment
l'accès au savoir access to knowledge
les données personnelles personal data
la prudence caution
le contrôle parental parental control
le progrès progress
les nouvelles technologies new technologies
le profil the profile
le téléchargement downloading
les mensonges lies
la vérité the truth
les repères landmarks
l'escroquerie fraud
une atteinte à la vie privée an invasion of privacy
le repli sur soi withdrawal
l'intelligence artificielle artificial intelligence
la démocratie participative participative democracy
le contrôle d'Internet Internet control
la liberté d'expression freedom of speech
l'usurpation d'identité identity fraud
un lanceur d'alerte a whistleblower
l'esprit critique critical mind
les traces numériques digital traces
le droit à l'oubli the right to oblivion
le droit à la vie privée the right to privacy
le droit à l'image the right of publicity
une plateforme collaborative a collaborative platform
informatique IT (information technology)

B Adjectifs

anonyme anonymous
dangereux dangerous
faux false / fake
fiable reliable
juste et précis accurate
malintentionné malicious
numérique digital
partial / pas objectif biased
privé private
prudent cautious
ultra connecté ultra-connected
virtuel virtual

C Verbes et expressions avec des verbes

arnaquer to con
chercher des informations to search for information
contrôler to control
démêler le vrai du faux to know right from wrong
entrer en contact avec qqn to get in touch with sb
espionner to spy on
être accro à Internet to be addicted to the Internet
être discriminé to be prejudiced against
harceler to harass
harceler en ligne to cyberbully
manipuler to manipulate
partager des données to share data
pirater to hack
provoquer l'indignation to cause an outrage
se connecter ≠ se déconnecter to log in ≠ to log off
se faire passer pour qqn to pretend to be
surfer sur Internet to surf on the Internet
tchater to chat online

5 Fictions et réalités / *Fictions and Realities*

A Noms et expressions avec des noms

un hommage a tribute
un mythe a myth
une légende a legend
une figure tutélaire a figurehead / a guardian figure
l'incarnation embodiment
une icône an icon
un modèle a model
le héros the hero
le super-héros the superhero
l'exemple the example
les civilisations civilisations
l'éthique ethics
la morale morality
les sources d'inspiration the sources of inspiration
l'imagination imagination
le retour à la réalité back to reality
la ressemblance resemblance
la science-fiction science fiction
le champ des possibles the field of possibilities
la fantaisie fantasy
la représentation representation
la vision vision
le réalisme realism
la mythologie mythology
les histoires stories
la pensée the thought
le récit the narrative
un récit à la 3e personne a third person narrative
la fiction fiction
une dystopie a dystopia
une utopie an utopia
le patrimoine patrimony
un archétype an archetype

B Adjectifs

esthétique aesthetic
éthique ethical
fantastique fantastic
fictif fictional
imaginaire imaginary
légendaire legendary
merveilleux magic / supernatural
politique political
réel ≠ irréel real ≠ surreal
utopique utopian

C Verbes et expressions avec des verbes

croire à to believe in
être déconnecté de la réalité to be disconnected from reality
fantasmer to fantasise
incarner to embody
interpréter to interpret
s'échapper de to escape from
penser à to think of / to think about
quand la réalité dépasse la fiction when reality surpasses fiction
raconter to tell
ramener à la réalité to bring back to reality
réfléchir to think
rêver d'un monde meilleur to dream of a better world
s'évader to escape
s'identifier à qqn to identify with sb
(s')imaginer to imagine (oneself)
s'inspirer de to draw from
(s')inventer to invent (oneself)
se battre contre to fight against
(se) représenter to represent (oneself)

6 Innovations scientifiques et responsabilité / *Scientific Innovations and Responsibility*

A Noms et expressions avec des noms

les sciences sciences
une expérience an experiment
une découverte a discovery / a finding
une découverte capitale a breakthrough
un chercheur a researcher
le clonage cloning
les manipulations génétiques genetic engineering
les vaccins vaccines
les dérives abuses
la surpopulation overcrowding
la consommation consumption
la croissance growth
la pollution pollution
les gaz d'échappement exhaust gas
le forage drilling
le déboisement deforestation
l'empreinte carbone the carbon footprint
le réchauffement climatique global warming
l'effet de serre the greenhouse effect
la hausse du niveau de la mer the sea-level rise
la couche d'ozone the ozone layer
les réserves en eau water supplies
l'épuisement des ressources naturelles the exhaustion of natural resources
les espèces en voie d'extinction species facing extinction
les espèces menacées endangered species
une inquiétude / une préoccupation a concern
une menace a threat
une pénurie / un manque a shortage
l'épuisement des ressources ressources depletion
l'environnement the environment
la faune fauna
la flore flora
la biodiversité biodiversity
le développement durable sustainable development
la transition énergétique energy transition
l'énergie renouvelable / durable renewable / sustainable energy
le recyclage recycling
la prise de conscience the awareness
le covoiturage carpool
les éoliennes wind turbines
une centrale nucléaire a nuclear power station
les robots robots
une ONG an NGO (Non Governmental Organization)
un plaidoyer a plea
des dégâts irréversibles irreversible damages

B Adjectifs

alarmant alarming
biologique biological
écologique ecological
génétique genetic
nucléaire nuclear
préjudiciable detrimental
responsable responsible
technologique technological

C Verbes et expressions avec des verbes

agir to act
améliorer to improve
démontrer to demonstrate
détruire to destroy
dévoiler / divulguer to disclose
éclipser to overshadow
endommager to damage
épuiser des ressources to deplete ressources
être menacé d'extinction to face extinction
être sensible à to be sensitive to
faire des recherches sur to research
faire entendre sa voix to speak up
gaspiller to waste
innover to innovate
mettre en péril to jeopardise
polluer to pollute
réduire to decrease
résoudre un problème to solve a problem

7 Diversité et inclusion / *Diversity and Inclusion*

A Noms et expressions avec des noms

l'invalidité disability
un handicap a handicap
un handicapé a disabled person
la différence difference
les générations generations
le fossé des générations the generation gap
les personnes âgées the elderly / the seniors
une population vieillissante an ageing population
la vieillesse old age
les barrières linguistiques language barriers
les langues régionales / officielles / étrangères regional / official / foreign languages
le métissage culturel cultural melting-pot
la religion religion
la sexualité sexuality
la nationalité nationality
une minorité a minority
l'inclusion ≠ l'exclusion inclusion ≠ exclusion
l'intégration integration
la cohésion cohesion
la solidarité solidarity
l'entraide mutual aid
l'égalité equality
un salaire décent a living wage
le pouvoir d'achat the purchasing power
la tolérance tolerance
une discrimination a discrimination
un bouc émissaire a scapegoat
les préjugés prejudices
le sectarisme sectarianism
le mépris disdain / scorn
la xénophobie xenophobia

B Adjectifs

contraire à l'éthique unethical
controversé / polémique controversial
cosmopolite cosmopolitan
inégal unequal
intergénérationnel intergenerational
majoritaire predominant
minoritaire minority
ouvert d'esprit ≠ fermé d'esprit open-minded ≠ close-minded / narrow-minded
respectueux ≠ irrespectueux respectful ≠ disrespectful
solidaire supportive
tolérant ≠ intolérant tolerant ≠ intolerant

C Verbes et expressions avec des verbes

avoir accès à to have access to
avoir confiance en qqn to trust sb
avoir de l'estime pour qqn to esteem sb
compter les uns sur les autres to rely on one another
discriminer to discriminate
élever un enfant to raise a child
être conscient de to be aware of
être égaux to be equal
être partagé entre deux cultures to be torn between two cultures
être victime de discrimination to be discriminated against
exclure ≠ inclure to exclude ≠ to include
faire évoluer les mentalités to change mentalities
lutter pour l'égalité to fight for equality
maltraiter qqn to ill-treat sb
menacer to threaten
mettre sur un pied d'égalité to put on equal terms / to put on an equal footing
provoquer un débat to spark a debate
relancer un débat to reignite a debate
satisfaire les besoins de sa famille to provide for one's family
s'élever socialement to work one's way up
se méfier to distrust
se mobiliser to mobilise
tisser des liens to create links
vivre ensemble to live together

8 Territoire et mémoire / *Territory and Memory*

A Noms et expressions avec des noms

la colonisation colonisation
les colonies colonies
l'esclavage slavery
l'exploitation exploitation
la conquête the conquest
l'expédition the expedition
l'avènement the advent
l'effondrement the collapse
le déclin the decline
la destinée the destiny
l'humanité mankind
la nation the nation
le nationalisme nationalism
le séparatisme separatism
l'unité unity
le peuple the people
le pays the country
la communauté the community
un guerrier a warrior
la résistance resistance
la défaite defeat
un pionnier a pioneer
l'indépendance independence
une lutte sans merci a merciless battle
les événements the events
les faits the facts
les racines the roots
l'héritage heritage
l'oubli oblivion
le souvenir remembrance
un témoignage a testimony
un hommage a tribute
l'amnistie amnesty
l'amnésie amnesia
un traumatisme a trauma / a traumatism
l'histoire officielle official history
à la mémoire de qqn in someone's memory
la commémoration commemoration
un monument aux morts a war memorial
le devoir de mémoire the duty of memory

B Adjectifs

colonial colonial
contemporain contemporary
emblématique iconic
frontalier frontier
historique historical
individuel individual
moderne modern
mythique mythical
national national
régional / local regional / local
solennel solemn / formal
traumatisant traumatic

C Les verbes

coloniser to colonise
commémorer to commemorate
conquérir to conquer
écrire une nouvelle page to write a new page
être en deuil to grieve
être gravé dans la pierre to be cast in stone
envahir to invade
faire le deuil de qqn / qch to mourn sb / sth
gracier to pardon
hériter to inherit
inscrire dans le marbre to set in stone
prendre son indépendance to become independent
rendre un dernier hommage à to pay one's last/final tribute / respects to
rester gravé dans sa mémoire to remain in someone's memory
se souvenir to remember
témoigner to testify
tourner la page to turn the page

1 Conjuguer les verbes

1 La conjugaison régulière

A Les temps simples

HABL**AR** (participe passé : habl**ado** ; gérondif : habl**ando**)

Présent		
Indicatif	**Impératif**	**Subjonctif**
Habl **–o**		Habl **–e**
Habl **–as**	Habl **–a** (tú)	Habl **–es**
Habl **–a**	Habl **–e** (él, ella, usted)	Habl **–e**
Habl **–amos**	Habl **–emos** (nosotros)	Habl **–emos**
Habl **–áis**	Habl **–ad** (vosotros)	Habl **–éis**
Habl **–an**	Habl **–en** (ellos, ellas, ustedes)	Habl **–en**

Passé			
Indicatif imparfait	**Passé simple**	**Subjonctif imparfait 1**	**Subjonctif imparfait 2**
Habl **–aba**	Habl **–é**	Habl **–ara**	Habl **–ase**
Habl **–abas**	Habl **–aste**	Habl **–aras**	Habl **–ases**
Habl **–aba**	Habl **–ó**	Habl **–ara**	Habl **–ase**
Habl **–ábamos**	Habl **–amos**	Habl **–áramos**	Habl **–ásemos**
Habl **–abais**	Habl **–asteis**	Habl **–arais**	Habl **–aseis**
Habl **–aban**	Habl **–aron**	Habl **–aran**	Habl **–asen**

Futur	**Conditionnel**
Hablar **–é**	Hablar **–ía**
Hablar **–ás**	Hablar **–ías**
Hablar **–á**	Hablar **–ía**
Hablar **–emos**	Hablar **–íamos**
Hablar **–éis**	Hablar **–íais**
Hablar **–án**	Hablar **–ían**

RESPOND**ER** (participe passé : respond**ido** ; gérondif : respond**iendo**)
VIV**IR** (participe passé : viv**ido** ; gérondif : viv**iendo**)

Présent				
Indicatif		**Impératif**		**Subjonctif**
Respond **–o**	Viv **–o**			Respond –/ viv **–a**
–es	**–es**	Respond **–e** /	viv **–e** (tú)	Respond –/ viv **–as**
–e	**–e**	Respond **–a** /	viv **–a** (él, ella, usted)	Respond –/ viv **–a**
–emos	**–imos**	Respond **–amos** /	viv **–amos** (nosotros)	Respond –/ viv **–amos**
–éis	**–ís**	Respond **–ed** /	viv **–id** (vosotros)	Respond –/ viv **–áis**
–en	**–en**	Respond **–an** /	viv **–an** (ellos)	Respond –/ viv **–an**

Passé			
Indicatif imparfait	**Passé simple**	**Subjonctif imparfait 1**	**Subjonctif imparfait 2**
Respond **–ía** Viv **–ías** **–ía** **–íamos** **–íais** **–ían**	Respond **–í** Viv **–iste** **–ió** **–imos** **–isteis** **–ieron**	Respond **–iera** Viv **–ieras** **–iera** **–iéramos** **–ierais** **–ieran**	Respond **–iese** Viv **–ieses** **–iese** **–iésemos** **–ieseis** **–iesen**

Futur	Conditionnel
Responder **–é** Vivir **–ás** **–á** **–emos** **–éis** **–án**	Responder **–ía** Vivir **–ías** **–ía** **–íamos** **–íais** **–ían**

B Les temps composés

Formation : auxiliaire HABER conjugué suivi du participe passé invariable (habl**ado**, respond**ido**, viv**ido**).

Attention !

Certains verbes très courants ont un participe passé irrégulier : **abrir:** abierto; **cubrir:** cubierto; **decir:** dicho; **escribir:** escrito; **morir:** muerto; **poner:** puesto; **romper:** roto; **ver:** visto; **volver:** vuelto.

Passé composé		Plus-que-parfait	
Indicatif	**Subjonctif**	**Indicatif**	**Subjonctif**
He Has Ha + participe passé Hemos Habéis Han	Haya Hayas Haya + participe passé Hayamos Hayáis Hayan	Había Habías Había + participe passé Habíamos Habíais Habían	Hubiera Hubieras Hubiera + participe passé Hubiéramos Hubierais Hubieran

Passé antérieur		Futur antérieur		Conditionnel passé	
Hube Hubiste Hubo Hubimos Hubistein Hubieron	+ participe passé	Habré Habrás Habrá Habremos Habréis Habrán	+ participe passé	Habría Habrías Habría Habríamos Habríais Habrían	+ participe passé

2 La conjugaison irrégulière

A Irrégularités portant uniquement sur les voyelles du radical

• **La voyelle –e-** du radical de certains verbes diphtongue en **–ie-** lorsqu'elle est tonique. Ne sont concernés que le présent de l'indicatif, du subjonctif et de l'impératif (voir le verbe français « venir »).

PENSAR

Indicatif présent : p**ie**nso, p**ie**nsas, p**ie**nsa, pensamos, pensáis, p**ie**nsan.
Subjonctif présent : p**ie**nse, p**ie**nses, p**ie**nse, pensemos, penséis, p**ie**nsen.
Impératif : p**ie**nsa, p**ie**nse, pensemos, pensad, p**ie**nsen.
Verbes qui suivent cette irrégularité : acertar, atravesar, calentar, comenzar, despertar, enterrar, sembrar, ascender, encender, entender, extender, perder, querer...

• **La voyelle –o-** du radical de certains verbes diphtongue en **–ue-** lorsqu'elle est tonique. Ne sont concernés que le présent de l'indicatif, du subjonctif et de l'impératif.

ENCONTRAR

Indicatif présent : enc**ue**ntro, enc**ue**ntras, enc**ue**ntra, encontramos, encontráis, enc**ue**ntran.
Subjonctif présent : enc**ue**ntre, enc**ue**ntres, enc**ue**ntre, encontremos, encontréis, enc**ue**ntren.
Impératif : enc**ue**ntra, enc**ue**ntre, encontremos, encontrad, enc**ue**ntren.
Verbes qui suivent cette irrégularité : acordar(se), apostar, colgar, comprobar, contar, costar, probar, recordar, rogar, soñar, volar, conmover, devolver, morder, mover, promover, resolver, volver, dormir, morir...

• **La voyelle –e-** du radical de certains verbes devient **–i-** lorsque le radical est tonique (p**i**do, mais ped**i**mos) et lorsque la terminaison est accentuée sur une voyelle autre que **i** (pidió, pidiera, pidiendo).
Verbes qui suivent cette irrégularité : competir, despedir, impedir, medir, pedir, rendir, repetir, seguir, reír, servir, vestir...

• **La voyelle –u-** du radical devient **–ue-** lorsque le radical est tonique : jugar (j**ue**go...).

• **La voyelle –i-** du radical devient **–ie-** lorsque le radical est tonique : adquirir (adqu**ie**ro...).

> **Attention !**
> **Irrégularité de « sentir » et « dormir » :**
> a. **–e-** tonique devient **–ie-** (s**ie**nto) ;
> b. **–o-** tonique devient **–ue-** (d**ue**rmo) ;
> c. lorsque la terminaison est accentuée sur une voyelle autre que **–i-**, la voyelle **–e-** du radical devient **–i-** (s**i**ntieron, s**i**ntamos), et la voyelle **–o-** devient **–u-** (d**u**rmió, d**u**rmamos).
> **Verbes qui suivent cette irrégularité** : advertir, arrepentirse, convertir, invertir, preferir, sentir ; dormir, morir...

B Irrégularités portant uniquement sur les consonnes du radical

• **Les verbes en –acer, –ecer, –ocer, –ucir** subissent une modification orthographique : le **–c-** du radical devient **–zc-** devant les voyelles **–o** et **–a** ; on retrouve le **–c-** devant **–e** et **–i**.
Verbes qui suivent cette irrégularité : complacer, nacer (sauf hacer), abastecer, aparecer, carecer, conocer, crecer, desaparecer, enriquecer, ofrecer, padecer, permanecer, lucir, deducir, introducir, producir, reducir, traducir…

• **Les verbes en –uir** subissent une modification orthographique : le **–i-** du radical devient **–y-** devant les voyelles **–o** , **–e** et **–a**.
Verbes qui suivent cette irrégularité : atribuir, concluir, construir, disminuir, huir, incluir, influir, instruir, rehuir...

3 Verbes usuels diversement irréguliers

Infinitif	Indicatif présent	Subjonctif présent[1]	Impératif	Indicatif imparfait	Futur[2] (conditionnel)	Passé simple[3]	Gérondif	Participe passé
Andar						anduve…		
Dar	doy, das…	dé, des…				di, diste, dio…		
Decir	digo, puis *cf.* pedir	diga, digas…	di (tú)		diré… (diría…)	dije…		dicho
Estar	estoy, estás, está, estamos, estáis, están	esté…				estuve, estuviste, estuvo…		
Hacer	hago, haces…	haga…	haz (tú), haga (ud)…		haré… (haría…)	hice, hiciste, hizo…		hecho
Ir	voy, vas, va…	vaya…	ve (tú), vamos…	iba, ibas, iba, íbamos…		fui, fuiste, fue…	yendo	
Poder	Diphtongaison					pude…	pudiendo	
Poner	pongo, pones…	ponga…	pon (tú)		pondré… (pondría…)	puse…		puesto
Querer	Diphtongaison				querré… (querría…)	quise…		
Saber	sé, sabes…	sepa, sepas…			sabré,… (sabría…)	supe…		
Salir	salgo, sales…	salga…	sal (tú)		saldré… (sabría…)			
Ser	soy, eres, es, somos, sois, son	sea, seas…	sé (tú)	era, eras, era, éramos…		fui, fuiste, fue…		
Tener	tengo, puis diphtongaison	tenga, tengas…	ten (tú)		tendré… (tendría…)	tuve…		
Venir	vengo, puis diphtongaison	venga…	ven (tú)			vine…	viniendo	
Ver	veo, ves…	vea…		veía…				visto

1. Le subjonctif présent suit l'irrégularité de la première personne de l'indicatif présent.
2. Le conditionnel suit l'irrégularité du futur.
3. La 3e personne du pluriel du passé simple sert de base à la formation des imparfaits du subjonctif (voir la conjugaison régulière). Ex. : anduvieron → anduviera → anduviese.

2 Employer la bonne préposition avec le verbe

1 Omission de la préposition « de »

• Certains verbes se construisent **avec la préposition « de » en français** mais l'omettent en espagnol :

Décider de : decidir
Éviter de : evitar
Essayer de : intentar, procurar
Demander de : pedir
Permettre de : permitir
Proposer de : proponer
Prévoir de : prever

Exemples Nous avons décidé de participer à la fête. Hemos decidido participar en la fiesta.
Nous vous demandons de nous envoyer la commande la semaine prochaine. Le pedimos que nos envíe el pedido la semana próxima.
L'augmentation du nombre de participants permettra d'augmenter les bénéfices. El aumento del número de participantes permitirá aumentar los beneficios.

• **Les tournures impersonnelles** avec **es** omettent la préposition « de » en espagnol :

Il est bon/convenable de : es bueno/es conveniente
Il est difficile : es difícil
Il est intéressant : es interesante
Il est nécessaire : es necesario

Exemples Il est difficile de connaître les conséquences de la crise. Es difícil conocer las consecuencias de la crisis.
Il est nécessaire de se poser la question de son remplacement. Es necesario plantearse la cuestión de su sustitución.
Il est intéressant de se rendre à la réunion. Es interesante asistir a la reunión.

• Un certain nombre de verbes français **exprimant une notion de quantité** se construisent avec la préposition « de », ces verbes seront construits en espagnol sans préposition « de » : maigrir de (adelgazar), grossir de (engordar), augmenter de (aumentar, subir).

Exemple Le chômage a augmenté de 5,9 % en octobre. El paro aumentó (subió) el 5,9 % – el cinco coma nueve por ciento – en octubre.

2 Emploi des prépositions *en* et *con*

• Certains verbes construits en français avec la préposition « de » utilisent la préposition **en** en espagnol pour **marquer une idée de quantité** : augmenter de (aumentar), diminuer de (disminuir).

Exemple Le prix des vêtements a augmenté de 7 %. El precio de la ropa aumentó en un 7 %.

• Quelques verbes se construisent **avec « de » en français et con en espagnol** :

Menacer de : amenazar con
Se contenter de : contentarse con
Rêver de : soñar con

Exemple Elle rêve de gagner la course. Sueña con ganar la carrera.

• Certains verbes se construisant **avec « à » en français emploient en en espagnol** :

Consister à : consistir en
Croire à : creer en
Hésiter à : dudar en
S'obstiner à : obstinarse en
Penser à : pensar en

Exemple Nous pensons à notre prochain voyage. Pensamos en nuestro próximo viaje.

3 Éviter les faux sens et relier logiquement des idées

1 Éviter les faux sens

Il convient de repérer les faux amis afin de bien comprendre un énoncé ou bien s'exprimer en évitant les faux sens.

- **Adjectifs**

Dur : duro (résistant), difícil (difficile).
Grand : alto (par sa hauteur), grande (par sa taille), gran (importante).
Propre : propio (qui lui est propre), limpio (qui n'est pas sale).
Rare : escaso (peu nombreux), raro (bizarre).

- **Noms**

Une affaire : un asunto (un sujet de discussion), un negocio (un marché).
La consommation : la consumición (la boisson), el consumo (l'utilisation).
Une lettre : una letra (une lettre de l'alphabet), una carta (une missive).
Le nom : el nombre (le prénom), el apellido (le patronyme), el número (le chiffre).
Le succès : el suceso (le fait divers), el éxito (le triomphe).
La table : la tabla (la planche en bois), la mesa (pour manger).

- **Verbes**

Apprendre : aprender (acquérir une connaissance), enseñar (faire acquérir une connaissance), enterarse de (connaître).
Demander : demandar (poursuivre en justice), pedir (solliciter), preguntar (poser une question).
Discuter : discutir (manifester son désaccord), charlar, hablar (parler).
Enfermer : enfermar (tomber malade), encerrar (mettre dans un lieu clos).
Exprimer : exprimir (presser un fruit), expresar (formuler une idée).
Jouer : jugar (jouer au football), tocar (jouer du piano).
Quitter : dejar (s'éloigner, se séparer de), quitar (enlever, voler).
Subir : subir (monter), sufrir (endurer).

2 Relier logiquement des idées

Les liens logiques du discours permettent d'exprimer les idées de :

- **Cause**

porque: parce que, car ; puesto que, ya que: puisque ; dado que: étant donné que ; en vista de que: vu que.

- **Finalité**

para que: pour que ; a fin de que: afin que ; con vistas a: en vue de, en prévision de ; de manera que, de modo que: de manière que, de sorte que, de façon que.

- **Conséquence**

por consiguiente: par conséquent ; por lo tanto: donc ; así que: donc ; con lo cual: c'est pourquoi, si bien que ; en consecuencia: en conséquence.

- **Concession**

aunque: même si, bien que ; aun cuando: quand bien même ; si bien: quoique, encore que ; a pesar de que: malgré.

- **Restriction et opposition**

pero: mais ; sin embargo: cependant ; no obstante: nonobstant, malgré ; ahora bien: or ; por el contrario: par contre ; no… sino…: non… mais… ; no sólo… sino también…: non seulement… mais aussi…

- **Transition**

además: en plus, de plus, en outre ; asimismo: de même ; por otra parte: par ailleurs ; efectivamente: effectivement ; en efecto: en effet.

- **Conclusion**

para terminar: pour terminer ; para concluir: en conclusión, por fin: enfin ; en resumidas cuentas: bref ; en definitiva: en définitive, en fin de compte ; después de todo: après tout.

4 Le vocabulaire utile par thème du programme

1 Identités et échanges : *identidades e intercambios*

Les frontières régionales nationales, sociales, politiques, culturelles : las fronteras regionales, nacionales, sociales, políticas, culturales
Les contacts, liens intergénérationnels : los contactos, vínculos entre generaciones
La migration et l'exil : la migración y el exilio
Le droit d'asile, l'hospitalité, l'accueil, la solidarité : el derecho de asilo, la hospitalidad, la acogida, la solidaridad
Le ghetto, l'exclusion, l'incompréhension, les frontières invisibles : el gueto, la exclusión, la incomprensión, las fronteras invisibles
Le protectionnisme, la mobilité, le partage : el proteccionismo, la movilidad, la repartición (la distribución)
L'ascension sociale, le déclassement social : la ascensión social, la regresión social
Les voyages, le tourisme, le dépaysement culturel : los viajes, el turismo, el cambio cultural
La médiation, la mixité socio-économique, le partage : la mediación, la mixidad socioeconómica
Les échanges économiques, culturels : los intercambios económicos, culturales
L'identité personnelle, sociale, nationale : la identidad personal, social, nacional
La crise, la prospérité économique : la crisis, la prosperidad (la bonanza) económica
L'émigration, l'immigration : la emigración, la inmigración
L'étranger : el extranjero (el foráneo)
La marchandise, le bien : la mercancía, el bien
Acheter, échanger, vendre : comprar, intercambiar, vender
L'import, l'export : la importación, la exportación

2 Espace privé et espace public : *espacio público y espacio privado*

L'égalité, l'inégalité homme-femme : la igualdad, la desigualdad hombre-mujer
La parité, l'équité homme-femme, le fossé hommes-femmes : la paridad, la equidad entre mujeres y hombres (la cuota de género), la brecha de género (la brecha entre mujeres y hombres)
El machismo, el feminismo, la violence faite aux femmes : el machismo, el feminismo, la violencia de género
L'éducation, la formation initiale, la formation continue : la educación, la formación inicial, la formación continua
La liberté de mouvement, l'émancipation, la mixité : la libertad de movimientos, la emancipación, la mixidad
Le télétravail, le contrat de travail (l'intérim), les aides à l'embauche : el trabajo « on line », el contrato de trabajo (el contrato temporal), la subvenciones para la contratación
Lieux de convivialité (le parc, l'allée, la bibliothèque, la cafétérie, l'association, le club) : lugares de convivialidad (el parque, la alameda, la biblioteca, la cafetería, la asociación, el club)
Les espaces publics (la rue, le quartier, la banlieue, le centre commercial, la ville) : los espacios públicos (la calle, el barrio, las afueras, el centro comercial, la ciudad)
Les espaces privés (la maison, l'appartement, l'immeuble, l'hôtel) : los espacios privados (la casa, el piso, el edificio, el hotel)
Les espaces religieux (l'église, la cathédrale, le temple, la mosquée, la synagogue) : los espacios religiosos (la iglesia, la catedral, el templo, la mezquita, la sinagoga)

3 Art et pouvoir : *arte y poder*

L'architecture classique, moderne, fonctionnelle : la arquitectura clásica, moderna, funcional

Les résidences officielles (La Moncloa, résidence du Premier Ministre/Chef du gouvernement ; la Zarzuela, résidence du Roi) : las residencias oficiales (La Moncloa, residencia del Jefe del Gobierno ; La Zarzuela : residencia del Rey)

Les édifices institutionnels (le Sénat, l'Assemblée Nationale ; le siège du gouvernement régional) : los edificios institucionales (el Senado, el Congreso de los Diputados ; la sede del gobierno regional)

La peinture (les portraits, l'art religieux ; le tableau, la perspective, les couleurs) : la pintura (los retratos, el arte religioso ; el cuadro, la perspectiva, los colores)

La musique (les opéras, les hymnes, les chants) : la música (las óperas, los himnos, los cantos)

La littérature (les apologies, les satires, les dédicaces) : la literatura (las apologías, las sátiras, las dedicatorias)

Le cinéma (les films de propagande, les films patriotiques) : el cine (las películas de propaganda, las películas patrióticas)

L'art officiel, la contre-culture, l'underground, le street art : el arte oficial, la contracultura, la cultura underground, el street art (el arte urbano)

L'art engagé, la résistance, l'avant-garde : el arte comprometido, la resistencia, la vanguardia

Les affiches, les caricatures : los carteles, las caricaturas

La censure, la liberté de création : la censura, la libertad de creación

4 Citoyenneté et mondes virtuels : *ciudadanía y mundos virtuales*

Les fausses informations, la manipulation : las falsas informaciones, la manipulación

Les réseaux sociaux, l'éducation aux médias : las redes sociales (las RRSS), la educación digital

Les paiements virtuels, la carte de paiement, les données personnelles : los pagos virtuales, la tarjeta de pago, los datos personales

L'intelligence artificielle, la puissance de stockage : la inteligencia digital, el poder (la capacidad) de almacenamiento

Les wikis, les blogs, les forums, la démocratie participative : los sitios wiki, los blogs, los foros, la democracia participativa

La censure et le contrôle d'internet, le cyber-harcèlement, la liberté d'expression : la censura y el control de internet, el acoso virtual (el ciberbullying), la libertad de expresion

L'usurpation d'identité, l'identité virtuelle, le lanceur d'alerte : la usurpación de identidad, la identidad virtual, la e-identidad, el lanzador de alerta (el alertador)

Le télétravail, l'intelligence collaborative : el trabajo « on line », la inteligencia colaborativa

Le doute, l'hésitation : la duda

La question, la réponse : la pregunta, la respuesta

La polémique, donner son opinion, argumenter, dénoncer : la polémica, opinar, argumentar, denunciar

Répondre, être au courant : contestar (responder), estar al tanto (estar al corriente)

Le vouvoiement, le tutoiement : el tratamiento de usted, el tuteo

Convaincre, expliquer, se rendre compte : convencer, explicar, darse cuenta

Partager un point de vue : compartir un punto de vista

5 Fictions et réalités : *ficciones y realidades*

Les utopies, les dystopies, la réalité : las utopías, las distopías, la realidad
L'oppression, la domination, le colonialisme, le choc de cultures, la libération, l'émancipation : la opresión, la dominación, el colonialismo, el choque de culturas, la liberación, la emancipación
La littérature, la mythologie, les légendes, les croyances : la literatura, la mitología, las leyendas, la creencias
La science-fiction, la littérature réaliste, la littérature engagée : la ciencia ficción, la literatura realista, la literatura comprometida
Le héros, le super-héros (le sportif, le chanteur, l'acteur, le militant d'une ONG, l'inventeur, l'homme politique, la femme/l'homme d'affaires) : el héroe, el superhéroe (el deportista, el cantante, el actor, el militante de una ONG, el inventor, el político, la mujer/el hombre de negocios)
Le sentiment national, les figures tutélaires (les personnages historiques, les écrivains, les icônes classiques/modernes) : el sentimiento nacional, las figuras tutelares (los personajes históricos, los escritores, las figuras icónicas clásicas/modernas)
Les monuments (civils, religieux, politiques, culturels) : los monumentos (civiles, religiosos, políticos, culturales)
Le modèle éthique, esthétique, politique : el modelo ético, estético, político
Les valeurs (le courage, l'honnêteté, l'altruisme, la confiance, l'hypocrisie, la méchanceté, l'égoïsme, la méfiance) : los valores (el valor, la honestidad, el altruismo, la confianza, la hipocresía, la maldad, el egoísmo, la desconfianza)

6 Innovations scientifiques et responsabilité : *innovaciones científicas y responsabilidad*

La recherche génétique, les vaccins, le clonage, les OGM, les nanotechnologies : la investigación genética, las vacunas, la clonación, los OGM (los organismos genéticamente modificados)
Les robots, la fabrication en chaîne, les nouvelles technologies : los robots, la fabricación en cadena, las nuevas tecnologías
Les énergies renouvelables, les moyens de transport, le covoiturage, l'écologie, l'éco-citoyen : las energías renovables, los medios de transporte, el uso compartido del coche, la ecología, el ecociudadano
L'ONG, la mobilisation : la ONG (la organización no gubernamental), la movilización
Le projet, le défi, une avancée, la conquête spatiale : el proyecto, el desafío, un adelanto, la conquista espacial
Le recyclage, le déchet, le producteur, le consommateur : el reciclado, el desecho (el vertido), el productor, el consumidor
La surpopulation, la maîtrise des naissances : el exceso de población (la superpoblación), el control de natalidad (de los nacimientos)
L'aliénation au travail : la alienación laboral
La biodiversité, les circuits courts de commercialisation, le produit bio, la croissance verte : la biodiversidad, los circuitos cortos de comercialización (CCC), el producto ecológico, el crecimiento ecológico
La pollution, les dérives sectaires, la course à l'armement : la contaminación, las derivas sectarias, la carrera armamentística
Les innovations scientifiques et la responsabilité citoyenne : las innovaciones científicas y la responsabilidad ciudadana

7 Diversité et inclusion : *diversidad e inclusión*

Le handicap, le handicapé, l'application pour les déficients visuels : la discapacidad (la minusvalía), el discapacitado (el minusválido), la aplicación para los discapacitados visuales
L'intégration, la campagne de sensibilisation : la integración, la campaña de sensibilización
La liberté de mouvement, la revendication : la libertad de movimientos, la reivindicación
Les discriminations (la richesse, la pauvreté, la précarité, les inégalités ; les riches, les pauvres) : las discriminaciones (la riqueza, la pobreza, la precariedad, las desigualdades ; los ricos, los pobres)
Les jeunes générations, les adultes, le troisième âge, les relations intergénérationnelles : las jóvenes generaciones, los adultos, la tercera edad, las relaciones entre las generaciones
Les minorités, l'exclusion : las minorías, la exclusión
Les langues officielles, les langues non reconnues, les idiolectes, la langue régionale : las lenguas oficiales, las lenguas no reconocidas, los idiolectos, la lengua regional
L'égalité, l'émancipation, l'inégalité salariale (le « plafond de verre »), le développement : la igualdad, la emancipación, la desigualdad salarial (el « techo de cristal »), el desarrollo
L'évolution des sociétés, les catégories sociales, la diversité culturelle (linguistique, sociale, ethnique) : la evolución de las sociedades, las categorías sociales, la diversidad cultural (lingüística, social, étnica)

8 Territoire et mémoire : *territorio y memoria*

Les espaces frontaliers (les espaces régionaux, nationaux, transnationaux) : los espacios fronterizos (los espacios regionales, nacionales, transnacionales)
La découverte, la conquête, la colonisation, l'esclavage, la domination, l'indépendance, le choc de civilisations, le syncrétisme culturel : el descubrimiento, la conquista, la colonización, la esclavitud, la dominación, la independencia, el choque de civilizaciones, el sincretismo cultural
Les monuments aux morts, les monuments mémoriaux (le musée, la statue, la colonne) : los monumentos por los caídos, los monumentos conmemorativos (el museo, la estatua, la columna)
Les traces de l'histoire (les dates des événements marquants, les périodes, les lieux de mémoire, l'évolution temporelle, les personnages historiques) : los rastros de la historia (las fechas de los acontecimientos más significativos, los periodos, los lugares de memoria, la evolución temporal, los personajes históricos)
L'histoire officielle, le devoir de mémoire, l'histoire individuelle, le destin collectif : la historia oficial, el deber de memoria, la historia individual, el destino colectivo
L'amnistie, l'amnésie : la amnistía, la amnesia
Le récit, la chronique, le roman, la nouvelle, la pièce de théâtre, le journal : el relato, la crónica, la novela, el cuento, la obra de teatro, el periódico
Le quartier historique, le patrimoine bâti : el barrio histórico, el patrimonio arquitectónico

Achevé d'imprimer en juin 2022 en Italie par Elcograf
Dépôt légal : juillet 2022 - Édition 01
15/7148/2

PAPIER À BASE DE FIBRES CERTIFIÉES

hachette s'engage pour l'environnement en réduisant l'empreinte carbone de ses livres. Celle de cet exemplaire est de : **1,7 kg éq. CO_2**
Rendez-vous sur www.hachette-durable.fr